JEFFREY
ARCHER

COMO LOS
CUERVOS

Traducción de
Adolfo García

CÍRCULO
DE LECTORES

CHARLIE

1900-1919

I

–No la ofrezco por dos peniques –gritó mi abuelo, sosteniendo la col con ambas manos–. No la ofrezco por un penique, ni siquiera por medio. No, la regalo por un cuarto de penique.

Éstas son las primeras palabras que recuerdo. Mucho antes de que yo aprendiera a andar, mi hermana mayor solía depositarme en una caja de naranjas, junto al puesto del abuelo, para que mi aprendizaje comenzara cuanto antes.

–Sólo lo hago por él –solía decir el abuelo a los clientes, señalando la caja de madera en la que me encontraba.

Para ser sincero, la primera palabra que pronuncié fue «aguelo», y las siguientes, «un cuarto de penique». Cuando cumplí tres años, ya era capaz de repetir, palabra por palabra, sus frases de reclamo. Debo aclarar que ningún miembro de mi familia estaba seguro de la fecha exacta en que había nacido, teniendo en cuenta que mi viejo había pasado la noche en la cárcel, y que mi madre murió antes de que yo accediera al mundo de los vivos. El abuelo opinaba que bien había podido ser un sábado, se inclinaba por considerar enero el mes más probable, estaba seguro de que 1900 era el año, y sabía que tuvo lugar durante el reinado de la reina Victoria. Por lo tanto, todos nos pusimos de acuerdo en el sábado 20 de enero de 1900.

No conocí a mi madre porque, como ya he explicado, murió el día en que yo nací. El párroco lo definió como «parto», pero yo no comprendí la expresión hasta varios años después, cuando me topé con el problema de nuevo. El padre O'Malley no dejaba de repetirme que era la mujer más santa que había conocido. Mi padre –a quien a nadie se le ocurriría calificar de santo– trabajaba de día en los muelles, vivía en la taberna por la noche y volvía a casa por la mañana, pues era el único lugar donde podía dormir la mona sin que lo molestaran.

El resto de la familia se componía de mis tres hermanas: Sal, la mayor, de cinco años, que sabía cuándo había nacido porque ocurrió en plena noche y mantuvo despierto al viejo; Grace, que tenía tres años y nunca impidió dormir a nadie, y la pelirroja Kitty, que contaba dieciocho meses y siempre berreaba.

El cabeza de familia era el abuelo Charlie, con cuyo nombre me bautizaron. Dormía en su habitación de la planta baja, en nuestra casa de Whitechapel Road, no sólo porque era el mayor, sino porque pagaba el alquiler. Los demás nos hacinábamos en la habitación de enfrente. Había dos cuartos más en la planta baja, una especie de cocina y lo que la mayoría de gente llamaría una amplia alacena, pero que Grace prefería denominar salón.

En el jardín sin césped había un lavabo que compartíamos con la familia irlandesa que vivía en el piso de arriba. Tenían la costumbre de usarlo a las tres de la mañana, al menos así nos lo parecía a nosotros.

El abuelo –verdulero de profesión– había montado su puesto en la esquina de Whitechapel Road. Una vez que logré escapar de mi caja de naranjas y deambular entre los otros puestos, no tardé en descubrir que los vecinos lo consideraban el mejor vendedor ambulante del East End.

Mi padre, cuya profesión, como ya he indicado antes, era la de estibador, nunca se interesó mucho por ninguno de nosotros, y aunque a veces ganaba una libra a la semana, el dinero siempre terminaba en el Black Bull, dilapidado en pinta tras pinta de cerveza, o se lo jugaba (y perdía) a los naipes o al dominó, en compañía de nuestro vecino de al lado, Bert Shorrocks, un hombre que, en lugar de hablar, gruñía.

De hecho, si no hubiera sido por el abuelo, yo nunca habría acudido a la escuela de la calle Jubilee, y «acudir» es la palabra más adecuada, pues yo no hacía otra cosa que cerrar de golpe la tapa de mi pequeño pupitre y, en ocasiones, tirar de las trenzas de «Posh Porky», la niña que se sentaba delante. Su verdadero nombre era Rebecca Salmon y era hija de Dan Salmon, el propietario de la panadería situada en la esquina de Brick Lane. «Posh Porky» sabía con toda exactitud cuándo y dónde había nacido, y nunca dejaba de recordarnos que era casi un año más joven que cualquiera de la clase.

No veía la hora de que sonara el timbre a las cuatro de la tarde, indicando el fin de las clases, y cerrar de golpe la tapa del pupitre por última vez para bajar corriendo por Whitechapel Road y echar una mano en el puesto.

Los sábados, como concesión especial, el abuelo me permitía que le acompañara de buena mañana al mercado de Covent Garden, donde seleccionaba las frutas y verduras que después venderíamos en el puesto, justo enfrente de la panadería del señor Salmon y la tienda de pescado y patatas fritas de Dunkley, que estaba junto a la panadería.

Aunque yo estaba impaciente por abandonar la escuela de una vez por todas para estar siempre con el abuelo, si hacía novillos una hora me castigaba sin llevarme a ver el West Ham –el equipo de fútbol del barrio– los sábados por la tarde, o peor, no me dejaba acompañarle con la carretilla por la mañana.

–Espero que cuando crezcas te parezcas más a Rebecca Salmon –solía decir–. Esa chica llegará lejos.

–Cuanto más lejos mejor –le respondía yo, pero él nunca reía; se limitaba a recordarme que ella sacaba las mejores notas en todas las asignaturas.

–Excepto aritmética –me ufanaba yo–, en que la supero con creces.

Mentalmente podía hacer cualquier suma, mientras Rebecca Salmon necesitaba escribirlas en un papel; la ponían frenética.

Mi padre no visitó ni una vez la escuela de la calle Jubilee en todos los años que asistí a ella, pero el abuelo se dejaba caer al menos una vez durante el curso para charlar con el señor Cartwright, mi maestro. El señor Cartwright le dijo a mi abuelo que yo tenía buena cabeza para los números, y que podría llegar a ser contable o funcionario. Incluso dijo en cierta ocasión que intentaría encontrarme un empleo en la City[1]. Lo cual, a decir verdad, era una pérdida de tiempo, porque yo sólo deseaba acompañar a mi abuelo con el carretón.

Tenía siete años cuando descubrí que el nombre escrito en un costado del carretón del abuelo –«Charlie Trumper, el comerciante honrado, a su servicio desde 1823»– era igual al mío. Aunque el

1. Zona comercial y financiera de Londres. *(N. del T.)*

nombre de pila de mi padre era George, en muchas ocasiones había dejado claro que, cuando el abuelo se retirara, no tenía la menor intención de sustituirle, pues no quería perder a sus amiguetes del muelle.

Al enterarme me sentí muy complacido, y le dije al abuelo que, cuando yo me hiciera cargo del negocio, ni siquiera tendríamos que cambiar el nombre. Se limitó a suspirar y dijo:

–No quiero que acabes trabajando en el East End, jovencito. Eres demasiado listo como para arrastrar un carretón durante el resto de tu vida.

Me apenó oírlo hablar así porque, al parecer, no se daba cuenta de que era lo único que me interesaba.

La escuela se sucedía mes tras mes, año tras año, y Rebecca Salmon subía a recoger premio tras premio el día de los Discursos[1]. Lo peor era que siempre debíamos escucharla recitando el salmo veintitrés, erguida en el escenario con su vestido blanco, sus calcetines blancos y sus zapatos negros. Hasta se ceñía el largo cabello negro con un lazo blanco.

–Imagino que se cambia de bragas cada día –susurraba la pequeña Kitty en mi oído.

–Y yo te apuesto una guinea contra un cuarto de penique a que todavía es virgen –decía Sal.

Yo me ponía a reír porque todos los vendedores ambulantes de Whitechapel Road lo hacían cuando oían esa palabra, aunque confieso que en aquella época no tenía ni idea de lo que significaba ser virgen. El abuelo me indicaba que callara, y no volvía a sonreír hasta que yo subía a recoger el premio de aritmética, una caja de lápices de colores que maldita falta me hacían. En cualquier caso, eran los lápices o un libro.

El abuelo aplaudía con tal entusiasmo cuando yo volvía a mi sitio que algunas mamás miraban a su alrededor y sonreían, lo cual bastaba para afirmar al viejo en la idea de que yo debía continuar en la escuela hasta que cumpliera catorce años.

A los diez años, el abuelo me dio permiso para colocar los artículos en el carretón antes de irme a la escuela. Las patatas delante,

1. Día anual que dedican las escuelas a entregar los premios, marcado por diversos discursos. *(N. del T.)*

las verduras en medio, y las frutas detrás: ésa era su regla de oro.

–Nunca les dejes tocar la fruta hasta que hayan pagado –acostumbraba a decir–. Es difícil aplastar una patata, pero más difícil es vender un racimo de uva que ha sido manoseado varias veces.

A los once años ya cogía el dinero de los clientes antes de entregarles el cambio. Fue entonces cuando aprendí el truco de la palma. En ocasiones, después de devolverle el cambio, el cliente abría la palma de la mano y yo descubría que una de las monedas que le había entregado se había esfumado como por arte de magia, viéndome obligado a devolverle algo de calderilla.

Eché a perder una buena parte de nuestros beneficios semanales, hasta que el abuelo me enseñó a decir: «Su cambio de dos peniques, señora Smith», alzando en alto las monedas antes de entregarlas para que todo el mundo las viera.

A los doce años, aprendí a regatear con los proveedores de Covent Garden, sin alterar para nada la expresión del rostro, vendiendo posteriormente el mismo producto a los clientes de Whitechapel con una sonrisa de oreja a oreja. También descubrí que el abuelo solía cambiar de proveedores cada dos por tres, «sólo para asegurarme de que nadie me toma el pelo».

A los trece años me había convertido en sus ojos y oídos, y ya sabía el nombre de todos los proveedores de frutas y verduras de Covent Garden. Enseguida averigüé qué vendedores apilaban la fruta fresca sobre la pasada, qué intermediarios intentaban esconder una manzana estropeada, qué proveedores procuraban darte el pego en la pesada y, en especial, qué clientes no pagaban sus deudas y, por lo tanto, no debía apuntar en la pizarra de los que compraban fiado.

Recuerdo que mi pecho se hinchó de orgullo el día en que la señora Smelley, propietaria de una pensión en Commercial Road, me dijo que yo era de tal palo tal astilla, y que, en su opinión, un día sería tan bueno como mi abuelo. Aquella noche lo celebré pidiendo mi primera pinta de cerveza y encendiendo mi primer Woodbine. No terminé ninguno de los dos.

Nunca olvidaré aquella mañana de sábado en que el abuelo me dejó a cargo del puesto, sin ayuda. No abrió la boca durante cinco horas, ni para aconsejarme ni para opinar, y cuando al terminar la jornada revisó las cuentas, me entregó la moneda de seis peniques que siempre me obsequiaba los fines de semana, a pesar de que nos habíamos quedado dos chelines y cinco peniques por debajo de nuestras ganancias normales de los sábados.

Sabía que a mi abuelo le habría gustado que siguiera estudiando, pero el último viernes de diciembre de 1913 dejé a mi espalda las puertas de la escuela de la calle Jubilee, con la bendición de mi padre. Siempre había dicho que la educación era una pérdida de tiempo, una completa estupidez. Estuve de acuerdo con él, a pesar de que «Posh Porky» había obtenido una beca para un lugar llamado St. Paul's que, en cualquier caso, se encontraba a kilómetros de distancia, en Hammersmith. ¿Quién quiere ir a un colegio de Hammersmith, pudiendo vivir en el East End?

Era obvio que la señora Salmon sí lo deseaba, pues nunca dejaba de recordar las «proezas intelectuales» de su hija a todos los que hacían cola para comprar pan.

–Maldita presumida –solía susurrarme el abuelo al oído–. Es el tipo de persona que cada vez que abre la boca mete la pata.

Mi opinión sobre «Posh Porky» era prácticamente la misma que la que el abuelo tenía de la señora Salmon. Sin embargo, el señor Salmon era un buen tipo. También había sido vendedor ambulante antes de casarse con la señorita Roach, la hija del panadero.

Todos los sábados por la mañana, mientras yo montaba el puesto, el señor Salmon se dirigía a la sinagoga de Whitechapel, dejando la tienda a cargo de su esposa. En ausencia de su marido, la mujer no dejaba de recordarnos a voz en grito que no era una cualquiera.

«Posh Porky» siempre parecía debatirse entre acompañar a su padre a la sinagoga y quedarse en la tienda, donde tomaba asiento junto al escaparate y se zampaba bollos de crema en cuanto su padre volvía la espalda.

–Los matrimonios mixtos siempre tienen problemas –me decía el abuelo, pero aún me quedaban años para comprender que no estaba hablando de los bollos de crema.

El día que dejé la escuela le dije al abuelo que podía descansar mientras yo iba a Covent Garden para llenar el carretón, pero no me prestó atención. Cuando llegamos al mercado, me permitió regatear por primera vez con los vendedores. No tardé en descubrir a uno que me ofreció una docena de manzanas por tres peniques, con tal de que le garantizara el mismo pedido cada día, a lo largo de un mes. Como el abuelo Charlie y yo siempre desayunábamos una manzana, el acuerdo solucionó nuestras necesidades y me dio la oportunidad de probar lo que íbamos a vender a los clientes.

A partir de aquel momento, cada día fue sábado, y entre ambos nos las arreglamos para aumentar los beneficios a catorce chelines por semana.

El abuelo me asignó un salario semanal de cinco chelines: una auténtica fortuna. Fui guardando cuatro en una caja de hojalata bajo la cama del abuelo, hasta que ahorré mi primera guinea. «Un hombre que posee una guinea posee seguridad», me dijo una vez el señor Salmon, erguido ante la puerta de su tienda, con los pulgares introducidos en los bolsillos del chaleco y exhibiendo el reloj y la cadena de oro.

Por las noches, después de que el abuelo volvía a casa para cenar y el viejo se marchaba a la taberna, me aburría enseguida de oír lo que mis hermanas habían hecho durante el día, así que me apunté al Club Juvenil Masculino de Whitechapel: tenis de mesa los lunes, miércoles y viernes; boxeo los martes, jueves y sábados. Nunca le cogí el truco al ping-pong, pero llegué a ser un aceptable peso gallo, y en una ocasión representé al club contra Bethnal Green.

Al contrario que mi padre, nunca me sentí atraído por las tabernas, los galgos ni los naipes, pero casi todos los sábados por la tarde iba a apoyar al West Ham, y alguna noche me desplazaba al East End para ver a la última estrella de la comedia musical.

Cuando el abuelo me preguntó qué deseaba para mi decimoquinto cumpleaños repliqué sin vacilar: «Mi propio carretón», y añadí que casi había ahorrado lo suficiente para comprar uno. Se limitó a reír, comentando que el viejo me serviría igual cuando estuviera dispuesto a sucederle.

–En cualquier caso –me advirtió–, es lo que los ricos llaman una propiedad, y –concluyó– nunca inviertas en algo nuevo, sobre todo en tiempos de guerra.

Aunque el señor Salmon ya me había contado que el año anterior se había declarado la guerra contra Alemania (nadie había oído hablar del archiduque Francisco Fernando), sólo comprendimos la gravedad de la situación cuando muchos jóvenes que trabajaban en el mercado empezaron a desaparecer, destinados «al frente», siendo reemplazados por sus hermanos menores, y a veces por sus hermanas. Los sábados por la mañana se veían en el East End más muchachos vestidos de caqui que de paisano.

De aquella época también recuerdo a Schultz, el fabricante de salchichas. Ir los sábados por la noche era una fiesta para nosotros, sobre todo porque nos dedicaba una sonrisa desdentada y añadía, gratis, una salchicha. Desde el estallido de la guerra cada día la salchichería amanecía con un cristal roto. Una mañana, de repente, la fachada de la tienda apareció tapiada y no volvimos a ver al señor Schultz.

–Lo han internado –susurró mi abuelo, sin dar más explicaciones.

Mi viejo nos venía a ver algún sábado por la mañana, con el único propósito de sablear al abuelo y marcharse al Black Bull para gastárselo todo con su amiguete Bert Shorrocks.

El abuelo soltaba semana tras semana un chelín, o incluso dos; todos sabíamos que no se lo podía permitir. Lo que realmente me molestaba era que nunca bebía, ni tampoco aprobaba el juego. Mi viejo guardaba el dinero, se tocaba la gorra y partía en dirección al Black Bull.

Esta rutina se sucedió semana tras semana, y quizás no habría cambiado, hasta que un sábado por la mañana una dama estirada –a la que durante la semana anterior yo había visto montar guardia en la esquina–, una mujer que vestía traje negro largo y portaba una sombrilla, se encaminó con paso decidido hacia nuestro puesto y colocó una pluma blanca en la solapa de mi padre.

Nunca lo había visto tan furioso, ni siquiera los sábados por la noche, cuando perdía hasta la camisa jugando y llegaba a casa tan borracho que nos escondíamos debajo de la cama. Aunque amenazó con el puño a la dama, ésta no retrocedió ni un paso y le llamó «cobarde». Él le gritó algunas cosas que solía reservar para el casero. Después, cogió todas las plumas y las tiró a la cuneta, antes de salir disparado hacia el Black Bull. Ni siquiera volvió a casa para comer. Sal había preparado pescado y patatas fritas. Yo no me quejé, liquidé su ración de patatas, y esa tarde fui a ver al West Ham. Esa noche, cuando volví, aún no había regresado y cuando me desperté por la mañana comprobé que su lado de la cama seguía intacto. Al volver de misa con el abuelo mi padre seguía sin dar señales de vida, y dormí por segunda noche consecutiva en la cama de matrimonio para mí solo.

–Habrá pasado otra noche entre rejas –dijo el abuelo el lunes por la mañana, mientras yo empujaba nuestro carretón por el centro de la calle, intentando no pisar la mierda de los caballos que arrastraban los autobuses de la línea metropolitana.

Al pasar frente al número 110 divisé a la señora Shorrocks mirándome desde la ventana. Exhibía el habitual ojo morado y la colección de diferentes magulladuras que Bert le solía producir cada sábado por la noche.

–Ve a sacarlo de la cárcel hacia el mediodía –dijo el abuelo–. Ya se le habrá pasado la cogorza.

Me repugnó la idea de soltar media corona para pagar su fianza; los beneficios de un día al carajo. Pasadas las doce me presenté en comisaría. El sargento de guardia me dijo que Bert Shorrocks seguía en su celda y sería conducido ante el juez por la tarde, pero que no habían visto a mi viejo en todo el fin de semana.

–Es igual que un penique falso: no dudes que aparecerá de nuevo –comentó mi abuelo con una risita.

Pero pasó un mes antes de que mi padre «apareciera» de nuevo, y cuando le vi no pude dar crédito a mis ojos: iba vestido de caqui de pies a cabeza. Se había enrolado en el segundo batallón de los Fusileros Reales. Nos explicó que, a pesar de que confiaba en ser enviado al frente dentro de pocas semanas, pasaría la Navidad con nosotros; un oficial le había dicho que los malditos boches se irían a tomar por el culo mucho antes.

El abuelo meneó la cabeza y frunció el ceño, pero yo estaba tan orgulloso de mi viejo que pasé el resto del día paseando por el mercado sin separarme un momento de su lado. Hasta la dama apostada en una esquina con su cargamento de plumas blancas le dedicó un cabeceo de aprobación. La miré con cara de pocos amigos y le prometí a mi padre que si los alemanes no se habían ido a tomar por el culo antes de Navidad, dejaría el mercado y me alistaría para ayudarle a concluir la faena. Aquella noche lo acompañé al Black Bull, decidido a pulirme la paga semanal en lo que le apeteciera. Sin embargo, nadie permitió que pagase su bebida, así que no tuve que gastar ni un penique. Se fue de buena mañana, para unirse a su regimiento, antes de que el abuelo y yo nos levantáramos para ir al mercado.

El viejo nunca escribió porque no sabía escribir, pero toda la gente del East End sabía que, si no encontrabas bajo tu puerta uno de aquellos sobres marrones, el miembro de tu familia que combatía en la guerra seguía con vida.

El señor Salmon me leía a veces artículos del periódico matutino, pero nunca encontró una mención de los Fusileros Reales, así que jamás supe dónde se había metido el viejo. Únicamente rezaba para que no se hallara en un lugar llamado Ypres, donde, según informaba el periódico, las víctimas eran muy elevadas.

Tuvimos un día de Navidad muy tranquilo en familia, en virtud de que el viejo no había regresado del frente, tal como el oficial había pronosticado.

Sal, que hacía turnos en un café de Commercial Road, volvió a trabajar el día 27. Grace se pasó las así llamadas vacaciones de guardia en el hospital de Londres, mientras Kitty supervisaba los regalos de todo el mundo, antes de irse a la cama. Aunque Kitty parecía incapaz de durar más de una semana en el mismo trabajo vestía mejor que cualquiera de nosotros, pues una ristra de novios estaban dispuestos a gastar hasta el último penique en ella antes de partir hacia el frente. Me resultaba del todo imposible imaginar qué pensaba decirles en el caso de que todos volvieran el mismo día.

De vez en cuando, Kitty aceptaba trabajar un par de horas en el puesto, pero desaparecía en cuanto le echaba mano a una parte de los beneficios de la jornada.

–Creo que no hacemos un buen negocio con ella –solía comentar mi abuelo.

Yo no me quejaba. Tenía dieciséis años, no alentaba la menor preocupación y mis pensamientos se concentraban en conseguir cuanto antes un carretón de mi propiedad.

El señor Salmon me dijo que los mejores carretones se vendían en Old Kent Road, porque muchos jóvenes obedecían la consigna de Kitchener, consistente en alistarse y combatir por la patria y el rey. Estaba seguro de que no habría un momento más adecuado para hacer lo que él llamaba un buen *metsieh*. Le di las gracias, pero también le rogué que no revelara mis intenciones al abuelo, porque quería cerrar el *metsieh* sin que él lo supiera.

La mañana del sábado siguiente le pedí al abuelo dos horas libres.

–¿Es que te has echado una novia? –Me miró de soslayo–. Espero que no vayas a empinar el codo.

–Ni lo uno ni lo otro –respondí con una sonrisa–, pero serás el primero en enterarte, abuelo –le prometí, llevándome la mano a la gorra, y me puse a correr hacia Old Kent Road.

Crucé el Támesis por el puente de la Torre, adentrándome en el sur más que nunca, y cuando llegué al extraño mercado no di crédito a mis ojos. Jamás había visto tantos carretones. Estaban alineados en filas. Largos, cortos, rechonchos, pintados con todos los colores del arco iris; algunos exhibían nombres famosos durante generaciones en el East End. Me pasé una hora examinando los que estaban en venta, pero el único al que volví tenía escrito en un costado, en letras azules y doradas: «El carretón más grande del mundo».

La mujer que vendía el espléndido objeto me dijo que sólo tenía un mes de uso y que su marido, muerto por los alemanes, había pagado tres libras por él. No pensaba venderlo por menos.

Le expliqué que sólo tenía dos libras, pero que esperaba pagarle el resto antes de seis meses.

–Todos podríamos morir antes de que pasen esos seis meses –replicó.

Meneó la cabeza con el aire de quien ha escuchado a menudo cuentos por el estilo.

–En ese caso, le daré dos libras y seis peniques, más el carretón de mi abuelo como garantía –dije sin pensar.

–¿Tu abuelo? –preguntó ella.

–Sí, Charlie Trumper –dije con orgullo, si bien no confiaba en que conociera su nombre.

–¿Charlie Trumper es tu abuelo?

–Sí, ¿y qué? –pregunté, desafiante.

–Que las dos libras y seis peniques me bastan por ahora –respondió la mujer–. No te olvides de pagar el resto antes de Navidad.

Por primera vez comprendí qué significaba la palabra «reputación». Le entregué los ahorros de mi vida, prometiendo darle los restantes diecinueve chelines y seis peniques antes de que terminara el año.

Cerramos el trato con un apretón de manos, agarré las varas y me llevé de inmediato mi nuevo «Gorrión» hacia Whitechapel Road.

Cuando Sal y Kitty vieron el carretón se pusieron a dar saltos de alegría, e incluso me ayudaron a pintar en un costado «Charlie Trumper, el comerciante honrado, a su servicio desde 1823».

Acabada la tarea, y mucho antes de que la pintura se secara, hice rodar el carretón con aire triunfal hacia el mercado. Cuando divisé el puesto de mi abuelo, mi sonrisa ya se extendía de oreja a oreja.

La multitud congregada alrededor del viejo carretón parecía más numerosa de lo que acostumbraba a ser los sábados por la mañana, pero guardaba un extraño silencio, y no pude adivinar por qué enmudecieron en el momento en que aparecí.

–Ahí viene Charlie el joven –gritó una voz.

Varios rostros se volvieron en mi dirección. Presentí que algo había ocurrido. Solté mi nuevo carretón y corrí hacia la muchedumbre, que me abrió paso enseguida. Lo primero que vi después de atravesarla fue al abuelo tendido en el suelo, con la cabeza apoyada en una caja de manzanas y pálido como la cera.

Corrí a su lado y me arrodillé.

–Soy Charlie, abuelo, soy yo. Estoy aquí. ¿Qué puedo hacer? Dímelo y haré lo que sea.

Sus cansados ojos parpadearon lentamente.

–Escúchame con atención, muchacho –dijo, casi sin aliento–. Ahora, el carretón te pertenece, de modo que nunca lo pierdas de vista más de unas horas, ni tampoco el puesto.

–Pero es tu carretón y tu puesto, abuelo. ¿Cómo vas a trabajar sin carretón ni puesto? –pregunté, pero ya no me escuchaba.

Hasta aquel momento no se me había pasado por la cabeza que un conocido pudiera morir.

2

El funeral del abuelo Charlie se celebró una despejada mañana de principios de febrero en la iglesia de Santa María y San Miguel, en la calle Jubilee. Cuando los componentes del coro tomaron asiento, sólo quedó sitio para estar de pie, y hasta el señor Salmon, ataviado con un largo abrigo negro y un sombrero negro de ala ancha, se encontraba entre los que se apretujaban en el fondo de la iglesia.

A la mañana siguiente, cuando Charlie llegó al puesto de su abuelo con el flamante carretón nuevo, el señor Dunkley salió de la tienda de pescado y patatas fritas para admirar su adquisición.

–Tiene casi el doble de capacidad que el viejo carretón del abuelo –le dijo Charlie–. Además, sólo debo casi una libra.

Sin embargo, al acabar la semana Charlie descubrió que el nuevo carretón seguía medio lleno de fruta pasada que nadie quería. Sal y Kitty fruncieron la nariz cuando les ofreció delicadezas tales como plátanos pasados o melocotones machucados. Le costó varias semanas al nuevo comerciante calcular la cantidad que precisaba cada mañana para satisfacer las demandas de sus clientes, y aún más darse cuenta de que esas demandas variaban de un día a otro.

Un sábado por la mañana, después de recoger los productos en el mercado y de camino a Whitechapel, Charlie oyó un estridente chillido.

–Tropas británicas diezmadas en el Somme –gritaba un vendedor de periódicos en la esquina de Covent Garden.

Se desprendió de medio penique a cambio del *Daily Chronicle*, se sentó en la acera y empezó a leer, seleccionando las palabras que comprendía. Supo que miles de ingleses habían muerto en una operación combinada con el ejército francés contra las tropas del káiser Guillermo. El desventurado enfrentamiento había terminado en un desastre. El general Haig había previsto un avance de cuatro kilómetros por día, pero todo concluyó en una retirada. La consigna «Volveremos a casa por Navidad» sonaba ahora como una pura insensatez.

Charlie tiró el periódico a la cuneta. Ningún alemán podría matar a su padre, de eso estaba seguro, aunque últimamente empezaba a sentirse culpable acerca de su contribución a la guerra, teniendo en cuenta que Grace había solicitado el traslado a los hospitales de campaña, a sólo medio kilómetro del frente.

Aunque Grace escribía a Charlie cada mes, todavía no tenía noticias del paradero de su padre. «Aquí hay medio millón de soldados, y todos están helados, empapados y hambrientos», le explicaba. Sal continuaba trabajando de camarera en Commercial Road y pasaba todo su tiempo libre buscando marido; en cambio, Kitty no tenía el menor problema en encontrar infinidad de hombres que se sentían felices complaciendo todos sus deseos. De hecho, Kitty era la única de los tres que podía disponer de tiempo para ayudar en el puesto, pero como nunca se despertaba hasta que el sol brillaba en lo alto, y se escabullía mucho antes de que se hubiera puesto, no era lo que el abuelo hubiera llamado «una buena adquisición».

Pasaron semanas antes de que el joven Charlie dejara de volver la cabeza para preguntar: «¿Cuánto, abuelo? ¿Qué precio, abuelo? ¿Tiene crédito la señora Ruggles, abuelo?». Y sólo después de pagar hasta el último penique de su deuda y quedarse casi sin blanca, empezó a comprender que su abuelo debía de haber sido muy bueno en su oficio.

Durante los primeros meses sólo ganaron unos peniques por semana y Sal estaba convencida de que acabarían en el asilo si seguían sin pagar el alquiler. Suplicó a Charlie que vendiese el viejo carretón del abuelo para obtener una libra, pero la respuesta de Charlie era siempre la misma: decía que jamás lo haría y apostillaba que prefería morirse de hambre y dejar que la reliquia se pudriera en el patio antes de permitir que otra mano lo tocara.

Las cosas empezaron a enderezarse durante el otoño de 1916, y el carretón más grande del mundo rindió los beneficios suficientes para comprar un vestido de segunda mano a Sal, un par de zapatos a Kitty y un traje de tercera mano a Charlie.

Aunque Charlie seguía siendo delgado (ahora peso mosca) y no muy alto, después de cumplir diecisiete años observó que las damas agazapadas en la esquina de Whitechapel Road, aún empeñadas en plantificar plumas blancas a todos los civiles que aparentaban entre dieciocho y cuarenta años, empezaron a mirarlo como buitres impacientes.

Si bien a Charlie no le asustaban los alemanes, confiaba en que la guerra terminaría pronto y su padre regresaría a su rutina de trabajar en los muelles durante el día y beber en el Black Bull por las noches; pero, como no llegaban cartas y las noticias aparecían censuradas en los periódicos, ni siquiera el señor Salmon pudo explicarle lo que en realidad ocurría en el frente.

A medida que los meses pasaban, Charlie iba comprendiendo más y más las necesidades de sus clientes, y éstos, a cambio, descubrían que su carretón les ofrecía una mejor relación calidad-precio que muchos de sus competidores. Hasta Charlie presintió que las cosas mejoraban cuando, una mañana, apareció el rostro sonriente de la señora Smelley y le pidió más patatas para su pensión de las que solía vender a un cliente habitual en un mes.

–Podría enviarle sus pedidos directamente a la pensión, todos los lunes por la mañana, señora Smelley –dijo Charlie y se tocó la gorra.

–No, gracias, Charlie. Me gusta ver lo que compro.

–Concédame una oportunidad de demostrarle mi honradez, señora Smelley, y nunca más tendrá que salir a la calle, haga el tiempo que haga, cuando de pronto se dé cuenta de que tiene más huéspedes de los previstos.

Ella lo miró a la cara.

–Bien, lo probaremos un par de semanas, pero si alguna vez me engañas, Charlie Trumper...

–Acaba de hacer un trato –sonrió Charlie, y desde aquel día nadie volvió a ver a la señora Smelley comprando frutas o verduras en el mercado.

Charlie decidió que, tras este éxito inicial, extendería su servicio de reparto a los otros clientes del East End. Tal vez de esta forma, pensó, lograría doblar sus ingresos. A la mañana siguiente sacó el viejo carretón del abuelo del patio trasero, le quitó las telarañas, le dio una mano de pintura y encargó a Kitty que tomara los pedidos a domicilio, mientras se quedaba en el puesto de Whitechapel.

En pocos días, Charlie perdió los beneficios que obtuvo el año anterior y se quedó sin blanca. Por lo visto, las cuentas no eran el punto fuerte de Kitty y, además, sucumbía ante todas las historias lacrimógenas que le contaban, y solía terminar regalando la comida. Al final de aquel mes, Charlie se encontró casi arruinado y no le llegó para pagar el alquiler.

–¿Qué te ha enseñado esta arriesgada decisión? –preguntó Dan Salmon, de pie en la puerta de su tienda, la gorra encasquetada en la cabeza y los pulgares hundidos en los bolsillos del chaleco, que exhibía con orgullo su reloj de cadena.

–Pensarlo mucho antes de emplear a un miembro de la familia y no dar por sentado que todo el mundo pagará sus deudas.

–Bien –aprobó el señor Salmon–. Aprendes rápido. ¿Cuánto necesitas para aguantar hasta el mes que viene?

–¿Qué quiere decir? –preguntó Charlie.

–¿Cuánto? –repitió Salmon.

–Cinco libras –confesó Charlie, bajando la cabeza.

El viernes por la noche, Dan Salmon le entregó a Charlie cinco soberanos de oro, así como varios panes ázimos.

–Devuélvemelo cuando puedas, muchacho, y no se lo digas a mi mujer, o los dos las vamos a pasar moradas.

Charlie pagó el préstamo a razón de cinco chelines por semana, y lo saldó veinte semanas después. Siempre recordó la fecha de ese pago final, porque aquel mismo día el primer zepelín atacó Londres; se pasó casi toda la noche escondido bajo la cama de su padre, con Sal y Kitty agarradas a él como un náufrago a una tabla.

A la mañana siguiente, Charlie leyó un artículo sobre el bombardeo en el *Daily Chronicle* y se enteró de que más de cien londinenses habían muerto y unos cuatrocientos fueron heridos durante el ataque.

Comió su manzana matutina y entregó el pedido semanal de la señora Smelley antes de volver a su puesto de Whitechapel Road. Los lunes siempre eran muy ajetreados; todo el mundo renovaba su despensa después del fin de semana. Llegó agotado al número 112 para tomar su merienda. En tanto devoraba con buen apetito su parte del pastel de cerdo, alguien llamó a la puerta.

–¿Quién puede ser? –preguntó Kitty, mientras Sal servía a Charlie su segunda patata.

–Sólo hay una forma de averiguarlo, querida –dijo Charlie, sin moverse de su sitio.

Kitty se levantó de la mesa a regañadientes y volvió al cabo de un momento, arrugando la nariz.

–Es Becky Salmon. Dice que quiere hablar contigo.

–Pues haz pasar a la señorita Salmon al recibidor –contestó Charlie, sonriente.

Kitty salió mientras Charlie abandonaba la cocina y llevaba en la mano el trozo de pastel que le quedaba. Entró en la única habitación que no era dormitorio. Se sentó en una vieja butaca de cuero y siguió masticando mientras esperaba. Un momento después, «Posh Porky» avanzó hacia el centro de la estancia y se detuvo frente a Charlie, en silencio. Le sorprendió un poco la corpulencia de la muchacha. Aunque era cinco o seis centímetros más baja que él, debía de pesar al menos seis kilos más. «Un auténtico peso pesado», se dijo. Estaba claro que los bollos de crema de su padre seguían siendo su debilidad. Charlie contempló su impecable blusa blanca y la falda plisada azul marino. Llevaba un águila dorada, rodeada de palabras pertenecientes a un idioma que nunca había visto, en su elegante chaqueta azul. Una cinta roja descansaba precariamente sobre su corto cabello oscuro. Charlie reparó en que sus zapatos negros y sus calcetines blancos estaban tan inmaculados como siempre. La hubiera invitado a sentarse, pero él ocupaba la única silla de la habitación. Ordenó a Kitty que los dejara a solas. Durante un segundo ésta miró desafiante a Charlie, pero salió sin decir palabra.

–¿Qué puedo hacer por ti? –preguntó Charlie, en cuanto oyó que la puerta se cerraba.

Rebecca Salmon se puso a temblar cuando intentó expresarse.

–He venido a verte por lo que les ha pasado a mis padres.

Pronunció cada palabra con mucha lentitud, y Charlie descubrió con disgusto que había perdido por completo el acento del East End.

–¿Y qué les ha pasado a tus padres? –preguntó Charlie con rudeza, confiando en que ella no hubiera advertido los cambios que su voz había experimentado en los últimos tiempos.

Becky estalló en lágrimas. Charlie miró por la ventana, porque no sabía muy bien qué hacer.

Becky continuó temblando, mientras intentaba volver a hablar.

–Papá murió anoche, durante el bombardeo del zepelín, y mamá está en el Hospital de Londres.

No añadió ninguna otra explicación.

–No sabía nada –exclamó Charlie, saltando de la silla.

–No podías haberte enterado –dijo Becky–. Ni siquiera lo he dicho en la tienda. Los empleados creen que se ha puesto enfermo.

–¿Quieres que hable con ellos? ¿Has venido a verme para eso?

–No –contestó ella. Alzó la cabeza poco a poco y estuvo callada unos momentos–. Quiero que te hagas cargo de la tienda.

La oferta dejó tan asombrado a Charlie que se quedó sin habla.

–Mi padre solía decirme que no pasaría mucho tiempo antes de que tuvieras tu propia tienda, así que pensé...

–Pero no tengo ni idea de panaderías –tartamudeó Charlie.

–Los dos ayudantes de papá saben todo lo que hay que saber sobre el oficio, y sospecho que en pocos meses tú sabrás más que ellos. Lo que la tienda necesita en este preciso momento es un vendedor. Mi padre siempre dijo que eras tan bueno como el abuelo Charlie, y todo el mundo sabe que él era el mejor.

–¿Y mi puesto?

–Sólo está a unos metros de la tienda, así que no te costaría nada vigilar ambos sitios. –Vaciló antes de añadir–: No puede decirse lo mismo de tu servicio de reparto.

–¿También sabes eso? –preguntó Charlie, algo sorprendido.

–Hasta sé que intentaste devolver los últimos chelines a mi padre pocas horas antes de que fuera a la sinagoga el pasado sábado. No teníamos secretos.

–¿Y cuál es el trato? –preguntó Charlie, sospechando que la muchacha siempre se le adelantaba.

–Tú te encargas del puesto y de la panadería y seremos socios al cincuenta por ciento.

–¿Y tú qué harás?

–Verificaré los libros cada mes y me cuidaré de que paguemos los impuestos a tiempo y no quebrantemos las ordenanzas municipales.

–Nunca he pagado impuestos –replicó Charlie–, y a nadie le importa un comino el ayuntamiento y sus estúpidas ordenanzas.

Los ojos oscuros de Becky se clavaron en él por primera vez.

–Le importan a la gente que un día espera emprender un negocio serio, Charlie Trumper.

–El cincuenta por ciento no me parece justo –dijo Charlie, esforzándose todavía por llevar la voz cantante.

–Mi tienda vale mucho más que tu carretón, y también produce mayores ingresos.

–Hasta que tu padre murió –replicó Charlie, arrepintiéndose de sus palabras en el acto.

Becky bajó la cabeza de nuevo.

–¿Vamos a ser socios o no? –preguntó.

–Quiero el sesenta por ciento –dijo Charlie.

Ella vaciló durante un largo momento. Después, extendió de repente la mano, y Charlie se la estrechó vigorosamente para confirmar que su primer trato se había cerrado.

Después del funeral de Dan Salmon, Charlie empezó a leer cada mañana el *Daily Chronicle*, con la esperanza de averiguar cuál era la situación del Segundo Batallón de Fusileros Reales, y quizá de su padre.

Descubrió que el regimiento combatía en algún lugar de Francia, pero el periódico nunca daba detalles de su emplazamiento exacto.

El diario empezó a ejercer una doble fascinación sobre él, por cuanto los anuncios publicados en casi todas las páginas despertaron su interés. No podía creer que los señores del West End desearan pagar por cosas que a él le parecían lujos innecesarios. Sin embargo, Charlie aún quería probar la Coca-Cola, el último refresco llegado de Estados Unidos, a penique la botella, y probar la nueva maquinilla de afeitar Gillette (a pesar de que todavía no se afeitaba), a seis peniques el soporte y dos peniques las seis hojas. Estaba seguro de que su padre, que siempre utilizaba una navaja, consideraría la idea una mariconada. No menos ridículas eran las fajas de señora a dos guineas. Ni Sal ni Kitty necesitarían nunca ninguna, aunque tal vez sí «Posh Porky», si seguía atiborrándose de bollos de crema.

Tan fascinado quedó Charlie por estas oportunidades de venta aparentemente infinitas que empezó a tomar el tranvía los domingos por la mañana en dirección al West End, a fin de averiguar algo más. Se desplazaba en el vehículo tirado por caballos hasta Chelsea, y desde allí pasaba en dirección a Mayfair, estudiando todos los productos exhibidos en los escaparates. También tomaba nota de cómo vestía la gente y admiraba los nuevos autos, que desprendían gases, pero no estiércol, mientras avanzaban por en medio de la calle. Incluso se preguntó cuánto le costaría alquilar una tienda en Chelsea.

El primer domingo de octubre de 1917, Charlie se llevó a Sal con él... para enseñarle los monumentos, explicó.

Charlie se desplazaba con parsimonia de escaparate en escaparate, obviamente excitado por todo lo nuevo que veía. Ropas de hombre, sombreros, zapatos, vestidos de mujer, perfumes, ropa interior, incluso galletas y pasteles retenían su atención durante horas y horas.

–Volvamos a Whitechapel, que es nuestro sitio, por el amor de Dios –dijo Sal–. Tengo algo muy claro: aquí nunca me sentiré a gusto.

–Pero ¿es que no entiendes? –dijo Charlie–. Una de estas tiendas me pertenecerá algún día.

–No digas sandeces –replicó Sal–. Ni siquiera Dan Salmon se lo habría podido permitir.

Charlie no se molestó en contestar.

Charlie dominó en poco tiempo el negocio de la panadería, lo que demostró que Becky había estado en lo cierto. Al cabo de un mes sabía tanto sobre temperaturas del horno, controles, expansión de la levadura y mezclas correctas de harina y agua como cualquiera de los dos ayudantes, y como trataban con los mismos clientes mientras Charlie atendía en su puesto, las ventas sólo descendieron un poco durante el primer trimestre.

Becky demostró ser tan eficiente como había dicho. Llevaba las cuentas con lo que ella llamaba «una rigurosa organización» y hasta abrió una serie de libros mayores para el carretón de Trumper. Cuando concluyeron sus primeros tres meses como socios, se encontraron con unos beneficios de cuatro libras y once chelines, a pesar de la reparación de un horno de gas perteneciente a la panadería. Charlie pudo comprarse su primer traje de segunda mano.

Aunque Sal todavía trabajaba de camarera en un café de Commercial Road, Charlie sabía que estaba desesperada por encontrar a alguien dispuesto a casarse con ella –al margen de su aspecto físico– para tener su propio dormitorio, según explicó.

La carta de Grace llegaba puntual a principios de cada mes y conseguía irradiar alegría, a pesar de que la muerte la rodeaba. «Es igual a su madre», decía el padre O'Malley a sus feligreses. Kitty seguía haciendo lo que le venía en gana, sableaba tanto a sus hermanas como a Charlie y jamás les devolvía los préstamos. «Es igual a su padre», decía el cura.

–Me gusta tu traje nuevo –dijo la señora Smelley cuando Charlie le entregó su pedido semanal aquel lunes por la tarde.

Él enrojeció y fingió no oír el cumplido, regresando a la panadería.

El segundo trimestre trajo mayores ganancias a los dos negocios de Charlie, y advirtió a Becky de que le había echado el ojo a la carnicería, ahora que el único hijo del propietario había perdido la vida en un lugar llamado Passchendaele. Becky le había prevenido contra embarcarse en otra aventura antes de descubrir el volumen de sus ganancias, y después sólo si los ya maduros ayudantes averiguaban lo que se traían entre manos.

–Da por sentado, Charlie Trumper –le dijo cuando se sentaron en la minúscula trastienda de la panadería, para verificar las cuentas mensuales–, que no tienes ni la menor idea sobre carnicerías. «Charlie Trumper, el comerciante honrado, a su servicio desde 1823» todavía me gusta –añadió–. «Charlie Trumper, el manirroto idiota, clausurado en 1917», no.

Becky también comentó favorablemente su traje nuevo cuando terminó de repasar las innumerables columnas de cifras. Él iba a devolverle el cumplido, insinuando que la muchacha había perdido algo de peso, cuando ella alargó la mano y se sirvió una porción de tarta de mermelada.

Becky, por fin, recorrió con un pegajoso dedo la hoja de balance mensual y contrastó las cifras con el estado de cuentas bancario escrito a mano. Un beneficio de ocho libras y catorce chelines, escribió con pulcra letra en la parte inferior.

–A este paso, seremos millonarios cuando cumpla cuarenta años –dijo Charlie.

–¿Cuarenta, Charlie Trumper? –replicó Becky con desdén–. No tienes prisa, ¿verdad?

–¿Qué quieres decir? –preguntó Charlie.

–Sólo que confío en que lo logremos mucho antes.

Charlie lanzó una carcajada estentórea para ocultar el hecho de que no sabía si ella estaba bromeando. Después de que Becky cerrara los libros y los guardara en su bolso, Charlie se preparó para cerrar la panadería. Cuando salieron a la calle se despidió de su socia con una reverencia exagerada. Silbó desafinando el *Lambeth Walk* mientras empujaba su carretón hacia el sol poniente. ¿Lograría su primer millón antes de los cuarenta, o había sido una tomadura de pelo de Becky?

Pasó frente a la casa de Bert Shorrocks y se detuvo en seco. Ante la puerta principal del 112, vestido con larga sotana negra, sombrero negro y con una biblia negra en la mano, se hallaba el padre O'Malley.

3

Charlie se sentó en el vagón del tren con destino a Edimburgo y pensó en las decisiones que había tomado durante los últimos cuatro días. Becky las calificó de temerarias, y Sal de estúpidas, directamente. La señora Smelley opinó que no debía ir hasta que le llamaran, y Grace continuaba atendiendo a los heridos en el frente occidental, de modo que no se enteró de lo que había hecho. En cuanto a Kitty, se enfurruñó y le preguntó cómo iba a sobrevivir sin él.

Recibió una carta en la que le informaban que el soldado raso George Trumper había muerto el 2 de noviembre de 1917 en Passchendaele, valientemente, mientras cargaba contra las líneas enemigas en el bosque de Polygon.

Más de mil hombres habían muerto aquel mismo día, al atacar un frente de quince kilómetros de largo que se extendía desde Messines a Passchendaele; no le sorprendió, por tanto, que la carta del teniente fuera breve y concisa.

Después de una noche de insomnio, Charlie fue el primero que apareció a la mañana siguiente en la oficina de reclutamiento de Great Scotland Yard. El cartel de la pared reclamaba voluntarios, de edad comprendida entre dieciocho y cuarenta años, para enrolarse en el ejército del «general Haig».

Aunque aún no tenía dieciocho años, Charlie rezó para que no lo rechazaran.

Cuando el sargento de reclutamiento preguntó: «¿Apellido?», Charlie sacó pecho y casi aulló: «Trumper». Aguardó con ansia. «¿Fecha de nacimiento?», preguntó el hombre, que llevaba tres galones blancos en el brazo.

–Veinte de enero de 1899 –dijo Charlie, sin vacilar, pero sus mejillas se tiñeron de rubor mientras pronunciaba las palabras. El sargento levantó la vista y le guiñó un ojo.

Transcribió las letras y los números a un formulario amarillento sin hacer ningún comentario.

–Quítate la gorra, muchacho, y preséntate ante el oficial médico.

Un enfermero condujo a Charlie a un cubículo, donde un hombre mayor, que se cubría con una larga bata blanca, lo hizo desnudarse hasta la cintura, toser, sacar la lengua y respirar hondo, antes de aplicarle por todas partes un frío objeto de goma. Luego examinó las orejas y ojos de Charlie, golpeándole a continuación las rodillas con un martillo de goma. Después de quitarse los pantalones y los calzoncillos (por primera vez delante de alguien que no fuera un miembro de su familia), el médico le dijo que no era portador de enfermedades contagiosas... «Sean lo que sean», pensó Charlie.

Se miró en el espejo mientras lo medían.

–Un metro y setenta y tres centímetros –dijo el enfermero.

«Y aún creceré más», deseó decir Charlie, mientras se apartaba un mechón de pelo de los ojos.

–Dientes sanos, ojos pardos –dijo el médico–. Nada que objetar –añadió.

El viejo hizo unas señales en la parte derecha del formulario antes de decirle que se presentara de nuevo al tipo de los tres galones blancos. Charlie hizo otra cola y volvió a encontrarse cara a cara con el sargento.

–Bien, muchacho, firma aquí y te proporcionaremos un permiso para viajar.

Charlie garabateó su firma en el punto que indicaba el dedo del sargento. No dejó de observar que al hombre le faltaba el pulgar.

–¿La Honorable Compañía de Artillería o los Reales Fusileros? –preguntó el sargento.

–Los Reales Fusileros –dijo Charlie–. Es el regimiento de mi viejo.

–Pues los Reales Fusileros –dijo el sargento sin pensarlo dos veces, marcando otra casilla.

–¿Cuándo me darán el uniforme?

–Cuando llegues a Edimburgo, muchacho. Preséntate en King's Cross a las ocho de la mañana. El siguiente.

Charlie regresó al 112 de Whitechapel Road para pasar otra noche en blanco. Sus pensamientos saltaban de Sal a Grace y de éstas a Kitty, y se preguntaba cómo sobrevivirían sus hermanas durante su ausencia. También pensó en Rebecca Salmon y en la sociedad que formaban, pero, en último término, sus pensamientos volvían a la tumba de su padre en un campo de batalla extranjero y a la venganza que deseaba infligir a todo alemán que se le pusiera por delante. Estos sentimientos no lo abandonaron hasta que la luz de la mañana se coló por las ventanas.

Charlie se puso el traje nuevo, el que la señora Smelley había elogiado, su mejor camisa, la corbata de su padre, una gorra y su único par de zapatos de piel. «Se supone que voy a combatir contra los alemanes, no a una boda», pensó, mientras se miraba en el espejo rajado que había encima del lavabo. Ya había escrito una nota a Becky (con una pequeña ayuda del padre O'Malley), indicándole que vendiera la tienda y sus dos carretones si tenía la oportunidad, y que le guardara su parte del dinero hasta que volviera a Whitechapel. Nadie hablaba ya de la Navidad.

–¿Y si no vuelves? –había preguntado el padre O'Malley, inclinando un poco la cabeza–. ¿Qué ocurrirá con tus propiedades?

–Divida todo lo que quede a partes iguales entre mis tres hermanas –respondió Charlie.

El padre O'Malley escribió las instrucciones de su antiguo alumno y, por segunda vez en dos días, Charlie estampó su firma al pie de un documento oficial.

Cuando Charlie terminó de vestirse, descubrió que Sal y Kitty esperaban a la puerta, pero no les dio permiso para acompañarlo a la estación, a pesar de sus sollozantes protestas. Sus dos hermanas lo besaron (otra primera ocasión) y tuvo que desprenderse de la mano de Kitty para recoger el paquete de papel de estraza en que había guardado todos sus bienes terrenales.

Se dirigió solo al mercado de Whitechapel Road y entró en la panadería por última vez. Los dos ayudantes le juraron que no notaría ningún cambio cuando volviera. Salió de la tienda y descubrió que otro muchacho, tal vez un año menor que él, ya había situado su carretón de castañas en su puesto. Atravesó el mercado con parsimonia en dirección a King's Cross, sin mirar ni una vez hacia atrás.

Llegó a la Gran Estación del Norte media hora antes de lo estipulado y se presentó de inmediato al sargento que lo había alistado el día anterior.

–Bien, Trumper, tómate una taza de té y espera en el andén tres.

Charlie no recordaba la última vez que había recibido u obedecido una orden. Ciertamente, nadie lo había mandado desde la muerte del abuelo.

El andén tres ya estaba abarrotado de hombres, tanto uniformados como en traje de calle. Algunos hablaban a voz en grito, otros se apartaban y guardaban silencio; todos expresaban de alguna manera su inseguridad.

A las once, tres horas después de lo previsto, les ordenaron que subieran al tren. Charlie se sentó en un rincón de un vagón a oscuras y miró por la mugrienta ventanilla la campiña inglesa que nunca había visto. En el pasillo alguien interpretaba con la armónica melodías populares de actualidad, desafinando ligeramente. Cuando pasaban por las estaciones de ciudades, de las que jamás había oído hablar (Peterborough, Grantham, Newark, York), la gente saludaba y vitoreaba a sus héroes. La locomotora se detuvo en Durham para repostar carbón y agua. El sargento les dijo que bajaran, estiraran las piernas y tomaran otra taza de té. Añadió que, con un poco de suerte, hasta podrían conseguir algo para comer.

Charlie paseó por el andén mordisqueando un pegajoso bollo, a los acordes de una banda militar que tocaba *Land of Hope and Glory*. La guerra estaba por todas partes. Cuando los reclutas volvieron al tren, las damas de estrechos sombreros que vestirían santos el resto de sus vidas los despidieron agitando pañuelos.

El tren traqueteó hacia el norte, cada vez más lejos del enemigo, hasta detenerse por fin en la estación Waverly de Edimburgo. Un capitán, tres suboficiales y un millar de mujeres les esperaban en el andén para darles la bienvenida.

Charlie oyó las palabras: «Adelante, sargento mayor», y un momento después se adelantó un hombre que debía de medir un metro noventa de estatura y cuyo pecho, semejante a un barril de cerveza, estaba cubierto de medallas.

–A formar –dijo el gigante, con un acento ininteligible.

Organizó rápidamente (aunque Charlie averiguaría más tarde que, según su criterio, se realizó con lentitud) a los hombres en filas de tres, antes de presentarse ante alguien que Charlie imaginó un oficial.

–Todos presentes y formados, señor –dijo y lo saludó.

El hombre más elegante que Charlie había visto en su vida devolvió el saludo. Parecía pequeño en comparación con el sargento mayor, aunque debía de medir alrededor del metro ochenta. Su uniforme era inmaculado, pero desprovisto de medallas; llevaba tan marcada la raya del pantalón que Charlie se preguntó si lo acababa de estrenar. El joven oficial sostenía una fusta de cuero en su mano enguantada, y de vez en cuando se golpeaba con ella el muslo, como si pensara que iba a caballo. Los ojos de Charlie se posaron después en el cinturón Sam Browne y en los zapatos de piel marrón del militar, tan brillantes que le recordaron a Rebecca Salmon.

–Soy el capitán Trentham –informó el hombre al expectante grupo de bisoños, con un acento que, sospechó Charlie, sonaría mucho mejor en Mayfair que en una estación de ferrocarril de Escocia–. Soy el responsable del batallón –prosiguió, mientras trasladaba el peso de su cuerpo de un pie a otro–, y estaré al mando en tanto se hallen destinados en Edimburgo. En primer lugar, desfilaremos hasta los barracones, donde se les suministrarán las cosas necesarias para que puedan hacerse la cama. La cena se servirá a las dieciocho horas y las luces se apagarán a las veintiuna. Mañana por la mañana se tocará diana a las cinco; se levantarán y desayunarán antes de empezar la instrucción básica. Esta rutina se sucederá a lo largo de las doce próximas semanas. Y les prometo que serán doce semanas absolutamente infernales –añadió, y su tono pareció indicar que la idea le resultaba de lo más agradable–. Durante este período, el sargento mayor Philpott será el suboficial al mando del batallón. El sargento mayor luchó en el Somme, donde se le recompensó con la Medalla Militar, así que sabe exactamente qué les espera cuando, en su momento, lleguemos a Francia y nos enfrentemos con el enemigo. Presten atención a todas y cada una de sus palabras, porque es posible que eso les salve la vida. Adelante, sargento mayor.

–Gracias, señor –ladró el sargento mayor Philpott.

La abigarrada banda miró con temor a la figura que estaría al mando de sus vidas durante los siguientes tres meses. Después de todo, era un hombre que había visto al enemigo y había vuelto a casa para contarlo.

–Bien, empecemos –dijo, y procedió a guiar a sus reclutas (cargados con todo tipo de cosas, desde maletas destartaladas hasta paquetes de papel de estraza) en fila de a dos por las calles de Edimburgo, sólo para asegurarse de que los ciudadanos no observarían la falta de disciplina de aquella chusma. A pesar de todo, los peatones se paraban, aplaudían y vitoreaban. Charlie vio por el rabillo del ojo que uno de ellos descansaba su única mano sobre su única pierna. Unos veinte minutos más tarde, después de subir la colina más grande que Charlie había visto en su vida, y que lo dejó literalmente sin aliento, entraron en los cuarteles del castillo de Edimburgo.

Aquella noche, Charlie apenas abrió la boca, para escuchar los diferentes acentos de los hombres que parloteaban a su alrededor. Tras una cena compuesta de sopa de guisantes («un guisante por cabeza», se mofó el cabo de guardia) y carne de vaca en conserva, quedó acuartelado –mientras aprendía nuevas palabras a cada minuto– en un amplio gimnasio que albergaba temporalmente cuatrocientas camas, de unos setenta centímetros de ancho y separadas entre sí por treinta centímetros. Sobre un delgado colchón de crin descansaban una sábana, una almohada y una manta. Ordenanzas reales.

Por primera vez en su vida, se le ocurrió a Charlie que el 112 de Whitechapel Road podía considerarse lujoso. Se derrumbó sobre la cama sin hacer, exhausto, y se quedó dormido, pero logró despertarse a las cuatro y media de la mañana. Esta vez, sin embargo, no era para acudir al mercado, y no podía elegir la mejor manzana para desayunar.

A las cinco, una corneta solitaria sacó a los demás de su profundo sopor. Charlie ya se había levantado, lavado y vestido, cuando un hombre con dos galones en la manga entró. Cerró la puerta con estruendo y gritó: «Arriba, arriba, arriba», mientras lanzaba puntapiés al pie de cada cama en la que un hombre seguía dormido. Los reclutas hicieron cola para lavarse en palanganas medio llenas de agua helada, que servían para tres hombres y luego se cambiaban. Algunos se encaminaron a las letrinas situadas en la parte posterior del gimnasio. En opinión de Charlie, olían peor que Whitechapel Road en un asfixiante día de verano.

El desayuno consistió en un cazo de gachas, media taza de leche y un biscote reseco, pero nadie protestó. La jovial algarabía que surgía de aquella sala habría convencido a cualquier alemán de que todos los reclutas se habían unido contra un enemigo común.

A las seis, una vez hechas e inspeccionadas las camas, todos salieron arrastrando los pies a la fría oscuridad reinante en la explanada de revista de tropas. Una fina película de nieve cubría el asfalto negro.

–Si esto es la plácida Escocia, que me cuelguen –oyó decir Charlie a un hombre con acento *cockney*[1].

Rió por primera vez desde que había partido de Whitechapel. Se abrió paso hasta un joven mucho más bajo que él. Se frotaba las manos entre las piernas para intentar calentarse.

–¿De dónde eres? –preguntó Charlie.

–De Poplar, amigo. ¿Y tú?

–De Whitechapel.

–Extranjero de mierda.

Charlie miró a su nuevo compañero. El hombre no mediría ni un centímetro más de metro y medio. Era flaco, de cabello oscuro rizado y ojos centelleantes que nunca estaban quietos, como si buscara siempre problemas. Su gastado traje con coderas le colgaba como un saco, dando a sus hombros el aspecto de un perchero.

–Me llamo Charlie Trumper.

–Tommy Prescott –fue la respuesta.

Interrumpió sus ejercicios de calentamiento y extendió una mano. Charlie la estrechó vigorosamente.

–Silencio en las filas –rugió el sargento mayor–. Formen en columna de a tres. Los más altos a la derecha, los más bajos a la izquierda. Muévanse.

Los hombres se separaron.

Durante las siguientes dos horas llevaron a cabo lo que el sargento mayor describió como «instrucción». La nieve caía incesantemente del cielo, pero el sargento mayor no permitió que cuajara ni un copo sobre sus dominios. Desfilaban en tres filas de diez (Charlie aprendió más tarde que se llamaban secciones), balanceando los brazos a la altura de la cintura, las cabezas bien erguidas, a ciento veinte pasos por minuto. «Con brío, muchachos» y «No pierdan el paso» eran las frases que le gritaban a Charlie una y otra vez.

–Los alemanes también andan desfilando por ahí, y se mueren de ganas de dejaros fuera de combate –aseguró el sargento mayor mientras la nieve continuaba cayendo.

1. Acento de las clases populares londinenses. *(N. del T.)*

De haber estado en Whitechapel, Charlie se habría sentido feliz de correr arriba y abajo del mercado de cinco de la mañana a siete de la noche, boxear un poco en el club, tomar un par de pintas de cerveza y repetir idéntica rutina al día siguiente sin pensarlo dos veces, pero cuando el sargento mayor les dio un descanso de diez minutos a las nueve para beber una taza de cacao, se desplomó sobre la hierba del borde, exhausto. Levantó la vista y descubrió que Tommy Prescott lo estaba mirando.

–¿Un cigarrillo?

–No, gracias.

–¿En qué trabajas? –preguntó Tommy, encendiendo el cigarrillo.

–Tengo una panadería en la esquina de Whitechapel Road, y una...

–Ahórrate lo demás –dijo Tommy–. Ahora me dirás que tu papá es el alcalde de Londres.

–No exactamente. –Charlie rió–. Y tú ¿qué haces?

–Trabajo en una fábrica de cerveza. Whitbread y Cía, calle Chiswell, EC1. Soy el que pone los barriles en los carros, y luego los jamelgos me llevan por el East End para hacer las entregas. La paga no es buena, pero puedo emborracharme todas las noches.

–¿Por qué te has alistado?

–Es una larga historia –replicó Tommy–. Mira, para empezar...

–Bien. A formar, inútiles –gritó el sargento mayor Philpott, y ningún hombre retuvo el aliento necesario para pronunciar una palabra durante las dos horas siguientes, en que marcharon arriba y abajo una y otra vez. Charlie tuvo la impresión de que, cuando parase, los pies le fallarían.

La comida consistió en pan y queso. Charlie no se habría atrevido a vendérselos a la señora Smelley. Mientras devoraban ávidamente, Tommy le contó que, a la edad de dieciocho años, le habían ofrecido la alternativa de pasar dos años en los calabozos de Su Majestad o presentarse como voluntario para combatir por la patria y el rey. Tiró una moneda al aire y la cabeza del rey quedó cara arriba.

–¿Dos años? –preguntó Charlie–. ¿Por qué?

–Por sisar un poco de aquí y allí y hacer un trato adicional con uno de los hosteleros más astutos. Llevaba haciéndolo un montón de tiempo. Hace cien años me habrían colgado en el acto o enviado a Australia, así que no puedo quejarme. Al fin y al cabo, me entrenaron para eso, ¿no?

–¿Qué quieres decir? –preguntó Charlie.

–Bueno, mi padre era un ratero profesional. Y su padre antes que él. Tendrías que haber visto la cara del capitán Trentham cuando supo que había elegido destino en los Fusileros antes que volver a la cárcel.

Les dieron veinte minutos para comer. Después, dedicaron la tarde a encontrar el uniforme adecuado. Charlie, que descubrió tener una talla normal, se las arregló con bastante rapidez, pero tardaron casi una hora en localizar algo más o menos ajustado a las medidas de Tommy, sin que pareciera a punto de concursar en una carrera de sacos.

Cuando regresaron al acantonamiento, Charlie dobló su mejor traje y lo puso bajo la cama contigua a la que Tommy había elegido. Luego se pavoneó con su uniforme nuevo.

–Ropas de un muerto –le advirtió Tommy, cuando levantó la vista y examinó la chaqueta caqui de Charlie.

–¿Qué quieres decir?

–La han enviado desde el frente, ¿verdad? La han limpiado y cosido –dijo Tommy, señalando un remendón de cinco centímetros, justo sobre el corazón de Charlie–. Lo bastante ancho para meter por él una bayoneta, diría yo.

Les dejaron ir a cenar tras otra sesión de dos horas en el ahora helado terreno.

–Más pan y queso rancios –dijo Tommy de mal humor, pero Charlie estaba demasiado hambriento para quejarse, y devoró hasta la última miga.

Por segunda noche consecutiva, se dejó caer en la cama como una piedra.

–¿A que hemos disfrutado nuestro primer día al servicio de la patria y el rey? –preguntó el cabo de guardia, cuando apagó las luces de gas del barracón a las veintiuna horas.

–Sí, gracias, mi cabo –fue el sarcástico grito de respuesta.

–Bien –dijo el cabo–, porque siempre somos buenos con vosotros el primer día.

Se elevó un rugido que, en opinión de Charlie, debió de oírse en pleno corazón de Edimburgo. Oyó por encima del nervioso parloteo el toque de retreta, ejecutado a corneta desde la torre del castillo.

Cuando despertó a la mañana siguiente saltó de la cama al instante, y estuvo lavado y vestido antes de que nadie se moviera. Hizo la cama y estaba sacando brillo a las botas cuando sonó la diana.

–¿A que somos madrugadores? –dijo Tommy, dándose la vuelta–. Pero para qué molestarse, me pregunto yo, cuando lo único que os van a dar para desayunar es un gusano.

–Si eres el primero de la cola, al menos el gusano está caliente –respondió Charlie–. Y, en cualquier caso...

–Los pies en el suelo. ¡En-el-suelo! –rugió el cabo, entrando en el alojamiento y golpeando el borde de cada cama con su porra.

–Claro que –sugirió Tommy, mientras intentaba reprimir un bostezo –un propietario como tú ha de levantarse pronto para vigilar que sus empleados trabajen y no se estén rascando la tripa.

–Vosotros dos dejad de hablar y moveos –dijo el cabo–. Y vestíos, o las pasaréis canutas.

–Ya estoy vestido –indicó Charlie.

–No me repliques, muchacho, y llámame «mi cabo», si no quieres pasarte el día limpiando letrinas.

La amenaza bastó para que Tommy pusiera los pies en el suelo.

La segunda mañana consistió en más instrucción, amenizada por la sempiterna nieve, que ya tenía un espesor de cinco centímetros, seguida de otra comida a base de pan y queso. La tarde, sin embargo, fue destinada a lo que en los reglamentos de la compañía se definía como «Juegos y pasatiempos». Se cambiaron de equipo antes de trotar hacia el gimnasio para realizar ejercicios físicos, seguidos de instrucción de boxeo.

Charlie, que ahora era un peso medio ligero, no veía el momento de subir al cuadrilátero, en tanto Tommy se las arregló para mantenerse alejado de la línea de fuego toda la tarde, aunque ambos eran conscientes de la presencia amenazadora del capitán Trentham, pues se golpeaba constantemente el muslo con el bastón. Daba la impresión de estar siempre al acecho, sin quitarles el ojo de encima. La única sonrisa que cruzó sus labios en toda la tarde se produjo cuando vio a alguien caer inconsciente de un golpe. Y cada vez que pasaba frente a Tommy se limitaba a fruncir el ceño.

–Soy escurridizo como una anguila –explicó Tommy a Charlie

aquella noche–. Sin duda habrás oído la expresión «segundos fuera». Bien, ése soy yo.

Charlie estaba en la cama, mirando el techo.

–¿Nos escaparemos alguna vez de este lugar, mi cabo? –preguntó Tommy cuando el cabo de guardia entró en el barracón minutos antes de que apagaran las luces–. Por buen comportamiento, ya sabe.

–Se os permitirá salir el sábado por la noche –dijo el cabo–. Tres horas de permiso limitado, de seis a nueve, para hacer lo que os dé la gana. Sin embargo, no os alejaréis más de tres kilómetros de los barracones, vuestro comportamiento será el propio de un Fusilero Real y daréis parte a la guardia, sobrios como un juez, un minuto antes de las nueve. Dormid bien, queridísimos.

Éstas fueron las últimas palabras del cabo antes de iniciar la ronda de los barracones y apagar todas las luces de gas.

Cuando por fin llegó el sábado por la noche, dos soldados destrozados, con los pies magullados y los miembros doloridos, exploraron todo cuanto les fue posible la ciudad en tres horas, con sólo cinco chelines cada uno en el bolsillo, problema que limitó sus discusiones sobre qué taberna elegir.

A pesar de esto, Tommy parecía saber cómo sacar más cerveza por penique a cualquier patrón de lo que Charlie había soñado jamás, aunque no entendiera lo que decían o, para el caso, no lograra hacerse comprender. En el último puerto de escala, «El Voluntario», Tommy se esfumó en compañía de la camarera, una muchacha vivaracha y algo rolliza llamada Rose. Tommy regresó al cabo de diez minutos.

–¿Qué estabas haciendo? –preguntó Charlie.

–¿Y tú qué crees, idiota?

–Que sólo estuviste fuera diez minutos.

–Lo suficiente. Sólo los oficiales necesitan más de diez minutos para lo que hice.

A lo largo de la semana siguiente recibieron la primera lección de manejo del fusil, prácticas de bayoneta y hasta una sesión de lectura de mapas.

Aunque Charlie no tardó en dominar el arte de leer un mapa, a Tommy sólo le costó un día hacerse con el manejo del fusil. A la tercera lección ya sabía desmontarlo y montarlo más rápido que el instructor.

El miércoles por la mañana, el capitán Trentham les dio la primera charla sobre la historia de los Fusileros Reales. Charlie la hubiera disfrutado, de no ser porque Trentham dejó la impresión de que nadie merecía estar en el mismo regimiento que él.

–Aquellos de nosotros que elegimos los Fusileros Reales por razones históricas o de vínculos familiares tenemos el derecho a pensar que permitir a criminales unirse a nuestras filas sólo porque estamos en guerra no redunda en beneficio de la reputación del regimiento –dijo, mirando directamente a Tommy.

–Presumido de mierda –mascullό Tommy, en voz lo bastante alta para que lo captaran todos los presentes en la sala de conferencias, excepto el capitán.

Las carcajadas hicieron que Trentham frunciese el ceño.

El capitán Trentham volvió al gimnasio el jueves por la tarde, pero esta vez no se golpeaba el muslo con la fusta.

Iba equipado con una camiseta blanca de gimnasia, pantalones cortos azul marino y un grueso jersey blanco. El nuevo atavío estaba tan limpio e inmaculado como su uniforme. Paseó por la sala, observando cómo los instructores ponían a prueba a los hombres, y al igual que en la anterior ocasión, pareció mostrar un interés especial por lo que ocurría en el cuadrilátero. Durante una hora los hombres fueron pasando de dos en dos para recibir instrucción básica, primero de defensa y después de ataque.

–No bajes la guardia, muchacho –eran las palabras que proferían una y otra vez cuando los puños alcanzaban los mentones.

Cuando Charlie y Tommy subieron al cuadrilátero, éste ya había dejado claro a su amigo que confiaba en largarse a los tres minutos de boxear con un contrincante imaginario.

–Manteneos pegados –gritó Trentham; aunque Charlie empezó a golpear el pecho de Tommy, no hizo nada para causarle auténtico daño.

–Si no os lo tomáis en serio, me encargaré de los dos, uno tras otro –aulló Trentham.

–Apuesto a que es incapaz de quitar la nata de un manotazo a un flan –dijo Tommy, pero esta vez alzó demasiado la voz.

Trentham, ante la sorpresa del instructor, saltó de inmediato al cuadrilátero.

–Ahora lo veremos –dijo. Le pidió al instructor un par de guantes–. Mantendré tres asaltos con cada uno de estos hombres –dijo Trentham, mientras un reticente instructor le ataba los guantes.

Todos los que estaban en el gimnasio interrumpieron su actividad para contemplar lo que se avecinaba.

–Tú primero. ¿Cómo te llamas? –preguntó el capitán, señalando a Tommy.

–Prescott, señor –respondió Tommy, con una sonrisa.

–Ah, sí, el presidiario –dijo Trentham, y le borró la sonrisa en el primer minuto, porque Tommy, a pesar de que se esforzó con desesperación en alcanzar el mentón del capitán, no lo consiguió ni una vez.

En el segundo asalto, Trentham empezó a asestarle algunos golpes, pero sin la fuerza suficiente para derribar a Tommy. Se reservó tal humillación para el tercer asalto, cuando le propinó un gancho que el chico de Poplar no llegó a ver. Bajaron a Tommy del cuadrilátero, mientras le ataban a Charlie los guantes.

–Tu turno, soldado –dijo Trentham–. ¿Cómo te llamas?

–Trumper, señor.

–Vamos a ello, Trumper –fue todo lo que dijo el capitán antes de avanzar hacia él.

Charlie se defendió bien durante los primeros dos minutos, ayudándose de las cuerdas y la esquina mientras esquivaba y atacaba, recordando todos los trucos que había aprendido en el Club Juvenil Masculino de Whitechapel. Incluso intuyó que habría podido darle una buena lección al capitán, de no ser por su obvia ventaja de peso y estatura.

Al tercer minuto empezó a cobrar confianza, y hasta le propinó uno o dos golpes, para satisfacción de los espectadores. Cuando finalizó el asalto, Charlie consideró que se había desenvuelto bastante bien. Cuando sonó la campana bajó la guardia y se volvió para regresar a su esquina. Un segundo después, el puño del capitán se estrelló contra la nariz de Charlie. Todo el mundo en el gimnasio oyó el crujido. Charlie se desplomó contra las cuerdas. Nadie aplaudió cuando el capitán se desató los guantes y bajó del cuadrilátero.

–Nunca debes bajar la guardia –fue el único comentario del capitán Trentham.

Aquella noche, cuando Tommy vio el estado en que había quedado el rostro de su amigo, tendido en la cama, sólo pudo decir:

–Lo siento, amigo, fue culpa mía. Ese hijo de puta es un sádico, pero no te preocupes; si los alemanes no acaban con ese cabrón, yo lo haré.

Charlie apenas pudo esbozar una sonrisa.

El sábado se habían recuperado lo suficiente para formar con el resto de la compañía y esperar en una larga cola el momento de recibir los cinco chelines de paga. El dinero se esfumó con más rapidez que la cola durante las tres horas de permiso de aquella noche, pero Tommy siguió sacando más rendimiento a su dinero que cualquier otro recluta.

A principios de la tercera semana, Charlie apenas podía introducir sus pies hinchados en las pesadas botas de piel que el ejército le había suministrado, pero al contemplar las hileras de pies que adornaban el suelo del barracón cada mañana, comprendió que ninguno de sus camaradas se hallaba en mejores condiciones.

–Servicio de fajina para ti, muchacho, como que hay Dios –gritó el cabo.

Charlie le lanzó una mirada, pero las palabras iban dirigidas a Tommy, el ocupante de la cama contigua.

–¿Por qué, mi cabo? –preguntó Tommy.

–Por el estado de tus sábanas. Échales un vistazo. Habrás pasado la noche con tres mujeres, como mínimo.

–Sólo dos, si quiere que le diga la verdad, mi cabo.

–Cómete la lengua, Prescott, y preséntate en las letrinas nada más terminado el desayuno.

–Ya he cagado esta mañana, mi cabo, muchas gracias.

–Cierra el pico, Tommy –dijo Charlie–. No haces más que empeorar las cosas.

–Veo que ya empiezas a comprender mi problema –susurró Tommy–. Lo que sucede es que el cabo es peor que los jodidos alemanes.

–En eso confío, muchacho, por tu bien –fue la respuesta del cabo–. Porque es tu única oportunidad de salir con vida de esto. Ahora, andando hacia las letrinas..., a paso ligero.

Tommy desapareció y volvió al cabo de una hora, oliendo a estiércol.

–Podrías acabar con todo el ejército alemán sin que ninguno de nosotros necesitara disparar ni un tiro –dijo Charlie–. Sólo tienes que quedarte de pie delante de ellos y esperar a que el viento sople en la dirección adecuada.

Cuando llegó la quinta semana (Navidad y Año Nuevo habían pasado sin ningún tipo de celebración), Charlie fue nombrado furriel de su sección.

–Te harán coronel antes de que termines –dijo Tommy.

–No seas estúpido –replicó Charlie–. Todo el mundo tiene la oportunidad de dirigir la sección en algún momento de las doce semanas.

–Pues no me los imagino corriendo ese riesgo conmigo –dijo Tommy–. Volvería los rifles contra los oficiales y el primer disparo iría dirigido contra ese bastardo de Trentham.

Charlie descubrió que la responsabilidad de organizar la sección durante los siete días siguientes le gustaba. Lamentó que la semana terminara y la tarea fuera encomendada a otro.

A la sexta semana, sabía desmontar y limpiar un fusil casi tan rápido como Tommy, pero fue éste quien se reveló como un tirador de primera, capaz de acertar a cualquier cosa que se moviera a doscientos metros de distancia. Hasta el sargento mayor estaba impresionado.

–Todas las horas pasadas tirando al blanco en las ferias han servido de algo –comentó Tommy–. Lo que quiero saber es cuándo probaré con los alemanes.

–Antes de lo que piensas, muchacho –prometió el cabo.

–Hay que completar las doce semanas de instrucción –dijo Charlie–. Son las ordenanzas reales. O sea, todavía nos queda un mes, como mínimo.

–Que les den por el culo a las ordenanzas reales –contestó Tommy–. Me han dicho que la guerra podría terminar antes de que logre dispararles un tiro.

–No confíes mucho en eso –dijo el cabo, mientras Charlie recargaba y apuntaba.

–Trumper –gruñó una voz.

–Sí, señor –dijo Charlie, sorprendiéndose cuando vio al sargento de guardia a su lado.

–El asistente quiere verte. Sígueme...

–Pero, señor, yo no he hecho nada...

–No discutas, muchacho, sólo sígueme.

–Seguro que es el pelotón de fusilamiento –dijo Tommy–. Y todo porque has mojado tu cama. Diles que me presento voluntario para apretar el gatillo. Es tu única esperanza de que todo termine lo antes posible.

Charlie vació el cargador, dejó el fusil en el suelo y siguió al sargento.

–No te olvides de insistir en que te venden los ojos. Es una pena que no fumes –fueron las últimas palabras que Charlie le oyó decir a Tommy antes de que desapareciera por el terreno de instrucción a paso ligero.

El sargento se detuvo ante la barraca del asistente, y un Charlie sin aliento lo alcanzó en el momento en que un sargento de color abrió la puerta, se volvió hacia él y dijo:

–Cuádrate, muchacho, manténte a un paso detrás de mí y no hables hasta que te hablen. ¿Entendido?

–Sí, mi sarg... ento.

Charlie siguió al sargento hasta llegar ante otra puerta, en la que se leía: «AS. CAPITÁN TRENTHAM». El corazón de Charlie se aceleró cuando el sargento llamó suavemente a la puerta.

–Adelante –dijo una voz aburrida, y los dos hombres entraron, dieron cuatro pasos adelante y se detuvieron frente al capitán Trentham.

El sargento saludó.

–7312087, soldado raso Trumper, presentándose a sus órdenes, señor –gritó el hombre, a pesar de que no les separaba ni un metro.

El capitán Trentham levantó la vista de su escritorio.

–Ah, sí, Trumper. Ya me acuerdo, el panadero de Whitechapel. –Charlie estuvo a punto de corregirle, pero Trentham volvió la cabeza para mirar por la ventana, dando a entender que no esperaba una réplica–. El sargento mayor no te ha quitado el ojo de encima desde hace varias semanas –continuó Trentham– y cree que serías un buen candidato para ser ascendido a cabo interino. Debo decirte que abrigo mis dudas. Sin embargo, acepto que, de vez en cuando, es necesario ascender a un voluntario para mantener la moral de la tropa. Supongo que aceptarás esta responsabilidad, ¿verdad, Trumper? –añadió, sin dignarse mirar a Charlie.

Charlie no sabía qué decir.

–Sí, señor, gracias, señor –dijo el sargento antes de bramar–: Media vuelta, paso vivo, un-dos, un-dos.

Diez segundos después, el cabo interino de los Fusileros Reales Charlie Trumper se encontró de nuevo en el terreno de instrucción.

–Cabo interino Trumper –dijo Tommy, incrédulo, después de escuchar la noticia–. ¿Significa eso que ahora debo llamarte «señor»?

–No seas idiota, Tommy. «Mi cabo» será suficiente –dijo Charlie y sonrió, sentándose en el extremo de la cama para coser un galón en su uniforme.

A partir del día siguiente, los diez hombres que componían la sección de Charlie empezaron a desear con todas sus fuerzas que no hubiera pasado los últimos catorce años de su vida acudiendo al mercado a primera hora de la mañana. Su instrucción, sus botas, su rendimiento y su adiestramiento con las armas se convirtieron en una leyenda para el resto de la compañía, a medida que Charlie les obligaba a esforzarse cada vez más. El gran momento de Charlie llegó la undécima semana, cuando abandonaron los barracones para viajar a Glasgow, donde Tommy ganó el Trofeo del Rey para fusileros, derrotando a oficiales y soldados de otros siete regimientos.

–Eres un genio –dijo Charlie, en cuanto el coronel entregó a su amigo la copa de plata.

–Me pregunto si encontraremos un perista medianamente bueno en Glasgow –fue el único comentario de Tommy sobre el tema.

El desfile que marcó el fin de su adiestramiento se celebró el sábado 23 de febrero de 1918. Concluyó con el desfile de la sección de Charlie, al compás de la banda del regimiento. Por primera vez, se sintió como un soldado..., a pesar de que Tommy seguía pareciendo un saco de patatas.

Cuando el desfile tocó a su fin, el sargento mayor Philpott felicitó a todos por primera vez en tres meses, y antes del rompan filas anunció a las tropas que podían tomarse libre el resto del día, pero que debían regresar a los barracones y meterse en la cama antes de medianoche.

La compañía asoló Edimburgo por última vez. Tommy volvió a tomar el mando, mientras los chicos del pelotón número 11 se tambaleaban de taberna en taberna, cada vez más borrachos, hasta terminar en su local favorito, «El Voluntario» de Leith Walk.

Diez soldados felices rodearon el piano, bebiendo todavía más pintas, y cantaron *Pack up your troubles in your old kit bag*, antes de repetir el resto de su limitado repertorio una y otra vez. Tommy, que los acompañaba con la armónica, reparó en que Charlie no apartaba sus ojos de la camarera Rose, quien, a pesar de que rebasaba los treinta años, no dejaba de coquetear con los jóvenes reclutas. Tommy se separó del grupo para reunirse con su amigo en la barra.

–Te gusta, ¿eh?

–Sí, pero es tu chica –respondió Charlie, y siguió mirando a la rubia de cabello largo que fingía ignorar sus atenciones.

Charlie se percató de que Rose había desabrochado un botón más que de costumbre de la blusa.

–Yo no diría eso –contestó Tommy–. En cualquier caso, te debo una por esa nariz rota. Tendré que hacer algo para remediarlo.

Charlie rió. Tommy le guiñó un ojo a Rose y dejó a Charlie para reunirse con ella en el extremo de la barra.

Charlie fue incapaz de mirarlos, pero veía en el espejo colocado detrás de la barra que estaban enfrascados en una animada conversación, y que Rose se volvía de vez en cuando a mirarlo. Tommy regresó un momento después a su lado.

–Todo está arreglado, Charlie –dijo.

–¿Qué significa «arreglado»?

–Exactamente lo que he dicho. Sólo tienes que salir al cobertizo situado detrás de la taberna, donde guardan las cajas vacías, y Rose se reunirá contigo en un periquete.

Charlie parecía pegado al taburete.

–Bien, adelante –dijo Tommy–, antes de que esa jodida mujer cambie de opinión.

Charlie se deslizó por la puerta lateral sin mirar atrás, rezando para que nadie le viera. Casi corrió por el pasillo hasta salir por la puerta trasera. Se detuvo junto a una esquina del cobertizo, sintiéndose bastante estúpido mientras paseaba arriba y abajo, y cuando un escalofrío lo recorrió de pies a cabeza, deseó encontrarse de nuevo al abrigo de la taberna. Volvió a temblar unos momentos después, estornudó y decidió que había llegado la hora de regresar con sus compañeros y olvidarse de ese encuentro. Caminaba hacia la puerta cuando Rose salió como una exhalación.

–Hola. Soy Rose. Lamento haber tardado tanto, pero tenía que atender a un cliente.

Él la miró a la escasa luz que se filtraba por la pequeña ventana situada sobre la puerta. Rose se había desabrochado otro botón, dejando al descubierto el borde de su faja negra.

–Charlie Trumper –dijo Charlie, extendiendo la mano.

–Lo sé –rió ella–. Tommy me ha contado todo sobre ti. Dice que eres el mejor follador del pelotón.

–Me parece que ha exagerado un poco –respondió Charlie, enrojeciendo, pero Rose le estrechó en sus brazos y empezó a besarlo, primero en el cuello, después en la cara y por fin en la boca. Separó los labios de Charlie con destreza antes de empezar a juguetear con su lengua.

Para empezar, Charlie no estaba muy seguro de lo que estaba ocurriendo, pero le gustaba tanto la sensación que continuó aferrado a ella, e incluso apretó su lengua contra la de Rose. Fue ella la primera en apartarse.

–No tan fuerte, Charlie. Relájate. Se conceden premios a la resistencia, no a la velocidad.

Charlie se puso a besarla de nuevo, más suavemente hasta que notó que la esquina de una caja de cerveza se le clavaba en las nalgas. Después colocó una mano sobre el pecho izquierdo de Rose, pero se limitó a dejarla allí, sin saber qué hacer a continuación, mientras trataba de adoptar una posición más cómoda. No pareció un detalle muy importante, pues Rose sabía exactamente lo que esperaba de ella. Empezó a desabrocharse los restantes botones de la blusa, descubriendo sus abundantes pechos. Levantó una pierna y la apoyó sobre una pila de viejas cajas de cerveza. Charlie se encontró frente a una generosa extensión de rosado muslo desnudo. Posó su mano libre, vacilante, sobre la suave carne. Charlie deseaba dotar de plena libertad a sus dedos para que siguieran explorando hasta donde les fuera posible, pero se quedó petrificado como un fotograma congelado de una película en blanco y negro.

Rose volvió a tomar la iniciativa, apartó los brazos que rodeaban el cuello de Charlie y empezó a desabrocharle los botones de la bragueta. Un momento después deslizó su mano bajo los calzoncillos.

Charlie no podía creer lo que estaba sucediendo, pero ya sentía que aquello bien valía una nariz rota.

Rose se la meneó con creciente brío y se bajó las bragas con la mano libre. Charlie fue perdiendo cada vez más el control, hasta que Rose se detuvo de repente, apartándose, y se miró el vestido.

–Si tú eres el mejor follador del pelotón, mi única esperanza es que los alemanes ganen esta mierda de guerra.

A la mañana siguiente, colgaron las órdenes dirigidas al batallón en el tablón del rancho de los oficiales de guardia. El nuevo batallón de Fusileros ya se consideraba listo para entrar en combate, por lo cual era de esperar que se uniera a los aliados en el frente occidental. Charlie se preguntó si la camaradería que había reunido a un grupo de hombres tan diferentes durante los últimos tres meses serviría a la hora de entablar combate con la elite del ejército alemán.

Durante el viaje en tren de regreso al sur, fueron vitoreados de nuevo en cada estación por la que pasaban, y Charlie consideró esta vez que eran algo más merecedores del respeto que manifestaban las damas encopetadas. Descendieron en Maidstone al atardecer, y pernoctaron en los barracones de los Royal West Kents.

A las seis en punto de la mañana siguiente, el capitán Trentham les dio instrucciones concretas: serían transportados en barco hasta Boulogne, recibirían un entrenamiento especial de diez días y se dirigirían hacia Étaples, donde se reunirían con su regimiento bajo el mando del coronel sir Danvers Hamilton, DSO[1], quien, según se les aseguró, se hallaba preparando un ataque masivo contra las defensas alemanas. Pasaron el resto de la mañana comprobando su equipo, antes de ser conducidos como un rebaño hasta la pasarela y subir al buque de transporte que los aguardaba.

Después de quc la sirena de niebla del barco ululara seis veces, partieron de Dover. Mil hombres apretujados en la cubierta del HMS *Resolution* cantaron *It's a Long Way to Tipperary*.

–¿Has ido alguna vez al extranjero, mi cabo? –preguntó Tommy.

–No, a menos que cuentes Escocia –replicó Charlie.

1. *Distingued Service Order*, Orden de Servicios Distinguidos. *(N. del T.)*

–Yo tampoco –dijo Tommy, nervioso. Al cabo de unos minutos añadió–: ¿Estás asustado?

–No, claro que no –replicó Charlie–. Sólo espantosamente aterrorizado.

–Yo también –confesó Tommy.

–Adiós Piccadilly, hasta la vista Leicester Square. *It's a long, long way to…*

4

Charlie se sintió mareado apenas perdieron de vista la costa de Inglaterra.

–Nunca había viajado en barco –confesó a Tommy–, a menos que cuentes el vapor de Brighton.

La mitad de los hombres que rodeaban a Charlie pasaron la travesía vomitando lo poco que habían desayunado.

–De momento, no veo a ningún oficial echando las tripas –dijo Tommy.

–A lo mejor están acostumbrados a navegar.

–O lo hacen en su camarote privado.

Cuando por fin se divisó la costa francesa, un clamor se elevó de los soldados arracimados en la cubierta. Lo único que deseaban era poner pie en tierra firme y seca. Y seca habría estado de no ser porque, en cuanto el barco amarró y las tropas pisaron suelo francés, los cielos se abrieron. En cuanto desembarcaron, el sargento mayor ordenó que se prepararan para una marcha de veinticinco kilómetros.

Charlie hizo que su pelotón avanzara chapoteando en el barro y cantando melodías de los teatros de variedades, acompañadas a la armónica por Tommy. Cuando llegaron a Étaples y acamparon para pasar la noche, Charlie decidió que, después de todo, el gimnasio de Edimburgo era un lujo.

Tras el toque de silencio dos mil ojos se cerraron. Los soldados, guarecidos bajo sus tiendas de lona, intentaron conciliar el sueño. Cada pelotón había designado a dos hombres para hacer la guardia con la orden de relevarlos cada dos horas, a fin de que nadie se quedara sin descansar. Charlie se jugó con Tommy el turno de las cuatro de la mañana.

Tras una noche inquieta de dar vueltas sobre el húmedo y apelmazado suelo francés, Charlie fue despertado a las cuatro y, a su vez, propinó un puntapié a Tommy, que se limitó a cambiar de lado y dormirse al instante. Minutos más tarde, Tommy salió de la tienda y se abrochó la chaqueta, dándose constantes palmadas en la espalda para ahuyentar el frío. Sus ojos se adaptaron lentamente a la penumbra, y empezó a distinguir hilera tras hilera de tiendas marrones que se extendían hasta perderse de vista.

–Buenos días, mi cabo –dijo Tommy, cuando apareció pasadas las cuatro y veinte–. ¿Tienes una cerilla, por casualidad?

–No, no tengo. Y lo que necesito es un chocolate caliente, o cualquier cosa caliente.

–Lo que usted ordene, mi cabo.

Tommy se dirigió hacia la tienda que albergaba las cocinas y regresó al cabo de media hora con dos chocolates calientes y dos bizcochos.

–Me temo que te quedarás sin azúcar –informó a Charlie–. Sólo la dan de sargento para arriba. Les dije que eres un general disfrazado, pero me contestaron que todos los generales habían vuelto a Londres para dormir a pierna suelta en sus camas.

Charlie sonrió. Rodeó la taza caliente con sus dedos helados y bebió sorbo a sorbo para paladear aquel sencillo placer.

Tommy inspeccionó el horizonte.

–¿Dónde están esos jodidos alemanes de los que tanto nos han hablado?

–Vete a saber –dijo Charlie–, pero no te quepa duda de que andan por alguna parte, preguntándose probablemente dónde estamos nosotros.

Charlie despertó a las seis al resto de su sección, los obligó a levantarse y a prepararse para la revista, con la tienda recogida y doblada en un pequeño paquete.

Otro toque de corneta indicó la hora del desayuno. Los hombres formaron una cola que, reconoció Charlie, habría alegrado el corazón de cualquier vendedor ambulante de Whitechapel Road.

Cuando le tocó el turno a Charlie, extendió su escudilla para recibir un cazo de gachas grumosas y un trozo de pan duro. Tommy guiñó un ojo al muchacho que vestía una chaqueta blanca larga y pantalones azules a cuadros.

–Y pensar que he esperado tantos años para probar la cocina francesa.

–Empeora a medida que uno se acerca al frente –afirmó el cocinero.

Se quedaron diez días más en Étaples. Pasaban las mañanas marchando por las marismas, las tardes recibiendo instrucciones sobre la guerra química y las noches averiguando de qué formas diferentes podían morir, una gentileza personal del capitán Trentham.

El undécimo día recogieron sus pertenencias, guardaron las tiendas y formaron en compañías, a fin de que el coronel del regimiento les dirigiera la palabra por primera vez.

Un millar de hombres se pusieron firmes, formando un cuadrado, en un campo francés cubierto de barro, preguntándose si doce semanas de instrucción y diez días de «aclimatación» habrían bastado para prepararles a luchar contra el poderío del ejército alemán.

–Es posible que ellos tampoco hayan pasado de las doce semanas de instrucción –dijo Tommy, con aire esperanzado.

A las nueve en punto, el coronel sir Danvers Hamilton, Orden de Servicios Distinguidos, llegó trotando a lomos de una yegua negra como el azabache y se detuvo en medio del cuadrado formado por el regimiento. Empezó a arengar a las tropas. El recuerdo que quedó grabado para siempre en la memoria de Charlie fue que el caballo no se movió para nada durante quince minutos.

–Bienvenidos a Francia –empezó el coronel Hamilton, ajustando un monóculo sobre su ojo izquierdo–. Sería mi mayor deseo que os hubierais embarcado para una simple excursión de un día. –Una tímida carcajada recorrió las filas–. Temo que no tendremos mucho tiempo libre hasta que enviemos a esos tipos de vuelta a Alemania, que es donde deben estar, con el rabo entre las piernas. –Esta vez, una franca algarabía estalló entre los congregados–. No olvidéis que jugamos fuera de casa, y nuestra meta está resbaladiza. Para colmo, los alemanes no entienden las reglas del *cricket*.

Más risas, aunque Charlie sospechó que el coronel había hablado muy en serio.

–Hoy –continuó el coronel– marcharemos hacia Ypres para instalar nuestro campamento, antes de empezar un nuevo y confío que último asalto al frente alemán. Creo que esta vez romperemos las líneas alemanas, y no dudo de que los gloriosos Fusileros merecerán los honores del día. Que la suerte esté de vuestro lado, y Dios salve al rey.

Tras los vítores, la banda del regimiento interpretó el himno nacional. Las tropas lo corearon a viva voz, y de todo corazón.

Transcurrieron cinco días de marcha antes de que oyeran los primeros disparos de artillería, olieran las trincheras y, por tanto, supieran que se estaban aproximando al frente de batalla. Al día siguiente pasaron frente a las tiendas verdes de la Cruz Roja. Poco antes de las once de la mañana, Charlie vio su primer soldado muerto, un teniente del East Yorkshire Regiment.

–Vaya, ésta sí que es buena –dijo Tommy–. Las balas no hacen distinciones entre oficiales y reclutas.

Después de recorrer otro kilómetro, ambos habían visto tantas parihuelas, tantos cadáveres y tantos miembros separados de cuerpos que a ninguno le quedó ganas de bromear. El batallón, sin duda, había llegado a lo que los diarios llamaban el «frente occidental». Ningún corresponsal de guerra, sin embargo, describía la oscuridad que invadía la atmósfera, o la mirada desesperada grabada en los rostros de todos aquellos que habían pasado más de unos días en aquel lugar.

Charlie contempló los campos que en otro tiempo debían haber sido una tierra agrícola productiva. Una casa solitaria y calcinada indicaba que la civilización había existido allí tiempo atrás. No vio señales del enemigo. Trató de abarcar la campiña circundante que iba a ser su hogar durante los meses siguientes..., si sobrevivía hasta entonces. Todos los soldados sabían que la media de vida en el frente era de diecisiete días.

Charlie dejó que sus hombres descansaran en las tiendas, mientras él se dedicaba a deambular por su cuenta. En primer lugar, se encontró con las trincheras de reserva, situadas a unos cientos de metros de las tiendas que formaban el hospital de campaña, conocidas como «zona hotelera» por hallarse a medio kilómetro de la primera línea, y en las que cada soldado pasaba cuatro días seguidos antes de concedérsele un descanso de cuatro días en las trincheras de reserva. Charlie paseó hasta el frente como un turista ajeno a la guerra. Escuchó a los hombres que llevaban meses allí, hablaban de

«Blighty»[1] y sólo rezaban por una «herida leve» que les facilitara el traslado a la tienda sanitaria más cercana y, si se contaban entre los afortunados, regresar a Inglaterra.

Cuando las balas perdidas silbaron en tierra de nadie, Charlie cayó de rodillas y reptó hacia las trincheras de reserva, a fin de comunicar a su pelotón lo que les esperaba cuando avanzaran otros cien metros.

Contó a sus hombres que las trincheras se extendían de horizonte a horizonte, y que en un momento dado podían dar cabida a diez mil soldados. Frente a ellos, a unos veinte metros de distancia, había visto una alambrada que se elevaba hasta una altura de unos noventa centímetros. Un cabo veterano le había dicho que ya había costado mil vidas entre aquellos cuyo único cometido había consistido en colocarla. Al otro lado se extendía la «Tierra de Nadie», quinientos acres antaño propiedad de una familia inocente, atrapada en medio de una guerra que le era ajena. Y más allá empezaba la alambrada de espino del enemigo, tras la cual aguardaban los alemanes, agazapados en sus trincheras.

Al parecer, cada ejército permanecía en sus agujeros húmedos e infestados de ratas durante días, e incluso meses, esperando a que el enemigo se moviera. Les separaba menos de kilómetro y medio. Si una cabeza asomaba para inspeccionar el terreno, le respondía de inmediato una bala del campo contrario. Si la orden era avanzar, un corredor de apuestas no se habría molestado en tener en cuenta las posibilidades que tenía un hombre de recorrer veinte metros. Caso de llegar a la alambrada, existían dos formas de morir; si se alcanzaban las trincheras alemanas, una docena.

Si alguien se quedaba quieto, podía morir de cólera, gas cloro, gangrena, tifus o pie de trinchera, que los soldados atravesaban con las bayonetas para aliviar el dolor. Un sargento veterano le dijo a Charlie que morían casi tantos hombres detrás de las líneas como atacando, y no servía de consuelo saber que los alemanes sufrían el mismo problema, a unos cientos de metros de distancia.

Charlie trató de inculcar una rutina a sus diez hombres, al tiempo que procuraban achicar el agua de su trinchera. Hacían ejercicios, limpiaban sus pertrechos, e incluso jugaban al fútbol para

1. En la jerga militar, Gran Bretaña. *(N. del T.)*

aliviar las horas de aburrimiento y espera, en tanto escuchaba rumores y contrarrumores sobre lo que les deparaba el futuro. Sospechaba que sólo el coronel, cuyo cuartel general estaba instalado a unos dos kilómetros detrás de las líneas, sabía lo que estaba ocurriendo.

Cuando le tocaba a Charlie pasar cuatro días en las trincheras de primera línea, la única ocupación de su sección parecía consistir en llenar sus escudillas con agua mientras hacían denodados esfuerzos por quitar de las trincheras el diluvio que todos los días caía del cielo. A veces, el agua de las trincheras llegaba a la altura de las rodillas de Charlie. Tommy le confesó que no se había alistado en la marina por la sencilla razón de que no sabía nadar; nadie le había dicho que podía ahogarse con idéntica facilidad en el ejército de tierra.

La alegría no los abandonaba, pese a estar empapados, helados y hambrientos. Charlie y su sección aguantaron estas condiciones durante siete semanas, esperando órdenes que les permitieran avanzar, pero el único avance del que tuvieron noticia en aquellos días fue el de Ludendorff. El general alemán había hecho retroceder a los aliados sesenta kilómetros, con unas bajas de 400.000 hombres, más 80.000 prisioneros. Siempre era el capitán Trentham quien les comunicaba tales noticias, y lo que más irritaba a Charlie era que su aspecto indefectiblemente denotaba elegancia, limpieza y, para colmo, buena alimentación.

Dos hombres de su sección ya habían muerto sin llegar a ver al enemigo. La mayoría de los soldados deseaban ardientemente entrar en combate, pues ya no alimentaban esperanzas de sobrevivir a una guerra que, en opinión de algunos, iba a durar eternamente. El aburrimiento se combatía cazando las ratas a bayonetazos, achicando agua de las trincheras o escuchando con resignación a Tommy repetir las mismas melodías en su armónica, ya oxidada.

No fue hasta la novena semana cuando llegaron órdenes; fueron llamados a formar el cuadro. El coronel, monóculo en ristre, les arengó de nuevo desde su caballo inmóvil. Los Reales Fusileros iban a avanzar hacia las líneas alemanas a la mañana siguiente, pues se les había adjudicado la responsabilidad de romper su flanco norte. La Guardia Irlandesa les apoyaría desde el flanco derecho, mientras la galesa avanzaría por la izquierda.

–Mañana será un día glorioso para los Fusileros –les aseguró el coronel Hamilton–. Ahora, vayan a descansar, porque la batalla dará comienzo al romper el alba.

Al regresar hacia las trincheras, la idea de que los hombres habían recobrado el humor al saber que iban a entrar en combate sorprendió a Charlie. Todos los fusiles fueron desmontados, limpiados, engrasados, inspeccionados y vueltos a inspeccionar, todas las balas fueron colocadas cuidadosamente en sus cargadores, todas las pistolas Lewis fueron probadas, aceitadas y vueltas a probar, y después, para concluir, los hombres se afeitaron antes de enfrentarse al enemigo. La primera experiencia de Charlie con una navaja fue con agua cercana al punto de congelación.

Para ningún hombre es fácil dormir la noche anterior a una batalla, según le habían contado a Charlie, y muchos empleaban el tiempo en escribir largas cartas a sus seres queridos; se daba el caso de que algunos reunían fuerzas para hacer testamento. Charlie escribió a Becky (aunque no sabía muy bien por qué), rogándole que cuidara de Sal, Grace y Kitty si no volvía. Tommy no escribió a nadie, y no sólo porque no sabía escribir. A medianoche, Charlie recogió todos los escritos de la sección y los entregó al oficial de turno.

Las bayonetas se afilaron con todo cuidado, y después se ajustaron. Los corazones se iban acelerando a medida que pasaban los minutos, y aguardaron en silencio la orden de avanzar. Charlie se debatía entre el terror y la alegría, mientras contemplaba al capitán Trentham desfilar de pelotón en pelotón para dar las últimas instrucciones. Charlie bebió de un trago el vaso de ron que entregaban a cada soldado apostado en las trincheras antes de la batalla.

El teniente Makepeace, otro oficial al que no conocía, se situó en posición detrás de la trinchera de Charlie. Tenía aspecto de colegial imberbe, y se presentó a Charlie como si se hubieran conocido por azar en una fiesta. Pidió a Charlie que reuniera a la sección a unos cuantos metros detrás de la línea para dirigirles la palabra. Diez hombres helados y asustados salieron de su trinchera y escucharon en cínico silencio al joven teniente. Se había escogido precisamente aquel día porque los meteorólogos habían asegurado que el sol saldría a las cinco y cincuenta y tres y no llovería. Los meteorólogos acertaron en lo relativo al sol, pero, como para demostrar su falibilidad, empezó a lloviznar a las cuatro y once.

–Un chubasco alemán –insinuó Charlie a sus camaradas–. ¿Y de qué lado está Dios, en cualquier caso?

El teniente Makepeace sonrió apenas. Esperaron el disparo de una bengala, como el silbato de un árbitro antes de que las hostilidades se iniciaran de manera oficial.

–Y no olviden que «detonadores y puré de patatas» es el santo y seña –dijo el teniente Makepeace–. Háganlo correr.

A las cinco y cincuenta y tres, un sol rojo como la sangre se alzó sobre el horizonte. Se disparó una bengala, que iluminó el cielo a espaldas de Charlie.

El teniente Makepeace saltó de la trinchera y gritó:

–Síganme.

Charlie lo siguió y, chillando con todas sus fuerzas (más de miedo que de valentía), cargó hacia la alambrada.

El teniente no había recorrido ni quince metros cuando la primera bala lo alcanzó, pero logró proseguir hasta llegar a la alambrada. Charlie contempló horrorizado cómo Makepeace se derrumbaba sobre ella; otra descarga de balas enemigas atravesó su cuerpo inmóvil. Dos hombres valerosos cambiaron de dirección para correr en su ayuda, pero ninguno de los dos logró llegar siquiera a la alambrada. Charlie se encontraba a un metro detrás de ellos y se disponía a cargar por una brecha practicada en la barrera cuando Tommy le dio alcance. Charlie se volvió, sonrió, y eso fue lo último que recordó de la batalla de Lys.

Charlie despertó dos días más tarde en el hospital de campaña, a unos trescientos metros detrás del frente, y vio a una chica uniformada de azul marino, con una enseña real sobre el corazón, inclinada sobre él. Le estaba hablando. Lo descubrió porque movía los labios, pero no oyó una palabra de lo que decía. «Gracias a Dios que sigo vivo –pensó Charlie– y que me enviarán de vuelta a Inglaterra.» Si se certificaba médicamente la sordera de un soldado, éste volvía a casa. Ordenanzas reales.

Charlie recobró el oído por completo al cabo de una semana, y una sonrisa se formó en sus labios por primera vez cuando vio a Grace de pie a su lado, sirviéndole una taza de té. Le habían concedido permiso para cambiar de hospital cuando se enteró de que un tal Trumper yacía inconsciente detrás de las líneas. Le dijo a su hermano que había tenido suerte. Había pisado una mina, y sólo había perdido un dedo..., ni siquiera uno grande, bromeó ella. A Charlie le disgustó averiguar que había perdido uno pequeño, porque, le recordó a su hermana, por uno grande también se repatriaba al herido.

–Por lo demás, algunos cortes y arañazos. Nada serio. Vivito y coleando. Volverás al frente dentro de pocos días –añadió con tristeza.

Charlie se durmió. Despertó. Se preguntó si Tommy habría sobrevivido.

–¿Alguna noticia del soldado Prescott? –preguntó al oficial de turno cuando éste lo visitó a finales de semana.

El teniente repasó su lista y frunció el ceño.

–Ha sido arrestado. Por lo visto, será sometido a un consejo de guerra.

–¿Cómo? ¿Por qué?

–Ni idea –respondió el joven teniente, y se dirigió a la cama vecina.

Charlie comió un poco al día siguiente, dio algunos pasos al otro, corrió una semana después y fue devuelto al frente apenas transcurridos veintiún días desde que el teniente Makepeace hubiera saltado y gritado «Síganme».

En cuanto Charlie regresó a las trincheras no tardó en descubrir que sólo tres hombres, de los diez que componían su sección, habían sobrevivido al ataque. Ni el menor rastro de Tommy. Un nuevo contingente de hombres había llegado desde Inglaterra aquella mañana para ocupar sus puestos y empezar la rutina de cuatro días de servicio, cuatro de descanso. Trataron a Charlie como si fuera un veterano.

A las pocas horas de su regreso, se le comunicó que el coronel Hamilton deseaba ver al cabo interino Trumper a las once horas de la mañana siguiente.

–¿Para qué querrá verme el comandante en jefe? –preguntó Charlie al sargento de guardia.

–Suele significar un consejo de guerra o una condecoración. El jefe no tiene tiempo para nada más. Y no olvides que suele representar problemas, así que contén la lengua en su presencia. Tiene muy mal humor, te lo aseguro.

El cabo interino Trumper se presentó a las once en punto, tembloroso, ante la tienda del coronel, casi tan temeroso de su comandante en jefe como en los minutos precedentes a su primera carga contra el enemigo. Poco después, el sargento mayor de la compañía salió de la tienda para reunirse con él.

–Póngase firmes, salude y diga su nombre, grado y número de serie –ordenó el sargento mayor Philpott–. Y no hable a menos que se le dirija la palabra –añadió con rudeza.

Charlie entró en la tienda y se detuvo frente al escritorio del coronel. Se cuadró y dijo:

–Se presenta el cabo interino Trumper, 7312087, señor.

Era la primera vez que veía al coronel en una silla, y no sobre un caballo.

–Ah, Trumper –dijo el coronel Hamilton, levantando la vista–. Me alegro de que haya vuelto y le felicito por su rápida recuperación.

–Gracias, señor –respondió Charlie, observando por primera vez que sólo uno de los ojos del coronel se movía.

–Sin embargo, tenemos un problema con un soldado de su sección, y espero que usted pueda proporcionarnos alguna información.

–Colaboraré en lo que pueda, señor.

–Bien, porque al parecer –dijo el coronel, ajustándose el monóculo sobre el ojo izquierdo– ese tal Prescott –examinó un documento que había en la mesa antes de continuar–, sí, soldado Prescott, puede haberse disparado en la mano para evitar enfrentarse al enemigo. Según el informe del capitán Trentham, lo encontraron tendido en el barro, a escasos metros de su trinchera, con una herida de bala en la mano derecha. Todo parece indicar un acto de cobardía ante el enemigo. Sin embargo, no quería ordenar la celebración de un consejo de guerra antes de oír su versión de lo sucedido aquella mañana. Al fin y al cabo pertenece a su sección. Creo que tal vez pueda añadir algún dato importante al informe del capitán Trentham.

Charlie intentó serenarse y repasar en su mente los detalles de lo ocurrido.

–Sí, señor, desde luego. En cuanto fue disparada la bengala, el teniente Makepeace dirigió la carga y yo lo seguí, junto con el resto de mi sección. El teniente fue el primero en llegar a las alambradas, pero varias balas lo alcanzaron al instante, y sólo dos hombres se hallaban delante de mí. Acudieron en su ayuda valientemente, pero cayeron antes de llegar a él. En cuanto llegué a la alambrada vi una brecha y la atravesé corriendo, y en ese momento el soldado Prescott me adelantó, cargando contra las líneas enemigas. Debió de ser entonces cuando pisé la mina, que tal vez alcanzara también al soldado Prescott.

–¿Está seguro de que era el soldado Prescott? –preguntó el coronel, desconcertado.

–Es difícil recordar todos los detalles cuando se está en plena batalla, señor, pero nunca olvidaré que Prescott me adelantó.

–¿Por qué? –preguntó el coronel.

–Porque es mi amigo, y en aquel momento me preocupó que me dejara atrás.

Charlie observó que una leve sonrisa aparecía en el rostro del coronel.

–¿Es Prescott uno de sus mejores amigos? –preguntó el coronel, y lo observó con atención a través del monóculo.

–Sí, señor, lo es, pero eso no influye en mi criterio, y nadie tiene derecho a insinuar tal cosa.

–¿Se da cuenta de con quién está hablando? –rugió el sargento mayor.

–Sí, mi sargento mayor –contestó Charlie–. Con un hombre interesado en descubrir la verdad y en que se haga justicia. No soy un hombre culto, señor, pero sí honrado.

–Cabo, se presentará... –empezó el sargento mayor.

–Gracias, sargento mayor, eso es todo –dijo el coronel–. Y gracias a usted, cabo Trumper, por su clara y concisa declaración. No le molestaré más. Puede volver a su pelotón.

–Gracias, señor –dijo Charlie.

Dio un paso atrás, saludó, giró sobre sus talones y salió de la tienda.

–¿Quiere que me ocupe de este asunto? –preguntó el sargento mayor.

–Sí, desde luego –replicó el coronel Hamilton–. Confirme el ascenso definitivo a cabo de Trumper y ponga en libertad al soldado Prescott inmediatamente.

Tommy regresó al pelotón aquella tarde, con la mano izquierda vendada.

–Me has salvado la vida, Charlie.

–Sólo dije la verdad.

–Lo sé, y también yo, pero la diferencia es que a ti te creyeron.

Charlie, acostado en su tienda por la noche, se preguntaba por qué el capitán Trentham estaba tan decidido a desembarazarse de Tommy. ¿Cómo era posible que un hombre se arrogara el derecho de enviar a otro a la muerte, sólo porque había estado en prisión?

Pasó otro mes durante el cual continuaron con la rutina de siempre hasta que recibieron la orden de marchar hacia el sur, hasta el Marne, y organizar un contraataque contra el general Ludendorff. Al conocer las órdenes a Charlie se le encogió el corazón; sabía que las probabilidades de sobrevivir a dos ataques eran prácticamente nulas. Logró pasar una hora a solas con Grace, que le contó que estaba enamorada de un cabo galés que había pisado una mina y quedado ciego de un ojo.

–Amor a primera vista –insinuó Charlie.

Era la medianoche del miércoles 17 de julio de 1918, y un ominoso silencio reinaba en la tierra de nadie. Charlie dejó dormir a quienes pudieron hacerlo, y no despertó a nadie hasta las tres de la madrugada. Como sargento en funciones tenía que preparar un pelotón de cuarenta hombres para la batalla, todos bajo el mando supremo del capitán Trentham, al cual no se le había visto el pelo desde el día en que Tommy fue puesto en libertad.

A las tres y media, un teniente llamado Harvey se reunió con ellos detrás de las trincheras. Todo el mundo se encontraba ya en alerta de batalla. Resultó que Harvey había llegado al frente el viernes anterior.

–Es una guerra de locos –dijo Charlie, después de las presentaciones.

–Ah, no lo sé –dijo alegremente Harvey–. Me muero de ganas por darles su merecido a esos alemanes.

–A los alemanes no les queda la menor esperanza, mientras sigamos produciendo cabezas huecas como ése –susurró Tommy.

–A propósito, señor, ¿cuál es el santo y seña esta vez? –preguntó Charlie.

–Oh, lo siento, me había olvidado por completo. «Caperucita Roja» –dijo el teniente.

Todos esperaron. A las cuatro calaron las bayonetas y a las cuatro y veintiuno una bengala roja iluminó el cielo algo detrás de las líneas. El aire se llenó de silbidos.

–*Tally Ho!*[1] –gritó el teniente Harvey.

Disparó al aire y saltó de la trinchera, como si fuera a la caza de un zorro perdido. De nuevo, Charlie le siguió a pocos metros de distancia. El resto del pelotón les imitó, chapoteando en el barro que cubría la tierra yerma, carente de árboles que los protegieran. A la izquierda, Charlie divisó otro pelotón que los precedía. La inconfundible silueta del inmaculado capitán Trentham cerraba la retaguardia, pero fue el teniente Harvey el que aún encabezaba la carga cuando saltó elegantemente la alambrada y se adentró en tierra de nadie. Le proporcionó a Charlie la curiosa seguridad de que cualquiera podía sobrevivir a tal estupidez. Harvey prosiguió su avance, como si fuera inexpugnable o le protegiera un hechizo. Charlie supuso que debía morir a cada paso que daba, sobre todo cuando vio al teniente saltar la alambrada alemana y abalanzarse sobre las trincheras enemigas, como si fueran la meta de una carrera celebrada en su escuela privada.

El hombre se internó veinte metros más antes de que una lluvia de balas lo derribara. Charlie se encontró en la vanguardia y empezó a disparar contra los alemanes cuando asomaban las cabezas fuera de sus agujeros.

Nunca había oído de nadie que hubiera alcanzado las trincheras alemanas, y no estaba muy seguro de lo que debía hacer a continuación. Además, a pesar del entrenamiento, todavía le costaba disparar mientras corría. Cuando cuatro alemanes, con sus respectivos fusiles, aparecieron a la vez, supo que jamás iba a averiguarlo. Disparó al primero, que se desplomó en la trinchera, y entonces vio que los otros tres apuntaban. De repente, oyó a sus espaldas una ráfaga de disparos y vio que los tres cuerpos caían como patos de hojalata en un polígono de tiro. Comprendió que el ganador del Trofeo del Rey seguía en pie.

De pronto, se encontró en la trinchera enemiga, mirando cara a

1. Llamada del cazador al avistar el zorro. *(N. del T.)*

cara a un joven alemán, un aterrorizado muchacho aún más joven que él. Vaciló sólo un momento antes de clavarle la bayoneta en la boca abierta. Arrancó la hoja y la sepultó en el corazón del muchacho. Después continuó corriendo. Tres de sus hombres lo precedían, persiguiendo a un enemigo en retirada. En aquel momento, Charlie divisó a Tommy a su derecha, subiendo una colina en pos de dos alemanes. Desapareció entre los árboles y Charlie oyó un solo disparo sobre el fragor de la batalla. Cambió de dirección y corrió hacia el bosque para rescatar a su amigo, pero sólo vio a un enemigo tendido en el suelo y a Tommy trepando la colina. Un Charlie sin aliento lo alcanzó cuando se detuvo detrás de un árbol.

–Has estado magnífico, Tommy –dijo Charlie, tendiéndose a su lado.

–Ni la mitad de bien que aquel oficial, ¿cómo se llamaba?

–Harvey, teniente Harvey.

–Al final, los dos nos hemos salvado gracias a su pistola –dijo Tommy, blandiendo el arma–. Más de lo que se puede decir sobre ese cabrón de Trentham.

–¿Qué quieres decir?

–Se cagó de miedo al ver las trincheras alemanas, ¿vale? Huyó hacia el bosque. Dos alemanes vieron al muy cobarde y le persiguieron, así que los seguí. Acabé con uno de ellos.

–¿Dónde está Trentham, pues?

–Por ahí arriba –dijo Tommy, señalando la cumbre de la colina–. Se habrá escondido de un solo alemán, no lo dudes.

Charlie levantó la vista hacia la colina.

–¿Y ahora qué, mi cabo?

–Hemos de seguir al alemán y matarlo antes de que encuentre al capitán.

–¿Por qué no nos volvemos a casita y dejamos que pille al capitán antes de que yo lo haga?

Pero Charlie ya estaba en pie y escalaba la colina.

Subieron lentamente la pendiente, protegiéndose tras los árboles mientras vigilaban y escuchaban, hasta que llegaron a la cumbre y a terreno despejado.

–Ni señal de ellos –susurró Charlie.

–Exacto, será mejor que regresemos detrás de nuestras líneas. Si los alemanes nos cogen, no creo que nos inviten a tomar el té con pastas.

Charlie se orientó. Frente a ellos había una pequeña iglesia, muy parecida a las que había visto durante la larga marcha desde Étaples hasta el frente.

–Será mejor que antes le echemos un vistazo a esa iglesia –dijo Charlie mientras Tommy recargaba la pistola del teniente Harvey–, pero no corramos riesgos innecesarios.

–¿Qué cojones te parece que hemos estado haciendo durante la última hora? –preguntó Tommy.

Se arrastraron por el terreno descubierto centímetro a centímetro, hasta llegar a la puerta de la sacristía. Charlie la abrió con cautela, a la espera de que sonase una andanada de disparos, pero el ruido más fuerte que oyeron fue el chirrido de los goznes. Una vez en el interior, Charlie se persignó, como hacía siempre su abuelo al entrar en la iglesia de Santa María y San Miguel de la calle Jubilee. Tommy encendió un cigarrillo.

Charlie examinó con cautela la pequeña iglesia. Ya había perdido parte del tejado, cortesía de un proyectil alemán o inglés, pero el resto de la nave y el pórtico permanecían intactos.

A Charlie le fascinaron los mosaicos que cubrían las paredes, con sus cuadraditos que componían retratos de tamaño natural. Recorrió lentamente el interior de la iglesia, contemplando a los siete discípulos que de momento habían sobrevivido a esa guerra impía.

Cuando llegó al altar se arrodilló y bajó la cabeza. La imagen del padre O'Malley se formó en su mente. Fue entonces cuando la bala le pasó rozando, estrellándose en la cruz de bronce y derribando el crucifijo. En el preciso momento en que Charlie se puso a cubierto detrás del altar sonó un segundo disparo. Se asomó y vio que un oficial alemán herido en la sien se desplomaba en medio de las cortinas y caía del confesonario de madera al suelo de piedra. Debió de morir en el acto.

–Espero que haya tenido tiempo de confesarse –dijo Tommy. Charlie salió de detrás del altar–. Por el amor de Dios, estáte quieto. Hay alguien más en esta iglesia, y tengo el curioso presentimiento de que no es el Todopoderoso.

Ambos oyeron un movimiento en el púlpito, situado sobre sus cabezas, y Charlie volvió a refugiarse detrás del altar.

–Soy yo –dijo una voz que ambos reconocieron.

–¿Quién es «yo»? –preguntó Tommy, esforzándose por contener la risa.

–El capitán Trentham. No dispare.

–Pues salga y baje con las manos sobre la cabeza –dijo Tommy–, para que comprobemos si es usted quien dice ser –añadió, disfrutando cada momento de angustia de su torturador.

Trentham se alzó lentamente del púlpito y empezó a bajar los escalones de piedra con las manos sobre la cabeza. Caminó por el pasillo hacia la cruz, caída frente al altar, pasó por encima del cadáver del oficial alemán y continuó hasta detenerse frente a Tommy, que aún le apuntaba al corazón.

–Lo siento, señor –dijo Tommy, bajando la pistola–. Debía asegurarme de que no era un alemán.

–Que hablaba un inglés de pura cepa –respondió Trentham con sarcasmo.

–Nos previno contra eso en una de sus conferencias, señor –indicó Tommy.

–Menos insolencias, Prescott. ¿Cómo es que empuña la pistola de un oficial?

–Pertenecía al teniente Harvey –interrumpió Charlie–, que cayó cuando...

–Usted huyó al bosque –terminó Tommy, mirando a Trentham.

–Perseguía a dos alemanes que intentaban escapar.

–Pues a mí me pareció todo lo contrario –dijo Tommy–. Y cuando volvamos, procuraré que todo el mundo se entere.

–Sería su palabra contra la mía –repuso Trentham–. En cualquier caso, los dos alemanes están muertos.

–No olvide que el cabo también ha sido testigo de lo ocurrido.

–En ese caso, usted sabe que mi versión de los hechos es la correcta –dijo Trentham, volviéndose hacia Charlie.

–Lo único que sé es que deberíamos estar en lo alto del campanario pensando cómo volver a nuestras líneas, en lugar de perder el tiempo discutiendo.

El capitán asintió, se dio la vuelta y corrió escalera arriba. Charlie lo siguió. Ambos tomaron posiciones de vigilancia en lados opuestos del tejado, y aunque Charlie oía el estruendo de la batalla, no pudo averiguar qué ocurría al otro lado del bosque.

–¿Dónde está Prescott? –preguntó Trentham, pasados unos minutos.

–No lo sé, señor –dijo Charlie–. Pensé que venía detrás de mí.

Aún transcurrieron varios minutos antes de que Tommy, llevando un casco alemán acabado en punta, apareciera en lo alto de la escalera.

–¿Dónde estaba? –preguntó Trentham con suspicacia.

–Registrando la iglesia de arriba abajo por si encontraba algo de comer, pero ni siquiera había vino de misa.

–Sitúese allí –ordenó el capitán, señalando un arco aún sin vigilancia– y esté ojo avizor. Nos quedaremos aquí hasta que oscurezca. Para entonces, ya se me habrá ocurrido un plan para regresar a nuestras líneas.

Los tres hombres contemplaron la campiña francesa, mientras la luz que declinaba envolvía al mundo en tinieblas.

–¿No tendríamos que pensar en empezar a movernos, capitán? –preguntó Charlie, después de estar una hora en plena oscuridad.

–Nos iremos cuando yo lo diga, y no antes –replicó Trentham.

–Sí, señor –dijo Charlie.

Siguió tiritando y escrutando la penumbra por espacio de otros cuarenta minutos.

–Bien, síganme –dijo Trentham sin previo aviso.

Se levantó y bajó los peldaños de piedra, deteniéndose en la entrada de la sacristía. Abrió la puerta poco a poco. El ruido de los goznes le recordó a Charlie el tronar de una ametralladora. Los tres escudriñaron la noche, y Charlie se preguntó si algún alemán los estaría esperando. El capitán consultó su brújula.

–En primer lugar, intentaremos llegar a aquellos árboles que hay en lo alto del risco –susurró Trentham–. Después, buscaré un camino que nos lleve detrás de nuestras líneas.

Cuando los ojos de Charlie se acostumbraron a la oscuridad, empezó a estudiar la luna y, sobre todo, el movimiento de las nubes.

–Una extensión de terreno descubierto nos separa de esos árboles –continuó el capitán–, así que no podemos arriesgarnos a cruzarla hasta que la luna desaparezca detrás de alguna nube. Después, correremos hacia el risco por separado. Usted irá primero, Prescott, cuando yo dé la orden.

–¿Yo? –preguntó Tommy.

–Sí, usted, Prescott. El cabo Trumper lo seguirá en cuanto usted llegue a los árboles.

–Y supongo que usted cerrará la marcha, si tenemos la suerte de sobrevivir –dijo Tommy.

–No se insubordine conmigo –advirtió Trentham–, o descubrirá esta vez lo que es un consejo de guerra y acabará en la cárcel, que es donde debería estar.

–Sin un testigo, lo dudo. Según tengo entendido, consta así en las ordenanzas reales.

–Cierra el pico, Tommy –dijo Charlie.

Los tres esperaron en silencio detrás de la puerta hasta que una larga sombra se deslizó poco a poco por el sendero, y finalmente cubrió la extensión que separaba la iglesia de los árboles.

–¡Adelante! –gritó el capitán, palmeando a Prescott en la espalda.

Tommy salió disparado como un galgo liberado de la traílla, y los otros dos hombres observaron cómo corría por el terreno descubierto hasta llegar, veinte segundos después, a la protección de los árboles.

La misma mano palmeó el hombro de Charlie un segundo más tarde, y corrió más rápido que nunca, a pesar de llevar el fusil en una mano y la mochila en la espalda. La sonrisa reapareció en su rostro cuando llegó al lado de Tommy.

Ambos se volvieron y miraron en dirección al capitán.

–¿Qué coño está esperando? –masculló Charlie.

–Yo diría que espera a ver si nos matan –respondió Tommy cuando la luna alumbró de nuevo el terreno.

Ambos aguardaron sin decir nada hasta que una nube ocultó el resplandor. Entonces vieron que el capitán, por fin, corría a su encuentro.

Se detuvo a su lado y se recostó contra un árbol hasta recobrar el aliento.

–Perfecto –susurró por fin–. Avanzaremos lentamente por el bosque, cada tantos metros haremos un alto en busca de señales del enemigo y los árboles nos protegerán. Recuerden: si la luna asoma, no se muevan y no hablen como no sea para responder a mis preguntas.

Los tres empezaron a bajar por la colina, avanzando de árbol en árbol, sin recorrer más que unos pocos metros cada vez. Charlie no tenía ni idea de que pudiera estar tan alerta al menor sonido extraño. Tardaron más de una hora en llegar al pie de la colina, donde hicieron un alto. Lo único que vieron ante ellos fue una amplia extensión de terreno yermo y descubierto.

–Tierra de nadie –susurró Trentham–. Eso significa que a partir de ahora avanzaremos reptando por el suelo. –Se hundió al instante en el barro–. Yo iré delante. Trumper me seguirá y Prescott cerrará la marcha.

–Bueno, eso demuestra al menos que sabe a dónde va –susurró Tommy–, porque habrá calculado con toda exactitud de dónde vendrán las balas y a quién alcanzarán primero.

Poco a poco, centímetro a centímetro, los tres hombres empezaron a recorrer los ochocientos metros de tierra de nadie, de vuelta al frente aliado, hundiendo las caras en el barro cuando la poco fiable cortina de nubes dejaba al descubierto la luna.

Aunque Charlie siempre veía a Trentham delante de él, Tommy se movía con tanto sigilo que de vez en cuando tenía que volver la cabeza para comprobar que su amigo seguía con ellos. Una sonrisa de dientes resplandecientes bastaba para tranquilizarle.

Durante la primera hora cubrieron una distancia aproximada de cien metros. Charlie habría deseado una noche más nublada. Balas perdidas, disparadas desde ambas trincheras, los obligaban a pegarse a la tierra. Charlie no cesaba de escupir barro, y en una ocasión se encontró cara a cara con un alemán que no parpadeaba.

Se arrastraron metro a metro por aquel barro húmedo y frío, por aquel terreno que seguía siendo tierra de nadie. De pronto, Charlie oyó un chillido a sus espaldas. Se volvió para reñir a Tommy, irritado, y vio una rata del tamaño de un conejo que yacía entre sus piernas. Tommy le había asestado un bayonetazo en pleno vientre.

–Creo que le gustabas, mi cabo. No podía tratarse de sexo, si hay que creer la palabra de Rose, así que debía de quererte como cena.

Charlie se tapó la boca con ambas manos por temor a que los alemanes lo oyeran reír.

La luna asomó detrás de una nube e iluminó de nuevo el terreno descubierto. Los tres hombres se sepultaron en el barro y esperaron a que otra nube les permitiera avanzar unos cuantos metros más. Pasaron dos horas antes de llegar a la alambrada de espino que había sido colocada para impedir la penetración de los alemanes.

Trentham cambió de dirección al llegar a la alambrada y reptó junto al lado alemán de la barrera en busca de una brecha que les condujera a la seguridad. Les quedaban por atravesar ochenta metros (para Charlie equivalía a un kilómetro). El capitán encontró por fin una brecha por la que logró deslizarse. Ya sólo faltaban cincuenta metros para alcanzar la seguridad de sus líneas.

A Charlie le sorprendió que el capitán se rezagara y lo dejara pasar.

–Maldita sea –masculló Charlie cuando la luna hizo su aparición en el centro del escenario y los dejó clavados en su sitio, a escasa distancia de la seguridad.

En cuanto retornó la oscuridad, Charlie continuó avanzando como un cangrejo, centímetro a centímetro, más temeroso ahora de una bala perdida procedente de su bando que del enemigo. Por fin oyó voces que hablaban en inglés. Nunca creyó que un día acogería con agradecimiento la visión de aquellas trincheras.

–Lo hemos conseguido –gritó Tommy, en voz tan alta que hasta los alemanes debieron de oírle.

Charlie volvió a hundir la cara en el barro.

–¿Quién vive? –preguntó alguien.

Charlie oyó que los fusiles se amartillaban a lo largo y ancho de las trincheras, a medida que los hombres dormidos volvían a la vida.

–El capitán Trentham, el cabo Trumper y el soldado Prescott de los Fusileros Reales –dijo Charlie con firmeza.

–Santo y seña –preguntó una voz.

–Oh, Dios, ¿cuál es el santo y...?

–Caperucita Roja –chilló Trentham, desde detrás de ellos.

–Avancen para que les reconozcamos.

–Primero Prescott –dijo Trentham.

Tommy se puso de rodillas y empezó a arrastrarse hacia las trincheras. Charlie oyó el zumbido de una bala a sus espaldas y segundos después, horrorizado, vio que Tommy se desplomaba boca abajo y yacía inmóvil en medio del barro.

Charlie se volvió rápidamente y miró a Trentham.

–Alemanes de mierda. Agáchese si no quiere que le suceda lo mismo –dijo el capitán.

Charlie ignoró la orden y se arrastró hasta llegar al cuerpo de su amigo. Rodeó a Tommy con su brazo. Sólo faltaban veinte metros para alcanzar la seguridad.

–Hombre herido –gritó Charlie, mirando hacia las trincheras.

–Prescott, no se mueva hasta que la luna no se oculte –ordenó Trentham detrás de ellos.

–¿Cómo te encuentras, camarada? –preguntó Charlie, mientras procuraba estudiar la expresión del rostro de su amigo.

–Me he sentido mejor –dijo Tommy.

–Cállense –dijo Trentham.

–A propósito, lo que me ha dado no es una bala alemana –dijo Tommy con voz estrangulada, cuando un hilillo de sangre surgió de su boca–. Por lo tanto, procura dar cuenta de ese bastardo si no tengo la oportunidad de terminar el trabajo yo mismo.

–Te pondrás bien –dijo Charlie–. Nada ni nadie puede matar a Tommy Prescott.

Cuando una extensa nube negra cubrió la luna, un grupo de hombres saltó de la trinchera y corrió hacia ellos, incluyendo dos enfermeros de la Cruz Roja que portaban una camilla. La dejaron caer junto a Tommy y lo depositaron en ella, antes de correr hacia la trinchera. Una lluvia de balas fue disparada desde las líneas alemanas.

Una vez a salvo en la trinchera, los enfermeros dejaron la camilla en tierra sin miramientos.

–Llévenle al hospital –gritó Charlie–, deprisa, por el amor de Dios, deprisa.

–Es inútil, mi cabo –dijo el enfermero–. Está muerto.

5

–Trumper, en el cuartel general siguen esperando su informe.

–Lo sé, mi sargento, lo sé.

–¿Algún problema, muchacho? –preguntó el sargento.

Charlie comprendió que, en clave, quería decir: «¿Sabes escribir?».

–Ningún problema, mi sargento.

Durante la hora siguiente puso lentamente por escrito sus pensamientos y después reescribió el sencillo resumen de lo que había ocurrido el 18 de julio de 1918 durante la segunda batalla del Marne.

Charlie leyó y releyó su banal escrito, consciente de que, si bien exaltaba la valentía de Tommy durante la batalla, pasaba por alto que Trentham había huido del enemigo. La pura verdad era que no había visto los acontecimientos que tuvieron lugar a sus espaldas. Aunque tenía su propia opinión, eso no contaba para un informe oficial. En cuanto a la muerte de Tommy, ¿qué pruebas tenía de que una bala perdida, entre tantas otras, procedía de la pistola del capitán Trentham? Incluso si Tommy tenía razón en lo concerniente a ambos hechos y Charlie manifestaba en voz alta sus opiniones, sólo era su palabra contra la de un oficial y caballero.

Lo único que podía hacer era escatimar toda alabanza a Trentham por lo que había sucedido aquel día en el campo de batalla. Sintiéndose como un traidor, Charlie firmó al pie de la segunda página y entregó su informe al oficial de servicio.

A última hora de aquel día, el sargento de turno le concedió una hora para cavar una tumba y enterrar al soldado Prescott. Arrodillado junto a ella, maldijo a los hombres de ambos bandos que eran responsables de una guerra semejante.

Charlie escuchó al capellán entonar las palabras «Cenizas a las cenizas, polvo al polvo», antes de que sonara el toque de retreta. Después, el reducido grupo dio un paso a la derecha y cavó la fosa para enterrar a otro soldado conocido. Cien mil hombres habían sacrificado su vida en el Marne. Charlie ya no podía aceptar que ninguna victoria costara semejante precio.

Se sentó con las piernas cruzadas al pie de la tumba, sin darse cuenta de que el tiempo pasaba mientras tallaba una cruz con su bayoneta. Por fin, se levantó y la colocó sobre el montículo de tierra. En el centro de la cruz había grabado las palabras «Soldado Tommy Prescott».

Una luna neutral volvió aquella noche a iluminar un millar de tumbas recién cavadas, y Charlie juró a cualquier dios que se molestara en escuchar que jamás olvidaría a su padre, a Tommy ni, desde luego, al capitán Trentham.

Cayó dormido entre sus camaradas.

La diana lo despertó con las primeras luces de la mañana, y tras una última mirada a la tumba de Tommy, volvió con su pelotón.

Le informaron que el coronel del regimiento se dirigiría a las tropas a las nueve.

Una hora más tarde se hallaba en posición de firme en un diezmado cuadro, formado por aquellos que habían sobrevivido a la batalla. El coronel Hamilton dijo a sus hombres que el primer ministro había descrito la segunda batalla del Marne como la mayor victoria en la historia de la guerra.

Charlie se sintió incapaz de alzar la voz para compartir los vítores de sus camaradas.

–Ha sido un día honorable y orgulloso para todo Fusilero –continuó el coronel, ajustándose con firmeza el monóculo.

Durante la batalla el regimiento obtuvo una VC[1], más seis MC y nueve MM. Charlie ni se inmutó cuando citaron el nombre de los condecorados ni cuando lo mencionaron. Sólo se interesó al oír el nombre del teniente Arthur Harvey que, según explicó el coronel, dirigió la carga del Pelotón Número Once hasta las mismísimas trincheras alemanas, permitiendo así que los que le seguían avanzaran y atravesaran las defensas enemigas. Por su heroísmo Harvey recibió, a título póstumo, la Cruz Militar.

Un momento después, Charlie oyó que el coronel pronunciaba el

1. VC, Cruz de la Victoria; MC, Cruz Militar; MM, Medalla Militar. *(N. del T.)*

nombre del capitán Guy Trentham. Este valeroso oficial, aseguró el coronel al regimiento, arriesgando su vida, continuó el ataque después de que el teniente Harvey mató a varios soldados alemanes y logró llegar a sus trincheras, donde liquidó en solitario a una unidad enemiga. Atravesó las líneas del adversario y persiguió a dos soldados alemanes hasta un bosque próximo. Consiguió matarlos antes de rescatar a dos Fusileros de las garras alemanas. Después los condujo sanos y salvos a las trincheras aliadas. Por este supremo acto de heroísmo, al capitán Trentham también se le concedió la Cruz Militar.

Trentham se adelantó y las tropas lo vitorearon cuando el coronel sacó una cruz plateada de una caja de piel y se la prendió en el pecho.

A continuación el coronel hizo mención de un sargento mayor, tres sargentos, dos cabos y cuatro soldados, así como de sus actos de heroísmo. Pero sólo uno de ellos subió a recibir la medalla.

–Entre los que no se encuentran hoy entre nosotros –continuó el coronel– hay un joven que siguió al teniente Harvey hasta las trincheras enemigas y mató después a cuatro, o tal vez cinco soldados alemanes, antes de acechar y disparar a otro, matando finalmente a un oficial alemán antes de que una bala perdida le matara trágicamente a pocos metros de nuestras trincheras.

Se elevaron nuevos vítores. Momentos después rompieron filas y, mientras los demás volvían a sus tiendas, Charlie se acercó lentamente al cementerio; se arrodilló junto a un túmulo conocido y, tras un instante de vacilación, arrancó la cruz que había plantado sobre su tumba. Sacó el cuchillo que colgaba de su cinturón y, a continuación del nombre «Tommy Prescott», grabó las letras «MM».

Quince días después, un millar de hombres con un millar de piernas, un millar de brazos y un millar de ojos fueron mandados a casa. El sargento Charles Trumper, de los Fusileros Reales, fue designado para acompañarlos, tal vez porque era el único que había sobrevivido a tres cargas contra las líneas enemigas.

La alegría que manifestaban por seguir aún con vida sólo conseguía que Charlie se sintiera más culpable. Al fin y al cabo, él sólo había perdido un dedo de un pie. Durante el viaje por tierra, mar y tierra, los ayudó a vestirse, lavarse, comer y acostarse sin quejas ni protestas.

Fueron recibidos en el muelle de Dover por jubilosas multitudes que festejaban el regreso de sus héroes. Se habían fletado trenes para conducirlos a diferentes puntos del país; de esta forma, recordarían durante el resto de sus vidas unos fugaces instantes de honor, e incluso gloria. Pero no era el caso de Charlie. Sus instrucciones le indicaban que debía viajar hasta Edimburgo para colaborar en la instrucción del siguiente grupo de reclutas que sustituirían a los caídos en el frente occidental.

El 11 de noviembre de 1918, a las once horas, cesaron las hostilidades y toda la nación permaneció en silencio durante tres minutos, al tiempo que, en el interior de un custodiado vagón de tren, en el bosque de Compiègne, se firmaba el armisticio. Cuando Charlie se enteró de la victoria, estaba entrenando nuevos reclutas en el polígono de tiro de Edimburgo. Algunos no pudieron ocultar su decepción al saber que habían perdido la oportunidad de luchar contra el enemigo.

La guerra había terminado y el Imperio había ganado..., o así vendían los políticos el resultado de la contienda entre Inglaterra y Alemania.

«Más de nueve millones de hombres han muerto por su país, algunos incluso antes de hacerse hombres –escribió Charlie en una carta a su hermana Sal–. ¿Qué han pretendido demostrar ambos bandos con tal carnicería?»

Sal le respondió que se sentía dichosa de que siguiera con vida y añadió que se había prometido con un piloto canadiense. «Pensamos casarnos dentro de algunas semanas e irnos a vivir a Toronto, a casa de sus padres. La próxima vez que recibas una carta mía te llegará desde el otro extremo del mundo.

»Grace sigue en Francia, pero espera volver al hospital de Londres a principios del año próximo. La han nombrado enfermera de sala. Ya sabrás que su cabo galés contrajo neumonía. Murió a los pocos días de que se firmara la paz.

»Kitty se esfumó de la faz de la Tierra y de repente apareció en Whitechapel, montada en un automóvil con un hombre. Ninguno de los dos parecía pertenecerle, pero tenía muy buen aspecto.»

Charlie no entendió la posdata de su hermana: «¿Dónde vivirás cuando vuelvas al East End?».

El sargento Charles Trumper fue desmovilizado el 20 de febrero de 1919, por lo que figuró entre los primeros: el dedo amputado le había servido por fin de algo. Dobló su uniforme, colocó el casco encima, las botas a un lado, y lo entregó todo al furriel.

–No lo había reconocido con ese traje viejo y la gorra, mi sargento. Le van pequeños, ¿verdad? Habrá crecido mientras estuvo con los Fusileros.

Charlie bajó la vista y examinó la longitud de sus pantalones: acababan sus buenos tres centímetros por encima de los cordones de las botas.

–Habré crecido mientras estuve con los Fusileros –repitió, reflexionando sobre el sentido de esas palabras.

–Apuesto a que su familia estará contenta de verlo cuando vuelva a la ciudad vestido de paisano.

–Querrá decir lo que queda de mi familia –dijo Charlie, antes de marcharse.

Su última tarea consistió en personarse en la oficina del oficial pagador para recibir su paga y el vale de desplazamiento, antes de devolver el chelín real.

–Trumper, el oficial de guardia quiere hablar contigo –dijo el sargento mayor, una vez que Charlie concluyó la que consideraba su última tarea.

«Los tenientes Makepeace y Harvey serían siempre sus oficiales de guardia», pensó Charlie mientras atravesaba el terreno de instrucción hacia las oficinas de la compañía. Algún jovenzuelo de rostro imberbe, que no había sido presentado de la forma apropiada al enemigo, tenía la desfachatez de ocupar el lugar de ellos.

Charlie estaba a punto de saludar al teniente cuando recordó que ya no llevaba uniforme, de modo que se limitó a quitarse la gorra.

–¿Quería verme, señor?

–Sí, Trumper. Es asunto personal. –El joven oficial tocó una caja de cartón grande que descansaba sobre el escritorio. Charlie no podía ver lo que contenía–. Trumper, su amigo el soldado Prescott –continuó el teniente– hizo un testamento en el que le legó todo.

Charlie fue incapaz de ocultar su sorpresa cuando el teniente empujó la caja de cartón hacia él.

–¿Sería tan amable de verificar su contenido y firmar el recibo?

Le presentó un formulario. Sobre el nombre escrito a máquina del soldado Thomas Prescott había un párrafo escrito con trazos enérgicos, firmado con una «X». El sargento mayor Philpott había actuado de testigo.

Charlie empezó a sacar de uno en uno los objetos que contenía la caja. La armónica de Tommy, oxidada y rota, siete libras, once chelines y seis peniques de la paga con efecto retroactivo, el casco de un oficial alemán. A continuación, Charlie sacó una cajita de piel. Al abrir la tapa descubrió la Medalla Militar de Tommy y la sencilla inscripción: «Por valentía en el campo de batalla». Cogió la medalla y la sostuvo en la palma de la mano.

–Ese Prescott debió de ser un chico valeroso –dijo el teniente–. La sal de la tierra y todo eso.

–Y todo eso –repitió Charlie.

–¿También era religioso?

–No, nunca lo fue –contestó Charlie, permitiéndose una sonrisa–. ¿Por qué lo pregunta?

–Por el cuadro –dijo el teniente, indicando el interior de la caja.

Charlie se inclinó y miró con incredulidad una pintura de la Virgen María y el Niño. Era un cuadrado de unos veinte centímetros de lado, enmarcado en madera de teca negra. Cogió el retrato y lo sostuvo con las manos.

Contempló los rojos, los púrpuras y los azules intensos que dominaban la figura central del cuadro, con la seguridad de que había visto la imagen antes. Dejó pasar unos segundos y volvió a guardar el pequeño óleo en la caja, junto a las demás pertenencias de Tommy.

Charlie se puso la gorra y se marchó, con la caja bajo un brazo, un paquete envuelto en papel marrón bajo el otro y un billete a Londres en el bolsillo superior de la chaqueta.

Cuando salió de los barracones para dirigirse hacia la estación (se preguntó cuánto tardaría en volver a caminar a paso normal), se detuvo ante la caseta de guardia y se volvió para mirar por última vez la plaza de armas. Un grupo de reclutas novatos marchaban arriba y abajo al mando de un nuevo sargento mayor. Sus rugidos indicaban que, como el difunto Philpott, jamás permitiría que la nieve cuajara.

Charlie dio la espalda al terreno de instrucción e inició el viaje a Londres. Tenía diecinueve años, la edad justa para ser merecedor del chelín real, pero ahora medía cinco centímetros más, se afeitaba y había estado a punto de perder la virginidad. Había aportado su granito de arena y sólo estaba de acuerdo con el primer ministro en una cosa: había tomado parte en una guerra que acabaría con todas las guerras.

El expreso nocturno de Edimburgo estaba lleno de hombres uniformados que observaban el atavío civil de Charlie con suspicacia, como si fuera un hombre que aún no hubiera servido a su patria, o peor aún, un objetor de conciencia.

–No tardarán en llamarlo a filas –dijo un cabo a su amigo desde el otro extremo del vagón, a voz en grito.

Charlie sonrió, pero no hizo ningún comentario.

Durmió a intervalos, divertido con la idea de que tal vez le resultara más fácil dormir en una trinchera húmeda y fangosa, con ratas y cucarachas por compañía. Cuando el tren se detuvo en King's Cross, a las siete de la mañana siguiente, tenía el cuello rígido y le dolía la espalda. Se desperezó antes de coger su paquete envuelto en papel y las posesiones de Tommy.

Tomó un bocadillo y una taza de té en la estación. Se quedó sorprendido cuando la camarera le cobró tres peniques.

–Dos peniques para los que llevan uniforme –le dijo con desprecio patente.

Charlie terminó el té y se fue de la estación sin decir palabra.

Las calles se veían más bulliciosas y abarrotadas de lo que recordaba, pero saltó confiadamente a un tranvía que llevaba la inscripción «City» en la parte delantera. Se sentó solo en un banco de madera, preguntándose qué cambios encontraría en el East End. ¿Habría prosperado su tienda, iría tirando, la habrían vendido, o habría quebrado? ¿Qué habría sido del carretón más grande del mundo?

Saltó del tranvía en Poultry, pues había decidido recorrer andando el último kilómetro. Aceleró el paso a medida que los acentos cambiaban; los hombres de negocios ataviados con largos abrigos negros y bombines dieron paso a profesionales vestidos con trajes oscuros y sombreros flexibles, siendo a su vez sustituidos por chicos ordinarios de ropas baratas y gorras, hasta que Charlie llegó por fin al East End, donde hasta los sombreros de paja habían sido abandonados por los menores de treinta años.

Cuando se acercó a Whitechapel Road, Charlie se detuvo y contempló la frenética actividad que lo rodeaba: carnes colgadas de ganchos, carretillas llenas de verduras, bandejas de pasteles y teteras pasaban en todas direcciones.

¿Qué había sido de la panadería y del carretón del abuelo? ¿Seguirían aún al pie del cañón? Inclinó la gorra sobre la frente y entró en el mercado.

Cuando llegó a la esquina de Whitechapel Road pensó por un momento si se habría equivocado de lugar. La panadería ya no existía; había sido sustituida por una sastrería que pertenecía a un tal Jacob Cohen. Charlie apretó la nariz contra el escaparate, pero no reconoció a nadie de los que trabajaban dentro. Se giró en redondo para echar un vistazo al sitio que el carretón de «Charlie Trumper, el comerciante honrado» había ocupado durante casi un siglo, pero sólo vio a un corro de jóvenes que se calentaban alrededor de una hoguera de carbón, mientras un hombre vendía castañas a un penique la bolsa. Charlie se desprendió de un penique y recibió una bolsa de castañas, pero nadie se tomó la molestia de mirarlo dos veces. «Tal vez Becky había vendido todo, como le aconsejó», pensó Charlie mientras salía del mercado y bajaba por Whitechapel Road donde, al menos, le quedaba la posibilidad de encontrarse con alguna de sus hermanas, descansar y reflexionar.

Cuando llegó al número 112 se alegró de ver que habían pintado la puerta principal. Dios bendiga a Sal. Abrió la puerta y entró sin vacilar en el vestíbulo, donde se topó con un hombre obeso a medio afeitar que blandía una navaja y vestía camiseta y pantalones.

–¿Qué hace usted aquí? –preguntó el hombre, esgrimiendo la navaja con firmeza.

–Vivo aquí –respondió Charlie.

–Y una mierda. Soy el dueño de este cuchitril desde hace seis meses.

–Pero...

–Nada de peros –dijo el hombre, y sin previo aviso propinó un empellón a Charlie que lo lanzó a la calle.

La puerta se cerró con estrépito, y Charlie oyó que la llave giraba en la cerradura. No sabía qué hacer, pero empezaba a desear no haber vuelto a casa.

–Hola, Charlie. Eres Charlie, ¿verdad? –dijo una voz a sus espaldas–. Así que no habías muerto, después de todo.

Se volvió y vio a la señora Shorrocks parada junto a la puerta de su casa.

–¿Muerto? –se extrañó Charlie.

–Sí. Kitty nos dijo que te habían matado en el frente occidental, y que por eso vendió el 112. Ocurrió hace meses... No la he visto desde entonces. ¿Nadie te lo dijo?

–No, nadie me lo dijo –contestó Charlie, contento de encontrar a alguien que todavía lo reconocía.

Miró a su antigua vecina, intentando adivinar por qué parecía tan diferente.

–¿Quieres comer algo, cariño? Pareces hambriento.

–Con mucho gusto, señora Shorrocks.

–Acabo de comprar un paquete de pescado en escabeche y patatas fritas en la tienda de Dunkley. No habrás olvidado lo buenos que están. Un lote de tres peniques: un buen pedazo de bacalao y una bolsa llena de patatas fritas.

Charlie siguió a la señora Shorrocks al interior del 110, la acompañó a la diminuta cocina y se dejó caer en una silla de madera.

–Por casualidad, ¿sabe qué ha sido de mi carretón o de la tienda de Dan Salmon?

–La señorita Rebecca los vendió. Debió de ser hace nueve meses, poco después de que partieras hacia el frente. –La señora Shorrocks colocó la bolsa de patatas fritas y el pescado sobre un trozo de papel, en el centro de la mesa–. Francamente, Kitty nos dijo que figurabas en la lista de los muertos en el Marne, y cuando se supo la verdad ya era demasiado tarde.

–Visto lo que hay, casi sería mejor haber muerto –dijo Charlie.

–No lo sé –contestó la señora Shorrocks al tiempo que abría una botella de cerveza, bebía un trago y se la pasaba a Charlie–. He oído que hay montones de carretones en venta, y algunos a precio de ganga.

–Me alegra saberlo, pero primero he de encontrar a «Posh Porky», pues no me queda mucho capital. –Hizo una pausa para comer el primer bocado de pescado–. ¿Tiene idea del paradero de Becky?

–Hace tiempo que no la veo por aquí, Charlie. Siempre nos trató con cierta arrogancia, pero me han dicho que Kitty fue a verla a la Universidad de Londres.

–La Universidad de Londres, ¿eh? Bien, pronto descubrirá que Charlie Trumper está vivito y coleando, por más arrogante que se haya vuelto. Y será mejor que se muestre convincente a la hora de explicarme qué ha pasado con mi parte del dinero.

Se levantó de la mesa y recogió sus pertenencias, dejando las dos últimas patatas fritas para la señora Shorrocks.

–¿Te apetece otra cerveza, Charlie?

–No tengo tiempo, señora Shorrocks. Gracias por la cerveza y la comida... y dele recuerdos al señor Shorrocks de mi parte.

–¿A Bert? ¿No te has enterado? Murió hace seis meses de un ataque al corazón, pobre hombre. Le echo de menos.

Fue entonces cuando Charlie comprendió qué era lo que había llamado su atención al llegar al viejo barrio: la ausencia de ojos amoratados y cardenales.

Charlie salió de la casa y decidió ir a la Universidad de Londres para seguir la pista de Rebecca Salmon. ¿Habría dividido el producto de la venta entre sus tres hermanas (Sal, ahora en Canadá, Grace, en algún lugar de Francia, y Kitty, Dios sabe dónde), tal como le había ordenado en el supuesto de que lo dieran por muerto? En tal caso, no le quedaría otro capital para volver a empezar que la paga atrasada de Tommy y unas pocas libras que había ahorrado. Preguntó al primer policía que encontró el camino a la Universidad de Londres. Le indicó que siguiera la dirección del Strand. Caminó otro kilómetro hasta llegar a un arco en cuya piedra se había esculpido KING'S COLLEGE. Llamó a la puerta en la que se leía INFORMACIÓN, entró y preguntó al hombre sentado detrás del mostrador si había una Rebecca Salmon matriculada en el colegio universitario. El hombre consultó una lista, negó con la cabeza y sugirió a Charlie que probara en el registro universitario de la calle Malet.

Después de pagar un penique y hacer el recorrido en tranvía, Charlie empezó a preguntarse dónde acabaría pasando la noche.

–¿Rebecca Salmon? –dijo el hombre que se ocupaba del registro universitario, vestido con uniforme de cabo–. No me suena. –Buscó el nombre en un grueso libro que sacó de debajo del escritorio–. Ah, sí, aquí está, Colegio Bedford, Historia del Arte.

Fue incapaz de ocultar el desprecio en su voz.

–¿Tiene su dirección, cabo? –preguntó Charlie.

–Ingrese en el ejército antes de llamarme cabo, muchacho. De hecho, cuanto antes se aliste mejor.

Charlie ya había sufrido bastantes insultos durante el día para poder contenerse.

–Sargento Trumper, 7312087. Lo llamaré cabo y usted me llamará sargento. ¿Me he expresado con claridad?

–Sí, mi sargento –dijo el cabo, poniéndose firme.

–Ahora dígame la dirección.

–Se aloja en el 97 de Chelsea Terrace, mi sargento.

–Gracias –respondió Charlie, dejando perplejo al ex militar.

Se dispuso a emprender otro viaje a través de Londres.

Un fatigado Charlie bajó del tranvía poco después de las cuatro en la esquina de Chelsea Terrace. ¿Habría llegado Becky antes que él, aunque sólo se alojara allí?

Paseó arriba y abajo de la familiar calle, admirando las tiendas que en otro tiempo había soñado adquirir. Número 131: antigüedades, multitud de muebles de caoba, mesas y sillas bellamente acabadas. Después el 133, lencería de París. Charlie consideró incorrecto que un hombre mirase las prendas exhibidas en el escaparate. Número 135: carnes y aves colgadas de ganchos en la parte trasera de la tienda; tenían un aspecto tan delicioso que Charlie casi olvidó la escasez de alimentos. En el 139 se había inaugurado un restaurante llamado «Mr. Scallini», y Charlie se preguntó si la comida italiana llegaría a imponerse en Londres.

Número 141: una vieja librería polvorienta, llena de telarañas y sin clientes a la vista. Después, el 143, una sastrería. La propaganda escrita en el escaparate le aseguró que un caballero de gusto podía adquirir allí trajes, chalecos, camisas y cuellos. Número 145: pan recién salido del horno; su aroma estuvo a punto de arrastrarlo al interior. Contempló la calle, incrédulo, así como a las mujeres vestidas con elegancia que se dirigían a sus ocupaciones diarias, como si jamás hubiera estallado una guerra mundial. Daba la impresión de que nadie les había hablado de las cartillas de racionamiento.

Charlie se detuvo ante el 147 de Chelsea Terrace. Jadeó de placer ante la visión desplegada ante sus ojos cansados: filas y filas de frutas y verduras frescas que él habría vendido con orgullo. Dos chicas engalanadas con delantales verdes y un joven aún más elegante se disponían a atender a un cliente que sostenía un racimo de uvas.

Charlie retrocedió un paso y miró el letrero que había sobre la tienda. Rezaba en letras doradas y azules: «Charlie Trumper, el comerciante honrado, a su servicio desde 1823».

BECKY

1918-1920

6

–De 1480 a 1532 –dijo el profesor.

Consulté mis notas para asegurarme de que tenía los datos correctos, consciente de que me costaba concentrarme. Era la última clase del día, y no pensaba más que en volver a Chelsea Terrace.

El artista del que hablamos aquella tarde era Bernardino Luini, y yo había decidido que haría la tesis sobre la vida de ese pintor minusvalorado de Milán... Otra razón para agradecer que la guerra hubiera concluido. Ahora podría planificar viajes a Roma, Florencia, Venecia y, sí, a Milán, para estudiar *in situ* la obra de Luini, Miguel Ángel, Da Vinci, Bellini, Caravaggio, Bernini, la mitad de los tesoros artísticos mundiales en un solo país, y yo que no había podido ir más allá de las salas del Victoria and Albert.

A las cuatro y media el timbre señaló el final de las clases. Cerré los libros y miré al profesor Tilsey salir sin prisas del aula. Sentía un poco de pena por el viejo. Lo habían sacado de su retiro porque muchos profesores jóvenes se habían marchado a combatir al frente occidental. La muerte del hombre que nos habría dado clase, Matthew Makepeace, según sus palabras, «uno de los eruditos más prometedores de su generación», «una pérdida irreparable para el departamento en particular y la universidad en general». Me vi obligada a estar de acuerdo con él: Makepeace era uno de los escasos ingleses reconocidos como especialista en Luini. Sólo asistí a tres de sus clases antes de que se alistara para ir a Francia. No pasé por alto la paradoja de que un hombre tan valioso fuera acribillado por las balas alemanas mientras atravesaba una alambrada en algún lugar de Francia.

Era mi primer curso en Bedford. Me daba la impresión de no tener nunca tiempo para ponerme al día. Lo que más necesitaba era que Charlie regresara y se hiciese cargo de la tienda. Le había escrito a Edimburgo cuando se hallaba en Bélgica, a Bélgica cuando estaba en Francia, y a Francia en el mismo momento que regresó a Edimburgo. Por lo visto, el correo real nunca le daba caza, y ahora no quería que Charlie averiguara lo que yo había estado haciendo hasta tener la oportunidad de observar su reacción con mis propios ojos.

Jacob Cohen me había prometido que enviaría a Charlie a Chelsea en cuanto apareciera por Whitechapel Road. Nunca sería demasiado pronto para mí.

Recogí mis libros y los metí en mi viejo cartapacio escolar, el que mi padre («Tata») me había regalado cuando gané la beca para St. Paul's. Las letras R. S. que con tanto orgullo había estampado delante estaban casi borradas y la tira de cuero estaba muy desgastada, así que últimamente llevaba el cartapacio bajo el brazo. A Tata jamás se le habría ocurrido regalarme uno nuevo mientras todavía le quedara un día de vida al viejo cartapacio.

Tata había sido muy severo conmigo de niña, incluso me azotó en un par de ocasiones. Una por robar panecillos de la tienda (no le importaba cuántos cogiera con tal de que se los pidiera), y otra por decir «Maldita sea» cuando me corté en el dedo mientras pelaba una manzana. Aunque no fui educada en la religión judía –mi madre no estaba dispuesta a tolerarlo–, Tata me transmitió todos los tópicos derivados de su educación y jamás aceptó lo que en ocasiones describió como mi «comportamiento inaceptable».

Pasaron muchos años hasta que me enteré de las críticas que Tata tuvo que tragar cuando le propuso matrimonio a mi madre, una católica. La adoraba y nunca se quejó en mi presencia de que siempre tenía que ir solo a los servicios religiosos. «Matrimonio mixto» parece una expresión muy pasada de moda en nuestros días, pero a principios de siglo debió de suponer para ambos un gran sacrificio.

Me gustó St. Paul's desde el primer día que franqueé sus puertas. Supongo que se debió, en parte, a que nadie me regañó por ser tan aplicada. Lo único que no me gustaba era que me llamaran «Porky». Daphne Harcourt-Browne, una alumna de segundo curso, fue quien me explicó posteriormente su doble sentido[1]. Daphne era una rubia

1. La expresión hace referencia a su gordura, pero también al hecho de que su padre es judío y no puede comer carne de cerdo *(pork). (N. del T.)*

de pelo rizado conocida como «Snooty»[1], y aunque no éramos muy amigas, nuestra debilidad por los bollos de crema nos unió, sobre todo cuando descubrió que yo poseía una fuente inagotable de suministros. A Daphne no le habría importado pagarlos, pero yo no se lo permitía, pues quería que mis compañeros de clase pensaran que éramos amigas. Incluso me invitó a su casa de Chelsea en una ocasión, pero no acepté para no tener que corresponder con otra invitación a mi casa de Whitechapel.

Fue Daphne quien me proporcionó mi primer libro de arte, *Los tesoros de Italia*, a cambio de varias obleas rellenas de nata, y aquel mismo día descubrí que había encontrado el tema al que consagraría mis estudios durante el resto de mi vida. Aunque nunca se lo pregunté a Daphne, siempre me intrigó que hubieran arrancado una de las primeras páginas del libro.

Daphne provenía de una de las mejores familias de Londres, lo que yo consideraba la clase alta, y cuando dejé St. Paul's di por sentado que nunca más nos volveríamos a ver. Al fin y al cabo, Lowndes Square no era mi ambiente natural, pero tampoco el East End, lleno de gente como los Trumper y los Shorrocks.

Y en lo referente a los Trumper, estaba completamente de acuerdo con la opinión de mi padre. Mary Trumper, sin duda alguna, debió de ser una santa. George Trumper se comportaba de una forma inaceptable, al contrario de su padre, al que Tata solía describir como un *mensch*[2]. El joven Charlie, que en mi opinión nunca hacía una a derechas, tenía lo que Tata llamaba «futuro». La magia se ha saltado una generación, explicaba.

–El chico no es malo para ser un gentil –solía decir–. Un día poseerá su propia tienda, y hasta es posible que más de una, puedes creerme.

Yo no me tomaba estas observaciones demasiado en serio, hasta que la muerte de mi padre me dejó sin nadie más a quien apelar.

Tata se quejaba a menudo de que no podía dejar solos a sus dos ayudantes en la tienda más de una hora sin que las cosas se torcieran.

–No hay manera –se lamentaba de los que eran incapaces de asu-

1. Presumida. *(N. del T.)*
2. En yiddish, persona admirable. *(N. del T.)*

mir una responsabilidad–. No quiero ni pensar en lo que ocurriría en la tienda si me tomara un día de descanso.

Cuando el rabino Glikstein leyó en voz alta los últimos párrafos de su *levoyah*, aquellas palabras resonaron en mis oídos. Mi madre seguía inconsciente en el hospital y nadie supo decirme cuándo se recuperaría por completo. Entretanto, sólo podía irme a vivir con mi renuente tía Harriet, a la que sólo conocía de reuniones familiares. Resultó que vivía en un lugar llamado Romford, y como se comprometió a llevarme a su casa un día después del funeral, sólo me quedaron unas pocas horas para tomar una decisión. Intenté adivinar lo que mi padre habría hecho en circunstancias semejantes y llegué a la conclusión de que él habría dado lo que solía calificar de «un paso decidido».

Cuando me levanté a la mañana siguiente ya había resuelto que vendería la panadería al mejor postor... a menos que Charlie Trumper deseara asumir la responsabilidad. En retrospectiva recuerdo que tuve mis dudas sobre la capacidad de Charlie para tomar las riendas, pero la buena opinión que Tata tenía de él las disipó.

Durante las clases de aquella mañana preparé mi plan de acción. En cuanto terminaron cogí el tren de Hammersmith a Whitechapel y continué a pie hasta la casa de Charlie.

Al llegar al número 112 llamé a la puerta con la palma de la mano y esperé. Recuerdo mi sorpresa al ver que la casa de los Trumper no tenía aldaba. Una de sus espantosas hermanas acudió a mi llamada, pero yo no estaba muy segura de cuál era. Le dije que necesitaba hablar con Charlie y no me sorprendió que me dejara plantada en la puerta mientras desaparecía en el interior de la casa. Regresó al cabo de unos minutos y me guió algo a regañadientes hacia la pequeña habitación del fondo.

Al marcharme veinte minutos después tuve la sensación de haber aceptado el peor de los acuerdos, pero acudió a mi mente otra frase hecha de mi padre: «Quien pierde, paga».

Al día siguiente me apunté a un curso de contabilidad como «asignatura opcional». Las clases eran nocturnas y empezaban después de que yo terminara mis tareas escolares. Al principio encontré el tema aburrido, pero a medida que pasaban las semanas me fascinó la manera en que el registro meticuloso de cada transacción podía ser tan beneficioso para nuestro humilde negocio. No imaginaba que se pudiera ahorrar tanto dinero mediante el simple trámite de descifrar un estado de cuentas, la amortización de una deuda y el modo de descontar gastos de los impuestos. Mi única preocupación consistía en que sospechaba que Charlie jamás se había tomado la molestia de pagar un solo impuesto.

Empecé a disfrutar de mis visitas semanales a Whitechapel, donde tenía la oportunidad de exhibir mis recién estrenadas habilidades. A pesar de que mi decisión de romper la sociedad en cuanto me ofrecieran una plaza para estudiar en la universidad permanccía inalterable, seguía creyendo que la energía y el empuje de Charlie, combinados con mi juicioso enfoque de las cuestiones económicas, habrían impresionado a mi padre y al abuelo de Charlie.

A medida que se acercaba el momento de concentrarme en mi matriculación, decidí ofrecer a Charlie la oportunidad de comprar mi parte de la sociedad e incluso llegué a un acuerdo con un contable competente para que me reemplazara, con el fin de que pudieran tener al día la contabilidad. Una vez más los alemanes arruinaron mis planes mejor trazados.

En esa ocasión mataron al padre de Charlie, una equivocación absurda, pues sólo provocó que el muy idiota se alistara para luchar contra ellos. No se molestó en consultar a nadie, para variar. Se fue sin vacilar a Great Scotland Yard, vestido con aquel horroroso traje cruzado, la ridícula gorra plana y la chabacana corbata verde, cargando sobre los hombros todas las preocupaciones del Imperio y dejándome la faena de recoger los fragmentos. No es de extrañar que perdiera tanto peso durante el año siguiente. Mi madre lo consideró una pequeña compensación por haberme asociado con gente como Charlie Trumper.

Para empeorar las cosas me ofrecieron una plaza en la Universidad de Londres pocos días después de que Charlie subiera al tren de Edimburgo.

Charlie sólo me había dejado dos elecciones: intentar hacerme cargo de la panadería y renunciar a estudiar, o venderla al mejor postor. El día de su partida Charlie me dejó una nota aconsejándome que la vendiera, de modo que la vendí, pero a pesar de las muchas horas que pasé pateándome el East End sólo encontré un interesado: el señor Cohen, que durante años había tenido la sastrería en el piso de arriba de la tienda de mi padre y que ahora quería ampliarla. Me hizo una oferta justa, dadas las circunstancias, y todavía conseguí dos libras más por el enorme carretón de Charlie, que me compró un vendedor ambulante. Pero, por más que me esforcé, no encontré un comprador para la espantosa reliquia del abuelo de Charlie, que se remontaba al siglo diecinueve.

Deposité de inmediato todo el dinero que había reunido en la Bow Building Society, con sede en Cheapside 102, por un período de un año y a un interés del cuatro por ciento. No tenía intención de tocarlo hasta que Charlie Trumper volviera al East End, pero cinco meses después Kitty Trumper vino a visitarme a Romford. Estalló en lágrimas y me dijo que habían matado a Charlie en el frente occidental. Añadió que ignoraba lo que iba a ser de su familia ahora que Charlie ya no estaba. Le expliqué al instante mi acuerdo con Charlie y logré que una sonrisa iluminara su rostro. Accedió a acompañarme a la sede de la sociedad al día siguiente para que pudiéramos retirar la parte del dinero correspondiente a Charlie.

Era mi intención respetar los deseos de Charlie y velar por la distribución a partes iguales entre sus tres hermanas. Sin embargo, el subdirector de la sociedad me indicó con la mayor cortesía posible que yo no podía sacar ni un penique del depósito hasta que hubiera pasado un año. Incluso sacó el documento que yo había firmado a tal efecto, dirigiendo mi atención hacia la cláusula pertinente. Kitty se levantó en el acto, soltó un torrente de obscenidades que enrojecieron al director del banco y salió hecha una furia.

Más adelante me alegré de haber firmado aquella cláusula. Habría dividido el sesenta por ciento de Charlie entre Sal, Grace y la horrible Kitty, que había mentido descaradamente sobre la muerte de su hermano. Sólo me enteré de la verdad cuando en julio Grace me escribió desde el frente para informarme de que Charlie regresaba a Edimburgo después de la segunda batalla del Marne. Juré en el acto entregarle su parte de dinero en cuanto pisara Inglaterra. Quería sacarme definitivamente de encima a los Trumper y sus perturbadores problemas.

Ojalá Tata hubiera vivido lo bastante para verme ingresar en el Bedford. Su hija en la Universidad de Londres. Whitechapel se habría hartado de escuchar su historia. Pero un zepelín alemán puso fin a eso y dejó tullida a mi madre, por añadidura. Aun así, mi madre estaba muy contenta de poder decir a sus amigas que yo había sido una de las primeras mujeres del East End en matricularse en la universidad.

Después de escribir la carta en que aceptaba estudiar en Bedford, empecé a buscar un alojamiento más próximo a la universidad; estaba decidida a conseguir cierta independencia. Mi madre, cuyo corazón no se había recobrado de la pérdida de Tata, se retiró a los suburbios para vivir con tía Harriet en Romford. No podía comprender por qué yo necesitaba vivir en Londres, pero insistía en que las autoridades universitarias tenían que dar su aprobación a cualquier alojamiento en que me instalara. Puntualizaba que sólo podía compartir la vivienda con alguien que Tata hubiese considerado «aceptable». Mamá nunca paraba de decirme que le importaban un bledo las costumbres relajadas que se habían puesto tan de moda desde el estallido de la guerra.

Aunque seguía en contacto con varias amigas de St. Paul's, sabía que sólo una podía tener habitaciones libres en Londres. Sospechaba que bien podía ser mi única esperanza de no pasar el resto de mi vida en el tren que comunicaba Romford con Regent's Park. Escribí a Daphne Harcourt-Browne al día siguiente.

Me invitó a tomar el té en su pequeño piso de Chelsea. Cuando volví a verla, me sorprendió comprobar que había perdido casi tanto peso como yo, si bien ahora la superaba ligeramente en altura. Daphne no sólo me recibió con los brazos abiertos, sino que, ante mi estupor, expresó su alegría por el hecho de que yo iba a ocupar una de sus habitaciones vacantes. Insistí en que le pagaría un alquiler de cinco chelines a la semana y también le pregunté, algo vacilante, si se sentía con ánimos de ir a tomar el té con mi madre en Romford. A Daphne pareció divertirle la idea y viajó a Essex conmigo el martes de la siguiente semana.

Mi madre y mi tía apenas pronunciaron una palabra en toda la tarde. Un monólogo centrado en bailes de cazadores, cazas con jaurías, polo y la vergonzosa pérdida de modales de algunos oficiales pertenecientes a la Guardia Montada no eran temas sobre los que les hubiera pedido a menudo una opinión concreta. Cuando tía Harriet sirvió la segunda ronda de panecillos no me extrañó ver que mi madre inclinaba la cabeza en señal de aprobación.

De hecho, el único momento embarazoso de la tarde se produjo cuando Daphne llevó la bandeja a la cocina (yo sospeché que nunca había hecho algo por el estilo) y manchó mi último boletín escolar, clavado con alfileres en la puerta de la despensa. Mi madre sonrió y agravó mi humillación al leer su contenido en voz alta: «La señorita Salmon despliega una capacidad inusitada para trabajar sin tregua, virtud que, combinada con una mente inquisitiva e intuitiva, le augura un brillante porvenir en el colegio Bedford. Firmado, señorita Potter, directora».

–Mamá no se molestó en exhibir mi último boletín –se limitó a comentar Daphne.

Poco después de mi traslado a Chelsea Terrace, Daphne y yo nos ajustamos a una rutina invariable. Daphne revoloteaba de fiesta en fiesta, mientras yo iba de aula en aula a una velocidad aún superior; nuestros caminos se cruzaban muy raras veces.

A pesar de mis temores, Daphne resultó una maravillosa compañera de piso. Si bien demostraba poco interés por mi vida académica (dedicaba todas sus energías a la caza de zorros y oficiales de la Guardia Montada), siempre manifestaba un gran sentido común sobre todos los temas habidos y por haber, por no mencionar su constante contacto con una serie de jóvenes atractivos que parecían llegar en un tren interminable a la puerta de Chelsea Terrace, 97.

Daphne los trataba a todos con idéntico desdén y me confió que su verdadero amor se hallaba todavía en el frente occidental, aunque jamás mencionó su nombre en mi presencia.

Cuando encontraba un momento de respiro que me apartaba de mis libros, Daphne siempre se las arreglaba para procurarme un joven oficial sin compromiso que me acompañaba a un concierto, al teatro, o incluso al baile del regimiento. Si bien no demostraba ningún interés por mis actividades universitarias, solía hacerme preguntas sobre el East End y le fascinaban mis historias sobre Charlie Trumper y su carretón.

Podría haber seguido así indefinidamente si yo no hubiera leído un ejemplar del *Kensington News*, periódico que trajo Daphne para informarse sobre las películas que ponían en el cine del barrio.

Mientras pasaba las páginas, un viernes por la noche, un anuncio me llamó la atención. Lo releí palabra por palabra para asegurarme de que la tienda se hallaba exactamente donde yo pensaba. Doblé el periódico y salí a la calle para comprobarlo por mí misma. Bajé por Chelsea Terrace, en busca del letrero situado en el escaparate de la verdulería del barrio. Debía de haber pasado montones de veces por delante sin darme cuenta.

«En venta. Razón: John D. Wood, 6 Mount Street, Londres W1.»

Recordé que Charlie siempre había querido saber qué diferencia había entre los precios de Chelsea y los de Whitechapel, así que decidí averiguarlo por él.

Al día siguiente, tras haber interrogado hábilmente a nuestro vendedor de periódicos (el señor Bales siempre parecía estar al corriente de lo que ocurría en nuestra avenida, y le complacía en extremo compartir sus conocimientos con cualquiera que deseara pasar un rato en su compañía), me presenté en las oficinas de John D. Wood, en Mount Street. Pasé un rato esperando de pie ante el mostrador, pero uno de los cuatro empleados acudió por fin en mi busca, se presentó como señor Palmer y preguntó en qué podía ayudarme.

Después de examinar con minuciosidad al joven pensé que no sería capaz de ayudar a nadie. Debía de tener unos diecisiete años y era tan pálido y delgado que una ráfaga de viento le habría barrido al instante.

–Desearía informarme sobre el 147 de Chelsea Terrace –dije.

Consiguió aparentar sorpresa y desconcierto al mismo tiempo.

–¿El 147 de Chelsea Terrace?

–El 147 de Chelsea Terrace.

–Le ruego que me disculpe un momento, señora –dijo, y se dirigió a un fichero, encogiéndose de hombros exageradamente cuando pasó junto a uno de sus dos compañeros.

Vi que revisaba varios papeles antes de volver al mostrador con una sola hoja. No hizo el menor intento de invitarme a entrar ni de ofrecerme una silla. Depositó la hoja sobre el mostrador y la leyó con atención.

–Una verdulería –dijo.

–Sí.

–La fachada de la tienda –prosiguió el joven, con voz cansada– mide seis metros y medio. La tienda en sí abarca un poco menos de trescientos metros cuadrados, incluyendo un pequeño piso que da al parque, en la primera planta.

–¿Qué parque? –pregunté, asaltada por la duda de que no estuviéramos hablando de la misma propiedad.

–Princess Gardens, señora.

–Es un pedazo de hierba de escasa extensión –le informé, convencida de que el señor Palmer no había visitado Chelsea Terrace en toda su vida.

–El local pasaría a ser de su entera propiedad y al cabo de treinta días de firmado el contrato el dueño le daría la posesión –continuó el empleado, sin responder a mi comentario.

Al menos, dejó de apoyarse en el mostrador.

–¿Cuánto pide el propietario? –pregunté.

Cada vez me molestaba más el trato condescendiente del empleado.

–Nuestro cliente, una tal señora Chapman... –siguió el joven.

–Esposa del marinero de primera Chapman, que navegaba en el HMS *Boxer* –le informé–, muerto en acción de guerra el 8 de febrero de 1918. Dejó una hija de siete años y un hijo de cinco. –El señor Palmer tuvo la delicadeza de palidecer–. También sé que la señora Chapman padece artritis y le resulta casi imposible subir la escalera que conduce al piso –añadí.

–Sí –balbuceó el joven, muy perplejo–. Bien, sí.

–¿En cuánto valora, pues, la señora Chapman su propiedad? –insistí.

A estas alturas, los tres colegas del señor Palmer habían interrumpido sus ocupaciones para seguir nuestra conversación.

–Pide ciento cincuenta guineas por ceder los derechos de propiedad –declaró el empleado, con los ojos fijos en la última línea del documento.

–Ciento cincuenta guineas –exclamé con burlona incredulidad, sin tener idea del valor real de la propiedad–. Esa mujer debe de vivir en las nubes. ¿Se habrá olvidado de que estamos en guerra? Ofrézcale cien, señor Palmer, y no vuelva a molestarme si pide un penique más.

–¿Guineas? –preguntó el joven, esperanzado.

–Libras –repliqué, mientras escribía mi nombre y dirección en el reverso de la hoja y la dejaba sobre el mostrador.

El señor Palmer parecía incapaz de articular una palabra, aunque recuerdo que su boca continuaba abierta cuando me volví para salir de la oficina.

Regresé a Chelsea, sabiendo a ciencia cierta que no tenía la menor intención de adquirir una propiedad en la avenida. En cualquier caso, tampoco contaba con cien libras, ni con nada por el estilo. Me quedaban cuarenta libras en el banco y las perspectivas de aumentar el caudal eran remotas, pero me había irritado la actitud de aquel idiota. En fin, concluí, tampoco era de temer que la señora Chapman aceptara una oferta tan insultante.

La señora Chapman aceptó mi oferta a la mañana siguiente. Dichosamente ignorante de que no estaba obligada a firmar ningún contrato, hice un depósito de diez libras aquella misma tarde. El señor Palmer me explicó que no me devolverían el dinero si no cumplía el contrato al cabo de treinta días.

–No habrá ningún problema –me jacté, aunque no conseguía imaginar de dónde sacaría el dinero.

Durante los siguientes veintiséis días visité a todos mis conocidos, desde la Bow Building Society a tías lejanas, incluso a compañeros de estudios, pero nadie demostró el menor interés por respaldar con sesenta libras a una joven sin graduar, a fin de que pudiera comprar una tienda de frutas y verduras.

–Pero si es una inversión fantástica –intentaba explicar a todo aquel que quería escucharme–. Y aún más, Charlie Trumper entra en el trato. Es el hombre más entendido en frutas y verduras que ha visto el East End.

Excepcionalmente iba más allá de ese punto de mi propuesta comercial porque, para entonces, las muestras de amable desinterés se habían convertido en expresiones de incredulidad.

Al cabo de la primera semana llegué de mala gana a la conclusión de que a Charlie Trumper no le iba a gustar que hubiera sacrificado diez libras de nuestro dinero –seis de él y cuatro mías– sólo para satisfacer mi vanidad femenina. Decidí que yo cargaría con la pérdida de las seis libras antes que admitir ante él la estupidez que había cometido.

–Pero ¿por qué no consultaste a tu madre o a tu tía antes de tomar una decisión tan drástica? –inquirió Daphne el vigésimo sexto día–. Al fin y al cabo, las dos me parecieron muy sensatas.

–¿Y morir por culpa de mi problema? No, gracias –le respondí secamente–. En cualquier caso, no estoy segura de que tengan sesenta libras entre las dos, y aunque las tuvieran no creo que quisieran invertir ni un penique en Charlie Trumper.

Al finalizar el mes me arrastré de vuelta a John D. Wood para explicar que no pagaría las noventa libras y que podían poner en venta otra vez el local. Me aterraba la sonrisa presuntuosa que aparecería en el rostro del señor Palmer cuando se enterase.

–Pero si su representante cerró la transacción ayer –me aseguró el señor Palmer.

De su expresión deduje que jamás conseguiría comprender mis motivaciones.

–¿Mi representante? –pregunté.

El empleado consultó el fichero.

–Sí, una señorita llamada Daphne Harcourt-Browne, de...

–Pero ¿por qué?

–Creo que no soy la persona más apropiada para responder a esa pregunta –declaró el señor Palmer–, pues jamás había visto a esa dama hasta ayer.

–Es muy sencillo –respondió Daphne cuando le planteé la cuestión por la noche–. Si Charlie Trumper es la mitad de bueno de lo que afirmas, habré hecho una inversión muy inteligente.

–¿Inversión?

–Sí. Exijo que mi capital, más el cuatro por ciento de interés, me sea devuelto dentro de tres años.

–¿El cuatro por ciento?

–Correcto. Después de todo, es la misma cantidad que recibo de mi empréstito de guerra. Por otra parte, exigiré el diez por ciento de las ganancias a partir del cuarto año, en el caso de que no logres devolverme mi capital más los intereses.

–Pero es posible que no haya ganancias.

–En cuyo caso me apoderaré automáticamente del sesenta por ciento de los bienes. Entonces, Charlie será el propietario del veinticuatro por ciento y tú del dieciséis. Todo lo que necesitas saber está en este documento. –Me tendió varias páginas de apretada escritura. La última llevaba un siete en la parte superior–. Sólo falta tu firma al pie de la página.

Leí los papeles lentamente mientras Daphne se servía un jerez. Ella o sus consejeros parecían haber pensado en todas las eventualidades.

–Sólo existe una diferencia entre tú y Charlie –dije, estampando mi firma entre dos cruces trazadas a lápiz.

–¿Y cuál es?

–Tú eres de ilustre cuna.

Como era incapaz de encargarme de la tienda y continuar mis estudios en la universidad, no tardé en llegar a la conclusión de que debería contratar a un encargado. Dado que las tres chicas empleadas en la tienda se limitaban a emitir risitas tontas cuando les daba instrucciones, la necesidad se hizo más acuciante.

Después de vigilar a varios candidatos que trabajaban en tiendas del barrio, finalmente me decanté por el joven ayudante de una frutería de Kensington. Una tarde de noviembre esperé a que acabara la jornada y lo seguí cuando emprendió el regreso a su casa.

El joven rubio caminaba hacia la parada de autobús más cercana cuando conseguí darle alcance.

–Buenas noches, señor Makins –dije.

–Hola.

Pareció asombrado y sorprendido al descubrir que aquella extraña joven conocía su nombre. Continuó andando.

–Tengo una verdulería en Chelsea Terrace –dije, adaptándome al ritmo de sus zancadas. Se mostró aún más sorprendido, pero no dijo nada y apresuró el paso–. Estoy buscando un nuevo encargado.

Esta información hizo que Makins aminorara el paso y me mirara con cierto interés.

–La tienda de Chapman –dijo–. ¿Fue usted quien compró la tienda de Chapman?

–Ahora es la tienda de Trumper y le ofrezco el puesto de encargado por una libra a la semana más su sueldo actual.

Yo no tenía ni la más remota idea de cuál era su salario actual.

Fueron necesarios varios kilómetros en autobús y un montón de preguntas respondidas frente a la puerta de su casa antes de que me invitara a entrar para conocer a su madre. Bob Makins entró a trabajar como encargado de nuestra tienda dos semanas después.

A pesar del éxito inicial, al cabo del primer mes descubrí decepcionada que la tienda había sufrido pérdidas por valor de tres libras y que no podía devolver ni un penique a Daphne.

–No te desanimes –me dijo–. Si continúas adelante, aún te queda la posibilidad de que no se aplique la cláusula de penalización, sobre todo si el señor Trumper demuestra, cuando llegue, que es la mitad de bueno de lo que afirmas.

Durante los últimos seis meses había logrado información fidedigna sobre el paradero del escurridizo Charlie, gracias a la ayuda de un joven oficial que Daphne me había presentado. Siempre parecía saber con total exactitud dónde se hallaba el sargento Charles Trumper, en cualquier momento del día o de la noche. Sin embargo, yo me aferraba a la idea de que la tienda debía funcionar y rendir beneficios mucho antes de que Charlie volviera.

A través del amigo de Daphne –que trabajaba en el Ministerio de la Guerra– supe que mi errante socio sería licenciado el 20 de febrero de 1919, por lo que prácticamente no me quedó tiempo para hacer el balance. Por si eso fuera poco, fue necesario reemplazar a dos de las tres empleadas risueñas que, lamentablemente, cayeron víctimas de la epidemia de gripe, y despedimos a la otra por incompetente.

Recordé todas las lecciones que Tata me había dado de niña. Si la cola es larga has de servir a los clientes con rapidez, pero con parsimonia si es corta; de esta forma, la tienda nunca está vacía. A la gente no le gusta entrar en tiendas vacías, explicaba; se sienten inseguros.

–El toldo debe llevar la inscripción –decía–. «Dan Salmon. Pan recién salido del horno. Fundado en 1879.» Repite el nombre y la fecha siempre que puedas; al tipo de gente que vive en el East End le gusta saber que llevas tiempo en el negocio. Colas e historia: los ingleses siempre han apreciado el valor de ambas.

Traté de continuar con esta filosofía, pues sospechaba que Chelsea no era muy diferente del East End, pero el letrero azul rezaba, en nuestro caso, «Charlie Trumper, el comerciante honrado, a su servicio desde 1823». Acaricié durante varios días la idea de llamar a la tienda «Trumper & Salmon», pero temí que eso me encadenara para toda la vida a Charlie.

Una de las mayores diferencias que descubrí entre el East y el West End era que en Whitechapel se apuntaba el nombre de los morosos en una pizarra, mientras que en Chelsea abrían una cuenta. Para mi sorpresa, las deudas importantes eran más habituales en

Chelsea que en Whitechapel. Al mes siguiente tampoco pude devolverle ni una libra a Daphne. Cada día era más evidente que mi única esperanza radicaba en el regreso de Charlie.

Comí con dos amigas de mi curso en el comedor del colegio el día señalado para su vuelta. Mordisqueé una manzana y jugué con un trozo de queso mientras intentaba concentrarme en sus opiniones sobre Karl Marx. Tras beber mi tercio de una pinta de leche en polvo cogí los libros y me dirigí a la sala de conferencias. A pesar de que normalmente me interesaba el tema de los artistas de principios del Renacimiento, ese día me sentí aliviada cuando el profesor recogió y ordenó sus papeles minutos antes de la hora.

El trayecto en tranvía a Chelsea me resultó eterno, pero por fin se detuvo en la esquina de Chelsea Terrace.

Siempre me gustaba recorrer a pie toda la calle y ver cómo les iba a las demás tiendas. Pasaba en primer lugar frente a la tienda de antigüedades en la que residía el señor Rutherford. Solía levantarse el sombrero cuando me veía, y después le tocaba el turno a la tienda de prendas femeninas, en el número 133; cuando veía los vestidos exhibidos en el escaparate, pensaba que nunca me los podría permitir. A continuación venía la carnicería de Kendrick, donde Daphne había abierto una cuenta y, unas puertas más allá, el restaurante italiano, con sus mesas vacías, cubiertas con manteles de tela. Sabía que el propietario debía realizar un enorme esfuerzo para ganarse la vida, porque ya no podíamos concederle ningún crédito. Por fin, llegaba a la librería donde el querido señor Sneddles hacía denodados esfuerzos por ganarse el sustento. Aunque no había vendido un libro en semanas, se sentaba alegremente ante el mostrador, embebido en su amado William Blake, hasta que llegaba la hora de darle la vuelta al letrero que rezaba «Abierto». Sonreí al pasar, pero no me vio.

Según mis cálculos, si el tren de Charlie había llegado por la mañana con puntualidad a King's Cross, ya estaría en Chelsea, aunque hubiera tenido que recorrer el camino a pie.

Vacilé un instante al aproximarme a la tienda y luego entré resueltamente. Para mi consternación, no vi a Charlie por ningún sitio.

Le pregunté de inmediato a Bob Makins si había venido alguien preguntando por mí.

–Nadie, señorita Becky –confirmó Bob–. No se preocupe, todos sabemos lo que hemos de hacer si el señor Trumper aparece.

Sus dos nuevas ayudantes, Patsy y Gladys, cabecearon en señal de asentimiento.

Consulté mi reloj. Pasaban unos minutos de las cinco. Empecé a dar por sentado que si Charlie no se había presentado ya, tendría que esperar al día siguiente. Le dije a Bob que podía comenzar a ordenar el local. Cuando dieron las seis en el reloj situado encima de la puerta, le pedí que bajara la persiana y cerrara con llave, mientras yo repasaba las ganancias del día.

–Qué extraño –dijo Bob cuando volvió a mi lado con las llaves de la tienda en la mano.

–¿A qué se refiere?

–A aquel hombre. Lleva una hora sentado en el banco y no le ha quitado el ojo a la tienda en todo el rato. Espero que ese tipo no tenga malas intenciones.

Miré al otro lado de la calle. Charlie estaba sentado, con los brazos cruzados y la vista clavada en mí. Cuando nuestras miradas se encontraron descruzó los brazos, se levantó y caminó lentamente en mi dirección.

Ninguno de los dos habló durante un rato.

–¿Qué ha sido de nuestro trato? –preguntó.

7

–¿Cómo está usted, señor Trumper? Es un placer conocerlo –dijo Bob Makins, frotándose la palma de la mano con el delantal verde antes de estrechar la mano extendida de su nuevo patrón.

Gladys y Patsy avanzaron y dedicaron a Charlie una breve reverencia, que hizo sonreír a Becky.

–Pueden ahorrarse estas cosas –dijo Charlie–. Soy de Whitechapel, así que reserven las reverencias y demás zarandajas para los clientes.

–Sí, señor –respondieron las chicas al unísono.

Charlie se quedó sin habla.

–Bob, ¿quieres subir las cosas del señor Trumper a su habitación? –pidió Becky–. Entretanto, le enseñaré la tienda.

–Por supuesto, señorita –dijo Bob, mirando el paquete envuelto en papel marrón y la caja de cartón que Charlie había dejado en el suelo, a su lado–. ¿Eso es todo, señor Trumper? –preguntó incrédulo.

Charlie asintió con la cabeza.

Examinó a las dos ayudantes, ataviadas con sus elegantes blusas blancas y delantales verdes. Ambas se hallaban de pie detrás del mostrador, con el aspecto de no saber qué hacer.

–Podéis marcharos las dos –dijo Becky–, pero acordaos de madrugar. El señor Trumper es muy quisquilloso en lo referente a la puntualidad.

Las dos muchachas recogieron sus pequeños bolsos de fieltro y se marcharon. Charlie se sentó en un taburete próximo a una caja de ciruelas.

–Ahora que estamos solos –dijo–, explícame todo lo ocurrido.

–Bueno –contestó Becky–, todo empezó por culpa de mi estúpido orgullo, pero…

Mucho antes de que terminara el relato de sus peripecias, Charlie la interrumpió.

–Eres una maravilla, Becky Salmon, una auténtica maravilla.

Continuó relatándole a Charlie todo lo sucedido durante el año anterior, y el rostro del joven sólo se ensombreció cuando conoció los detalles de la inversión efectuada por Daphne.

–¿Así que sólo tengo dos años y medio para devolver las sesenta libras más los intereses?

–Más las pérdidas de los primeros seis meses –apostilló Becky humildemente.

–Rebecca Salmon, repito que eres una maravilla. Si no soy capaz de conseguir algo tan sencillo, significará que no soy digno de ser tu socio.

Una sonrisa de alivio cruzó el rostro de Becky.

–¿También tú vives aquí? –preguntó Charlie, mirando la escalera.

–Desde luego que no. Comparto un piso con una vieja amiga del colegio, Daphne Harcourt-Browne. Vivimos en el noventa y siete de esta misma calle.

–¿La chica que aportó el dinero? –preguntó Charlie.

Becky asintió con la cabeza.

–Debe de ser una buena amiga –comentó Charlie.

Bob reapareció al pie de la escalera.

–He puesto las cosas del señor Trumper en el dormitorio y echado un vistazo al piso. Creo que todo está en orden.

–Gracias, Bob –dijo Becky–. Como ya no queda nada más por hacer, hasta mañana.

–¿Vendrá el señor Trumper al mercado, señorita?

–Lo dudo, de modo que encárgate tú del pedido para mañana. Estoy segura de que el señor Trumper te acompañará dentro de pocos días.

–¿Covent Garden? –preguntó Charlie.

–Sí, señor –contestó Bob.

–Bien, si no lo han cambiado de sitio nos encontraremos allí a las cuatro y media de la mañana.

Becky vio que Bob palidecía.

–No creo que el señor Trumper espere que vayas cada día al mercado a las cuatro y media –dijo Becky–. Sólo hasta que haya recuperado el pulso de la situación. Buenas noches, Bob.

–Buenas noches, señorita. Buenas noches, señor –se despidió Bob, saliendo de la tienda con cara de asombro.

–¿Qué son todas estas tonterías de «señor» y «señorita»? –preguntó Charlie–. Sólo soy un año mayor que Bob.

–También lo eran muchos oficiales del frente occidental a los que llamabas «señor».

–Pues por eso. Yo no soy oficial.

–No, pero eres el jefe. Además, ya no vives en Whitechapel, Charlie. Ven, te enseñaré tus aposentos.

–¿Aposentos? No he tenido «aposentos» en mi vida. En los últimos tiempos, sólo trincheras y tiendas de campaña.

–Bien, pues ahora los tienes. –Becky guió a su socio escalera arriba hasta llegar al primer piso e inició la visita guiada–. La cocina. Pequeña, pero suficiente para cubrir tus necesidades. Por cierto, me he encargado de que haya bastantes cuchillos, tenedores y platos para tres personas y le he dicho a Gladys que también es responsabilidad suya mantener el piso limpio y ordenado. La sala de estar –anunció abriendo la puerta–, suponiendo que alguien tenga la desfachatez de describir como sala de estar un cuarto tan minúsculo.

Charlie vio un sofá y tres sillas, todo nuevo.

–¿Y mis viejos muebles?

–La mayoría se quemaron el día del Armisticio –confesó Becky–, pero conseguí obtener un penique por la silla de crin y la cama.

–¿Y el carretón de mi abuelo? ¿También lo quemaste?

–Por supuesto que no. Intenté venderlo, pero nadie me ofreció más de cinco chelines, de manera que Bob lo utiliza cada mañana para recoger los productos del mercado.

–Bien –dijo Charlie, tranquilizado.

Becky se volvió y avanzó hacia el cuarto de baño.

–Lamento la mancha que hay debajo del grifo de agua fría. A pesar de que hicimos todo cuanto pudimos para borrarla, no encontramos ningún producto lo bastante fuerte. Debo advertirte de que el retrete falla a veces.

–Nunca había tenido un váter dentro de casa –dijo Charlie–. Muy pijo.

Becky entró en el dormitorio.

Charlie intentó abarcarlo todo de una sola mirada. Sus ojos se clavaron en la reproducción en color que había colgado sobre su cama de Whitechapel Road y que había pertenecido a su madre. Le resultó vagamente familiar. Desvió la vista hacia una cómoda, dos sillas y una cama que jamás había visto. Deseaba desesperadamente demostrar a Becky cuánto apreciaba todo lo que había hecho, pero se quedó moviendo los pies de un lado a otro en una esquina de la cama.

–Otro lujo –comentó Charlie.

–¿Otro lujo?

–Sí, las cortinas. ¿Sabes que el abuelo no las permitía? Solía decir...

–Sí, me acuerdo. Por su culpa te quedas dormido por las mañanas, lo cual impide que hagas tu trabajo como es debido.

–Bueno, algo por el estilo, aunque dudo que mi abuelo conociera el significado de la palabra «impedir» –dijo Charlie, empezando a vaciar la caja de cartón de Tommy.

Becky clavó su mirada en el grabado de la Virgen María con el Niño cuando Charlie colocó el pequeño cuadro sobre la cama. Cogió el óleo y lo examinó con detenimiento.

–¿Dónde compraste esto, Charlie? Es magnífica.

–Un amigo que murió en el frente me lo legó –respondió con franqueza.

–Tu amigo tenía buen gusto. –Becky continuaba sujetando la pintura–. ¿Sabes quién lo pintó?

–Ni idea. –Charlie miró el grabado en color de su madre que Becky había colgado en la pared–. Caramba, es exactamente el mismo cuadro.

–Casi –dijo Becky, examinando la fotografía sacada de una revista que colgaba sobre la cama–. La de tu madre es una fotografía de una obra maestra de Bronzino, mientras que la de tu amigo es una pintura, y se parece tanto porque es una copia muy buena del original. –La joven consultó su reloj–. Debo irme –dijo con brusquedad–. He prometido quc estaría en el Queen's Hall a las ocho. Mozart.

–Mozart. ¿Lo conozco?

–Concertaré una cita para que os conozcáis dentro de poco.

–¿Quiere eso decir que no vas a prepararme mi primera cena? Todavía tengo un montón de preguntas que debes contestarme, cosas que quiero averiguar. Para empezar...

–Lo siento, Charlie. No quiero llegar tarde. Hasta mañana..., y prometo que responderé a todas tus preguntas.

–¿Antes que cualquier otra cosa?

–Sí, pero sin guiarnos por tus horarios –rió Becky–. Yo diría que a eso de las ocho.

–¿Te gusta ese tal Mozart? –preguntó Charlie.

Becky notó que los ojos del joven la observaban con más atención.

–Bueno, para ser sincera no sé gran cosa sobre él, pero a Guy le gusta.

–¿Guy?

–Sí, Guy. Es el chico que me lleva al concierto, y como lo conozco desde hace poco tiempo no quiero llegar tarde. Mañana te contaré más cosas sobre los dos. Adiós, Charlie.

De regreso al piso de Daphne, Becky se sintió un poco culpable por abandonar a Charlie la primera noche que volvía a casa, y pensó que tal vez se había comportado con cierto egoísmo al aceptar la invitación de Guy para ir al concierto. Claro que el batallón no le concedía muchas noches libres a la semana y si no lo veía cuando estaba de permiso pasaban varios días hasta que compartían otra velada.

Cuando abrió la puerta del número 97, Becky oyó a Daphne chapoteando en el baño.

–¿Ha cambiado? –gritó su amiga.

–¿Quién? –preguntó Becky dirigiéndose al dormitorio.

–Charlie, por supuesto –dijo Daphne, abriendo la puerta del cuarto de baño.

Se apoyó en la pared azulejada, con una toalla alrededor del cuerpo. Una nube de vapor la envolvía casi por completo.

Becky meditó la pregunta durante un momento.

–Ha cambiado, sí, y mucho, excepto en la ropa y la voz.

–¿Qué quieres decir?

–Bueno, la voz es la misma... La reconocería en cualquier sitio. Las ropas son las mismas. Las reconocería en cualquier sitio. Pero él no es el mismo.

–¿Me puedes descifrar un poco tus acertijos? –preguntó Daphne mientras se frotaba el cabello vigorosamente.

–Bien, como señaló, Bob Makins solamente es un año menor que él, pero Charlie parece diez años mayor que cualquiera de nosotras. Tal vez le ocurre a todos los que han servido en el frente occidental.

–No deberías asombrarte. Dime una cosa, ¿se sorprendió al ver la tienda?

–Sí, puedo asegurártelo sin la menor duda. –Becky se quitó el vestido–. No tendrás un par de medias para prestarme, ¿verdad?

–Tercer cajón empezando por arriba, pero a cambio quiero tus piernas.

Becky lanzó una carcajada.

–¿Qué aspecto tiene? –continuó Daphne, tirando la toalla mojada al suelo del cuarto de baño.

Becky reflexionó antes de responder.

–Alrededor del metro setenta y cinco y la misma envergadura de su padre, aunque en su caso no se trata de grasa, sino de músculo. No es exactamente Douglas Fairbanks, pero algunas lo encuentran atractivo.

–Empiezo a pensar que es mi tipo –dijo Daphne mientras revolvía el armario en busca de algo que le sentara bien.

–No lo creo, querida –dijo Becky–. No me imagino al general de brigada Harcourt-Browne compartiendo el jerez de la mañana con Charlie Trumper antes de la cacería de Cottenham.

–Eres tan presuntuosa, Rebecca Salmon –comentó Daphne–. Aunque compartimos el piso, no olvides que Charlie y tú procedéis del mismo establo. Si lo piensas bien, has conocido a Guy gracias a mí.

–Muy cierto, pero St. Paul's y la Universidad de Londres me otorgan algún crédito, ¿no?

–De donde yo vengo, no –dijo Daphne, comprobando el estado de sus uñas–. Ahora no tengo tiempo para conversar con la clase obrera, querida. He de irme. Henry Bromsgrove me va a llevar a un baile de jóvenes emancipadas que celebran en Chelsea, y por empalagoso que sea nuestro Henry, me encanta recibir cada agosto una invitación para cazar en su casa de campo de Escocia. ¿No es fantástico?

Mientras Becky se metía en la bañera, pensaba en las palabras de Daphne, teñidas de humor y sin engreimiento por su parte, pero una vez más ponían de relieve los problemas a los que se enfrentaba cuando osaba cruzar durante más de unos instantes las barreras sociales establecidas.

La verdad era que Daphne le había presentado a Guy, hacía pocas semanas, durante el descanso de *La Bohème*, en el Covent Garden. Becky recordaba con toda claridad aquel primer encuentro. Mientras tomaban una copa en el abarrotado bar y después de oír las advertencias de Daphne sobre la fama de Guy, Becky hizo denodados esfuerzos por no caer en sus redes. Procuró no mirar demasiado al joven esbelto que estaba de pie ante ella. Su espesa cabellera rubia, los penetrantes ojos azules y el encanto natural probablemente ya habían cautivado esa noche el corazón de una legión de mujeres; supuso que cada muchacha recibía exactamente el mismo trato y Becky no se dejó halagar por las palabras del oficial. Lamentó su actitud brusca en el momento en que Guy regresó a su palco y descubrió que pasó buena parte del segundo acto mirándolo y volviendo rápidamente su atención al escenario cada vez que sus miradas se cruzaban.

La tarde siguiente Daphne le preguntó qué opinión le había merecido el joven oficial que conoció en la ópera.

–Repíteme su nombre –contestó Becky.

–Ah, entiendo. ¿Tanto te impresionó?

–Sí –admitió Becky–. ¿Y qué? ¿Te imaginas a un joven oficial de buena familia interesándose por una chica de Whitechapel?

–Pues sí, aunque sospecho que él sólo persigue una cosa.

–En ese caso, adviértele que no soy esa clase de chica.

–Creo que eso jamás le arredró. De todos modos, me ha preguntado si te gustaría acompañarle al teatro con algunos compañeros del regimiento. ¿Qué te parece?

–Me encantaría.

–Eso pensé, así que dije «sí» sin molestarme en consultarte.

Becky rió, pero pasaron cinco días hasta que volvió a ver al joven capitán. Fue a buscarla al piso y se reunieron con un grupo de oficiales jóvenes y muchachas de la alta sociedad en el teatro Haymarket, para ver *Pigmalión*, una obra escrita por el dramaturgo de moda, George Bernard Shaw. A Becky le gustó mucho la pieza, a pesar de que una chica llamada Amanda se pasó todo el primer acto lanzando risitas idiotas y de que durante el entreacto se negó a conversar con ella.

Cenaron en el Café Royal. Se sentó al lado de Guy y le contó toda su vida, desde su nacimiento en Whitechapel hasta la consecución de una plaza en el colegio Bedford el año anterior.

Después de que Becky se despidiera del grupo, Guy la acompañó a Chelsea, dijo «Buenas noches, señorita Salmon» y le estrechó la mano. Becky supuso que nunca volvería a ver al joven oficial.

Pero Guy le dejó una nota al día siguiente, invitándola a una recepción en el comedor de oficiales. Una semana después fue una cena, a continuación un baile y las salidas regulares culminaron en una invitación a pasar el fin de semana con sus padres en Berkshire.

Daphne transmitió a Becky cuanto sabía sobre la familia de Guy. Le aseguró que el mayor Trentham –el padre– era un encanto, poseía una granja de trescientas cincuenta hectáreas dedicada a la cría de ganado y era Maestre de la Montería de Buckhurst.

Daphne hizo varios intentos por explicar qué significaba «montar con lebreles» y reconoció que hasta Eliza Doolittle[1] habría tenido dificultades para entender por qué se tomaban tantas molestias para realizar esas prácticas.

–Por su parte, la madre de Guy no está agraciada con las generosas dotes del mayor –advirtió Daphne–. Es una presuntuosa de tomo y lomo. –A Becky se le cayó el alma a los pies–. Es la segunda hija de un baronet, título creado por Lloyd George por fabricar cosas que se adhieren en el extremo de los tanques. Apuesto a que, simultáneamente, hicieron generosas donaciones al Partido Liberal. Los arribistas de segunda generación siempre son los peores. –Daphne echó un vistazo a las costuras de sus medias–. Por si no lo sabes, mi familia cuenta desde hace diecisiete generaciones y creemos que no necesitamos demostrar nada. Somos muy conscientes de nuestra falta de inteligencia, pero por Dios que somos ricos y por Cristo que tenemos solera. Lamentablemente, no se puede decir lo mismo del capitán Guy Trentham.

1. Protagonista femenina de *Pigmalión. (N. del T.)*

8

Becky se despertó a la mañana siguiente antes de que sonase el despertador. Se levantó, se vistió y salió antes de que Daphne hubiera movido un dedo. Ardía en deseos de saber cómo le iba a Charlie en su primer día. Al acercarse al 147 advirtió que la tienda ya estaba abierta y que un solitario cliente recibía las atenciones de Charlie.

–Buenos días, socia –gritó Charlie desde detrás del mostrador cuando Becky entró en la tienda.

–Buenos días. Veo que estás decidido a pasar tu primer día tranquilo y mirando cómo funciona todo.

Averiguó que Charlie había empezado a servir a los clientes antes de que Gladys y Patsy llegaran, mientras el pobre Bob Makins parecía ya agotado, como si hubiera trabajado toda la jornada.

–Aún no he tenido tiempo de charlar con las clases ociosas –dijo Charlie, con un acento de barrio bajo más marcado que nunca–. ¿Tengo alguna esperanza de coincidir contigo a última hora de la tarde?

–Claro –contestó Becky, consultó su reloj, agitó una mano en señal de despedida y se marchó a su primera clase de la mañana.

Le resultó difícil concentrarse en la historia del Renacimiento, y ni siquiera las imágenes de obras de Rafael, proyectadas desde una linterna mágica sobre una sábana blanca, lograron despertar su interés. Su mente basculaba entre el nerviosismo de tener que pasar un fin de semana con los padres de Guy y los problemas de Charlie para obtener beneficios y liquidar la deuda con Daphne. Becky reconoció para sus adentros que confiaba más en lo segundo. Sintió un enorme alivio al ver que la manecilla negra del reloj indicaba las cuatro y media. Corrió para coger el tranvía en la esquina de Portland Place... y siguió corriendo cuando el pesado vehículo la dejó en Chelsea Terrace.

Se había formado una pequeña cola en la tienda, y Becky escuchó las familiares frases publicitarias de Charlie antes de llegar a la puerta.

–Media libra de vuestro rey Eduardo, un jugoso pomelo de Sudáfrica, ¿y si añado una preciosa reineta, todo por un chelín, cariño?

Damas de alta alcurnia, señoras, niñeras: todas aquellas que habrían arrugado la nariz si alguien las hubiera llamado «cariño», se derretían cuando Charlie pronunciaba esa palabra. Becky sólo advirtió los cambios que Charlie había introducido en la tienda cuando la última clienta se marchó.

–Toda la noche en pie –dijo Charlie–. Tiré la mitad de las cajas vacías y artículos invendibles. Te enmendé la plana y puse delante las verduras de colores vivos, los tomates, los guisantes, tiernos y bonitos, y pasé atrás todas esas variedades tan feas que tú colocabas en primer plano, las patatas, los nabos y las berzas. Es una regla de oro.

–El abuelo Charlie –empezó ella con una sonrisa, pero se calló justo a tiempo.

Becky se puso a examinar los mostradores reordenados y tuvo que darle la razón a Charlie. En cualquier caso, no podía ignorar las sonrisas que iluminaban los rostros de los clientes.

Al cabo de un mes, una cola que llegaba a la acera pasó a formar parte de la vida diaria de Charlie. Al cabo de dos, ya le estaba hablando a Becky de ampliaciones.

–¿Por dónde ampliaremos? –preguntó Becky–. ¿Por tu dormitorio?

–Ahí arriba no hay sitio para verduras –replicó él con una gran sonrisa–, teniendo en cuenta que nuestras colas son más largas que las formadas para ver *Pigmalión*. Además, nosotros no bajaremos nunca el telón.

Cuando Becky repasó una y otra vez las cifras del primer trimestre, apenas pudo creer cuánto habían ganado. Decidió que tal vez había llegado el momento de hacer una pequeña celebración.

–¿Por qué no vamos todos a cenar a ese restaurante italiano? –sugirió Daphne, tras recibir un cheque mucho más generoso de lo que había imaginado por el trimestre anterior.

Becky consideró la idea maravillosa, pero la resistencia de Guy a secundar sus planes la sorprendió, así como los prolijos preparativos de Daphne para la cena.

–No tenemos la intención de gastar todos los beneficios en una sola noche –le aseguró Becky.

–Lástima, porque empiezo a pensar que es la única posibilidad que me queda de imponer la cláusula de penalización. No me estoy quejando. Al fin y al cabo, Charlie representará un cambio sustancial, después de los habituales hijos imberbes de vicarios y mozos de cuadra sin piernas que he de soportar casi todos los fines de semana.

–Ten cuidado, no sea que Charlie termine devorándote como postre.

Becky avisó a Charlie que habían reservado la mesa para las ocho en punto y lo obligó a prometer que se pondría su mejor traje.

–Mi único traje –le recordó Charlie.

Guy recogió a las dos muchachas del 97 a las ocho en punto, pero guardó un silencio desacostumbrado mientras las acompañaba al restaurante, adonde llegaron pocos minutos después de la hora convenida. Encontraron a Charlie sentado solo a la mesa del rincón, como si fuera la primera vez que estaba en un restaurante.

Becky le presentó primero a Daphne y después a Guy. Los dos hombres permanecieron de pie y se miraron como púgiles.

–Claro, estabais en el mismo regimiento –dijo Daphne–, pero no imaginaba que os conocíais –añadió, mirando a Charlie, pero ninguno de ellos hizo el menor comentario.

Si la velada empezó mal, lo que siguió fue todavía peor. Daba la impresión de que ninguno de los cuatro era capaz de abordar un tema en el que coincidieran. Charlie, en lugar de mostrarse jovial y agudo, como en la tienda, se sumió en un estado hosco y poco comunicativo. Becky le habría dado una patada en el tobillo de haber estado a su alcance y no sólo porque se llevaba a la boca el cuchillo lleno de guisantes.

El silencio adusto de Guy tampoco ayudó, pese a las carcajadas de Daphne, bulliciosa como siempre, ante cualquier comentario. Becky se sintió muy aliviada cuando llegó la cuenta, dando fin a la velada. Tuvo que dejar una propina discretamente, pues Charlie se olvidó de hacerlo.

Salió del restaurante al lado de Guy y los dos perdieron de vista a Daphne y Charlie mientras caminaban hacia el 97. Becky supuso que sus compañeros estaban ligeramente rezagados y dejó de pensar en su paradero cuando Guy la tomó en sus brazos y la besó.

–Buenas noches, querida. No olvides que este fin de semana nos vamos a Ashurst.

¿Cómo iba a olvidarlo? Becky vio que Guy miraba furtivamente en la dirección que Daphne y Charlie habían tomado, pero luego detuvo sin decir palabra un cabriolé y ordenó al conductor que lo llevara a los barracones de los Fusileros, en Hounslow.

Becky abrió la puerta y se sentó en el sofá, dudando si debía volver al 147 y decirle a Charlie lo que pensaba exactamente de él. Daphne entró pocos minutos después en la sala.

–Te pido mis disculpas por lo de esta noche –dijo Becky, antes de que su amiga abriera la boca–. Charlie suele ser un poco más comunicativo. No sé qué le ha pasado.

–Sospecho que le puso violento cenar con un oficial de su antiguo regimiento.

–Estoy segura; pero acabarán siendo amigos.

Daphne miró a Becky con aire pensativo.

El sábado siguiente por la mañana, Guy se dirigió al 97 de Chelsea Terrace para recoger a Becky y conducirla a Ashurst. Al verla ataviada con un elegante vestido rojo de Daphne comentó lo atractivo de su aspecto y se mostró tan locuaz y alegre durante el trayecto a Berkshire que Becky empezó a tranquilizarse. Llegaron a la aldea de Ashurst poco antes de las tres y Guy le guiñó el ojo cuando internó el coche por el sendero de un kilómetro y medio de largo que conducía a la mansión.

Becky no esperaba que la casa fuera tan grande.

Un mayordomo, un lacayo y dos criados los esperaban en la escalinata para recibirlos. Guy detuvo el coche en el sendero de grava y el mayordomo se adelantó para sacar las dos pequeñas maletas de Becky del portaequipajes y pasárselas al lacayo, que las entró en la casa. A paso sereno, el mayordomo guió al capitán Guy y a Becky por la escalinata de piedra, a través del vestíbulo principal y por la ancha escalera de madera hasta un dormitorio situado en el rellano del primer piso.

–La alcoba Wellington, señora –entonó mientras abría la puerta.

–Se supone que Wellington pasó aquí una noche –explicó Guy, subiendo la escalera detrás de ella–. Por cierto, no vas a sentirte sola, porque ocupo la habitación contigua y estoy mucho más vivo que el finado general.

Becky entró en una amplia y confortable estancia, donde una joven que llevaba un largo vestido negro de cuello y puños blancos ya estaba deshaciendo sus maletas. La chica se volvió, hizo una reverencia y se presentó.

–Soy Nellie, su doncella personal. Le ruego que me informe de todo lo que necesite, señora.

Becky le dio las gracias, caminó hasta el mirador y contempló los verdes prados que se extendían hasta perderse de vista. Becky se volvió al oír un golpe en la puerta y vio que Guy entraba en la habitación antes de que le diera permiso.

–¿Te gusta la habitación, querida?

–Es perfecta –contestó Becky, mientras la doncella hacía una nueva reverencia.

Becky creyó percibir una fugaz mirada de temor en los ojos de la joven cuando Guy atravesó la habitación.

–¿Preparada para conocer a papá?

–Más preparada de lo que nunca estaré –admitió ella.

Bajó con Guy por la escalera hasta la sala de estar que se utilizaba por las mañanas. Un hombre de unos cincuenta y pocos años aguardaba delante del hogar, en el que los leños crepitaban.

–Bienvenida a Ashurst Hall –dijo el mayor Trentham.

–Gracias –respondió Becky y sonrió a su anfitrión.

El mayor era un poco más bajo que su hijo, pero poseía la misma complexión esbelta y cabello rubio, algo salpicado de gris en las sienes. El parecido terminaba allí. Mientras la tez de Guy era suave y pálida, la piel del mayor Trentham exhibía un tono rubicundo de un hombre que había pasado la mayor parte de su vida al aire libre. Cuando Becky le estrechó la mano notó la aspereza de alguien que ha trabajado la tierra.

–Esos bonitos zapatos de Londres no le servirán para lo que tengo en mente –afirmó el mayor–. Le dejaremos un par de botas de montar de mi esposa, o las botas de lluvia de Nigel.

–¿Nigel? –preguntó Becky.

–El benjamín de los Trentham. ¿Guy no le ha hablado de él? Cursa el último año en Harrow y confía en pasar a Sandhurst... para eclipsar a su hermano, según me han dicho.

–No sabía que tenías un...

–No vale la pena gastar saliva en ese mocoso –la interrumpió Guy con una media sonrisa, mientras su padre los guiaba hasta el vestíbulo, donde abrió un aparador situado bajo la escalera.

Becky contempló una fila de botas de montar de piel, aún más lustradas que sus zapatos.

–Elija –dijo el mayor Trentham.

Después de probarse dos pares, Becky encontró unas botas de su talla. Luego siguió a Guy y a su padre al jardín. El mayor Trentham dedicó la mayor parte de la tarde a enseñar su propiedad de trescientas cincuenta hectáreas a su joven invitada y a la hora de volver Becky estaba más que preparada para el ponche caliente que les esperaba en una enorme ponchera que habían dispuesto en la sala de estar.

El mayordomo anunció que la señora Trentham había telefoneado para avisar que la habían retenido en la vicaría y que no podía reunirse con ellos para tomar el té.

La señora Trentham aún no había aparecido cuando Becky, al anochecer, volvió a su habitación para bañarse y cambiarse para la cena.

Daphne había prestado a Becky un par de vestidos así como un exquisito broche semicircular de diamantes, pese a las protestas de Becky. Sin embargo, cuando se miró en el espejo, el resultado no la disgustó.

Becky regresó a la sala de estar al oír las ocho en alguno de los numerosos relojes esparcidos por la casa. Observó enseguida el efecto que el traje y el broche produjeron en ambos hombres. Aún no había indicios de la madre de Guy.

–Un vestido encantador, señorita Salmon –dijo el mayor.

–Gracias, mayor Trentham –dijo Becky y se calentó las manos ante el fuego antes de pasear la vista por la estancia.

–Mi esposa se reunirá con nosotros dentro de un momento –aseguró el mayor a Becky, mientras el mayordomo le servía un jerez en una bandeja de plata.

–Me ha gustado mucho el paseo por la finca –dijo Becky.

–Creo que no se merece esa descripción, querida –replicó el mayor con una cálida sonrisa–, pero me alegra que disfrutara del paseo –añadió, mirando más allá de Becky.

Ésta se giró en redondo y vio a una dama alta y elegante, vestida de negro de pies a cabeza, que entraba en la sala. Se acercó a ellos con paso lento y sosegado.

–Madre –dijo Guy, adelantándose para besarla en la mejilla–, me gustaría presentarte a Becky Salmon.

–¿Cómo está usted? –preguntó Becky.

–¿Puedo preguntar quién sacó mis mejores botas de montar del aparador del vestíbulo? –preguntó la señora Trentham, ignorando la mano extendida de Becky–. ¿Quién las sacó y después tuvo a bien devolverlas cubiertas de barro?

–Yo –dijo el mayor–. De lo contrario, la señorita Salmon habría tenido que pasear por la granja con zapatos de tacón, algo muy poco sensato, dadas las circunstancias.

–La señorita Salmon habría demostrado su sensatez viniendo con el calzado apropiado.

–Lo siento muchísimo… –empezó Becky.

–¿Dónde has estado todo el día, madre? –la interrumpió Guy–. Confiábamos en verte más temprano.

–Intentaba solucionar algunos de los problemas que nuestro nuevo vicario parece incapaz de afrontar –replicó la señora Trentham–. No tiene ni la menor idea de cómo organizar la fiesta de la cosecha. No sé qué les enseñan en Oxford actualmente.

–Teología, tal vez –insinuó el mayor Trentham.

El mayordomo carraspeó.

–La cena está servida, señora.

La señora Trentham se volvió sin pronunciar palabra y los guió a paso vivo hasta el comedor. Situó a Becky a la derecha del mayor y frente a ella. Tres cuchillos, cuatro tenedores y dos cucharas hicieron guiños a Becky desde la gran mesa cuadrada. No le costó elegir con qué cubierto empezar, pues el primer plato era sopa, pero supo que a partir de ahí tendría que guiarse por lo que hacía la señora Trentham.

La anfitriona no dirigió la palabra a Becky hasta que se sirvió el plato principal. En lugar de ello, habló a su esposo de los esfuerzos de Nigel en Harrow (muy poco impresionantes), del nuevo vicario (casi igual de desastroso), y de lady Lavinia Malim (la viuda de un juez que se había mudado al pueblo en fecha reciente y estaba provocando más problemas de los acostumbrados).

La boca de Becky estaba llena de faisán cuando la señora Trentham preguntó de improviso:

–¿Qué profesión ejerce su padre, señorita Salmon?

–Está muerto –tartamudeó Becky.

–Oh, cuánto lo siento. Imagino que murió sirviendo en la guerra con su regimiento...

–No.

–Así pues, ¿qué hizo durante la guerra?

–Tenía una panadería. En Whitechapel –añadió Becky, recordando la advertencia de su padre: «Si intentas alguna vez ocultar tus orígenes, acabarás llorando».

–¿En Whitechapel? –inquirió la señora Trentham–. ¿No se trata de un delicioso pueblecito en las afueras de Worcester, si no me equivoco?

–No, señora Trentham, está en el corazón del East End de Londres –dijo Becky, confiando en que Guy acudiría en su ayuda, pero parecía más interesado en saborear su clarete.

–Oh –suspiró la señora Trentham. Sus labios formaron una línea recta–. Recuerdo que una vez visité a la esposa del obispo de Worcester en un lugar llamado Whitechapel, pero confieso que jamás me he encontrado en la necesidad de desplazarme al East End. Supongo que allí no tienen obispo. –Posó sobre la mesa el cuchillo y el tenedor–. Sin embargo, mi padre, sir Raymond Hardcastle... Tal vez oyó hablar de él, señorita Salmon...

–No, la verdad es que no –contestó Becky con franqueza.

Otra mirada de desdén demudó el rostro de la señora Trentham, aunque no logró dominar su verborrea.

–... quien fue nombrado baronet por sus servicios al rey Jorge V...

–¿Y cuáles fueron esos servicios? –preguntó Becky inocentemente.

La señora Trentham hizo una pausa antes de proseguir.

–Desempeñó un modesto papel en los esfuerzos de Su Majestad por impedir que los alemanes nos vencieran.

–Es traficante de armas –dijo el mayor Trentham para sí.

Si la señora Trentham oyó el comentario, prefirió ignorarlo.

–¿Ha sido presentada en sociedad este año, señorita Salmon? –preguntó con suma frialdad.

–No. Me he matriculado en la universidad.

–No apruebo tales comportamientos. La educación de una dama no debe exceder de las tres «R»[1], junto con un adecuado conocimiento de cómo manejar a los criados y sobrevivir a un partido de *cricket.*

–Pero si no se tienen criados... –empezó a decir Becky, y habría continuado de no agitar la señora Trentham una campanilla de plata que tenía a su lado.

El mayordomo apareció al instante.

–Gibson, tomaremos café en la sala de estar –ordenó la señora Trentham.

El rostro del mayordomo dejó traslucir una levísima sorpresa cuando la señora Trentham se levantó y precedió a los demás por un largo pasillo hasta llegar a la sala de estar, donde el fuego ya no ardía con tanto brío.

–¿Le apetece una copa de oporto o de coñac, señorita Salmon? –preguntó el mayor Trentham, mientras Gibson servía el café.

–No, gracias.

–Os ruego que me excuséis –dijo la señora Trentham, levantándose de la silla en que acababa de sentarse–. Padezco una ligera jaqueca, así que me retiraré a mi alcoba, con vuestro permiso.

–Por supuesto, querida –contestó el mayor con voz indiferente.

Guy se sentó junto a Becky y le cogió la mano en cuanto su madre salió.

–Se encontrará mejor por la mañana, cuando la migraña se haya calmado.

–Lo dudo –susurró Becky. Se volvió hacia el mayor Trentham–. Creo que tendrá que disculparme a mí también. Ha sido un día muy largo y estoy segura de que ustedes dos tienen mucho de qué hablar.

Los dos hombres se pusieron en pie cuando Becky salió de la sala y subió por la larga escalera hasta su dormitorio. Se desnudó a toda prisa, se lavó con el agua casi helada de la palangana, atravesó encogida la habitación desprovista de calefacción y se deslizó entre las sábanas de la fría cama.

1. Lectura, escritura y aritmética: *Reading,* (w)*riting,* (a)*rithmetic. (N. del T.)*

Casi se había dormido cuando oyó girar el pomo de la puerta. Parpadeó varias veces y fijó la vista en el extremo opuesto de la habitación. La puerta se abrió lentamente y sólo distinguió la silueta de un hombre que entraba y cerraba la puerta en silencio.

–¿Quién es? –preguntó Becky.

–Yo –dijo Guy–. Se me ocurrió pasar un momento y desearte buenas noches.

Becky se cubrió con la sábana hasta el mentón.

–Buenas noches, Guy –dijo secamente.

–Eso es muy poco cariñoso –respondió Guy, que había atravesado la habitación para sentarse a los pies de la cama–. Sólo quería comprobar que todo está bien. Me pareció que lo habías pasado bastante mal esta noche.

–Estoy bien, gracias –dijo Becky.

Cuando él se inclinó para besarla, la joven se apartó, y Guy sólo consiguió rozarle la oreja izquierda.

–Tal vez no sea el momento adecuado.

–Ni el lugar –añadió Becky, apartándose tanto que estuvo a punto de caerse de la cama.

–Sólo deseaba darte un beso de buenas noches.

Becky permitió que la tomara en sus brazos y la besara en los labios, pero Guy la retuvo más tiempo del que esperaba y acabó deshaciéndose de su abrazo.

–Buenas noches, Guy –dijo con firmeza.

Al principio, Guy no se movió. Finalmente se puso en pie poco a poco.

–Tal vez en otra ocasión.

Al cabo de un momento, la puerta se cerró a su espalda.

Becky esperó unos segundos antes de saltar de la cama. Se acercó a la puerta, echó el cerrojo y quitó la llave antes de volver a la cama. Tardó un rato en conciliar el sueño.

Cuando Becky bajó a desayunar por la mañana, el mayor Trentham le informó que, tras una noche de insomnio, la migraña de su esposa no había desaparecido; se quedaría en la cama hasta que el dolor se hubiera disipado por completo.

Más tarde, cuando el mayor y Guy fueron a la iglesia, Becky se quedó leyendo los periódicos dominicales en la sala de estar. Observó que los criados murmuraban entre sí cada vez que levantaba la vista.

La señora Trentham apareció a la hora de comer, pero no hizo el menor intento de unirse a la conversación que se desarrollaba al otro extremo de la mesa.

–¿Cuál ha sido el texto escogido por el vicario esta mañana? –preguntó inesperadamente, mientras vertían el caramelo sobre el budín de frutas.

–«Trata a los demás como desees que te traten a ti» –replicó el mayor, con un ligero tono de irritación.

–¿Qué le ha parecido el servicio de nuestra iglesia local, señorita Salmon? –preguntó la señora Trentham, dirigiéndose a Becky por primera vez.

–Yo no... –empezó Becky.

–Ah, ya, por supuesto, pertenece usted al pueblo elegido.

–No, soy católica.

–Oh –fingió sorprenderse la señora Trentham–. El apellido Salmon me hizo pensar que... En ese caso, no le hubiera gustado la iglesia de San Miguel. Es demasiado prosaica.

Becky empezó a preguntarse si la señora Trentham calculaba, o incluso ensayaba previamente, cada palabra que pronunciaba y cada gesto que realizaba.

Después de comer, la señora Trentham volvió a desaparecer y Guy propuso a Becky que salieran a dar un paseo. Becky subió a su habitación y se puso los zapatos viejos, demasiado aterrorizada para insinuar que le prestasen un par de botas de la señora Trentham.

–Cualquier cosa con tal de huir de la casa –le dijo Becky cuando bajó, y no volvió a abrir la boca hasta que estuvo lejos de la señora Trentham–. ¿Qué espera de mí? –preguntó por fin.

–Vamos, no es para tanto –insistió Guy y le cogió la mano–. Estás exagerando. Papá está convencido de que cederá con el tiempo y, en cualquier caso, si tuviera que escoger entre ella y tú sé exactamente a cuál de las dos concedo más importancia.

Becky le apretó la mano.

–Gracias, querido, pero no estoy segura de poder soportar otra velada como la de anoche.

–Podríamos marcharnos pronto y pasar el resto del día en tu casa

–dijo Guy. Becky se volvió a mirarlo, sin saber si estaba bromeando–. Será mejor que regresemos a casa –se apresuró a decir–, o se quejará de que la hemos dejado sola toda la tarde.

Los dos aceleraron el paso.

Pocos minutos después subieron la escalinata de piedra de la entrada. En cuanto Becky se puso los zapatos de estar por casa y comprobó su peinado en el espejo del vestíbulo, se reunió con Guy en la sala de estar. Se quedó sorprendida al ver un servicio de té completo ya preparado. Consultó su reloj: eran sólo las tres y cuarto.

–Lamento que consideraras necesario hacer esperar a todo el mundo, Guy –fueron las primeras palabras que oyó Becky cuando entró en la sala.

–Nunca habíamos tomado el té tan temprano –afirmó el mayor desde el otro lado de la chimenea.

–¿Toma usted té, señorita Salmon? –preguntó la señora Trentham, consiguiendo pronunciar su apellido como si fuera una afrenta insignificante.

–Sí, gracias –contestó Becky.

–Tal vez podrías llamar a Becky por su nombre –insinuó Guy.

Los ojos de la señora Trentham se posaron sobre su hijo.

–No puedo soportar esta costumbre moderna de dirigirse a todo el mundo por su nombre, sobre todo si se trata de alguien a quien apenas conoces. ¿Darjeeling, Lapsang o Earl Grey, señorita Salmon? –preguntó, sin darle tiempo de reaccionar. Esperó expectante la respuesta de Becky, pero ésta no se produjo porque la joven todavía no se había repuesto del anterior sarcasmo–. Es obvio que en Whitechapel no hay mucho que elegir –añadió.

Becky acarició la idea de coger la tetera y derramar el contenido sobre la mujer, pero logró controlarse, pues sabía que el propósito de la señora Trentham era sacarla de sus casillas.

–¿Tiene hermanos o hermanas, señorita Salmon? –preguntó la mujer tras unos instantes de silencio.

–No, soy hija única.

–Me sorprende en extremo.

–¿Por qué? –preguntó Becky con candor.

–Siempre pensé que las clases inferiores se reproducen como conejos –dijo la señora Trentham, poniendo otro terrón de azúcar en el té.

–Madre, la verdad... –empezó Guy.

–Sólo ha sido una broma –lo interrumpió–. Guy me toma muy en serio a veces, señorita Salmon. Sin embargo, recuerdo que mi padre, sir Raymond, dijo una vez...

–Otra vez, no –dijo el mayor.

–... que las clases eran como el agua y el vino. Bajo ninguna circunstancia deben mezclarse.

–Pues yo pensaba que fue Jesucristo quien transformó el agua en vino –señaló Becky.

La señora Trentham decidió pasar por alto este comentario.

–Por eso exactamente tenemos oficiales y otras jerarquías, porque Dios lo planeó así.

–¿Y cree usted que Dios planeó que estallara una guerra, a fin de que esos mismos oficiales y otras jerarquías pudieran matarse mutuamente de forma indiscriminada? –preguntó Becky.

–No tengo ni la menor idea, señorita Salmon. Ya ve, no poseo la ventaja de ser una intelectual como usted. Soy una sencilla y llana mujer que dice lo que piensa. Pero lo que sí sé es que todos hicimos sacrificios durante la guerra.

–¿Y qué sacrificios hizo usted, señora Trentham? –inquirió Becky.

–Un número considerable, jovencita –replicó la señora Trentham, irguiéndose–. Para empezar, tuve que privarme de un montón de cosas fundamentales para la existencia.

–¿Como un brazo o una pierna? –dijo Becky, arrepintiéndose al instante de sus palabras, pues comprendió que había caído en la trampa de la señora Trentham.

La madre de Guy se levantó de la silla, caminó lentamente hacia la chimenea y tiró con virulencia de la campana que servía para llamar a los criados.

–No voy a tolerar que me insulten en mi propia casa –dijo. En cuanto Gibson apareció, se volvió hacia él–. Ocúpese de que Alfred saque las pertenencias de la señorita Salmon de su habitación. Regresará a Londres antes de lo previsto.

Becky se quedó en silencio junto a la chimenea, sin saber qué hacer.

La señora Trentham la miró desafiante, hasta que Becky se acercó al mayor y le estrechó la mano.

–Me despediré, pues, mayor Trentham. Tengo el presentimiento de que no volveremos a vernos.

–Lo siento por mí, señorita Salmon –dijo, antes de besarle la mano.

Becky salió de la sala de estar sin mirar a la señora Trentham. Guy la siguió hasta el vestíbulo.

En el viaje de vuelta a Londres, Guy intentó disculpar por todos los medios imaginables el comportamiento de su madre, pero Becky supo que ni siquiera él creía en lo que decía. Cuando el coche se detuvo frente al número 97, Guy salió y le abrió la portezuela.

–¿Puedo subir? –preguntó–. Tengo que decirte algo.

–Esta noche no. Necesito pensar y prefiero estar sola.

–Es que quería explicarte lo mucho que te quiero –suspiró Guy–, y tal vez hablar de nuestros planes para el futuro.

–¿Planes que incluyen a tu madre?

–Al infierno con mi madre. ¿Es que no comprendes lo que siento por ti? –Becky vaciló–. Anunciaremos nuestro compromiso en el *Times* lo antes posible, haciendo caso omiso de lo que ella piense. ¿Qué me contestas?

Ella le echó los brazos al cuello.

–Oh, Guy, te quiero mucho, pero será mejor que no subas esta noche. Daphne puede volver en cualquier momento. Dejémoslo para otra ocasión.

La decepción se reflejó en el rostro de Guy, pero la besó otra vez antes de darle las buenas noches; Becky abrió la puerta de la calle y subió corriendo la escalera.

Becky entró en el piso y descubrió que Daphne aún no había regresado del campo. Se dejó caer en el sofá y no se levantó para encender las luces de gas cuando anocheció. Daphne tardó dos horas más en volver.

–¿Cómo fue todo? –fue lo primero que dijo Daphne al entrar en la salita de estar, sorprendida de encontrar a su amiga inmersa en la oscuridad.

–Un desastre.

–Entonces, ¿todo ha terminado?

–No, no exactamente. De hecho, tengo la sensación de que Guy se me declaró.

–¿Y tú aceptaste?

–Yo diría que sí.
–¿Mencionó la India, por casualidad?

A la mañana siguiente, cuando Becky sacó sus cosas del maletín, se quedó horrorizada al descubrir que faltaba el broche que Daphne le había prestado para el fin de semana. Imaginó que lo habría dejado en Ashurst Hall.

Como no tenía el menor deseo de volver a ver a la señora Trentham, envió una nota a Guy al comedor de oficiales para comunicarle su problema. Guy respondió al día siguiente y le aseguró que lo buscaría el domingo, día en que pensaba comer con sus padres en Ashurst.

Becky se pasó los cinco días siguientes preguntándose si Guy sería capaz de encontrar el broche desaparecido; por fortuna, Daphne no dio muestras de reparar en su ausencia. Becky sólo deseaba devolver el broche a su estuche antes de que Daphne tuviera ganas de ponérselo.

Guy le escribió el lunes para decirle que, pese al registro exhaustivo de la habitación de los huéspedes no había localizado el broche; en cualquier caso, Nellie le había comunicado que recordaba claramente haber puesto en la maleta todas las joyas de Becky.

La noticia desconcertó a Becky, pues recordaba que se vio obligada a hacer la maleta ella misma tras su terminante expulsión de Ashurst Hall. Se quedó levantada hasta muy tarde, nerviosa, esperando que Daphne volviera del largo fin de semana en el campo para explicarle lo ocurrido. Empezó a temer que le costaría meses, o incluso años, ahorrar lo suficiente para devolver lo que probablemente era una joya familiar.

Su amiga entró en Chelsea Terrace pocos minutos después de la media noche. Becky ya había bebido varias tazas de café y estaba a punto de encender uno de los cigarrillos que fumaba Daphne.

–¿Qué haces levantada tan tarde, querida? –fue el saludo de Daphne–. ¿Falta tan poco para los exámenes?

–No –dijo Becky, y soltó de golpe toda la historia sobre la joya extraviada.

Terminó preguntándole a su amiga cuánto tiempo tardaría en devolverle el importe de su valor.

–Una semana, más o menos –contestó Daphne.

–¿Una semana? –se extrañó Becky.

–Sí. Era quincalla... Hizo furor en su momento. Si no me acuerdo mal, costó la imponente suma de tres chelines.

Una tranquilizada Becky le contó a Guy durante la cena del martes por qué no era importante encontrar la joya extraviada.

Guy llevó el broche a Chelsea Terrace el lunes siguiente y explicó que Nellie lo había encontrado bajo la cama de la habitación Wellington.

9

Becky empezó a notar ligeros cambios en los modales de Charlie, primero sutiles y después más obvios.

Daphne no intentó ocultar su implicación en lo que ella describía como «el descubrimiento social de la década, mi propio Charlie Doolittle».

–Fíjate, este fin de semana lo llevé a Harcourt Hall y tuvo un éxito arrollador. Hasta mamá opinó que era fantástico.

–¿A tu madre le gusta Charlie Trumper? –preguntó Becky, incrédula.

–Oh, sí, querida, pero mamá sabe que no tengo la menor intención de casarme con Charlie.

–Ve con cuidado. Yo tampoco tenía la intención de casarme con Guy.

–Querida, tú provienes de la clase romántica, mientras que yo he nacido en un medio social más práctico; por eso la aristocracia ha sobrevivido durante tanto tiempo. No, terminaré casándome con un tal Percy Wiltshire y no tendrá nada que ver con el destino o las estrellas, sino con el anticuado sentido común.

–¿El señor Wiltshire ya está enterado de tus planes para su futuro?

–Por supuesto que el marqués de Wiltshire no sabe nada. Ni siquiera su madre se lo ha dicho.

–Pero ¿y si Charlie se enamora de ti?

–Eso no es posible. Hay otra mujer en su vida, ¿sabes?

–Santo Dios. Nunca me lo ha dicho.

El balance semestral de la tienda mostró una mejora considerable sobre el primer trimestre, como Daphne descubrió cuando recibió la siguiente amortización. Le dijo a Becky que, a ese paso, no confiaba en extraer ningún beneficio a largo plazo de su préstamo. En cuanto a Becky, pasaba cada vez menos tiempo pensando en Daphne, Charlie o la tienda, a medida que se acercaba la hora en que Guy partiría hacia la India.

La India... Becky no había dormido la noche en que se enteró de que Guy había sido destinado a aquel país y habría deseado, sin duda alguna, saber por él y no por Daphne la noticia que desbarataba tanto su futuro. Becky había aceptado en el pasado, sin discusión, que los deberes de Guy para con el regimiento le impedirían verle de una forma regular, pero, a medida que el momento de su partida se aproximaba, empezó a detestar las guardias, los ejercicios nocturnos y casi todas las operaciones de fin de semana en que los Fusileros participaban.

Becky temía que las atenciones de Guy se enfriaran después de su espantosa visita a Ashurst Hall, pero se mostró más ardiente y no paraba de repetir que todo sería muy diferente cuando estuvieran casados.

Los meses se convirtieron en semanas y las semanas en días, hasta que el temido círculo que Becky había trazado alrededor del 3 de febrero de 1920, en el calendario que tenía junto a la cama, se cernió sobre ellos.

–Vamos a cenar al Café Royal, donde pasamos nuestra primera velada juntos –sugirió Guy el lunes anterior a su partida.

–No –dijo Becky–. No quiero compartirte con cien desconocidos en nuestra última noche. –Vaciló antes de añadir–: Si eres capaz de afrontar la prueba de mi arte culinario, prefiero cenar en el piso. Al menos, así estaremos solos.

Guy sonrió.

Becky dejó de pasar a diario por la tienda cuando el negocio empezó a prosperar, pero no podía resistir la tentación de echar un vistazo por el escaparate cada vez que pasaba por delante del 147. Aquel lunes por la mañana en particular, le sorprendió no ver a Charlie detrás del mostrador. Eran las ocho en punto.

–Aquí –oyó que gritaba una voz.

Se volvió y vio a Charlie sentado en el mismo banco donde lo había encontrado el día de su regreso. Cruzó la calle para ir a su encuentro.

–¿Qué significa esto? ¿Has tomado la jubilación anticipada antes de devolver nuestro préstamo?

–Por supuesto que no. Estoy trabajando.

–¿Trabajando? Haga el favor de explicarme, señor Trumper, cómo puede calificarse de trabajo estar holgazaneando en un banco del parque un lunes por la mañana.

–Fue Henry Ford quien nos enseñó que «por cada minuto de acción, tiene que haber una hora de pensamiento» –dijo Charlie, con un levísimo rastro de su antiguo acento.

Becky no dejó de reparar en su pronunciación de la palabra «Henry».

–¿Y adónde te llevan esos pensamientos fordianos en este preciso momento?

–A esa fila de tiendas de la acera opuesta.

–¿A todas ellas? –Becky paseó la mirada de un extremo a otro de Chelsea Terrace–. ¿Y a qué conclusión habría llegado el señor Ford, de haber estado sentado en este banco?

–Que representan treinta y seis maneras diferentes de ganar dinero.

–Nunca las he contado, pero acepto tu palabra.

–Pero ¿qué más ves cuando las miras?

Los ojos de Becky se volvieron hacia Chelsea Terrace.

–Montones de gente paseando arriba y abajo, sobre todo damas con sombrillas, niñeras empujando cochecillos de niño y algún que otro niño con su comba. –Hizo una pausa–. Bueno, ¿qué ves tú?

–Dos letreros que dicen «En venta».

–Confieso que no me había dado cuenta.

–Porque miras con ojos diferentes –explicó Charlie–. Primero tenemos la carnicería de Kendrick. Bien, todos sabemos lo que le pasa, ¿no? Un ataque al corazón y su médico le ha aconsejado que se jubile o no vivirá mucho tiempo.

–Y, a continuación, la tienda del señor Rutherford –dijo Becky, localizando el segundo cartel de «En venta».

–El anticuario. Oh, sí, el querido Julian quiere liquidar el negocio y reunirse con su amiguito en Nueva York, donde la ley es más complaciente con sus proclividades particulares... ¿Te gusta la palabreja?

–¿Cómo has averiguado...?
–Información –dijo Charlie, tocándose la nariz–. El fluido vital de los negocios.
–¿Otro principio fordiano?
–No, mucho más cercano –admitió Charlie–. Me lo dijo Daphne Harcourt-Browne.
Becky sonrió.
–¿Y qué vas a hacer al respecto?
–Voy a apoderarme de ambas.
–¿Y cómo lo vas a hacer?
–Con mi inteligencia y tu diligencia.
–¿Hablas en serio, Charlie Trumper?
–Más que nunca. –Charlie se volvió para mirarla–. Al fin y al cabo, ¿por qué Chelsea Terrace ha de ser diferente de Whitechapel?
–Tal vez en un decimal –sugirió Becky.
–Pues ya puede mover esa coma, señorita Salmon, porque ha llegado el momento de que dejes de ser un socio secreto y empieces a cumplir tu parte del trato.
–¿Y mis exámenes?
–Utiliza el tiempo libre que tendrás cuando tu novio se vaya a la India.
–Se va mañana, de hecho.
–En ese caso, te concedo un día más de licencia. ¿No es así como los oficiales denominan un día de asueto? Pero mañana quiero que vuelvas a John D. Wood y conciertes una cita para ver a ese granuja de empleado... ¿Cómo se llama?
–Palmer.
–Sí, Palmer. Dale instrucciones para que negocie en nuestro nombre un precio por esas dos tiendas y adviértele que nos interesa todo cuanto quede libre en Chelsea Terrace.
–¿Todo lo que quede libre en Chelsea Terrace? –repitió Becky, que tomaba notas en la contraportada de su libro de texto.
–Sí, y también necesitaremos obtener casi todo el dinero que va a costar, de modo que visita varios bancos y ocúpate de conseguir buenas condiciones. Pasa de todo lo que exceda el cuatro por ciento.
–Nada que exceda el cuatro por ciento, pero... ¿treinta y seis tiendas, Charlie?
–Lo sé, podemos tardar muchísimo tiempo.

Cuando Becky llegó a la biblioteca del colegio Bedford intentó apartar a un lado los sueños de convertirse en el nuevo señor Selfridge que alimentaba Charlie, pues tenía la intención de terminar un ensayo sobre la influencia de Bernini en la escultura del siglo diecisiete. No obstante, su mente saltaba de Bernini a Charlie, y de éste a Guy. Incapaz de abordar lo moderno, Becky descubrió que su fracaso era todavía mayor con lo antiguo y llegó a la desganada conclusión de que debería aplazar el ensayo hasta que tuviera más tiempo para concentrarse en el pasado.

A la hora de comer se sentó sobre el muro de ladrillo rojo que bordeaba la biblioteca. Mordisqueó una reineta y siguió pensando. Dio un último bocado antes de tirar el corazón a una papelera cercana y todo lo demás al interior de su cartapacio, antes de emprender el viaje de vuelta a Chelsea.

Cuando llegó a Chelsea Terrace se detuvo en primer lugar en la carnicería, donde compró una pierna de cordero y expresó a la señora Kendrick su pesar por el estado de salud de su marido. Al pagar la cuenta reparó en que los dependientes, aunque bien aleccionados, mostraban una deplorable falta de iniciativa. Los clientes huían justo con lo que habían ido a buscar, cosa que Charlie jamás les hubiera permitido. Después engrosó la cola formada frente a la tienda de Charlie e indicó a éste que le sirviera.

–¿Algo especial, señora?

–Un kilo de patatas, medio de champiñones, una col y un melón.

–Hoy está de suerte, señora. El melón está en su punto para esta noche –dijo Charlie, apretando la parte superior–. ¿Puedo servirla en algo más, señora? ¿Qué tal unas naranjas o un pomelo?

–No, gracias, buen hombre.

–Entonces, son tres chelines y cuatro peniques, señora.

–¿Y no me regala una reineta, como a las demás chicas?

–No, señora, lo siento, tales privilegios se reservan para nuestras clientas habituales. Le advierto, de todos modos, que podría convencerme, en el caso de que me invitara a compartir el melón esta noche. Eso me daría la ocasión de explicarle con todo detalle mis planes respecto a Chelsea Terrace, Londres, el mundo...

–Esta noche no puedo, Charlie. Guy se va a la India por la mañana.

–Claro, qué tonto soy. Lo siento. Me había olvidado. –Parecía extrañamente turbado–. ¿Mañana, tal vez?

–Sí, ¿por qué no?

–Entonces, te llevaré a cenar, para variar. Te recogeré a las ocho.

–Trato hecho, socio –dijo Becky, intentando imitar a Mae West.

Charlie se distrajo cuando le tocó el turno a una señora gorda.

–Ah, lady Nourse –dijo Charlie, recobrando su acento de siempre–, ¿sus nabos y colinabos de costumbre, o vamos a ser hoy un poco más atrevidos?

Becky se volvió y vio que lady Nourse, que no tenía ni un día menos de sesenta años, se ruborizaba y alzaba satisfecha sus grandes pechos.

Becky entró en el piso y se dirigió de inmediato a la sala de estar para comprobar que estaba limpia y ordenada. La criada había hecho un buen trabajo, y como Daphne aún no había regresado de su largo fin de semana en Harcourt Hall, sólo pudo ahuecar los cojines y correr las cortinas.

Becky decidió adelantar en lo posible la preparación de la cena antes de darse un baño. Ya se estaba arrepintiendo de haber rechazado la oferta de Daphne, en el sentido de contratar un cocinero y un par de criadas de Lowndes Square para ayudarla, pero había decidido tener a Guy sólo para ella, aunque sabía que su madre desaprobaría que cenara con un hombre en ausencia de Daphne o de una carabina que no les quitara ojo de encima.

Melón, pierna de cordero con patatas, col y champiñones: el menú merecería la aprobación de su madre, ciertamente, pero sospechaba que tal aprobación no abarcaría el gasto de dinero, ganado con tantos esfuerzos, en una botella de Nuits St. George que había comprado en la tienda del señor Cuthbert, del número 101. Peló las patatas, untó con grasa el cordero y comprobó que quedara algo de menta, antes de quitar el troncho de la col.

Mientras descorchaba el vino, Becky decidió que, en el futuro, compraría todos los alimentos en el barrio, para mantenerse tan bien informada como Charlie. Antes de desvestirse también comprobó si quedaba coñac en la botella que le habían regalado por Navidad.

Permaneció sumergida en el agua caliente un rato, pensando en los bancos a los que acudiría y, sobre todo, en cómo presentaría su caso. Cifras detalladas, tanto de los ingresos de la tienda como del plazo que necesitarían para devolver cualquier préstamo... Su mente saltó de Charlie a Guy y se preguntó por qué no se dirigían la palabra.

Cuando el reloj del dormitorio dio la media, Becky saltó de la bañera presa del pánico, consciente del tiempo que le habían robado sus reflexiones y de que Guy se plantaría ante la puerta a las ocho en punto. Como Daphne le había advertido, de los militares sólo se podía confiar en su puntualidad.

Becky vació la mitad de sus cajones y los de Daphne, dejando el suelo de ambas habitaciones sembrado de prendas, en un intento desesperado por decidir qué ponerse. Al final, escogió el vestido que Daphne había llevado en el Baile de los Fusileros y que no había vuelto a lucir. Tras abrocharse el último botón se miró en el espejo. Becky llegó a la conclusión de que estaba «monísima». El reloj que descansaba sobre la repisa de la chimenea dio las ocho y sonó el timbre.

Guy, ataviado con una chaqueta cruzada del regimiento, de tela tejida con líneas diagonales al estilo de la caballería, entró en el piso cargado con otra botella de vino tinto y una docena de rosas rojas. Una vez depositados ambos presentes sobre la mesa, tomó a Becky en sus brazos.

–Un vestido precioso –dijo–. Me parece que no lo había visto nunca.

–No, es la primera vez que lo llevo –contestó Becky, sintiéndose culpable por no haberle pedido permiso a Daphne.

–¿No te ha venido a ayudar nadie? –preguntó Guy, paseando la vista a su alrededor.

–Bueno, Daphne se ofreció voluntariamente como carabina, pero no acepté, porque no quería compartirte con nadie en nuestra última noche.

–¿Puedo hacer algo? –preguntó Guy.

–Sí. Descorchar el vino mientras pongo las patatas.

–¿Patatas de Trumper?

–Por supuesto –replicó Becky mientras volvía a la cocina y echaba la col en el agua hirviente de la olla. Vaciló sólo un momento antes de preguntar–: No te cae bien Charlie, ¿verdad?

Guy sirvió una copa de vino para cada uno, pero o no la oyó, o prefirió no contestar.

–¿Cómo has pasado el día? –preguntó Becky, entrando en la sala de estar y cogiendo la copa de vino que él le tendió.

–Llenando infinidad de baúles para el viaje de mañana. En aquella mierda de país imaginan que debes tener cuatro ejemplares de todo.

–¿De todo? –Becky probó el vino–. Hum, qué bueno.

–De todo. Y tú, ¿qué has hecho?

–He hablado con Charlie sobre sus planes para apoderarse de Londres sin necesidad de declarar la guerra; adjudiqué a Caravaggio un puesto de segunda fila, seleccioné algunos champiñones sin olvidarme de repasar las cuentas de la tienda.

Becky colocó medio melón frente a Guy y la otra mitad en su plato, mientras éste llenaba las copas otra vez.

A medida que la cena discurría, Becky iba tomando conciencia de que, probablemente, ésa sería su última noche juntos hasta dentro de tres años. Hablaron de teatro, del regimiento, de los problemas de Irlanda, de Daphne, incluso del precio de los melones, pero en ningún momento de la India.

–Podrías venir a visitarme –dijo Guy por fin, sacando a colación el tema tabú mientras servía a Becky otra copa de vino, vaciando casi la botella.

–¿Una excursión de un día? –insinuó ella, retirando los platos de la mesa y llevándolos a la cocina.

–Creo que no pasará mucho tiempo antes de que sea posible.

Guy llenó su copa y abrió la botella que había llevado.

–¿Qué quieres decir?

–En avión. Después de todo, Alcock y Brown han cruzado el Atlántico sin hacer escala, así que la India se convertirá en el próximo destino de cualquier pionero.

–Tal vez podría ir sentada en un ala –dijo Becky cuando volvió de la cocina.

–No te preocupes –dijo Guy y celebró la ocurrencia–. Estoy seguro de que tres años pasarán en un abrir y cerrar de ojos y podremos casarnos en cuanto vuelva.

Levantó la copa y vio que ella bebía de nuevo. Permanecieron un rato en silencio. Becky se levantó de la mesa un poco mareada.

–He de poner la cafetera al fuego –explicó.

Al regresar, no advirtió que su copa volvía a estar llena.

–Gracias por una noche maravillosa –dijo Guy.

Becky temió por un momento que se fuera a marchar.

–Me temo que ha llegado el momento de lavar los platos, pues no tienes criadas y yo he dejado a mi ordenanza en los barracones.

–No te preocupes –dijo Becky–. Al fin y al cabo, puedo dedicar un año a lavar, otro a secar y el último a apilarlos.

El insistente silbido de la cafetera interrumpió la carcajada de Guy.

–Sólo tardaré un momento. ¿Por qué no te sirves una copa de coñac? –añadió Becky, desapareciendo en la cocina para elegir dos tazas que no estuvieran desportilladas. Volvió con ellas, llenas de café humeante. Tuvo la impresión de que la luz de gas ardía con menos intensidad. Colocó las dos tazas sobre la mesita contigua al sofá–. El café está tan caliente que hemos de esperar un poco para tomarlo –advirtió.

Él le pasó la copa de coñac, llena hasta la mitad. Levantó su copa y esperó. Becky vaciló y después bebió un sorbo antes de sentarse a su lado. Guardaron silencio durante unos minutos hasta que Guy, de repente, dejó la copa, la tomó en sus brazos y la besó con pasión, primero en los labios, después en el cuello y luego en sus hombros desnudos. Becky sólo opuso una tímida resistencia cuando sintió una mano que se deslizaba desde su espalda a un pecho.

–Tengo una sorpresa especial para ti –dijo Guy, apartándose–, que me había reservado para esta noche.

–¿Qué sorpresa?

–Nuestro compromiso será anunciado en el *Times* de mañana.

Becky se quedó tan estupefacta que lo miró fijamente.

–Oh, querido, es maravilloso. –Becky lo abrazó y no ofreció ninguna resistencia cuando la mano de Guy se apoderó de un pecho–. ¿Cuál será la reacción de tu madre?

–Me importa un bledo su reacción –dijo Guy, besándola de nuevo en el cuello.

Desplazó la mano hacia el otro pecho. Becky separó los labios y sus lenguas se juntaron.

Notó que Guy le desabrochaba los botones del vestido, lentamente al principio y luego con más seguridad. Guy se apartó. Becky enrojeció cuando él se quitó la chaqueta y la corbata y las tiró por encima del sofá. Consideró la posibilidad de aclararle que ya habían ido demasiado lejos.

Cuando Guy empezó a desabrocharse la camisa sintió pánico e intuyó que estaba perdiendo el control de la situación.

Guy se inclinó hacia adelante y quitó los tirantes del vestido de los hombros de Becky. Volvió a besarla, y Becky notó que su mano intentaba desabrocharle el sujetador.

Becky creyó que podría salvarse, dado que ninguno de los dos sabía dónde estaban los corchetes, pero pronto quedó patente que Guy había solventado problemas similares en anteriores ocasiones, pues soltó con destreza la irritante traba y vaciló sólo un momento antes de trasladar su atención a las piernas de la joven. Se detuvo de repente cuando llegó al borde de las medias y la miró a los ojos.

–Hasta ahora sólo lo había imaginado –murmuró–, pero no tenía ni idea de que fueras tan hermosa.

–Gracias –dijo Becky y se sentó tiesa.

Guy le pasó la copa de coñac. Becky tomó otro sorbo, preguntándose si no sería más prudente huir a la cocina con la excusa de que el café se estaba enfriando.

–De todas formas, he sufrido una decepción esta noche –añadió él, sin apartar la mano de su muslo.

–¿Una decepción?

Becky dejó sobre la mesa su copa. Empezaba a sentirse borracha.

–Sí –dijo Guy–. Tu anillo de pedida.

–¿Anillo de pedida?

–Sí. Lo encargué en Garrard's hace un mes y prometieron que lo tendrían listo para hoy, pero esta tarde me informaron que no podría recogerlo hasta primera hora de mañana.

–No importa –dijo Becky.

–Sí importa. Quería ponértelo esta noche, por eso te pido que vayas a la estación un poco más temprano de lo que habíamos acordado. Entonces hincaré una rodilla y te lo ofreceré.

Becky se puso en pie y sonrió. Guy se apresuró a tomarla en sus brazos.

–Siempre te amaré. Lo sabes, ¿verdad?

El vestido de Daphne resbaló y cayó al suelo. Guy la cogió de la mano y la condujo al dormitorio.

Apartó la sábana, se echó en la cama y extendió los brazos. En cuanto ella lo imitó, Guy le quitó el resto de la ropa y empezó a besarla por todo el cuerpo antes de hacerle el amor con una maestría que, sospechó Becky, sólo podía provenir de una experiencia considerable.

Aunque el acto en sí le resultó doloroso, a Becky le sorprendió la rapidez con que se desvaneció la sensación prometida y se quedó aferrada a Guy durante un tiempo que le pareció eterno. Él no cesaba de repetir cuánto la quería y ella se sintió menos culpable; al fin y al cabo, estaban prometidos.

Becky, medio dormida, oyó un portazo y se dio la vuelta suponiendo que el ruido provenía del piso de arriba. Guy ni se movió. De pronto, la puerta del dormitorio se abrió y Daphne apareció en el umbral.

–Lo siento, no me di cuenta –susurró y cerró la puerta en silencio.

Becky miró asustada a su amante. Él sonrió y la abrazó.

–No tienes que preocuparte por Daphne. No se lo dirá a nadie.

Guy estiró el brazo y la atrajo hacia sí.

La estación de Waterloo ya estaba abarrotada de hombres uniformados cuando Becky llegó al andén uno con un retraso de dos minutos. Se quedó un poco sorprendida al no ver a Guy esperándola. Entonces recordó que iba a pasar por Albemarle Street para recoger el anillo.

Consultó el tablón de anuncios. Vio, escritas con mayúsculas a tiza, las palabras «TREN CON TRASBORDO EN SOUTHAMPTON, CON DESTINO A LA INDIA, HORA DE SALIDA 11.30». Becky continuó escudriñando el andén. Sus ojos se posaron en un grupo de chicas, agrupadas bajo el reloj de la estación. Sus voces nerviosas y chillonas hablaban a la vez de bailes, de polo y de quién se presentaba en sociedad aquel año. Todas eran muy conscientes de que debían despedirse en la estación porque no era correcto acompañar a un oficial en el tren a Southampton sin estar casados o prometidos oficialmente. «Sin embargo, el *Times* de aquella mañana demostraría que Guy y ella estaban comprometidos –pensó Becky–, de modo que tal vez podría viajar a Southampton...»

Consultó de nuevo el reloj: las once y veintiún minutos. Por primera vez, empezó a sentirse algo inquieta. Luego, de improviso, lo vio avanzar por el andén hacia ella, seguido de un hombre que arrastraba dos maletas y de un mozo de cuerda que acarreaba aún más equipaje.

Guy se disculpó, aunque sin dar explicaciones por su tardanza, e indicó a su ordenanza que llevara los baúles al tren y lo esperara. Durante los siguientes minutos no hablaron de nada en particular. Becky le encontró muy distante, pero sabía que había varios oficiales en el andén, también despidiéndose, algunos incluso de sus esposas.

Sonó un silbato y Becky vio que el jefe del tren consultaba su reloj. Guy se inclinó hacia adelante, le rozó la mejilla con los labios y se alejó con brusquedad. Becky lo vio encaminarse a toda prisa hacia el tren, sin mirar atrás, mientras sólo pensaba en sus cuerpos desnudos entrelazados en la minúscula cama y en Guy diciendo: «Siempre te amaré. Lo sabes, ¿verdad?».

El silbato sonó por última vez y ondeó un banderín verde. Becky se quedó sola. Una ráfaga de viento la hizo estremecer, mientras la locomotora reptaba fuera de la estación y comenzaba su viaje a Southampton. Las joviales muchachas también se marcharon, pero en otra dirección, hacia sus cabriolés y automóviles conducidos por chóferes.

Becky se acercó al quiosco situado en la esquina del andén siete, compró un ejemplar del *Times* por dos peniques y recorrió, primero deprisa y después poco a poco, la lista de próximas bodas.

Entre Arbuthnot y Yelland no encontró ninguna mención de Trentham ni de Salmon.

10

Antes de que sirvieran el primer plato, Becky ya estaba arrepentida de haber aceptado la invitación de Charlie a cenar en el restaurante del señor Scallini, el único que conocía. Charlie intentaba portarse con la mayor cortesía y eso la hacía sentirse todavía más culpable.

–Me gusta tu vestido –dijo Charlie, admirando la prenda de color pastel que Becky había tomado prestada del armario de Daphne.

–Gracias.

Siguió una larga pausa.

–Lo siento –dijo Charlie–. Tenía que habérmelo pensado dos veces antes de invitarte el mismo día en que el capitán Trentham se fue a la India.

–Nuestro compromiso saldrá anunciado en el *Times* de mañana –dijo ella sin levantar la vista de su plato de sopa intacto.

–Felicidades –contestó Charlie con frialdad.

–Guy no te cae bien, ¿verdad?

–Nunca me llevé muy bien con los oficiales.

–Pero ya os conocíais, ¿verdad? De hecho, le conociste antes que yo –le espetó Becky. Charlie no respondió, y Becky insistió–. Me di cuenta la primera vez que cenamos juntos.

–«Conocerle» es un poco exagerado. Servimos en el mismo regimiento, pero hasta la noche en que cenamos juntos nunca habíamos compartido la misma mesa.

–Combatisteis en la misma guerra.

–Con los cuatro mil efectivos de nuestro regimiento –añadió Charlie, que prefería eludir el tema.

–¿Lo consideraban un oficial valiente y respetado?

Un camarero apareció inopinadamente a su lado.

–¿Qué desea beber con el pescado, señor?

–Champaña –contestó Charlie–. Al fin y al cabo, tenemos algo que celebrar.

–¿De veras? –preguntó Becky, sin darse cuenta de que él intentaba cambiar de tema.

–Los resultados de nuestro primer año, ¿o ya has olvidado que le hemos devuelto a Daphne más de la mitad del préstamo?

Becky esbozó una sonrisa, comprendiendo que mientras ella sólo se preocupaba por la partida de Guy hacia la India, Charlie se había concentrado en resolver su otro problema. A pesar de la noticia, la velada prosiguió en silencio, salpicada en ocasiones por comentarios de Charlie que no siempre obtuvieron respuesta. Becky apenas tocó el champaña, jugueteó con el pescado, no pidió postre y casi no disimuló su alivio cuando llegó la cuenta.

Charlie pagó al camarero y dejó una generosa propina. «Daphne se habría sentido orgullosa de él», pensó Becky.

Cuando se levantó de la silla, experimentó la sensación de que el comedor daba vueltas a su alrededor.

–¿Te encuentras bien? –preguntó Charlie, rodeándole los hombros con el brazo.

–Me encuentro bien, pero no estoy acostumbrada a beber alcohol dos noches seguidas.

–Tampoco has comido mucho –señaló Charlie, guiándola fuera del restaurante, hasta salir al frío aire de la noche.

Caminaron cogidos del brazo por Chelsea Terrace, y Becky pensó que cualquiera podría suponer que eran amantes. Cuando llegaron a la entrada de la casa de Daphne, Charlie tuvo que hundir la mano hasta el fondo del bolso de Becky para encontrar las llaves. Consiguió abrir la puerta y sostener a Becky al mismo tiempo, pero las piernas de la joven fallaron y se vio obligado a sujetarla para que no cayera. La cargó en brazos hasta la primera planta. Necesitó ejecutar una contorsión para abrir la puerta del piso sin dejarla caer. Por fin, entró tambaleándose en la sala de estar y la depositó sobre el sofá. Se irguió y recuperó el equilibrio, dudando entre dejarla en el sofá o averiguar dónde estaba su dormitorio.

Charlie iba a marcharse, cuando Becky resbaló hasta caer al suelo, murmurando incoherencias. La única palabra que captó fue «comprometidos».

Volvió junto a Becky, pero esta vez la cargó sin vacilar sobre su hombro y atravesó una puerta, descubriendo que se hallaba en un dormitorio. La dejó con suavidad sobre la cama. Regresó de puntillas hacia la puerta, pero ella se dio la vuelta y Charlie tuvo que correr para empujarla hacia el centro de la cama antes de que cayera. Titubeó un momento y después se inclinó para alzarla y desabrocharle los botones del vestido con su mano libre. Después, la recostó en la cama y levantó las piernas de Becky con una mano, mientras tiraba del vestido hacia abajo, poco a poco, hasta quitárselo. La abandonó un momento para colocar el vestido sobre una silla.

–Charlie Trumper –susurró, mirándola–, eres ciego, y has estado ciego durante un larguísimo tiempo.

Tiró hacia atrás de la manta y acomodó a Becky entre las sábanas, tal como había visto hacer a las enfermeras del frente occidental con los heridos.

Arropó bien a Becky, asegurándose de que no tendría que repetir el proceso. Su gesto final fue inclinarse y besarla en la mejilla.

«No sólo eres ciego, Charlie Trumper, sino que además eres tonto», se dijo mientras cerraba la puerta.

–Estaré contigo dentro de un momento –dijo Charlie, poniendo algunas patatas sobre la báscula, mientras Becky esperaba pacientemente en un rincón de la tienda.

–¿Algo más, señora? –preguntó a la clienta–. ¿Algunas mandarinas, tal vez? ¿Manzanas? Tengo unos pomelos que acaban de llegar de Sudáfrica.

–No, gracias, señor Trumper, es todo por hoy.

–Entonces, son dos chelines y cinco peniques, señora Symonds. Bob, ¿puedes servir al siguiente cliente mientras hablo con la señorita Salmon?

–Sargento Trumper.

–Señor –fue la reacción instantánea de Charlie cuando oyó la resonante voz.

Se volvió hacia el hombre alto que se hallaba frente a él, tieso como un palo y vestido con una chaqueta de tweed Harris, pantalones de tela doble y un sombrero de fieltro de color pardo.

–Nunca olvido una cara –dijo el hombre.

Charlie habría continuado perplejo, de no ser por el monóculo.
–Santo Dios –dijo, poniéndose firme.
–No, coronel es suficiente –puntualizó el hombre y rió–. Y ahórrese todos esos disparates. Aquellos días ya han pasado a la historia. Ha pasado bastante tiempo desde la última vez que nos vimos, Trumper.
–Casi dos años, señor.
–A mí me ha parecido más –dijo el coronel con aire melancólico–. Tenía usted toda la razón sobre Prescott, ¿verdad? Era un buen amigo de él.
–Y él era un buen amigo mío.
–Y un soldado de primera. Mereció la medalla que le concedieron.
–No puedo estar más de acuerdo con usted, señor.
–Usted se merecía una, Trumper, pero Prescott se la llevó. Me temo que usted sólo fue mencionado en los despachos.
–Dieron la medalla al que se la merecía.
–Una forma terrible de morir. Ese recuerdo aún me obsesiona. Encontró la muerte a escasos metros de la línea.
–No fue culpa suya, señor. En todo caso, fue mía.
–Si fue culpa de alguien, desde luego no fue de usted. Sospecho que es mejor olvidarlo –añadió, sin más explicaciones.
–¿Cómo va el regimiento, señor? ¿Sobrevive sin mí?
–Y sin mí, me temo –respondió el coronel, introduciendo algunas manzanas en la bolsa de la compra que llevaba–. Se acaban de ir a la India, pero no antes de librarse de este caballo viejo.
–Lo lamento, señor. El regimiento era toda su vida.
–Cierto, a pesar de que incluso los Fusileros han de sucumbir bajo la guadaña. Para ser sincero con usted, soy un hombre de infantería, siempre lo he sido, y nunca me acostumbré a aquellos tanques de nuevo cuño.
–De haberlos tenido un par de años antes, señor, habrían salvado algunas vidas.
–Debo admitir que hicieron un buen trabajo. Me gusta pensar que yo también. –Tocó el nudo de su corbata a rayas–. ¿Nos veremos en la cena del regimiento, Trumper?
–No sabía que se celebrara, señor.
–Dos veces al año. La primera en enero, sólo los hombres, y la

segunda en mayo, con las *memsahibs*, que incluye un baile. Proporciona a los camaradas una oportunidad de reunirse y charlar sobre los viejos tiempos. Sería estupendo que acudiera, Trumper. Este año soy el presidente del comité del baile y confío en que tenga lugar una gran reunión.

–Puede contar conmigo, señor.

–Buen muchacho. Me encargaré de que la oficina se ponga en contacto con usted pronto, diez chelines la entrada, barra libre para todos, cosa que le hará feliz, supongo –añadió el coronel, echando un vistazo a la abarrotada tienda.

–¿Puedo servirle en algo, señor? –preguntó Charlie, consciente de que se estaba formando una larguísima cola.

–No, no, su hábil ayudante ya se ha encargado de mí de una forma excelente y, como ve, ya he cumplido al pie de la letra las instrucciones escritas de la *memsahib*.

Alzó una delgada hoja de papel con una lista de artículos y una cruz al lado.

–En ese caso, espero verle la noche del baile, señor –contestó Charlie.

El coronel asintió con un gesto de la cabeza y salió a la calle sin decir nada más.

Becky se acercó a su socio, dándose cuenta de que Charlie se había olvidado por completo de que ella le esperaba.

–Todavía sigues firme, Charlie –se burló Becky.

–Era mi comandante, el coronel sir Danvers Hamilton –dijo Charlie con cierta pomposidad–. Estaba con nosotros en el frente, era un caballero, y todavía se acuerda de mi nombre.

–Charlie, si pudieras oírte. Es posible que sea un caballero, pero él ya no trabaja, mientras que tú diriges un negocio próspero. Yo sé cuál de los dos preferiría ser.

–Pero es el comandante en jefe. ¿No lo entiendes?

–Era –puntualizó Becky–. Y no dudó en señalar que el regimiento se ha ido a la India sin él.

–Eso no cambia nada.

–Acuérdate de mis palabras, Charlie Trumper: el coronel terminará llamándote «señor».

Hacía casi una semana que Guy se había marchado y, en ocasiones, Becky era capaz de estar un hora sin pensar en él.

Becky pasó casi toda la noche en blanco, intentando escribirle una carta, aunque pasó de largo del buzón cuando se dirigió por la mañana a su primera clase del día. Había conseguido convencerse de que la culpa de no haber podido terminar la carta descansaba sobre los hombros del señor Palmer.

Becky se sintió decepcionada cuando el *Times* del día siguiente no anunció su compromiso y se sumió en la desesperación al comprobar que no aparecía en toda la semana. Cuando llamó a Garrard's el lunes siguiente, le informaron de que no sabían nada de un anillo encargado a nombre del capitán Trentham de los Fusileros Reales. Becky decidió que esperaría otra semana antes de escribir a Guy. Presentía que debía de existir una explicación.

Guy continuaba presente en sus pensamientos cuando entró en las oficinas de John D. Wood, sitas en Mount Street. Tocó el timbre del mostrador y preguntó a un inquisitivo empleado si podía hablar con el señor Palmer.

–¿El señor Palmer? El señor Palmer ya no trabaja con nosotros. Se marchó hace casi un año, señorita. ¿Puedo ayudarla en algo?

Becky se aferró al mostrador.

–Bien, me gustaría hablar con alguno de los socios –dijo con firmeza.

–¿Puedo saber el motivo de su visita?

–Sí. He venido para informarme sobre las condiciones de venta de los números 131 y 135 de Chelsea Terrace.

–Ah, sí. ¿Puede decirme su nombre?

–Señorita Rebecca Salmon.

–Enseguida vuelvo –le prometió el joven, pero tardó varios minutos en regresar.

Volvió acompañado de un hombre mucho mayor que llevaba un largo abrigo negro y gafas de concha. Una cadena de plata colgaba del bolsillo del chaleco.

–Buenos días, señorita Salmon –saludó el anciano–. Me llamo Crowther. Tenga la bondad de seguirme.

Levantó el tablero del mostrador y la invitó a pasar. Becky lo siguió.

–Hace buen tiempo para esta época del año, ¿no cree, señora?

Becky miró por la ventana y vio paraguas circulando por la acera, pero decidió no comentar la opinión meteorológica del señor Crowther.

–Ésta es mi oficina –anunció el hombre con obvio orgullo cuando llegaron a un pequeño e insignificante despacho, situado en la parte posterior del edificio–. ¿Quiere tomar asiento, señorita Salmon? –Señaló una incómoda silla baja frente a su escritorio. El hombre se sentó en su silla de respaldo alto–. Soy socio de la firma, pero debo confesar que soy un socio menor. ¿En qué puedo servirla?

–Mi socio y yo queremos adquirir los números 131 y 135 de Chelsea Terrace.

–Muy bien –dijo el señor Crowther, mirando su carpeta–. ¿Y será también en esta ocasión la señorita Daphne Harcourt-Browne...?

–La señorita Harcourt-Browne no participará en esta transacción. Si, por este motivo, considera que no debe tratar con el señor Trumper o conmigo, abordaremos a los vendedores directamente.

Becky contuvo el aliento.

–Oh, señora, no me malinterprete, por favor. Estoy seguro de que no habrá ningún problema en continuar haciendo negocios con ustedes.

–Gracias.

–Bien, empecemos con el número 135 –dijo el señor Crowther, calándose las gafas sobre la nariz antes de hojear la carpeta–. Ah, sí, el querido señor Kendrick, un carnicero de primera. Por desgracia, está sopesando la posibilidad de tomar la jubilación anticipada.

Becky suspiró y el señor Crowther la miró por encima de sus gafas.

–Su médico le ha dicho que no tiene otra opción, si confía en vivir más de unos pocos meses –indicó Becky.

–En efecto –corroboró el señor Crowther volviendo su atención a la carpeta–. Bien, parece que solicita un precio de ciento cincuenta libras por la propiedad, más cien libras por el prestigio del nombre.

–¿Y cuánto aceptará?

–No estoy muy seguro de comprenderla, señora.

El socio menor enarcó una ceja.

–Señor Crowther, antes de que perdamos un minuto más, creo que debo comunicarle nuestra intención de adquirir, a un precio razonable, todas las tiendas disponibles de Chelsea Terrace, con el objetivo a largo plazo de poseer toda la manzana, aunque tardemos toda la vida. Con esa idea en la mente, no es mi intención visitar su oficina regularmente durante los próximos veinte años para jugar al gato y al ratón con usted. Para entonces, sospecho que usted ya será un socio mayoritario y ambos tendremos mejores cosas que hacer. ¿Me he expresado con claridad?

–Totalmente –dijo el señor Crowther echando una ojeada a la nota que Palmer había añadido a la venta del 147. El muchacho no había exagerado al apuntar su opinión sobre el cliente. Volvió a calarse las gafas–. Creo que el señor Kendrick aceptaría ciento veinticinco libras, si ustedes le concedieran una pensión de veinticinco libras anuales hasta su muerte.

–Pero puede que viva eternamente.

–Creo que debería señalarle, señora, que no fui yo, sino usted, quien se refirió al actual estado de salud del señor Kendrick.

El socio menor se reclinó en su silla por primera vez.

–No tengo el menor deseo de robarle al señor Kendrick su pensión –replicó Becky–. Haga el favor de ofrecerle cien libras por la propiedad de la tienda y veinte libras anuales durante un período de ocho años como pensión. Seré flexible en la segunda parte de la transacción, pero no en la primera. ¿Lo ha entendido, señor Crowther?

–Por completo, señora.

–Y si voy a pagarle una pensión al señor Kendrick, también espero, como contrapartida, que nos dé su consejo siempre que se lo pidamos.

–Muy bien –dijo Crowther, tomando nota de la petición en el margen.

–¿Qué puede decirme sobre el 131?

–Ése es un problema espinoso –dijo el agente inmobiliario y abrió una segunda carpeta–. No sé si usted conoce a fondo las circunstancias, señora, pero...

Becky decidió no ayudarlo en esta ocasión y se limitó a sonreír dulcemente.

–Hum, bien –continuó el socio menor–. El señor Rutherford se ha marchado a Nueva York con un amigo para abrir una tienda de antigüedades, en un lugar llamado el Village.

Vaciló.

–¿Y su sociedad es de una naturaleza, digamos, inusual? –lo auxilió Becky, tras un prolongado silencio–. Es posible que prefiera pasar el resto de sus días en un apartamento de Nueva York, antes que en una celda de Brixton.

–En efecto –dijo el señor Crowther. El sudor perlaba su frente–. En el caso concreto de este caballero, desea llevarse todo cuanto contiene el local, pues considera que en Manhattan podría conseguir mejor precio por sus artículos. Por lo tanto, todo cuanto dejaría a su consideración sería la propiedad.

–En tal caso, es de suponer que no habrá pensión.

–Creo que la suposición es exacta.

–¿Y podemos esperar, por tanto, que el precio sea un poco más razonable, considerando las presiones a que está sometido?

–Yo no pensaría eso, teniendo en cuenta que la tienda es bastante más grande que las otras de Chelsea...

–Cuatrocientos veintiséis metros cuadrados, para ser precisos, comparados con los trescientos metros cuadrados del número 147, que adquirimos por...

–Un precio muy razonable en aquel momento, si me permite sugerirlo, señorita Salmon...

–Sin embargo...

–En efecto –dijo el señor Crowther y su frente volvió a cubrirse de sudor.

–Así pues, ¿cuánto confía ese hombre en obtener por la propiedad, habiendo llegado a la conclusión de que no exigirá una pensión?

–El precio que pide –dijo el señor Crowther con los ojos clavados en la carpeta– es de doscientas libras. No obstante, sospecho –añadió, antes de que Becky pudiera interrumpirlo– que si usted cierra la transacción lo antes posible se conformará con ciento setenta y cinco. –Enarcó las cejas–. Según tengo entendido, está desesperado por reunirse con su amigo lo antes posible.

–Si tan ansioso está, sospecho que se sentirá muy feliz de rebajar el precio a ciento cincuenta y terminar cuanto antes; yo hasta podría aceptar ciento sesenta, aunque tardara unos días más.

–En efecto –repitió el señor Crowther. Sacó el pañuelo del bolsillo superior y se secó la frente. Becky observó que afuera seguía lloviendo–. ¿Algo más, señora? –preguntó el hombre, devolviendo el pañuelo a la seguridad del bolsillo.

–Sí. Me gustaría que vigilara todas las propiedades de Chelsea Terrace y se pusiera en contacto con el señor Trumper o conmigo en cuanto se entere de que alguna va a ponerse a la venta.

–Acaso lo más conveniente sería que llevara a cabo una completa investigación sobre toda la manzana, a fin de informarles cumplidamente por escrito a usted y al señor Trumper.

–Una idea excelente –dijo Becky, ocultando su sorpresa ante tamaña demostración de iniciativa.

Se levantó de la silla, dando a entender que consideraba concluida la reunión.

–Según tengo entendido –dijo el señor Crowther mientras se dirigían hacia la salida–, el número 147 se ha hecho muy popular entre los habitantes de Chelsea.

–¿Cómo lo sabe? –preguntó Becky, sorprendida por segunda vez.

–Mi esposa se niega a comprar las frutas y verduras en otro sitio, a pesar de que vivimos en Fulham.

–Su esposa es una dama muy inteligente.

–En efecto –corroboró el señor Crowther.

Becky dio por sentado que los bancos reaccionarían con el mismo entusiasmo que el agente inmobiliario y, tras seleccionar ocho que le parecieron factibles, descubrió enseguida que existía una diferencia considerable entre ofrecerse como comprador y postrarse para conseguir un préstamo. Cada vez que exponía sus planes (a alguien que Becky consideraba incapaz de tomar una decisión), sólo recibía un movimiento de cabeza negativo, incluyendo el banco donde la tienda tenía la cuenta. De hecho, como le contó a Daphne aquella noche, uno de los empleados del Penny Bank tuvo la desfachatez de insinuar que, si se casaba, les complacería en extremo hablar de negocios con su marido.

–¿Con que te has dado de narices con el mundo de los hombres por primera vez, eh? –dijo Daphne, arrojando la revista al suelo–. Sus camarillas, sus clubs. El lugar de la mujer es la cocina y, si es un poco atractiva, el dormitorio de vez en cuando.

Becky asintió sombría mientras colocaba la revista en una mesa auxiliar.

–Debo confesarte que esa actitud mental nunca me ha preocupado –admitió Daphne, intentando embutir sus pies en unos zapatos puntiagudos–, pero yo no nací tan ambiciosa como tú, querida. Sin embargo, quizá ha llegado la hora de arrojarte otro salvavidas.

–¿Un salvavidas?

–Sí. Lo que necesitas para solucionar tu problema es un toque conservador.

–¿No te parece una tontería?

–Puede que parezca algo desfasado, pero los tiros no van por ahí. El dilema con el que te enfrentas es tu sexo... por no mencionar el acento de Charlie, aunque casi he curado a nuestro querido muchacho de ese problema. Sin embargo, te aseguro que todavía no han descubierto la forma de cambiar el sexo de la gente.

–¿Adónde quieres ir a parar?

–Eres tan impaciente, querida. Igualita que Charlie. Debes conceder a los mortales inferiores un poco más de tiempo para explicarnos.

Becky se sentó en una esquina del sofá y apoyó las manos sobre el regazo.

–En primer lugar, has de comprender que los banqueros son unos presuntuosos terribles. De lo contrario, dirigirían un negocio como tú. Lo que necesitas para que vengan a comer de tu mano es un testaferro respetable.

–¿Un testaferro?

–Sí. Alguien que te acompañe en tus visitas a los bancos siempre que resulte necesario. –Daphne se levantó y se miró en el espejo antes de continuar–. Es posible que tal persona no haya sido bendecida con tu inteligencia pero, por otra parte, es preciso que no esté abrumado por tu sexo o por el acento de Charlie. Lo que sí debe poseer, no obstante, es alguna característica de la vieja escuela, un título, por ejemplo. A los banqueros les gustan los nobles, pero lo más importante es que debes elegir a alguien necesitado perentoriamente de dinero en efectivo. Por los servicios prestados, por ejemplo.

–¿Existen tales personas? –preguntó Becky, escéptica.

–Desde luego. De hecho, hay más desesperados que personas dispuestas a trabajar. –Daphne sonrió para tranquilizarla–. Dame una o dos semanas y te traeré una lista con tres. Ya lo verás.

–Eres fantástica.

–A cambio, espero que me hagas un pequeño favor.

–Lo que quieras.

–Nunca emplees esas palabras cuando hagas tratos con una mantis religiosa como yo, querida. De todos modos, mi deseo es muy sencillo y está en tus manos satisfacerlo. Si Charlie te invita al baile de su regimiento, debes aceptar.

–¿Por qué?

–Porque Reggie Arbuthnot ha sido lo bastante estúpido para invitarme a tan absurdo acontecimiento y no me puedo negar, si en noviembre quiero ir a cazar a su residencia de Escocia. –Becky lanzó una carcajada–. No me importa ir al baile con Reggie, pero lo que no quiero es marcharme con él. Por lo tanto, si hemos llegado a un acuerdo, te proporcionaré el memo que necesitas y tú le dirás «sí» a Charlie cuando te invite.

A Charlie no le sorprendió que Becky accediera a acompañarlo al baile del regimiento. Después de todo, Daphne ya le había explicado los detalles del trato que habían hecho. Lo que sí lo dejó aturdido fue que, cuando Becky se sentó a la mesa, sus compañeros sargentos no le quitaron los ojos de encima en toda la noche.

La cena se sirvió en un enorme gimnasio y los compañeros de Charlie no cesaban de contar anécdotas sobre sus primeros días de instrucción en Edimburgo. Sin embargo, allí terminaba la comparación, pues la comida era mucho mejor de la que Charlie había tomado en Escocia.

–¿Dónde está Daphne? –preguntó Becky, cuando depositaron frente a ella una porción de pastel de manzana cubierta de abundante crema.

–En la mesa del extremo, con todos los peces gordos –dijo Charlie, señalando con el pulgar por encima del hombro–. No puede permitir que la vean con gente como nosotros, ¿verdad?

La cena concluyó con una serie de brindis, «por todo el mundo –pensó Becky–, excepto por el rey». Charlie le explicó que el regimiento fue dispensado de ese brindis en 1835 por el rey Guillermo IV, pues su lealtad a la corona era incuestionable. Sin embargo, alzaron sus copas por las fuerzas armadas, todos y cada uno de los batallones y, finalmente, por el regimiento, al que añadieron el nombre de su antiguo coronel. A cada brindis le sucedieron ruidosos vítores. Becky observó las reacciones de los hombres sentados a su mesa y comprendió por primera vez cuántos miembros de esa generación se sentían afortunados por el mero hecho de seguir con vida.

El antiguo coronel del regimiento, sir Danvers Hamilton, baronet, DSO, CBE, monóculo en ristre, pronunció un emotivo discurso centrado en aquellos camaradas que, por una u otra razón, no se hallaban presentes esa noche. Becky vio que Charlie se ponía rígido cuando mencionaron a su amigo Tommy Prescott. Al final, todos se levantaron y brindaron por los amigos ausentes. Becky se sintió profundamente conmovida.

El coronel se sentó. Arrinconaron las mesas para que el baile diera comienzo. Daphne apareció desde la otra punta de la sala cuando sonó la primera nota emitida por la banda del regimiento.

–Ven, Charlie. No podía esperar a llevarte a la mesa de autoridades.

–Le aseguro que es un placer, señora –dijo Charlie, levantándose de su asiento–, pero, ¿qué ha sido de Reggie como-se-llame?

–Arbuthnot. He dejado al pobre hombre colgado de una debutante de Chelmsford. No te puedes imaginar lo asustada que estaba.

–¿Y por qué tenía tanto miedo? –la imitó Charlie.

–Nunca pensé que llegaría el día en que Su Majestad permitiría que alguien de Essex fuera presentado en la corte. Pero lo peor es su edad.

–¿Por qué? ¿Cuántos años tiene? –preguntó Charlie, bailando un vals con Daphne.

–Aún no estoy segura, pero tuvo la desfachatez de presentarme a su padre viudo.

Charlie estalló en carcajadas.

–No debes considerarlo divertido, Charlie Trumper, sino deplorable. Tienes mucho que aprender todavía.

Becky miró cómo Charlie bailaba con elegancia.

–Esa Daphne es estupenda –dijo el hombre sentado a su lado, que se había presentado como sargento Mike Parker y resultó ser un carnicero de Camberwell que había servido con Charlie en el Marne.

Becky aceptó su opinión sin hacer ningún comentario y cuando el sargento se levantó y solicitó el honor de bailar con ella, accedió. Procedió a transportarla por la sala de baile como si fuera una pierna de cordero camino de la cámara refrigeradora. También consiguió pisarle los pies a intervalos regulares. Por fin, devolvió a Becky a la seguridad relativa de la mesa manchada de cerveza. Becky se sentó en silencio, mientras miraba a todo el mundo divertirse, confiando en que nadie más la sacara a bailar. Sus pensamientos se centraron en Guy y en la cita que no podría seguir evitando si antes de dos semanas...

–Señorita, ¿me concede el honor de esta pieza?

Todos los que estaban sentados a la mesa se pusieron firmes cuando el coronel del regimiento acompañó a Becky hasta la pista de baile.

Descubrió que el coronel Hamilton era un experto bailarín, así como un hombre divertido y gracioso, sin mostrar las tendencias paternalistas exhibidas por los directores de banco que había conocido en los últimos tiempos. Cuando terminó la pieza el coronel invitó a Becky a la mesa de autoridades y le presentó a su esposa.

–Tengo que hacerte una advertencia –dijo Daphne a Charlie, mirando al coronel y a lady Hamilton–. Va a resultarte muy difícil ponerte a la altura de la ambiciosa señorita Salmon, pero mientras no te despegues de mí y me escuches con atención, le daremos una buena satisfacción a cambio de su dinero.

Daphne decidió, al cabo de dos bailes, que ya había cumplido su deber y que había llegado el momento de marcharse. Becky, por su parte, se alegró de escapar a las atenciones de todos los oficiales jóvenes que la habían visto bailar con el coronel.

–Tengo buenas noticias para vosotros –dijo Daphne mientras el cabriolé recorría King's Road en dirección a Chelsea Terrace.

Charlie todavía se aferraba a su botella de champaña medio vacía.

–¿Y cuál es, mi niña? –preguntó después de eructar.

–No soy tu niña –lo reprendió Daphne–. Es posible que me interese invertir en las clases bajas, Charlie Trumper, pero no olvides que no carezco de educación.

–Bien, ¿cuál es la noticia? –preguntó Becky.

–Habéis cumplido vuestra parte del trato, así que yo debo cumplir la mía.

–¿Qué quieres decir? –preguntó Charlie, medio dormido.

–Os voy a presentar una lista de tres posibles testaferros, para que resolváis, espero, vuestro problema bancario.

Charlie recobró la sobriedad al instante.

–Mi primer candidato es el segundo hijo de un conde. Sin un céntimo, pero presentable. El segundo es un baronet, que se hará cargo del trabajo por unos honorarios de profesional, pero mi *pièce de résistance* es un vizconde, cuya suerte lo abandonó en las mesas de Deauville y que ahora considera necesario rebajarse a participar en un vulgar trabajo comercial.

–¿Cuándo los conoceremos? –preguntó Charlie, intentando pronunciar bien las palabras.

–En cuanto queráis –prometió Daphne–. Mañana...

–No será necesario –dijo Becky en voz baja.

–¿Por qué, si se puede saber? –preguntó Daphne, sorprendida.

–Porque ya he elegido al hombre que será nuestro testaferro.

–¿A quién tienes en mente, cariño? ¿Al príncipe de Gales?

–No. Al coronel sir Danvers Hamilton, baronet, DSO, CBE.

–Pero si es el coronel del regimiento –dijo Charlie, dejando caer la botella de champaña al suelo del cabriolé–. Es imposible, jamás accederá.

–Te aseguro que sí.

–¿Por qué estás tan segura? –preguntó Daphne.

–Porque tenemos una cita para verlo mañana a las once en punto.

II

Daphne movió su sombrilla cuando un cabriolé se aproximó. El conductor detuvo el vehículo y se quitó el sombrero.

–¿Adónde, señorita?

–Al 172 de la calle Harley –respondió.

Las dos mujeres subieron. El conductor volvió a tocarse el sombrero y, con un suave latigazo, dirigió el caballo hacia Hyde Park Corner.

–¿Ya se lo has dicho a Charlie? –preguntó Becky.

–No, me da miedo –admitió Daphne.

Permanecieron en silencio mientras el cochero cambiaba de dirección y guiaba el caballo hacia Marble Arch.

–Tal vez no sea necesario decírselo.

–Esperemos que no –dijo Becky.

Siguió otro prolongado silencio hasta que el caballo se internó en la calle Oxford.

–¿Tu médico es un hombre comprensivo?

–Siempre lo ha sido.

–Dios mío, estoy asustada.

–No te preocupes. Durará poco y enseguida sabrás a qué atenerte.

El cabriolé se detuvo ante el 172 de la calle Harley y las dos mujeres se apearon. Mientras Becky acariciaba las crines del caballo, Daphne pagó al conductor seis peniques. Becky se volvió al oír el golpe de la aldaba de metal y subió los tres escalones para reunirse con su amiga.

Una enfermera ataviada con un almidonado uniforme azul, gorro y cuello blancos respondió con diligencia a la llamada y pidió a las dos damas que la siguieran. Recorrieron un oscuro pasillo iluminado por una única luz de gas y desembocaron en una amplia sala de espera vacía. Sobre la mesa que ocupaba el centro de la sala había ejemplares de *Punch* y *Tatler*, pulcramente alineados. Alrededor de la mesa se habían dispuesto varias sillas de aspecto cómodo. Tomaron asiento, pero ninguna habló hasta que la enfermera salió de la sala.

–Yo... –empezó Daphne.

–Si... –dijo Becky al mismo tiempo.

Ambas lanzaron carcajadas forzadas que resonaron en la sala de alto techo.

–No, tú primero –invitó Becky.

–Sólo quería saber cómo le va al coronel.

–Recibió mis instrucciones como un soldado –comentó Becky–. Mañana tenemos la primera entrevista oficial con Child y Compañía, de la calle Fleet. Le he pedido que considerara la maniobra como un ensayo general, puesto que me guardo un as bajo la manga para más entrada la semana.

–¿Y Charlie?

–Es demasiado para él. Sigue pensando en el coronel como su comandante en jefe.

–Lo mismo te pasaría a ti si Charlie hubiera sugerido que tu profesor de contabilidad acudiera cada semana al 147 para revisar las cuentas.

–A ese caballero en particular no le veo mucho últimamente. Hago los deberes precisos para no recibir una reprimenda. Mis sobresalientes se han convertido en aprobados, y por los pelos. Si no logro graduarme cuando acabe todo esto, sólo habrá un responsable.

–Serás una de las pocas mujeres licenciadas en letras. Tal vez deberías pedir que cambiaran esa denominación por otra.

–¿Cuál?

–Solterona en letras.

Rieron de lo que ambas sabían era una excusa para no abordar la razón auténtica por la que estaban allí. De pronto, la puerta se abrió y la enfermera apareció de nuevo.

–El doctor la recibirá ahora.

–¿Puedo acompañarla?

–Sí, estoy segura de que no habrá ningún problema.

Las dos mujeres se levantaron y siguieron a la enfermera por el mismo pasillo hasta llegar a una puerta blanca, en cuyo centro una pequeña placa metálica rezaba: «Doctor Fergus Gould». Un «sí» respondió a la suave llamada de la enfermera. Daphne y Becky entraron juntas en la consulta.

–Buenos días, buenos días –saludó el médico con un suave acento escocés, antes de estrecharles las manos–. Tengan la bondad de sentarse. Las pruebas han terminado y tengo excelentes noticias para usted.

Volvió a la silla situada detrás del escritorio y abrió una carpeta. Las dos sonrieron y la más alta se relajó por primera vez desde hacía días.

–Tengo el placer de comunicarle que se halla en perfectas condiciones físicas, pero como éste es su primer hijo –vio que las dos mujeres palidecían–, deberá comportarse con sensatez durante los próximos meses. Si lo hace así, no habrá complicaciones en el parto. ¿Puedo ser el primero en felicitarla?

–Dios mío, no –dijo Becky, a punto de desmayarse–. Usted dijo que las noticias eran excelentes.

–Pues sí –dijo el doctor Gould–. Di por sentado que usted se alegraría.

–Hay un problema, doctor –intervino su amiga–. No está casada.

–Ah, ya entiendo –dijo el doctor con tono preocupado–. Lo siento, no lo sabía. Si me lo hubiera dicho durante nuestra primera entrevista...

–No, la culpa es toda mía, doctor Gould. Había confiado en que...

–No, no, el culpable soy yo. Qué falta de tacto tan enorme. –El doctor Gould hizo una pausa y reflexionó–. Aunque en este país es ilegal, me han asegurado que en Suecia hay médicos excelentes que...

–Eso no es posible –dijo la embarazada–. Es contrario a lo que mis padres habrían considerado un «comportamiento aceptable».

–Buenos días, Hadlow –dijo el coronel, entrando en el banco.

Tendió al director su abrigo, sombrero y bastón.

–Buenos días, sir Danvers –replicó el director, pasando el abrigo, sombrero y bastón a un empleado–. Nos sentimos muy honrados de que haya pensado en nuestro humilde establecimiento como digno de su consideración.

Becky recordó que la habían recibido de manera muy diferente cuando visitó, semanas atrás, otro banco de similar categoría.

–¿Sería tan amable de acompañarme a mi despacho? –preguntó el director, extendiendo el brazo como un guardia de tráfico.

–Por supuesto, pero antes permítame que le presente al señor Trumper y a la señorita Salmon, mis socios en esta empresa.

–Es un placer.

El director se acomodó las gafas sobre la nariz antes de estrechar las manos de Charlie y de Becky.

Becky reparó en que Charlie estaba mucho más callado de lo habitual y tiraba del cuello de la camisa sin cesar, como si fuera demasiado estrecho. Sin embargo, después de pasar toda una mañana de la semana anterior en Savile Row, padeciendo que lo midieran de pies a cabeza para la confección de un traje nuevo, se negó a esperar un segundo más cuando Daphne insinuó que le tomaran medidas para una camisa. Daphne tuvo que adivinar a ojo su talla.

–¿Café? –preguntó el director, una vez que todos se acomodaron en su despacho.

–No, gracias –dijo el coronel.

A Becky sí le apetecía, pero comprendió que el director había dado por sentado que sir Danvers hablaba por los tres. Se mordió el labio.

–Bien, ¿en qué puedo servirle, sir Danvers?

El director se tocó el nudo de la corbata con un gesto nervioso.

–Mis socios y yo poseemos una propiedad en Chelsea Terrace, el número 147. Un negocio pequeño que progresa satisfactoriamente. –La sonrisa del director no se alteró ni un segundo–. Compramos la propiedad hace dieciocho meses por cien libras y esta inversión ha producido este año unos beneficios de cuarenta y tres libras.

–Muy satisfactorio –dijo el director–. He leído su carta y el estado de cuentas que, con tanta delicadeza, me envió mediante un mensajero.

Charlie estuvo tentado de revelarle quién había sido el mensajero.

–Sin embargo, consideramos que ha llegado el momento de expandirnos –prosiguió el coronel–, y a tal efecto necesitamos un banco que muestre un poco más de iniciativa que el establecimiento con el que hemos tratado hasta el presente, un banco que tenga los ojos puestos en el futuro. A veces nos da la impresión de que nuestros actuales banqueros viven en el siglo diecinueve. Francamente, son simples tenedores de depósitos, mientras que nosotros buscamos los servicios de un banco auténtico.

–Entiendo.

–Me tiene preocupado... –dijo el coronel, interrumpiéndose de súbito y fijando el monóculo sobre su ojo izquierdo.

–¿Preocupado?

El señor Hadlow se irguió ansiosamente en su silla.

–Su corbata, su corbata me llama la atención.

–¿Mi corbata?

El director volvió a tocar el nudo con nerviosismo.

–Sí, su corbata. No me lo diga... ¿Los Buffs?[1]

–Está usted en lo cierto, sir Danvers.

–¿Participó en alguna acción, Hadlow?

–Bien, no exactamente, sir Danvers. Tengo problemas de visión.

El señor Hadlow se puso a juguetear con sus gafas.

–Mala suerte, camarada –dijo el coronel, dejando caer el monóculo–. Bien, prosigamos. Mis colegas y yo tenemos en mente ampliar nuestro negocio, pero creo mi deber informarle de que el próximo jueves por la tarde tenemos una cita con los directores de otro banco.

–El próximo jueves por la tarde –repitió el director, después de mojar la pluma en el tintero del escritorio y añadir este dato a las otras notas.

–Pero, como sin duda habrá percibido, hemos preferido acudir antes a ustedes.

–Me siento muy halagado. Sir Danvers, ¿qué condiciones espera de este banco que el suyo no le ofrece?

El coronel guardó silencio unos instantes y Becky lo miró alarmada, pues no recordaba si le había dado instrucciones acerca de las condiciones. Ninguno de los tres pensaba que llegarían tan lejos en la primera entrevista.

1. Regimiento de East Kent. *(N. del T.)*

El coronel carraspeó.

–Si trasladamos nuestro negocio a su banco, y conscientes de las implicaciones a largo plazo, esperamos condiciones competitivas, por supuesto.

La respuesta pareció impresionar a Hadlow. Revisó las cifras que tenía frente a él.

–Bien, veo que solicitan un préstamo de doscientas cincuenta libras para adquirir los números 131 y 135 de Chelsea Terrace que, recordando su estado de cuentas, exigiría un adelanto de... –hizo una pausa, como si estuviera calculando–... ciento setenta libras, como mínimo.

–Correcto, Hadlow. Veo que ha comprendido nuestra situación de una forma admirable.

El director se permitió una sonrisa.

–Dadas las circunstancias, sir Danvers, creo que podríamos avanzarles ese préstamo, y un interés del cuatro por ciento sería aceptable para el banco y para sus socios.

El coronel vaciló hasta que captó la media sonrisa de Becky.

–Nuestros actuales banqueros nos imponen un interés del tres y medio por ciento, como sin duda sabrá –dijo el coronel.

–Pero no corren ningún riesgo –señaló el señor Hadlow–, pues se niegan a concederles un descubierto superior a cincuenta libras. Sin embargo, pienso que en este caso concreto también podríamos ofrecerles el tres y medio por ciento. ¿Qué opina?

El coronel no respondió enseguida, sino que examinó la expresión del rostro de Becky. Exhibía una amplia sonrisa.

–Creo que hablo en nombre de mis socios, al decir que consideramos su proposición muy aceptable, francamente aceptable.

Becky y Charlie asintieron con la cabeza.

–En ese caso, procederemos de inmediato a preparar la documentación. Tardará unos días, por supuesto.

–Por supuesto –dijo el coronel–. Le aseguro, Hadlow, que deseamos una larga y provechosa asociación con su banco.

El director consiguió levantarse y hacer una reverencia al mismo tiempo, algo que, en opinión de Becky, hasta a sir Henry Irving le hubiera costado lograr.

El señor Hadlow acompañó a sus nuevos clientes hasta el vestíbulo.

–¿Todavía cuentan entre sus filas con el viejo Chubby Duckworth? –preguntó el coronel.

–Lord Duckworth es el presidente de nuestra junta directiva –respondió el señor Hadlow, casi con veneración.

–Un buen hombre. Serví con él en Sudáfrica. En los Fusileros Reales. Si me lo permite, Hadlow, mencionaré nuestra entrevista de hoy a Chubby cuando lo vea en el club.

–Muy gentil de su parte, sir Danvers.

Al llegar a la puerta, el director dispensó a su ayudante y ayudó al coronel a ponerse el abrigo. Después le tendió el sombrero y el bastón, antes de despedirse de sus nuevos clientes.

–No dude en llamarme en cualquier momento –fueron sus últimas palabras, acompañadas de otra reverencia, y esperó hasta que los tres se perdieron de vista.

Ya en la calle, el coronel dobló a toda prisa la esquina y se detuvo junto al árbol más cercano. Becky y Charlie corrieron tras él, sin saber qué pasaba.

–¿Se encuentra bien, señor? –preguntó Charlie cuando lo alcanzaron.

–Me encuentro bien, Trumper, muy bien, pero preferiría enfrentarme a un grupo de bandoleros afganos que pasar por esto otra vez. Bueno, ¿qué tal lo hice?

–Estuvo magnífico –dijo Becky–. Le juro que si se hubiera quitado los zapatos y ordenado a Hadlow que les sacara brillo, se habría servido de su pañuelo para frotárselos al instante.

–Bien –confirmó el coronel–. Creo que ha ido muy bien, ¿verdad?

–Perfecto –dijo Becky–. No lo ha podido hacer mejor. Iré a John D. Wood esta tarde y entregaré el depósito de ambas tiendas.

–Doy gracias a Dios por sus instrucciones, señorita Salmon –dijo el coronel, irguiéndose en toda su estatura–. Habría sido usted un oficial de primera.

–Lo considero como un gran cumplido, coronel –respondió Becky y sonrió.

–¿No está de acuerdo, Trumper? Menuda socia se ha buscado –añadió el coronel.

–Sí, señor –dijo Charlie, mientras el coronel avanzaba a grandes zancadas por la calle–, pero me gustaría preguntarle algo que me preocupa.

–Adelante, Trumper, dispare.

–Si usted es amigo del presidente del banco –empezó Charlie, procurando mantener el paso del coronel–, ¿por qué no fuimos a verlo directamente?

El coronel se detuvo.

–Mi querido Trumper –explicó–, no se visita al presidente de un banco cuando se pide un préstamo de sólo doscientas cincuenta libras. De todas formas, le diré que no pasará mucho tiempo hasta que tengamos que consultarlo. Sin embargo, en este momento existen otras necesidades más acuciantes.

–¿Otras necesidades? –preguntó Charlie.

–Sí, Trumper. Necesito un whisky, ¿sabe? –dijo el coronel, mirando un letrero que se agitaba sobre una taberna, al otro lado de la calle–. Y puestos a tomarlo, que sea doble.

–¿De cuánto estás? –preguntó Charlie, cuando Becky se presentó al día siguiente para darle la noticia.

–De cuatro meses –contestó evitando mirarlo a los ojos.

–¿Por qué no me lo dijiste antes? –preguntó Charlie con tono herido mientras ponía el letrero de cerrado y subía la escalera.

–Confiaba en que no sería necesario –dijo Becky y lo siguió al interior del piso.

–Supongo que habrás escrito a Trentham.

–No. Tengo la intención, pero aún no lo he hecho.

Becky prefirió ordenar la habitación en lugar de estar cara a cara con Charlie.

–¿Tienes la intención? Tendrías que habérselo dicho a ese bastardo hace semanas. Debería ser el primero en saberlo. Al fin y al cabo, es el responsable de este jodido lío, si me perdonas la expresión.

–No es tan fácil, Charlie.

–¿Se puede saber por qué?

–Significaría el fin de su carrera y Guy vive para el regimiento. Es como tu coronel: habría sido injusto pedirle que renunciara a la carrera militar cuando sólo contaba veintitrés años.

–No se parece en nada al coronel. En cualquier caso, es lo bastante joven para establecerse y trabajar como los demás.

–Está casado con el ejército, Charlie, no conmigo. ¿Por qué arruinar ambas vidas?

–Debería saber lo que ocurre y que elija.

–No le queda ninguna opción, Charlie, y tú lo sabes. Volvería a casa en el siguiente barco y se casaría conmigo. Es un hombre honorable.

–Conque un hombre honorable, ¿eh? –preguntó Charlie–. Bien, si tan honorable es, me vas a prometer una cosa.

–¿Qué?

–Le escribirás esta misma noche y le contarás la verdad.

–Muy bien –dijo Becky, tras unos segundos de vacilación.

–¿Esta noche?

–Sí, esta noche.

–Y también informarás a sus padres de lo sucedido.

–No. No esperes que haga eso, Charlie –dijo ella, mirándolo a los ojos.

–¿Y cuál es el motivo esta vez? ¿Temes arruinar sus carreras?

–No, pero si lo hiciera, su padre insistiría en que Guy volviera y se casara conmigo.

–¿Y qué hay de malo en eso?

–Su madre diría que engatusé a su hijo o algo peor...

–¿Peor?

–Que ni siquiera es hijo suyo.

–¿Quién lo creería?

–Todos los que quisieran hacerlo.

–Pero eso no es justo.

–La vida tampoco, como diría mi padre. Tengo que madurar algún día, Charlie. Tú lo hiciste en el frente occidental.

–Bien, ¿qué vamos a hacer ahora?

–¿Vamos?

–Sí, vamos. Todavía somos socios, ¿no? ¿O lo has olvidado?

–Para empezar, tendré que buscar otro sitio donde vivir. No sería justo para Daphne...

–En menuda amiga se ha convertido.

–Para ambos –dijo Becky cuando Charlie se puso en pie, hundió las manos en los bolsillos y empezó a dar vueltas por la pequeña habitación. Esa actitud recordó a Becky la época en que habían ido juntos al colegio.

–Imagino que no... –dijo Charlie.

Esta vez le tocó a él no poder mirarla a la cara.

–¿Qué?

–Imagino que no... –repitió.

–¿Sí?

–¿Considerarías la idea de casarte conmigo?

Hubo un largo silencio antes de que una sorprendida Becky reuniera fuerzas para contestar:

–¿Y Daphne?

–¿Daphne? No creerás que tenemos ese tipo de relación. Es verdad que me ha dado clases nocturnas, pero no de las que piensas. En cualquier caso, sólo ha habido un hombre en la vida de Daphne y desde luego no es Charlie Trumper, por la sencilla razón de que ha sabido desde el primer momento que sólo hay una mujer en mi vida.

–Pero...

–Te he amado durante mucho tiempo, Becky.

–Oh, Dios mío –exclamó Becky, llevándose las manos a la cabeza.

–Lo siento. Pensaba que lo sabías. Daphne me dijo que las mujeres saben esas cosas.

–No tenía ni idea, Charlie. He sido tan ciega como estúpida.

–No he mirado a otra mujer desde el día que volví de Edimburgo. Me hice la ilusión de que acabarías por amarme.

–Siempre te querré pero me temo que es de Guy de quien estoy enamorada.

–Guy tiene una suerte que no se merece. Pensar que yo te conocí primero. ¿Sabes que tu padre me echó un día de la tienda cuando oyó que te llamaba «Posh Porky» a tus espaldas? –Becky sonrió–. Siempre me las he arreglado para hacerme con todo lo que deseaba. ¿Cómo he podido dejarte escapar?

Becky fue incapaz de mirarlo.

–Es un oficial, claro, y yo no. Eso lo explica todo.

Charlie dejó de pasear por la habitación y la miró cara a cara.

–Eres un general, Charlie.

–Pero no es lo mismo, ¿verdad?

12

Chelsea Terrace, 97
SW3 Londres
20 de mayo de 1920

Querido Guy:

Ésta es la carta más difícil que he escrito en mi vida. De hecho, no tengo claro por dónde empezar. Han pasado casi tres meses desde que te fuiste a la India y ha ocurrido algo que, en mi opinión, debes saber cuanto antes. He ido a ver al médico de Daphne, de la calle Harley, y...

Becky se detuvo, repasó con cuidado las frases que había escrito, arrugó la hoja y la tiró a la papelera que tenía a sus pies. Se levantó, se desperezó y empezó a pasear por la habitación, confiando en hallar una nueva excusa para no continuar su tarea. Ya eran las doce y media, hora de irse a la cama, con la convicción de que estaba demasiado cansada para proseguir..., aunque sabía que no podría dormir hasta terminar la carta.

Volvió al escritorio y trató de sentarse antes de examinar la frase interrumpida. Becky cogió la pluma.

Chelsea Terrace, 97
SW3 Londres
20 de mayo de 1920

Querido Guy:

Temo que esta carta te coja por sorpresa, sobre todo después de las noticias irrelevantes que te comuniqué hace tan sólo un mes. Sin embargo, he procurado no escribirte nada importante desde entonces, confiando en que mis temores fueran infundados. Por desgracia, no es éste el caso, y las circunstancias me han superado.

Después de pasar el rato más maravilloso de mi vida la noche anterior a tu partida a la India, no me vino la regla al mes siguiente, pero no quise preocuparte con el problema, confiando en que...

«Oh, no», pensó Becky, y rompió su último intento epistolar antes de tirar los trozos de papel a la papelera. Fue a la cocina para prepararse una taza de té. Después de la segunda taza volvió de mala gana al escritorio y se acomodó de nuevo

Chelsea Terrace, 97
SW3 Londres
20 de mayo de 1920

Querido Guy:

Espero que todo te vaya bien en la India y que no te hagan trabajar mucho. Te añoro más de lo que puedo expresar, pero estos tres meses de separación han pasado volando por la cercanía de los exámenes y la convicción *de Charlie de que va a convertirse en el próximo señor Selfridge. De hecho, creo que te encantará saber que tu antiguo comandante en jefe, el coronel sir Danvers Hamilton, se ha convertido...*

–Y, a propósito, estoy embarazada –dijo Becky en voz alta, rasgando la tercera carta.

Tapó la pluma, convencida de que había llegado el momento de dar una vuelta a la manzana. Cogió el abrigo, bajó corriendo la escalera y salió a la calle.

Becky vagó por la calle desierta, sin ser consciente de la hora. Se sintió complacida al ver los letreros de «Vendido» en los escaparates de los números 131 y 135. Se detuvo un momento frente a la tienda de antigüedades, se protegió los ojos con las manos y miró por el escaparate. Descubrió horrorizada que el señor Rutherford se había llevado absolutamente todo, incluso las lámparas de gas y la repisa que ella creía fija a la pared. «Eso me enseñará a examinar con más cuidado un documento de oferta la próxima vez», pensó. Siguió mirando el espacio vacío, mientras una rata correteaba sobre el suelo.

–Quizá deberíamos abrir una tienda de animales –dijo en voz alta.

–¿Perdón, señorita?

Becky se giró en redondo y vio que un policía comprobaba el pomo de la puerta del 133, para asegurarse de que el local estaba bien cerrado.

–Oh, buenas tardes, agente –dijo Becky con timidez, sintiéndose culpable sin motivo alguno.

–Son casi las dos de la mañana, señorita, y usted ha dicho «Buenas tardes».

–¿De veras? –dijo Becky, consultando su reloj–. Oh, sí, es verdad. Qué tonta soy. Vivo en el 97. –Comprendiendo que las explicaciones eran necesarias añadió–: No podía dormir, de modo que decidí dar un paseo.

–En ese caso, lo mejor es que ingrese en la policía. La tendrán de pie toda la noche.

–No, gracias, agente –respondió Becky–. Creo que volveré a mi piso y trataré de dormir. Buenas noches.

–Buenas noches, señorita –dijo el policía, tocándose el casco a guisa de saludo antes de comprobar si la tienda de antigüedades estaba bien cerrada.

Becky se dirigió con paso decidido hacia Chelsea Terrace, abrió la puerta del 97, subió la escalera hasta el piso, se quitó el abrigo y se encaminó hacia el escritorio. Se detuvo un momento para coger la pluma y empezó a escribir.

Las palabras, por una vez, fluyeron con facilidad, pues sabía exactamente lo que quería decir.

Chelsea Terrace, 97
SW3 Londres
20 de mayo de 1920

Querido Guy:

He intentado pensar en cien maneras diferentes de comunicarte lo que me ha sucedido desde que te fuiste a la India y al fin he llegado a la conclusión de que sólo la verdad tiene sentido.

Estoy embarazada de catorce semanas de tu hijo. La idea me ha llenado de alegría, pero al mismo tiempo la temo. Alegría porque eres el único hombre al que he amado y temor por la influencia negativa que esta noticia causaría en tu futuro en el regimiento.

Debo decirte, en primer lugar, que no es mi deseo perjudicar tu carrera obligándote a contraer matrimonio. Un acuerdo forzado por el sentimiento de culpa, que te obligaría a vivir el resto de tu vida como una farsa, por culpa de lo ocurrido entre nosotros en una sola ocasión, sería inaceptable para ambos.

Por mi parte, no pienso ocultar mi total devoción hacia ti, pero de no ser recíproca jamás accedería a sacrificar una carrera tan prometedora en el altar de la hipocresía.

Sin embargo, querido, no dudes de mi gran amor por ti, ni de mi constante interés por tu prometedor futuro y por tu bienestar, hasta el punto de negar tu participación en el caso, si así lo desearas.

Guy, siempre te adoré, y no dudes de mi inquebrantable lealtad, sea cual sea la decisión que tomes.

Con todo mi amor.

Becky

No pudo contener las lágrimas al releer la carta. Estaba doblándola cuando la puerta del dormitorio se abrió y una somnolienta Daphne apareció ante ella.

–¿Te encuentras bien, querida?

–Sí, sólo un poco mareada –explicó Becky–. Decidí que necesitaba respirar un poco de aire fresco.

Introdujo la carta en un sobre.

–Ahora que estoy levantada, ¿quieres una taza de té? –preguntó Daphne.

–No, gracias. Ya he bebido dos.

–Bien, yo sí la tomaré.

Daphne desapareció en la cocina.

Becky cogió su pluma al instante y escribió la dirección en el sobre:

Capitán Guy Trentham

2º Batallón de los Fusileros Reales

Cuartel Wellington

Poona (INDIA)

CORREO MARÍTIMO

Salió del piso, echó la carta al buzón de la esquina de Chelsea Terrace y volvió antes de que el agua de la tetera hubiera hervido.

Aunque Charlie recibió una carta de Sal desde Canadá, en la cual le comunicaba la llegada de su último sobrino o sobrina, y Grace le visitaba siempre que podía escaparse de su trabajo en el hospital, Kitty lo iba a ver en raras ocasiones. Y siempre con el mismo propósito.

–Sólo necesito un par de libras, Charlie, para salir del apuro –explicó, mientras se dejaba caer en una silla a los pocos momentos de entrar en la habitación.

Charlie miró a su hermana. Aunque sólo era dieciocho meses mayor que él, parecía ya una mujer entrada en la treintena. Aquella bonita silueta que atraía todas las miradas del East End ya no se adivinaba bajo el holgado jersey. Su rostro sin maquillar aparecía abotargado y surcado de arrugas.

–La última vez sólo fue una libra –le recordó Charlie–. Y no ha pasado mucho tiempo.

–Pero mi hombre me dejó entretanto, Charlie. Vivo sola otra vez, sin un techo bajo el que guarecerme. Nos harás un favor a todos.

Continuó mirándola, agradeciendo mentalmente que Becky no hubiera vuelto de sus clases, aunque sospechaba que Kitty venía únicamente cuando estaba segura de que la caja estaba llena y Becky no se hallaba presente.

–Espera un momento –dijo él, tras unos instantes de silencio.

Se levantó de la silla y bajó a la tienda. Comprobó que los empleados no lo veían y sacó dos libras y diez chelines de la caja. Subió al piso con aire de resignación.

Kitty lo estaba esperando junto a la puerta. Charlie le tendió los cuatro billetes. Su hermana casi se los arrebató de la mano. Después, apretándolos en su mano enguantada, se marchó sin despedirse.

Charlie la siguió escalera abajo y vio que cogía un melocotón de la pirámide situada en una esquina de la tienda, antes de salir a la calle y marcharse con paso apresurado.

Charlie era el responsable de hacer caja aquella noche; nadie podría averiguar la cantidad exacta que le había dado.

–Acabarás comprando este banco, Charlie Trumper –dijo Becky, sentándose a su lado.

–El día que posea todas las tiendas de la manzana, querida –contestó él, volviéndose para mirarla–. ¿Cuándo nacerá el crío?

–El doctor opina que faltan unas cinco semanas.

–¿Ya has preparado el piso para el nuevo inquilino?

–Sí, gracias a que Daphne me deja seguir viviendo en él.

–La echo de menos.

–Yo también, aunque nunca la había visto más feliz desde que los guardias escoceses licenciaron a Percy.

–Apuesto a que no tardarán mucho tiempo en anunciar su compromiso.

–Ojalá –dijo Becky, mirando al otro lado de la calle.

Tres letreros Trumper, dorado sobre fondo azul, resplandecían frente a ella. La verdulería continuaba produciendo buenos beneficios y tenía la impresión de que Bob Makins había crecido desde su regreso del servicio militar. La carnicería había perdido algunos clientes tras la jubilación del señor Kendrick, pero se recuperó cuando Charlie contrató a Mike Parker para sustituirlo.

–Ojalá sea mejor carnicero que bailarín –comentó Becky cuando Charlie le comunicó que había contratado al sargento Parker. En cuanto a la tienda de ultramarinos, el nuevo orgullo y gozo de Charlie, había florecido desde el primer día. Los empleados sospechaban que Charlie tenía el don de estar en las tres tiendas a la vez.

–Ha sido un golpe genial transformar la tienda de antigüedades en un colmado.

–De modo que ahora te consideras un tendero, ¿no?

–Por supuesto que no; soy un sencillo verdulero, como siempre.

–Me pregunto si les dirás lo mismo a las chicas cuando seas el dueño de toda la manzana.

–Aún tardaré bastante. ¿Qué indica el balance de las dos tiendas nuevas?

–Arrojan una ligera pérdida durante el primer año.

–Pero rendirán beneficios –protestó Charlie–. El colmado va a...

–No chilles tanto. ¿Quieres que el señor Hadlow y sus colegas se enteren de que nos va mucho mejor de lo que habíamos previsto?

–Eres una mujer perversa, Rebecca Salmon, no cabe la menor duda.

–No dirás lo mismo, Charlie Trumper, cuando me necesites para ir mendigando el próximo préstamo.

–Si eres tan lista, explícame por qué no puedo apoderarme de la librería –dijo Charlie, señalando el número 141, donde una única luz era la prueba de que el edificio continuaba habitado–. Hace semanas que no entra un cliente y si lo hace alguien es para preguntar el camino a Brompton Road.

–No tengo ni idea –dijo Becky–. Ya he sostenido una larga charla con el señor Sneddles sobre la compra de la propiedad, pero no está interesado. Desde que su esposa murió, encargarse de la tienda ha sido su única razón de vivir.

–¿Para hacer qué? ¿Quitar el polvo a libros viejos y ordenar en sus estanterías manuscritos antiguos?

–Se siente feliz leyendo a William Blake y a sus amados poetas bélicos. Se contenta con vender un par de libros al mes y mantener la tienda abierta. No todo el mundo desea ser millonario... como Daphne no para de recordarme.

–Es posible. ¿Por qué no le ofreces al señor Sneddles ciento cincuenta guineas por la propiedad y se la alquilas por diez guineas al año? De esta forma, caerá directamente en nuestras manos cuando muera.

–Cuesta mucho satisfacerte, Charlie Trumper, pero si eso es lo que quieres, lo intentaré.

–Eso es lo que quiero, Rebecca Salmon, de modo que adelante.

–Haré lo que pueda, aunque tal vez no te hayas enterado de que voy a tener un niño y, al mismo tiempo, estudio para graduarme.

–Esa combinación no me parece muy acertada. De todos modos, también te necesito para que me des otro empujoncito.

–¿Otro empujoncito?

–Fothergill's.

–La tienda de la esquina.

–Ni más ni menos. Ya sabes lo que siento por las tiendas que hacen chaflán, señorita Salmon.

–Desde luego, señor Trumper. También sé muy bien que no tienes ni idea de bellas artes, ni mucho menos de subastador.

–No mucho, lo admito, pero después de un par de visitas a la calle Bond, donde observé lo que sucede en Sotheby's, seguido de un corto paseo a St. James's para echar un vistazo a su único rival, Christie's, llegué a la conclusión de que tu título nos servirá de algo.

Becky enarcó las cejas.

–Ardo en deseos de saber cómo has planificado el resto de mi vida.

–Cuando hayas obtenido ese título –continuó Charlie, sin hacer caso del comentario–, quiero que solicites un empleo en Sotheby's o Christie's, me da igual cualquiera de los dos, donde pasarás de tres a cinco años, aprendiendo todo lo que hacen. Cuando pienses que estés preparada para marcharte, les robarás el empleado que consideres más capacitado y volverás para tomar las riendas del número 1 de Chelsea Terrace.

–Te sigo escuchando, Charlie Trumper.

–Bien, Rebecca Salmon, tienes el cacumen de tu padre para los negocios. Espero que te guste la palabra. Combina eso con lo que siempre te ha gustado y con un talento innato, y el fracaso es imposible.

–Gracias por el cumplido, pero ¿puedo preguntarte, sin apartarnos del tema, cómo encaja el señor Fothergill en tu plan maestro?

–No encaja.

–¿Qué quieres decir?

–Lleva tres años perdiendo dinero sin parar. En este momento, el valor de la propiedad y la venta de sus mejores existencias sólo servirían para cubrir las pérdidas. No durará mucho tiempo. Ya sabes qué se espera de ti.

–Claro que lo sé, señor Trumper.

Una vez finalizado septiembre, hasta Becky empezó a aceptar que Guy no tenía intenciones de contestar a su carta.

En agosto, Daphne les dijo que se había encontrado con la señora Trentham en Goodwood. La madre de Guy aseguró que su hijo no sólo se lo pasaba bien en la India, sino que esperaba en cualquier momento ser ascendido a mayor. Daphne mantuvo a duras penas su promesa de guardar silencio sobre el estado de Becky.

A medida que se acercaba el día del parto, Charlie procuró que Becky no perdiera el tiempo yendo a la compra y encargó a una dependienta del 147 que la ayudara a limpiar el piso. Becky los acusó de mimarla demasiado.

Llegado el noveno mes, Becky ni siquiera se preocupaba de examinar el correo de la mañana. La opinión de Daphne sobre el capitán Trentham, invariable desde el principio, empezaba a ganar visos de credibilidad. Le sorprendió la rapidez con que se borraba de su recuerdo, a pesar de que le faltaba poco para dar a luz a su hijo.

El hecho de que casi todo el mundo pensara que Charlie era el padre, agravado por la circunstancia de que él nunca lo negaba, sumía en la turbación a Becky.

Charlie no le quitaba ojo a dos tiendas cuyos propietarios, en su opinión, no tardarían en ponerlas a la venta, pero Daphne no quería ni oír hablar de más negocios hasta que el niño naciera.

–No quiero que Becky se vea mezclada en ninguno de tus dudosos proyectos hasta que tenga el niño y termine sus estudios. ¿Me he expresado con claridad?

–Sí, señora –dijo Charlie, chocando los talones.

No le comentó que la semana anterior Becky había cerrado el trato con el señor Sneddles y que la librería pasaría a su poder cuando el viejo muriera. Tan sólo una cláusula del acuerdo le desagradaba porque no sabía muy bien cómo iba a desembarazarse de tantos libros.

–La señorita Becky acaba de telefonear –susurró Bob al oído del jefe una tarde, mientras Charlie atendía a una clienta–. Dice que si puede ir a buscarla ahora mismo. Cree que el niño está a punto de nacer.

–Pero si aún le faltan dos semanas –dijo Charlie, quitándose el delantal.

–Sólo pidió que se diera prisa, señor Trumper.

–¿Ha llamado a la comadrona? –preguntó Charlie, abandonando a un cliente cargado de artículos y cogiendo el abrigo.

–No tengo ni idea, señor.

–Bien, hágase cargo de la tienda, porque es posible que no vuelva.

Charlie dejó a la sonriente cola de compradores, corrió hacia el 97, subió la escalera como una exhalación, abrió la puerta y entró como una tromba en el cuarto de Becky.

Se sentó en la cama a su lado y le cogió la mano. Pasó un rato antes de que uno de los dos hablara.

–¿Has llamado a la comadrona? –preguntó él por fin.

–Por supuesto que lo ha hecho –dijo una voz detrás de Charlie. Una enorme mujer entró en la habitación. Vestía un viejo impermeable marrón, demasiado pequeño para su envergadura, y llevaba un bolso de piel negro. A juzgar por la agitación de sus pechos, subir la escalera le había costado un gran esfuerzo–. Soy la señora Westlake y trabajo en el hospital de San Esteban. Espero haber llegado a tiempo. –Becky asintió. La comadrona se volvió hacia Charlie–. Ponga agua a hervir, y dése prisa.

El tono de su voz indicaba que no estaba acostumbrada a que la cuestionaran. Charlie, sin decir palabra, saltó de la cama y salió del cuarto.

La señora Westlake depositó su gran maletín en el suelo y tomó el pulso a Becky.

–¿Con qué frecuencia se producen las contracciones? –preguntó.

–Cada veinte minutos.

–Excelente. No tendremos que esperar mucho.

Charlie apareció en la puerta, con un caldero de agua caliente.

–¿Puedo ayudar en algo más?

–Sí, desde luego que sí. Necesito todas las toallas limpias que pueda transportar con ambas manos y no le haría ascos a una taza de té.

Charlie salió corriendo de la habitación.

–Los maridos son un incordio en estos casos –afirmó la señora Westlake–. Lo mejor es mantenerlos ocupados.

Becky iba a explicar la condición real de Charlie cuando las contracciones se repitieron.

–Respire lenta y profundamente, querida –aconsejó la señora Westlake en tono cariñoso.

Charlie volvió con tres toallas y una olla de agua caliente. Sin volverse para ver quién era, la señora Westlake ordenó:

–Deje las toallas en el aparador, vierta el agua en el cuenco más grande que encuentre y vuelva a llenar la olla, para que tenga agua caliente a mano siempre que la necesite.

Charlie desapareció sin decir esta boca es mía.

–Ojalá me hiciera tanto caso a mí –dijo Becky, admirada.

–Oh, no se preocupe, querida. Mi marido no sirve para nada y tenemos siete hijos.

Charlie empujó la puerta con el pie al cabo de dos minutos y dejó una olla de agua hirviente sobre la mesilla de noche.

–Sobre aquella mesa –indicó la señora Westlake–. Y procure no olvidarse de mi té. Después necesitaré más toallas.

Becky exhaló un gemido.

–Cójame la mano y siga respirando profundamente –dijo la comadrona.

Charlie no tardó en reaparecer con otra olla de agua; se le ordenó que vaciara el caldero para volverlo a llenar.

–Espere fuera hasta que lo llame –dijo la señora Westlake cuando Charlie completó su tarea.

Charlie salió del cuarto, cerrando la puerta a su espalda. Tuvo la impresión de que preparaba incontables tazas de té y transportaba infinitas ollas de agua, de un lado a otro, irrumpiendo siempre con la equivocada en el peor momento, hasta que fue expulsado del dormitorio y lo dejaron pasear arriba y abajo de la cocina, sumido en aciagos presentimientos. Después, escuchó un débil llanto.

Becky vio que la comadrona sostenía a su hijo por una pierna y le daba un suave cachete en el culo.

–Es mi momento favorito –confesó la señora Westlake–. Me gusta traer críos al mundo.

Envolvió al bebé en un paño de cocina y se lo entregó a la madre.

–¿Es...?

–Un niño, me temo –dijo la comadrona–. Así no es probable que el mundo progrese ni un ápice. Tendrá que fabricar una hija la próxima vez. Si él aún está en forma –añadió, señalando con el pulgar la puerta cerrada.

–Pero es que él... –probó de nuevo Becky.

–Inútil, lo sé. Como todos los hombres. –La señora Westlake

abrió la puerta del dormitorio y llamó a Charlie–. Todo ha terminado, señor Salmon. Puede dejar de dar vueltas como un idiota y conocer a su hijo.

Charlie entró con tanta prisa que casi derribó a la comadrona. Se detuvo a los pies de la cama y contempló la diminuta figura que Becky sostenía en brazos.

–Es muy feo, ¿no? –dijo Charlie.

–Bien, sabemos muy bien de quién es la culpa –replicó la comadrona–. Esperemos que éste no termine con la nariz rota. En cualquier caso, lo que usted necesita cuanto antes es una hija, como ya le he explicado a su esposa. Por cierto, ¿cómo van a llamarlo?

–Daniel George –dijo Becky sin vacilar–. Por mi padre –explicó, mirando a Charlie.

–Y el mío –dijo Charlie mientras se acercaba a la cabecera de la cama y rodeaba a Becky con el brazo.

–Bien, me voy, señora Salmon, pero volveré a primera hora de la mañana.

–En realidad, soy la señora Trumper –dijo Becky–. Salmon es mi apellido de soltera.

–Oh –exclamó la comadrona, desconcertada por primera vez–. Han equivocado los apellidos al escribirlos. Bien, hasta mañana, señora Trumper –se despidió la comadrona, cerrando la puerta.

–¿Señora Trumper? –preguntó Charlie.

–He tardado mucho tiempo en sentar cabeza, ¿no cree usted, señor Trumper?

DAPHNE

1918-1921

13

Confieso que, cuando abrí la carta, tardé un poco en recordar quién era Becky Salmon. Después me acordé de que en St. Paul's había una alumna extremadamente brillante, más bien llenita, que respondía a ese nombre. Poseía una reserva inagotable de bollos de crema. Si la memoria no me falla, lo único que le di a cambio fue un libro de arte que una tía de Cumberland me regaló unas Navidades.

De hecho, cuando pasé a sexto superior, la precoz lumbrera ya estaba en sexto inferior, a pesar de que yo le llevaba dos años.

Después de leer su carta por segunda vez, me resultó imposible imaginar por qué quería verme y pensé que la única forma de averiguarlo era invitarla a tomar el té en mi piso de Chelsea.

Cuando vi a Becky, apenas la reconocí. No sólo había perdido sus buenos diez kilos, sino que se había convertido en la modelo ideal de aquellos anuncios de Pepsodent que llevaban los tranvías, esa chica de rostro lozano que exhibe una hilera de dientes perfectos. Tengo que admitir que la envidié.

Becky me explicó que sólo necesitaba una habitación en Londres mientras acudiera a la universidad. Me sentí encantada de acogerla. Después de todo, mi madre había declarado en varias ocasiones lo mucho que desaprobaba mi decisión de vivir sola en un piso y no entendía cuál era mi problema con el número 26 de Lowndes Square, la residencia londinense de la familia. Apenas pude esperar a comunicarle a mamá, y también a papá, la noticia de que había encontrado una compañera adecuada, como tantas veces me habían exigido.

–¿Quién es esa chica? –inquirió mi madre cuando fui a pasar el fin de semana en Harcourt Hall–. ¿La conocemos?

–Creo que no, mamá –respondí–. Una antigua compañera de St. Paul's. Una empollona.

–¿Quieres decir una marisabidilla? –remató mi padre.

–Sí, has captado la idea, papá. Estudia historia del Renacimiento en un lugar llamado Bedford, o algo por el estilo.

–No sabía que las mujeres podían licenciarse –dijo mi padre–. Debe de encajar en la visión de la nueva Inglaterra que tiene ese maldito galés canijo.

–Deja de describir a Lloyd George de esa manera –lo reprendió mi madre–. Al fin y al cabo, es nuestro primer ministro.

–Es posible que sea el tuyo, querida, pero no el mío. Toda la culpa es de las sufragistas –añadió mi padre, abundando en una de sus muchas conclusiones erróneas.

–Querido, echas la culpa de casi todo a las sufragistas –le recordó mi madre–, incluida la cosecha del año pasado. Sin embargo, volviendo a esta chica, me da la impresión de que va a ejercer una influencia benéfica en ti, Daphne. ¿De dónde has dicho que son sus padres?

–No lo he dicho –repliqué–, pero creo que su padre era un comerciante del East y la próxima semana iré a tomar el té con su madre.

–¿Singapur[1], tal vez? –dijo papá–. Se hacen gran cantidad de negocios por allí, caucho y todas esas cosas.

–No, no creo que se dedicara al caucho, papá.

–Bien, sea lo que sea, trae a esa chica una tarde a tomar el té –insistió mi madre–, o incluso un fin de semana. ¿Le gusta cazar?

–No, creo que no, mamá, pero la invitaré a tomar el té dentro de poco, para que podáis examinarla de pies a cabeza.

Debo confesar que la idea de tomar el té con la madre de Becky para darle la oportunidad de comprobar que yo era la clase de chica apropiada para su hija, también me divertía. Al fin y al cabo, yo estaba completamente segura de no serlo. Por lo que recordaba, nunca había ido más al este de Aldwych, y la idea de ir a Essex me entusiasmaba más que viajar al extranjero. Por fortuna, el viaje a Romford transcurrió sin incidentes, en especial porque Hoskins, el chófer de mi padre, conocía bien el camino. Así me enteré de que había nacido en un lugar llamado Dagenham, todavía más hundido en el corazón de la selva de Essex.

1. Juego de palabras difícil de traducir: ella se refiere al East End, y su padre se lo toma como Oriente. *(N. del T.)*

Hasta aquel momento ignoraba que existiera ese tipo de gente. No eran criados, ni profesionales liberales, ni miembros de la nobleza, y no voy a fingir que me extasiara Romford. Sin embargo, la señora Salmon y su hermana, la señorita Roach, fueron de lo más hospitalarias. La señora Salmon era una mujer práctica, sensata y temerosa de Dios, capaz de preparar una mermelada excelente para el té, de modo que no fue un viaje desaprovechado del todo.

Becky se trasladó a mi piso la semana siguiente y me quedé horrorizada al descubrir que trabajaba como una loca. Se pasaba todo el día en Bedford, volvía a casa para comer un emparedado, bebía un vaso de leche y seguía estudiando hasta caer dormida, mucho después de que yo me hubiera ido a la cama. Nunca conseguí entender de qué le servía aquel despliegue de energías.

Después de la disparatada visita de Becky a John D. Wood supe de la existencia de Charlie Trumper y de sus ambiciones. Becky se tomó tantas molestias sólo porque había vendido el carretón sin consultar a Charlie. Me consideré en la obligación de decirle que dos de mis antepasados fueron decapitados por tratar de robar al condado y que uno fue enviado a la Torre de Londres por alta traición. Me di cuenta de que tenía un pariente que había pasado sus últimos días en las proximidades del East End.

Como de costumbre, Becky sabía que su criterio era atinado. No cesaba de repetir:

–Sólo son cien libras.

–Y no las tienes.

–Tengo cuarenta y estoy convencida de que la inversión es tan buena que no tendré demasiadas dificultades para reunir las sesenta que faltan. Al fin y al cabo, Charlie es capaz de vender bloques de hielo a los esquimales.

–¿Cómo te propones llevar la tienda en su ausencia? –inquirí–. ¿Te ocuparás entre una clase y otra?

–Daphne, no seas tan frívola. Charlie se hará cargo de la tienda en cuanto vuelva de la guerra. No creo que falte mucho.

–La guerra ha terminado hace varias semanas –le recordé–. Y a tu Charlie no le hemos visto el pelo.

–No es mi Charlie –puntualizó Becky.

Sea como fuere, durante el mes siguiente no perdí de vista a Becky y muy pronto fue evidente que no podría reunir el dinero.

Era demasiado orgullosa para reconocerlo, incluso ante mí. En consecuencia, decidí hacer otra visita a Romford.

–Señorita Harcourt-Browne, es una sorpresa muy agradable –me aseguró la madre de Becky cuando me presenté por las buenas en la casita de Belle Vue Road.

He de señalar en mi defensa que, si hubiera tenido teléfono, habría informado a la señora Salmon de mi llegada inminente. Necesitaba cierta información que sólo ella podía proporcionarme antes de que se cumpliese el plazo –información que no sólo salvaría las apariencias de su hija, sino su economía– y no estaba dispuesta a confiar en el correo.

–Espero que Becky no esté en dificultades –dijo la señora Salmon, como primera reacción al verme en la puerta de su casa.

–Claro que no –la tranquilicé–. Nunca había visto tan animada a su hija.

–Lo que ocurre es que desde la muerte de su padre me preocupo por ella –explicó la señora Salmon.

Cojeó ligeramente al guiarme hasta la sala que estaba tan impecable como el día que fuimos a tomar el té. Sobre la mesa instalada en el centro de la sala reposaba una frutera. Le pedí a Dios que a la señora Salmon no se le ocurriera aparecer por el 97 sin avisarme con un año de antelación.

–¿En qué puedo ayudarla? –preguntó la señora Salmon después de enviar a la señorita Roach a la cocina para que preparase el té.

–He pensado hacer una inversión en una verdulería de Chelsea –expliqué–. En John D. Wood me han dicho que se trata de una propuesta sólida, pese a la actual escasez de alimentos y a los crecientes problemas con los sindicatos... mejor dicho, será un buen negocio si consigo un encargado de primera. –La sonrisa de la señora Salmon se convirtió en expresión de desconcierto–. Becky ha puesto por las nubes a un tal Charlie Trumper y he venido con el propósito de recabar su opinión sobre el caballero en cuestión.

–Puedo asegurarle que no es un caballero –afirmó la señora Salmon sin vacilaciones–. Sería más correcto definirlo como un patán ignorante.

–¡Qué desilusión! –exclamé–. Es lamentable, pues Becky me llevó a pensar que su difunto marido tenía un elevado concepto del señor Trumper.

–Ya lo creo, pero como vendedor de frutas y verduras. De hecho, me atrevería a asegurar que mi difunto marido opinaba que el joven Charlie acabaría siendo tan bueno como su abuelo.

–¿Era muy bueno?

–Aunque yo no me codeaba con gente de esa calaña, usted me entiende –explicó la señora Salmon–, me dijeron que Charlie era lo mejor que había en Whitechapel.

–Me alegro. ¿Y es honrado?

–Nunca he oído lo contrario –reconoció la señora Salmon–. Dios sabe que está dispuesto a trabajar todo el santo día pero, si me lo permite, señorita Harcourt-Browne, me atrevería a decir que no es su tipo.

–Señora Salmon, sólo pensaba darle trabajo, no invitarlo a asistir conmigo al palco real de Ascot.

En ese momento apareció la señorita Roach con la bandeja del té: pastelitos de mermelada y *éclairs* bañados con nata. Eran tan deliciosos que me quedé mucho más de lo previsto.

A la mañana siguiente visité a John D. Wood y entregué el cheque por las noventa libras que faltaban. Visité a mi abogado y le pedí que redactara el contrato. Cuando lo leí no me enteré de nada.

En cuanto Becky supo lo que yo había hecho tuve que imponer duras condiciones porque estaba segura de que se ofendería si no le demostraba que con mi participación obtenía algo que valía la pena.

Nada más convencerse de que era sí, Becky me entregó treinta libras para reducir la deuda. Se tomó muy en serio la nueva empresa, pues al cabo de pocas semanas consiguió un joven de una tienda de Kensington que se hizo cargo de Trumper's hasta el regreso de Charlie. Además, siguió trabajando durante horas que, francamente, para mí no existían. Nunca logré que me explicase el sentido de levantarse antes de que saliera el sol.

En cuanto Becky se adaptó a la nueva rutina, una noche la invité a la ópera, para ver *La Bohème*, con dos amigos. Hasta entonces no se había mostrado interesada en participar en mis salidas, sobre todo con sus nuevas responsabilidades en la tienda. En esta ocasión le supliqué que se sumara al grupo pues mi amiga se había echado atrás en el último momento y yo necesitaba desesperadamente una sustituta.

–Pero no tengo nada que ponerme –dijo.

–Elige cualquier cosa mía que te guste –respondí, acompañándola a mi dormitorio.

Comprendí que le resultaba difícil rechazar ese ofrecimiento. Salió una hora después, ataviada con un vestido largo de color turquesa que me hizo recordar el aspecto que tenía cuando lo exhibió la modelo por primera vez.

–¿Quiénes son tus invitados? –preguntó Becky.

–Algernon Fitzpatrick. Es el mejor amigo de Percy Wiltshire; ya sabes, el hombre que todavía ignora que voy a casarme con él.

–¿Y quién completa el grupo?

–Guy Trentham. Es un capitán de los Fusileros Reales, un regimiento simplemente aceptable. Acaba de llegar del frente occidental, donde se dice que hizo un buen papel. Cruz Militar y todo eso. Nacimos en el mismo pueblo de Berkshire y crecimos juntos, aunque confieso que no tenemos mucho en común. Muy atractivo, pero con reputación de mujeriego, así que ve con cuidado.

Yo diría que *La Bohème* fue un gran éxito, a pesar de que Guy no paró de sonreír impúdicamente a Becky durante el segundo acto, aunque mi amiga no pareció demostrar el menor interés por él.

No obstante, para mi sorpresa, Becky no dejó de darme la tabarra con el hombre en cuanto llegamos al piso. Su aspecto, su sofisticación, su encanto... Caí en la cuenta de que en ningún momento habló de su carácter. Conseguí irme a la cama por fin, pero no antes de asegurar a Becky, para su satisfacción, de que sus sentimientos, sin duda, eran correspondidos.

De hecho, me convertí sin querer en la celestina del romance en ciernes. Al día siguiente, Guy me pidió que invitara de su parte a la señorita Salmon a ver una obra en el West End. Becky aceptó, por supuesto, pero yo ya le había dicho a Guy que lo haría.

Después de esa salida a Haymarket me crucé constantemente con ellos y empecé a temer que si la relación adquiría mayor seriedad sólo podía terminar, como decía mi niñera, en llantos. Me arrepentí de haberlos presentado. Había dado por sentado que Becky era demasiado sensata para caer en las garras de alguien como Guy Trentham, pero sobre gustos no hay nada escrito.

A pesar de todo, las residentes del 97 recuperaron el equilibrio durante unas pocas semanas... hasta que Charlie fue desmovilizado.

Después de su vuelta, tardaron bastante en presentármelo formalmente, pero cuando lo conocí tuve que admitir: «No los hacen así en Berkshire». Sucedió durante la cena que compartimos en aquel espantoso restaurante italiano de la misma calle de mi piso.

Para ser sincera, no podría calificar la velada de éxito descomunal, en parte porque Guy no hizo el menor esfuerzo por ser sociable, pero sobre todo porque Becky tampoco se esforzó en que Charlie participara en la conversación. Me descubrí formulando y respondiendo a la mayoría de las preguntas. En cuanto a Charlie, parecía un poco torpe.

Después de la cena, mientras volvíamos a casa, sugerí que dejáramos solos a Becky y Guy. Charlie me invitó a entrar en su tienda y no pudo resistir la tentación de detenerse para explicar cómo había cambiado todo desde que él había tomado las riendas. Su entusiasmo habría convencido al inversor más escéptico, pero lo que más me impresionó fue su conocimiento de un negocio al que yo no había dedicado, hasta el momento, ni un segundo de mi tiempo. Fue entonces cuando tomé la decisión de ayudar a Charlie en sus dos empresas.

No me sorprendió descubrir que estaba muy enamorado de Becky y que, por su parte, Becky se hallaba tan fascinada por Guy que ni siquiera era consciente de la existencia de Charlie. Empecé a forjar un plan para el futuro de Charlie durante uno de sus largos monólogos sobre las virtudes de la muchacha. Decidí que debía recibir otro tipo de educación, tal vez diferente de la de Becky, pero no menos valiosa para el futuro que él deseaba.

Le aseguré a Charlie que Guy pronto se hartaría de Becky, pues lo mismo había ocurrido con varias chicas que se habían cruzado en su camino anteriormente. Le dije a Charlie que debía ser paciente y que, tarde o temprano, la manzana caería en su regazo. También le expliqué quién era Newton.

Supuse que aquellas lágrimas de las que tanto hablaba mi niñera empezarían a derramarse en cuanto Becky fuera invitada a pasar un fin de semana en Ashurst con los padres de Guy. Me las arreglé para que los Trentham me invitaran a tomar el té el domingo por la tarde, pues tenía el propósito de darle mi apoyo moral a Becky en caso de que lo necesitara.

Llegué poco después de las tres y cuarenta, hora que siempre he considerado apropiada para tomar el té, y me encontré con la señora Trentham rodeada de cubiertos y vajillas de plata, pero completamente sola.

–¿Dónde están los felices enamorados? –pregunté, entrando en la sala de estar.

–Daphne, si te refieres, con tu habitual grosería, a mi hijo y a la señorita Salmon, ya han regresado a Londres.

–Juntos, supongo.

–Sí, aunque te aseguro que no comprendo lo que ha visto mi querido muchacho en ella. –La señora Trentham me sirvió una taza de té–. Por lo que a mí respecta, la encuentro sumamente vulgar.

–Tal vez sea su aspecto y su inteligencia –insinué, justo cuando el mayor entraba en la sala.

Sonreí al hombre, que conocía desde niña y al que trataba como a un tío.

El único misterio que me intrigaba de él era saber por qué había terminado casándose con Ethel Hardcastle.

–¿Guy también se ha marchado? –preguntó.

–Sí, ha vuelto a Londres con la señorita Salmon –dijo la señora Trentham por segunda vez.

–Oh, que pena. Parecía una chica muy interesante.

–Del tipo provinciano –dijo la señora Trentham.

–Tengo la impresión de que a Guy se le cae la baba por ella –comenté, esperando una reacción.

–Dios no lo permita –dijo la señora Trentham.

–Dudo que Dios tenga algo que ver con su relación –repliqué, disfrutando del desafío.

–Pues yo sí –saltó la señora Trentham–. No tengo la menor intención de permitir que mi hijo se case con la hija de un tendero del East End.

–No entiendo por qué –intervino el mayor–. Al fin y al cabo, ¿no lo era también tu abuelo?

–Gerald, por favor. Mi abuelo fundó y estableció un próspero negocio en Yorkshire, no en el East End.

–Pues entonces, nuestra única divergencia reside en el emplazamiento –dijo el mayor–. Recuerdo muy bien que tu padre me dijo, con cierto orgullo, debería añadir, que su padre había fundado el negocio en la parte posterior de un cobertizo, cerca de Huddersfield.

–Gerald… Estaría exagerando.

–Nunca me pareció una persona propensa en la exageración –replicó el mayor–. Todo lo contrario, un hombre bastante sincero, y astuto, a mi entender.

–Debió de ser hace mucho tiempo –dijo la señora Trentham.

–Aún más, sospecho que viviremos para ver a los hijos de Rebecca Salmon prosperar más que nuestros jodidos iguales.

–Gerald, no me gusta que utilices con tanta frecuencia la palabra «jodidos». Todos padecemos la influencia de ese dramaturgo socialista, el señor Shaw, y su espantoso *Pigmalión*, que me parece una obra sobre la señorita Salmon.

–No creo –intervine–. Después de todo, Becky saldrá de la Universidad de Londres con una licenciatura en Letras, más de lo que toda mi familia ha logrado en su conjunto durante once siglos.

–Es posible –coincidió la señora Trentham–, pero no es el requisito que considero adecuado para impulsar la carrera militar de Guy, sobre todo ahora que el regimiento parte hacia la India para completar su servicio.

Esta información me pilló por sorpresa. Estaba segura de que Becky tampoco lo sabía.

–Y cuando vuelva a esta tierra –continuó la señora Trentham–, le buscaré una esposa de buena cuna, bastante dinero y hasta un poco de inteligencia. Es posible que Gerald haya fracasado, por culpa de mezquinos prejuicios, en llegar a coronel del regimiento, pero no permitiré que a Guy le pase lo mismo, te lo aseguro.

–Yo no era lo bastante bueno, eso es todo –gruñó Gerald–. Sir Danvers era más idóneo para el puesto y, en cualquier caso, tú eras la única que deseaba verme con los galones de coronel.

–De todos modos, creo que después de los resultados de Guy en Sandhurst…

–Logró situarse en la mitad superior –le recordó el mayor–. No puede afirmarse que obtuviera la Espada Honorífica, querida.

–Pero le concedieron la Cruz Militar en el campo de batalla, y una mención…

El mayor gruñó de una manera especial, dando a entender que ya habían discutido el tema en ocasiones anteriores.

–Tengo la absoluta confianza –prosiguió la señora Trentham– de que Guy llegará a ser coronel del regimiento, y no me importa decirte que ya he elegido a la muchacha que le apoyará en esta empresa. Después de todo, las esposas pueden hacer o destruir una carrera, ¿no crees, Daphne?

–En eso estoy de acuerdo contigo, querida –masculló el mayor.

Volví a Londres, tranquilizada al pensar que, después de aquel encontronazo, la relación de Becky con Guy se rompería. La verdad es que cada vez que veía a Guy, me gustaba menos.

Cuando volví al piso por la noche, encontré a Becky sentada en el sofá, temblorosa y con los ojos enrojecidos.

–Ella me odia –fueron sus primeras palabras.

–Todavía no te aprecia –le contesté, según creo recordar–, pero te aseguro que el mayor piensa que eres una chica estupenda.

–Es muy amable de su parte. Me enseñó toda la propiedad.

–Querida, trescientas cincuenta hectáreas no merecen el nombre de propiedad. Tal vez finca, pero propiedad no, desde luego.

–¿Crees que Guy dejará de salir conmigo después de lo que ha ocurrido en Ashurst?

Quise decir «eso espero», pero conseguí morderme la lengua.

–Si es un hombre de carácter, no –repliqué diplomáticamente.

Y Guy salió con ella la semana siguiente, pero jamás volvió a hablar de su madre o del infortunado fin de semana.

De todos modos, yo creía que mis planes a largo plazo para Charlie y Becky marchaban sobre ruedas, hasta que al volver a casa de un largo fin de semana descubrí, horrorizada, uno de mis vestidos favoritos tirado en el suelo. Seguí el rastro de las prendas hasta llegar a la puerta del dormitorio de Becky, que abrí con cuidado para descubrir, horrorizada, más prendas de mi propiedad caídas a un lado de la cama, junto con las de Guy. Yo confiaba en que Becky habría descubierto tiempo atrás sus intenciones y no le habría permitido llegar a esa fase.

Guy inició su viaje a la India el día siguiente, y Becky, nada más partió él, empezó a decir que estaban prometidos a todo aquel que la escuchaba, aunque no llevaba el anillo correspondiente ni periódico alguno publicaba el anuncio que confirmaba su versión de los hechos.

–La palabra de Guy me vale –afirmaba y te dejaba sin respuesta.

Esa noche regresé al piso y la encontré dormida en mi cama. Durante el desayuno Becky me contó que Charlie la había dejado allí y no dio más explicaciones.

El domingo siguiente por la tarde decidí ir a tomar el té en casa de los Trentham. Según la madre de Guy, su hijo le había asegurado que no se había visto con la señorita Salmon desde su partida prematura de Ashurst, hacía más de seis meses.

–Pero eso no es... –empecé, y no completé la frase al recordar que le había prometido a Becky no informar a la madre de Guy sobre sus asuntos.

Unas semanas más tarde, Becky me dijo que no le venía la regla. Juré que guardaría el secreto, pero no dudé en informar a Charlie aquel mismo día. La noticia lo trastornó. Lo peor era que debía seguir fingiendo ignorancia cada vez que veía a Becky.

–Juro que mataré a Trentham si vuelve a Inglaterra –no dejaba de repetir, interrumpiendo uno de sus incesantes paseos por la sala de estar.

–Si vuelve a Inglaterra, se me ocurren al menos tres padres de chicas que yo conozco que se sentirían muy dichosos de ahorrarte la tarea.

–¿Qué se supone que debo hacer? –me preguntó Charlie por fin.

–No gran cosa. Sospecho que el tiempo, y doce mil kilómetros de distancia, se convertirán en tus mejores aliados.

El coronel también entraba en la categoría de los que matarían gustosamente a Guy Trentham a la menor oportunidad. En su caso, por el honor del regimiento y todo eso. Incluso llegó a murmurar algo siniestro sobre una visita al mayor Trentham para contarle la verdad. Yo quise decirle que el mayor no representaba ningún problema, pero dudaba que el coronel, aun con su gran experiencia en todo tipo de enemigos, se hubiera enfrentado con alguien tan tortuoso como la señora Trentham.

Fue por esa época cuando desmovilizaron a Percy Wiltshire de la Guardia Escocesa. Ya habían dejado de preocuparme las llamadas telefónicas de su madre. Siempre había dado por sentado, durante aquellos espantosos años que iban de 1916 a 1919, que un día llegaría un mensaje anunciando la muerte de Percy en el frente occidental, como les había ocurrido a su padre y a su hermano mayor. Pasarían años antes de que confesara a la marquesa viuda que me aterrorizaba oír su voz al otro extremo de la línea telefónica.

Un día, de repente, Percy me pidió que me casara con él. Temí desde aquel momento que la preocupación por nuestro futuro común y las visitas a sus múltiples parientes me impidieran cumplir mi deber con Becky, a pesar de que la había autorizado a tomar plena posesión del piso. Casi antes de que me diera cuenta, Becky dio a luz al pequeño Daniel.

Abrigué la esperanza de que fuese capaz de afrontar el ineludible estigma.

Varios meses después del bautizo, a mi regreso de un fin de semana en el campo con la madre de Percy, decidí visitar el piso por sorpresa.

Cuando Charlie abrió la puerta para recibirme, observé que llevaba un periódico bajo el brazo, y que Becky, sentada en el sofá, parecía estar zurciendo un calcetín. El pequeño Daniel gateó velozmente hacia mí. Cogí al niño en brazos antes de que se lanzara de cabeza por la escalera.

–Me alegro muchísimo de verte, Daphne –dijo Becky, levantándose de un salto–. Han pasado siglos. Deja que te prepare una taza de té.

–Gracias –respondí–. Sólo vine para averiguar si estáis libres el... –Posé la mirada en un pequeño óleo que colgaba encima de la chimenea–. ¡Es un cuadro realmente hermoso!

–Estoy segura de que lo has visto muchas veces –afirmó Becky–. Al fin y al cabo, Charlie lo tenía en...

–Pues no, nunca lo he visto –respondí sin saber a qué apuntaba Becky.

14

El día en que la tarjeta ribeteada de oro llegó a Lowndes Square, Daphne colocó la invitación entre la que solicitaba su presencia en el recinto real de Ascot y la orden de asistir a la fiesta que se celebraría en los jardines del palacio de Buckingham. Sin embargo, consideró que esta invitación en particular permanecería sobre la repisa de la chimenea para que todos la vieran mucho tiempo después de que Ascot y el palacio fueran relegados a la papelera.

Aunque Daphne había pasado una semana en París, seleccionando tres vestidos para tres ocasiones diferentes, el más espléndido de todos lo iba a guardar para la ceremonia de graduación de Becky, que describió a Percy como el «gran acontecimiento».

Su prometido (si bien no se había acostumbrado aún a pensar en Percy de esta forma) también reconoció que nunca lo habían invitado a semejante ceremonia.

El general de brigada Harcourt-Browne sugirió a su hija que Hoskins los llevara en el Rolls al paraninfo de la universidad y confesó cierta envidia por no haber sido invitado.

Cuando por fin llegó aquella mañana, Percy acompañó a Daphne a almorzar al Ritz y, tras repasar por enésima vez la lista de invitados y los himnos que se cantarían durante la ceremonia, dedicaron su atención a los detalles del acontecimiento de la tarde.

–Espero que no me hagan preguntas raras –dijo Daphne–, porque te aseguro que no sabré qué contestar.

–Oh, estoy seguro de que no tendremos problemas, cariño –dijo Percy–, aunque nunca he acudido a una colación. Los de Wiltshire no tenemos fama de molestar a las autoridades con cuestiones culturales –añadió, con una de sus risas tan parecidas a una tos.

–Has de quitarte esa costumbre, Percy. Si quieres reír, ríe. Si quieres toser, tose.

–Lo que tú digas, cariño.

–Y deja de llamarme «cariño». Tengo veintitrés años y mis padres me pusieron un nombre perfectamente aceptable.

–Lo que tú digas, cariño –repitió Percy.

–No has escuchado ni una palabra de lo que he dicho. –Daphne consultó su reloj–. Creo que es hora de ponernos en camino. Procuremos no llegar tarde esta vez.

–Muy bien –contestó él y llamó a un camarero para que les trajera la cuenta.

–¿Tienes idea de adónde vamos, Hoskins? –preguntó Daphne, mientras el chófer abría la portezuela del Rolls.

–Sí, señora. Me tomé la libertad de estudiar la ruta mientras usted y Su Señoría visitaban Escocia el mes pasado.

–Buena idea, Hoskins –dijo Percy–. De lo contrario, podríamos pasarnos el resto de la tarde dando vueltas en círculo.

Mientras Hoskins ponía en marcha el coche, Daphne miraba al hombre que amaba y pensaba en lo afortunada que había sido su elección. La verdad era que lo había elegido a los dieciséis años y jamás dudó de que era el hombre adecuado por más que el propio Percy no lo supiera. Siempre había pensado que Percy era maravilloso, amable, considerado y cariñoso; distinguido, si bien no exactamente apuesto. Cada noche daba gracias a Dios porque había regresado sano y salvo de esa guerra espantosa. Desde el momento en que Percy le comunicó que se iba a Francia a servir con la Guardia Escocesa, Daphne pasó los tres años más desdichados de su vida. Dio por sentado que cada carta, cada mensaje, cada llamada telefónica era para informarle de su muerte. Otros hombres intentaron cortejarla durante su ausencia, pero todos fracasaron, pues Daphne, al igual que Penélope, aguardaba pacientemente el regreso de su amado. Sólo aceptó el hecho de que seguía con vida cuando lo vio bajar por la pasarela del barco en Dover. Daphne siempre recordaría las primeras palabras que pronunció Percy al verla.

–Qué sorpresa verte aquí, cariño. Menuda coincidencia.

Percy jamás se refería al ejemplo dado por su padre, aunque el *Times* había dedicado media página a la nota necrológica sobre el difunto marqués. Describían su acción en el Marne, al desmantelar una batería alemana sin ayuda de nadie, como «una de las grandes victorias de la guerra». Cuando, un mes después, el hermano mayor de Percy cayó en Ypres, Daphne pensó en las numerosas familias que estaban padeciendo la misma y espantosa experiencia. Ahora, Percy heredó el título: duodécimo marqués de Wiltshire. De décimo a duodécimo en cuestión de semanas.

–¿Estás seguro de que vamos en la dirección correcta? –preguntó Daphne cuando el Rolls se internó en la avenida Shaftesbury.

–Sí, señora –respondió Hoskins, que había decidido llamarla de esta forma a pesar de que aún no se había casado con Percy.

–Te está ayudando a acostumbrarte a la idea, cariño –sugirió Percy, antes de volver a toser.

Daphne se sintió muy complacida cuando Percy le dijo que había decidido renunciar a su destino en la Guardia Escocesa para responsabilizarse de las propiedades familiares. A pesar de lo mucho que lo admiraba cuando lo veía ataviado con el uniforme azul oscuro, con sus cuatro botones de metal, separados por idéntica distancia, las botas de caballería y el divertido gorro a cuadros rojos, blancos y azules, no quería casarse con un hombre de armas, sino con un terrateniente. Pasar la vida en la India, África y las colonias nunca la había atraído.

Al doblar por la calle Malet, vieron un grupo de gente que subía la escalinata de piedra de un edificio monumental.

–¡Tiene que ser el paraninfo de la universidad! –exclamó, como si se hubiera topado con una pirámide aún no descubierta.

–Sí, señora –contestó Hoskins.

–Acuérdate, Percy... –empezó Daphne.

–¿Sí, cariño?

–De no hablar a menos que te hablen a ti. En esta ocasión no nos hallamos en terreno familiar y no quiero que nos dejen en ridículo. Bien, ¿has traído la invitación y los billetes especiales donde constan nuestros asientos?

–Los he guardado en algún sitio.

Empezó a rebuscar en sus bolsillos.

–Están en el bolsillo superior izquierdo de su chaqueta, Su Señoría –dijo Hoskins y detuvo el coche.

–Sí, claro –dijo Percy–. Gracias, Hoskins.

–Ha sido un placer, Su Señoría –recitó Hoskins.

–Sigue a la muchedumbre –le ordenó Daphne– y aparenta que haces lo mismo cada semana.

Rebasaron a varios porteros y ujieres uniformados, hasta que un empleado examinó sus billetes y los acompañó a la fila M.

–En el teatro nunca me había sentado tan atrás –dijo Daphne.

–Sólo una vez he estado tan atrás en el teatro –admitió Percy–, cuando los alemanes ocupaban el escenario.

Tosió de nuevo. Se quedaron sentados en silencio, con la mirada clavada al frente, esperando que algo ocurriera. El escenario estaba vacío, a excepción de catorce sillas, dos de las cuales, situadas en el centro, casi podían describirse como tronos.

A las dos y cincuenta y cinco minutos dos hombres y dos mujeres ataviados con lo que a Daphne le parecieron largas batas negras, con bufandas escarlatas que colgaban de sus cuellos, aparecieron en el escenario uno tras otro, tomando asiento en sus respectivos lugares. Sólo los dos tronos siguieron vacantes. A las tres en punto la atención de Daphne se desvió hacia el coro al sonar una fanfarria de trompetas que anunció la llegada de los ilustres invitados. Todos los presentes se pusieron en pie cuando el rey y la reina entraron para ocupar sus puestos, en el centro del escenario. Todo el mundo, excepto la pareja real, permaneció en pie hasta que finalizaron los últimos acordes del himno nacional.

–Bertie tiene muy buen aspecto, dentro de todo –dijo Percy y volvió a sentarse.

–Cállate –dijo Daphne–. Nadie más lo conoce.

Un anciano vestido con larga toga negra, la única persona que continuaba de pie, esperó a que todo el mundo se acomodara antes de dar un paso adelante, dedicar una reverencia a la pareja real y dirigirse al público.

Después de que el rector, sir Russell Russell-Wells, hablara durante un tiempo considerable, Percy se volvió hacia su prometida.

–¿Cómo va a aguantar uno esta sarta de disparates, teniendo en cuenta que renunció al latín en segundo año?

–Yo sólo sobreviví un año a esa asignatura.

–Entonces, tampoco serás de gran ayuda, cariño –susurró Percy.

Alguien sentado en la fila de delante se volvió y les lanzó una mirada feroz.

Daphne y Percy se esforzaron en guardar silencio durante el resto de la ceremonia, aunque ella consideró necesario colocar de cuando en cuando una firme mano sobre la rodilla de Percy, que se removía en la incómoda silla de madera.

–El rey está muy cómodo –susurró Percy–. Tiene un mullido almohadón donde asentar sus posaderas.

Por fin llegó el momento que ambos esperaban.

El rector, que continuaba leyendo la lista de honor, había llegado por fin a los apellidos que comenzaban con la letra «T».

–Señora de Charles Trumper, del colegio Bedford, licenciada en letras –anunció en aquel momento.

Los aplausos se redoblaron, como cada vez que una mujer había subido los peldaños para recibir su título de manos del monarca. Becky se inclinó ante el rey mientras éste colocaba sobre su toga lo que el programa llamaba la «muceta de púrpura» y le hacía entrega de un rollo de pergamino. Becky hizo otra reverencia; retrocedió dos pasos y regresó a su asiento.

–Yo no lo habría hecho mejor –reconoció Percy, uniéndose a los aplausos–. No es difícil averiguar quién la ha aleccionado –añadió.

Daphne se ruborizó. Continuaron sentados hasta que el rector llegó a la «Z» y concluyó la entrega de diplomas. Por fin escaparon al jardín, donde se celebraba la fiesta.

–No los veo por ningún sitio –dijo Percy, describiendo un lento círculo en mitad del jardín.

–Ni yo –contestó Daphne–, pero sigue mirando. Tienen que estar en alguna parte.

–Buenas tardes, señorita Harcourt-Browne.

Daphne se giró en redondo.

–Ah, hola, señora Salmon, me alegro de verla. Qué sombrero tan encantador, señorita Roach. Percy, te presento a la madre de Becky, la señora Salmon, y a su tía, la señorita Roach. Mi prometido…

–Encantada de conocerlo, Señoría –dijo la señora Salmon, preguntándose si le iban a creer en el Círculo Femenino de Romford cuando lo contara.

–Debe de estar muy orgullosa de su hija –dijo Percy.

–Sí, lo estoy, Señoría.

La señorita Roach se mantenía tiesa como una estatua, sin dar su opinión.

–Y ahí tenemos a nuestra pequeña erudita –dijo Daphne.

–Daphne, por fin. ¿Dónde te habías metido? –dijo Becky, separándose de un grupo de recién graduados.

–Te estaba buscando.

Las dos muchachas se fundieron en un abrazo.

–¿Has visto a mi madre? –preguntó Becky.

–Estaba aquí hace un momento –dijo Daphne, mirando a su alrededor.

–Creo que ha ido a buscar unos emparedados –indicó la señorita Roach.

–Muy típico de mamá –afirmó una radiante Becky.

–Hola, Percy –saludó Charlie–. ¿Cómo va todo?

–Bien –respondió Percy y tosió–. Te felicito, Becky.

La señora Salmon volvió con una gran bandeja llena de emparedados.

–Si Becky ha heredado el sentido común de su madre, señora Salmon –dijo Daphne, mientras cogía un emparedado de pepino para Percy–, se desenvolverá bien en el mundo real, pues sospecho que no quedarán muchos emparedados como éstos dentro de quince minutos. –Cogió uno de salmón ahumado para ella–. ¿Estabas muy nerviosa cuando subiste al escenario? –preguntó, volviendo su atención a Becky.

–Desde luego, y cuando el rey me puso la muceta en la cabeza, estuvieron a punto de fallarme las piernas. Después, para colmo, volví a mi sitio y descubrí que Charlie estaba llorando.

–Eso no es verdad –protestó su marido.

Becky, sin decir nada, lo cogió del brazo.

–Me gusta esa cosa púrpura –dijo Percy–. Creo que quedaré muy guapo si me pongo una en el baile de Cazadores del año próximo. Daphne, ¿qué opinas?

–Percy, se supone que has de trabajar muy duro antes de que te den permiso para embellecerte con una muceta.

Todos se volvieron para ver quién había hablado.

Percy bajó la cabeza.

–Su Majestad estáis en lo cierto, como siempre. Debo añadir, señor, que mucho me temo, a la vista de mi expediente actual, que jamás seré merecedor de esta distinción.

–La verdad, Percy –dijo jovialmente el rey–, es que me sorprende un poco encontrarte en esta reunión.

–Estoy aquí por una amiga de Daphne –explicó Percy.

–Daphne, querida, me alegro mucho de verte –dijo el rey–. Aún no había tenido la oportunidad de felicitaros por vuestro compromiso.

–Ayer mismo recibí una amable nota de la reina, Majestad. Es un honor para nosotros que acudáis a nuestra boda.

–Sí, estamos verdaderamente encantados –dijo Percy–. ¿Me permitís presentaros a la señora Trumper, a la que habéis entregado su título?

Becky estrechó la mano del rey por segunda vez.

–Su marido, el señor Charles Trumper. La madre de la señora Trumper, la señora Salmon. Su tía, la señorita Roach.

El rey estrechó las manos de los cuatro.

–La felicito, señora Trumper. Espero que el título le proporcione grandes satisfacciones.

–Voy a trabajar en Sotheby's, Majestad, como aprendiza en el departamento de bellas artes.

–Excelente. Le deseo, pues, que continúen sus éxitos. Encantado de haberla conocido, señora Trumper. Espero verte el día de la boda, si no antes, Percy.

El rey saludó con la cabeza y se dirigió hacia otro grupo.

–Un buen tipo –dijo Percy–. Acercarse para saludarnos ha sido todo un detalle.

–No tenía ni idea de que conocías… –empezó Becky.

–Bueno, para ser sincero, mi tata tata tata tatarabuelo intentó asesinar a su tata tata tata tatarabuelo. De haber tenido éxito, habríamos intercambiado los papeles. Siempre ha sido muy comprensivo acerca del asunto.

–¿Y qué le ocurrió a tu tata tata tata tatarabuelo? –preguntó Charlie.

–Fue condenado al exilio, y con mucha razón, debería añadir. De lo contrario, el muy bellaco lo habría intentado de nuevo.

–¡Santo Dios! –exclamó Becky y lanzó una carcajada.

–¿De qué te ríes? –preguntó Charlie.

–Acabo de descubrir quién era el tata tata tata tatarabuelo de Percy[1].

Daphne no consiguió ver a Becky antes de la boda. Las últimas semanas de preparativos transcurrieron volando. Sin embargo, averiguó cómo marchaba todo en Chelsea Terrace, después de encontrarse con el coronel y su esposa en la recepción ofrecida por lady Denham en Onslow Square. El coronel le informó, *sotto voce*, que Charlie había saldado todas sus deudas con el banco, así como con los acreedores pendientes. Daphne sonrió al recordar que Charlie le había devuelto, con su estilo habitual, el último plazo de la deuda meses antes de lo convenido.

–Y ya le ha echado el ojo a otra tienda –añadió el coronel.

–¿Cuál es esta vez?

–La panadería... El número 145.

–El ramo del padre de Becky –dijo Daphne–. ¿Confían en hacerse con la tienda?

–Sí, yo diría que sí, aunque me temo que, esta vez, Charlie tendrá que pagar más de lo acostumbrado.

–¿Por qué?

–La panadería está al lado de la verdulería y el señor Reynolds conoce muy bien las intenciones de Charlie. Sin embargo, Charlie ha tentado al señor Reynolds ofreciéndole el puesto de encargado más una parte de los beneficios.

–Ummm. ¿Cuánto tiempo cree que durará el trato?

–El que tarde Charlie en dominar de nuevo el oficio de panadero.

–¿Y Becky?

–Ha empezado a trabajar en Sotheby's. Como empleada en el mostrador.

–¿Empleada en el mostrador? –se extrañó Daphne–. ¿Para qué sirve esforzarse tanto por obtener un título si luego terminas de vulgar recepcionista?

–Por lo visto, todo el mundo empieza igual en Sotheby's, inde-

1. La broma se refiere, obviamente, a Ricardo Corazón de León y Juan sin Tierra. *(N. del T.)*

pendientemente de los títulos que aporte. Becky me lo explicó. Tanto da que seas hijo de un presidente, que hayas trabajado durante varios años en alguna galería de arte importante del West End, que poseas un título o ninguno; siempre empiezas en el mostrador. Cuando descubren que eres bueno te ascienden a un departamento especializado. Muy parecido al ejército, ¿verdad?

–¿Qué departamento le apetece a Becky?

–Por lo visto, quiere trabajar con un anciano llamado Pemberton, reconocido experto en pintura renacentista.

–Apuesto a que no durará más de dos semanas en el mostrador.

–Charlie no comparte la pobre opinión que tienes de Becky.

–¿Cuánto tiempo le calcula?

–Diez días a lo sumo –replicó el coronel y sonrió.

15

Siempre que el correo matutino llegaba a Lowndes Square, Wentworth, el mayordomo, depositaba las cartas en una bandeja de plata y las llevaba al estudio del general de brigada, donde éste apartaba las dirigidas a él antes de devolver la bandeja al mayordomo. Wentworth, a continuación, entregaba las cartas restantes a las señoras de la casa.

Sin embargo, desde que el compromiso de su hija había sido anunciado en el *Times*, con el consiguiente envío de unas quinientas invitaciones a la inminente boda, al general de brigada lo aburría el proceso de clasificar la correspondencia y dio instrucciones a Wentworth en el sentido de que recorriera la ruta inversa, a fin de que sólo le entregara las cartas dirigidas a su nombre.

Un lunes de aquel junio de 1921 por la mañana, Wentworth llamó a la puerta del dormitorio de la señorita Daphne, entró al recibir el permiso y le hizo entrega del voluminoso correo. Daphne separó las cartas dirigidas a su madre y a ella, y devolvió las pocas que quedaban a Wentworth, que se inclinó e inició su nueva ruta.

Daphne saltó de la cama en cuanto Wentworth salió de la habitación, dejó la pila de cartas sobre el tocador y fue al cuarto de baño. Poco después de las diez y media, sintiéndose con fuerzas para afrontar los rigores del día, volvió al tocador y empezó a abrir las cartas. Aceptaciones y disculpas debían ordenarse en pilas diferentes, con el fin de marcarlas con cruces y tacharlas en la lista principal. Su madre podría calcular de esta forma el número exacto de comensales y sentarlos según los cánones al uso. El resultado final de las treinta y una cartas de esa mañana arrojó un resultado de veintidós «síes», incluyendo una princesa, un vizconde, dos nobles más, un embajador y los queridos coronel y lady Hamilton. También había cuatro «noes», que abarcaban a dos matrimonios que en esa fecha estarían en el extranjero, a un tío entrado en años y gravemente enfermo de diabetes y a otro cuya hija había tenido la desdichada idea de casarse el mismo día que Daphne. Después de proceder a tachar y marcar los nombres en la lista, Daphne dedicó su atención a las cinco cartas restantes.

Una resultó ser de su tía Agatha, de ochenta y siete años, que residía en Cumberland y que había anunciado previamente su no comparecencia en la boda, pues pensaba que el viaje a Londres le resultaría agotador. Sin embargo, tía Agatha sugería la posibilidad de que Daphne y Percy viajaran al norte para visitarla en cuanto volvieran de la luna de miel, pues deseaba conocer al joven.

–Desde luego que no –dijo Daphne en voz alta–. En cuanto regrese a Inglaterra tendré que hacer cosas más importantes que preocuparme por las tías ancianas. Leyó después la posdata:

Y cuando vengas a Cumberland, querida, será el momento ideal para que me aconsejes sobre mi testamento, porque no sé bien a quién dejar mis cuadros, en especial el Canaletto, que se merece un buen hogar, en mi opinión.

«Vieja retorcida», pensó Daphne, sabiendo que tía Agatha escribía la misma posdata a todos sus parientes, por lejanos que fueran, para de esta forma no pasar casi ningún fin de semana sola.

La segunda carta era de Michael Fishlock y Cía., los especialistas en banquetes, que incluía un presupuesto para suministrar té a ochocientos invitados en Vincent Square inmediatamente antes de la boda. Daphne consideró excesiva la cantidad de trescientas guineas, pero apartó el presupuesto a un lado sin pensarlo dos veces, para que su padre lo examinara más tarde. También separó dos cartas dirigidas a su madre y que no le concernían.

Reservó la quinta carta para el final, fascinada por el colorido de los sellos. La corona real, rodeada por un óvalo, se hallaba estampada en la esquina derecha, sobre las palabras «Diez anas»[1].

Abrió el sobre con parsimonia y sacó varias hojas de papel grueso; la primera llevaba grabados el escudo y el lema de los Fusileros Reales.

«Querida Daphne», empezaba la carta. Echó un vistazo apresurado a la última página para leer la despedida, que rezaba: «Tu amigo de siempre, Guy».

Volvió a la primera página y miró la dirección, antes de empezar a leer con temor las palabras de Guy.

2.º Batallón
Fusileros Reales
Cuartel Wellington
Poona
India

15 de mayo de 1921

Querida Daphne:

Espero que me perdones por abusar de nuestra vieja amistad, pero ha surgido un problema del que ya estarás al corriente y, por desgracia, creo que debo solicitar tu ayuda y consejo.

He recibido hace algún tiempo una carta de tu amiga Rebecca Salmon...

Daphne dejó las hojas sobre el tocador, deseando que la carta hubiera llegado durante su viaje de luna de miel. Jugueteó un rato con la lista de invitados, sabiendo que tarde o temprano debía averiguar lo que Guy esperaba de ella.

Cogió la carta de nuevo.

1. Moneda fraccionaria de la India. *(N. del T.)*

...en la que me informaba que estaba embarazada y que yo era el padre de su hijo.

Antes que nada, permíteme asegurarte que no hay nada más alejado de la verdad, porque la única vez que pasé la noche en vuestro piso, Rebecca y yo no tuvimos contacto físico.

De hecho, fue ella quien insistió en que cenáramos aquella noche en Chelsea Terrace, 97, a pesar de que yo ya había reservado una mesa en el Ritz.

A medida que la velada avanzaba, comprendí que pretendía emborracharme. A decir verdad, confieso que me sentí un poco mareado cuando traté de irme y dudé de que pudiera volver sano y salvo al cuartel.

Rebecca sugirió al instante que me quedara a pasar la noche para "dormir la mona". Utilizo sus palabras. Me negué, por supuesto, hasta que ella señaló que podía quedarme en tu cuarto, pues no esperaba que regresaras del campo hasta la tarde siguiente, hecho que tú confirmaste después.

La verdad es que acepté la amable invitación de Rebecca y me dormí nada más meterme en la cama. Me desperté cuando llamaron a la puerta, descubriendo con horror que tú estabas ahí. Mayor fue mi sorpresa al descubrir que Rebecca, sin yo saberlo, se había acostado a mi lado.

Tú, por supuesto, te sentiste incómoda y te retiraste al instante. Me levanté sin pronunciar palabra, me vestí y volví al cuartel. Llegué a mi habitación, a más tardar, a la una y cuarto.

Cuando a la mañana siguiente llegué a la estación de Waterloo para iniciar el viaje a la India me quedé, como puedes imaginar, horrorizado al ver que Rebecca me esperaba en el andén. Pasé sólo unos instantes con ella, pero dejé bien claro lo mal que me había sentado su triquiñuela de la noche anterior. Le estreché la mano y subí al tren de Southampton, confiando en no oír hablar de ella nunca más. El siguiente contacto que tuve con la señorita Salmon se produjo varios meses después, cuando recibí esa inesperada y grosera carta, la cual me lleva a exponerte las razones por las que necesito tu ayuda.

Daphne volvió la página e hizo un alto para mirarse en el espejo. No deseaba averiguar lo que Guy quería de ella. Había olvidado incluso la habitación del piso en que lo había visto.

Solamente tardó unos pocos segundos en empezar a leer la página siguiente.

No habría sido preciso emprender ninguna acción, a no ser por el hecho de que el coronel sir Danvers Hamilton envió una nota de su puño y letra a mi oficial en jefe, el coronel Forbes, comunicándole la versión validada por la señorita Salmon, a resultas de lo cual fui llamado a defenderme ante una comisión investigadora formada por mis camaradas de armas.

Les conté exactamente qué había ocurrido aquella noche, pero por culpa de la continua influencia del coronel Hamilton sobre el regimiento, algunos se negaron a aceptar mi versión de los hechos. Por fortuna, mi madre escribió al coronel Forbes unas semanas más tarde, informándole que la señorita Salmon se había casado con su amante de toda la vida, Charlie Trumper, y que éste no negaba que el niño nacido fuera del matrimonio era suyo. Si el coronel no hubiera aceptado la palabra de mi madre, me habría visto obligado a presentar mi dimisión, pero por fortuna me he librado de tamaña injusticia.

Sin embargo, mi madre me ha informado de que tienes intención de visitar la India durante tu luna de miel (mis más sinceras felicitaciones). Por tanto, es casi seguro que te encontrarás con el coronel Forbes, quien, me temo, es posible que te comente este asunto, pues tu nombre ha sido mencionado en relación con el tema.

Así pues, te suplico que no digas nada que pueda perjudicar mi carrera. De hecho, si confirmaras mi historia, todo este asunto lamentable sería olvidado.

Tu amigo de siempre,

GUY

Daphne dejó la carta sobre el tocador y pensó en lo que debía hacer. Empezó a cepillarse el pelo. No quería discutir el problema con su padre o su madre, ni involucrar a Percy. También tenía muy claro que Becky no debía enterarse de la existencia de la carta, hasta que ella misma decidiera qué iba a hacer. La falta de memoria que Guy le atribuía no dejaba de asombrarla, así como su distanciamiento de la realidad.

Dejó el cepillo sobre el tocador, se miró en el espejo y leyó la carta dos veces más. Finalmente la guardó en el sobre y trató de olvidar su contenido, pero por más distracciones a las que se entregaba, las palabras de Guy continuaban fijas en su mente. Lo más molesto era que la considerase tan crédula.

De pronto, Daphne supo a quién debía pedir consejo. Descolgó el teléfono y, después de pedir comunicación con el número de Chelsea a la operadora, comprobó con alegría que el coronel aún estaba en casa.

–Iba a salir hacia el club para comer, Daphne –le dijo–, pero dígame en qué puedo ayudarla.

–Necesito hablar urgentemente con usted, pero creo que es mejor no hacerlo por teléfono. ¿Podremos vernos hoy, aunque sea unos minutos?

–Sí, por supuesto. Si usted está libre, ¿por qué no viene a comer conmigo en el In and Out? Cambiaré la reserva a la sala femenina.

Daphne aceptó la invitación. Comprobó su maquillaje y Hoskins la condujo de inmediato a Piccadilly, para que llegara al club Naval y Militar pocos minutos después de la una. El coronel la esperaba en el vestíbulo.

–Qué agradable sorpresa –dijo sir Danvers–. No me ven cada día comiendo con una hermosa joven. Mi reputación subirá muchos puntos en el club. Saludaré a todos los generales que se crucen comigo.

El hecho de que Daphne no riera la broma del coronel provocó un inmediato cambio de actitud en él. Cogió a su invitada por el brazo y la guió hacia el comedor de las damas. En cuanto el coronel escribió el pedido y se lo entregó a la camarera, Daphne sacó del bolso la carta de Guy y se la tendió sin decir palabra.

El coronel se acomodó el monóculo sobre el ojo sano y empezó a leer, mirando de vez en cuando a Daphne. Observó que la joven no había probado la sopa Brown Windsor que tenía delante.

–Un asunto muy complicado –dijo, introduciendo la carta en su sobre para devolvérselo a Daphne.

–¿Qué sugiere que haga?

–Bien, una cosa es segura, Daphne. No debe hablar de esto con Charlie ni con Becky. Tampoco veo cómo puede evitar comunicarle a Trentham que, si le preguntan directamente quién es el padre de la criatura, se sentirá obligada a decir la verdad. –Hizo una pausa y tomó un poco de sopa–. Le juro que no volveré a hablar con la señora Trentham en toda mi vida –añadió, sin dar más explicaciones.

Este comentario sorprendió a Daphne. Hasta entonces ignoraba que el coronel y la señora Trentham se conocieran.

–Tal vez podríamos aunar esfuerzos para encontrar la respuesta adecuada, ¿no cree, querida? –sugirió el coronel.

Se interrumpió para permitir que la camarera les sirviera el plato del día.

–Si me ayuda, le estaré eternamente agradecida –dijo Daphne, nerviosa–. Creo que, para empezar, debería contarle todo lo que sé. –El coronel asintió con la cabeza–. Ya sabrá, supongo, que yo soy la culpable de que se conocieran...

Cuando Daphne terminó su relato, el plato del coronel estaba vacío.

–Ya lo sabía casi todo –admitió el coronel, limpiándose los labios con la servilleta–, pero usted ha llenado las lagunas. Confieso que no tenía ni idea de que Trentham fuera tan crápula. Mirando atrás, yo debí insistir en que lo investigaran más antes que fuera propuesto para una MC. –Se levantó–. Ahora, si es tan amable de distraerse unos minutos leyendo una revista en la cafetería, voy a ver si escribo un primer borrador.

–Lamento causarle tantas molestias –dijo Daphne.

–No diga tonterías. El hecho de que haya depositado su confianza en mí me halaga.

El coronel se irguió y se dirigió hacia la sala de escribir. Tardó una hora en volver. Daphne leía por segunda vez los anuncios solicitando niñeras publicados en *Lady*.

Dejó caer la revista sobre la mesa al instante y se sentó muy erguida en la silla. El coronel le entregó el resultado de sus esfuerzos, que Daphne analizó varios minutos antes de hablar.

–Dios sabe lo que haría Guy si yo enviara esta carta –dijo finalmente.

–Tendrá que presentar su dimisión, querida, así de sencillo. Demasiado tarde, en mi opinión. –El coronel frunció el ceño–. Ya es hora de que Trentham sea consciente de las consecuencias de sus calaveradas, así como de las responsabilidades que aún tiene con Becky y el niño.

–Pero ahora que está casada no sería justo con Charlie –indicó Daphne.

–¿Ha visto a Daniel últimamente? –preguntó el coronel en voz baja.

–Hace unos meses. ¿Por qué?

–Será mejor que le eche otro vistazo, porque no hay muchos Trumper, o Salmon a ese respecto, de cabello rubio, nariz romana y ojos azules. Temo que las réplicas más parecidas se encuentran en Ashurst, Berkshire. En cualquier caso, Becky y Charlie tendrán que contarle la verdad al niño algún día, o sólo conseguirán procurarse más problemas para el futuro. Envíe la carta –dijo, tabaleando con los dedos sobre la mesa–, ése es mi consejo.

Daphne volvió a Lowndes Square y subió directamente a su habitación. Se sentó ante el escritorio y, deteniéndose sólo un momento, empezó a copiar las palabras del coronel.

En cuanto concluyó la tarea, Daphne releyó el único párrafo que había decidido omitir del borrador del coronel y rezó para que su agorero pronóstico no se cumpliera.

Tras completar su versión rompió el escrito del coronel y llamó a Wentworth.

–Una carta para el correo –se limitó a decir.

Los preparativos de la boda adquirieron tal frenesí que Daphne se olvidó de los problemas de Guy Trentham en cuanto entregó la carta a Wentworth. Se sentía agotada sólo de pensar en elegir a las damas de honor sin ofender a la mitad de su familia, en soportar interminables pruebas del vestido que siempre se retrasaban, en estudiar la colocación de los invitados para asegurarse de que los miembros de la familia que no se hablaban desde hacía años se sentaran en mesas diferentes, o en distintos bancos en la iglesia, y, finalmente, en tener que lidiar con una futura suegra, la marquesa viuda, quien, después de casar a tres de sus hijas, siempre daba tres opiniones diferentes sobre cada tema.

A falta de una semana para la boda, Daphne propuso a Percy que se dirigieran al registro civil más próximo y acabaran con el asunto de una vez por todas, a ser posible sin decírselo a nadie.

–Lo que tú digas, cariño –contestó Percy, que desde hacía tiempo había dejado de escuchar a quienes le hablaban del matrimonio.

El 16 de julio de 1921 Daphne se despertó a las cinco y cuarenta y tres minutos sintiéndose exhausta, pero a las dos menos cuarto, cuando salió el sol que brillaba sobre Lowndes Square, estaba exultante e impaciente.

Su padre la ayudó a subir el estribo del carruaje descubierto que su abuela y su madre habían utilizado el día de sus bodas. Un pequeño grupo de criados y amigos vitoreó a la novia cuando inició el trayecto hacia Westminster, mientras otros la saludaban desde la acera. Los oficiales saludaban, los petimetres le enviaban besos y las aspirantes a novias suspiraban a su paso.

Daphne entró por la puerta norte de la iglesia del brazo de su padre pocos minutos después de que el Big Ben diera las dos. Avanzaron lentamente por el pasillo central a los acordes de la Marcha Nupcial de Mendelssohn. Se inclinó un momento ante el rey y la reina, sentados en su banco privado contiguo al altar, y se reunió con Percy. Después de tantos meses de espera la ceremonia duró un suspiro. Cuando el órgano atacó *Alegraos, alegraos* y la pareja ya desposada entró en una antesala para firmar el registro, Daphne deseó que todo volviera a comenzar.

Aunque había practicado la firma en secreto varias veces en Lowndes Square, aún vaciló antes de escribir «Daphne Wiltshire».

Marido y mujer salieron de la iglesia acompañados por un vigoroso repique de campanas y recorrieron las calles de Westminster bajo el brillante sol de la tarde. Llegaron a la amplia marquesina montada en el jardín de Vincent Square y saludaron a los invitados.

Daphne, empeñada en intercambiar una palabra con todos, casi se quedó sin probar el pastel de bodas. Justo después del primer bocado, la marquesa viuda se levantó y anunció que si no empezaban enseguida los discursos, los recién casados perderían toda esperanza de zarpar con la última marea.

Algernon Fitzpatrick cantó las alabanzas de las damas de honor y brindó por los novios. Percy respondió de una forma sorprendentemente ingeniosa que fue muy bien recibida. A continuación, Daphne se dirigió al 45 de Vincent Square, donde residía un tío lejano, para ponerse la ropa de viaje.

Las multitudes se precipitaron de nuevo para arrojar arroz y pétalos de rosa, mientras Hoskins esperaba para conducir a los recién casados a Southampton.

Media hora más tarde, Hoskins dejaba atrás Kew Gardens por la A30, mientras los invitados a la boda continuaban la fiesta sin la pareja.

–Bien, Percy Wiltshire, ahora estás atado a mí de por vida –dijo Daphne a su marido.

–Sospecho que todo fue tramado por nuestras madres incluso antes de que nos conociéramos –contestó Percy–. Qué tontería.

–¿Tontería?

–Sí. Podría haber dado al traste con sus intrigas hace años, diciéndoles que no quería casarme con ninguna otra.

Daphne estaba pensando seriamente en la luna de miel por primera vez, cuando Hoskins detuvo el Rolls en el muelle, un par de horas antes de que los motores del *Mauretania* se pusieran en marcha. Procedió a descargar dos baúles del maletero del coche (otros catorce se habían enviado el día anterior) con la ayuda de varios mozos de cuerda.

Daphne y Percy se encaminaron hacia la pasarela, donde los aguardaba el comisario de a bordo.

Al adelantarse para recibir al marqués y a su esposa, alguien de la multitud gritó:

–¡Buena suerte, Señoría! Quisiera decir, en nombre de mi esposa y del mío propio, que la marquesa tiene un aspecto estupendo.

Ambos se volvieron y estallaron en carcajadas cuando vieron a Charlie y Becky, vestidos todavía de etiqueta, en medio del gentío.

El comisario de a bordo guió a los cuatro hacia el camarote Nelson, donde encontraron otra botella de champaña a la espera de ser descorchada.

–¿Cómo conseguisteis llegar antes que nosotros? –preguntó Daphne.

–Bien –contestó Charlie, con un fuerte acento de la clase más baja–, tal vez no tengamos un Rolls Royce, señora, pero nos las arreglamos para adelantar a Hoskins con nuestro dos plazas por la otra parte de Winchester.

Todos rieron excepto Becky, que estaba fascinada por el exquisito broche de diamantes que adornaba la solapa del traje chaqueta de Daphne.

La sirena sonó tres veces y el comisario de a bordo les dijo que los Trumper debían darse prisa en bajar del barco, pues imaginaba que no tenían la intención de acompañar a los Wiltshire a Nueva York.

–Hasta dentro de un año, más o menos –gritó Charlie, volviéndose para saludarlos desde la pasarela.

–Para entonces, ya habremos dado la vuelta al mundo, cariño –confió Percy a su esposa.

Daphne agitó la mano.

–Sí, y sólo el cielo sabe qué habrán hecho esos dos cuando volvamos.

CORONEL HAMILTON

1920-1922

16

Soy buen fisonomista. Cuando lo vi pesando patatas supe enseguida que lo conocía. Después me fijé en el letrero colgado encima de la puerta de la tienda.

Por supuesto, era el cabo Trumper. Mejor dicho, si mal no recuerdo, dejó el ejército con el grado de sargento. ¿Cómo se llamaba su amigo, aquel chico al que le concedieron la MM? Ah, sí, era el soldado Prescott. Las circunstancias de su muerte no quedaron satisfactoriamente explicadas. Sorprenden los detalles que a la mente se le ocurre retener.

Volví a casa a comer y dije a la *memsahib* que había vuelto a ver al sargento Trumper, pero no se mostró muy interesada hasta que le entregué las frutas y las verduras. Entonces me preguntó dónde las había comprado.

–En la tienda de Trumper –le contesté.

Ella asintió con la cabeza, tomando nota mental del nombre sin pedir más explicaciones.

Al día siguiente ordené al secretario del regimiento que enviara dos invitaciones a Trumper para la cena y el baile anuales; no volví a pensar en él hasta que vi a los dos sentados a la mesa de los sargentos la noche del baile. Digo «los dos» porque Trumper iba acompañado de una muchacha muy atractiva. Sin embargo, Trumper pareció no hacer caso de ella en toda la noche, concediendo su atención a una joven cuyo nombre no conseguí recordar y que había estado sentada a la mesa de autoridades, no muy lejos de mí. Cuando mi ayudante invitó a bailar a Elizabeth, no desaproveché la oportunidad, créanme. Atravesé como una exhalación la pista de baile, consciente de que la mitad del batallón no me quitaba el ojo de encima, me incliné ante la dama en cuestión y solicité que me concediera el honor de bailar con ella. Descubrí que era la señorita

Salmon y que bailaba como la esposa de un oficial. Era muy inteligente y, además, alegre. No pude imaginar en qué estaba pensando Trumper y así se lo habría dicho, pero no era asunto mío.

Cuando terminó la pieza presenté la señorita Salmon a Elizabeth, que pareció igualmente encantada. Más tarde, la *memsahib* me dijo que, según le habían informado, la chica estaba prometida con el capitán Trentham de nuestro regimiento, ahora destinado en la India. Trentham, Trentham... Me acordé de un joven oficial del batallón que respondía a ese apellido (había ganado una MC en el Marne), pero había otra cosa relacionada con él que no logré recordar en aquel momento. Pobre chica, pensé, porque yo había sometido a Elizabeth a la misma prueba cuando me destinaron a Afganistán en 1882. Perdí un ojo por culpa de los malditos afganos y, al tiempo, casi perdí a la única mujer que he amado en mi vida. En cualquier caso, es mal asunto casarse antes de llegar a capitán... o después de llegar a mayor, para el caso.

Cuando volvíamos a casa Elizabeth me comunicó que había invitado a la señorita Salmon y a Trumper a visitar Gilston Road a la mañana siguiente.

–¿Para qué? –quise saber.

–Al parecer quieren proponerte algo.

Se presentaron en nuestra casa de Tregunter Road antes de que el reloj de caja diera las once y los hice pasar al salón antes de preguntar a Trumper:

–Sargento, ¿a qué se debe esta visita?

No hizo el menor intento de responder, pues fue la señorita Salmon quien habló por los dos. Se lanzó sin más preámbulos, de la forma más convincente, a pedir que me uniera a su pequeña empresa –de manera no ejecutiva, por supuesto–, con un salario de cien libras anuales. Aunque la propuesta no se adaptaba a mis necesidades, su confianza en mí me conmovió y prometí que meditaría su ofrecimiento. Dije que les escribiría cuanto antes para comunicarles mi decisión.

Elizabeth se mostró de acuerdo conmigo, pero me aconsejó que inspeccionara un poco el terreno antes de rechazar esa oferta.

Pasé cada día laborable de la semana siguiente merodeando por las cercanías de Chelsea Terrace, 147. Solía sentarme en el banco que había frente a la tienda, desde el cual, sin que me vieran, podía observar cómo llevaban el negocio. Elegí diferentes momentos del día para llevar a cabo mis observaciones, por motivos obvios. A veces, aparecía a primera hora de la mañana; en otras, a la hora de mayor actividad, e incluso a última hora de la tarde. En una ocasión, los vi cerrar la tienda, y descubrí al instante que el sargento Trumper no era amigo de mirar el reloj: el 147 fue la última tienda en cerrar sus puertas al público. No me importa confesarles que tanto Trumper como la señorita Salmon me causaron una impresión muy favorable. Una extraña pareja, comenté a Elizabeth después de mi última visita.

Semanas atrás, el conservador del Museo Imperial de Guerra me había invitado a ser miembro del consejo, pero, con franqueza, la oferta de Trumper fue la única que recibí –aparte de la del museo– desde que el año anterior había colgado las espuelas. Como el conservador evitó mencionar la remuneración, colegí que ésta no existía y, a juzgar por las actas del último consejo, que me habían enviado para echarles un vistazo, deduje que sus exigencias no me quitarían más de una hora a la semana.

Tras considerables exámenes de conciencia, una charla con la señorita Daphne Harcourt-Browne y bufidos alentadores de Elizabeth –a quien no hacía la menor gracia que me pasara el día rondando por la casa–, envié una nota a la señorita Salmon comunicándoles que yo era su hombre.

A la mañana siguiente descubrí con toda exactitud en qué me había metido, cuando la dama en cuestión apareció en Tregunter Road para aleccionarme sobre mi primera misión. Era insuperable, mucho mejor que cualquier oficial bajo mi mando, no les quepa la menor duda.

Becky (me dijo que dejara de llamarla «señorita Salmon», ahora que éramos «socios») me indicó que considerase nuestra primera visita a Child's de la calle Fleet como un «ensayo», porque el pez que en realidad quería pescar no estaría preparado hasta la semana siguiente. Sería entonces cuando nosotros «entraríamos a matar». Solía utilizar expresiones que para mí no tenían ni pies ni cabeza.

Les aseguro que sudé a mares aquella mañana de nuestra entrevista con el primer banco y que, para ser sincero, estuve a punto de escabullirme de primera línea antes de que dieran la orden de cargar. De no ser por aquellos dos jóvenes rostros expectantes que me esperaban a las puertas del banco, juro que habría renunciado a toda la campaña.

Bien, a pesar de mis temores, salimos del banco menos de una hora después, habiendo lanzado con gran éxito nuestro primer ataque. Puedo decir, con toda sinceridad, que no bajé la guardia. No es que pensara mucho en Hadlow, que me pareció de lo más extravagante, pero tampoco podría describir a los «Buffs» como una tropa de primera clase. Para más inri, el muy maldito no les había visto el pelo, lo cual siempre define a un sujeto, en mi opinión.

Desde aquel momento decidí vigilar de cerca las actividades de Trumper, e insistí en celebrar una reunión semanal en la tienda para estar al día de lo que ocurría. Hasta me sentí con ánimos para aconsejarlos o alentarlos de vez en cuando. A nadie le gusta cobrar por no hacer nada.

Ya desde el principio, todo parecía ir como una seda. A finales de junio de 1920, Trumper solicitó una entrevista en privado. Sabía que le había echado el ojo a otro establecimiento de Chelsea Terrace y supuse que quería comentar el asunto conmigo.

Accedí a visitar a Trumper en su piso, pues nunca parecía estar cómodo cuando le invitaba a mi club o a Tregunter Road. Cuando llegué aquella noche lo encontré muy alterado y di por sentado que alguno de nuestros tres establecimientos le causaba preocupaciones, pero él me aseguró que ése no era el caso.

–Bien, adelante con ello, Trumper –dije.

–Para ser sincero, señor, me resulta un poco violento –contestó, de modo que me callé, confiando en que así se tranquilizaría y soltaría lo que llevaba dentro.

–Se trata de Becky, señor –espetó.

–Excelente muchacha.

–Sí, señor, estoy de acuerdo, pero me temo que está embarazada.

Confieso que la propia Becky me había dado la noticia unos días antes, pero yo le prometí no decir nada a nadie, incluyendo a Charlie. Fingí sorprenderme. Aunque soy consciente de que los tiempos han cambiado, sabía que Becky había sido educada con rectitud y que, en cualquier caso, nunca me había parecido esa clase de chica, si entienden a qué me refiero.

–Querrá usted saber quién es el padre, por supuesto –siguió Charlie.

–Había supuesto... –empecé, pero Charlie sacudió la cabeza al instante.

–No soy yo. Ojalá lo fuera. Entonces podría casarme con ella y no tendría que agobiarlo con este problema.

–En tal caso, ¿quién es el culpable? –pregunté.

–Guy Trentham, señor –dijo, tras un momento de vacilación.

–¿El capitán Trentham? Está en la India, si no recuerdo mal.

–Eso es cierto, señor. Para empeorar las cosas, Becky no quiere informarle de lo ocurrido. Dice que arruinaría su carrera.

–Pero si no le dice la verdad, arruinará su vida –dije, irritado. Me imaginé el estigma que suponía ser madre soltera, para no mencionar las dificultades de educar un hijo ilegítimo–. De todas maneras, tarde o temprano, Trentham se enterará.

–Tal vez Becky nunca le diga la verdad y, lamentablemente, carezco de la influencia necesaria para obligarlo a hacer lo que debe.

–¿Está ocultándome algo sobre Trentham que yo debiera saber, Trumper?

–No, señor.

Lo dijo con demasiada rapidez para resultar convincente.

–En ese caso, deje el problema de Trentham en mis manos. Entretanto, siga ocupándose de las tiendas, pero cuando se haga del dominio público dígamelo, no quiero ir por ahí con cara de no saber nada.

Me levanté para marcharme.

–Todo el mundo lo sabrá dentro de poco –dijo Charlie.

Yo había dicho «deje el problema en mis manos» sin tener ni la menor idea de lo que iba a hacer, pero aquella noche hablé del asunto con Elizabeth. Me aconsejó que hablara con Daphne, cuya información sería más amplia que la de Charlie. Sospeché que estaba en lo cierto.

Elizabeth y yo invitamos a Daphne dos días después a tomar el té en Tregunter Road, donde nos confirmó todo cuanto había dicho Charlie y colocó una o dos piezas más en el rompecabezas.

En opinión de Daphne, Trentham había sido el primer amor de Becky y sabía a ciencia cierta que no se había acostado con ningún otro hombre antes de conocerlo, y sólo una vez con Trentham. Nos aseguró que éste no podía vanagloriarse de la misma reputación.

El resto de sus noticias no auguraban una solución sencilla al problema, pues no se podía confiar en que la madre de Guy insistiera para que su hijo hiciera lo único decente respecto a Becky. Todo lo contrario, Daphne sabía que la mujer ya había preparado el terreno para lograr que nadie creyera responsable a Trentham.

–¿Y el padre de Trentham? –pregunté–. ¿Cree que yo podría hablar con él? Estuvimos en el mismo regimiento, pero nunca en el mismo batallón.

–Es el único miembro de la familia al que aprecio –admitió Daphne–. Es diputado del Partido Liberal por Berkshire West.

–Por ahí podría abordarlo. No comparto sus ideas políticas, pero no creo que eso le impida discernir entre el bien y el mal.

Otra carta enviada con el membrete del club produjo una respuesta inmediata del mayor, invitándome a tomar una copa en Chester Square el lunes siguiente.

Llegué a las seis en punto y me guiaron hasta un saloncito donde fui recibido por una encantadora dama, que se presentó como la señora Trentham. No respondía en absoluto a la descripción de Daphne; de hecho, era una mujer bastante atractiva. Se deshizo en excusas; por lo visto, su marido se había visto obligado a quedarse en la Cámara de los Comunes, siguiendo instrucciones de su partido. Esto significaba que no podía abandonar el palacio de Westminster so pena de muerte. Tomé una decisión instantánea (ahora sé que equivocada). El asunto no podía dilatarse más y debía comunicar mi mensaje al mayor por mediación de su esposa.

–La situación me resulta bastante embarazosa –empecé.

–Hable con toda libertad, coronel. Le aseguro que mi marido confía plenamente en mí. No tenemos secretos el uno para el otro.

–Bien, para ser franco con usted, señora Trentham, el asunto que deseo comentar se refiere a su hijo Guy.

–Entiendo.

–Y a su novia, la señorita Salmon.

–Ella no es, ni ha sido nunca, su novia –dijo la señora Trentham, en un tono desconocido hasta el momento para mí.

–Pero según tengo entendido...

–¿Mi hijo le hizo ciertas promesas a la señorita Salmon? Le aseguro, coronel, que no hay nada más alejado de la verdad.

Cogido por sorpresa, me sentí incapaz de pensar en una forma diplomática de comunicar a la dama el auténtico propósito que alentaba mi deseo de ver a su marido.

–Tanto si le hizo promesas como no, señora –me limité a decir–, creo que usted y su marido deberían saber que la señorita Salmon está embarazada.

–¿Y qué tiene que ver eso conmigo?

La señora Trentham me miró sin el menor temor en sus ojos.

–Que su hijo es, sin la menor duda, el padre.

–Sólo contamos con la palabra de esa chica, coronel.

–Es usted injusta, señora Trentham. Sé que la señorita Salmon es una muchacha decente y honrada. En cualquier caso, si no fue su hijo, ¿quién más pudo ser?

–Sólo el cielo lo sabe. Yo diría que un buen número de hombres, a juzgar por su reputación. Al fin y al cabo, su padre era un inmigrante.

–Y también el padre del rey, señora –le recordé–, pero él habría sabido cómo comportarse en una situación semejante.

–No sé a qué se refiere, coronel.

–Me refiero, señora, a que su hijo debe casarse con la señorita Salmon o, como mínimo, pedir la baja en el regimiento y disponer los medios necesarios para que el niño reciba todo cuanto necesite.

–Por lo visto, debo aclararle una vez más, coronel, que esta lamentable situación no tiene nada que ver con mi hijo. Le aseguro que Guy dejó de salir con esa chica meses antes de zarpar hacia la India.

–Sé que ése no es el caso, señora, porque...

–¿De veras, coronel? ¿Puedo saber qué papel juega usted en este asunto?

–Debe saber que la señorita Salmon y el señor Trumper son mis socios, nada más.

–Entiendo. Sospecho, pues, que no necesitará hacer muchas averiguaciones para descubrir quién es el verdadero padre.

–Eso es otra impertinencia, señora. Charlie Trumper no es...

–Creo que no existen motivos para proseguir esta conversación, coronel –cortó la señora Trentham, levantándose de la silla–. Además –añadió, mientras se dirigía hacia la puerta, sin dignarse mirarme–, debo advertirle, coronel, que si vuelvo a escuchar esta calumnia en algún sitio, no vacilaré en ordenar a mis abogados que emprendan las acciones necesarias para defender la buena reputación de mi hijo.

La seguí hasta el vestíbulo, muy agitado, pero decidido a impedir que la cosa terminara allí. Ahora sabía que el mayor Trentham era mi última esperanza. Cuando la señora Trentham abrió la puerta para salir, le hablé con firmeza.

–¿Debo suponer que relatará fielmente esta conversación a su esposo, señora?

–No suponga nada, coronel –fueron las últimas palabras que oí pronunciar a la señora Trentham antes de que me cerrara la puerta en las narices.

La última vez que una dama me trató de esta forma fue en Rangún, y debo añadir que la muchacha en cuestión tenía muchos más motivos para sentirse ofendida.

Cuando repetí la conversación a Elizabeth, con la mayor fidelidad posible, mi esposa señaló, con su estilo claro y conciso, que sólo me quedaban tres alternativas. La primera era escribir al capitán Trentham y exigirle que actuase como un caballero; la segunda informar al comandante en jefe de todo lo que sabía.

–¿Y la tercera? –pregunté.

–No volver a hablar jamás del tema.

Medité sus palabras con gran detenimiento y escogí la segunda opción. Envié una nota a Ralph Forbes, un tipo de primera clase que me había sucedido como coronel. Le expuse los hechos tal como yo los conocía. Seleccioné mis palabras con la mayor prudencia, consciente de que si la señora Trentham cumplía su amenaza de emprender acciones legales, el buen nombre del regimiento se vería perjudicado, quizás hasta en ridículo. Sin embargo, decidí al mismo tiempo cuidar de Becky como un padre, pues en esos momentos parecía empeñada en vivir a toda prisa. Preparaba sus exámenes al tiempo que trabajaba, sin recibir remuneración, como secretaria y contable de un modesto negocio próspero, mientras que todas las personas con las que se cruzaba por la calle ya debían de saber a estas alturas que faltaban pocas semanas para que diera a luz.

A medida que pasaban las semanas, me preocupaba el hecho de que no sucediera nada en el frente de Trentham, a pesar de que Forbes me había contestado, asegurándome que había puesto en marcha una investigación. Interrogué a Daphne y a Charlie sobre el particular, pero no parecían estar mejor informados que yo.

Daniel George nació a mediados de octubre de aquel año. Me conmovió que Becky me propusiera ser padrino, junto con Bob Makins y Daphne. Aún me sentí más contento cuando Becky me comunicó que Charlie y ella iban a contraer matrimonio la semana siguiente. Aunque no impediría que las lenguas viperinas siguieran cotilleando, al menos el niño sería legítimo ante la ley.

Elizabeth y yo, además de Daphne, Percy, la señora Salmon, la señorita Roach y Bob Makins asistimos a la sencilla ceremonia en el Registro Civil de Chelsea, seguida de una tumultuosa recepción en el piso de Charlie.

Empecé a pensar que todo marchaba a pedir de boca, pero Daphne me telefoneó unos meses después, solicitando una entrevista urgente conmigo. La llevé a comer al club, donde me enseñó la carta del capitán Trentham que había recibido aquella mañana. A medida que la leía, me di cuenta con pesar de que la señora Trentham estaba enterada de que yo había escrito una carta a Forbes, en la que le advertía de las consecuencias del incumplimiento de una promesa, razón por la cual la mujer se hizo inmediatamente cargo del asunto. Consideré que había llegado la hora de comunicarle que su hijo no se saldría con la suya.

Pedí a mi invitada que tomara café mientras me retiraba a la sala de escribir. Les aseguro que una buena copa de coñac me ayudó a redactar una carta severa. Dadas las circunstancias, llegué a la conclusión de que mi texto abarcaba del modo más diplomático y realista posible todos los puntos en cuestión. Daphne se deshizo en agradecimientos y prometió enviar la carta a Trentham sin cambiar ni una coma.

No volví a hablar con ella hasta que nos encontramos un mes después en la recepción ofrecida tras su boda, pero no era el momento más adecuado para sacar a colación el tema del capitán Trentham.

Cuando terminó la ceremonia me dirigí al jardín de Vincent Square, donde se celebró la recepción. Miré si la señora Trentham se encontraba presente, pues supuse que la habrían invitado. No tenía el menor deseo de sostener una segunda conversación con aquella dama.

No obstante, me alegré de coincidir con Charlie y Becky en la amplia marquesina erigida especialmente para la ocasión. Nunca había visto tan radiante a Becky y casi podría describir el aspecto de Charlie como elegante, con su levita, corbata gris y chistera. El magnífico reloj de cadena que colgaba de su chaleco resultó ser un regalo de boda de Becky, que había heredado de su padre, aunque el resto de la indumentaria, puntualizó Charlie, sería devuelto a Hermanos Moss a primera hora de la mañana.

–¿No es hora ya, Charlie, de que te compres una levita? –insinué–. Al fin y al cabo, ocasiones como ésta se repetirán con frecuencia en el futuro.

–Desde luego que no –replicó–. Sería malgastar el dinero.

–¿Puedo preguntar por qué? El costo de un...

–Porque me propongo comprar una sastrería –me interrumpió Charlie–. Hace tiempo que estoy interesado en el número 143 y el señor Crowther me ha dicho que en cualquier momento se pondrá a la venta.

No pude rebatir su lógica, aunque su siguiente pregunta me desconcertó por completo.

–¿Ha oído hablar de Marshall Field, coronel?

–¿Estaba en el regimiento? –pregunté, devanándome los sesos.

–No –replicó Charlie con una sonrisa–. Marshall Field es el nombre de unos grandes almacenes de Chicago, donde se puede comprar de todo. Aún más, poseen seiscientos mil metros cuadrados de espacio para vender bajo un solo techo.

Jamás se me había ocurrido una idea tan atroz, pero no intenté detener la verborrea entusiasta del muchacho.

–El edificio ocupa toda una manzana –me informó–. ¿Se imagina unos almacenes que tengan veintiocho entradas? Según los anuncios se puede comprar de todo, desde un coche hasta una manzana, y tienen veinticuatro variedades de cada uno de estos dos productos. Han revolucionado el sistema de ventas en Estados Unidos al convertirse en los primeros almacenes que dan facilidades de crédito. También afirman que te consiguen lo que no tienen en el plazo de una semana. El lema de Field es: «Dar a la mujer todo lo que quiera».

–¿Insinúas que deberíamos adquirir Marshall Field, a cambio de Chelsea Terrace, 147? –pregunté con ingenuidad.

–De momento no, coronel, pero si con el tiempo logro apoderarme de todas las tiendas de Chelsea Terrace, podríamos efectuar la misma operación en Londres, y hasta cambiar la primera línea de su anuncio habitual.

Sabía que me estaba exponiendo un proyecto, así que me limité a preguntarle qué decía la primera línea.

–«Los almacenes más grandes del mundo» –contestó Charlie.

–¿Y tú qué piensas de todo esto? –pregunté, volviéndome hacia Becky.

–En el caso de Charlie –respondió–, debería ser el carretón más grande del mundo.

17

La primera asamblea general anual de Trumper's se celebró sobre la verdulería, en la sala de estar de Chelsea Terrace, 147. El coronel, Charlie y Becky tomaron asiento alrededor de una pequeña mesa de caballete, sin saber muy bien cómo empezar, hasta que el coronel abrió la sesión.

–Sé que sólo estamos los tres, pero aun así considero que esta asamblea debería conducirse de una manera profesional. –Charlie enarcó las cejas, pero no quiso interrumpir el discurso del coronel–. Me he tomado, pues, la libertad de confeccionar un orden del día, para no pasar por alto ningún tema importante. –El coronel pasó a sus socios una hoja de papel con cinco puntos escritos de su puño y letra–. A este fin, el primer punto del orden del día se titula «informe financiero» y empezaré pidiéndole a Becky que nos dé su punto de vista sobre nuestro actual estado de cuentas.

Becky había escrito su informe palabra por palabra, tras comprar el mes anterior dos gruesos libros encuadernados en piel, uno rojo y otro azul, en la papelería del 137. Durante la última quincena se había levantado sólo unos minutos después de que Charlie se marchara a Covent Garden para estar segura de que podría contestar a todas las preguntas que surgieran durante su primera asamblea. Abrió el libro rojo y empezó a leer poco a poco, refiriéndose en alguna ocasión al libro azul, igual de grande e impresionante. Éste llevaba la palabra «Cuentas» estampada en oro en la cubierta.

–A finales de 1921 contabilizamos un volumen de ventas entre las siete tiendas de mil trescientas doce libras y cuatro chelines, con un beneficio de doscientas diecinueve libras y once chelines, el diecisiete por ciento de las ventas totales. Nuestra deuda actual con el banco se eleva a setecientas setenta y una libras, incluyendo la carga fiscal del año, pero el valor de las siete tiendas sigue reflejado en los libros como de mil doscientas noventa libras, el precio exacto que pagamos por ellas. Por lo tanto, no se refleja su valor actual en el mercado. He desglosado las cifras correspondientes a cada tienda para que las podáis examinar –dijo Becky, entregando las copias a Charlie y al coronel.

Ambos las examinaron con atención durante varios minutos antes de hablar.

–El colmado continúa siendo el número uno en ventas, según veo –dijo el coronel, recorriendo con su monóculo la columna de beneficios y pérdidas–. La ferretería se mantiene nivelada y la sastrería se está comiendo nuestros beneficios.

–Sí –dijo Charlie–. Me metí en un buen vendaval cuando la compré.

–¿Vendaval? –preguntó el coronel, perplejo.

–Berenjenal –dijo Becky, sin levantar la vista del libro.

–Me temo que sí –siguió Charlie–. Pagué un ojo de la cara por la propiedad, una barbaridad por las existencias y, para colmo, descubrí que el personal no servía de mucho. Sin embargo, las cosas han cambiado desde que el mayor Arnold está a cargo de la sastrería.

El coronel sonrió al enterarse de que el fichaje de uno de sus antiguos oficiales se había saldado con éxito inmediato. Tom Arnold había vuelto a Savile Row nada más terminada la guerra, para descubrir que su antiguo puesto como subdirector en Hawkes fue ocupado por alguien desmovilizado unos meses antes que él. Intentaron contentarlo con la categoría de empleado superior. No fue así. Cuando el coronel le ofreció la oportunidad de dirigir una tienda Trumper's, Arnold no la desaprovechó.

–Debo decir –continuó Becky, examinando las cifras– que la gente parece adoptar una actitud moral muy diferente en lo referente a pagar al sastre de la que aplica en otros ámbitos. Basta echar un vistazo a la columna de morosos.

–Estoy de acuerdo –dijo Charlie–, pero creo que la mejora no se hará notar hasta que el mayor Arnold logre sustituir a tres miembros, como mínimo, de la actual plantilla. No abrigo la esperanza de que alcance beneficios durante los próximos seis meses, aunque confío en que ganancias y pérdidas queden equilibradas al final del tercer trimestre.

–Bien –dijo el coronel–. ¿Qué pasa con la ferretería? Veo que el 129 alcanzó unos beneficios decentes el año pasado. ¿Por qué han bajado tan en picado las cifras? Existe un descenso de sesenta libras sobre 1920, y se declaran pérdidas por primera vez.

–Me temo que la explicación es muy sencilla –indicó Becky–. Nos robaban.

–¿Robaban?

–Temo que sí –contestó Charlie–. Becky empezó a darse cuenta, en octubre del año pasado, de que la facturación semanal menguaba, un poco al principio y después en mayores cantidades.

–¿Hemos averiguado quién es el culpable?

–Sí, resultó muy sencillo. Enviamos a Bob Makins cuando un empleado de la ferretería se fue de vacaciones y enseguida descubrió al chorizo.

–Basta, Charlie –dijo Becky–. Lo siento, coronel, Charlie quiere decir el ladrón.

–Resultó que el encargado, Reg Larkins, es adicto al juego –continuó Charlie–, y utilizaba nuestro dinero para cubrir sus deudas. Cuanto mayores eran, más necesitaba robar.

–Despediste a Larkins, por supuesto –dijo el coronel.

–El mismo día. Puso el grito en el cielo y negó haber robado un solo penique, pero no hemos vuelto a saber de él y en las últimas tres semanas hemos obtenido de nuevo pequeños beneficios. Sin embargo, continúo buscando un nuevo encargado para que empiece lo antes posible. Le he echado el ojo a un joven que trabaja en Cudson's, muy cerca de Charing Cross Road.

–Bien –aprobó el coronel–. Hasta ahí los problemas del último año, Charlie. Ahora puedes asustarnos con tus planes para el futuro.

Charlie abrió el elegante maletín de piel que Becky le había regalado el 20 de enero y sacó el último informe de John D. Wood. Carraspeó teatralmente y Becky se cubrió la boca con la mano para contener la risa.

–El señor Crowther ha redactado un amplio informe sobre todas las propiedades de Chelsea Terrace.

–Por lo cual nos han cobrado diez guineas, por cierto –dijo Becky, consultando el libro de cuentas.

–No me molesta, siempre que sea una buena inversión –terció el coronel.

–Ya lo ha sido –indicó Charlie. Les entregó copias del informe de Crowther–. Como todos sabemos, hay treinta y seis tiendas en Chelsea Terrace, de las que ya poseemos siete. En opinión de Crowther, otras cinco saldrán a la venta a lo largo de los próximos doce meses. Sin embargo, como se encarga de subrayar, todos los tenderos de Chelsea Terrace conocen bien mis intenciones, y eso no contribuye precisamente a que los precios bajen.

–Sospecho que, tarde o temprano, tenía que ocurrir.

–Estoy de acuerdo –dijo Charlie–, pero ha sucedido mucho antes de lo que esperaba. De hecho, Syd Wrexall, el presidente de la Asociación de Comerciantes, está muy preocupado por nuestra expansión.

–¿Por qué el señor Wrexall en particular?

–Es el dueño de la taberna El Mosquetero, en la otra esquina de Chelsea Terrace, y ha empezado a decir a sus clientes que mi objetivo a largo plazo es comprar todas las propiedades de la manzana y expulsar a los pequeños tenderos.

–Tiene razón –dijo Becky.

–Tal vez, pero no me esperaba que fundara una cooperativa con el único propósito de impedirme adquirir ciertas propiedades. Confiaba en que El Mosquetero pasara a mis manos a su debido tiempo, pero cuando se suscita el tema se limita a decir: «Tendrá que pasar sobre mi cadáver».

–Eso es un golpe para tus proyectos –dijo el coronel.

–De ningún modo –contestó Charlie–. Siempre hay un momento de crisis en la vida. El secreto consistirá en verlo venir y actuar con rapidez. En todo caso, significa que, a partir de ahora, tendré que pagar más de la cuenta cuando un tendero decida que ha llegado el momento de vender.

–Sospecho que no podremos hacer mucho al respecto –dijo el coronel.

–Excepto desenmascarar a los farsantes de vez en cuando.

–¿Desenmascarar a los farsantes? No estoy seguro de haberte entendido.

–Bien, hace poco hemos recibido ofertas de dos tiendas interesadas en vender, pero las rechacé.

–¿Por qué?

–Pues porque pedían precios exorbitantes, para no hablar de que Becky me da la tabarra con el descubierto actual.

–¿Han reconsiderado su oferta?

–Sí y no. Uno ya ha vuelto con una oferta mucho más realista, pero el otro sigue aferrándose al precio que pidió.

–¿Quién se mantiene en sus trece?

–Cuthbert, el de la licorería del número 101. De momento no hace falta precipitarse, pues Crowther dice que el señor Cuthbert ha estado mirando varias propiedades en Pimlico y nos tendrá informados de cualquier progreso que se produzca en ese sentido. Entonces, cuando se haya comprometido, le haremos una oferta sensata.

–Bien por Crowther. Por cierto, ¿de dónde sacas toda tu información? –preguntó el coronel.

–Del señor Bales, el vendedor de periódicos, y del propio Syd Wrexall.

–Si no recuerdo mal, dijiste que el señor Wrexall estaba en nuestra contra.

–Y lo está, pero sigue dando su opinión sobre cualquier cosa por el precio de una pinta, así que Bob Makins se ha convertido en uno de sus clientes habituales. Tengo una copia de lo que se dice en la Asociación de Comerciantes antes que los mismos socios.

El coronel lanzó una carcajada.

–¿Y los subastadores del número 1? ¿Aún los tenemos bajo vigilancia?

–Desde luego, coronel. El señor Fothergill, el propietario, está cada vez más endeudado pues ha tenido un año malo tras otro. Se las arregla para mantener la cabeza fuera del agua, por los pelos, pero le vaticino que el año que viene, a más tardar el otro, se hundirá por completo. Nosotros estaremos esperando en el muelle, dispuestos a lanzarle un salvavidas. Sobre todo si, para entonces, Becky está en condiciones de marcharse de Sotheby's.

–Estoy aprendiendo mucho –confesó Becky–. Me gustaría continuar todo el tiempo que pueda. He pasado un año en Maestros Clásicos y ahora intento trasladarme al departamento Moderno, al que actualmente llaman Impresionista. Como ve, creo que necesito acumular la mayor experiencia posible antes de que descubran mis intenciones. Asisto a todas las subastas que puedo, desde vajillas de plata a libros antiguos, pero preferiría que me concedierais más tiempo.

–Pero si Fothergill se hunde por tercera vez, tú eres nuestro bote salvavidas, Becky. ¿Y si la tienda se pone en venta?

–Supongo que podría encargarme de ella. Ya le he echado el ojo al hombre que podría ser nuestro director general, Simon Matthews. Lleva en Sotheby's doce años y está harto de que lo dejen de lado en los ascensos. También hay un aprendiz joven muy brillante, empleado desde hace tres años, que a mi juicio será el as de la próxima generación de subastadores. Sólo tiene dos años menos que el hijo del presidente, así que se sentiría muy feliz de trabajar para nosotros si le hiciéramos una oferta interesante.

–Por otra parte, nos va muy bien que Becky se quede en Sotheby's tanto como pueda –indicó Charlie–, porque el señor Crowther ha puesto de relieve un problema con el que deberemos enfrentarnos en un futuro no muy lejano.

–¿De qué se trata? –preguntó el coronel.

–En la página nueve del informe Crowther señala que es posible que en un futuro no muy lejano se pongan a la venta los números 25 al 99, un bloque de treinta y ocho pisos situados en el corazón de Chelsea Terrace. Hasta hace un par de años Daphne y Becky compartieron uno de esos apartamentos. Actualmente los administra una institución benéfica que no está satisfecha con los rendimientos. A juicio de Crowther quiere quitarse los pisos de encima. Si tenemos en cuenta nuestro plan a largo plazo, quizá convenga adquirir el bloque lo antes posible en lugar de esperar años, futuro en el que tendremos que pagar un precio mucho más elevado o que, en el peor de los casos, no podremos hacernos con la propiedad.

–Treinta y ocho pisos –repitió el coronel–. ¿Cuánto calcula Crowther que pedirán?

–Cree que rondará las dos mil libras. Sólo rinden un beneficio de doscientas libras al año, y si tenemos en cuenta las reparaciones y el mantenimiento, es posible que ese beneficio se desvanezca. Si la propiedad sale a la venta y podemos adquirirla, Crowther también recomienda que fijemos alquileres por un máximo de diez años, y tratemos de llenar los pisos desocupados con personal de embajadas o visitantes extranjeros, que nunca protestan por tener que marcharse inopinadamente.

–De modo que los beneficios de las tiendas servirán para pagar las viviendas –dijo Becky.

–Me temo que sí –contestó Charlie–, pero con un poco de suerte sólo tardaré dos, como máximo tres años, en extraerles beneficios. En cualquier caso, el trato tardará en cerrarse si los miembros de la junta de caridad se meten por medio.

–De todos modos, si tenemos presente el límite actual de nuestro descubierto, esta demanda a nuestros recursos puede requerir otro almuerzo con Hadlow –dijo el coronel–. En fin, ya veo que, si queremos comprar el bloque, me quedan pocas opciones. Puede que aproveche la oportunidad para encontrarme en el club con Chubby Duckworth y contarle algo en plan confidencial. –El coronel hizo una pausa–. Para ser justo con Hadlow, también ha aportado un par de ideas interesantes, merecedoras de nuestra consideración. Por tanto, constituyen el punto siguiente de mi orden del día.

Becky dejó de tomar notas y levantó la vista.

–Empezaré diciendo que Hadlow está muy satisfecho con las cifras de nuestros dos primeros años, pero abriga la fuerte convicción de que, en virtud del estado de nuestro descubierto y por razones fiscales, deberíamos dejar de ser una sociedad y fundar una empresa.

–¿Por qué? –preguntó Charlie–. ¿Qué ventajas nos reportaría?

–Es por la nueva ley de presupuestos que se acaba de presentar en la Cámara de los Comunes –explicó Becky–. El cambio en las leyes fiscales podría redundar en nuestro beneficio, porque en este momento funcionamos como siete negocios diferentes, gravados con los impuestos correspondientes, mientras que si fundiésemos nuestras tiendas en una sola empresa podríamos compensar las pérdidas de la sastrería y la ferretería con las ganancias del colmado y la carnicería, reduciendo así la carga fiscal. Sería especialmente beneficioso en un mal año.

–Me parece sensato –admitió Charlie–. ¿Por qué no lo hacemos?

–Bueno, no es tan sencillo –dijo el coronel, poniéndose el monóculo sobre el ojo sano–. Para empezar, si nos convertimos en una empresa el señor Hadlow aconseja que contratemos directores nuevos para cubrir aquellas áreas en las que tenemos poca o ninguna experiencia profesional.

–¿Por qué quiere Hadlow que hagamos eso? –preguntó Charlie con aspereza–. Nunca hemos necesitado intrusos en nuestro negocio.

–Porque estamos creciendo con mucha rapidez, Charlie. En el futuro, es posible que necesitemos a gente con la experiencia de la que nosotros carecemos. La compra de los inmuebles es un buen ejemplo.

–Para eso tenemos al señor Crowther.

–Tal vez pondría más empeño en nuestra causa si formara parte de la junta. –Charlie frunció el ceño–. Entiendo tu postura –continuó el coronel–. Es tu empresa y crees que no necesitas extraños que te digan cómo administrar Trumper's. Bien, aunque fundemos una empresa seguirá siendo tuya, porque todas las acciones estarán a tu nombre y al de Becky y todas las propiedades continuarán bajo vuestro control. Sin embargo, contarás con la ventaja de pedir consejo a directores no ejecutivos.

–Que gastarían nuestro dinero y anularían nuestras decisiones –gruñó Charlie–. No me gusta que ningún extraño me diga lo que he de hacer.

–No tiene por qué ser así –dijo Becky.

–Estoy convencido de que saldrá mal.

–Charlie, a veces no sabes lo que dices. Hablas como un cavernícola.

–Tal vez deberíamos someterlo a votación –propuso el coronel, intentando apaciguar los ánimos.

–¿Votar? ¿Para qué? Las tiendas son mías.

–Son de los dos, Charlie –saltó Becky–, y el coronel se ha ganado de sobra el derecho a dar su opinión.

–Lo siento, coronel. No quería decir...

–Lo sé, Charlie, pero Becky tiene razón. Si quieres hacer realidad tus proyectos a largo plazo, necesitarás contar con la ayuda de otras personas. Tú solo no puedes materializar ese sueño.

–¿Y podré hacerlo realidad con intrusos?

–Piensa en ellos como asesores internos –dijo el coronel.

–Bien, ¿qué vamos a votar? –preguntó Charlie, irritado.

–Bien –empezó Becky–, alguien debería presentar una propuesta para convertirnos en empresa. Si es aprobada, invitaremos al coronel a ser presidente, y él, a su vez, te nombrará director gerente y a mí secretaria. Creo que deberíamos invitar al señor Crowther a formar parte de la junta e incluir a un representante del banco.

–Veo que has pensado mucho en esto –dijo Charlie.

–Ésa era mi parte del trato, si te da la gana refrescar la memoria, señor Trumper –replicó Becky.

–No somos Marshall Field, ¿sabes?

–Todavía no –intervino el coronel–. Recuerda que fuiste tú, Charlie, quien nos enseñó a pensar así.

–Sabía que al final todo sería culpa mía.

–Bien, presento la propuesta de que formemos una empresa –dijo Becky–. ¿Quiénes están a favor?

Becky y el coronel levantaron la mano. Charlie les secundó de mala gana unos segundos después.

–Y ahora, ¿qué? –preguntó.

–Mi segunda propuesta –continuó Becky– es que el coronel sir Danvers Hamilton sea nuestro primer presidente.

Esta vez la mano de Charlie se alzó con firmeza.

–Gracias –dijo el coronel–. Y mi primera decisión como presidente es nombrar al señor Trumper director gerente y a la señora Trumper secretaria de la empresa. Y, con vuestro permiso, tantearé al señor Crowther y creo que también el señor Hadlow, para pedirles que formen parte de la junta.

–De acuerdo –aprobó Becky, que escribía de prisa para no dejarse ni una palabra.

–¿Algún otro tema? –preguntó el coronel.

–Me atrevería a sugerir, señor presidente –dijo Becky, y el coronel no pudo contener una sonrisa–, que fijemos una fecha para la primera asamblea mensual de la junta.

–Cualquier día me va bien –indicó Charlie–, pero estoy seguro de que será imposible reunirnos simultáneamente alrededor de esta mesa, a menos que proponga celebrar las asambleas a las cuatro y media de la mañana. De esta manera averiguaremos si son trabajadores de verdad.

–Bien –aceptó el coronel–, es un buen método garantizar que todas tus resoluciones serán aprobadas sin tener que consultarnos, Charlie. Debo advertirte, sin embargo, que con una sola persona no hay quórum.

–¿Quórum? –preguntó Charlie.

–El número mínimo de personas necesarias para aprobar una resolución –explicó Becky.

–Conmigo bastaba hasta hoy –dijo Charlie, en tono añorante.

–Seguramente al señor Marks le ocurrió lo mismo antes de conocer al señor Spencer –señaló el coronel–. Fijemos la fecha de nuestra próxima asamblea para el mes que viene, en tal día como hoy.

Becky y Charlie asintieron con la cabeza.

–Bien, si no hay más temas, declaro concluida la asamblea.

–Hay otro –dijo Becky–, pero no creo que esta información deba constar en actas.

–Tienes la palabra –contestó el presidente, desconcertado.

Becky cogió de la mano a Charlie.

–El epígrafe reza «gastos fortuitos». Sabed que voy a tener otro niño.

Para variar, Charlie se quedó sin habla, hasta que el coronel preguntó si había una botella de champaña a mano.

–Temo que no –dijo Becky–. Charlie no me deja comprar nada en la licorería hasta que seamos dueños de la tienda.

–Muy comprensible –aprobó el coronel–. Bien, en ese caso tendremos que acercarnos a mi casa –añadió, levantándose y cogiendo su paraguas–. Así, Elizabeth podrá celebrarlo con nosotros. Doy por cerrada la sesión.

Salieron a la calle justo cuando el cartero entraba en la tienda. Al ver a Becky le entregó una carta.

–Con tantos sellos sólo puede ser de Daphne –les dijo, mientras abría el sobre y empezaba a leerla.

–Vamos, ¿qué dice? –preguntó Charlie, en el camino hacia Tregunter Road.

–Ha recorrido América y China y su próximo objetivo es la India –anunció Becky–. También ha engordado tres kilos y ha conocido al señor Calvin Coolidge, sea quien sea.

–El vicepresidente de los Estados Unidos –dijo Charlie.

–¿De veras? ¡Y todavía confían en volver en agosto, de modo que no tardaremos mucho en enterarnos directamente de todo! ¿Qué te parece? –Becky levantó la vista y descubrió que sólo el coronel seguía a su lado–. ¿Dónde está Charlie?

Ambos se volvieron y lo vieron mirando una pequeña casa que tenía el letrero «En venta» clavado a la pared. Se reunieron con él.

–¿Qué opinas? –preguntó Charlie sin apartar los ojos de la casa.

–¿Qué quiere decir «qué opinas»?

–Sospecho, querida, que Charlie está preguntando tu parecer sobre la casa.

Becky contempló la casa. Tenía tres pisos y estaba cubierta de hiedra.

–Es maravillosa, absolutamente maravillosa.

–Mejor aún –dijo Charlie y hundió los pulgares en los bolsillos del chaleco–. Es nuestra, ideal para alguien que tiene esposa y tres hijos y es director gerente de un floreciente negocio en Chelsea.

–Pero aún no tengo un segundo hijo, ni mucho menos un tercero.

–Planificaba por anticipado. Tú me lo enseñaste.

–¿Nos lo podemos permitir?

–No, claro que no, pero estoy seguro de que el valor de la propiedad subirá pronto en esta zona, cuando la gente pueda ir andando a sus grandes almacenes. En cualquier caso, ahora ya es demasiado tarde, porque esta mañana entregué el depósito.

Sacó una mano del bolsillo y enseñó una llave.

–¿Por qué no me consultaste? –preguntó Becky.

–Porque sabía que tu respuesta sería «no nos lo podemos permitir», al igual que hiciste con la segunda, tercera, cuarta, quinta y demás tiendas.

Se dirigió hacia la puerta principal. Becky lo siguió a un metro de distancia.

–Pero...

–Os dejo en paz para que aclaréis este asunto –dijo el coronel–. Venid a casa a tomar esa copa de champaña en cuanto hayáis acabado de admirar vuestro nuevo hogar.

El coronel siguió andando por Tregunter Road, balanceando el paraguas bajo el sol de la mañana, complacido consigo mismo y con el mundo. Llegó a la hora justa de tomar su primer whisky del día.

Comunicó las novedades a Elizabeth, que se mostró mucho más interesada por el bebé y la casa que por el estado actual de las cuentas de la empresa o el nombramiento de presidente recaído en su marido. Tras desempeñar su papel lo mejor posible, el coronel pidió al criado que pusiera una botella de champaña en un cubo con hielo. Después fue a su estudio para examinar el correo de la mañana, mientras aguardaba la llegada de los Trumper.

Había tres cartas sin abrir sobre su escritorio: una factura de su sastre (que le recordó las críticas de Becky sobre el tema), una invitación a la carrera de Ashburton, un acontecimiento anual que siempre disfrutaba y que se celebraba en Bisley, y una carta de Daphne. Supuso que se limitaría a repetir las noticias que Becky ya le había comunicado.

El sobre llevaba matasellos de Delhi. El coronel lo abrió expectante. Daphne repetía lo mucho que disfrutaba del viaje y no mencionaba que había engordado. Añadía que tenía nuevas e inquietantes noticias sobre Guy Trentham. Mientras estaban alojados en Poona, una noche Percy lo encontró vestido de paisano en el club de oficiales. Trentham estaba tan demacrado que su marido casi no lo reconoció. Informó a Percy que se había visto obligado a pedir la baja y que sólo había un culpable de su ruina: un sargento que en el pasado había difundido calumnias sobre él y que gustaba de tener tratos con criminales conocidos. Guy incluso aseguraba que había visto al sargento cometiendo un robo. Nada más volver a Inglaterra, Trentham tenía la intención de...

En ese momento sonó el timbre.

–¿Puedes abrir, Danvers? –dijo Elizabeth, inclinándose sobre la balaustrada–. Estoy arriba arreglando las flores.

El coronel aún estaba furioso e indignado cuando abrió la puerta y encontró a Charlie y Becky esperando.

–Champaña, señor presidente –tuvo que decir Becky, al observar su aspecto sorprendido–. ¿O ya se ha olvidado de mi estado de buena esperanza?

–Ah, sí, lo siento. Estaba distraído. –El coronel guardó la carta de Daphne en el bolsillo de la chaqueta–. El champaña ya debe de estar a la temperatura perfecta –añadió, acompañando a sus invitados a la sala de estar.

–Acaban de llegar dos Trumper y medio –informó a su esposa.

18

Al coronel le divertía ver a Charlie pasar tanto tiempo corriendo de tienda en tienda, intentando vigilar a todo el personal mientras trataba de concentrar sus energías en cualquier establecimiento que no rindiera beneficios. Fueran cuales fuesen los variados problemas a los que hacía frente, el coronel sabía muy bien que Charlie no podía resistir la tentación de atender la verdulería, la niña de sus ojos. Sin chaqueta, las mangas subidas y su peor acento de clase baja, Charlie, con permiso de Bob Makins, fingía una hora al día que volvía a estar en la esquina de Whitechapel Road, vendiendo en el carretón de su abuelo.

–Un cuarto de tomates, unas cuantas judías y el habitual medio kilo de zanahorias, señora Symonds, si no recuerdo mal.

–Muchas gracias, señor Trumper. ¿Cómo está la señora Trumper?

–Mejor que nunca.

–¿Para cuándo espera el bebé?

–Para dentro de tres meses, según el médico.

–Ya no se le ve mucho por la tienda.

–Sólo cuando acuden las clientas importantes, cielo. Al fin y al cabo, usted fue una de las primeras.

–Ya lo creo. ¿Ya ha cerrado el trato de los pisos, señor Trumper?

Charlie se quedó mirando a la señora Symonds mientras le entregaba la vuelta, incapaz de disimular su sorpresa.

–¿Qué pisos?

–Sí, señor Trumper, ya sabe: los números 25 al 99.

–¿Por qué lo pregunta, señora Symonds?

–Porque no es usted la única persona interesada en ellos.

–¿Cómo lo sabe?

–Lo sé porque el domingo por la mañana vi que un joven con varias llaves esperaba a un cliente a las puertas del edificio.

Charlie recordó entonces que los Symonds vivían en una casa situada al otro lado de la avenida, enfrente de la entrada principal de los pisos.

–¿Y lo reconoció?

–No. Vi que se detenía un coche, pero mi marido consideró que su desayuno era más importante que mi curiosidad y no vi al hombre que se apeó.

Charlie continuó mirando a la señora Symonds mientras ésta cogía su bolsa, se despedía con un alegre gesto y salía de la tienda.

A pesar de la revelación de la señora Symonds y los intentos de Syd Wrexall por pararle los pies, Charlie siguió planeando su próxima adquisición. Gracias a la diligencia del mayor Arnold, a la información confidencial del señor Crowther y a los préstamos del señor Hadlow, a finales de julio Charlie consiguió hacerse con dos tiendas más: el número 133, prendas de mujer, y la licorería del 101. Durante la siguiente asamblea de la junta que se celebró en agosto, Becky propuso que el mayor Arnold fuera ascendido a subdirector gerente de la empresa, con el encargo de vigilar todo cuanto sucedía en Chelsea Terrace.

Charlie necesitaba con desesperación desde hacía tiempo un par de ojos y oídos suplementarios, y como Becky seguía trabajando todo el día en Sotheby's, Arnold cumplió su cometido a la perfección. Al coronel le encantó solicitar a Becky que constara en el acta el nombramiento del mayor. La asamblea mensual continuó sin problemas hasta que el coronel preguntó:

–¿Algún otro tema?

–Sí –dijo Charlie–. ¿Qué pasa con los pisos?

–Hice una oferta de dos mil libras, tal como se me había indicado –dijo Crowther–. Savill's dijo que recomendaría a sus clientes aceptar la oferta, pero hasta el momento no he podido todavía cerrar el trato.

–¿Por qué? –preguntó Charlie.

–Porque Savill's me ha telefoneado esta mañana para informarme de que han recibido otra oferta mucho más generosa de la que esperaban por esta propiedad. Me dijeron que llamara la atención de la junta sobre la evolución de los acontecimientos.

–Hicieron bien –dijo Charlie–. ¿A cuánto asciende la última oferta? Eso es lo que quiero saber.

–A dos mil quinientas libras –respondió Crowther.

Pasaron varios segundos antes de que alguien volviera a hablar.

–¿Cómo demonios esperan obtener beneficios de semejante inversión? –preguntó por fin Hadlow.

–Es imposible –señaló Crowther.

–Ofrézcales tres mil libras.

–¿Qué has dicho? –preguntó el presidente.

Todos se volvieron para mirar a Charlie.

–Ofrézcales tres mil –repitió Charlie.

–Pero Charlie, estuvimos de acuerdo hace unas semanas en que dos mil eran más que suficientes –indicó Becky–. ¿Cómo es posible que los pisos se hayan revalorizado de repente en un treinta y tres por ciento?

–Valen lo que alguien quiera pagar por ellos –replicó Charlie–. De modo que no nos queda elección.

–Pero señor Trumper... –empezó Hadlow.

–Si llegamos a ser dueños de toda la manzana, pero se nos escapan esos pisos, mis esfuerzos habrán sido inútiles. No quiero correr ese riesgo por tres mil libras o, tal como lo veo yo, quinientas.

–De acuerdo, pero, ¿podemos permitirnos ese desembolso en este preciso momento? –preguntó el coronel.

–Actualmente cinco tiendas producen beneficios –dijo Becky, examinando su inventario–. Dos se mantienen a flote y sólo una sufre pérdidas importantes.

–Entonces, hemos de tener la valentía de seguir adelante –dijo Charlie–. Compremos los pisos, derribémoslos y construyamos media docena de tiendas en su lugar. Obtendremos beneficios antes de que alguien pueda decir esta boca es mía.

Crowther les concedió unos momentos para asimilar la estrategia de Charlie.

–Bien, ¿cuáles son las instrucciones de la junta? –preguntó.

–Propongo que ofrezcamos tres mil libras –dijo el coronel–. Como ha señalado el director gerente, hemos de planear a largo plazo, siempre que el banco esté dispuesto a respaldarnos. Señor Hadlow, ¿qué responde?

–A duras penas pueden permitirse ese desembolso en el momento actual –dijo el director del banco, examinando las cifras–. Estaría su crédito hasta el límite máximo, lo cual significa que no podrán comprar más tiendas en el futuro inmediato.

–No nos queda otra elección –dijo Charlie, mirando a Crowther–. Hay alguien que va detrás de esos pisos y no podemos permitir que ningún rival nos los arrebate.

–Bien, si ésas son las instrucciones de la junta, intentaré cerrar el trato hoy por tres mil libras.

–Creo que eso es, precisamente, lo que la junta desea que haga –confirmó el presidente, paseando la mirada alrededor de la mesa–. Bien, si no hay más temas, declaro concluida la sesión.

Una vez terminado el encuentro, el coronel llevó a Crowther y a Hadlow a un aparte.

–No me gusta ni un pelo este asunto de los pisos. Una oferta salida de la nada exige una explicación más detallada.

–Estoy de acuerdo –dijo Crowther–. Mi instinto me dice que Syd Wrexall y su asociación de tenderos tratan de impedir que Charlie se apodere de toda la manzana antes de que sea demasiado tarde.

–No –dijo Charlie, que se había acercado a ellos–. No puede ser Syd, porque no tiene coche –añadió, en tono misterioso–. En cualquier caso, el límite de Wrexall y su pandilla no llega a las dos mil quinientas libras.

–Por lo tanto, usted cree que se trata de un comprador de fuera –dijo Hadlow–, que cuenta con planes propios para explotar Chelsea Terrace.

–Lo más probable es que se trate de un inversor con ganas de aguantar hasta que le paguemos un dineral por ello –argumentó Crowther.

–No sé quién o qué se esconde detrás de todo esto –dijo Charlie–. Lo único que sé es que debemos pujar más alto.

–Estoy de acuerdo –dijo el coronel–. Crowther, en cuanto cierre el trato hágamelo saber. He de irme. Voy a comer en el club con una dama muy especial.

–¿La conocemos? –inquirió Charlie.

–Daphne Wiltshire.

–Dele un abrazo de mi parte –dijo Becky–. Dígale que los dos la esperamos a cenar el próximo miércoles.

El coronel se tocó el ala del sombrero para despedirse de Becky y se marchó. Dejó a sus cuatro colegas enfrascados en la discusión de sus diferentes teorías sobre quién podía estar interesado en los pisos.

El coronel sólo pudo tomar un whisky antes de encontrarse con Daphne en el reservado para señoras, pues la asamblea de la junta había terminado más tarde de lo previsto. Había engordado un poco, pero estaba tan guapa como siempre.

El coronel pidió un gin tonic para su invitada. Después, charlaron sobre la alegría de Estados Unidos y el calor de África, aunque él estaba seguro de que Daphne deseaba hablar sobre un continente muy distinto.

–¿Cómo va la India? –preguntó el coronel.

–Bastante mal, me temo –dijo Daphne, haciendo una pausa para beber su gin tonic–. Fatal, para ser exacta.

–Qué curioso, los nativos siempre me parecieron muy cordiales –comentó el coronel.

–El problema no reside en los nativos –replicó Daphne.

–¿Se refiere a Trentham?

–Eso me temo.

–¿No recibió su carta?

–Oh, sí, pero los acontecimientos la superaron, coronel. Ahora me arrepiento de no haber seguido su consejo y escrito la carta al pie de la letra, advirtiéndole que, si me lo preguntaban, diría que Trentham es el padre de Daniel.

–¿Por qué? ¿Qué le ha hecho cambiar de opinión?

Daphne vació su vaso de un solo trago.

–Perdone, coronel, pero lo necesitaba. Bien, lo primero que nos dijo Ralph Forbes, el coronel del regimiento, cuando llegamos a Poona, fue que Trentham había pedido la baja.

–Sí, lo mencionaba en su carta –exclamó el coronel. Dejó sobre la mesa el cuchillo y el tenedor y meditó sobre esta información–. Pero lo que quiero saber es por qué.

–Percy descubrió que hubo algún problema con la mujer de su ayudante, pero nadie quiso entrar en detalles. Es un tema tabú, de esos que nadie quiere mencionar en el comedor de oficiales.

–Maldito bastardo. Si pudiera...

–Estoy absolutamente de acuerdo con usted, coronel, pero le advierto que aún queda lo peor.

El coronel pidió otro gin tonic para su invitada y un whisky para él, antes de que Daphne continuara.

–Al llegar a Ashurst el pasado fin de semana, el mayor Trentham me enseñó una carta que Guy había enviado a su madre, explicando los motivos por los que se había visto obligado a presentar su dimisión de los Fusileros. Afirmaba que la culpa era de usted porque había escrito al coronel Forbes informándole que él era el responsable de haber dejado embarazada a «ese pendón de Whitechapel». Reproduzco la frase exacta de su carta.

La rabia tiñó de púrpura las mejillas del coronel.

–«El tiempo ha demostrado fehacientemente que Trumper es el padre de la criatura», al menos ésa es la historia que Trentham va pregonando por todas partes.

–¿Es que ese hombre carece de moral?

–En efecto, por lo que parece. La carta continuaba insinuando que Charlie Trumper le había comprado a usted para que mantuviera la boca cerrada. «Treinta monedas de plata» es la expresión exacta que utilizó.

–Merece ser azotado.

–Hasta el mayor Trentham le daría la razón. Sin embargo, la persona que me preocupa más no es usted o Becky, sino Charlie.

–¿Qué quiere decir?

–Antes de que partiéramos de la India, Trentham advirtió a Percy, cuando estaban solos en el club Overseas, que Charlie lo lamentaría durante el resto de su vida.

–¿Y por qué le echa las culpas a Charlie?

–Percy le hizo la misma pregunta y Guy le informó que era evidente que Trumper lo compró a usted para saldar una vieja cuenta.

–Pero eso no es cierto.

–Percy también se lo dijo, pero no lo escuchó.

–En cualquier caso, ¿qué quería decir con lo de «saldar una vieja cuenta»?

–Ni idea; excepto que aquella noche Guy no paró de hacerme preguntas sobre un cuadro de la Virgen y el Niño.

–¿No será el que está en la sala de estar de la casa de Charlie?

–Sí. Y cuando, por fin, admití que lo había visto, cambió de tema bruscamente.

–Ese hombre se ha vuelto completamente loco.

–A mí me pareció bastante cuerdo.

–Bien, menos mal que no puede salir de la India; aún tenemos tiempo para pensar en lo que debemos hacer.

–Me temo que no nos queda mucho tiempo –dijo Daphne.

–¿Por qué?

–El mayor Trentham me dijo que Guy volverá el mes que viene.

Después de almorzar con Daphne, el coronel volvió a Tregunter Road. Seguía encolerizado cuando el mayordomo le abrió la puerta, pero aún no sabía qué debía hacer. El mayordomo le comunicó que un tal señor Crowther lo esperaba en el estudio.

–¿Crowther? ¿Qué querrá ahora? –mascullό el coronel antes de enderezar un grabado de la isla de Skye que colgaba en la pared del vestíbulo y entrar en el estudio.

–Buenas tardes, señor presidente –dijo Crowther, levantándose de la silla del coronel–. Me pidió que le informara en cuanto tuviera noticias sobre los pisos.

–Ah, sí. ¿Ha cerrado el trato?

–No, señor. Hice una oferta de tres mil libras a Savill's tal como me habían indicado, pero me llamaron una hora después para decirme que la otra parte había ofrecido cuatro mil libras.

–Cuatro mil –repitió el coronel, incrédulo–. Pero ¿quién...?

–Dije que no podíamos igualar esa cantidad y hasta pregunté con toda discreción quién era el cliente. Me informaron que la identidad de su cliente no era ningún secreto. Pensé que debía comunicárselo de inmediato, señor presidente, porque el nombre de la señora de Gerald Trentham carece de significado para mí.

CHARLIE

1919-1926

19

Un millar de preguntas surcaron mi mente cuando me senté en el banco de Chelsea Terrace, frente a la tienda, y contemplé el toldo donde estaba pintado el apellido «Trumper». En ese momento vi a «Posh Porky»... o, para ser exacto, pensé que era ella; si lo era, durante mi ausencia se había convertido en mujer. ¿Qué había sido del pecho plano, de las piernas larguiruchas, para no hablar del rostro martirizado por el acné? Habría dudado de no ser por aquellos relampagueantes ojos pardos.

Becky entró decidida en la tienda y habló con el hombre que se comportaba como si fuese el encargado. Lo vi menear la cabeza. Mi socia se dirigió a las dos chicas situadas detrás del mostrador, que reaccionaron de la misma manera. Becky se encogió de hombros, se acercó a la caja, sacó la gaveta y empezó a contar los ingresos del día.

Había observado las idas y venidas del encargado durante la hora anterior a la llegada de Becky y debo reconocer que era muy eficaz, aunque había reparado en algunas cosillas que podrían hacerse para aumentar las ventas, entre ellas desplazar el mostrador al otro extremo de la tienda y exhibir en la acera varias cajas con frutas y verduras para que la clientela cayera en la tentación de comprar. Mi abuelo solía decir: «Debes anunciar la mercancía, no puedes esperar a que la gente se tope con ella». Permanecí pacientemente sentado en el banco hasta que el personal empezó a vaciar las estanterías antes de cerrar la tienda.

Poco después, Becky salió a la calle y miró en ambas direcciones como si esperase a alguien. Después, el joven que sostenía un candado y una llave se reunió con ella y movió la cabeza en mi dirección. Becky miró hacia el banco por primera vez.

En cuanto me vio, salté del banco y fui a su encuentro. Los dos tardamos un poco en hablar. Yo quería abrazarla, pero terminamos estrechándonos las manos con cierta formalidad.

–¿Qué ha sido de nuestro acuerdo? –pregunté.

–No encontré a nadie que me proveyera de bollos de crema –me dijo, y luego explicó por qué había vendido la panadería y comprado en nuestro nombre el número 147 de Chelsea Terrace.

Cuando los empleados se marcharon, Becky me enseñó el piso. No podía dar crédito a mis ojos: un cuarto de baño con váter, una cocina con vajilla y cubertería, una sala de estar con sillas y una mesa, y un dormitorio, aparte de una cama que no tenía aspecto de venirse abajo cuando te tendieras en ella.

Quise abrazarla de nuevo, pero me limité a preguntarle si quería quedarse a cenar, pues necesitaba hacerle un montón de preguntas.

–Esta noche no puedo –dijo, mientras yo abría mi maleta y empezaba a sacar las cosas–, he quedado para ir a un concierto con un amigo.

Después de hacer algunos comentarios sobre el cuadro de Tommy sonrió y se marchó. Me quedé solo de nuevo.

Me quité la chaqueta, me subí las mangas, volví a la tienda y durante varias horas cambié las cosas de sitio hasta que todo quedó a mi gusto. Cuando terminé de apartar la última caja estaba tan agotado que sólo me detuve para desplomarme sobre la cama y echar una cabezada completamente vestido. Descorrí las cortinas para asegurarme de que me despertaría a las cuatro.

Esa madrugada me levanté deprisa, feliz con la idea de volver al mercado, que no veía desde hacía casi dos años. Llegué pocos minutos antes que Bob Makins. Pronto descubrí que sabía desenvolverse, aunque no tenía puñetera idea del negocio. Me resigné a pasar unos días descubriendo qué intermediarios recibían productos de los granjeros más fiables, quién tenía los mejores contactos con muelles y puertos, quién ofrecía el precio más sensato a diario y, sobre todo, quién te servía cuando escaseaba algún producto. Ninguno de estos problemas parecía preocupar a Bob, pues describía un círculo ininterrumpido y poco exigente por el mercado para obtener sus artículos.

Me enamoré de la tienda desde el momento en que abrimos aquella primera mañana, mi primera mañana. Tardé un poco en acostumbrarme a que Bob y las chicas me llamaran «señor», pero ellos también tardaron casi lo mismo en acostumbrarse al nuevo emplazamiento del mostrador y a colocar las cajas en la acera antes de que los clientes se despertaran. Sin embargo, hasta Becky aceptó que había sido una idea genial poner los productos ante las narices de los compradores en potencia, aunque no estaba muy segura de cuál sería la reacción de las autoridades municipales al descubrirlo.

–¿Es que en Chelsea nunca ha habido venta ambulante? –le pregunté.

Al cabo de un mes sabía el nombre de todos los clientes habituales que compraban en la tienda, y al cabo de dos conocía sus gustos, aversiones, pasiones y hasta el capricho concreto que cada uno consideraba exclusivo. Cuando los empleados se marchaban, al finalizar la jornada, solía sentarme en el banco situado frente a mi tienda y contemplar las idas y venidas que tenían lugar en Chelsea Terrace SW10. No tardé en comprender que una manzana era una manzana, independientemente de quién deseara comerla, y que Chelsea Terrace no se diferenciaba de Whitechapel en lo concerniente a las necesidades de los clientes. Supongo que en aquel momento empecé a pensar en comprar otra tienda. ¿Por qué no? Trumper's era el único establecimiento de Chelsea Terrace ante el que se formaban colas a diario.

Becky, en el ínterin, continuó sus estudios en la universidad e insistió repetidas veces en que yo cenara con su acompañante habitual. Para ser sincero, yo hacía cuanto podía por evitar a Trentham, ya que no deseaba ver de nuevo al hombre que, en mi opinión, había asesinado a Tommy.

Por fin, no me quedaron más excusas y tuve que cenar con ellos.

Cuando Becky entró en el restaurante con Daphne y con Trentham, me arrepentí de haber aceptado esa invitación. Trentham debía de compartir el mismo sentimiento, pues su rostro expresaba el mismo desprecio que yo sentía hacia él, aunque la amiga de Becky, Daphne, intentaba ser cordial. Era una joven encantadora y no me sorprendió descubrir que muchos hombres adoraban su risa burbujeante. Sin embargo, las rubias de ojos azules y cabello rizado nunca han sido mi tipo. Fingí, para guardar las formas, que Trentham y yo no nos conocíamos. Pasé una de las veladas más horribles de mi vida, deseando contarle a Becky todo lo que sabía sobre aquel hijo de puta, pero descubrí, al verlos juntos, que nada de lo que yo dijera influiría en ella. No ayudó el hecho de que Becky me regañara sin ningún motivo. Bajé la cabeza y seguí comiendo guisantes con el cuchillo.

La compañera de piso de Becky, Daphne Harcourt-Browne, se esforzó cuanto pudo, pero ni Charlie Chaplin hubiera logrado arrancar una sonrisa al público formado por nosotros tres.

Pedí la cuenta poco después de las once y algunos minutos después salimos del restaurante. Dejé que Becky y Trentham se adelantaran, con la esperanza de poder escabullirme sin ser visto, pero Daphne, para mi sorpresa, se pegó a mí, afirmando que quería ver los cambios que yo había introducido en la tienda.

La pregunta a bocajarro que me hizo mientras abría la puerta me dio a entender que no iba muy errada.

–Estás enamorado de Becky, ¿verdad? –preguntó sin pestañear.

–Sí –contesté sinceramente y revelé mis sentimientos más íntimos de una forma que jamás me había permitido con nadie que conociera bien.

Su segunda pregunta me pilló todavía más desprevenido.

–¿Desde cuándo conoces a Guy Trentham?

Mientras subíamos a mi piso le dije que habíamos servido juntos en el frente occidental, pero nuestros caminos se habían cruzado en raras ocasiones, a causa de nuestra diferencia de rango.

–Entonces, ¿por qué te cae tan mal? –preguntó, después de sentarse frente a mí.

Vacilé otra vez, pero luego, movido por un súbito arranque de rabia incontrolada, expliqué lo que nos había sucedido a Tommy y a mí cuando intentábamos llegar a la seguridad de nuestras líneas y añadí que estaba convencido de que Guy Trentham había asesinado a mi mejor amigo.

Cuando terminé, ambos permanecimos un rato en silencio.

–No le cuentes nunca a Becky lo que te he dicho, porque carezco de pruebas –hablé por fin.

Daphne asintió con la cabeza y me habló a continuación del hombre de su vida, como si intercambiar secretos cimentara nuestra amistad. Su amor por aquel hombre era tan transparente que me sentí conmovido. Cuando Daphne se marchó, alrededor de la medianoche, prometió que haría todo lo que pudiera para acelerar el deceso de Guy Trentham. Recuerdo que empleó la palabra «deceso» porque tuve que preguntarle su significado. Me lo dijo y así recibí mi primera lección, junto con la advertencia de que Becky me llevaba cierta ventaja, pues no había desperdiciado los últimos diez años.

Mi segunda lección consistió en averiguar por qué Becky me había regañado tanto durante la cena. Podía haber protestado por su descaro, pero sabía que tenía razón.

Vi con mucha frecuencia a Daphne durante los siguientes meses, sin que Becky se enterase de nuestra verdadera relación. Me enseñó muchísimo sobre el mundo de mis nuevos clientes y terminó llevándome a tiendas de ropa, a cines y a teatros del East End a ver obras que me gustaron a pesar de que no había bailarines en el escenario. Me planté cuando intentó que dejara de acudir los sábados por la tarde a ver los partidos de West Ham, en favor de los Quins, un equipo de rugby. Sin embargo, lo que dio comienzo a una historia de amor que resultó tan cara como cualquier mujer fue la visita que me hizo hacer a la Galería Nacional y sus cinco mil lienzos. Pocos meses después era yo quien arrastraba a Daphne a las últimas exposiciones: Renoir, Manet y un joven español llamado Picasso, que había despertado el interés de los elegantes círculos intelectuales de Londres. Tenía la esperanza de que Becky notara el cambio obrado en mí, pero sólo tenía ojos para el capitán Trentham.

A instancias de Daphne empecé a leer dos periódicos al día. Eligió el *Daily Express* y el *News Chronicle*, y cuando me invitaba a visitarla en Lowndes Square ojeaba algunas revistas, *Punch* o *Strand*. Empecé a descubrir quién era quién, quién hacía qué, y a quién. Fui a Sotheby's por primera vez y vi cómo se subastaba un Constable de la primera época por el precio récord de novecientas guineas. Más dinero del que representaban Trumper's, sus luces y accesorios juntos. Confieso que ni aquella magnífica escena campestre, ni ningún cuadro de los que vi en las galerías subastadas podía compararse con el orgullo que sentía por el retrato de la Virgen María y el Niño que había pertenecido a Tommy y que seguía colgado sobre mi cama.

Cuando Becky presentó el balance del primer año en enero de 1920, empecé a darme cuenta de que mi ambición de comprar otra tienda ya no era un sueño. Sin previa advertencia dos locales se pusieron a la venta aquel mismo mes. Pedí a Becky al instante que se las arreglara para conseguir el dinero necesario para comprarlos.

Daphne me advirtió más tarde que Becky encontraba serios problemas para obtener dinero; aunque yo no dije nada, estaba esperando el comentario de que iba a ser imposible, sobre todo porque su mente parecía totalmente absorta en Trentham y su inminente partida hacia la India. Cuando el día de la partida de Trentham, Becky anunció que estaban oficialmente prometidos, yo le habría cortado la cabeza (y también la mía) de buena gana, pero Daphne me aseguró que varias damas de Londres habían padecido la ilusión, en uno u otro momento, de que iban a casarse con el capitán Trentham. No obstante, Becky confiaba tanto en las intenciones de Trentham que no supe a cuál de las dos creer.

Mi antiguo comandante en jefe apareció en la tienda la semana siguiente para completar la lista de compras de su mujer. Nunca olvidaré el momento en que sacó un monedero del bolsillo de la chaqueta y buscó calderilla. Hasta entonces no se me había ocurrido que un coronel viviera en el mundo real. Se fue con la promesa de enviarme dos entradas de diez chelines para el baile del regimiento; estuvo a la altura de su palabra.

Mi euforia (otra palabra Harcourt-Browne) ante la perspectiva de volver a ver al coronel duró veinticuatro horas: Daphne me dijo que Becky estaba embarazada. Mi primera reacción fue desear haber matado a Trentham en el frente occidental, en lugar de contribuir a salvar la vida de aquel hijo de puta. Sin embargo, supuse que volvería cuanto antes de la India para casarse con Becky antes de que el crío naciera. Detestaba la idea de que volviera a entrometerse en nuestras vidas, pero coincidí con el coronel en que era la única medida que un caballero podía tomar. De lo contrario, Becky pasaría el resto de su vida rechazada por la sociedad.

Fue por esta época cuando Daphne explicó que si queríamos crédito de los bancos necesitábamos definitivamente un testaferro. El sexo de Becky militaba (otra palabreja de Daphne) en su contra, si bien fue lo bastante cortés para no mencionar que mi acento «militaba» contra mí.

Becky informó a Daphne, al volver a casa del baile, que había elegido al coronel como hombre idóneo para representarnos cuando fuera a solicitar, con la gorra en la mano, préstamos a uno de los bancos. Yo no era optimista, pero Becky insistió, después de conversar con la esposa del coronel, en que deberíamos visitarlo y exponerle nuestro caso.

Acepté y, para mi sorpresa, días después recibimos una carta en la que nos comunicaba que era nuestro hombre.

Pocos días después Becky reconoció que estaba embarazada. A partir de ese momento sólo me interesó saber qué noticias tenía Becky sobre las intenciones de Trentham. Me horrorizó comprobar que ni siquiera le había escrito para comunicarle la noticia, pese a que estaba embarazada casi de cuatro meses. La obligué a jurar que le escribiría esa misma noche, si bien se negó a amenazarlo con una demanda por incumplimiento de promesa. Al día siguiente Daphne me aseguró que había visto por la ventana de la cocina que Becky echaba la carta en el buzón.

Hice una cita con el coronel y lo puse al tanto del embarazo de Becky antes de que todos lo supieran.

–Yo me ocuparé de Trentham –afirmó con tono misterioso.

Seis semanas después Becky reconoció que no había tenido noticias de Trentham y tuve la sensación de que sus sentimientos hacia él empezaban a declinar.

Llegué a pedirle a Becky que se casara conmigo, pero no se tomó mi propuesta muy en serio, aunque nunca había sido tan sincero en toda mi vida. Me pasé la noche en vela, preguntándome cómo le haría comprender que yo era digno de ella.

A medida que pasaban las semanas, Daphne y yo la cuidábamos cada vez más, pues empezaba a parecerse a una ballena varada. Continuaba sin recibir noticias de la India, pero Becky dejó de mencionar a Trentham mucho antes de que el niño naciera.

La primera vez que vi a Daniel no lamenté ser su padre y me sentí lleno de dicha cuando Becky me preguntó si todavía la amaba.

¡Y cómo la amaba!

Nos casamos una semana después y el coronel, Bob Makins y Daphne accedieron a ser nuestros padrinos.

Percy y Daphne contrajeron matrimonio el verano siguiente, no en el Registro Civil de Chelsea, sino en la iglesia de Santa Margarita, en Westminster. Durante la ceremonia estuve atento a la presencia de la señora Trentham porque quería saber qué aspecto tenía, pero entonces recordé que Percy me dijo que no la habían invitado.

Daniel creció sanísimo y «papá» fue una de las primeras palabras que aprendió y que repetía sin cesar. A pesar de todo, me pregunté cuánto tiempo pasaría hasta que tuviéramos que contarle la verdad. El estigma de ser bastardo es demasiado fuerte para que un crío inocente tenga que soportarlo hasta el fin de sus días.

–De momento no tenemos de qué preocuparnos –insistía Becky.

Yo le temía a las consecuencias si durante demasiado tiempo guardábamos silencio sobre el tema. Al fin y al cabo, casi toda la gente de Chelsea Terrace estaba al tanto de la verdad.

Sal escribió desde Toronto para felicitarme y de paso me informó que había decidido no tener más hijos. Las gemelas Maureen y Babs y los dos niños, David y Rex, le parecían suficientes, incluso para una católica practicante. Habían ascendido a su marido a representante de la sección de ventas de E. P. Taylor, de modo que todo iba viento en popa. En sus cartas jamás mencionaba Inglaterra ni el deseo de volver al país que la vio nacer. La comprendí porque seguramente sus únicos recuerdos del hogar se remontaban a una cama compartida entre las tres hermanas, a un padre alcohólico y a la escasez de comida, que siempre impedía tomar una ración más.

Proseguía riñéndome por permitir que Grace escribiera mejores cartas que yo. No podía aducir la excusa del trabajo, añadía, porque ser enfermera del pabellón en un hospital clínico de Londres robaba a Grace casi todo su tiempo. Después de leer la carta Becky también me amonestó, así que durante los siguientes meses me esforcé un poco más.

Kitty visitaba periódicamente Chelsea Terrace, pero sólo con el propósito de sacarme más dinero; sus exigencias eran cada vez mayores. Siempre se las componía para no encontrarse con Becky. Las cantidades que obtenía, aunque exorbitantes, siempre eran razonables.

Le supliqué que buscara trabajo, hasta le ofrecí uno, pero se limitó a explicarme que ella y el trabajo eran incompatibles. Nuestras conversaciones no solían exceder de unos contados minutos, pues en cuanto le daba el dinero salía pitando. Comprendí que, cuantas más tiendas abriera, me resultaría más difícil convencer a Kitty de que sentara la cabeza. Después de mudarnos a nuestra nueva residencia de Gilston Road la frecuencia de sus visitas aumentó.

A pesar de los esfuerzos de Syd Wrexall por frustrar mi ambición de comprar todas las tiendas disponibles de la avenida (conseguí apoderarme de siete antes de toparme con una oposición real), le había echado el ojo a los números 25-99, un bloque de pisos que procuré adquirir sin que Wrexall se enterase. No hace falta mencionar mi deseo de echarle el guante a Chelsea Terrace, 1, pues dada su ubicación en la calle era crucial para mi proyecto a largo plazo de poseer toda la manzana.

Todas las piezas fueron encajando en su sitio a lo largo de 1922 y empecé a tener ganas de que Daphne volviera, para contarle con todo detalle lo que había hecho durante su ausencia.

La semana después de que Daphne regresara a Inglaterra de su prolongada luna de miel, nos invitó a cenar en su nueva casa de Eaton Square. Estaba ansioso por escuchar sus noticias y también confiaba en que se quedara impresionada al averiguar que ahora poseíamos nueve tiendas, una casa nueva en Gilston Road y que, de un momento a otro, un bloque de pisos engrosaría la cartera Trumper. No obstante, sabía qué pregunta me haría en cuanto pusiera el pie en su casa, así que ya había preparado la respuesta: «Tardaré otros diez años en poseer toda la manzana... siempre que me puedas inmunizar contra inundaciones, pestes o el estallido de una guerra».

Una carta fue introducida en el buzón de Gilston Road, 11, justo antes de que Becky y yo nos dirigiéramos a la cena.

Reconocí al instante la firme letra. La abrí y empecé a leer las palabras del coronel. Cuando terminé de leer la carta me sentí muy mal y no entendí por qué el coronel quería dimitir.

20

Charlie se quedó en el vestíbulo y decidió no mencionar la carta del coronel a Becky hasta después de la cena con Daphne. Becky llevaba tanto tiempo aguardando el acontecimiento que temió amargarle la velada si le hablaba de la sorprendente dimisión del coronel.

–¿Te encuentras bien, querido? –preguntó Becky al llegar al pie de la escalera–. Estás un poco pálido.

–Estoy bien –contestó Charlie, ocultando nerviosamente la carta en el bolsillo–. Vamos o llegaremos tarde y eso no puede ser. –Miró a su esposa y reparó en que llevaba el vestido rosa con un gran lazo en la pechera–. Estás arrebatadora. Este vestido hará que Daphne palidezca de envidia.

–Tú tampoco tienes mal aspecto.

–Siempre que me pongo este traje de pingüino me siento como el jefe de camareros del Ritz –admitió, mientras Becky le enderezaba la corbata blanca.

–¿Cómo lo sabes, si nunca has ido al Ritz?

–Por suerte, esta vez el traje ha salido de mi propia tienda –dijo Charlie, abriendo la puerta y cediendo el paso a su esposa.

–Ah, pero ¿ya has pagado la factura?

Mientras se dirigían a Eaton Square, a Charlie le costaba concentrarse en la animada conversación de su mujer y trataba de entender por qué el coronel quería dimitir cuando todo marchaba tan bien.

–Bien, ¿qué crees que debo hacer? –preguntó Becky.

–Lo que te parezca mejor.

–No has escuchado ni una palabra de lo que he dicho desde que salimos de casa, Charlie Trumper. Pensar que sólo llevamos casados dos años.

–Lo siento –dijo Charlie, aparcando su pequeño Austin Siete detrás del Silver Ghost, frente a la fachada de Eaton Square, 14–. No me importaría vivir aquí –comentó, mientras abría la puerta del coche para que su mujer bajara.

–Todavía no –insinuó Becky.

–¿Por qué no?

–Porque tengo la sospecha de que el señor Hadlow no podría autorizar el préstamo necesario.

Un mayordomo les abrió la puerta antes de que pisaran el último peldaño.

–Tampoco me importaría tener un criado como éste –susurró Charlie.

–Compórtate.

–Desde luego. Debo guardar las formas.

El mayordomo los condujo a la sala de estar. Allí encontraron a Daphne, bebiendo un martini seco.

–Queridos –exclamó.

Becky corrió hacia su amiga, le lanzó los brazos al cuello y se fundieron en un abrazo.

–¿Por qué no me lo dijiste? –preguntó Becky.

–Mi pequeño secreto. –Daphne se dio unas palmaditas sobre el estómago–. Bien, veo que me llevas la delantera, para variar.

–No tanto. ¿Para cuándo está previsto?

–El doctor Gould ha pronosticado que será para enero. Clarence si es chico, Clarissa si es niña. –Sus dos invitados estallaron en carcajadas–. Ni se os ocurra burlaros. Son los nombres de los más distinguidos antepasados de Percy –les dijo, justo cuando su marido entraba en la sala.

–Muy cierto –dijo Percy–, pero que me zurzan si recuerdo lo que hicieron.

–Bienvenido a Inglaterra.

Charlie le estrechó la mano.

–Gracias, Charlie –contestó Percy. Besó a Becky en las mejillas–. No me importa deciros que estoy muy contento de volver a veros. –Un criado le sirvió un whisky con soda–. Bien, Becky, cuéntame todo lo que habéis hecho y no escatimes detalles.

Ambos se sentaron en el sofá. Daphne se acercó a Charlie, que paseaba lentamente por la sala, examinando los retratos que colgaban de las paredes.

–Los antepasados de Percy –explicó Daphne–. Todos pintados por artistas de segunda fila. Los cambiaría todos por el cuadro de la Virgen María que tienes en el salón.

–Éste no lo cambiarías, ¿verdad? –dijo Charlie, parándose frente al segundo marqués de Wiltshire.

–Ah, sí, el Holbein. Tienes razón. Pero me temo que se trata de una obra insuperable.

–No sabría decirle, señora –sonrió Charlie–. Sepa usted que mis antepasados no entendían ni jota de pintura. Pensándolo bien, no creo que Holbein recibiera encargos de los vendedores ambulantes del East End.

Daphne lanzó una carcajada.

–Por cierto, Charlie, ¿qué ha sido de tu acento de los barrios bajos?

–¿Qué desea la señora marquesa, medio kilo de tomates y un cuarto de pomelos, o una noche de cachondeo?

–Eso está mejor. No dejes que unas cuantas clases nocturnas se te suban a la cabeza.

–Shhh –dijo Charlie, mirando a su mujer, que seguía sentada en el sofá–. Becky aún no lo sabe y no diré nada hasta que...

–Entiendo. Te prometo que yo no le diré nada. Ni siquiera se lo he contado a Percy. –Desvió la mirada hacia Becky, enfrascada en una animada conversación con Percy–. A propósito, ¿cuánto falta para que...?

–Yo diría que diez años –dijo Charlie, preparando su respuesta ensayada.

–Ah, pues yo pensaba que estas cosas suelen requerir nueve meses. A menos que seas un elefante.

Charlie sonrió y se dio cuenta de que había metido la pata.

–Calculo que faltan dos meses. Tommy si es niño y Debbie si es niña. Con un poco de suerte, el hijo que Becky tendrá pronto se convertirá en el compañero ideal de Clarence o Clarissa.

–La idea es buena. Tal como va el mundo últimamente, no me sorprendería que mis hijos acabaran trabajando como empleados tuyos –opinó Daphne.

A pesar de que Daphne le lanzó una andanada de preguntas, Charlie no podía apartar la mirada del Holbein. Finalmente lo sobornó diciendo:

–Ven, Charlie, vamos a comer algo. De un tiempo a esta parte siempre estoy hambrienta.

Percy y Becky se levantaron y siguieron a Daphne y Charlie hacia el comedor.

Daphne guió a sus invitados por un largo pasillo. Entraron en otra sala, del mismo tamaño y proporción que la anterior. Seis retratos de cuerpo entero, pintados por Reynolds, colgaban de las paredes.

–En este caso, el único pariente es la fea –les aseguró Percy, sentándose en un extremo de la mesa y señalando el lienzo de la larga figura gris de una dama, colgado a sus espaldas–. Y le habría costado lo suyo establecerse en Wiltshire, de no ir acompañada de una hermosísima dote.

Se sentaron a la mesa. Estaba dispuesta para cuatro, pero albergaría con comodidad a ocho. La cena de cuatro platos habría alimentado hasta la saciedad a dieciséis. Criados con librea se situaron detrás de cada silla para complacer el menor deseo de los comensales.

–Toda casa que se precie debería contar con lacayos –susurró Charlie a su esposa, sentada frente a él.

La conversación que ocupó la cena dio a los cuatro ocasión de averiguar todo lo ocurrido durante el último año. Al terminar el banquete, cuando Daphne y Becky se retiraron para que los hombres disfrutaran de un puro, Charlie pensó que era como si los Wiltshire no se hubieran ausentado nunca.

–Me alegro de que las chicas nos hayan dejado solos –empezó Percy–, pues me temo que deberíamos tocar un tema mucho menos agradable.

Charlie lanzó una bocanada de humo de su primer puro, preguntándose cómo sería padecer cada día el mismo suplicio.

–Cuando estuvimos en la India, Daphne y yo nos topamos con el canalla de Trentham. –Charlie tosió cuando el humo se le atragantó y prestó toda su atención a las explicaciones que su invitado le daba sobre la conversación sostenida con Trentham–. Su amenaza de que te iba a «destruir», fuera como fuese, puede ser una simple fanfarronada, por supuesto –continuó Percy–, pero Daphne creyó conveniente que te pusiéramos al corriente.

–¿Y qué puedo hacer yo?

Charlie dejó caer la ceniza en el cenicero de plata que le acercaron justo a tiempo.

–Sospecho que no mucho, excepto recordar que quien avisa no es traidor. Llegará a Inglaterra en cualquier momento, y su madre va contando a todo el mundo que a Guy le han hecho una oferta tan irresistible en la City que ha decidido sacrificar su carrera. Me parece imposible que alguien la crea y, de cualquier modo, la gente honrada piensa que la City es el lugar adecuado para la gentuza como Trentham.

–¿Crees que debería decírselo a Becky?

–No. De hecho, no le he hablado a Daphne de mi segundo encuentro con Trentham en el club Overseas. No hace falta que tortures a Becky con los detalles. Por lo que he oído esta noche, está más feliz que unas pascuas.

–Sin contar que está a punto de dar a luz.

–Exacto. El tiempo dirá la última palabra. Bien, ¿vamos a reunirnos con las damas?

Mientras bebían una generosa copa de coñac en otra sala llena de retratos de antepasados –incluido un pequeño óleo del príncipe Carlos–, Becky oyó la descripción que Daphne hizo de los norteamericanos, seres adorables a los que los británicos jamás debieron conceder la independencia; de los africanos, que eran encantadores y a quienes había que devolver sus tierras lo antes posible, y de los indios, que, según el hombrecillo andrajoso que aparecía constantemente a las puertas de la residencia oficial del gobernador, estaban desesperados por acceder a la independencia.

–¿Te refieres, por casualidad, a Gandhi? –preguntó Charlie, lanzando bocanadas de humo con más seguridad–. Me parece un hombre impresionante.

De regreso a Gilston Road, Becky le contó a Charlie todas las habladurías que Daphne le había revelado. Sin embargo, resultó obvio para Charlie que las dos mujeres no habían tocado el tema de Trentham ni de la amenaza que había formulado.

Charlie pasó la noche sin dormir, en parte porque había abusado de la comida y del alcohol, pero sobre todo porque su mente saltaba de la dimisión del coronel al problema del inminente regreso de Trentham a Inglaterra.

A las cuatro de la mañana se levantó, se puso su ropa vieja y se fue al mercado, algo que procuraba hacer al menos una vez a la semana, convencido de que ningún empleado de Trumper's conocía el

Garden y sus tejemanejes mejor que él. En fecha reciente, un comerciante del mercado llamado Ned Denning había logrado colarle un par de cajas de aguacates demasiado maduros y al día siguiente lo obligó a comprar una caja de naranjas que Charlie no quería para nada. El tercer día Charlie madrugó con la intención de que Ned fuese despedido.

El lunes siguiente, Ned Denning se convirtió en el primer director general del colmado Trumper's.

Charlie aprovechó bien la mañana, comprando provisiones para los números 131 y 147. Bob Makins llegó una hora más tarde para trasladar a Charlie y a Ned de regreso a Chelsea Terrace en la furgoneta adquirida unos días antes.

En cuanto se detuvieron frente a la verdulería, Charlie ayudó a descargar y guardar los artículos. Poco después de las siete volvió a su casa para desayunar. Consideró que todavía era demasiado temprano para llamar por teléfono al coronel.

La cocinera le sirvió huevos con bacon, que compartió con Daniel y la niñera. Becky no bajó, pues aún no se había recuperado de la cena.

Charlie se entretuvo la mayor parte del desayuno intentando contestar a la interminable retahíla de preguntas inconexas de Daniel, hasta que la niñera cogió en brazos al crío protestón y lo llevó al cuarto de juegos de la planta superior. Charlie abrió la tapa de su reloj de cadena y consultó la hora. No pudo esperar más a pesar de que aún no habían dado las ocho. Se dirigió al vestíbulo, descolgó el teléfono, se acercó el auricular a la oreja y pidió a la operadora que lo pusiera con Flaxman 172. La comunicación se estableció pocos segundos después.

–¿Puedo hablar con el coronel?

–Le diré que ha llamado, señor Trumper –fue la respuesta.

La idea de que nunca sería capaz de disimular su acento por teléfono divirtió a Charlie.

–Buenos días, Charlie –dijo otro acento que reconoció de inmediato.

–¿Puedo ir a verlo, señor?

–Por supuesto, pero espera hasta la diez, camarada. Elizabeth ya se habrá ido a Camden Hill, a visitar a su hermana.

–Estaré ahí a las diez en punto –prometió Charlie.

Después de colgar, decidió emplear las dos horas que le restaban en hacer una gira por las tiendas. Por segunda vez en aquella mañana, y sin que Becky se hubiera despertado, se marchó a Chelsea Terrace.

Charlie sacó al señor Arnold de la ferretería y comenzó la inspección de las nueve tiendas. Explicó con todo lujo de detalles a su subdirector los planes que tenía para instalar en el edificio seis nuevas tiendas.

Después de dejar el 129, Charlie confesó a Arnold su preocupación por la licorería, que aún no daba la talla, a pesar de que habían incorporado el nuevo servicio de reparto, que originariamente sólo prestaba la verdulería. Charlie estaba orgulloso de que su tienda fuera una de las primeras de Londres en tomar pedidos por teléfono y entregarlos el mismo día a los clientes que habían abierto una cuenta. Otra idea que les había robado a los norteamericanos, y cuanto más leía sobre sus colegas de Estados Unidos, más deseaba visitar el país y estudiar sus innovaciones sobre el terreno.

Aún recordaba su primer servicio de reparto, cuando utilizaba el carretón del abuelo para el transporte y a Kitty para efectuar las entregas. Ahora, conducía una elegante furgoneta azul de tres caballos de fuerza, con la inscripción «Trumper, el comerciante honrado, a su servicio desde 1823», escrita con letras doradas en ambos lados.

Se detuvo en la esquina de Chelsea Terrace y contempló la tienda que siempre dominaría la avenida con su espectacular escaparate y la gran puerta doble. Sabía que casi había llegado el momento de entrar y ofrecer al señor Fothergill un generoso talón que cubriera las deudas de la sala de subastas; un antiguo empleado del número 1 le había asegurado recientemente que el descubierto ascendía a más de dos mil libras.

Charlie entró en el número 1 para pagar una factura mucho menor y preguntó a la recepcionista si habían terminado de poner el marco nuevo a la Virgen María y el Niño. Llevaban un retraso de tres semanas.

No lamentaba la demora porque así tenía otra excusa para husmear el local. Vio que el empapelado de la recepción estaba despegado y que ante el escritorio sólo quedaba una empleada, de lo que dedujo que la chica no cobraba regularmente su paga semanal.

El señor Fothergill se presentó con el cuadro al que había puesto un nuevo marco dorado y entregó a Charlie el pequeño óleo.

–Gracias –dijo Charlie y volvió a examinar las osadas pinceladas rojas y azules que daban forma al retrato.

Se dio cuenta de que lo había echado mucho de menos.

–¿Qué precio le calcula? –preguntó a Fothergill como quien no quiere la cosa, al tiempo que le entregaba un billete de diez chelines.

–Unas libras, a lo sumo –contestó el experto, tocándose la corbata de lazo–. Al fin y al cabo, se pueden encontrar a lo largo y ancho de Europa multitud de versiones del tema, ejecutado por artistas desconocidos.

–Me sorprende –dijo Charlie, mientras consultaba su reloj y guardaba la factura en el bolsillo. Le quedaba tiempo de sobra para pasear sin prisa por Princess Gardens y llegar a la residencia del coronel un par de minutos antes de las diez–. Buenos días –se despidió del señor Fothergill.

Aunque aún era muy temprano, las aceras de Chelsea bullían de gente y Charlie levantó su sombrero en varias ocasiones para saludar a los clientes que reconoció.

–Buenos días, señor Trumper.

–Buenos días, señora Symonds –contestó Charlie.

Cruzó la calle para atajar por el parque.

Empezó a ensayar mentalmente lo que le diría al coronel una vez descubierta la razón por la que consideraba necesario presentar la dimisión. Fuera cual fuese esa razón, Charlie estaba decidido a no perder a su presidente. Dejó atrás la puerta del parque y caminó por la acera.

Se apartó a un lado para dejar pasar a una dama que empujaba un cochecillo de niño y saludó burlonamente a un viejo soldado. Estaba sentado en un banco del parque y jugueteaba con una enredadera. Después de atravesar el pequeño jardín público salió a Gilston Road y cerró la puerta a su espalda.

Charlie se encaminó hacia Tregunter Road y aceleró el paso. Sonrió al pasar frente a su pequeña casa, olvidando que llevaba el cuadro bajo el brazo. No hacía más que pensar en los motivos de la dimisión del coronel.

Giró sobre sus talones al oír un grito y un portazo. Fue más un reflejo que el deseo de averiguar qué ocurría. Se quedó paralizado al observar que una figura desaliñada bajaba corriendo los escalones de su casa y se precipitaba hacia él.

Petrificado, Charlie vio que el supuesto vagabundo se acercaba hasta detenerse, repentinamente, a pocos pasos. Se observaron fijamente unos segundos, sin pronunciar palabra. El rostro del hombre estaba oscurecido por una incipiente barba que impedía identificarlo como caballero o como vagabundo. El reconocimiento dio rápidamente paso a la incredulidad.

Charlie no pudo creer que esa figura desaliñada y con barba, cubierta con un viejo gabán militar y un raído sombrero de fieltro, fuese el mismo hombre que hacía casi cinco años había conocido en una estación de Edimburgo.

El detalle que Charlie jamás olvidaría fueron los tres círculos que destacaban en las charreteras del gabán de Trentham, la señal de los galones de capitán arrancados recientemente.

Trentham bajó la vista hacia el cuadro durante un segundo y luego, de improviso, se abalanzó sobre Charlie, lo sorprendió y le arrebató el óleo.

Se volvió y echó a correr. Charlie se lanzó al instante en su persecución y no tardó en ganar terreno a Trentham, estorbado por su grueso gabán y el peso del cuadro.

Charlie estaba a punto de sujetar a Trentham por la cintura, cuando oyó otro grito. Vaciló un momento al pensar que provenía de su casa. Cambió de dirección y corrió hacia la puerta del número 17, consciente de que concedía a Trentham la posibilidad de huir. Entró como una exhalación en la sala de estar y encontró a la cocinera y a la niñera inclinadas sobre Becky. Estaba tendida en el sofá y gemía de dolor.

Los ojos de Becky se iluminaron al ver a Charlie.

–Estoy a punto de parir –fue todo cuando dijo.

–Cójala con suavidad y ayúdeme a llevarla al coche –dijo Charlie a la cocinera.

Sacaron a Becky de la casa, mientras la niñera corría a abrir la puerta del coche para que la acomodaran en el asiento trasero. Charlie miró a su esposa. Estaba pálida y tenía los ojos vidriosos. Cuando cerró la portezuela, Charlie tuvo la impresión de que Becky estaba desmayada.

Charlie se sentó al volante y gritó a la cocinera, que giraba la manivela para poner el motor en marcha.

–Llame a mi hermana al hospital y dígale que vamos para allá. Que esté preparada para cualquier emergencia.

Puso el motor en marcha y la cocinera saltó a un lado para no ser atropellada. Charlie aceleró y trató de evitar a peatones, bicicletas, tranvías, caballos y otros vehículos mientras cambiaba de marchas en su viaje al sur, hacia el Támesis.

Se volvía incesantemente para mirar a su esposa, dudando de que siguiera con vida.

–¡Quiero que los dos vivan! –gritó, con toda la fuerza de sus pulmones.

Bajó por el Embankment a toda velocidad, tocando el claxon y chillando a la gente que cruzaba la calle y que desconocía su desesperación. Al atravesar el puente de Southwark oyó gemir a Becky.

–Pronto llegaremos, querida –prometió–. Resiste un poco más.

Tras salir del puente se desvió por la primera calle a la izquierda y mantuvo la velocidad hasta divisar las enormes puertas de hierro del hospital. Cuando dio la vuelta al círculo de flores de la entrada vio que Grace y dos hombres vestidos con batas blancas largas esperaban, con una camilla al lado. Charlie frenó el coche a pocos centímetros del grupo.

Los dos hombres alzaron con sumo cuidado a Becky y la depositaron en la camilla. Subieron corriendo la rampa de acceso al hospital. Charlie se apeó de un salto y avanzó al lado de la camilla, aferrando la mano de Becky mientras Grace corría a su lado y le decía que el señor Armitage, el ginecólogo jefe del hospital, los esperaba en un quirófano en la primera planta.

Becky se encontraba en el interior del quirófano cuando Charlie llegó a la puerta. Lo dejaron solo en el pasillo. Se puso a caminar arriba y abajo, indiferente ante los empleados que se dirigían a su trabajo.

Grace salió pocos minutos después y le aseguró que el doctor Armitage lo tenía todo bajo control y que Becky no podía estar en mejores manos. El bebé nacería de un momento a otro. Apretó la mano de su hermano y volvió al quirófano. Charlie siguió dando vueltas, pensando únicamente en su mujer y en su primer hijo. La visión de Trentham se había diluido. Rezó para que Daniel tuviera un hermano, Tommy, que tal vez un día tomaría las riendas de Trumper's. Rezó para que Becky no padeciera mucho durante el parto. Deambuló por aquel largo pasillo de paredes verdes y masculló, profundamente consciente de lo mucho que amaba a su mujer.

Una hora después un hombre alto y corpulento franqueó las puertas del quirófano, seguido de Grace. Charlie se volvió para mirarlos y como el médico llevaba el rostro cubierto por la mascarilla no pudo deducir el resultado de la intervención. El doctor Armitage se quitó la mascarilla y su expresión dio respuesta a las mudas plegarias de Charlie.

–Señor Trumper, lo lamento muchísimo. Logré salvar la vida de su esposa, pero no pude hacer nada por su hija, que nació muerta.

21

Después de la intervención quirúrgica Becky pasó varios días inmovilizada en la habitación del hospital.

Posteriormente Grace explicó a Becky que, a pesar de que el doctor Armitage había salvado la vida de su esposa, ésta tardaría semanas en recuperarse por completo, sobre todo después de que se enteró de que no podría tener más hijos sin poner en peligro su vida.

Charlie la visitaba por la mañana y por la noche y Becky tardó más de quince días en contarle que Guy Trentham había entrado en su casa por la fuerza y amenazado con matarla si no le decía dónde estaba el cuadro.

–¿Por qué? No lo entiendo –dijo Charlie.

–¿Ha aparecido el cuadro?

–Ni rastro hasta el momento –contestó Charlie, justo cuando Daphne entraba con una enorme cesta llena de provisiones.

Daphne besó a Becky en la mejilla y confirmó que había comprado la fruta en Trumper's esa misma mañana. Becky forzó una sonrisa mientras mordisqueaba un melocotón. Daphne se sentó al pie de la cama y los puso al corriente de las últimas noticias.

Les informó que, en una de sus visitas habituales a los Trentham, había averiguado que Guy se hallaba en Australia y que su madre afirmaba que no había pisado Inglaterra, sino que había viajado directamente a Sydney desde la India.

–Vía Gilston Road –comentó Charlie.

–La policía no piensa así –dijo Daphne–. Están convencidos de que abandonó Inglaterra en 1920 y no hay pruebas de que haya regresado.

–Bien, nosotros no vamos a allanarles el camino –dijo Charlie, cogiendo la mano de Becky.

–¿Por qué? –preguntó Daphne.

–Porque considero que Australia está lo bastante lejos para dejar que Trentham se las arregle: no ganaremos nada persiguiéndole. Si los australianos lo dejan actuar ya se liará solito.

–¿Y por qué dicen que está en Australia? –se interesó Becky.

–La señora Trentham asegura que a Guy le ofrecieron entrar como socio en una empresa dedicada a la venta de ganado. Una oferta difícil de rechazar, aun a costa de renunciar a su carrera militar. El vicario es la única persona que se ha tragado la historia.

Sin embargo, Daphne tampoco tenía idea de los motivos por los que Trentham había robado el óleo.

El coronel y Elizabeth visitaron a Becky en diversas ocasiones. Como el coronel se refirió constantemente al futuro de la empresa y en ningún momento mencionó su carta de dimisión, Charlie prefirió no abordar el tema.

Fue Crowther el que finalmente informó a Charlie sobre la identidad del comprador de los pisos.

Seis semanas después, Charlie y Becky regresaron a casa, sin abusar de la velocidad, pues el doctor Armitage le había recomendado un mes de reposo antes de volver a trabajar. Charlie prometió al médico que su esposa no haría nada hasta que se sintiera plenamente recobrada.

La mañana en que Becky regresó a casa, Charlie la dejó acostada y se dirigió a Chelsea Terrace, directamente a la joyería que había adquirido durante la ausencia de su mujer.

Ya en la tienda, dedicó un buen rato a elegir un collar de perlas cultivadas, un brazalete de oro y un reloj victoriano de señora. Después ordenó que fueran enviados a Grace, a la jefa de enfermeras y a la enfermera que había atendido a Becky durante su estancia en el hospital. Se detuvo a continuación en la verdulería, donde pidió a Bob que preparara una cesta con la fruta más selecta. También escogió una excelente botella de vino reserva en el 101 para incluirla en la cesta.

–Envíalos al señor Armitage, plaza Cadogan, 7, SW1 Londres, de mi parte –añadió.

–Ahora mismo –contestó Bob–. ¿Algo más?

–Sí. Quiero que todos los lunes envíes una cesta semejante hasta el fin de la vida del doctor Armitage.

Aproximadamente un mes después, en noviembre de 1922, Charlie se enteró de los problemas que Arnold tenía a la hora de afrontar la sencilla tarea de reemplazar a un dependiente. De hecho, la selección del personal era uno de los problemas más graves que Arnold afrontaba porque para ocupar un puesto vacante se presentaban entre cincuenta y cien candidatos. Arnold hacía una lista restringida porque Charlie insistía en entrevistar personalmente a los postulantes antes de confirmarlos en los puestos.

Aquel lunes Arnold ya había seleccionado a varias chicas para el puesto de ayudante en la floristería, tras la jubilación de una empleada que llevaba muchísimos años en la tienda.

–He seleccionado tres para el puesto –dijo–, pero he pensado que una de las candidatas rechazadas le podía interesar. No contaba con las cualificaciones requeridas para este puesto en concreto, pero...

Charlie echó un vistazo a la hoja que Arnold le había entregado.

–Joan Moore. ¿Por qué debería yo...? –empezó Charlie, examinando rápidamente la solicitud–. Ah, ya entiendo. Es usted muy observador, Tom. –Leyó unas cuantas líneas más–. Pero yo no necesito... Bueno, por otra parte, tal vez sí. –Levantó la vista–. Cítela la semana que viene y hablaré con ella.

El jueves siguiente Charlie entrevistó a la señorita Joan Moore por espacio de una hora en su casa de Gilston Road y su primera impresión fue que se trataba de una muchacha alegre, bien educada y algo inmadura. Sin embargo, antes de ofrecerle el puesto de doncella personal de la señora Trumper, le hizo varias preguntas claves.

–¿Solicitó este trabajo porque conocía la relación entre mi esposa y su antigua patrona? –preguntó Charlie.

La muchacha lo miró sin pestañear.

–Sí, señor.

–¿Su antigua patrona la despidió?

–No exactamente, señor, pero cuando me fui se negó a darme referencias.

–¿Qué razón adujo?

–Yo salía con el segundo criado, sin decírselo al mayordomo, que está a cargo de toda la servidumbre.

–¿Sigue saliendo con el segundo criado?

La chica vaciló.

–Sí, señor. Nos casaremos en cuanto ahorremos lo suficiente.

–Bien. Preséntese a trabajar el próximo lunes por la mañana. El señor Arnold tomará las disposiciones que correspondan.

Becky lanzó una carcajada cuando Charlie le dijo que había contratado una doncella personal para ella.

–¿Y qué haré yo con una de ésas? –preguntó después.

Charlie le explicó exactamente qué haría con «una de ésas». Cuando terminó, Becky se limitó a decir:

–Eres siniestro, Charlie Trumper, te lo aseguro.

Durante la asamblea que la junta celebró en febrero de 1924, Crowther advirtió a sus socios que el número 1 de Chelsea Terrace se pondría a la venta antes de lo previsto.

–¿Por qué? –preguntó Charlie, un poco nervioso.

–Su hipótesis de que Fothergill no resistiría más de dos años está empezando a parecer profética –continuó Crowther.

–¿Cuánto quiere?

–El tema se ha complicado un poco.

–¿Por qué?

–Porque ha decidido subastar la propiedad en persona.

–¿Subastarla? –inquirió Becky.

–Sí –contestó Crowther–. De esta manera se ahorra la comisión de un agente.

–Ya lo entiendo. ¿Cuál puede ser el precio final? –preguntó el coronel.

–Es difícil responder a esa pregunta –contestó Crowther–. Tiene cuatro veces el tamaño de cualquier tienda de la avenida, ocupa cinco plantas y es aún más extensa que la taberna de Syd Wrexall, que se alza en la otra esquina. Por si esto fuera poco, posee la fachada más grande de Chelsea y una entrada doble en la esquina de Fulham Road. Por estos motivos es difícil calcular su valor.

–A pesar de todo, ¿por qué no hace una estimación aproximada? –insistió el presidente.

–Si tanto le preocupa, diría que sobre dos mil libras, que podrían dispararse y llegar a tres mil si alguien se muestra muy interesado.

–¿Y las existencias? –preguntó Becky–. ¿Sabemos qué va a hacer con ellas?

–Sí, van incluidas en el lote.

–¿Y cuál es su valor, más o menos? –se interesó Charlie.

–Creo que eso es competencia de la señora Trumper –dijo Crowther.

–Se han devaluado bastante –intervino Becky–. Muchas de las mejores obras de Fothergill han ido a parar a Sotheby's y sospecho que Christie's tampoco se ha quedado atrás. Sin embargo, lo que queda puede rondar las mil libras en la subasta.

–Por lo tanto, el valor nominal del edificio y las existencias asciende a unas tres mil libras –dijo Hadlow.

–Pero el número 1 superará ese precio –dijo Charlie.

–¿Por qué? –preguntó Hadlow.

–Porque la señora Trentham se encontrará entre los pujadores.

–¿Por qué estás tan seguro? –preguntó el presidente.

–Porque nuestra doncella todavía sale con su segundo criado.

El resto de la junta estalló en carcajadas, pero el presidente no se unió a sus risas.

–Otra vez no –dijo–. Primero los pisos, y ahora esto. ¿Cuándo acabará?

–Sospecho que cuando esté muerta y enterrada –dijo Charlie.

–Puede que ni siquiera entonces –remachó Becky.

–Si te refieres a su hijo –dijo el coronel–, no creo que nos cause muchos problemas desde casi veinte mil kilómetros de distancia. En cuanto a su madre, el infierno no posee la furia…

–La cita es errónea –dijo Charlie.

–¿Cómo es? –preguntó el coronel.

–Es de Congreve, coronel. Los versos dicen: «El cielo no posee la rabia del amor transformado en odio, ni el infierno la furia de una mujer despreciada». –El coronel quedó pasmado y no pudo articular palabra–. Sin embargo –continuó–, y ciñéndonos al tema, necesito saber qué límite me impondrá la junta para pujar por el número 1.

–Considero que cinco mil será la cifra necesaria dadas las circunstancias –dijo Becky.

–Pero no más –observó Hadlow, estudiando el estado de cuentas que tenía delante.

–¿Tal vez una puja más? –insinuó Becky.

–Lo siento, pero no comprendo –dijo Hadlow–. ¿Qué quiere decir «una puja más»?

–Las pujas nunca alcanzan la cantidad exacta que uno supone, señor Hadlow. La mayoría de la gente que acude a una subasta está dispuesta a pujar hasta una cantidad determinada; por lo tanto, si se supera esta cifra es fácil hacerse con el lote.

Hasta Charlie aprobó con la cabeza.

–Entonces estoy de acuerdo con que hagamos una puja más –dijo Hadlow, admirado.

–Sugiero que la señora Trumper se encargue de la puja –dijo el coronel–, porque con su experiencia...

–Le agradezco su amabilidad, coronel, pero necesitaré la ayuda de mi marido –dijo Becky sonriente–. Y de toda la junta, en realidad. Debo decirles que ya he preparado un plan.

Contó a sus colegas lo que había pensado.

–Muy divertido –dijo el coronel cuando Becky terminó de explicar su estrategia–. ¿Se me permitirá asistir a la subasta?

–Oh, sí –dijo Becky–. Todos ustedes deben estar presentes, pero, a excepción de Charlie y yo, se quedarán sentados en silencio en la fila situada detrás de la señora Trentham, pocos minutos antes de que la subasta empiece.

–Maldita mujer –exclamó el coronel–. Lo siento.

–Cierto, pero no hemos de olvidar en ningún momento que es una aficionada –añadió Becky.

–¿A qué se refiere? –preguntó Hadlow.

–A veces, los aficionados se dejan arrastrar por la ocasión y cuando eso ocurre los profesionales no tienen nada que hacer, porque el aficionado suele terminar pujando más alto. No debemos olvidar que tal vez sea la primera subasta en que participa la señora Trentham, y como desea tanto como nosotros esa propiedad y posee recursos superiores, tendremos que poner en juego toda nuestra astucia para apoderarnos del lote.

Nadie disintió con su evaluación de la situación.

Una vez terminada la asamblea, Becky explicó su plan con todo detalle a Charlie, e incluso le hizo acudir a Sotheby's una mañana con la orden de pujar por tres piezas de plata holandesa. Obedeció las instrucciones de su mujer, pero terminó adquiriendo una mostacera georgiana por la que no tenía el menor interés.

–Es la mejor manera de aprender –le aseguró Becky–. Agradece que no pujaras por un Rembrandt.

Aquella noche, durante la cena, continuó explicando a Charlie las sutilezas de las subastas, con mayor detalle que durante la asamblea. Charlie aprendió que se hacían diferentes señas al subastador para seguir pujando sin que los demás lo supieran y que había formas de descubrir quién pujaba contra ti.

–Pero ¿no va la señora Trentham para competir contigo? –preguntó Charlie–. Al fin y al cabo, seréis las únicas que pujaréis hasta el final –dijo, pasándole a su mujer una rebanada de pan.

–No, si habéis conseguido sacarla de sus casillas antes de que yo entre en liza.

–Pero la junta accedió a que tú...

–Entonces, se me permitirá que puje por encima de las cinco mil libras.

–Pero...

–Nada de peros, Charlie –dijo Becky sirviendo a su marido otra ración de estofado irlandés–. La mañana de la subasta te quiero listo, vestido con tu mejor traje y sentado en la séptima fila, junto al pasillo, con aspecto de extrema complacencia. Después, procederás a pujar de forma ostentosa por encima de las tres mil libras. Cuando la señora Trentham supere tu oferta, cosa que hará sin duda alguna, te pondrás de pie y saldrás de la sala, con cara de decepción, mientras yo sigo pujando en tu ausencia.

–No está mal –dijo Charlie, y pinchó un par de guisantes con el tenedor–, pero la señora Trentham adivinará tus intenciones.

–Ni hablar, porque estableceré con el subastador un código de señales que ella será incapaz de descifrar.

–Pero ¿entenderé yo lo que hagas?

–Oh, sí, porque sabrás exactamente lo que hago cuando utilice el truco de las gafas.

–¿El truco de las gafas? Pero si ni siquiera llevas gafas.

–Las llevaré el día de la subasta, y mientras las tenga puestas sabrás que continúo pujando. Si me las quito, es que he terminado de pujar. Así, cuando salgas de la sala, el subastador sólo se fijará en que yo sigo llevando las gafas puestas. La señora Trentham pensará que has abandonado y permitirá alegremente que otra persona siga pujando, siempre que crea que no te representa.

–Eres fantástica, señora Trumper –dijo Charlie y se puso de pie para recoger los platos–, pero ¿qué pasará si te ve charlando con el subastador, o peor aún, descubre tu código antes de que el señor Fothergill empiece la subasta?

–No me verá. Acordaré el código con Fothergill pocos minutos antes de que empiece la subasta. En cualquier caso, será en ese momento cuando hagas tu gran entrada, segundos después de que los demás miembros de la junta tomen asiento detrás de la señora Trentham. Con un poco de suerte, estará tan distraída por todo lo que ocurre a su alrededor que ni siquiera reparará en mí.

–Me he casado con una chica muy inteligente.

–No decías lo mismo cuando íbamos a la escuela de la calle Jubilee.

La mañana de la subasta, Charlie admitió durante el desayuno que estaba muy nervioso, a pesar de la calma inusitada de Becky, sobre todo después de que Joan informó a su señora que el segundo criado había oído de labios de la cocinera que la señora Trentham se había puesto un límite de cuatro mil libras para pujar.

–Me pregunto... –empezó Charlie.

–¿Si lo dijo a propósito? Es posible. Ella es tan astuta como tú. Mientras nos ciñamos al plan acordado... y recuerda que todo el mundo, incluida la señora Trentham, tiene un límite... podremos derrotarla.

Estaba previsto que la subasta diera comienzo a las diez en punto. La señora Trentham entró en la sala veinte minutos antes y se contoneó pasillo abajo. Se sentó en el centro de la tercera fila. Colocó su bolso en una silla y el catálogo en la otra parte para asegurarse de que nadie se sentaría a su lado. El coronel y sus dos socios entraron en la sala a medio llenar a las 9.50 y, siguiendo las instrucciones, ocuparon los asientos situados detrás de su adversaria. La señora Trentham no aparentó el menor interés por su presencia. Charlie hizo su aparición cinco minutos después. Avanzó por el pasillo central, saludó con el sombrero a una dama que reconoció, estrechó la mano de una clienta habitual y se sentó en el extremo de la séptima fila. Habló en voz alta con su vecino sobre la gira del equipo inglés de *cricket* por Australia y explicó, una vez más, que no estaba emparentado con el genial bateador australiano de su mismo apellido. El minutero del reloj de caja situado detrás del estrado del subastador avanzaba lentamente hacia la hora señalada.

Aunque la sala no era mucho más grande que la de la casa de Daphne en Eaton Square, habían conseguido apretujar cien sillas de diferentes formas y tamaños. Las paredes estaban cubiertas de un tapete verde descolorido que exhibía marcas de ganchos en los puntos donde habían colgado cuadros en el pasado. La alfombra estaba tan raída que Charlie distinguió por los agujeros las tablas del suelo. Presintió que dotar al número 1 de la pulcritud que distinguía a las tiendas Trumper's le iba a costar más de lo que imaginaba.

Paseó la vista a su alrededor y calculó que habría unas setenta personas en la sala; se preguntó cuántas habían ido sin intención de pujar, sólo por el placer de presenciar el enfrentamiento entre los Trumper y la señora Trentham.

Syd Wrexall, como representante de la Asociación de Comerciantes, estaba en la primera fila, con los brazos cruzados y expresión de serenidad forzada. Su amplio volumen ocupaba casi dos sillas. Charlie sospechó que no se quedaría más allá de la segunda o tercera puja. No tardó en localizar a la señora Trentham, sentada en la tercera fila y con la vista clavada en el reloj de caja.

Cuando faltaban dos minutos para el comienzo, Becky entró en la sala de subastas. Charlie estaba ansioso por seguir las instrucciones al pie de la letra. Se levantó de su silla y avanzó con determinación hacia la salida. Esta vez, la señora Trentham se volvió para observar los movimientos de Charlie. Éste recogió otro contrato de compra venta en la parte posterior de la sala, volvió a su asiento con parsimonia y se detuvo para charlar con otro tendero que, evidentemente, se había tomado una hora libre para presenciar la subasta.

Cuando Charlie volvió a su sitio no miró a su mujer, que estaba sentada algo más atrás. Tampoco miró a la señora Trentham, aunque presintió que no le quitaba ojo de encima.

El reloj dio las diez. El señor Fothergill, un hombre alto y delgado, con una flor en el ojal, que llevaba impecablemente peinadas sus guedejas plateadas, subió los cuatro peldaños que conducían al estrado circular de madera. Charlie pensó que tenía un aspecto impresionante. Fothergill se acomodó, apoyó una mano en el borde del estrado y sonrió al público apiñado.

–Buenos días, damas y caballeros –saludó, cogiendo su mazo.

El silencio descendió sobre la sala. El señor Fothergill se acarició la corbata de lazo antes de proseguir.

–Vamos a proceder a la venta de la propiedad conocida como Chelsea Terrace, número 1, sus instalaciones, accesorios y contenido, que han estado abiertos al público durante las dos últimas semanas. A quien puje más alto se le exigirá un depósito del diez por ciento, apenas concluida la subasta, para completar la transacción en un plazo máximo de noventa días. Así rezan los términos de sus contratos de compraventa, y lo repito, únicamente, para que no surjan malos entendidos *a posteriori*.

Carraspeó. El corazón de Charlie se aceleró. Vio que el coronel cerraba los puños. Becky sacó unas gafas del bolso y las dejó sobre su regazo.

–La subasta se abre con una postura de mil libras –dijo Fothergill al silencioso público. Muchos espectadores se congregaban en un lado de la sala o se recostaban contra la pared, pues ya no quedaban sillas libres. Charlie clavó la mirada en el subastador. El señor Fothergill sonrió al señor Wrexall, que seguía con los brazos cruzados, en una actitud de decidida resolución–. ¿Alguien ofrece más de mil?

–Mil quinientas –dijo Charlie, en voz demasiado alta.

Aquellos que ignoraban la confabulación se volvieron para ver quién hacía la oferta. Algunos hicieron comentarios con sus vecinos.

–Mil quinientas –dijo el subastador–. ¿Alguien ofrece dos mil?

El señor Wrexall descruzó los brazos y levantó una mano, como un escolar decidido a demostrar que sabe la respuesta a una pregunta formulada por el profesor.

–Dos mil quinientas –espetó Charlie antes de que Wrexall tuviera tiempo de bajar la mano.

–Dos mil quinientas en el centro de la sala. ¿Alguien ofrece tres mil?

La mano del señor Wrexall se elevó unos centímetros de su rodilla y volvió a caer. Profundas arrugas se marcaron en su frente.

–¿Alguien ofrece tres mil? –preguntó por segunda vez el señor Fothergill.

Charlie apenas podía dar crédito a su suerte. Iba a conseguir el número 1 por dos mil quinientas libras. Mientras esperaba a que el martillo se abatiera, los segundos parecieron minutos.

–¿Alguien en la sala ofrece tres mil? –preguntó el señor Fothergill, algo decepcionado–. En tal caso, ofrezco el número 1 de

Chelsea Terrace por dos mil quinientas libras a la una... –Charlie contuvo el aliento–. A las dos. –El subastador levantó el martillo...–. Tres mil libras –anunció el señor Fothergill con un suspiro audible, cuando la mano enguantada de la señora Trentham descansó de nuevo en su regazo.

–Tres mil quinientas –dijo Charlie cuando el señor Fothergill sonrió en su dirección, pero en cuanto volvió la vista hacia la señora Trentham ésta cabeceó afirmativamente a la petición de cuatro mil libras elevada por el subastador.

Charlie dejó que pasaran unos segundos antes de levantarse, enderezarse la corbata y caminar con semblante lúgubre por el centro del pasillo hasta salir a la calle. No vio a Becky ponerse las gafas ni la expresión de triunfo que demudó el rostro de la señora Trentham.

–¿Alguien ofrece cuatro mil quinientas libras? –preguntó el subastador. Desvió la vista un breve instante hacia el asiento de Becky y añadió–: Sí. –Se volvió hacia la señora Trentham y preguntó–: ¿Cinco mil libras, señora?

Los ojos de la mujer inspeccionaron a toda prisa la sala, pero todo el mundo comprendió que ignoraba la identidad del último licitador. Los murmullos aumentaron de volumen, pues todo el público de la sala empezó a practicar el juego de localizar al licitador. Sólo Becky, a salvo en su asiento de atrás, no movió ni un músculo.

–Silencio, por favor –pidió el subastador–. Hay una oferta de cuatro mil quinientas libras. ¿He oído cinco mil libras? –Su mirada volvió a la señora Trentham. Ésta levantó la mano poco a poco, pero mientras lo hacía se giró en redondo para ver quién pujaba contra ella. Nadie se movió cuando el subastador dijo–: Cinco mil quinientas. Tengo una oferta de cinco mil quinientas. –El señor Fothergill paseó la vista por el público–. ¿Alguien ofrece más?

Miró a la señora Trentham. La mujer parecía desconcertada y sus manos descansaban inmóviles sobre su regazo.

–Cinco mil quinientas a la una –dijo el señor Fothergill–. Cinco mil quinientas a las dos. –Becky apretó los labios para reprimir una amplia sonrisa–. Y cinco mil quinientas a las tres.

El subastador levantó el martillo.

–Seis mil –dijo la señora Trentham con voz clara, casi agitando la mano.

El público se quedó sin aliento. Becky se quitó las gafas con un suspiro, comprendiendo que su minucioso plan había fracasado, si bien la señora Trentham tendría que pagar el triple de lo que una tienda en Chelsea Terrace había costado hasta el momento.

Los ojos del subastador escrutaron la parte posterior de la sala, pero Becky aferraba con firmeza las gafas, así que desvió la mirada hacia la señora Trentham que, muy tiesa, sonreía presuntuosamente.

–Seis mil a la una –dijo el subastador, paseando la vista por la sala–. Seis mil a las dos. Si nadie ofrece más, seis mil a las tres...

Alzó el martillo de nuevo.

–Siete mil libras –dijo una voz desde el fondo.

Todo el mundo se volvió. Charlie había regresado y se hallaba de pie en el pasillo, la mano derecha alzada en el aire.

El coronel empezó a sudar, al ver que el licitador era Charlie. Sacó un pañuelo del bolsillo superior y se secó la frente.

–Hay una oferta de siete mil libras –dijo un sorprendido señor Fothergill.

–Ocho mil –exclamó la señora Trentham, mirando a Charlie con belicosidad.

–Nueve mil –rugió Charlie.

El tono de las conversaciones alcanzó un volumen ensordecedor. Becky tuvo ganas de levantarse y echar a su marido de la sala.

–Silencio, por favor –pidió el señor Fothergill–. ¡Silencio!

El coronel continuaba secándose la frente, el señor Crowther tenía la boca tan abierta que corría el riesgo de tragarse una mosca y el señor Hadlow se sujetaba firmemente la cabeza con las manos.

–Diez mil –dijo la señora Trentham.

Becky observó que la mujer, al igual que su marido, había perdido los papeles por completo.

–¿Alguien ofrece once mil? –preguntó el subastador.

Charlie, con semblante preocupado, se limitó a arrugar la frente, menear la cabeza y hundir las manos en los bolsillos.

Becky suspiró aliviada, descruzó las manos y volvió a ponerse las gafas, nerviosa.

–Once mil –dijo el señor Fothergill, mirando hacia Becky.

Se desató una nueva algarabía cuando ella se quitó rápidamente las gafas y se levantó para protestar. Charlie parecía perplejo. Los ojos de la señora Trentham estaban clavados en Becky, a la que por fin había localizado.

–Doce mil libras –anunció la señora Trentham con una sonrisa de triunfo.

El subastador miró a Becky, que había guardado las gafas en el bolso, cerrándolo con un chasquido. También miró a Charlie, que continuaba con las manos hundidas en los bolsillos.

–En la parte delantera de la sala se ofrecen doce mil libras. ¿Quién da más? –Los ojos del subastador escrutaron sucesivamente a Becky, Charlie y la señora Trentham–. Doce mil a la una. –Miró a su alrededor de nuevo–. Doce mil a las dos... Doce mil a las tres. –El martillo se abatió con un golpe sordo–. Declaro vendida la propiedad por doce mil libras a la señora de Gerald Trentham.

Becky corrió hacia la puerta, pero Charlie ya estaba en la calle.

–¿A qué estabas jugando, Charlie? –preguntó, aun antes de alcanzarlo.

–Sabía que pujaría hasta las diez mil libras, porque ésa es la cantidad que todavía tiene en el banco.

–¿Cómo lo sabes?

–El segundo criado de la señora Trentham me pasó la información esta mañana. Por cierto, lo he contratado como mayordomo.

En ese momento el presidente salió a la calle.

–Debo reconocer, Rebecca, que tu plan era brillante –dijo–. Me confundió por completo.

–Y a mí también –dijo Charlie.

–Corriste un peligro espantoso, Charlie Trumper –insistió Becky e impidió que su marido cambiara de tema.

–Tal vez, pero al menos sabía cuál era su límite. No tenía ni idea de cuál era tu juego.

–Cometí un gigantesco error –dijo Becky–. Cuando volví a ponerme las gafas... ¿De qué te ríes, Charlie Trumper?

–Loado sea Dios por los auténticos aficionados.

–¿Qué quieres decir?

–La señora Trentham se creyó de veras que estabas pujando y se pasó de rosca. De hecho, ella no fue la única que se dejó arrastrar por la emoción. Empiezo a sentir pena por...

–¿Por la señora Trentham?

–Desde luego que no –dijo Charlie, con cierta vehemencia–. Por el señor Fothergill. Va a pasar noventa días en el cielo, pero luego se va a dar de morros en la dura tierra.

SEÑORA TRENTHAM

1919-1927

22

No creo que nadie pueda tildarme de presuntuosa, pero creo que la máxima «Un lugar para cada cosa y cada cosa en su lugar» también se aplica a los seres humanos.

Nací en Yorkshire en pleno apogeo del imperio victoriano y me considero capacitada para afirmar que, durante aquel período de la historia de nuestra isla, mi familia tuvo un papel considerable.

Mi padre, sir Raymond Hardcastle, no era sólo un inventor e industrial de gran imaginación y talento, sino que fundó una de las empresas más prósperas de la nación. Al mismo tiempo, siempre trató a los trabajadores como si formaran parte de la familia, e impuso este ejemplo, siempre que trataba con aquellos menos afortunados que él. He tratado de conducir mi vida por el mismo camino.

No tengo hermanos, pero sí una hermana mayor, Amy. Aunque sólo existe una diferencia de dos años entre nosotras, no voy a pretender que estuviéramos muy unidas, quizás porque yo fui una niña extrovertida, incluso vivaz, y ella fue más bien tímida y reservada, y se mostraba retraída, sobre todo cuando entraba en contacto con miembros del sexo opuesto. Padre y yo intentamos buscarle un marido adecuado, pero la empresa se demostró imposible y hasta padre se rindió cuando Amy cumplió cuarenta años. A cambio, desde la prematura muerte de mi madre, Amy ha dedicado eficazmente su tiempo a cuidar de mi adorado padre en su vejez, un acuerdo, debería añadir, que les cuadra a ambos de una forma admirable.

Yo, por mi parte, no tuve problemas para encontrar marido. Si no recuerdo mal, Gerald fue el cuarto, o quizás quinto, pretendiente que se postró de hinojos para solicitar mi mano en matrimonio. Nos conocimos cuando me hallaba invitada en la casa de campo de lord y lady Fanshaw, en Norfolk. Los Fanshaw eran viejos amigos de mi padre y yo era festejada por su hijo menor Anthony desde hacía mucho tiempo. Al enterarme de que no iba a heredar las tierras o el título de su padre, como yo suponía, decidí frustrar sus expectativas de mantener una relación duradera conmigo. Si no recuerdo mal, a padre no le alegró mi conducta, y hasta es posible que me castigara en aquel momento, pero como intenté explicarle más adelante, Gerald no era el más deslumbrante de mis galanes, aunque procedía de una familia que poseía tierras cultivables en tres condados, aparte de una finca en Aberdeen.

Nos casamos en la iglesia de Santa María, Great Ashton, en julio de 1895, y nuestro primer hijo, Guy, fue concebido un año más tarde; es conveniente tardar un período de tiempo pertinente a dar a luz el primer hijo, para no dar lugar a torpes habladurías.

Mi padre siempre nos trató por igual a mí y a mi hermana, aunque a menudo me dio a entender que yo era su favorita. De no ser por su sentido de la justicia me lo habría dejado todo a mí, porque idolatraba a Guy, pero Amy heredará, cuando fallezca mi padre, la mitad de su enorme fortuna. Dios sabe qué uso dará a tanta riqueza; sus únicos intereses en la vida se limitan a la jardinería, el ganchillo y alguna visita ocasional a las fiestas de Scarborough.

Pero, volviendo a Guy, todo el mundo que le conoció durante aquellos años de formación comentó, invariablemente, su apostura, y, si bien nunca lo consentí, consideré pura y simplemente mi deber tomar las medidas oportunas para que se educara en orden a prepararlo para el papel que, sin duda, llegaría a desempeñar en la vida. Impulsada por esta idea, y antes aún de bautizarlo, lo inscribimos en la escuela primaria Asgarth, y después en Harrow, desde donde ingresaría, supuse, en la Real Academia Militar. Su abuelo no escatimó gastos en su educación y, en el caso de su nieto mayor, fue más que generoso.

Cinco años después di a luz a un segundo hijo, Nigel, que nació algo prematuramente, lo cual explicaría por qué le costó más progresar que a su hermano mayor. Guy, entretanto, tuvo varios profesores particulares, uno o dos de los cuales lo encontraron demasiado travieso. Al fin y al cabo, ¿qué niño no te pone sapos en el baño o te corta los cordones de los zapatos por la mitad?

A la edad de nueve años Guy ingresó en Asgarth y de allí pasó a

Harrow. El reverendo Anthony Wood era el director en aquel tiempo, y yo le recordé que Guy era la séptima generación de Trentham que asistía a aquel colegio.

Guy destacó en la fuerza combinada de cadetes, llegando a sargento mayor de la compañía el último año, y en el cuadrilátero de boxeo, donde derrotó a todos sus oponentes, con la notable excepción del combate contra Radley, en que se enfrentó con un nigeriano. Después me enteré de que su contrincante tenía más de veinte años.

Me entristeció que no lo nombraran prefecto durante el último curso. Comprendí que, inmerso en tantas otras actividades, no consideraba aquello excesivamente interesante. Aunque yo habría deseado que las notas de los exámenes fueran un poco más satisfactorias, siempre he pensado que era uno de esos niños que poseen inteligencia innata, más que aptitud para los estudios. A pesar de un informe poco parcial del director, insinuando que algunas notas de los exámenes finales habían sorprendido en primer lugar al propio Guy, éste logró asegurarse una plaza en Sandhurst.

Guy demostró ser un cadete de primera clase; en la academia encontró tiempo para seguir boxeando y llegó a ser el campeón de peso medio de los cadetes. Dos años después, en julio de 1916, figuró en la mitad superior del Cuadro de Honor, antes de ingresar en el antiguo regimiento de su padre.

Debería señalar que Gerald abandonó los Fusileros al morir su padre, para volver a Berkshire y tomar las riendas de las propiedades familiares. Era coronel honorario en la época de su retiro forzoso y muchos le consideraban el sucesor natural del comandante del regimiento. Dieron precedencia a un individuo que ni siquiera estaba en el primer batallón, un tal Danvers Hamilton. Aunque yo no conocía personalmente a ese caballero, varios oficiales expresaron la opinión de que su nombramiento había sido una burla a la justicia. Sin embargo, confiaba plenamente en que Guy redimiría el honor de la familia y, con el tiempo, llegaría a mandar el regimiento.

Si bien Gerald no se vio implicado directamente en la Gran Guerra, sirvió a su país durante aquellos duros años y permitió que lo nominaran candidato al Parlamento por Berkshire West, un distrito electoral al que su abuelo, a mediados del siglo pasado, había representado por el Partido Liberal, bajo el mandato de Palmerston. Fue reelegido en tres ocasiones sin encontrar oposición y trabajó denodadamente por su partido desde su escaño, dejando claro a todo el mundo que no deseaba perpetuarse en el poder.

Después de ser nombrado oficial, Guy fue destinado a Aldershot como subteniente, y continuó su instrucción para unirse al regimiento en el frente occidental. Al serle concedida su segunda estrella en menos de un año, fue trasladado a Edimburgo y destinado al quinto batallón pocas semanas antes de partir hacia Francia.

Nigel, en el ínterin, había ingresado en Harrow y trataba de seguir los pasos de su hermano, con desigual fortuna, me temo. De hecho, durante una de esas interminables vacaciones que conceden ahora a los niños, me confesó que sus compañeros lo atormentaban. Le dije al muchacho que fuera más aplicado, recordándole que estábamos en guerra. También subrayé que Guy nunca me había venido con tales quejas.

Observé con gran atención a mis dos hijos aquel largo verano de 1917, y no puedo pretender que Guy considerase a Nigel un compañero agradable mientras estaba de permiso. De hecho, apenas toleraba su compañía. Yo no cesaba de decirle a Nigel que debía luchar por ganarse el respeto de su hermano mayor, pero sólo conseguí que corriera a esconderse en el jardín durante horas.

Durante aquel permiso le recomendé a Guy que visitara a su abuelo en Yorkshire, y hasta encontré una primera edición de *Canciones de inocencia*, un libro que mi padre deseaba añadir a su colección desde hacía muchos años. Guy volvió una semana después y me confirmó que, al entregarle el volumen de William Blake, el anciano «se había puesto más contento que unas pascuas».

Como cualquier madre en aquel fortificante período de nuestra historia sentí la ansiedad de que Guy se condujera con valor frente al enemigo y, Dios mediante, volviera a casa sano y salvo. Creo poder afirmar que ninguna madre, por muy orgullosa que sea, podría pedir más de un hijo.

Guy fue ascendido a capitán a una edad muy temprana y le fue concedida la Cruz Militar después de la segunda batalla del Marne. Algunas personas que leyeron la mención alegaron que tuvo mala suerte al no haber sido propuesto para la Cruz Victoria. Tuve que abstenerme de subrayar que tal recomendación tendría que haber sido rubricada por su oficial en jefe, y como éste era un tal Danvers Hamilton, la injusticia ya estaba explicada.

Al poco de firmarse el armisticio, Guy volvió a casa para servir una temporada en el cuartel del regimiento sito en Hounslow. Mientras estaba de permiso hice que Spinks grabara sus iniciales en ambas cruces militares. Su hermano Nigel, gracias a la influencia de Gerald, fue aceptado por fin como cadete en la Real Academia Militar.

Estaba segura de que Guy se corría juergas mientras se encontraba en Londres (¿qué joven de su edad no lo hace?), pero sabía muy bien que casarse antes de los treinta sólo serviría para perjudicar sus posibilidades de ascender.

Aunque traía algunas muchachas a Ashurst los fines de semana, sabía que ningún asunto era serio, y además yo ya me había fijado en una chica del pueblo vecino, conocida de la familia desde hacía mucho tiempo. Pese a carecer de título, su familia se remontaba a los tiempos de la conquista normanda. Lo más importante es que podían ir de Ashurst a Hastings pisando sus propias tierras.

Por ello, me resultó particularmente chocante que Guy se presentara un fin de semana acompañado de una tal Rebecca Salmon, quien, para mi incredulidad, compartía un piso en aquel tiempo con la hija de Harcourt-Browne.

Como ya he dejado bastante claro, no soy presuntuosa, pero la señorita Salmon es, me temo, el tipo de chica que siempre consigue despertar lo peor que hay en mí. No me malinterpreten. No tengo nada contra nadie por el simple hecho de que desee acrecentar su cultura. De hecho, estoy a favor de tales iniciativas, hasta cierto punto, pero de forma que el implicado no se crea con derecho a ocupar automáticamente un lugar en la sociedad. Como verán, no soporto que alguien aparente lo que no es, y presentí, incluso antes de conocer a la señorita Salmon, que venía a Ashurst con un único propósito.

Todos nos dimos cuenta de que Guy había hecho una de las suyas mientras se encontraba en Londres. Al fin y al cabo, la señorita Salmon era ese tipo de chica. La verdad es que, cuando estuve un rato a solas con Guy el siguiente fin de semana, le aconsejé que jamás permitiera a mujeres como la señorita Salmon echarle el lazo; debía comprender que era un excelente partido para cualquier chica de su calaña.

Guy rió al oír el comentario y me aseguró que no tenía planes a largo plazo con la hija del panadero. En cualquier caso, me recordó, pronto partiría a Poona con los Fusileros Reales, así que el matrimonio estaba descartado. Debió de darse cuenta, sin embargo, de que no había mitigado del todo mis temores, porque al cabo de un momento añadió:

–Tal vez te interese saber, madre, que la señorita Salmon está saliendo con un sargento del regimiento, con el que se entiende.

De hecho, Guy apareció en Ashurst dos semanas después con la señorita Victoria Berkeley, a cuya madre conocía yo desde hacía años y que me pareció una elección mucho más convincente; si la chica no hubiera tenido cuatro hermanas y por padre a un archidiácono arruinado, con el tiempo se habría convertido en la pareja ideal de Guy.

Para ser justa, Guy no volvió a mencionar el nombre de Rebecca Salmon en mi presencia desde aquella desafortunada ocasión, y cuando zarpó para la India unos meses más tarde, di por sentado que nunca más volvería a saber nada de esa infeliz.

Cuando Nigel abandonó Sandhurst no se integró en el regimiento de Guy, pues había quedado muy claro durante su período de dos años en la Academia que no tenía madera de soldado. No obstante, Gerald le consiguió un puesto en una firma de agentes de bolsa de la City, donde uno de sus primos era socio mayoritario. Los informes que llegaban a mis oídos de vez en cuando no eran muy alentadores, pero en cuanto mencioné al primo de Gerald que pronto necesitaría a alguien para encargarse de la cartera de acciones de su abuelo, Nigel empezó a escalar puestos poco a poco.

Unos seis meses después, el coronel sir Danvers Hamilton dejó aquella nota a Gerald en el buzón de Chester Square, 19. Cuando Gerald me dijo que Hamilton deseaba entrevistarse con él en privado, intuí problemas. Con los años había conocido a muchos oficiales compañeros de Gerald, de modo que sabía muy bien cómo manejarlos. Gerald, por otra parte, es muy ingenuo en lo concerniente a la naturaleza humana, y siempre concede al otro el beneficio de la duda. Repasé de inmediato los compromisos que tenía mi marido en la Cámara de los Comunes la semana siguiente y cité a sir Danvers el lunes a las seis de la tarde, sabiendo perfectamente que Gerald, a causa de sus compromisos, se vería obligado a cancelar la cita a último momento.

Gerald telefoneó el día en cuestión algo después de las cinco diciendo que no podría escaparse y sugirió que el coronel fuera a la Cámara de los Comunes. Respondí que lo intentaría. Una hora después, sir Danvers llegó a Chester Square. Tras disculpar la ausencia de mi marido lo convencí de que me comunicara su mensaje. Cuando el coronel me informó de que la señorita Salmon estaba embarazada, yo le pregunté, por supuesto, qué nos importaba eso a Gerald o a mí. Vaciló sólo un momento e insinuó que Guy era el padre. Comprendí al instante que, si permitía la propagación de semejante calumnia, no tardaría en llegar a oídos de sus camaradas de armas en Poona, y que perjudicaría gravemente las posibilidades de ascenso de mi hijo. Deseché tal insinuación como ridícula y despedí al coronel sin más.

Durante una partida de bridge celebrada la semana siguiente en casa de Celia Littlechild, ésta confesó que había contratado a un detective privado llamado Harris para espiar a su primer marido, pues sospechaba que le era infiel. Después de oír eso, no logré concentrarme en el juego, lo que provocó el enfado de mi compañera.

Al volver a casa busqué el nombre en el listín de Londres. Allí estaba: «Max Harris, detective privado. Ex Scotland Yard. Se atiende toda clase de problemas». Me quedé unos minutos mirando el teléfono. Por fin, descolgué y pedí a la operadora que me pusiera con Paddington 3720. Pasaron unos segundos antes de que respondieran.

–Harris –dijo una voz ronca, sin más explicaciones.

–¿Es la agencia de detectives? –pregunté, casi colgando el teléfono antes de que el hombre pudiera responder.

–Sí, señora, en efecto –dijo la voz, con un poco más de entusiasmo.

–Es posible que necesite su ayuda... para un amigo, por supuesto –dije, sintiéndome bastante incómoda.

–Un amigo. Sí, claro. En ese caso, lo mejor sería concertar una entrevista.

–Pero no en su oficina –insistí.

–Lo entiendo muy bien, señora. ¿Le va bien en el hotel St. Agnes, de la calle Bury, South Kensington, mañana a las cuatro de la tarde?

–Sí –contesté y colgué el teléfono, dándome cuenta de que él no sabía mi nombre y yo no conocía su aspecto.

Cuando al día siguiente llegué al St. Agnes, un lugar espantoso al lado de Brompton Road, di varias vueltas a la manzana antes de decidirme a entrar en el vestíbulo. Un hombre de unos treinta o treinta y cinco años estaba apoyado en el mostrador de la recepción. Dio un salto en cuanto me vio.

–¿Busca al señor Harris, por casualidad? –inquirió.

Asentí y sin perder tiempo me condujo al salón de té y me ofreció un asiento en el rincón más apartado. Se sentó frente a mí y lo examiné con toda atención. Debía de medir alrededor de un metro setenta y era corpulento, de cabello castaño oscuro y bigote aún más castaño. Vestía una chaqueta de tweed Harris a cuadros sobre fondo marrón, una camisa crema y una estrecha corbata amarilla. Cuando empecé a explicarle mi propósito se puso a chasquear los nudillos, uno a uno, primero de la mano izquierda y luego de la derecha, distrayéndome. Tuve ganas de levantarme y marcharme, y lo habría hecho de haber creído por un momento que me resultaría fácil encontrar a alguien menos repugnante para encomendarle la tarea.

Tardé bastante en convencer al señor Harris de que no quería divorciarme. En esa primera entrevista le expliqué mi problema con todo lujo de detalles. Me quedé de piedra cuando solicitó la exorbitante cantidad de cinco chelines a la hora, sólo para iniciar las investigaciones. Sin embargo, presentí que no tenía muchas opciones al alcance de mi mano. Convine con él en que empezara al día siguiente y que nos volveríamos a encontrar una semana más tarde.

El primer informe del señor Harris corroboró que, según la opinión de los que pasaban la mayor parte de sus horas de trabajo en una taberna de Chelsea llamada El Mosquetero, Charlie Trumper era el padre del hijo de Rebecca Salmon y que, cuando lo abordó directamente, Trumper no intentó negarlo. Como para demostrar esta aseveración, la señorita Salmon y él se casaron a los pocos días de nacer el niño... sin grandes ceremonias en el Registro Civil.

El señor Harris no tuvo problemas para conseguir una copia del certificado de nacimiento del niño. Confirmaba que Daniel George Trumper era hijo de Rebecca Salmon y Charlie George Trumper, que residían en Chelsea Terrace, 147. Observé que los nombres del niño correspondían a los de ambos abuelos. En mi siguiente carta a Guy incluí una copia de la partida de nacimiento, junto con un par de detalles que Harris me había proporcionado, relativos a la boda y al nombramiento del coronel Hamilton como presidente del consejo de administración de las tiendas Trumper. Supuse que aquello daba carpetazo al tema.

No obstante, dos semanas después recibí una carta de Guy; imagino que se cruzó con la mía. Explicaba que sir Danvers se había puesto en contacto con su comandante en jefe, el coronel Forbes. La insistencia de éste en que podía ser demandado por incumplimiento de promesa dio lugar a que Guy compareciera ante un grupo de oficiales para explicar su relación con la señorita Salmon.

Me senté de inmediato a escribir una larga carta al coronel Forbes. Guy no estaba en condiciones de presentar todas las pruebas que yo había logrado reunir. Incluí también otra copia de la partida de nacimiento para que no le quedara ninguna duda de que mi hijo no tenía nada que ver con la señorita Salmon. Añadí, sin mala voluntad, que el coronel Hamilton era ahora presidente de la junta de administración de las empresas Trumper, cargo del que obtenía cierta remuneración. Las largas hojas informativas que Harris me enviaba cada semana me resultaban de considerable utilidad, he de admitirlo.

Durante un breve lapso las cosas volvieron a su cauce. Gerald se dedicó a sus tareas parlamentarias mientras yo me concentraba en ocupaciones poco absorbentes, como el nombramiento del nuevo mayordomo del vicario y mi círculo de bridge.

El problema, sin embargo, se agudizó más de lo que yo había imaginado, pues por pura casualidad descubrí que ya no estábamos incluidos en la lista de invitados de Daphne Harcourt-Browne, con motivo de su boda con el marqués de Wiltshire. Cabe decir que Percy jamás se habría convertido en el duodécimo marqués de no ser porque su padre y su hermano sacrificaron sus vidas en el frente occidental. Sin embargo, averigüé por otras personas presentes en la ceremonia que tanto el coronel Hamilton como los Trumper fueron vistos en Santa Margarita y en la recepción posterior.

Durante este período, el señor Harris siguió proporcionándome informes sobre las idas y venidas de los Trumper y su floreciente imperio comercial. Debo confesar que no tenía el menor interés en ninguna de sus transacciones comerciales; era un mundo totalmente ajeno a mí, pero no por ello dejé de informarme, pues así obtenía un perfil útil sobre los adversarios de Guy.

Pocos meses después recibí una nota del coronel Forbes comunicándome que había recibido mi carta y no volví a saber nada más sobre el infortunado equívoco concerniente a Guy. Supuse que las aguas habían vuelto a su cauce y que las patrañas del coronel Hamilton habían recibido el desprecio que merecían. Al año siguiente, una mañana de junio, llamaron a Gerald desde el Ministerio de la Guerra, para lo que él imaginó un asunto relacionado con el Parlamento.

Cuando mi marido volvió a Chester Square aquella tarde, me hizo sentar y beber un whisky antes de explicarme que traía desagradables noticias. Nunca le había visto tan serio. Guardé silencio preguntándome qué podía ser tan importante para obligarle a volver a casa por la tarde.

–Guy ha pedido la baja –anunció con gravedad–. Volverá a Inglaterra en cuanto se hayan resuelto los trámites burocráticos.

–¿Por qué? –pregunté estupefacta.

–No ha dado ninguna explicación. Me convocaron en el Ministerio de la Guerra esta mañana –prosiguió Gerald– y fui recibido por Billy Cuthbert, un camarada de los Fusileros. Me informó en privado que si Guy no hubiera dimitido, lo habrían expulsado.

Durante el tiempo en que esperé el regreso de Guy, examiné todos los informes que el señor Harris me entregó sobre el creciente imperio de los Trumper, por insignificante que me pareciera. Entre las numerosas páginas que el detective me hizo llegar, sin duda para justificar sus exagerados honorarios, reparé en un tema que debía de ser tan importante para los Trumper como la reputación de mi hijo para mí.

Procedí a investigarlo por mi cuenta, y tras examinar la propiedad un domingo por la mañana, el lunes a primera hora telefoneé a Savill's para ofrecer dos mil quinientas libras por la propiedad en cuestión. Me llamaron a finales de semana para decir que alguien

–me di cuenta de que tenía que tratarse de Trumper– les había ofrecido tres mil.

–Entonces, ofrezca cuatro mil –dije, antes de colgar el teléfono.

Los agentes inmobiliarios me confirmaron por teléfono aquella tarde que ya era la propietaria de Chelsea Terrace, 25-99, un bloque de treinta y ocho pisos. Me aseguraron que el representante de Trumper sería inmediatamente informado de la identidad de la nueva propietaria.

23

Guy Trentham llegó a la puerta de Chester Square, 19, una fría tarde de septiembre de 1922, justo después de que Gibson retirase el servicio de té. Su madre nunca olvidaría aquel momento porque cuando Guy entró en la sala de estar casi no lo reconoció. La señora Trentham estaba redactando una carta en su escritorio cuando Gibson anunció:

–El capitán Guy.

Se volvió y vio a su hijo entrar en la sala, encaminarse directamente a la chimenea y quedarse de pie, con las piernas separadas, de espaldas al fuego. Tenía los ojos vidriosos fijos en algún punto situado frente a él y no dijo nada.

La señora Trentham agradeció interiormente que Gerald se encontrara tomando parte en un debate que se celebraba en los Comunes aquella tarde; su vuelta no estaba prevista hasta que terminara la votación, a las diez de la noche.

Era obvio que Guy llevaba varios días sin afeitarse. Tampoco le hubiera ido mal un baño y nadie reconocería el traje que vestía como aquel confeccionado por Gieves tres años antes. La desaliñada figura se erguía dando la espalda al llameante fuego de carbón. Su cuerpo tembló notoriamente cuando giró para mirar a su madre. La señora Trentham notó que su hijo llevaba un paquete envuelto en papel marrón bajo el brazo.

Aunque no tenía frío, la señora Trentham también se estremeció de forma visible. Permaneció sentada ante el escritorio porque no deseaba abrazar a su primogénito ni ser la primera en tomar la palabra.

–¿Qué te han dicho, madre? –preguntó por fin Guy, con voz temblorosa y vacilante.

–Nada importante. –Ella lo miró con aire interrogativo–. Sólo me han dicho que has pedido la baja y que, de no haberlo hecho, te habrían expulsado del ejército.

–Sí, es verdad –dijo, colocando el paquete sobre la mesa que había a su lado–. Y todo porque conspiraron contra mí.

–¿Quiénes?

–El coronel Hamilton, Trumper y la chica.

–¿El coronel Forbes se decantó por la palabra de la señorita Salmon, a pesar de la carta que le escribí?

–Sí... Sí, así es. Después de todo, el coronel Hamilton todavía tiene muchos amigos en el regimiento y algunos se alegraron mucho de apoyarlo, sobre todo si eso suponía la eliminación de un rival.

La señora Trentham lo observó mientras Guy desplazaba el peso del cuerpo de un pie al otro.

–Supuse que el tema estaba zanjado. Al fin y al cabo, la partida de nacimiento...

–Y así habría sido de estar firmada también por Charlie Trumper, pero la partida sólo llevaba una firma: la de ella. Para empeorar las cosas, el coronel Hamilton aconsejó a la señorita Salmon que amenazara con denunciarme por incumplimiento de palabra y que dijera que yo soy el padre de la criatura. Si lo hubiera hecho, a pesar de mi inocencia, el buen nombre del regimiento se habría visto perjudicado irremediablemente. Por lo tanto, creí que mi única elección era apelar a mi honor y pedir la baja. –Su voz adquirió un tono más amargo–. Y todo porque Trumper tuvo miedo de que la verdad saliera a la luz.

–¿A qué te refieres, Guy?

Evitó la mirada de su madre y se dirigió hacia el bar, donde se sirvió un generoso whisky, sin soda. Bebió un largo sorbo. Su madre aguardó en silencio a que continuara.

–Después de la segunda batalla del Marne el coronel Hamilton me ordenó que abriera una investigación sobre la cobardía de Trumper en el campo de batalla –dijo Guy, volviendo junto a la chimenea–. Muchos opinaron que debía ser llevado ante un consejo de guerra, pero el único testigo, el soldado Prescott, resultó muerto por una bala perdida a pocos metros de nuestras trincheras. Yo había guiado estúpidamente a Prescott y Trumper hasta nuestras líneas y cuando Prescott cayó me volví y percibí una sonrisa en el rostro de Trumper. Se limitó a decir: «Mala suerte, capitán, ahora se ha quedado sin testigo, ¿eh?».

–¿Se lo contaste a alguien?

Guy volvió al bar para llenarse el vaso.

–¿A quién se lo podía decir después de perder a mi único testigo? Con Prescott muerto, hice cuanto pude para que le concedieran la Medalla Militar, aunque eso supusiera sacar a Trumper del apuro. Después, descubrí que Trumper ni siquiera había confirmado mi versión de los hechos. Casi me impidieron recibir la Cruz Militar.

–Y ahora que ha logrado obligarte a abandonar tu carrera sólo es tu palabra contra la de él.

–Ése sería el caso, si Trumper no hubiera cometido un estúpido error en el campo de batalla que todavía puede causar su ruina...

–¿De qué estás hablando?

–Bien –continuó Guy, con voz algo más serena–, fui al rescate de esos dos hombres en plena batalla. Los encontré escondidos en una iglesia bombardeada. Tomé la decisión de quedarnos allí hasta que anocheciera con la intención de conducirlos de vuelta a nuestras trincheras. Mientras esperábamos en el tejado a que anocheciera, Trumper creyó que me había dormido. Lo vi bajar a la sacristía y coger un magnífico cuadro de la Virgen María de detrás del altar. Continué observándolo y vi que guardaba el pequeño óleo en su mochila. No dije nada en aquel momento porque comprendí que ésa era la prueba que necesitaba para demostrar su doblez; al fin y al cabo, el cuadro bien podía ser devuelto posteriormente. Una vez en nuestras líneas hice registrar de inmediato el equipo de Trumper, para poder arrestarlo por robo, pero no encontré nada.

–¿Y de qué puede servir ahora?

–La pintura ha reaparecido.

–¿Reaparecido?

–Sí –dijo Guy, alzando la voz–. Daphne Harcourt-Browne me dijo que había visto la pintura en la sala de estar de Trumper e incluso me la describió en detalle. No tuve la menor duda de que era el mismo cuadro de la Virgen María y el Niño que él había robado de la iglesia.

–No hay nada que hacer mientras el cuadro siga en su casa.

–Ya no está allí. Por eso voy disfrazado de esta forma.

–Deja de hablar en clave. Sé más explícito, Guy.

–Esta mañana visité la casa de los Trumper y le dije al ama de llaves que había servido en el frente occidental con su amo.

–¿Crees que fue una decisión inteligente, Guy?

–Le dije que mi nombre era Fowler, cabo Denis Fowler, y que deseaba ver a Charlie. Sabía que no estaba, porque lo había visto entrar en una de sus tiendas de Chelsea Terrace unos minutos antes. La criada, que me miró con suspicacia, me pidió que esperase en el vestíbulo mientras subía la escalera para informar a la señora Trumper de mi presencia. Eso me dio tiempo suficiente para deslizarme en la sala de estar y coger el cuadro. Sabía dónde estaba por lo que Daphne me había dicho. Salí de la casa antes de que se dieran cuenta.

–Informarán del robo a la policía y te detendrán.

–Ni hablar –dijo Guy. Levantó el paquete de la mesa y empezó a desenvolverlo–. Trumper no querrá que la policía encuentre esto.

Entregó el cuadro a su madre.

La señora Trentham contempló el pequeño óleo.

–A partir de ahora, deja de mi cuenta al señor Trumper –dijo ella, sin más explicaciones. Guy sonrió por primera vez desde que había puesto el pie en su casa–. Sin embargo, debemos concentrarnos en el inmediato problema de tu futuro. Todavía confío en encontrarte un empleo en la City. Ya he hablado con...

–Eso no saldrá bien, madre, y tú ya lo sabes. No hay futuro para mí en Inglaterra. Al menos, hasta que mi nombre quede limpio. En cualquier caso, no quiero instalarme en Londres para explicar a tu círculo de bridge por qué no estoy en la India con mi regimiento. No, me iré al extranjero hasta que la situación se haya calmado un poco.

–En ese caso, necesitaré algo de tiempo para meditar –replicó la madre de Guy–. Entretanto, sube a bañarte y a afeitarte. Buscaré ropa limpia y pensaré en lo que se debe hacer.

En cuanto Guy salió de la sala, la señora Trentham volvió a su escritorio y guardó bajo llave el cuadro en el cajón inferior del lado izquierdo. Introdujo la llave en su bolso y se concentró en lo que debía hacerse cuanto antes para salvaguardar el buen nombre de los Trentham.

Un plan empezó a forjarse en su mente mientras miraba por la ventana. Si bien le exigiría utilizar sus ya menguados recursos económicos, le concedería el respiro necesario para demostrar que

Trumper era un ladrón y un mentiroso y, al mismo tiempo, exculparía a su hijo.

La señora Trentham sabía que sólo tenía unas cincuenta libras en la caja fuerte de su dormitorio, pero aún le quedaban dieciséis mil de las veinte mil que su padre le había entregado el día en que se casó.

–Por si se produce una emergencia imprevista –le había profetizado.

La señora Trentham sacó una hoja de papel de la gaveta y empezó a tomar notas. Sabía que tardaría mucho en volver a ver a su hijo una vez se marchara aquella noche de Chester Square. Cuarenta minutos después estudió los resultados:

50 libras (en metálico)
Sydney
Max Harris
gabán
5.000 libras (cheque)
Bentley's
Cuadro
Policía (comisaría de la zona)

Sus pensamientos fueron interrumpidos por el regreso de Guy. Se parecía más al hijo que recordaba. Una chaqueta cruzada y pantalones de franela sustituían al traje arrugado. Aunque pálido, el rostro de Guy estaba pulcramente afeitado. La señora Trentham dobló la hoja de papel tras haber decidido exactamente qué iniciativa iba a tomar.

–Siéntate y escucha con atención –dijo la mujer.

Guy Trentham abandonó Chester Square pocos minutos después de las nueve, una hora antes de que su padre regresara de los Comunes. Llevaba en el bolsillo cincuenta y tres libras en metálico y un cheque por cinco mil. Había accedido a escribir a su padre explicándole por qué se había trasladado a Australia en cuanto desembarcara en Sydney. Su madre también prometió que, durante su ausencia, haría todo lo que pudiera por limpiar su nombre, a fin de que pudiera volver a Inglaterra libre de culpas y ocupara el lugar que le correspondía como cabeza de familia.

La señora Trentham ordenó a los dos únicos criados que habían visto aquella noche a Guy que no mencionaran su visita a nadie, menos aún a su marido, so pena de perder su empleo.

La última acción de la señora Trentham antes de que su marido regresara fue telefonear a la policía. El agente Wrigley tomó nota del robo denunciado.

La señora Trentham no se mantuvo ociosa durante las semanas en que esperó la llegada de la carta que su hijo había prometido escribir. El día posterior a la partida de Guy hacia Australia realizó una de sus visitas periódicas al hotel St. Agnes, con un paquete cuidadosamente envuelto bajo el brazo. Entregó el paquete al señor Harris y procedió a darle una serie de minuciosas instrucciones.

Dos días más tarde el detective le confirmó que el retrato de la Virgen María y el Niño había sido confiado a Bentley's, los prestamistas, y no podría ser vendido hasta pasados cinco años, cuando la fecha que figuraba en la papeleta de empeño expirase. Le dio una foto del cuadro y el recibo que daba fe de que lo había empeñado. La señora Trentham guardó la foto en el bolso, pero no se molestó en preguntarle a Harris qué había hecho con las cinco libras que le pagaron por el cuadro.

–Bien –dijo, colocando el bolso junto a la silla–. Muy satisfactorio.

–¿Quiere que encauce al hombre adecuado de Scotland Yard en dirección a Bentley's? –preguntó Harris.

–Por supuesto que no –replicó la señora Trentham–. Necesito que haga una somera investigación sobre el cuadro antes de que alguien vuelva a verlo. Si mis datos son correctos, la próxima vez que esa obra se vea en público será durante una subasta en Sotheby's.

24

–Buenos días, señora. Lamento molestarla.

–No es ninguna molestia –dijo la señora Trentham al oficial de policía que Gibson había anunciado como inspector Richards.

–La verdad es que no es a usted a quien quería ver, sino a su hijo, el capitán Trentham.

–En ese caso, le espera un largo viaje, inspector.

–No estoy seguro de comprenderla, señora.

–Mi hijo se está ocupando de los intereses familiares en Australia, como socio de una importante firma de tratantes de ganado.

Richards fue incapaz de disimular su sorpresa.

–¿Y cuánto tiempo estará ausente, señora?

–Durante mucho tiempo, inspector.

–¿Podría ser más precisa?

–El capitán Trentham dejó Inglaterra con destino a la India en febrero de 1920, a fin de completar su servicio con el regimiento. Ganó una Cruz Militar en la segunda batalla del Marne. –Indicó con la cabeza la repisa de la chimenea. El inspector pareció muy impresionado–. Por supuesto, su intención nunca fue quedarse en el ejército, pero había proyectado pasar una temporada en las colonias antes de volver para ocuparse de nuestras propiedades en Berkshire.

–¿Y volvió a Inglaterra antes de tomar posesión de su cargo en Australia?

–Por desgracia no, inspector. Se desplazó a Australia en cuanto pidió la baja. Mi marido, al que estoy segura conocerá como miembro del Parlamento por Berkshire West, le confirmará las fechas exactas.

–No creo que sea necesario molestarlo, señora.

–¿Puedo preguntarle por qué deseaba ver a mi hijo?

–Estamos realizando investigaciones relativas al robo de un cuadro en Chelsea. –La señora Trentham no hizo el menor comentario. El inspector continuó–: Alguien cuya descripción coincide con la de su hijo fue visto en las cercanías, vistiendo un viejo gabán del ejército. Esperábamos que nos ayudara en nuestras pesquisas...

–¿Cuándo se cometió el delito?

–En septiembre pasado, señora, y como el cuadro aún no ha sido recuperado seguimos en el caso... –La señora Trentham mantenía la cabeza algo inclinada, mientras continuaba escuchando con toda atención–... pero ahora se nos ha dado a entender que el propietario no desea presentar cargos, por lo que es de esperar que el caso se cierre pronto. ¿Es éste su hijo?

El inspector señaló una foto de Guy en uniforme, que descansaba sobre una mesita auxiliar.

–En efecto, inspector.

–No se ajusta mucho a la descripción que nos han proporcionado –dijo el policía, visiblemente desconcertado–. De todos modos, como usted ha dicho, estaría en Australia en aquel momento. Una coartada indestructible.

El inspector sonrió, pero la expresión de la señora Trentham no se alteró.

–No estará insinuando que mi hijo tuvo algo que ver con el robo, ¿verdad? –preguntó con frialdad.

–Por supuesto que no, señora, pero hemos encontrado un gabán que Gieves, la sastrería de Savile Row, ha identificado, porque fue confeccionado para el capitán Trentham. Lo llevaba un antiguo soldado, el cual...

–Entonces, también habrán encontrado al ladrón –dijo la señora Trentham con desdén.

–No, señora. El caballero en cuestión sólo tiene una pierna.

La señora Trentham no se inmutó.

–En tal caso, telefoneen a la comisaría de policía de Chelsea –aconsejó–, pues estoy segura de que esclarecerán los hechos.

–Pero es que yo vengo de la comisaría de Chelsea –replicó el inspector aún más desconcertado.

La señora Trentham se levantó del sofá y se encaminó con parsimonia hacia su escritorio; abrió un cajón y sacó una hoja de papel. Se la entregó al inspector. Éste se sonrojó al leer su contenido. Devolvió el documento cuando concluyó su lectura.

–Le ruego que me disculpe, señora. Ignoraba que ese mismo día hubiera denunciado el robo del gabán. Hablaré con el joven agente Wrigley en cuanto vuelva a la comisaría. –La señora Trentham se mostró indiferente ante la turbación del policía–. Bien, no la molestaré más. Conozco la salida.

La señora Trentham esperó a que la puerta se cerrara para descolgar el teléfono y pedir un número en Paddington.

Sólo hizo una única petición al detective antes de colgar.

La señora Trentham supo que Guy estaba en Australia cuando Coutts and Company hizo efectivo su cheque a través de un banco de Sydney. La carta que se había comprometido a enviar a su padre llegó seis semanas después. Cuando Gerald le informó del contenido y le explicó que Guy estaba trabajando en una firma de tratantes de ganado, simuló sorprenderse ante la insólita decisión de su hijo, que ciertamente no llamó la atención de su marido.

Los informes que Harris le entregó durante los sucesivos meses demostraron que la nueva empresa de los Trumper se robustecía día a día, pero una sonrisa se formaba en los labios de la señora Trentham, cuando pensaba que le había parado los pies a Charlie Trumper por la módica cantidad de cuatro mil libras.

La misma sonrisa iluminó su rostro cuando, algunas semanas después, recibió una carta de Savill's, ofreciéndole la oportunidad de infligir una frustración similar a la señora Trumper, aunque el costo, en esta ocasión, sería un poco más elevado. La señora Trentham verificó el saldo de su cuenta bancaria y se sintió satisfecha al ver que era suficiente para sus propósitos.

Savill's había informado regularmente a la señora Trentham sobre las tiendas que salían a la venta en Chelsea Terrace, pero jamás trató de impedir que Trumper las comprara, razonando que la posesión de los pisos bastaría para arruinar los proyectos a largo plazo de Charlie. Sin embargo, al examinar los detalles concernientes a Chelsea Terrace número 1, comprendió que las circunstancias eran muy diferentes. No sólo era la tienda de la esquina, encarada hacia Fulham Road, y la mayor propiedad de la manzana, sino que pertenecía a un excelente, aunque algo en decadencia, marchante de arte y subastador. Era el premio obvio a los años de formación que la señora Trumper había pasado en el colegio Bedford y, más recientemente, en Sotheby's.

Una carta que acompañaba la factura de venta preguntaba si la señora Trentham deseaba ser representada en la subasta que el señor Fothergill, el actual propietario, pensaba conducir en persona.

Respondió a la carta el mismo día, dando las gracias a Savill's pero explicando que prefería pujar sin intermediarios; solicitaba, asimismo, su opinión sobre la cantidad máxima que podía alcanzar la propiedad.

La respuesta de Savill's incluía varios «aunques» y «peros», ya que, en su opinión, la propiedad era única. También indicaban que no se hallaban en condiciones de tasar el valor de las existencias. Sin embargo, calculaban que el coste total se elevaría a unas cuatro mil libras.

La señora Trentham acudió de forma regular a las subastas de Christie's que se realizaron durante las siguientes semanas; tomaba asiento en la última fila y observaba el procedimiento. Nunca movió la cabeza ni levantó la mano. Quería estar segura de que, cuando llegara el momento de pujar, estaría familiarizada con el mecanismo habitual.

La mañana en que se puso a la venta el número 1 de Chelsea Terrace, la señora Trentham entró en el local ataviada con un vestido rojo oscuro largo que arrastraba por el suelo. Eligió un asiento en la tercera fila y estuvo sentada veinte minutos, antes de que la subasta comenzara. Sus ojos escrutaban a los diferentes participantes que entraban en la sala y se sentaban. El señor Wrexall llegó unos minutos después que ella y ocupó un sitio en la mitad de la primera fila. Su aspecto era sombrío, aunque decidido. Se ajustaba perfectamente a la descripción del señor Harris: unos cuarenta y cinco años, calvo y grueso. Pensó que el exceso de peso le hacía parecer mucho mayor. Su piel era de un tono aceitunado y cada vez que bajaba la cabeza aparecían varias papadas nuevas. La señora Trentham decidió en aquel instante que, si fracasaba su empeño en apoderarse de Chelsea Terrace, 1, tendría que entrevistarse con el señor Wrexall.

El coronel Hamilton avanzó por el pasillo, seguido de dos socios, a las nueve y cincuenta, ocupando los asientos libres situados detrás de la señora Trentham. Aunque miró al coronel, éste no hizo el menor esfuerzo por reparar en su presencia.

Las nueve y cincuenta y cinco y aún no había señales de los Trumper.

Savill's había advertido a la señora Trentham que, tal vez, un agente representara a Trumper, pero a tenor de las informaciones que sobre el hombre había recogido a lo largo de los años, éste no permitiría que nadie pujara por él. No la decepcionó, porque entró en la sala cuando faltaban cinco minutos en el reloj situado detrás del estrado. Aunque unos años más viejo que en la fotografía que sostenía en la mano, no cabía duda de que era Charlie Trumper. Llevaba un traje elegante y bien cortado, que disimulaba su incipiente gordura. La sonrisa casi nunca abandonaba sus labios, pero la señora Trentham estaba decidida a borrársela. Daba la impresión de querer alentar a todo el mundo sobre su llegada, pues estrechó las manos y charló con varias personas, antes de ocupar un asiento reservado junto al pasillo, unas cuatro filas detrás. La señora Trentham movió un poco su silla para poder observar a Trumper y al subastador sin necesidad de volverse constantemente.

De súbito, el señor Trumper se levantó, encaminándose a la parte posterior de la sala para coger otro contrato de compraventa. Después volvió a su asiento reservado. La señora Trentham tuvo la convicción de que lo había hecho a propósito. Sus ojos escudriñaron todas las filas y, aunque no percibió nada funesto, empezó a sentirse inquieta.

Cuando el señor Fothergill subió al estrado, la sala estaba llena. A pesar de que casi todos los asientos se hallaban ocupados, la señora Trentham no vio a la señora Trumper.

Desde el momento en que el señor Fothergill anunció la primera puja, la subasta no procedió como la señora Trentham había imaginado e incluso planeado. Su experiencia del mes anterior en Christie's no la había preparado para el resultado final, el anuncio que el señor Fothergill efectuó apenas seis minutos después.

–Vendido a la señora de Gerald Trentham por doce mil libras.

Frunció el ceño al pensar en el espectáculo que había dado en público, a pesar de haber adquirido la tienda de objetos de arte y del golpe asestado a Rebecca Trumper. El coste había sido considerable y ya no estaba segura de contar con dinero suficiente en su cuenta personal para cubrir la cantidad que debía pagar.

Después de ochenta días de meditación, durante los cuales llegó a pensar en pedir a su marido, e incluso a su padre, que cubrieran el déficit, decidió sacrificar las mil doscientas libras del depósito, replegarse y lamer sus heridas. La alternativa consistía en confesar a su marido lo que había ocurrido aquel día en Chelsea Terrace, 1.

Con todo, existía una compensación. Ya no necesitaría acudir a Sotheby's cuando llegara el momento de vender el cuadro robado.

Con el transcurso de los meses, la señora Trentham recibió cartas periódicas de su hijo, primero desde Sydney y después desde Melbourne, informándola de sus progresos. Solicitaba dinero con frecuencia. Cuanto más se expandía la sociedad, explicaba Guy, más capital suplementario precisaba para proteger su inversión. Unas seis mil libras cruzaron el océano Pacífico, en un lapso de cuatro años, para acabar en un banco de Sydney; ninguna le dolió a la señora Trentham, pues parecía que Guy estaba triunfando en su nueva profesión. También albergaba la seguridad de que, cuanto antes descubriera públicamente que Charles Trumper era un ladrón y un mentiroso, antes volvería su hijo a Inglaterra con la reputación intacta, incluso a los ojos de su padre.

Un día, justo cuando la señora Trentham pensaba que había llegado el momento de poner en acción la siguiente fase del plan, recibió un telegrama de Melbourne. La dirección desde la que había sido enviado el telegrama no dejó otra alternativa a la señora Trentham que zarpar de inmediato hacia Melbourne.

Aquella noche, después de cenar, cuando comunicó a Gerald que iba a partir hacia las antípodas lo antes posible, la noticia fue recibida con educado desinterés. No la sorprendió, pues su marido no pronunciaba el nombre de Guy desde el día en que había acudido al Ministerio de la Guerra, cuatro años atrás. De hecho, la única huella que daba testimonio de su existencia, tanto en Ashurst Hall como en Chester Square, era la fotografía en uniforme de gala que descansaba sobre la mesa del dormitorio de la señora Trentham, y la Cruz Militar, que continuaba sobre la repisa de la chimenea, con permiso de Gerald.

En lo que a él concernía, Nigel era su único hijo.

Gerald Trentham sabía muy bien que su mujer iba diciendo a todos sus amigos y amigas que Guy era socio de una floreciente empresa de tratantes de ganado, con delegaciones en toda Australia. Sin embargo, no creía en tales patrañas desde hacía mucho tiempo, y ya ni siquiera les prestaba oídos. Cuando encontraba el sobre, escrito con la conocida letra, en el buzón de Chester Square, Gerald Trentham no preguntaba por los progresos de su primogénito.

El próximo barco con destino a Australia era el SS *Orontes*, que zarparía de Southampton el siguiente lunes. La señora Trentham mandó un telegrama a una dirección de Melbourne, anunciando el día y la hora aproximados de su llegada.

A la señora Trentham se le antojó interminable el viaje de cinco semanas a través de dos océanos, en especial porque pasaba casi todo el tiempo en su camarote, sin ganas de entablar amistades a bordo... o aún peor, de toparse con alguien que la conociera. Declinó varias invitaciones del capitán para cenar a su mesa.

Cuando el barco amarró en Sydney, la señora Trentham sólo pasó una noche en la ciudad y a la mañana siguiente se desplazó a Melbourne. Al llegar a la estación de la calle Spencer, tomó un taxi y fue directamente al hospital Royal Victoria, donde la jefa de enfermeras le informó que a su hijo sólo le quedaba una semana de vida.

La autorizaron a verlo enseguida y un oficial de policía la escoltó al ala de aislamiento. Permaneció de pie junto a la cama, contemplando incrédula el rostro que apenas reconoció. Al ver el cabello ralo y gris y las profundas arrugas de su cara la señora Trentham se creyó por un momento junto al lecho de muerte de su esposo.

Un médico le dijo que ese estado solía darse en las personas sentenciadas cuando tomaban conciencia de que no existía la menor posibilidad de obtener el indulto. Se quedó junto a la cama casi una hora y se fue sin haber arrancado ni una palabra a su hijo. En ningún momento permitió que nadie del hospital percibiese sus auténticos sentimientos.

Aquella noche, la señora Trentham se alojó en un tranquilo club de campo, situado en los alrededores de Melbourne. Hizo una sola pregunta al joven propietario, un expatriado llamado Sinclair-Smith, antes de retirarse a su habitación.

Al día siguiente se presentó en el bufete de abogados más antiguo de Melbourne: Asgarth, Jenkins & Cía. Un joven, cuyos modales le parecieron poco respetuosos, le preguntó qué deseaba.

–Quiero hablar con el socio más antiguo.

–Tome asiento en la sala de espera.

La señora Trentham esperó hasta que el señor Asgarth pudo recibirla.

El socio mayoritario, un hombre de edad avanzada que, a juzgar por su atavío, podría estar ejerciendo en Lincoln's Inn Fields y no en la calle Victoria de Melbourne, escuchó en silencio penoso su relato y accedió a solventar todos los problemas que pudieran surgir al hacerse cargo de los bienes de Guy Trentham. A este fin, prometió presentar una solicitud de permiso para que el cuerpo fuera trasladado a Inglaterra cuanto antes.

La señora Trentham visitó a su hijo en el hospital todos los días de la semana anterior a su muerte. Aunque no hablaron mucho, tuvo conocimiento de un problema que debería solucionar antes de regresar a Inglaterra.

La señora Trentham volvió el miércoles por la tarde a las oficinas de Asgarth, Jenkins & Cía. para que su abogado la aconsejara acerca de su último descubrimiento. El abogado la invitó a sentarse y escuchó con suma atención sus revelaciones. Tomaba notas de vez en cuando en un cuaderno. Cuando la señora Trentham concluyó, el hombre estuvo callado durante bastante rato.

–Habrá que cambiar el apellido –sugirió–, si quiere que nadie se entere de sus planes.

–Hay que asegurarse también de que nadie pueda averiguar quién fue el padre de la niña –dijo la señora Trentham.

El anciano abogado frunció el ceño.

–Eso le exigirá depositar una enorme confianza en... –consultó el nombre escrito en el cuaderno–... la señorita Benson.

–Pague a la señorita Benson lo que pida por su silencio. Coutts, en Londres, se ocupará de todos los detalles financieros.

El abogado asintió con la cabeza. A fuerza de quedarse ante su escritorio hasta medianoche durante los cuatro días siguientes logró completar toda la documentación necesaria para satisfacer las demandas de su clienta, horas antes de que la señora Trentham regresara a Londres.

El médico de guardia certificó el fallecimiento de Guy Trentham a las seis y tres minutos del día 23 de abril de 1927. A la mañana siguiente la señora Trentham inició su sombrío viaje de regreso a Inglaterra, acompañada del ataúd. Se sintió tranquilizada al pensar que sólo dos personas en aquel continente sabían tanto como ella: un anciano caballero que se jubilaría al cabo de escasos meses y una mujer que, a partir de ahora y hasta el fin de sus días, viviría de una forma que nunca habría creído posible.

La señora Trentham envió un telegrama a su marido con la información que le pareció imprescindible consignar y zarpó de regreso a Southampton con el mismo sigilo con que había partido. En cuanto pisó suelo inglés fue directamente a su casa de Chester Square. Puso a su marido al corriente de los detalles de la tragedia. Gerald aceptó a regañadientes que el *Times* del día siguiente publicara una nota necrológica que rezaba así:

«El capitán Guy Trentham, MC, ha fallecido trágicamente de tuberculosis, tras largos meses de enfermedad. El funeral tendrá lugar en la iglesia de Santa María, Ashurst, Berkshire, el martes 8 de junio de 1927.»

El vicario del pueblo celebró la ceremonia por el querido desaparecido. Su muerte, aseguró a los fieles, fue una tragedia para cuantos lo conocieron.

Guy Trentham fue enterrado en el lugar destinado a su padre. El mayor Trentham y su esposa, parientes, amigos de la familia, feligreses y criados abandonaron el cementerio con la cabeza gacha.

La señora Trentham recibió, durante los días siguientes, un centenar de cartas de condolencia; una o dos hacían hincapié en que podía consolarse con el pensamiento de que un segundo hijo ocuparía el lugar de Guy.

Al día siguiente, la fotografía de Nigel sustituyó a la de su hermano en la mesilla de noche.

CHARLIE

1926-1945

25

Hacía mi ronda habitual de los lunes por Chelsea Terrace, en compañía de Tom Arnold, cuando me dio su opinión.

–Nunca ocurrirá –afirmé.

–Tal vez tenga razón, señor, pero de momento muchos tenderos se están asustando.

–Una pandilla de cobardes. Con cerca de un millón de parados, sólo unos cuantos estarían tan locos como para lanzarse a una huelga general.

–Es posible, pero de momento la Asociación de Comerciantes continúa aconsejando a sus miembros que protejan con tablas los escaparates.

–Syd Wrexall aconsejaría a sus miembros que protegieran con tablas los escaparates si un pequinés levantara una pata junto a la puerta de El Mosquetero. Es más, lo haría aunque el animal no fuera a mearse.

Una sonrisa cruzó los labios de Tom.

–¿Así que está dispuesto a luchar, señor Trumper?

–Ya lo creo. Pienso dar mi total apoyo al señor Churchill en este tema. –Me detuve para echar un vistazo al escaparate de Sombreros y Bufandas–. ¿Cuántos empleados tenemos?

–Setenta y uno.

–¿Y cuántos piensas que pueden secundar la huelga?

–Media docena, diez a lo sumo... y sólo los afiliados al sindicato de dependientes. De todos modos, algunos empleados no podrán venir a trabajar si se paralizan los transportes públicos.

–Bien. Dame esta misma noche los nombres de los que supones partidarios de la huelga y hablaré con todos durante la semana. Al menos, podré convencer a uno o dos de que tienen futuro en la empresa.

–¿Y qué pasará con ese futuro si la huelga sigue adelante?

–¿Cuándo vas a meterte en la cabeza, Tom, que nada de lo que ocurra afectará a Trumper's?

–Syd Wrexall piensa que...

–Te aseguro que pensar es lo único que no hace.

–... piensa que tres tiendas, como mínimo, saldrán a la venta el mes que viene y que si hay una huelga general quedarán disponibles muchas más. Los mineros están persuadiendo...

–No están persuadiendo a Charlie Trumper. Si te enteras de alguien que quiera vender, Tom, dímelo, porque todavía quiero comprar.

–¿Aunque todos los demás vendan?

–Ése es el momento exacto en que hay que comprar. El momento ideal de subir a un tranvía es cuando todo el mundo baja. Dame esos nombres, Tom. Ahora me voy al banco.

Me desvié en dirección a Knightsbridge. En la intimidad de su nuevo despacho en Brompton Road, Hadlow me informó que el saldo de Trumper's ascendía a doce mil libras; un buen sostén, en el caso de que se produjera una huelga general, añadió.

–¿Tú también? –Me exasperé–. No habrá huelga. Y si la hay, te pronostico que sólo durará unos días.

–¿Como la última guerra? –dijo Hadlow, mirándome por encima de sus gafas–. Soy precavido por naturaleza, señor Trumper...

–Bien, pues yo no –lo interrumpí–. Prepárate para hacer un buen uso de esa cantidad.

–Ya he apartado la mitad por si la señora Trentham no logra abonar la cantidad que pujó por el número 1 –me recordó–. Todavía le quedan –se volvió para consultar el calendario colgado en la pared– cincuenta y dos días para hacerlo.

–Pues ha llegado la hora de mostrar nuestro temple.

–Si el mercado cae en picado sería mejor no arriesgarlo todo, ¿no cree, señor Trumper?

–No, no lo creo, pero por eso estoy... –me interrumpí para ocultar mis auténticos sentimientos.

–Es cierto –replicó Hadlow, desconcertándome un poco–, pero por ese mismo motivo le he apoyado con tanto entusiasmo hasta el momento –añadió magnánimamente.

A medida que pasaban los días, fui admitiendo la posibilidad de que estallara la huelga general. La sensación de incertidumbre y la falta de confianza en el futuro motivaron que algunas tiendas salieran a la venta.

Compré las primeras dos a precio de saldo, con la condición de pagarlas al contado, y gracias a la rapidez con que Crowther tuvo lista la documentación y Hadlow entregó el dinero, conseguí añadir la zapatería y la farmacia a mi monopolio.

El martes 4 de mayo de 1926, día en que se declaró la huelga general, el coronel y yo salimos a la calle con las primeras luces del alba. Echamos un vistazo a nuestras propiedades, de norte a sur. Todos los miembros del comité de Syd Wrexall habían protegido con tablones sus tiendas; yo consideré que su iniciativa significaba rendirse a los huelguistas. Accedí, no obstante, al plan de «cierre» del coronel, que permitió a Tom Arnold, mediante una señal previamente acordada conmigo, cerrar bajo llave las trece tiendas en tres minutos. Tom había realizado el sábado anterior varios «ensayos», ante el asombro de los transeúntes.

Aunque la primera mañana de la huelga hizo buen tiempo y las calles estaban llenas de gente, la única concesión que hice a las masas fue quitar de la acera todos los productos de la 147 y la 131.

A las ocho, Tom Arnold me comunicó que tan sólo cinco empleados habían faltado al trabajo, a pesar de los espectaculares atascos que paralizaban los transportes públicos. Uno de los trabajadores ausentes estaba realmente enfermo.

Mientras el coronel y yo paseábamos arriba y abajo de Chelsea Terrace nos dedicaron algunos insultos, pero no percibí que la multitud perdiera el control y, dentro de todo, la mayor parte de la gente demostraba un buen humor sorprendente. Algunos se pusieron a jugar al fútbol en plena calle.

La primera señal de auténticos desórdenes apareció el segundo día por la mañana, cuando fue lanzado un ladrillo contra el escaparate del número 5, Joyería y Relojería. Vi a dos o tres jovencitos coger todo lo que podían del expositor y huir avenida abajo. La muchedumbre dio muestras de inquietud y empezó a gritar consignas; entonces, hice la señal a Tom Arnold, que se hallaba a unos cincuenta metros de distancia, y tocó seis veces su silbato. El coronel comprobó, al cabo de tres minutos, que todas nuestras tiendas estaban cerradas a cal y canto. No me moví de mi sitio mientras la policía hacía acto de presencia y detenía a varios individuos. Aunque el ambiente estaba muy caldeado, ordené a Tom Arnold, pasada una hora, que procediera a abrir las tiendas y que se atendiera a los clientes como si no hubiera pasado nada. El cristal fue repuesto antes de tres horas... si bien no era la mañana más adecuada para comprar joyas.

El jueves sólo faltaron tres trabajadores a su puesto, pero conté hasta cuatro tiendas más de la avenida que habían sido protegidas con tablones. Las calles tenían un aspecto mucho más tranquilo. Becky me dijo mientras desayunábamos que el *Times* no había salido porque los impresores se habían sumado a la huelga pero, en respuesta, el gobierno había sacado su propio periódico, la *British Gazette*, una idea de Churchill, informando a sus lectores que los empleados del ferrocarril y los transportes habían vuelto en masa a trabajar. A pesar de esto, el pescadero del número 11, Norman Cosgrave, me dijo que estaba harto, y me preguntó cuánto había pensado ofrecerle por su establecimiento. Acordamos el precio por la mañana y nos dirigimos al banco por la tarde para cerrar el trato. Una llamada telefónica bastó para confirmar que Crowther ya tenía los documentos mecanografiados y Hadlow había preparado el cheque; lo único que faltaba era mi firma. Lo primero que hice al volver a Chelsea Terrace fue poner a Tom Arnold al frente de la pescadería, hasta encontrar al director adecuado para el local de Cosgrave. De momento no dije nada, pero Tom no se quitó el olor a pescado hasta varias semanas después, cuando contrató a un muchacho de Billingsgate.

La huelga general concluyó de forma oficial la novena mañana y a fin de mes yo ya había adquirido siete tiendas más. Parecía ir y venir del banco como un loco, pero las adquirí a un precio que satisfizo incluso a Hadlow, que me advirtió que los fondos habían mermado.

En la siguiente asamblea general informé al consejo que Trumper's poseía ya veinte tiendas en Chelsea Terrace, cantidad superior a la que agrupaba la Asociación de Comerciantes. Sin embargo, Hadlow expresó la opinión de que ahora debíamos concentrarnos en un largo período de consolidación, si queríamos que todas y cada una de nuestras propiedades recién adquiridas estuvieran a la misma altura que las trece primeras. Hice una sola propuesta interesante más, recibida con unánime aprobación por mis colegas: que Tom Arnold fuera invitado a formar parte del consejo.

Nunca resistía la tentación de pasar una hora sentado en el banco situado frente al número 147, observando las transformaciones que Chelsea Terrace experimentaba ante mis ojos. Por primera vez, era capaz de diferenciar mis tiendas de las que aún me proponía adquirir, que incluían las catorce del comité de Wrexall, sin olvidar el prestigioso número 1 y El Mosquetero.

Habían pasado setenta y dos días desde la subasta, y aunque el señor Fothergill continuaba comprando las frutas y verduras en el 147, nunca me confirmaba si la señora Trentham había cumplido o no el contrato. Joan Moore informó a mi mujer que su antigua patrona había recibido en fecha reciente la visita del señor Fothergill, y aunque la cocinera no había podido escuchar toda la conversación captó voces airadas.

Daphne acudió a la tienda la semana siguiente. Le pregunté si sabía algo sobre las actividades de la señora Trentham.

–Deja de preocuparte por esa maldita mujer –fue todo cuanto Daphne dijo sobre el tema–. En cualquier caso, los noventa días pronto terminarán y, francamente, creo que deberías preocuparte más por tu Segunda Parte que por los problemas económicos de la señora Trentham.

–Tienes toda la razón. Si sigo a este paso, no habré completado el trabajo necesario antes del año próximo –dije, tras elegir una docena de ciruelas impecables y pesarlas.

–Siempre vas con prisas, Charlie. ¿Por qué es preciso terminarlo todo en una fecha concreta?

–Porque eso me mantiene en movimiento.

–Pero Becky se quedará igualmente impresionada por tu éxito si logras tu propósito un año más tarde.

–No sería lo mismo. Tendré que trabajar con más ahínco.

–El día tiene un número limitado de horas –me recordó Daphne–. Incluso para ti.

–Bien, no es culpa mía.

Daphne lanzó una carcajada.

–¿Cómo va la tesis sobre Luini que prepara Becky?

–Ya ha terminado ese rollo. Está a punto de corregir el borrador final de treinta mil palabras, así que me lleva una buena delantera. De todas formas, con la huelga general y la adquisición de las nuevas propiedades, dejando aparte a la señora Trentham, esta temporada no he tenido tiempo de llevar a Daniel a ver al West Ham.

Charlie guardó la compra de Daphne en una gran bolsa de papel marrón.

–¿Becky aún no ha adivinado tus propósitos?

–No, y procuro estar ausente sólo cuando se queda a trabajar hasta tarde en Sotheby's o se va a catalogar alguna colección importante. Aún no se ha dado cuenta de que me levanto cada mañana a las cuatro y media para trabajar duro.

Le pasé la bolsa de ciruelas y siete chelines con diez peniques de cambio.

–Igual que un pequeño Trollope, ¿eh? A propósito, aún no le he contado a Percy nuestro secreto, pero ardo en deseos de ver la expresión de sus rostros cuando...

–Shhh, ni una palabra...

Como tantas cosas que había perseguido durante mucho tiempo, descubrí que el premio final te cae del cielo cuando menos lo esperas.

Aquella mañana estaba atendiendo en el 147. A Bob Makins siempre le molestaba que me arremangara, pero me gusta charlar con mis clientes de toda la vida, y era la única oportunidad que tenía de hacerlo, así como de descubrir qué opinaban de mis demás tiendas. Sin embargo, confieso que cuando le llegó el turno al señor Fothergill, la cola se alargaba casi hasta el colmado, al que Bob Makins consideraba como un rival.

–Buenos días –saludé, cuando el señor Fothergill se paró frente al mostrador–. ¿Qué le apetece hoy, señor? Tengo unos magníficos...

–¿Podríamos hablar un momento en privado, señor Trumper?

Mi sorpresa fue tanta que no le contesté al instante. Sabía que a la señora Trentham todavía le quedaban nueve días para cumplir el contrato, y yo había dado por sentado que hasta entonces no sabría nada. Al fin y al cabo, sus propios Hadlow y Crowther se encargarían de la documentación.

–Me temo que el almacén es el único sitio libre –le advertí. Me quité la bata verde, me bajé las mangas y cogí la chaqueta–. Mi director ocupa ahora el piso de arriba –expliqué, mientras guiaba al subastador a la parte posterior de la tienda.

Lo invité a sentarse en una caja de naranjas vuelta del revés, y yo me acomodé en otra caja frente a él. Nos miramos, a sólo unos pasos de distancia, como dos jugadores de ajedrez. «Un lugar extraño para discutir el negocio más importante de mi vida», pensé. Intenté mantener la calma.

–Iré directamente al grano –empezó Fothergill–. Hace varias semanas que no veo a la señora Trentham y últimamente se niega a contestar a mis llamadas telefónicas. Además, Savill's me ha dejado bastante claro que no han recibido instrucciones de completar la transacción en representación suya. Han llegado a decirme que, en su opinión, a esa mujer ya no le interesa la propiedad.

–De todas maneras, usted todavía conserva el depósito de mil doscientas libras –le recordé, tratando de reprimir una sonrisa.

–Es posible, pero desde entonces he tenido otros compromisos, y con la huelga general...

–Son tiempos duros, estoy de acuerdo.

Las palmas de mis manos empezaron a sudar.

–Pero jamás ha ocultado su deseo de ser el propietario del número 1.

–Es cierto, pero desde la subasta me he dedicado a comprar otras propiedades con el dinero que había reservado para adquirir su tienda.

–Lo sé, señor Trumper, pero ahora desearía acordar un precio mucho más razonable...

–Y yo deseaba pujar hasta tres mil quinientas libras, si lo recuerda.

–Su última oferta ascendió a once mil libras, si no recuerdo mal.

–Estrategia, señor Fothergill, pura estrategia. No tenía la intención de pagar once mil libras, como usted sabrá sin duda.

–Pero la señora Trumper pujó hasta cinco mil quinientas libras, olvidando que su última oferta había sido de once mil.

–No puedo contradecirle –le dije, adoptando mi acento barriobajero–, pero si se hubiera casado, señor Fothergill, sabría muy bien por qué en el East End siempre se refieren a ellas como «Problemas y conflictos».

–Cedería la propiedad por siete mil libras, pero sólo a usted.

–La cedería por cinco mil a cualquiera que se las pagara.

–Nunca.

–En un plazo de nueve días, diría yo, pero le voy a decir lo que haré –añadí. Me incliné hacia adelante y estuve a punto de caerme de la caja–. Me mantendré fiel a la oferta de mi esposa, cifrada en cinco mil quinientas libras, el límite que mi junta nos había autorizado, pero sólo si tiene todos los documentos preparados para la firma antes de medianoche. –El señor Fothergill abrió la boca para protestar–. Por supuesto –añadí, antes de que me diera su opinión–, no le costará mucho trabajo. Al fin y al cabo, el contrato está en su escritorio desde hace ochenta y un días. Sólo ha de cambiar el nombre y quitar algún cero. Bien, si me perdona, debo atender a mis clientes.

–Nunca me habían tratado de una forma tan arrogante, señor –declaró el señor Fothergill, poniéndose en pie de un furioso salto.

Se volvió y desapareció, dejándome solo en la trastienda.

–Nunca pensé que yo era arrogante –le dije a la caja de naranjas–. Más bien un puritano, diría yo.

Después de leer a Daniel otro capítulo de *A través del espejo y lo que Alicia encontró allí* y de esperar a que se durmiera, bajé a cenar con Becky. Mientras me servía un plato de sopa le conté los detalles de mi charla con Fothergill.

–Qué pena –fue la inmediata reacción de mi mujer–. Ojalá hubiera hablado antes conmigo. Ahora, es posible que el número 1 nunca sea nuestro.

Repitió esta idea antes de irse a la cama. Cerré la luz de gas, pensando que Becky podía tener razón. Empezaba a adormecerme cuando sonó el timbre.

–Son más de las once y media –dijo Becky–. ¿Quién será?

–¿Tal vez un hombre que sabe lo que son los ultimátums? –sugerí, mientras encendía de nuevo la luz.

Salí de la cama, me puse la bata y bajé a abrir.

–Acompáñeme al estudio, peregrino –dije, después de dar la bienvenida al señor Fothergill.

–Gracias, Charles –respondió.

Tuve que hacer un esfuerzo por no reír mientras retiraba del escritorio el libro de *Matemáticas, Segunda Parte* y abría el cajón en el que guardaba el talonario de la empresa.

–Cinco mil quinientas libras, si no me equivoco –dije, destapando la pluma y mirando el reloj que descansaba sobre la repisa de la chimenea.

A las once y treinta y siete entregué al señor Fothergill la cantidad definitiva a cambio de la propiedad de Chelsea Terrace, 1.

Nos estrechamos la mano para cerrar el trato y me despedí del antiguo subastador. Subí al dormitorio y me quedé sorprendido al ver a Becky sentada ante su escritorio.

–¿Qué haces? –pregunté.

–Redacto la carta de dimisión para Sotheby's.

Tom Arnold limpió a fondo el número 1, preparando el momento en que Becky se convertiría, un mes después, en directora gerente de Subastadores y Especialistas en Bellas Artes Trumper. Arnold se dio cuenta de que yo consideraba nuestra nueva adquisición como el buque insignia de todo el imperio Trumper... a pesar de que los gastos empezaban a competir con los de un navío de guerra, para consternación de Hadlow.

Becky anunció su despedida de Sotheby's el viernes 16 de julio de 1926. Entró en Trumper's, antes Fothergill's, a las siete de la mañana del día siguiente para asumir la responsabilidad de restaurar el local, mientras al mismo tiempo liberaba a Tom Arnold para que se reincorporara a sus tareas habituales. Transformó de inmediato el sótano del número 1 en almacén; la recepción continuó en la planta baja, y la sala de subastas en el primer piso.

Becky y su equipo de especialistas ocuparon la segunda y tercera plantas; el último piso, en el que había vivido antes el señor Fothergill, se convirtió en las oficinas administrativas de la empresa, y aún quedó un espacio libre para las futuras asambleas del consejo.

La asamblea plenaria se celebró por primera vez en Chelsea Terrace, 1, el 17 de octubre de 1926.

Al cabo de tres meses de dejar Sotheby's, Becky había «robado» siete de los once empleados que quería, y sacó otros cuatro de Bonham's y Phillips. En la primera asamblea general nos advirtió que podríamos tardar tres años en pagar las deudas producidas por la compra y la remodelación del número 1, y tal vez pasarían otros tres antes de que la nueva adquisición contribuyera de una forma seria a los beneficios del grupo.

–No será como mi primera tienda –informé a la asamblea–. Logró beneficios a las tres semanas, como usted ya sabe, presidente.

–Deja de parecer tan complacido contigo mismo, Charlie Trumper, y trata de recordar que no vendo patatas –me recordó mi mujer.

–Ah, no lo sé –repliqué, y el 21 de octubre de 1926, para celebrar nuestro sexto aniversario de boda, regalé a mi mujer un óleo de Van Gogh llamado *Los comedores de patatas.*

El señor Reed, de la galería Lefevre, que había sido amigo personal del artista, aseguró que era casi tan bueno como el que colgaba en el Rijksmuseum. Le di la razón, aunque consideré el precio algo excesivo. Pero tras cierto regateo, fijamos un precio de seiscientas guineas.

Durante mucho tiempo no hubo novedad en el frente de la señora Trentham. Esta situación me preocupaba, porque intuía que no significaba nada bueno. Cuando una tienda salía a la venta siempre esperaba que ella me hiciera la competencia, y si surgía algún problema en la avenida me preguntaba si la señora Trentham lo había instigado. Becky le dio la razón a Daphne y afirmó que me estaba volviendo paranoico, hasta que Arnold me dijo que, tomando una copa en la taberna, el señor Wrexall recibió una llamada de la señora Trentham. No pudo contarnos nada significativo, porque el tabernero respondió a la llamada desde la trastienda. Después de esto, mi mujer admitió que el paso del tiempo no había mitigado el deseo de venganza de la señora Trentham.

En marzo de 1927, Joan nos informó que su anterior patrona había pasado dos días haciendo las maletas antes de partir hacia Southampton, donde embarcó en un transatlántico con destino a Australia. Daphne lo confirmó, cuando la semana siguiente fue a cenar a Gilston Road.

–Debemos concluir, queridos, que ha ido a visitar a ese espantoso hijo suyo.

–Antes siempre hacía lo posible por informar a diestro y siniestro sobre los progresos de ese maldito. ¿Por qué no ha dicho nada esta vez?

–No tengo ni idea –dijo Daphne.

–¿Crees que Guy proyecta volver a Inglaterra, ahora que las cosas se han calmado un poco?

–Lo dudo. –Daphne frunció el ceño–. De lo contrario, el barco navegaría en otra dirección, ¿no? En cualquier caso, si debo fiarme de los sentimientos de su padre, cuando Guy se atreva a presentarse en Ashurst Hall no lo tratarán como al hijo pródigo.

–Algo no marcha bien –le dije–. Este secreto que la rodea últimamente me preocupa.

Tres meses después, en junio de 1927, el coronel llamó mi atención sobre el anuncio de la muerte de Guy Trentham, aparecido en el *Times*.

–Una horrible forma de morir –fue su único comentario.

Daphne asistió al funeral en la iglesia parroquial de Ashurst porque, como explicó después, quería ver cómo sepultaban el ataúd para convencerse de que Guy Trentham ya no estaba en el mundo de los vivos.

Percy me comentó más tarde que apenas había podido reprimir las ansias de Daphne de ayudar a los sepultureros a llenar la fosa con tierra inglesa. No obstante, Daphne nos dijo que mantenía sus dudas sobre las causas de la muerte, a pesar de la ausencia de pruebas que demostraran que había fallecido por otros motivos.

–Al menos ese sujeto ya no te causará más problemas –fueron las palabras finales de Percy sobre el asunto.

–Tendrán que enterrar a la señora Trentham con él antes de que me lo crea –contesté, frunciendo el ceño.

26

En 1929 los Trumper se mudaron a una casa más grande de Little Boltons. Daphne les aseguró que, a pesar de ser en «Little»[1], habían dado un paso adelante.

–De todos modos –añadió, mirando a Becky–, todavía está muy lejos de Eaton Square, queridos.

La fiesta de inauguración tuvo un doble significado para Becky, porque al día siguiente iba a recibir el título de doctora en Arte. Cuando Percy bromeó sobre el tiempo que había tardado en terminar la tesis sobre su amor no correspondido, Bernardino Luini, ella dijo que Charlie tenía tanta culpa como ella.

Charlie no intentó defenderse; le sirvió otro coñac a Percy y cortó el extremo de un puro.

–Hoskins nos llevará en coche a la ceremonia –anunció Daphne–, así que nos veremos allí, suponiendo que se nos conceda el honor de sentarnos en las primeras treinta filas.

Charlie se sintió sumamente complacido al descubrir que Daphne y Percy se hallaban en la fila de atrás; estaban lo bastante cerca del escenario como para no perderse ni el mínimo detalle de la ceremonia.

–¿Quiénes son ésos? –preguntó Daniel, cuando catorce dignos caballeros de avanzada edad subieron al estrado, ataviados con togas negras y mucetas púrpuras, y se acomodaron en las sillas correspondientes.

–El consejo universitario –explicó Becky a su hijo de ocho años–. Proponen a los nuevos doctores, pero no debes hacer demasiadas preguntas, Daniel, porque molestarás a la gente que está sentada a nuestro alrededor.

1. En inglés, «pequeño». *(N. del T.)*

En aquel momento, el rector se levantó para entregar los diplomas.

–Me temo que veremos a todos los licenciados antes de que llegue mi turno –dijo Becky.

–No seas tan presumida, querida –dijo Daphne–. Algunos todavía recordamos que consideraste el día en que recibiste el título de graduada como el más feliz de tu vida.

–¿Por qué no se ha graduado papá? –preguntó Daniel, recogiendo el programa de Becky del suelo–. Es tan listo como tú, mamá.

–Es verdad –admitió Becky–, pero su padre no lo obligó a pasar tanto tiempo en el colegio como el mío.

–Pero su abuelo, a cambio, le enseñó a vender frutas y verduras –intervino Charlie, inclinándose hacia adelante–, para que hiciera algo útil hasta el fin de sus días.

Daniel guardó silencio unos momentos, como si sopesara la validez de aquellas dos afirmaciones opuestas.

–La ceremonia durará mucho tiempo, si sigue a este paso –dijo Becky, cuando al cabo de media hora sólo habían llegado a la letra p.

–Esperaremos –dijo Daphne–. Percy y yo no hemos hecho planes h[illegible]sta dentro de unos meses.

–[illegible], mirad –exclamó Daniel–. En mi lista he encontrado otro M[illegible] otro Arnold y hasta otro Trumper.

[illegible]pellidos bastante corrientes –señaló Becky, sin molestarse [illegible]l programa.

[illegible]ló a Daniel sobre sus rodillas.

[illegible]staría saber cómo es –insistió Daniel–. ¿Todos los Trum[illegible]ecen, mami?

[illegible]onto, son de todas las formas y tamaños.

[illegible]o su primera inicial es la misma de papá –continuó Daniel en [illegible]bastante alta para que todos los espectadores de las tres prime[illegible]ras filas se sintieran partícipes de la conversación.

–Shhh –dijo Becky, cuando dos o tres personas se volvieron para mirarlos.

–Licenciado en Artes –anunció el rector–, Matemáticas de Segunda Clase, Charles George Trumper.

–Y hasta se parece a tu papá –dijo Charlie, levantándose para recibir su título de manos del rector.

Los aplausos aumentaron de intensidad cuando el público advirtió la edad de aquel licenciado. Becky se quedó boquiabierta y Percy se limpió las gafas. Daphne no demostró la menor sorpresa.

–¿Desde cuándo lo sabes? –preguntó Becky, apretando los dientes.

–Se matriculó en el colegio Birkbeck al día siguiente de tu graduación.

–¿Y de dónde ha sacado el tiempo?

–Le ha costado casi ocho años y un montón de madrugones mientras tú dormías a pierna suelta.

Al final del segundo año, quedó de manifiesto que las predicciones económicas de Becky para el número 1 habían sido excesivamente optimistas. A medida que pasaba el tiempo el descubierto persistía y sólo después de veintisiete meses Becky logró mermar la deuda del capital.

Se quejó ante la junta de que, pese a los esfuerzos del director gerente por incrementar el volumen de ventas, no conseguía aumentar los beneficios, pues siempre daba por sentado que podría comprar los objetos más codiciados pagando un precio mayor.

–Pero al mismo tiempo estamos reuniendo una colección de arte importantísima, señora Trumper –le recordó.

–Y ahorrando impuestos también realizamos una inteligente inversión –señaló Hadlow–. Más adelante es posible que se demuestre su utilidad.

–No lo dudo presidente, pero, de momento, el hecho de que el director gerente se quede con mis existencias más vendibles no ayuda al estado de cuentas... y, ciertamente, tampoco sirve que haya descifrado el código del subastador, razón por la cual siempre sabe cuál es nuestro precio reservado.

–Señora Trumper, no debe considerarse una persona, sino parte de la empresa –dijo Charlie y sonrió. Añadió–: Debo reconocer que nos habría salido mucho más barato dejarla en Sotheby's.

–Que ese comentario no conste en actas –afirmó severamente el presidente–. A propósito, ¿qué es el código del subastador?

–Consta de una serie de letras de una palabra o palabras escogidas que se indican por números. Por ejemplo, Charlie sería C-1, H-2, A-3, y así sucesivamente, pasando por alto cualquier letra repetida. Una vez averiguadas las palabras, que se sustituyen por

dos–, y por primera vez nos hallamos todos reunidos bajo el mismo techo. Esta noche fijaremos la fecha en que todos trabajaremos bajo el mismo techo, el Trumper's de Chelsea Terrace. Os diré la fecha: 1940.

Todos los empleados se levantaron como un solo hombre, gritaron «1940» y vitorearon al nuevo presidente. Cuando Charlie se sentó, el director de orquesta alzó la batuta para indicar que el baile iba a empezar.

El coronel se puso en pie y pidió a Becky que bailara con él el primer vals. La acompañó a la pista de baile vacía.

–¿Se acuerda de la primera vez que me invitó a bailar? –preguntó Becky.

–Por supuesto. Para emplear las palabras del señor Hardy, «en menudo lío nos metió».

–La culpa es de él –dijo Becky, cuando Charlie sacó a Elizabeth Hamilton a bailar.

El coronel sonrió.

–Menudo discurso harán cuando Charlie se retire –comentó con aire melancólico–. No sé quién se atreverá a sucederle.

–Tal vez una mujer.

27

Todos los empleados de Trumper's celebraron las bodas de plata del rey Jorge V y la reina María en 1935. Se colgaron fotos y carteles de la pareja real en todos los escaparates y Tom Arnold organizó un concurso para premiar la tienda que conmemorara la ocasión con el despliegue más imaginativo.

Charlie se encargó del número 147, al que todavía consideraba su feudo y, ayudado por la hija de Bob Makins, que cursaba el primer año en la Escuela de Arte de Chelsea, construyeron un modelo del rey y la reina con todas las frutas y verduras procedentes del imperio británico.

Charlie se quedó pálido cuando los jueces, el coronel y los marqueses de Wiltshire relegaron al segundo puesto al número 147, detrás de la floristería, que hacía un buen negocio vendiendo ramos de crisantemos rojos, blancos y azules. La floristería ganó el primer premio por un enorme mapa del mundo hecho de flores, con el imperio británico compuesto de rosas rojas.

Charlie concedió el día libre a todo el personal. Se marchó al Mall a las cuatro y media de la mañana, acompañado de Becky y Daniel, para presenciar desde un puesto privilegiado el recorrido de los reyes desde el palacio de Buckingham a la catedral de San Pablo, donde se iba a celebrar la ceremonia de acción de gracias.

Llegaron al Mall y descubrieron que miles de personas ocupaban cada centímetro cuadrado de la acera con sacos de dormir, mantas e incluso tiendas de campaña. Algunas estaban desayunando o permanecían clavadas en su sitio, sin moverse un milímetro.

Las horas de espera transcurrieron con rapidez, pues Charlie se puso a trabar amistad con visitantes llegados de todas partes del imperio. Cuando el desfile comenzó, Daniel se quedó maravillado al ver los diferentes soldados de la India, África, Australia, Canadá y treinta y seis naciones más. Cuando el rey y la reina pasaron en la carroza real, Charlie se puso firme y se quitó el sombrero, repitiendo el gesto cuando desfilaron los Fusileros Reales a los acordes de su himno. Una vez desaparecieron de la vista, pensó con envidia en Daphne y Percy, que habían sido invitados a asistir a la ceremonia en San Pablo.

Cuando el rey y la reina regresaron al palacio de Buckingham –justo a tiempo de comer, como explicó Daniel a todos los que lo rodeaban–, los Trumper volvieron a casa. Pasaron de camino por Chelsea Terrace. Daniel reparó en la enorme inscripción «2.º Premio» en el escaparate del 147.

–¿Qué quiere decir eso, papá? –quiso saber al instante.

A su madre le complació en extremo explicar a su hijo el mecanismo del concurso.

–¿Tú cómo quedaste, mamá?

–La decimosexta entre veintiséis –dijo Charlie–, y gracias a que los tres jueces son amigos suyos desde hace mucho tiempo.

El rey murió ocho meses más tarde. Charlie creyó que una nueva era daría comienzo con el ascenso al trono de Eduardo VIII y decidió que había llegado el momento de peregrinar a Estados Unidos.

Anunció su intención al consejo durante la siguiente asamblea.

–¿Algún problema en perspectiva? –preguntó el presidente a Arnold.

–Sigo buscando un nuevo director para la joyería y un par de dependientas para la tienda de ropa femenina; por lo demás, ningún problema.

Confiando en que Tom Arnold y el consejo se encargarían del trabajo durante el mes de ausencia, Charlie se convenció por fin de que debía marcharse cuando leyó los preparativos para la botadura del *Queen Mary*. Reservó un camarote doble para el viaje inaugural.

Becky pasó cinco días gloriosos en el *Queen* durante la travesía y observó con satisfacción que su marido empezaba a relajarse, una vez consciente de que no tenía forma de comunicarse con Tom Arnold ni con Daniel, que se hallaba por primera vez en un internado.

De hecho, en cuanto Charlie comprendió que no podía molestar a nadie pareció resignarse y se divirtió al ir descubriendo las diferentes distracciones que el transatlántico ofrecía a un hombre maduro, no muy en forma y con cierto exceso de peso.

El gran *Queen* entró en el puerto de Nueva York el lunes por la mañana; allí fue recibido por miles de personas. Charlie pensó lo muy distinto que fue para los pioneros, a bordo del *Mayflower*, sin comité de bienvenida y sin saber qué esperar de los nativos. En el fondo, Charlie tampoco estaba muy seguro de qué le depararían los nativos.

A instancias de Daphne, había reservado habitación en el hotel Waldorf Astoria, pero en cuanto deshicieron las maletas Charlie y Becky decidieron que no había motivos para sentarse y relajarse. Charlie se levantó a las cuatro y media de la mañana siguiente, hojeó el *New York Times* y leyó por primera vez el nombre de la señora Simpson[1]. Devorados los diarios, salió del hotel y paseó por la Quinta Avenida, examinando los escaparates de las tiendas. La inventiva y originalidad que desplegaban los comerciantes de Manhattan, comparadas con lo que se veía en la calle Oxford, lo fascinaron.

Las tiendas abrieron a las nueve y tomó nota de todos los detalles. Paseó por los pasillos de los almacenes de moda, situados sobre todo en las esquinas, examinó las existencias, observó a los dependientes y siguió a algunos clientes por el almacén para saber qué compraban. Las dos primeras noches que pasó en Nueva York llegó a la cama exhausto.

No fue hasta la tercera mañana, después de terminar su recorrido por la Quinta Avenida y por Madison, cuando Charlie se desplazó a Lexington, donde descubrió Bloomingdale's. Becky comprendió en aquel momento que había perdido a su marido durante el resto de la estancia en Nueva York.

Charlie se concentró las dos primeras horas en subir y bajar por las escaleras mecánicas hasta hacerse una idea global de la distribución del edificio. Procedió después a estudiar cada planta, departamento por departamento, tomando infinidad de notas. En la planta

1. Se refiere a Wallis Simpson, futura esposa plebeya del rey, que abdicó para casarse con ella. *(N. del T.)*

baja vendían perfumes, artículos de piel y joyas; bufandas, sombreros, guantes y objetos de escritorio en la primera planta; prendas para caballero en la segunda, y para señora en la tercera. Artículos para el hogar en la cuarta. Siguió subiendo hasta descubrir que las oficinas de la empresa se hallaban en la duodécima planta, ocultas discretamente tras un letrero de «Prohibido entrar». Charlie ardía en deseos de conocer la distribución de aquella planta, pero carecía de medios para averiguarlo.

El cuarto día llevó a cabo un detenido estudio de la ubicación de los mostradores y empezó a dibujar los planos individuales. Aquella mañana, cuando se encaminó a la escalera mecánica que conducía a la tercera planta, dos fornidos jóvenes le cerraron el paso. Charlie no tuvo más remedio que detenerse o tratar de bajar por la escalera mecánica que subía.

–¿Pasa algo?

–No estamos seguros, señor –dijo uno de los gorilas–, pero somos detectives de los almacenes y queremos pedirle que tenga la bondad de acompañarnos.

–Será un placer –contestó Charlie, incapaz de adivinar cuál era el problema.

Subieron en el ascensor a la planta que nunca había visto y lo guiaron por un largo pasillo hasta una habitación desnuda que había al final. No había cuadros en las paredes ni alfombras en el suelo; el único mobiliario consistía en tres sillas de madera y una mesa. Lo dejaron solo. Segundos después, entraron dos hombres de mayor edad en la habitación.

–¿Le importaría contestar a unas preguntas, señor? –preguntó el más alto.

–No, en absoluto –contestó Charlie, asombrado por el extraño trato que le estaban dispensando.

–¿De dónde es usted? –preguntó el primero.

–De Inglaterra.

–¿Y cómo llegó aquí? –inquirió el segundo.

–En el viaje inaugural del *Queen Mary*.

Observó que ambos expresaban perplejidad al escuchar su respuesta.

–En ese caso, señor, ¿por qué lleva dos días recorriendo los almacenes y tomando notas, sin comprar ni un solo artículo?

Charlie estalló en carcajadas.

–Porque soy el dueño de veintiséis tiendas en Londres. Comparaba, simplemente, sus métodos norteamericanos con los míos.

Los dos hombres cuchichearon nerviosamente entre sí.

–¿Puedo preguntarle su nombre, señor?

–Trumper, Charlie Trumper.

Uno de los hombres se puso en pie y abandonó la habitación. Charlie intuyó que no habían terminado de creerse su historia. Le recordó lo que había ocurrido cuando le habló a Tommy sobre su primera tienda. El otro hombre permaneció en silencio, de modo que los dos estuvieron sentados frente a frente sin decir nada durante varios minutos, hasta que la puerta se abrió y entró un caballero alto y elegante, que vestía un traje marrón oscuro, zapatos del mismo color y una corbata de tonos dorados. Casi se precipitó con los brazos extendidos para abrazar a Charlie.

–Le presento mis disculpas, señor Trumper –fueron sus primeras palabras–. Ignorábamos que se encontraba en Nueva York, ni que estuviera visitando los almacenes. Me llamo John Bloomingdale, y soy el dueño de este humilde local que, según mis noticias, se ha dedicado usted a examinar.

–Ya lo creo –empezó Charlie, pero el señor Bloomingdale le interrumpió al instante.

–Estamos a la par, porque yo también eché un vistazo a sus famosos carretones de Chelsea Terrace, que me dieron una o dos ideas.

–¿Habla en serio? –preguntó Charlie, incrédulo.

–Oh, desde luego. ¿No ha visto la bandera de Estados Unidos en nuestro escaparate principal, con los cuarenta y ocho Estados representados con flores de diferentes colores?

–Bueno, sí, pero...

–Robamos la idea en el viaje que mi esposa y yo hicimos para asistir a las bodas de plata. Considéreme a su servicio, señor.

Los dos detectives exhibieron amplias sonrisas.

Aquella noche, Becky y Charlie fueron a cenar a la residencia particular de Bloomingdale, en la encrucijada de la Sesenta y Una y Madison.

John Bloomingdale respondió a todas las preguntas de Charlie hasta altas horas de la madrugada.

Al día siguiente el propietario del «humilde local» ofreció una gira oficial a Charlie por los almacenes, mientras Patty Bloomingdale acompañaba a Becky al Museo Metropolitano de Arte y al Frick, bombardeando a Becky con preguntas relativas a la señora Simpson, a las que Becky no sabía contestar, pues jamás había oído hablar de ella hasta que desembarcaron en Estados Unidos.

Los Trumper lamentaron tener que despedirse de los Bloomingdale para seguir viaje a Chicago en tren; allí se alojaron en el Stevens. Al llegar a la ventosa ciudad descubrieron que la habitación se había transformado en una *suite* y que el señor Joseph Field, de Marshall Field's, había dejado una nota de su puño y letra, invitándolos a cenar la noche siguiente.

Durante la cena, que se celebró en la mansión de Lake Shore Drive, Charlie recordó al señor Field el anuncio que describía sus grandes almacenes como situados entre los mayores del mundo, y le advirtió que Chelsea Terrace era dos metros más larga.

–Ah, pero ¿le dejarán construir un edificio de veintiuna plantas, señor Trumper?

–Veintidós –rectificó Charlie, ignorando si el ayuntamiento de Londres le iba a conceder el permiso.

Al día siguiente, Charlie aumentó sus conocimientos sobre grandes almacenes visitando Marshall Field's por dentro. Admiró en especial el sentido de equipo que poseían los empleados. Todas las chicas vestían elegantes uniformes verdes, con las letras MF bordadas en oro en las solapas, traje gris los encargados de cada planta, y chaquetas cruzadas de color azul marino los directores.

–Eso permite a los clientes localizar a un miembro de mi plantilla cuando necesitan que alguien los ayude, sobre todo cuando se producen aglomeraciones –explicó el señor Field.

Mientras Charlie dedicaba todo su interés a la organización de Marshall Field's, Becky pasaba interminables horas en el Instituto de Arte de Chicago admirando en especial las obras de Wyeth y Remington, que, en su opinión, debían ser expuestas en Londres. Volvió a Inglaterra con una muestra de cada artista embalada en maletas recién adquiridas, pero el público de Inglaterra no vio ni el óleo ni la escultura hasta pasados unos años porque, una vez sacados de las maletas, Charlie no permitió que salieran de su casa.

Al acabar el mes estaban agotados y seguros de una sola cosa:

querían volver a Estados Unidos infinidad de veces, aunque temían que jamás podrían ponerse a la altura de la hospitalidad recibida, tanto si los Field como los Bloomingdale decidían presentarse un día en Chelsea Terrace. Con todo, Joseph Field le pidió un pequeño favor a Charlie y ése se comprometió a ocuparse de ello personalmente en cuanto volviera a Londres.

Los rumores de la relación sentimental entre el rey y la señora Simpson, que Charlie había seguido con todo detalle en la prensa norteamericana, comenzaban a llegar a oídos de los ingleses, y Charlie se sintió entristecido cuando el rey consideró necesario anunciar su abdicación. La inesperada e imprevista responsabilidad recayó sobre los hombros del duque de York, que se convirtió en el rey Jorge VI.

La otra noticia que Charlie siguió en la prensa fue el acceso al poder de Adolf Hitler en la Alemania nazi. Era incapaz de entender por qué el primer ministro, el señor Chamberlain, hacía caso omiso de la sabiduría popular y no aceptaba que la única solución era atizarle un buen mamporro en la nariz.

–Neville Chamberlain no es un pilluelo del East End –explicó Becky a su marido durante el desayuno–, sino el primer ministro.

–Peor aún –replicó Charlie–, porque eso es exactamente lo que le ocurriría a *herr* Hitler si se atreviera a asomar la jeta por Whitechapel.

Pocas novedades comunicó Tom Arnold a Charlie después de su vuelta, pero enseguida percibió los efectos que la visita a Estados Unidos había causado en su patrón, pues durante los días sucesivos padeció un bombardeo incesante de órdenes e ideas.

–La Asociación de Comerciantes –advirtió Arnold al presidente durante la asamblea general del lunes por la mañana, después de que Charlie terminara de elogiar las virtudes de los norteamericanos por enésima vez– ya está hablando muy en serio de las consecuencias que una guerra con Alemania provocaría en los negocios.

–Era previsible –dijo Charlie y tomó asiento ante su escritorio–. Siempre le buscan la quinta pata al gato. Además, Alemania no le declarará la guerra a ninguno de los aliados de Gran Bretaña... no se atreverá. Al fin y al cabo, no creo que hayan olvidado la paliza que les dimos la última vez. Bien, ¿hay otros problemas pendientes?

–Descendiendo a un nivel más terrenal, desde que Jack Slade se retiró no he encontrado a la persona idónea que se haga cargo de la joyería –respondió Tom desde el otro lado del escritorio.

–Pon anuncios en las revistas del ramo y comunícame tus adelantos. ¿Algo más?

–Sí, un tal Ben Schubert quiere verlo.

–¿Qué quiere?

–Es un judío alemán refugiado, pero se ha negado a decir por qué quiere verlo.

–Pues cítale cuando vuelva a llamarte.

–En este momento está en la sala de espera del despacho.

–¿En la sala de espera? –preguntó Charlie, sin dar crédito a sus oídos.

–Sí. Viene cada mañana y se sienta sin decir nada.

–¿No le explicaste que estaba en Estados Unidos?

–Sí, pero creo que no sirvió de nada.

–«El sufrimiento es el distintivo de nuestra tribu» –murmuró Charlie–. Hazlo pasar.

Una figura encorvada, diminuta y con aspecto fatigado entró en la oficina del presidente y esperó a que le ofrecieran un asiento. Charlie sospechó que el hombre no era mucho mayor que él. Se levantó y rogó al visitante que se acomodara en una butaca contigua a la chimenea antes de preguntarle en qué podía ayudarlo.

El señor Schubert dedicó un tiempo a explicar cómo había escapado de Hamburgo con su mujer y sus dos hijas, después de que muchos amigos fueran enviados a campos de concentración, sin que nunca más se supiera de ellos.

Charlie escuchó el relato de las experiencias del señor Schubert en manos de los nazis sin pronunciar palabra. Su escapada y su descripción de lo que estaba sucediendo en Alemania eran dignas de una novela de John Buchan[1], y eran mucho más intensas que cualquier artículo reciente de los periódicos.

–¿En que puedo ayudarlo? –preguntó Charlie cuando llegó a la conclusión de que el señor Schubert había concluido su penosa exposición.

El refugiado sonrió por primera vez, exhibiendo dos dientes de

1. Autor, entre otras novelas, de *39 escalones*. *(N. del T.)*

oro. Cogió el maletín que guardaba a su lado, lo depositó sobre el escritorio de Charlie y lo abrió poco a poco. Charlie contempló la más hermosa colección de piedras preciosas que había visto en su vida: diamantes y amatistas, algunas en magníficos engastes. Su visitante quitó lo que resultó ser, nada más y nada menos, que una delgada bandeja bajo la que aparecieron piedras sueltas, más rubíes, topacios, diamantes, perlas y jades, que llenaban la caja hasta el fondo.

–Esto es un modesto ejemplo de lo que he dejado atrás, los restos de un negocio fundado por mi padre, y por su padre antes que él. Ahora debo vender lo que ha quedado para asegurar la supervivencia de mi familia.

–¿Se dedicaba al negocio de la joyería?

–Durante veintiséis años –contestó el señor Schubert–. Desde muy joven.

–¿Cuánto confía en obtener por este lote?

Charlie señaló el maletín abierto.

–Tres mil libras –contestó sin vacilar el señor Schubert–. Mucho menos de su valor real, pero ya no tengo tiempo ni voluntad para regatear.

Charlie abrió el cajón de la derecha, sacó un talonario y escribió las palabras «Páguese al señor Schubert la cantidad de tres mil libras». Lo depositó sobre el escritorio.

–No ha verificado su valor –dijo el señor Schubert.

–No es necesario –replicó Charlie, poniéndose en pie–, porque las venderá como nuevo director de mi joyería. Eso significa también que deberá rendir cuentas ante mí si no alcanzan el valor que les atribuye. Cuando haya pagado el anticipo hablaremos de su comisión.

Una sonrisa demudó las facciones del señor Schubert.

–Le enseñaron bien en el East End, señor Trumper.

–Hay muchos como usted que nos tienen con el alma en vilo –replicó Charlie y sonrió–. Y no olvide que mi suegro era de los suyos.

Ben Schubert se levantó y abrazó a su nuevo patrón.

Lo que Charlie no había previsto era que muchos refugiados judíos se precipitarían hacia la joyería Trumper's y cerrarían tal cantidad de tratos con el señor Schubert que nunca más tendría que preocuparse por el negocio.

Una semana más tarde, aproximadamente, Tom Arnold entró en el despacho del presidente sin llamar a la puerta. Charlie observó que su director gerente estaba muy agitado.

–¿Cuál es el problema? –se limitó a preguntar.

–Un robo.

–¿Dónde?

–En el 133, ropa de señora.

–¿Qué han robado?

–Dos pares de zapatos y una falda.

–En ese caso, sigue los procedimientos habituales especificados en las ordenanzas de la empresa. Empieza por llamar a la policía.

–No es tan sencillo.

–Claro que es sencillo. Un ladrón es un ladrón.

–Pero ella afirma...

–Que su madre tiene noventa años y se está muriendo de cáncer, dejando aparte el hecho de que todos sus hijos son subnormales.

–No, dice que es su hermana.

Charlie hizo girar la silla, calló un momento y exhaló un largo suspiro.

–¿Qué has hecho?

–Todavía nada. Le dije al director que la retuviera hasta que yo hablara con usted.

–Bien, vamos a ello –dijo Charlie.

Se levantó y avanzó hacia la puerta. Ninguno de los dos volvió a hablar hasta que llegaron al 133, donde un nervioso director los esperaba en la puerta.

–Lo siento, señor presidente –fueron las primeras palabras de Jim Grey.

–No te preocupes, Jim –contestó Charlie, dirigiéndose a la trastienda.

Encontró a Kitty sentada a una mesa, con la polvera en la mano, aplicándose carmín a los labios.

En cuanto vio a Charlie cerró la polvera y la dejó caer en su bolso. Sobre la mesa, frente a ella, había dos pares de elegantes zapatos de piel y una falda plisada de color morado. Charlie pensó que a Kitty todavía le gustaba lo mejor porque había elegido los artículos de precio más elevado. Kitty sonrió a su hermano, pero el lápiz de labios no la favorecía.

–Ahora que ha llegado el gran jefe, te vas a enterar de quién soy yo –dijo Kitty, mirando a Jim Grey.

–Eres una ladrona –dijo Charlie–. Eso es lo que eres.

–Vamos, Charlie, ahórratelo.

Su voz no expresó el menor remordimiento.

–Ésa no es la cuestión, Kitty. Si yo...

–Si me llevas ante la ley diciendo que soy una *choriza*, la prensa se lo va a pasar en grande. No te atreverás a permitir que me detengan, Charlie, y tú lo sabes.

–Esta vez no, tal vez, pero es la última, te lo prometo. Si esta dama –continuó, volviéndose hacia el director– intenta otra vez irse sin pagar, llame a la policía y ocúpese de que la acusen sin hablar de mí para nada. ¿Me he expresado con claridad, señor Grey?

–Sí, señor.

–Sí, señor, no, señor, bla bla bla. No te preocupes, Charlie, no volveré a molestarte.

Charlie no pareció muy convencido.

–La semana que viene me voy a Canadá, donde vive un miembro de la familia que todavía se preocupa por mí.

Charlie iba a protestar, pero Kitty cogió los zapatos y la falda y los guardó en el bolso. Pasó sin pestañear delante de los tres hombres.

–Un momento –dijo Tom Arnold.

–Vete a tomar por el culo –dijo Kitty, saliendo de la tienda.

Tom se volvió hacia el presidente, que contemplaba a su hermana. Ésta se alejó sin mirar atrás ni una vez.

–Tranquilo, Tom. Aún nos ha salido barato.

El 30 de septiembre de 1938, el primer ministro Chamberlain regresó de Munich, donde había sostenido conversaciones con el canciller alemán. A Charlie no le convenció el documento «Paz en nuestros días, paz con honor» que Chamberlain agitó ante las cámaras, porque después de escuchar las descripciones de primera mano que Ben Schubert le había proporcionado sobre los acontecimientos en el Tercer Reich, estaba seguro de que la guerra con Alemania era inevitable. El reclutamiento forzoso para los mayores de veinte años ya se había debatido en el Parlamento. Daniel cursaba el último año en San Pablo, a la espera de solicitar el ingreso en la universidad, y Charlie no podía soportar la idea de perder a un hijo en otra guerra con los alemanes. Sus temores se acrecentaron cuando pocas semanas después Daniel obtuvo una beca para estudiar en el colegio Trinity de Cambridge.

Cuando Hitler invadió Polonia, el primero de septiembre de 1939, Charlie comprendió que Ben Schubert no había exagerado. Dos días después, Inglaterra declaró la guerra.

Durante las primeras semanas posteriores a la declaración de hostilidades se produjo una calma pasajera, casi un anticlímax, y de no haber sido por el creciente número de hombres uniformados que desfilaban en ambas direcciones de Chelsea Terrace y por la caída de las ventas, Charlie casi habría olvidado que Gran Bretaña se hallaba comprometida en una guerra.

Durante ese período sólo se puso a la venta el restaurante y Charlie ofreció al señor Scallini un precio justo, que el hombre aceptó sin dudarlo, antes de regresar a su Florencia natal. Tuvo más suerte que otros, internados por el simple motivo de poseer un apellido alemán o italiano. Charlie cerró de inmediato el local (pues no estaba seguro de lo que iba a hacer con el edificio). En 1940 comer fuera ya no era una prioridad para los londinenses. Una vez transferida la propiedad de Scallini, sólo la librería de viejo y la agrupación presidida por el señor Wrexall seguían en manos de otros comerciantes, pero el significado del bloque de pisos vacíos propiedad de la señora Trentham se hacía más evidente cada día que pasaba.

El 7 de septiembre de 1940 finalizó la falsa tregua, cuando la Luftwaffe lanzó un ataque masivo sobre la capital. Después de aquello los londinenses emigraron en oleadas al campo. Charlie se negó a trasladarse, y llegó a ordenar que se colocaran letreros de «El negocio continúa» en todos los escaparates de sus tiendas. De hecho, las únicas concesiones que hizo a *herr* Hitler fueron cambiar su dormitorio al sótano y poner cortinas de tela negra en todas las habitaciones de la casa.

Dos meses después, en plena noche, un agente de policía despertó a Charlie para comunicarle que la primera bomba había caído en Chelsea Terrace. Salió en bata y zapatillas a Little Boltons y corrió por Tregunter Road para inspeccionar los daños.

–¿Hay muertos? –preguntó, sin dejar de correr.

–Creemos que no –respondió el agente, intentando no quedarse atrás.

–¿Sobre qué tienda ha caído la bomba?

–No sabría decírselo, señor Trumper. Sólo sé que todo Chelsea Terrace parece estar ardiendo.

Charlie dobló la esquina de Fulham Road y vio espesas llamaradas rojas y humo negro que se elevaban hacia el cielo. La bomba había caído sobre los pisos de la señora Trentham, destruyéndolos por completo, destrozando al mismo tiempo los escaparates de tres tiendas pertenecientes a Charlie y derrumbando el tejado de Sombreros y Bufandas.

Cuando los bomberos abandonaron la avenida sólo quedaba de los pisos un esqueleto humeante y gris, justo en mitad del bloque. A medida que transcurrían los días, Charlie comprendió lo que era obvio: la señora Trentham no tenía intención de hacer nada con la pila de escombros que ahora dominaba el corazón de Chelsea Terrace.

En mayo de 1940, el señor Churchill sustituyó a Chamberlain como primer ministro. Charlie cobró más confianza en el futuro. Incluso comentó con Becky la posibilidad de alistarse otra vez.

–¿Hace mucho tiempo que no te miras en el espejo? –preguntó su mujer, lanzando una carcajada.

–Sé que podría ponerme en forma de nuevo –dijo Charlie, hundiendo la tripa–. En cualquier caso, no sólo necesitan tropas para la primera línea.

–Serás mucho más útil manteniendo abiertas al público las tiendas y aprovisionándolas.

–Arnold lo haría tan bien como yo. Además, es quince años mayor que yo.

Sin embargo, Charlie llegó de mala gana a la conclusión de que Becky estaba en lo cierto cuando Daphne se presentó para comunicarles que Percy se había reincorporado a su antiguo regimiento.

–Le han dicho que, esta vez, es demasiado viejo para servir en el extranjero, gracias a Dios –les confió–. Lo han destinado a un puesto burocrático en el Ministerio de la Guerra.

La tarde siguiente, mientras Charlie inspeccionaba las reparaciones, tras otro bombardeo nocturno, Tom Arnold le avisó que el comité de Syd Wrexall empezaba a comentar la posibilidad de vender las once tiendas restantes, incluido El Mosquetero.

–No hay prisa –contestó Charlie–. Dentro de un año las dará por cuatro peniques.

–Para entonces, cabe la posibilidad de que la señora Trentham las haya comprado por un precio ridículo.

–No lo hará mientras siga la guerra. De todos modos, esa condenada mujer sabe muy bien que estaré atado de pies y manos mientras ese maldito cráter continúe en mitad de Chelsea Terrace.

–Oh, mierda –exclamó Tom, cuando las sirenas de alarma volvieron a sonar–. Ya vuelven a la carga.

–No lo dudes –dijo Charlie, escudriñando el cielo–. Será mejor que hagas bajar al sótano a los empleados... y rápido.

Charlie salió corriendo a la calle. Un miembro de la patrulla de protección civil pasaba en bicicleta por la calle, gritando que todo el mundo se dirigiera lo antes posible al metro más próximo. Tom Arnold había instruido a sus directores para que cerraran las tiendas y pusieran a salvo a los trabajadores y a los clientes en el sótano en menos de cinco minutos, provistos de linternas y de modestas raciones de alimentos, lo cual trajo reminiscencias a Charlie de la huelga general. Sentados en el almacén del número 1, esperando la señal de que había pasado el peligro, Charlie observó a los conciudadanos londinenses que le rodeaban y se dio cuenta de que sus mejores jóvenes ya se habían ido de Trumper's para alistarse, y que le quedaban menos de las dos terceras pares de su plantilla fija, la mayoría mujeres.

Algunas mecían a niños pequeños en sus brazos, otras trataban de dormir. En una esquina, dos empleados proseguían una partida de ajedrez, como si la guerra no fuera más que un inconveniente. En el centro del sótano, un par de muchachas practicaba el último paso de baile, en el estrecho espacio que aún no había sido ocupado. El resto dormía.

Oyeron las bombas que se abatieron sobre la ciudad. Becky dijo a Charlie que estaba segura de que una había caído en las proximidades.

–¿Sobre la taberna de Syd Wrexall, tal vez? –preguntó Charlie, intentando disimular una sonrisa–. Eso le enseñará a no servir menos licor de la cuenta.

La sirena que indicaba la desaparición del peligro sonó por fin. Cuando salieron, cenizas y polvo llenaban el aire nocturno.

–Acertaste respecto de la taberna de Syd Wrexall –dijo Becky, mirando a la esquina más alejada de la manzana, pero los ojos de Charlie no se hallaban fijos en El Mosquetero.

Becky siguió la mirada de Charlie. Una bomba había caído de lleno sobre la verdulería.

–Los muy cabrones –masculló–. Esta vez se han pasado. Voy a alistarme.

–¿Y de qué servirá?

–No lo sé, pero al menos me sentiré más involucrado en esta guerra, en lugar de seguir sentado como un idiota.

–¿Y las tiendas? ¿Quién se hará cargo de ellas?

–Arnold me sustituirá en mi ausencia.

–Pero ¿y Daniel y yo? ¿Se cuidará Tom de nosotros mientras tú estés fuera? –preguntó Becky, alzando la voz.

Charlie guardó silencio unos instantes, meditando sobre los razonamientos de Becky.

–Daniel es lo bastante mayor para cuidar de sí mismo, y tú procurarás que Trumper's siga a flote. Ni una palabra más, Becky, porque ya he tomado mi decisión.

Nada de lo que dijo o hizo Becky a continuación evitó que Charlie se alistara. Ante su sorpresa, los Fusileros se sintieron encantados por el regreso a sus filas de su antiguo sargento y lo enviaron de inmediato a un campamento de instrucción, cerca de Cardiff.

Charlie, ante la mirada ansiosa de Tom Arnold, besó a su esposa, abrazó a su hijo y estrechó la mano de su director gerente. Después se despidió de los tres agitando la mano.

Mientras viajaba hacia Cardiff en un tren abarrotado de juveniles reclutas, no mucho mayores que Daniel (la mayoría de los cuales insistían en llamarlo «señor»), Charlie se sintió viejo. Un destartalado camión los recogió en la estación, conduciéndolos después a los barracones.

–Me alegro de que haya vuelto, Trumper –dijo una voz cuando se detuvo en la plaza de armas por primera vez en veinte años.

–Stan Russell. Santo Dios, ¿ahora es usted el sargento mayor de la compañía? Sólo era cabo interino cuando...

–Lo soy, señor. –La voz de Russell se convirtió en un susurro–.

Me ocuparé de que no reciba el mismo trato que los demás, camarada.

–No, no lo haga, Stan. Necesito un trato todavía peor –dijo Charlie, colocando las manos sobre su estómago.

Aunque los suboficiales trataron a Charlie con mayor gentileza que a los reclutas, la primera semana de entrenamiento básico le recordó el escaso ejercicio que había hecho durante los últimos veinte años y cuando se sintió hambriento descubrió enseguida que lo ofrecido por la NAAFI[1] no podía considerarse de ningún modo apetitoso. Intentar dormir cada noche en una cama de muelles, sobre un colchón de crin de cinco centímetros de espesor, aumentó su desagrado hacia *herr* Hitler.

Al finalizar la segunda semana, Charlie ya había ascendido a cabo, y le dijeron que si deseaba quedarse en Cardiff como instructor, lo nombrarían oficial de instrucción, con el grado de capitán.

–¿Es que esperamos la visita de los alemanes en Cardiff, chaval? –preguntó Charlie–. No tenía ni idea de que jugaran al rugby.

Transmitieron al comandante estas palabras, de modo que Charlie continuó de cabo, hasta completar la instrucción básica. A las ocho semanas ya era sargento al mando de un pelotón que se encargó de adiestrar y preparar para su siguiente destino. A partir de aquel momento prohibió a sus hombres que perdieran cualquier tipo de concurso, desde tiro con fusil a boxeo, y los «Terriers de Trumper» se convirtieron en el ejemplo a seguir por el resto del batallón durante las cuatro semanas restantes.

Diez días antes de completar su entrenamiento, Stan Russell comunicó a Charlie que el batallón marcharía con destino a África, donde se uniría a Wavell en el desierto. A Charlie le encantó la noticia, pues admiraba desde hacía mucho tiempo al general poeta.

El sargento Trumper empleó los últimos días de la semana en ayudar a sus chicos a escribir cartas a la familia y a las novias. No los imitó hasta el último momento. Confesó a Stan que sólo se sentía preparado para librar una batalla verbal con los alemanes.

Se hallaba con su pelotón, en plena demostración de cómo funcionaba un fusil ametrallador, explicando cómo se amartillaba y se recargaba, cuando un sofocado teniente se le acercó.

1. Instituto de la Armada, el Ejército y la Fuerza Aérea. *(N. del T.)*

–Trumper.

–Señor.

Charlie se cuadró.

–El jefe del batallón quiere verlo inmediatamente.

–Sí, señor –dijo Charlie.

Encargó al cabo que prosiguiera la lección y corrió detrás del teniente.

–¿Por qué vamos tan aprisa? –preguntó Charlie.

–Porque el comandante vino corriendo a buscarme.

–Entonces, se tratará de alta traición, como mínimo.

–Dios sabe de qué se trata, sargento, pero no tardará en averiguarlo –dijo el teniente, deteniéndose ante la puerta del comandante.

El teniente, con Charlie pisándole los talones, entró en la oficina del coronel sin llamar.

–Se presenta el sargento Trumper, 7312087...

–Ahórrese toda esa mierda, Trumper –dijo el coronel, mientras Charlie lo veía pasear de un lado a otro y palmearse la pierna con una fusta–. Mi coche lo espera en la puerta. Se marcha ahora mismo a Londres.

–¿A Londres, señor?

–Sí, a Londres, Trumper. El señor Churchill acaba de telefonear. Desea verlo lo antes posible.

28

El chófer del coronel hizo todo cuanto pudo por llegar a Londres con la mayor rapidez posible. Hundió el pie en el acelerador hasta que la aguja rebasó los ciento veinte kilómetros por hora. No obstante, retenidos continuamente en ruta por convoyes de tropas, camiones de transporte y, en cierto momento, por tanques Warrior, resultó una empresa difícil. Cuando por fin llegaron a Chiswick, en los aledaños de Londres, se produjo un apagón, seguido de un ataque aéreo, seguido del cese de la alarma, seguido por incontrolables barricadas en el trayecto hasta Downing Street.

A pesar de que contó con seis horas para preguntarse por qué deseaba verlo el señor Churchill, cuando el coche frenó ante el número 10, Charlie sabía tanto como cuando salió del cuartel de Cardiff, a primera hora de la tarde.

Se identificó ante el policía que montaba guardia en la puerta. Éste consultó su agenda, golpeó la aldaba de metal y permitió que el sargento Trumper entrara en el vestíbulo. La primera reacción de Charlie al cruzar el umbral del número 10 fue de sorpresa, al descubrir que la casa era muy pequeña, comparada con la residencia de Daphne en Eaton Square.

Una joven funcionaria se acercó para saludar al sargento de edad madura y lo condujo a una antesala.

–El primer ministro está reunido en este momento con el embajador de Estados Unidos –explicó la muchacha–, pero no cree que la entrevista con el señor Kennedy se prolongue demasiado.

–Gracias –contestó Charlie.

–¿Le apetece una taza de té?

–No, gracias.

Charlie estaba demasiado nervioso para pensar en beber té. Cuando la funcionaria cerró la puerta, cogió un ejemplar de *Lilliput* de una mesita auxiliar y hojeó las páginas, sin molestarse en asimilar las palabras.

Tras mirar por encima todas las revistas de la mesa, algunas aún más atrasadas que las que había en la consulta de su dentista, concentró su interés en los cuadros de la pared. Wellington, Palmerston y Disraeli, cuadros inferiores que Becky no habría vendido en el número 1. Becky. «Dios bendito –pensó–, ni siquiera sabe que estoy en Londres.» Miró el teléfono que descansaba sobre el aparador consciente de que no podía llamarla desde el 10 de Downing Street. Frustrado, se puso a dar zancadas por la habitación, con la misma sensación de un paciente que aguarda a que el médico le confirme si el diagnóstico es terminal. De pronto, la puerta se abrió y la funcionaria apareció.

–El primer ministro lo recibirá ahora, señor Trumper –dijo.

Después lo precedió por una estrecha escalera, flanqueada por fotos enmarcadas de anteriores primeros ministros. Cuando llegó a Churchill se encontró en el rellano ante un hombre de un metro setenta y cinco de estatura, los brazos en jarras y las piernas separadas, que lo miraba con aire desafiante.

–Trumper –dijo Churchill, extendiendo la mano–. Me alegro de que haya acudido con tanta rapidez. Confío en no haber interrumpido nada importante.

«Una clase», pensó Charlie, pero decidió no mencionar el hecho, y siguió a la figura que arrastraba los pies hasta su estudio. Churchill le indicó con un ademán que tomara asiento en una cómoda butaca de orejas, cerca del fuego. Charlie contempló los troncos que se quemaban y recordó las severas instrucciones que el primer ministro había dictado a la nación, recomendando el ahorro de carbón.

–Se estará preguntando qué ocurre –dijo el primer ministro, encendiendo un puro y abriendo una carpeta que descansaba sobre sus rodillas y que empezó a leer.

–Sí, señor –contestó Charlie, sin recibir ninguna explicación.

Churchill continuaba leyendo las numerosas notas desplegadas frente a él.

–Veo que tenemos algo en común.

–¿De veras, primer ministro?

–Ambos servimos en la Gran Guerra.

–La guerra que terminaría con todas las guerras.

–Sí, volvió a equivocarse, ¿eh? Pero era un político. –El primer ministro rió por lo bajo antes de seguir leyendo. De pronto, levantó la vista–. Sin embargo, los dos hemos de desempeñar papeles mucho más importantes en esta guerra, Trumper, y no puedo permitir que pierda su tiempo dando clases sobre el fusil ametrallador a los reclutas de Cardiff.

«El maldito lo sabe todo», pensó Charlie.

–Cuando una nación está en guerra, Trumper –dijo el primer ministro, cerrando la carpeta–, la gente imagina que la victoria está garantizada siempre que tengamos más tropas y mejor equipamiento que el enemigo. No obstante, pueden perderse o ganarse batallas por culpa de algo que los generales de campaña no controlan. Una pieza se estropea y paraliza las ruedas. Caramba, hoy mismo he tenido que disponer un nuevo departamento en el Ministerio de la Guerra para descifrar mensajes en clave. He robado a Cambridge sus dos mejores profesionales, junto con sus ayudantes, para intentar resolver el problema. Piezas de incalculable valor, Trumper.

–Sí, señor –contestó Charlie, sin saber de qué estaba hablando aquel hombre.

–Tengo un problema con otra de esas piezas, Trumper, y mis consejeros me han dicho que usted es el hombre más indicado para aportar la solución.

–Gracias, señor.

–Comida, Trumper, y lo más importante, su distribución. Según me ha dado a entender lord Woolton, el ministro responsable, las provisiones empiezan a escasear con gran rapidez. Ni siquiera nos llegan las suficientes patatas de Irlanda. Uno de los mayores problemas con el que me enfrento en este momento es mantener lleno el estómago de la nación, sufragando una guerra en las costas enemigas y, al mismo tiempo, impidiendo que nuestras rutas de aprovisionamiento queden cerradas. El ministro me ha comentado que, con frecuencia, pasan semanas antes de que se trasladen los alimentos que llegan a los puertos, y a veces terminan donde no corresponde.

»Además, nuestros granjeros se quejan de que no pueden realizar su trabajo a plena satisfacción porque reclutamos a sus mejores hombres para las fuerzas armadas, y de que no reciben ningún apoyo del gobierno como compensación. –Hizo una pausa para volver a encender el puro–. Lo que estoy buscando, pues, es un hombre que se haya pasado la vida comprando, vendiendo y distribuyendo alimentos, alguien que haya vivido en la plaza del mercado y al que tanto granjeros como proveedores respeten. En suma, señor Trumper, lo necesito a usted. Quiero que se convierta en la mano derecha de Woolton, se encargue de que recibamos los suministros y de que sean distribuidos a los lugares adecuados. No se me ocurre un trabajo más importante y confío en que desee aceptar el reto.

El deseo de comenzar cuanto antes debió de reflejarse en los ojos de Charlie, porque el primer ministro no se molestó en esperar su respuesta.

–Bien, veo que ha captado la idea básica. Preséntese en el Ministerio de Alimentación a las ocho de la mañana. Un coche lo recogerá en su casa a las ocho menos cuarto.

–Gracias, señor –dijo Charlie, sin explicarle al primer ministro que si un coche se presentaba a las ocho menos cuarto, llegaría con un retraso de tres horas.

–Ah, Trumper, voy a nombrarlo general de brigada, para darle ánimos.

–Prefiero seguir siendo Charlie Trumper, nada más.

–¿Por qué?

–Es posible que en algún momento deba tratar con dureza a un general.

El primer ministro se quitó el puro de la boca y lanzó una estentórea carcajada. Después acompañó a su invitado hasta la puerta.

–Trumper –dijo, apoyando la mano en el hombro de Charlie–, si lo considera necesario, no dude en venir a verme, si cree que vale la pena. De día o de noche. Ya sabe que no pierdo el tiempo durmiendo.

–Gracias, señor –contestó Charlie, empezando a bajar la escalera.

–Buena suerte, Trumper, y dele de comer a la gente.

La funcionaria acompañó a Charlie al coche y lo saludó cuando se sentó en el asiento delantero. Charlie se quedó sorprendido, porque aún llevaba el uniforme de sargento.

Pidió al chófer que lo condujera a Little Boltons pasando por Chelsea Terrace. Cuando recorrieron lentamente las calles del West

End, Charlie se entristeció al ver viejos hitos conocidos tan dañados por la Luftwaffe y comprendió que en Londres nadie se había librado de los implacables bombardeos aéreos alemanes.

Cuando llegó a su casa Becky le abrió la puerta y le echó los brazos al cuello.

–¿Qué quería el señor Churchill? –fue su primera pregunta.

–¿Cómo sabes que he ido a ver al primer ministro?

–Llamaron del número 10 para preguntar dónde te podían localizar. Bien, ¿qué quería?

–Alguien que reparta frutas y verduras regularmente.

A Charlie le cayó bien James Woolton desde el primer momento. Aunque lord Woolton había llegado al Ministerio de Alimentación con fama de ser un brillante hombre de negocios, admitió que no era un experto en el campo de Charlie, pero aseguró que su departamento se encargaría de que éste recibiera toda la ayuda necesaria.

Destinaron a Charlie una amplia oficina en el mismo pasillo del ministro, así como un equipo de catorce personas, encabezado por un joven ayudante personal llamado Arthur Selwyn, recién salido de Oxford.

Charlie no tardó en descubrir que Selwyn tenía un cerebro agudísimo y, aunque carecía de experiencia en su ramo, bastaba con decirle las cosas una sola vez.

La Marina le proporcionó una secretaria personal llamada Jessica Allen, la cual, al parecer, tenía ganas de trabajar las mismas horas que Charlie. Éste se preguntó por qué una chica tan atractiva e inteligente carecía de vida social hasta que, repasando el expediente de la muchacha, descubrió que su prometido había muerto en la playa de Dunkerque.

Charlie pronto recobró su vieja costumbre de presentarse en el despacho a las cuatro y media, antes de que llegaran las mujeres de la limpieza. Así podía leer los informes hasta las ocho sin que nadie lo molestara.

Dada la naturaleza especial de su misión, y el obvio apoyo del ministro, todas las puertas se abrían cuando él aparecía. Al cabo de un mes casi todos los miembros de su equipo llegaban a las cinco, aunque sólo Selwyn mostró la resistencia necesaria para quedarse con él por las noches.

Durante aquel primer mes, Charlie se limitó a leer informes y escuchar las detalladas explicaciones de Selwyn sobre los problemas a que se habían enfrentado durante casi todo el año; de vez en cuando, iba a ver al ministro para que le aclarara un punto que no terminaba de comprender.

Al iniciarse el segundo mes, Charlie decidió visitar todos los puertos importantes del reino para averiguar qué obstruía la distribución de alimentos, comida que, en ocasiones, se quedaba pudriéndose durante días en los almacenes de los muelles de toda la nación. Al llegar a Liverpool descubrió que los alimentos no tenían prioridad sobre tanques u hombres en lo tocante a desplazamientos. Solicitó al ministerio que dispusiera una flota de vehículos propios, con el único propósito de distribuir los alimentos por todo el país.

Woolton logró reunir sesenta y dos camiones, muchos de ellos, admitió, rechazados como excedentes de guerra.

–Yo también soy un excedente de guerra –dijo Charlie.

Sin embargo, el ministro no disponía de hombres que los condujeran.

–Si no hay hombres disponibles, señor ministro, necesito doscientas mujeres –pidió Charlie, y a pesar de las discretas burlas de los caricaturistas respecto de las conductoras, sólo tardaron un mes en lograr que los alimentos salieran de los muelles a las pocas horas de su llegada.

Los estibadores reaccionaron positivamente ante las conductoras y los líderes sindicales jamás se enteraron de que Charlie utilizaba un acento para hablar con ellos y otro cuando volvía al ministerio.

Una vez resuelto el problema de la distribución, Charlie tuvo que enfrentarse a dos dilemas más. Por una parte, los granjeros se quejaban de que no podían producir suficientes alimentos porque las fuerzas armadas reclutaban a sus mejores hombres; por otra, Charlie averiguó que no recibía las suficientes provisiones del exterior a causa del éxito alcanzado por los submarinos alemanes.

Presentó dos soluciones a la consideración de Woolton.

–Me ha proporcionado chicas para conducir camiones –le dijo–. Esta vez necesito cinco mil para trabajar en las granjas.

Al día siguiente, la BBC entrevistó a Woolton, quien solicitó a la nación muchachas para trabajar la tierra. Se inscribieron quinientas durante las primeras veinticuatro horas y el ministro consiguió las cinco mil que Charlie había pedido al cabo de diez semanas. Charlie dejó que prosiguieran las solicitudes hasta tener siete mil y distinguió una amplia sonrisa en el rostro del presidente de los sindicatos agrícolas.

En cuanto a la falta de suministros, Charlie aconsejó a Woolton que comprara arroz, como dieta básica sustitutoria, a causa de la escasez de patatas.

–¿Y de dónde sacamos el producto? –preguntó Woolton–. Los viajes a China y el Extremo Oriente son tan peligrosos que están fuera de toda consideración.

–Lo sé –contestó Charlie–, pero conozco a un proveedor de Egipto que nos proporcionará un millón de toneladas al mes.

–¿Es de confianza?

–Por supuesto que no, pero su hermano aún trabaja en el East End, y si lo internáramos durante unos meses, creo que podría llegar a un acuerdo con la familia.

–Si la prensa se entera de lo que vamos a hacer, Charlie, me hará picadillo.

–Yo no se lo voy a decir, señor ministro.

Al día siguiente, Eli Calil se encontró internado en la cárcel de Brixton, mientras Charlie volaba a El Cairo para acordar con su hermano la entrega de un millón de toneladas de arroz al mes, arroz que había sido destinado previamente a los italianos.

Charlie accedió a que Nasim Calil recibiera la mitad del pago en libras esterlinas y la otra mitad en piastras, sin necesidad de documentación alguna, siempre que los cargamentos llegaran a tiempo. De lo contrario, el gobierno de Calil recibiría información detallada de la transacción.

–Eres muy justo, Charlie, como siempre. ¿Qué pasará con mi hermano Eli? –preguntó Nasim Calil.

–Lo pondremos en libertad al finalizar la guerra, pero sólo si los cargamentos llegan a tiempo.

–Casi tan considerado como justo –replicó Nasim–. Un par de años en la cárcel no perjudicarán a Eli. Al fin y al cabo, es uno de los escasos miembros de mi familia que todavía no ha pasado por tal experiencia.

Charlie procuraba pasar, como mínimo, un par de horas a la semana con Tom Arnold, para estar al corriente de lo que ocurría en Chelsea Terrace. Arnold admitió que Trumper's daba pérdidas y que había tenido que cerrar cinco comercios y proteger con tablones otros cuatro. La noticia deprimió a Charlie, pues Syd Wrexall le había escrito para ofrecerle su agrupación de tiendas y la bombardeada taberna de la esquina por sólo seis mil libras, una suma que, según Wrexall, Charlie le había ofrecido en firme tiempo atrás. Lo único que Charlie debía hacer, aseguraba Wrexall a Arnold en una carta, era firmar el talón.

Charlie estudió el contrato que Wrexall incluía.

–Le hice esta oferta antes de que la guerra estallara –dijo–. Devuélvale los documentos. Estoy seguro de que el año que viene, para estas fechas, cederá las tiendas por cuatro mil libras. De todos modos, trate de mantenerlo animado, Tom.

–No será fácil –contestó Tom–. Desde que la bomba cayó sobre El Mosquetero, Syd vive en Cheshire. Es dueño de una taberna en un pueblecito llamado Hatherton.

–Mejor aún –comentó Charlie–. Nunca lo volveremos a ver. Aún estoy más convencido de que dentro de un año accederá a nuestra oferta, así que hagamos como si la carta no hubiera llegado. Al fin y al cabo, el correo no funciona muy bien en estos tiempos.

Charlie tuvo que dejar a Tom y viajar a Southampton, donde había llegado el primer cargamento de Calil. Sus camioneras habían acudido a recoger los sacos, pero el director del puerto se negaba a entregarlos sin una documentación debidamente firmada. Charlie podría haberse ahorrado el viaje y no tenía la menor intención de repetirlo cada mes.

Cuando llegó al puerto descubrió enseguida que no existían problemas con los sindicatos, que deseaban descargar los sacos, o con sus chicas, que se hallaban sentadas en los guardabarros de sus camiones, a la espera de empezar la distribución.

Mientras tomaban una pinta en la taberna, Alf Redwood, el líder de los estibadores, advirtió a Charlie que el señor Simkins, director general de la Junta Portuaria, era muy meticuloso en lo concerniente al papeleo, y quería que todo se hiciera según las reglas.

–¿De veras? –dijo Charlie–. En ese caso, tendré que proceder de acuerdo con las reglas, ¿verdad?

Pagó su ronda y se dirigió el edificio de la administración, donde solicitó ver al señor Simkins.

–Está bastante ocupado en este momento –contestó la recepcionista, absorta en pintarse las uñas.

Charlie pasó de largo y entró en el despacho de Simkins. Descubrió a un hombre calvo y delgado sentado detrás de un enorme escritorio, mojando un biscote en una taza de té.

–¿Quién es usted? –preguntó el director del puerto, tan sorprendido que dejó caer el biscote dentro del té.

–Charlie Trumper. He venido a averiguar por qué no me entrega el arroz.

–Carezco de la autoridad pertinente –respondió Simkins, intentando rescatar el biscote que flotaba en la bebida–. Falta la documentación oficial procedente de El Cairo y sus formularios de Londres son muy inadecuados, muy inadecuados.

Dedicó a Charlie una sonrisa de satisfacción.

–Tardaré días en conseguir la documentación necesaria.

–Ése no es mi problema.

–Pero estamos en guerra, señor.

–Por eso es fundamental respetar las ordenanzas. Estoy seguro de que los alemanes lo hacen.

–Me importa una mierda lo que hagan los alemanes. Tengo un millón de toneladas de arroz que entran por este puerto cada mes y quiero distribuir hasta el último grano lo antes posible. ¿Me he expresado con claridad?

–En efecto, señor Trumper, pero yo necesito la documentación oficial, debidamente cumplimentada, antes de entregarle el arroz.

–Le ordeno que me entregue ese arroz de inmediato –gritó Charlie y por primera vez dio una orden.

–No hace falta que eleve la voz, señor Trumper, porque, como ya le he explicado, carece de autoridad para darme órdenes. Esto es la Junta Portuaria y no se halla, como usted sin duda sabrá, bajo la autoridad del ministro de Alimentación. Vuelva a Londres y procure que la próxima vez nos entreguen los formularios debidamente cumplimentados.

Charlie pensó que era demasiado viejo para golpear al hombre, de modo que descolgó el teléfono del escritorio y pidió un número.

–¿Qué está haciendo? –pregunto Simkins–. Ése es mi teléfono... Carece de autoridad para utilizar mi teléfono.

Charlie aferró el teléfono con determinación y dio la espalda a Simkins.

–Soy Charlie Trumper –dijo, cuando oyó la voz al otro lado de la línea–. ¿Puede ponerme con el primer ministro?

Las mejillas de Simkins se tiñeron de rojo y después de blanco, cuando la sangre abandonó su rostro a gran velocidad.

–No creo que sea necesario... –empezó.

–Buenos días, señor –dijo Charlie–. Estoy en Southampton. Es por el problema del arroz que le comenté anoche. Parece que existen ciertos impedimentos. Tengo problemas...

Simkins agitó las manos frenéticamente para llamar la atención de Charlie, mientras cabeceaba con insólita energía.

–Tengo un millón de toneladas de arroz que llegan cada mes, primer ministro, y las chicas están sentadas en sus...

–Todo irá bien –susurró Simkins–. Todo irá bien, le doy mi palabra.

–¿Quiere hablar con el responsable, señor?

–No, no –farfulló Simkins–. No será necesario. Tengo todos los formularios, todos los formularios que usted necesita, todos los formularios.

–Se lo comunicaré, señor –dijo Charlie, haciendo una pausa–. Volveré a Londres esta noche. Sí, señor, sí, le informaré en cuanto llegue. Adiós, primer ministro.

–Adiós –contestó Becky, colgando el teléfono–. Ya me dirás de qué va esto cuando vuelvas a casa esta noche.

El ministro estalló en carcajadas cuando Charlie le contó lo sucedido aquella noche. Jessica Allen le imitó.

–¿Sabe una cosa? Al primer ministro le habría encantado hablar con ese hombre si usted se lo hubiera pedido –dijo Woolton.

–En ese caso, Simkins habría sufrido un infarto –contestó Charlie–. Y entonces mi arroz y mis conductoras se habrían quedado atascados en ese puerto para siempre. En cualquier caso, dada la escasez de la comida, no me habría gustado que el pobre hombre echara a perder otro de sus biscotes.

Charlie estaba en Carlisle, asistiendo a una conferencia de granjeros, cuando lo llamaron urgentemente desde Londres.

–¿Quién es? –preguntó, mientras intentaba concentrarse en las explicaciones que daba un delegado sobre los problemas de aumentar la producción de nabos.

–La marquesa de Wiltshire –dijo Arthur Selwyn.

–Voy –dijo Charlie.

Abandonó la sala de conferencias y volvió a la habitación del hotel, mientras la operadora le pasaba la llamada.

–Daphne, ¿qué puedo hacer por ti, mi amor?

–No, querido, soy yo la que va a hacer algo por ti, como de costumbre. ¿Has leído el *Times* esta mañana?

–Eché un vistazo a los titulares. ¿Por qué?

–Será mejor que leas con detenimiento la página de las necrológicas. En particular, la última línea de una. No te haré perder más tiempo, querido, pues el primer ministro no deja de recordarnos el papel vital que estás desempeñando en la guerra.

Charlie rió cuando se cortó la comunicación.

–¿Puedo ayudarlo en algo? –preguntó Arthur Selwyn.

–Sí, Arthur, tráeme un ejemplar del *Times*.

Arthur volvió con el periódico y Charlie pasó las páginas hasta llegar a las necrológicas: almirante sir Alexander Dexter, comandante de sobresaliente habilidad táctica durante la Primera Guerra Mundial; J. T. Macpherson, el aeronauta y autor teatral, y sir Raymond Hardcastle, el industrial...

Charlie repasó los escuetos detalles de la carrera de sir Raymond: nacido y educado en Yorkshire. Fortaleció la empresa de ingeniería fundada por su padre, que, de una empresa incipiente, se transformó durante los años veinte en una de las mayores fuerzas industriales del norte de Inglaterra. En 1937 vendió su parte de las acciones a John Brown y Cía. por setecientas ochenta mil libras. Pero Daphne tenía razón: la última línea era la única que le interesaba.

«A sir Raymond, cuya esposa murió en 1934, le sobreviven dos hijas, la señorita Amy Hardcastle y la señora de Gerald Trentham.»

Charlie descolgó el teléfono del escritorio y pidió que le pusieran con un número de Chelsea. Pocos momentos después, habló con Tom Arnold.

–¿Dónde coño dijiste que podía encontrar a Wrexall? –fue la única pregunta que formuló.

–Ya le he dicho, presidente, que es el propietario de una taberna, El Cazador Alegre, en un pueblo de Cheshire llamado Hatherton.

Charlie dio las gracias a su director gerente y colgó el auricular sin decir nada más.

–¿Puedo ayudarlo? –pregunto Selwyn con sequedad.

–¿Qué programa me espera hasta terminar el día, Arthur?

–Bien, todavía no han acabado con el tema de los nabos; eso quiere decir que deberá asistir a diferentes sesiones a lo largo de la tarde. Esta noche hablará sobre la fortaleza económica del gobierno en la cena que clausurará la conferencia, y mañana por la mañana presentará los premios anuales que conceden los granjeros.

–Pues empieza a rezar para que llegue a tiempo a la cena –dijo Charlie.

Se levantó y se puso el abrigo.

–¿Quiere que lo acompañe? –preguntó Selwyn, intentando seguir a su jefe.

–No, gracias, Arthur, es un asunto personal. Sustitúyeme si no vuelvo a tiempo.

Charlie bajó corriendo la escalera y salió al patio. Su chófer dormitaba beatíficamente tras el volante.

Charlie saltó al interior del coche y lo despertó.

–Lléveme a Hatherton.

–¿Hatherton, señor?

–Sí, Hatherton. Salga de Carlisle por el sur y yo lo guiaré después.

Charlie desplegó el plano, echó un vistazo a la parte de atrás y recorrió con el dedo las haches. Había cinco Hathertons en la lista, pero sólo uno en Cheshire, por suerte. La única otra palabra que pronunció durante el viaje fue «Deprisa», y la repitió varias veces. Atravesaron Lancaster, Preston y Warrington, antes de detenerse frente a El Cazador Alegre media hora antes de que la taberna cerrara.

Los ojos de Syd Wrexall casi se salieron de sus órbitas cuando Charlie entró como una exhalación.

–Un huevo escocés[1] y una pinta de su mejor amarga, tabernero,

1. Huevo duro envuelto en carne de salchicha. *(N. del T.)*

y no escatime nada –dijo Charlie y sonrió, dejando el maletín a su lado.

–Me alegro de verle por estos andurriales, señor Trumper –dijo Syd–. ¡Hilda, un huevo escocés, y ven a ver quién está aquí!

–Me dirigía a una conferencia de granjeros en Carlisle –explicó Charlie–, cuando se me ocurrió pasar y tomar un refrigerio con un viejo amigo.

–Muy gentil de su parte –dijo Syd, colocando una pinta de cerveza amarga frente a él–. Hemos leído muchas cosas sobre usted en los periódicos últimamente acerca del trabajo que está realizando con lord Woolton. Se está convirtiendo en una celebridad.

–Es un trabajo fascinante que el primer ministro me ha asignado. Sólo rezo para hacerlo bien.

Intentó darle un tono presuntuoso a sus palabras.

–¿Y sus tiendas, Charlie? ¿Quién se ocupa de ellas en su ausencia?

–Arnold ha vuelto a la base y hace lo que puede, dadas las circunstancias, pero me temo que hay cuatro o cinco cerradas, para no mencionar las que están protegidas con tablones. Se lo digo en confianza, Syd –Charlie bajó la voz–, si las cosas no mejoran pronto yo también buscaré un comprador.

La mujer de Wrexall apareció con una bandeja llena de comida.

–Hola, señora Wrexall –saludó Charlie. La mujer colocó ante él un huevo escocés y un plato de ensalada–. Me alegro de volver a verla. ¿Por qué no beben una copa a mi salud?

–Es muy amable por su parte, Charlie. ¿Te encargas tú, Hilda? –añadió, inclinándose sobre la barra con aire de conspirador–. ¿Conoce a alguien interesado en comprar las tiendas de la asociación y la taberna?

–No se me ocurre nadie. Si la memoria no me falla, Syd, usted pedía una cantidad escandalosa por El Mosquetero, que ahora es un simple cráter producido por las bombas. No quiero ni mencionar el estado de las pocas tiendas que la cooperativa mantiene todavía protegidas con tablones.

–Accedí a su propuesta de seis mil libras. Creía que ya sólo bastaba estrecharnos las manos, pero Arnold me dijo que usted había perdido el interés.

Hilda Wrexall dejó dos pintas sobre el mostrador y se alejó para servir a otro cliente.

–¿Eso le dijo? –preguntó Charlie, fingiendo sorpresa.

–Oh, sí. Yo acepté su oferta de seis mil, incluso envié el contrato firmado para que usted diera su aprobación, pero Arnold me devolvió los documentos sin más, coincidiendo con su partida.

–No lo creo. Yo le había dado mi palabra, Syd. ¿Por qué no habló directamente conmigo?

–No es tan fácil hoy en día. Ocupa una privilegiada posición y no creía que estuviera accesible para la gente como yo.

–Arnold no tenía derecho a hacer eso. No tuvo en cuenta que la relación entre usted y yo se remonta a muchos años atrás. Le pido disculpas, Syd, y recuerde que para usted siempre estoy accesible. ¿Guardó el contrato, por casualidad?

–Desde luego, y demostrará que le he dicho la verdad.

Wrexall desapareció, mientras Charlie comía el huevo y bebía lentamente un trago de la cerveza destilada en el pueblo.

El tabernero regresó al cabo de unos minutos y dejó un fajo de documentos sobre la barra.

–Aquí lo tiene, Charlie, tan cierto como que estoy vivo.

Charlie estudió el contrato que Arnold le había enseñado hacía dieciocho meses. Todavía llevaba la firma de Sydney Wrexall con la cifra «seis mil» escrita a continuación de las palabras «como pago por...».

–Lo único que faltaba era la fecha y su firma –explicó Syd–. Nunca pensé que me haría esto, Charlie, después de tantos años.

–Como bien sabe, Syd, soy un hombre de palabra. Lamento mucho que mi director gerente no conociera a fondo nuestro acuerdo personal.

Charlie sacó una cartera del bolsillo, extrajo el talonario y escribió las palabras Syd Wrexall en la línea superior y seis mil libras en la de abajo, firmando al pie.

–Es usted un caballero, Charlie, siempre lo he dicho. ¿No es verdad, Hilda?

La señora Wrexall asintió con entusiasmo. Charlie sonrió, cogió el contrato, guardó todos los papeles en su maletín y estrechó las manos del tabernero y su mujer.

–¿Cuánto le debo? –preguntó, tras vaciar hasta la última gota del vaso.

–Va por cuenta de la casa –contestó Wrexall.

–Pero, Syd...

–No, insisto, no se me ocurriría tratar a un viejo amigo como a un cliente, Charlie. Paga la casa –repitió.

El teléfono sonó. Hilda fue a contestar.

–Bien, debo irme –dijo Charlie–. De lo contrario, llegaré tarde a la conferencia, y se supone que he de pronunciar otro discurso esta noche. Me encanta hacer negocios con usted, Syd.

Había llegado a la puerta de la taberna, cuando la señora Wrexall volvió precipitadamente a la barra.

–Una dama pregunta por ti, Syd. Es una llamada de larga distancia. Dice que es la señora Trentham.

A medida que transcurrían los meses, Charlie se convirtió en un maestro en su oficio. Ningún director de puerto estaba seguro de cuándo entraría como una tromba en su despacho, ningún proveedor se sorprendía cuando deseaba examinar las facturas en persona, y el presidente del Sindicato de Granjeros ronroneaba cuando el nombre de Charlie era mentado en alguna conversación.

Charlie nunca tuvo necesidad de telefonear al primer ministro, aunque el señor Churchill lo hizo en una ocasión. Eran las cuatro y media de la mañana. Charlie descolgó el teléfono de su escritorio.

–Buenos días –dijo.

–¿Trumper?

–Sí, ¿quién es?

–Churchill.

–Buenos días, primer ministro. ¿Qué puedo hacer por usted, señor?

–Nada. Sólo estaba comprobando que lo que dicen de usted es cierto. A propósito, gracias.

La comunicación se cortó.

Charlie se las arreglaba para comer de vez en cuando con Daniel. El chico trabajaba para el Ministerio de la Guerra, pero nunca hablaba de lo que llevaba entre manos. Cuando lo ascendieron a capitán, Charlie sólo se preocupó por la reacción de Becky, si alguna vez lo veía de uniforme.

Cuando Charlie visitó a Tom Arnold a final de mes, se enteró de que el señor Hadlow se había jubilado como director del banco y su sustituto, un tal Paul Merrick, no se estaba mostrando muy cordial.

–Dice que nuestro descubierto está alcanzando niveles inaceptables y que ya es hora de hacer algo al respecto –explicó Tom.

–¿De veras? –dijo Charlie–. Entonces tendré que ir a ver a ese señor Merrick y decirle unas cuantas verdades.

Aunque Trumper's poseía todas las tiendas de Chelsea Terrace, a excepción de la librería, Charlie seguía enfrentándose con el problema de la señora Trentham y sus pisos bombardeados, por no mencionar la preocupación adicional de *herr* Hitler y su guerra inacabable: solía situar estos problemas en una misma categoría y casi siempre en ese orden. La guerra con *herr* Hitler empezó a enderezarse hacia finales de 1942, con la victoria del 8.º Ejército en El Alamein. Charlie creyó que Churchill tenía razón al afirmar que la marea se había invertido, cuando primero África, seguida de Italia, Francia y por fin Alemania fueron invadidas.

Pero, para entonces, era el señor Merrick el que insistía en ver a Charlie.

Cuando Charlie entró en el despacho del señor Merrick por primera vez, le sorprendió ver lo joven que era el sustituto del señor Hadlow; también tardó unos momentos en acostumbrarse a un director de banco que no llevaba chaleco ni corbata negra. Paul Merrick era un poco más alto que Charlie, e igual de ancho, excepto en la sonrisa. Charlie descubrió enseguida que el señor Merrick no se paraba en barras.

–¿Se da usted cuenta, señor Trumper, de que el descubierto de su empresa asciende a unas cuarenta y siete mil libras y de que sus ingresos actuales ni siquiera cubren...?

–Pero la propiedad debe equivaler a cuatro o cinco veces esa cantidad.

–Si encontramos a alguien que quiera comprarla.

–Pero yo no quiero vender.

–Tal vez no le quede otra alternativa si el banco decide ejecutar la hipoteca.

–Entonces, tendré que cambiar de banco.

–Es obvio que no ha tenido tiempo de leer las últimas actas de las reuniones de la junta, porque, en la más reciente, el señor Arnold, su director gerente, informó que había visitado seis bancos el pasado mes y ninguno había demostrado el menor interés en hacerse cargo de la cuenta de Trumper's. –Merrick esperó la respuesta de su cliente, pero como Charlie guardó silencio, continuó–: El señor Crowther también explicó a la junta en dicha ocasión que la causa del problema al que usted se enfrenta ahora reside en que los precios de las propiedades son los más bajos desde 1930.

–Pero eso cambiará de la noche a la mañana en cuanto la guerra termine.

–Es posible, pero pueden pasar varios años y usted será insolvente mucho antes...

–Yo diría que unos doce meses.

–... En especial si usted continúa firmando cheques por valor de seis mil libras a cambio de propiedades que valen la mitad.

–Pero si no lo hiciera...

–No se hallaría en una situación tan precaria.

Charlie permaneció un rato en silencio.

–¿Qué espera entonces de mí? –preguntó por fin.

–Le ruego que me garantice el descubierto con todas sus propiedades, incluidas las existencias. Ya he redactado los documentos necesarios.

Merrick le extendió un documento que descansaba en el centro del escritorio.

–Si es tan amable de firmar –añadió, señalando una línea de puntos en la parte inferior de la hoja–, prorrogaré su crédito por doce meses más.

–¿Y si me niego?

–No me quedará otra alternativa que declararle insolvente dentro de veintiocho días.

Charlie miró el documento y vio que Becky ya había firmado. Ambos hombres permanecieron en silencio un rato, mientras Charlie sopesaba su decisión. Después, sin pronunciar palabra, sacó su pluma, garabateó su firma, deslizó el documento por el escritorio y salió del despacho sin añadir nada más.

La rendición de Alemania fue firmada por el general Jodl y aceptada en nombre de los aliados por el general Bedell Smith, el 7 de mayo de 1945, en Reims.

Charlie habría participado en las celebraciones el día de la Victoria, que tenían lugar en Trafalgar Square, si Becky no le hubiera recordado que su descubierto se elevaba casi a sesenta mil libras y que Merrick los amenazaba de nuevo con la bancarrota.

–Se ha apoderado de todas nuestras propiedades y existencias. ¿Qué más quiere que haga?

–Sugiere que vendas lo único que puede saldar la deuda y que incluso nos dejaría un remanente para ir tirando durante dos años.

–¿Qué es?

–*Los comedores de patatas* de Van Gogh.

–¡Jamás!

–Charlie, ese cuadro es propiedad de...

Charlie fue a ver a lord Woolton a la mañana siguiente. Le explicó que estaba acuciado por graves problemas. Le preguntó si, ahora que la guerra en Europa había terminado, podía liberarlo de sus responsabilidades.

Lord Woolton entendió a la perfección su dilema y expresó la tristeza, suya y de todo el departamento, por su partida. Cuando Charlie dejó su despacho al mes siguiente, sólo se llevó a Jessica Allen.

Los problemas de Charlie no se solucionaron durante 1945, pues los precios de las propiedades siguieron cayendo y la inflación continuó aumentando. De todos modos, sintió una gran emoción cuando, tras declararse la paz con Japón, el primer ministro celebró una fiesta en su honor en el número 10 de Downing Street.

Daphne admitió que nunca había entrado en el edificio y confesó a Becky que no estaba segura de querer hacerlo. Percy dijo que le gustaría ir y que la envidia lo corroía.

Estuvieron presentes varios ministros importantes del gabinete. Becky se sentó entre Churchill y la prometedora estrella Rab Butler, mientras Charlie tomaba asiento entre la señora Churchill y lady Woolton. Becky observó a su marido charlar de manera relajada con el primer ministro y con lord Woolton, y sonrió cuando

Charlie tuvo el descaro de ofrecer al anciano un puro que había elegido especialmente aquella tarde en el 139; ninguno de los presentes podía imaginar que estaban al borde de la bancarrota.

Al finalizar la velada, Becky dio las gracias al primer ministro, que le respondió de forma idéntica.

–¿Por qué me da las gracias? –le preguntó Becky.

–Por recibir llamadas telefónicas en mi nombre y tomar excelentes decisiones por mí –dijo Churchill, acompañándolos por el largo pasillo hasta el vestíbulo.

–No tenía ni idea de que usted lo supiera –dijo Charlie enrojeciendo.

–¿Saberlo? Woolton se lo contó a todo el gabinete al día siguiente. Nunca los había visto reír de tan buena gana.

Ya en la puerta del número 10, el primer ministro se inclinó ante Becky.

–Buenas noches... lady Trumper –dijo.

–¿Sabes lo que eso significa, verdad? –dijo Charlie, mientras salía de Downing Street y doblaba por Whitehall.

–Que vas a ser nombrado caballero.

–Sí. Pero lo más importante es que tendremos que vender el Van Gogh.

DANIEL

1931-1947

29

«Bastardo, bastardo, bastardo» sigue siendo mi primer recuerdo. Faltaban tres meses para que cumpliera los seis años y lo gritó una niña desde el otro extremo del patio de recreo, señalándome mientras bailaba de un lado a otro.

El resto de la clase se quedó quieto y observó, hasta que corrí hacia ella y la empujé contra la pared.

–¿Qué significa eso? –pregunté, estrujándole los brazos.

–No lo sé –contestó, estallando en lágrimas–. Oí a mi mamá decirle a mi papá que eras un pequeño bastardo.

–Yo sé lo que significa esa palabra –dijo una voz detrás de mí. Me volví y descubrí que los demás alumnos de la clase me rodeaban, pero no sabía quién había hablado.

–¿Qué significa? –pregunté de nuevo, en voz más alta.

–Dame seis peniques y te lo diré.

Miré a Neil Watson, el chulo de la clase, que siempre se sentaba detrás de mí.

–Sólo tengo tres peniques.

–Muy bien, te lo diré por tres peniques –dijo, después de reflexionar unos momentos.

Se acercó a mí, extendió la palma de la mano y esperó hasta que yo desdoblé mi pañuelo y le entregué toda mi semanada. Ahuecó las manos y susurró en mi oído:

–No tienes padre.

–¡Eso no es verdad! –grité con fuerza, y empecé a golpearle el pecho, pero era mucho más grande que yo y se rió de mis débiles esfuerzos.

Sonó la campana que indicaba el fin del recreo y todos corrimos a la clase. Varios niños rieron y chillaron al unísono «Bastardo, bastardo, bastardo».

La niñera vino a buscarme al colegio aquella tarde y en cuanto nos distanciamos de mis compañeros le pregunté qué quería decir esa palabra.

–Es una pregunta muy desagradable, Daniel –se limitó a responder–, y sólo espero que no te enseñen ese tipo de cosas en el San David. Nunca más vuelvas a mencionarme esa palabra, por favor.

Después de tomar el té en la cocina, y cuando la niñera salió para prepararme el baño, le pregunté a la cocinera qué quería decir bastardo.

–Le aseguro que no lo sé, amo Daniel, y le aconsejo que no se lo pregunte a nadie –me contestó.

No me atrevía a preguntárselo a mis padres por temor a que Neil Watson hubiera dicho la verdad y pasé toda la noche despierto, pensando en cómo podría averiguarlo.

Entonces recordé que hacía mucho tiempo mi madre había ingresado en el hospital y que tenía que regresar a casa con un hermano o una hermana, pero no ocurrió así. Me pregunté si era eso lo que te convertía en bastardo.

Una semana después la niñera me llevó al hospital para visitar a mamá y lo único que recuerdo es que estaba muy pálida y triste. Aún evoco la felicidad que sentí cuando por fin regresó a casa.

El siguiente episodio de mi vida que recuerdo con toda claridad fue mi ingreso, a los once años, en el colegio de San Pablo. Allí me hicieron trabajar de verdad por primera vez en mi vida. En la escuela preparatoria había destacado en casi todas las asignaturas sin necesidad de esforzarme más que cualquier otro niño, y no me preocupaba que me llamaran «empollón». En San Pablo había montones de chicos inteligentes, pero ninguno me llegaba a la suela del zapato en *mates*. No sólo me gustaba la asignatura tanto como parecía aterrorizar a mis compañeros, sino que las notas de los exámenes finales siempre ponían muy contentos a mamá y papá. Apenas podía esperar a la siguiente ecuación de álgebra, un rompecabezas geométrico o el desafío de resolver mentalmente una prueba aritmética mientras los demás mordisqueaban los lápices y pensaban que tendrían que llenar páginas y más páginas con cifras.

Me iba bastante bien en las demás asignaturas y, aunque no descollaba en los deportes, me aficioné al violoncelo y me invitaron a tocar en la orquesta del colegio; sin embargo, mi maestro decía que todo esto carecía de importancia, pues estaba claro que iba a ser matemático durante toda la vida. No supe lo que quería decir en aquel momento, pues sabía que papá había dejado el colegio a los catorce años para encargarse del puesto de frutas y verduras de mi bisabuelo en Whitechapel, y aunque mamá había ido a la Universidad de Londres todavía tenía que trabajar en Chelsea Terrace, 1, para que papá no perdiera «el estilo al que se había acostumbrado». Al menos, eso le decía mamá durante el desayuno de vez en cuando.

Fue por aquel entonces cuando descubrí lo que realmente significaba la palabra «bastardo». Estábamos en clase, leyendo en voz alta *King John*, y se lo pregunté al señor Saxon-East, mi profesor de literatura, sin llamar demasiado la atención sobre la pregunta. Uno o dos chicos volvieron la cabeza y rieron con disimulo, pero esta vez no me señalaron con el dedo ni susurraron y, cuando me revelaron el significado, pensé que Neil Watson no había errado tanto. Al menos, comprendí que la acusación no me concernía, pues papá y mamá siempre habían estado juntos, por lo que yo recordaba. Siempre habían sido el señor y la señora Trumper.

Supongo que habría olvidado aquel temprano incidente, de no haber bajado una noche a la cocina para beber un vaso de leche. Escuché una conversación entre Joan Moore y Harold, el mayordomo.

–El pequeño Daniel va muy bien en el colegio –dijo Harold–. Habrá heredado la inteligencia de su madre.

–Es verdad, pero recemos para que nunca averigüe la verdad sobre su padre.

Estas palabras me dejaron petrificado en la escalera. Seguí escuchando con suma atención.

–Bien, una cosa es segura –dijo Harold–. La señora Trentham nunca admitirá que el chico es su nieto. Dios sabe a quién irá a parar todo ese dinero.

–Al capitán Guy ya no, seguro –dijo Joan–. Es posible que ese inútil de Nigel se haga con todo el lote.

Después, la conversación se centró en quién prepararía el desayuno, así que volví con sigilo a mi habitación, pero no logré dormir. Aunque a lo largo de los meses siguientes pasé muchas horas en la escalera, esperando obtener una información vital de sus labios, nunca volvieron a tocar el tema.

La vez anterior en que oí el apellido «Trentham» fue algo antes, cuando la marquesa de Wiltshire, una amiga íntima de mi madre, vino a tomar el té. Me quedé en el vestíbulo cuando mi madre preguntó:

–¿Asististe al funeral de Guy?

–Sí, pero no fue bien recibido por los bondadosos feligreses de Ashurst –le aseguró la marquesa–. Los que se acordaban bien de él se comportaron como si les hubieran quitado un peso de encima.

–¿Estaba presente sir Raymond?

–No, brilló por su ausencia –fue la respuesta–. La señora Trentham proclamó que era demasiado viejo para viajar, un triste recordatorio para todos de que todavía aspira a heredar una considerable fortuna en un futuro no muy lejano.

Estos nuevos datos carecieron de sentido para mí.

La única ocasión posterior en que el apellido Trentham se mentó en mi presencia fue durante una conversación entre mi padre y el coronel Hamilton. Éste se iba de casa después de una entrevista privada celebrada en el estudio.

–Por más que le ofrezcamos a la señora Trentham –se limitó a decir mi padre–, nunca nos venderá esos pisos.

El coronel cabeceó furiosamente, pero sólo farfulló:

–Maldita mujer.

Cuando mis padres se fueron de casa, busqué en el listín el apellido Trentham. Sólo localicé uno: el mayor G. H. Trentham, MP, Chester Square, 14. No me enteré de nada nuevo.

Cuando el colegio Trinity me ofreció en 1939 la beca Newton de matemáticas, pensé que papá iba a estallar de orgullo. Fuimos a pasar el fin de semana a la ciudad universitaria para examinar mi futura residencia. Después paseamos por los claustros del colegio y el Gran Patio.

La única nube que ensombreció este despejado horizonte fue la Alemania nazi. Se discutía en el Parlamento el reclutamiento obligatorio de los jóvenes mayores de veinte años y yo ardía en deseos de alistarme, si Hitler osaba poner el pie en suelo polaco.

Mi primer año en Cambridge fue bien, sobre todo porque tuve como tutor a Horace Bradford. Su esposa Victoria y él eran considerados la flor y nata del grupo de capacitados profesores que enseñaban matemáticas en la universidad. Aunque se rumoreaba que la señora Bradford había ganado el premio Wrangler por ser la primera de su curso, nos explicó que no le habían concedido el prestigioso galardón por el hecho de ser mujer. Se concedió el premio al hombre que había quedado en segundo lugar. Esta información motivó que mi madre se estremeciera de indignación.

La señora Bradford celebraba que a mi madre le hubieran concedido el título de la Universidad de Londres en 1921, mientras Cambridge todavía se negaba a reconocer el suyo en 1939.

Cuando terminé mi primer curso, como muchos jóvenes estudiantes del Trinity, solicité alistarme en el ejército, pero mi tutor me pidió que trabajara con él y su mujer en el Ministerio de la Guerra, encuadrado en un nuevo departamento que se iba a especializar en descifrar mensajes en código.

Acepté la oferta sin pensarlo dos veces y saboreé la perspectiva de pasar el tiempo sentado en una cochambrosa habitación de Bletchley Park, intentando descifrar los códigos alemanes. Llegué a sentirme culpable por ser una de las pocas personas uniformadas que extraían cierto placer de la guerra. Papá me dio dinero para comprar un MG de segunda mano; así podría desplazarme a Londres de vez en cuando para verlos.

Logré en ocasiones arrancarle una hora de sus ocupaciones en el Ministerio de Alimentación, pero papá sólo comía pan y queso, regados con un vaso de leche, para dar ejemplo al resto del equipo. Podría considerarse el dato edificante, pero muy poco nutritivo, como me advirtió el señor Selwyn, añadiendo que mi padre había conseguido que hasta el ministro siguiera esa dieta.

–¿Y el señor Churchill? –pregunté.

–Me han dicho que es el siguiente en la lista.

Me nombraron capitán en 1943, un simple reconocimiento por parte del Ministerio de la Guerra del trabajo que estábamos realizando en el departamento recién creado. A mi padre le encantó, por supuesto, pero yo lamenté no poder contar a mis padres la alegría experimentada cuando desciframos el código empleado por los comandantes de los submarinos alemanes. Todavía me asombra que siguieran utilizando la clave del enigma de las cuatro ruedas hasta mucho tiempo después de nuestro descubrimiento. El código era como el sueño de un matemático que desciframos por fin en el reverso de una carta del Lyons Corner House, muy cerca de Piccadilly. La camarera que nos servía me puso a parir por estropear la carta. Yo reí y pensé que me iba a tomar el resto del día libre para sorprender a mi madre presentándome con el uniforme de capitán. Consideraba mi aspecto elegante, pero su reacción al abrir la puerta me sobrecogió. Me miró como si viera un fantasma. Se recobró al instante, pero esa reacción al verme de uniforme se convirtió en una pieza más del rompecabezas, un rompecabezas que nunca se apartaba de mis pensamientos.

La siguiente pista apareció en la última línea de una necrológica, a la que no presté excesiva atención hasta descubrir que una tal señora Trentham heredaría una fortuna. En sí, no era una pista importante, pero al fin comprendí que era la hija de alguien llamado sir Raymond Hardcastle. Un nombre que me permitió llenar varias casillas que encajaban en ambas direcciones. Lo que más me sorprendió fue la falta de mención a Guy Trentham entre los parientes supervivientes.

En ocasiones, deseaba no haber nacido con la clase de mente que disfruta descifrando códigos y fórmulas matemáticas pero, de todos modos, «bastardo», «Trentham», «hospital», «capitán Guy», «pisos», «sir Raymond», «ese inútil de Nigel», «funeral» y la palidez de mi madre al verme vestido de capitán parecían poseer una estrecha relación. Presentí también que necesitaba resolver otras incógnitas antes de que la lógica me condujera a la solución correcta.

Entonces comprendí a quién se había referido la marquesa años antes, cuando le dijo a mi madre que había asistido al funeral de Guy. Fue al capitán Guy a quien enterraron. Aun así, ¿por qué era ese dato tan significativo?

El siguiente sábado me levanté a una hora intempestiva y viajé a Ashurst, el pueblo en donde había residido antes la marquesa de Wiltshire. Había llegado a la conclusión de que no era una coincidencia. Llegué a la iglesia parroquial poco después de las seis y, como había imaginado, a esa hora no había nadie en el cementerio. Paseé entre las lápidas mirando los nombres: Yardley, Baxter, Flood, Harcourt-Browne. Malas hierbas cubrían algunas tumbas, otras estaban engalanadas con flores frescas. Me detuve para contemplar la tumba del abuelo de mi madrina. Debía de haber un centenar de feligreses enterrados alrededor de la torre del reloj, pero aun así no tardé mucho en localizar el bien cuidado panteón familiar de los Trentham, a pocos metros de la sacristía.

Cuando localicé la lápida más reciente de la familia un sudor frío cubrió mi cuerpo.

GUY TRENTHAM, MC
1897-1927
TRAS UNA LARGA ENFERMEDAD
TODA SU FAMILIA LLORA SU AUSENCIA

De esta forma, el misterio llegaba, literalmente, a un punto muerto, en la tumba del único hombre que, sin lugar a dudas, habría podido responder a todas mis preguntas de seguir con vida.

Cuando la guerra terminó volví al Trinity y me concedieron un año suplementario para obtener el título. Aunque mis padres consideraban como hecho más sobresaliente del año el que hubiera logrado el máximo galardón de mi promoción en matemáticas, junto con una beca para investigación, yo pensaba que la investidura de papá en el palacio de Buckingham no era moco de pavo.

La ceremonia constituyó un doble placer, pues tuve la oportunidad de ver a mi antiguo tutor, el profesor Bradford, que fue nombrado caballero por el papel desempeñado en el campo del descifrado de mensajes en clave (si bien, como mi madre señaló, no hubo ningún reconocimiento para su mujer). Recuerdo que también me sentí ofendido, en nombre de la doctora Bradford. Papá había puesto su parte llenado los estómagos de los británicos, pero, como Churchill afirmó en la Cámara de los Comunes, nuestro pequeño equipo acortó en un año, probablemente, la duración de la guerra.

Todos nos encontramos después para tomar el té en el Ritz y, por supuesto, en algún momento de la tarde la conversación derivó hacia la carrera que yo me proponía seguir, ahora que la guerra había terminado. Para hacer justicia a mi padre, en ningún momento insinuó que me integrara en Trumper's, y yo sabía muy bien cuánto había anhelado tener otro hijo para que, algún día, lo sustituyera. De hecho, durante las vacaciones de verano, fui cada vez más consciente de mi buena suerte, pues mi padre parecía exclusivamente interesado por los negocios y mi madre era incapaz de ocultar su angustia sobre el futuro de Trumper's, y siempre que le preguntaba en qué podía ayudarlos, se limitaba a contestar: «No te preocupes. Al final todo saldrá bien».

En cuanto regresé a Cambridge me convencí de que jamás volvería a preocuparme por el apellido Trentham, si alguna vez me topaba con él. De todas maneras, sospecho que no llegué a olvidarlo del todo porque nunca se pronunciaba con espontaneidad en mi presencia. Mi padre era tan extravertido que carecía de explicación su discreción sobre este tema en particular... hasta tal punto que me resultaba imposible comentarlo con él.

Habría podido pasarme años sin hacer nada por resolver el enigma, si una mañana no hubiera descolgado un teléfono supletorio de Little Boltons y oído decir a Tom Arnold, el brazo derecho de mi padre:

–Bien, al menos podemos felicitarnos de que haya localizado a Syd Wrexall antes que la señora Trentham.

Colgué de inmediato el auricular, con la sensación de que debía llegar al fondo del misterio de una vez por todas... y sin que mis padres se enteraran. ¿Por qué se piensa siempre lo peor en estas situaciones? Sin duda, la solución final sería de lo más inocente y sencilla.

Si bien no conocía en persona a Syd Wrexall, lo recordaba como patrón de El Mosquetero, una taberna que se alzó orgullosamente en el otro extremo de Chelsea Terrace hasta que fue bombardeada. Mi padre adquirió la propiedad durante la guerra y convirtió más tarde el edificio en departamento de muebles de un supermercado.

A Dick Barton no le costó descubrir que el señor Wrexall había abandonado Londres durante la guerra y se había convertido en el dueño de una taberna, situada en un soñoliento pueblo llamado Hatherton, oculto en el condado de Cheshire.

Dediqué tres días a trazar la estrategia a seguir con el señor Wrexall y sólo cuando estuve convencido de saber todas las preguntas que necesitaban ser contestadas reuní las fuerzas necesarias para viajar a Hatherton. Era preciso formular todos los interrogantes de manera que no parecieran preguntas. Esperé otro mes para desplazarme a Hatherton y me dejé crecer una barba lo bastante larga para asegurarme de que Wrexall no me reconocería. Aunque yo no recordaba haberle visto en el pasado, cabía la posibilidad de que Wrexall se hubiera cruzado conmigo tres o cuatro años antes y, por ende, el peligro de que me reconociera en cuanto entrara en la taberna. Incluso me compré un par de gafas modernas para sustituir las viejas.

Elegí un lunes para efectuar el viaje, pues sospechaba que sería el día más tranquilo de la semana para comer en una taberna. Antes de salir llamé a El Cazador Alegre, para estar seguro de que el señor Wrexall trabajaba ese día. Su esposa me confirmó este extremo y colgué antes de que inquiriera por el motivo de mi curiosidad.

Ensayé una y otra vez la serie de no-preguntas durante el trayecto a Cheshire. Llegué a Hatherton, aparqué mi coche en una calle lateral, algo lejos de la taberna, y me dirigí a El Cazador Alegre. Vi a tres o cuatro personas charlando en la barra y a otra media docena tomando una copa alrededor del débil fuego. Me senté en el extremo de la barra y pedí una ración de pastel de pastor[1] y media pinta de la mejor cerveza amarga a una dama rolliza y entrada en años que, como descubrí más tarde, era la esposa del patrón. Sólo tardé unos segundos en averiguar quién era el dueño porque los demás parroquianos le llamaban Syd. De todas maneras, sabía que debía contener mi impaciencia, mientras lo escuchaba hablar de todo y de todos, desde lady Docker hasta Richard Murdoch, como si fueran íntimos amigos suyos.

–¿Otra cerveza? –preguntó, acercándose a mí y cogiendo mi vaso.

–Sí, por favor –contesté, tranquilizado al ver que no me había reconocido.

Cuando me trajo la cerveza sólo quedaban dos o tres clientes en la barra.

–Es usted de por aquí, ¿verdad? –preguntó, apoyándose en el mostrador.

–No. He venido un par de días para realizar una inspección. Trabajo en el Ministerio de Agricultura, Pesca y Alimentación.

–¿Y qué lo trae por Hatherton?

–Comprobar si en las granjas de esta zona hay animales afectados de aftosa.

1. Guisado de carnero, tomate y cebolla, cubierto de puré de patatas y pasado por el horno. *(N. del T.)*

–Ah, sí. Lo he leído en los periódicos –dijo, jugueteando con el vaso vacío.

–Tome un trago a mi salud –lo invité.

–Oh, gracias, señor. Tomaré un whisky, con su permiso.

Introdujo el vaso de cerveza vacío en el agua de la pila y se sirvió un doble. Me cobró media corona y me preguntó cómo iban mis pesquisas.

–Hasta el momento, todo bien –contesté–, pero debo inspeccionar unas granjas más en el norte del condado.

–Yo conocí a alguien de su departamento –dijo.

–Ah, ¿sí?

–A sir Charles Trumper.

–Es anterior a mi época, pero todavía se habla de él en el ministerio. Si la mitad de las historias que cuentan sobre él son ciertas, debió de ser un tipo duro –comenté y bebí un trago de cerveza.

–Ya lo creo. Y de no ser por él, ahora yo sería rico.

–Vaya.

–Sí. Yo poseía una pequeña propiedad en Londres antes de venir aquí. Una taberna, además de cierta participación en varias tiendas de Chelsea Terrace, para ser exactos. Durante la guerra me compró el lote por sólo seis mil libras. Si hubiera esperado veinticuatro horas más lo habría vendido por veinte mil, quizás incluso por treinta mil.

–Pero la guerra no terminó en veinticuatro horas.

–Oh, no, no estoy insinuando ni remotamente que hiciera algo deshonesto, pero siempre me pareció algo más que una coincidencia su aparición en esta taberna aquella precisa mañana.

El vaso de Wrexall estaba vacío.

–¿Repetimos? –le pregunté, con la esperanza de que invertir media corona más serviría para que siguiera yéndose de la lengua.

–Es usted muy generoso, señor –contestó. Regresó al cabo de un momento–. ¿Por dónde iba?

–Por aquella precisa mañana –le recordé.

–Oh, sí, sir Charles... Charlie, como siempre le llamaba yo. Bien, cerró el trato en esta misma barra, en menos de diez minutos, y justo después llamó otra persona, preguntando si las propiedades seguían en venta. Tuve que decirle a la dama en cuestión que ya había firmado el contrato.

Me ahorré preguntarle quién era «la dama», porque ya lo sospechaba.

–Eso no demuestra que ella hubiera pagado veinte mil libras por el lote.

–Oh, sí, ya lo creo. La señora Trentham me habría ofrecido cualquier cosa con tal de evitar que sir Charles se apoderase de esas tiendas.

–Santo Dios –exclamé, reprimiendo la pregunta «¿por qué?».

–Oh, sí, hace años que los Trumper y los Trentham no se pueden ni ver. Ella aún es la propietaria de un bloque de pisos en pleno Chelsea Terrace. Es lo único que impide a Charlie erigir su gran mausoleo. Además, cuando la señora Trentham intentó comprar el número 1 de Chelsea Terrace, Charlie la dejó en el ridículo más espantoso. Nunca he visto nada igual en mi vida.

–Eso debió de suceder hace años. Me asombra que la gente siga en sus trece durante tanto tiempo.

–Tiene razón, porque, por lo que yo sé, esto viene sucediendo desde los años veinte, desde que vieron al petimetre de su hijo en compañía de la señorita Salmon.

Contuve el aliento.

–La señora Trentham no lo aprobó, ya lo creo que no. Todos los de El Mosquetero lo sabíamos, y cuando el hijo se larga a la India, la chica Salmon va y se casa de repente con Charlie. Pero ése no fue el fin del misterio.

–¿No?

–Le aseguro que no –replicó Wrexall–. Hasta el día de hoy nadie sabe a ciencia cierta quién es el padre.

–¿El padre de quién?

Wrexall titubeó.

–Me he ido de la lengua. No diré una sola palabra más.

–Ocurrió hace muchísimo tiempo. Me sorprende que alguien se preocupe todavía –concluí, antes de vaciar mi vaso.

–Muy cierto. Siempre ha sido un misterio para mí también, pero con la gente nunca se sabe. Bien, debo cerrar ya, señor, o la ley caerá sobre mí.

–Por supuesto, y yo debo volver a ocuparme del ganado.

Antes de volver a Cambridge me senté en el coche y escribí todo lo que pude recordar de mi conversación con el tabernero. En el trayecto de vuelta intenté unir y ordenar las nuevas pistas. Aunque Wrexall me había proporcionado gran cantidad de información, también me había suministrado varias preguntas sin respuesta. Lo único que sabía con certeza después de abandonar la taberna era que ya no podía detenerme.

A la mañana siguiente decidí volver al Ministerio de la Guerra y preguntar a la antigua secretaria de sir Horace si existía alguna manera de averiguar los antecedentes de un antiguo oficial.

–¿Nombre? –preguntó la estirada dama, que llevaba el pelo recogido en un moño, un estilo de antes de la guerra.

–Guy Trentham.

–¿Graduación y regimiento?

–Capitán de los Fusileros Reales, diría yo.

La mujer desapareció tras una puerta cerrada, pero volvió al cabo de quince minutos con una pequeña carpeta marrón. Extrajo una sola hoja de papel y la leyó en voz alta.

–Capitán Guy Trentham, MC. Sirvió en la Primera Guerra Mundial, fue destinado posteriormente a la India y en 1922 pidió la baja. No dio explicaciones. No consta ninguna dirección.

–Es usted un genio –dije y, ante su consternación, la besé en la frente antes de regresar a Cambridge.

Cuanto más descubría, más necesitaba saber, aunque durante un tiempo tuve la impresión de encontrarme en otro punto muerto.

Dediqué las semanas siguientes a concentrarme en mi trabajo de tutor, hasta que mis alumnos se fueron al empezar las vacaciones de Navidad.

Estuve en Londres y pasé unas espléndidas vacaciones con mis padres en Little Boltons. Mi padre parecía mucho más relajado que en verano y mi madre, aparentemente, había dejado de lado sus inexplicadas angustias. Sin embargo, durante aquellas vacaciones surgió un nuevo misterio y, como estaba convencido de que no guardaba relación con los Trentham, no dudé en preguntar a mi madre.

–¿Qué ha pasado con el cuadro favorito de papá?

Su respuesta me entristeció sobremanera. Me suplicó que jamás mencionara *Los comedores de patatas* en su presencia.

La semana antes de volver a Cambridge, mientras me dirigía por la calle Beaufort hacia Little Boltons, vi a un inválido de Chelsea, con su uniforme de estameña azul, que intentaba cruzar la calle.

–Permítame que lo ayude –dije.

–Gracias, señor –contestó, mirándome con una sonrisa legañosa.

–¿Con quién sirvió usted?

–Con el propio príncipe de Gales –replicó–. ¿Y usted?

–Con los Fusileros Reales. –Atravesamos la calle juntos–. ¿Conoce a alguno?

–Los Fussies. Oh, sí, a Banger Smith, que sirvió durante la Gran Guerra, y a Sammy Tomkins, que ingresó después, en el veintidós o veintitrés, si no recuerdo mal, y quedó inválido después de Tobruk.

–¿Banger Smith?

–Sí –replicó el inválido. Habíamos llegado a la otra acera–. Un gandul de cuidado. –Rió por lo bajo–. Todavía se pasa un día a la semana en el museo del regimiento, si hay que creerle.

Me presenté en el pequeño museo del regimiento, sito en la Torre de Londres, al día siguiente. El director me dijo que Banger Smith sólo iba los jueves, aunque no todos. Paseé por una sala llena de recuerdos del regimiento, banderas raídas que desplegaban condecoraciones militares, un aparador donde se exhibían uniformes, anticuados instrumentos bélicos de una era periclitada y grandes mapas cubiertos de alfileres de colores que señalaban cómo, dónde y cuándo se habían ganado aquellas condecoraciones.

Como el director sólo era unos años mayor que yo, no lo agobié con preguntas sobre la Primera Guerra Mundial, pero regresé el jueves siguiente y encontré a un viejo soldado sentado en un rincón del museo, fingiendo que realizaba su trabajo del día.

–¿Banger Smith?

El vil anciano no debía de medir ni un centímetro más de metro y medio y no hizo el menor intento de levantarse de la silla. Me miró con aire suspicaz.

–¿Y qué?

Saqué del bolsillo interior un billete de diez chelines.

Miró primero el billete y después a mí, con ojos inquisitivos.

–¿Qué quiere?

–¿Se acuerda de un tal capitán Trentham, por casualidad?

–¿Es usted de la policía?

–No, soy abogado y me ocupo de su herencia.

–Apostaría a que el capitán Trentham no le dejó nada a nadie.

–No estoy autorizado a hablar de eso. Supongo que no sabe qué fue de él después de abandonar los Fusileros. Los datos que constan en los registros del regimiento acaban en 1922.

–No es extraño. Cuando se fue de los Fusileros la banda del regimiento no lo despidió con canciones en el terreno de instrucción. En mi opinión, tendrían que haber azotado a ese cabrón.

–¿Por qué?

–No me sacará ni una palabra. Secreto del regimiento –añadió, tocándose la nariz.

–¿No se sabe qué hizo después de marcharse de la India?

–Eso le costará más de diez chelines –aseguró el viejo y rió.

–¿Qué quiere decir?

–Se largó a Australia, ¿sabe? Murió allí y su madre trajo el cadáver en barco. En mala hora, es lo único que puedo decir. Arrancaría su jodida fotografía de la pared, si pudiera.

–¿Su foto?

–Sí. Los MC están al lado de DSO, en la esquina superior izquierda –dijo, consiguiendo levantar un brazo para señalar en esa dirección.

Me acerqué lentamente a la esquina que Banger Smith había indicado. Dejé atrás las siete VC de los Fusileros, varios DSO y llegué a los MC. Estaban en orden cronológico: 1914, tres; 1915, trece; 1916, diez; 1917, once; 1918, diecisiete. El capitán Guy Trentham había ganado la MC después de la segunda batalla del Marne, el 18 de julio de 1918, según constaba en la inscripción.

Miré la foto del joven oficial uniformado de capitán y supe al instante que debía viajar a Australia.

30

–¿Cuándo piensas marcharte?

–En las vacaciones de verano.

–¿Tienes dinero suficiente para pagarte el viaje?

–No he gastado casi nada de las quinientas libras que me regalaste cuando me gradué. En realidad, sólo he gastado en el MG; ciento ochenta libras, si no recuerdo mal. En cualquier caso, un soltero que se hospeda en el colegio no necesita muchos ingresos.

Daniel levantó la vista cuando su madre entró en la sala de estar.

–Daniel piensa ir a Estados Unidos este verano –dijo Charlie.

–Qué divertido –comentó Becky, poniendo flores sobre la mesilla auxiliar, al lado del Remington–. Ve a ver a los Field en Chicago y los Bloomingdale en Nueva York, y si tienes tiempo también podrías...

–Para ser sincero –la interrumpió Daniel, apoyándose en la repisa de la chimenea–, me parece que iré a ver a Waterstone en Princeton y a Stinstead en Berkeley.

–¿Los conozco? –preguntó Becky, frunciendo el ceño.

–No creo, madre. Los dos son profesores universitarios que enseñan matemáticas, o matemática, como ellos dicen.

Charlie rió.

–Bien, escríbenos a menudo –dijo su madre–. Siempre me gusta saber dónde estás y qué haces.

–Claro que lo haré, madre –contestó Daniel, intentando controlar su exasperación–, si prometes acordarte de que ya tengo veintiséis años.

Becky le dirigió una sonrisa.

–¿De veras, querido?

Daniel volvió aquella noche a Cambridge tratando de imaginar cómo podría mantenerse en contacto desde Estados Unidos, cuando en realidad su auténtico destino era Australia. No soportaba la idea de engañar a su madre, pero sospechaba que a ella le dolería mucho más contarle la verdad sobre el capitán Trentham.

No contribuyó a mejorar la situación que Charlie le enviara un pasaje en primera clase para Nueva York a bordo del *Queen Mary*, con la fecha que había citado. Costaba ciento tres libras, incluyendo la vuelta abierta.

Daniel encontró la solución. Averiguó que si embarcaba en el *Queen Mary* con destino a Nueva York la semana siguiente al fin de curso, y proseguía el viaje en el Twentieth Century Limited y en el Super Chief hasta San Francisco, atravesando todo el país, aún podría embarcar en el SS *Aorangi* que zarpaba hacia Sydney y hasta le quedaría un día libre. De esta forma aún podría permitirse cuatro semanas en Australia antes de repetir el viaje de sur a norte y llegaría a Southampton pocos días antes de que diera comienzo el primer trimestre.

Como en todo lo que emprendía, dedicó horas de investigación y preparación mucho antes de partir hacia Southampton. Asignó tres días al departamento de Información del Alto Comisariado Australiano, con sede en el Strand, y procuró en todo momento sentarse cerca del doctor Marcus Winters, un profesor visitante de Adelaida, cuando cenaba en la mesa de autoridades del Trinity. Aunque el primer secretario y el bibliotecario suplente de la Casa de Australia quedaban desconcertados ante algunas preguntas de Daniel, y el doctor Winters sentía curiosidad por los motivos del joven matemático, a finales del curso en Trinity Daniel ya había recabado la suficiente información como para estar seguro de que no iba a perder el tiempo en el subcontinente. Sin embargo, aceptaba que toda la empresa era una gigantesca apuesta, en caso de que la primera pregunta recibiera como respuesta «No hay forma de averiguarlo».

Daniel hizo las maletas y lo tuvo todo dispuesto cuatro días después de que los estudiantes se marcharan y completara los informes para su departamento. Su madre llegó al colegio la mañana siguiente para acompañarlo en coche a Southampton. Durante el trayecto a la costa del sur, le explicó que Charlie había pedido permiso al Consejo Municipal de Londres para transformar Chelsea Terrace en unos grandes almacenes de dimensiones colosales.

–¿Y aquellos pisos bombardeados?

–El Consejo ha concedido tres meses a los propietarios para reconstruirlos o los expropiarán para ponerlos en venta.

–Es una pena que no podamos comprarlos nosotros –dijo Daniel, ensayando una de sus no-preguntas, con la esperanza de obtener alguna respuesta de su madre, pero ésta siguió conduciendo por la A30.

«No dejaba de ser irónico –pensó–. Si su madre le hubiera confesado la razón por la cual la señora Trentham se negaba a cooperar con su padre, podrían haber regresado tranquilamente a Cambridge.»

Daniel pisó terreno más seguro.

–¿De dónde piensa sacar el dinero papá para un proyecto tan descomunal?

–No acaba de decidirse entre pedir un préstamo bancario o convertirse en sociedad anónima.

–¿De qué cantidad estás hablando?

–El señor Merrick calcula alrededor de ciento cincuenta mil libras.

Daniel lanzó un silbido.

–Como en este momento las propiedades se han revalorizado el banco está dispuesto a prestarnos esa suma –continuó Becky–, pero piden como garantía todas nuestras posesiones, incluyendo los inmuebles de Chelsea Terrace, la casa, nuestra colección de arte y, para colmo, quieren que firmemos un aval personal, cargando a la empresa el cuatro por ciento del descubierto.

–Entonces, lo mejor será transformarse en sociedad anónima.

–No es tan fácil. Si nos decidimos por esa solución, la familia sólo se quedará con el cincuenta y uno por ciento de las acciones.

–El cincuenta y uno por ciento significa tener el control de la compañía.

–De acuerdo, pero si algún día necesitamos reunir más capital, la ampliación puede llevarnos a perder el control de la mayoría de acciones. En cualquier caso, sabes muy bien cuánto le molesta a tu padre dar explicaciones a los extraños, para no hablar de que tengan intereses en la empresa. Si Charlie se viera obligado a informar regularmente a más directores no ejecutivos, por no mencionar a los accionistas, nos veríamos abocados a un desastre. Siempre dirige los negocios por instinto y es posible que el banco de Inglaterra prefiera métodos más ortodoxos.

–¿Cuándo ha de tomar la decisión?
–Se habrá decidido en un sentido u otro cuando vuelvas de Estados Unidos.
–¿Cómo ves el futuro del número 1?
–Se me ha presentado una oportunidad excelente de renovarlo. Tengo el personal idóneo y suficientes contactos, de manera que, si nos conceden el permiso solicitado, creo que, a su debido tiempo, le haremos una seria competencia a Sotheby's y a Christie's.
–Si papá deja de robar los mejores cuadros...
–Tienes razón –dijo Becky–, pero si persevera, nuestra colección privada valdrá más que el negocio, como demuestra dolorosamente el hecho de haber vendido mi Van Gogh a la galería Lefevre. Para ser un aficionado, posee la mejor intuición que he visto en mi vida... pero no le comentes nunca que te lo he dicho.
Becky siguió todas las flechas que indicaban la dirección del muelle y frenó junto al transatlántico, pero no tan cerca como Daphne lo había hecho tiempo atrás, si no recordaba mal.
Daniel zarpó de Southampton aquella noche a bordo del *Queen Mary*. Su madre lo despidió desde el muelle.
Ya a bordo del gran transatlántico, Daniel escribió una larga carta a sus padres, que cinco días después envió desde la Quinta Avenida. Después compró un billete a la Twentieth Century Limited para el coche-cama de Chicago. El tren salió de la estación Penn[1] a las ocho de aquella misma noche. Daniel había pasado tan sólo seis horas en Manhattan y su única compra se limitó a una guía de Estados Unidos.
Al llegar a Chicago, el coche-cama fue enganchado al Super Chief, que lo condujo a San Francisco.
Durante la travesía de cuatro días por tierras norteamericanas empezó a lamentar tener que irse a Australia. Cada ciudad le parecía más interesante que la anterior. Atravesó Kansas City, Newton City, La Junta, Albuquerque y Barstow. Daniel bajaba siempre que el tren paraba en una estación, compraba una postal en colores que indicaba exactamente dónde estaba y llenaba el espacio en blanco con más información obtenida de la guía turística, antes de que el tren llegara a la siguiente estación. Luego, echaba la postal es-

1. Estación de Pensilvania. *(N. del T.)*

crita en la parada posterior, y volvía a iniciar el proceso. Cuando el expreso llegó a la estación de Oakland, en San Francisco, ya había enviado veintisiete postales diferentes a Little Boltons.

En cuanto el autobús lo depositó en la plaza St. Francis, Daniel se instaló en un pequeño hotel cerca del puerto, tras comprobar que los precios estaban al alcance de su bolsillo. Como aún faltaban treinta y seis horas para que el SS *Aorangi* zarpara, se desplazó a Berkeley y pasó todo el segundo día con el profesor Stinstead. Le fascinaron hasta tal punto sus investigaciones sobre los cálculos terciarios que empezó a arrepentirse todavía más de no poder alargar su estancia; sospechaba que, quedándose en Berkeley, aprendería mucho más que lo que llegaría a averiguar en Australia.

La noche antes de zarpar, Daniel compró veinte postales más y estuvo escribiéndolas hasta la una de la madrugada. Al llegar a la vigésima, su cerebro ya había dado todo de sí. Por la mañana pagó la cuenta y pidió al conserje mayor que enviara una cada tres días hasta que regresara. Le dio diez dólares, prometiéndole que habría otros diez a su vuelta, siempre que quedara por enviar el número de postales correcto, pues no sabía con precisión la fecha de su retorno.

El portero expresó cierta confusión, pero se guardó en el bolsillo los diez dólares. En un aparte comentó con su joven colega del escritorio que, en el pasado, le habían pedido cosas más extrañas por menos dinero.

La barba de Daniel había crecido bastante cuando abordó el SS *Aorangi*; tenía un plan preparado gracias a toda la información recogida al otro lado del globo. Durante la travesía Daniel se sentó a una gran mesa circular que compartía con una familia australiana, que regresaba a casa después de pasar las vacaciones en Estados Unidos. Contribuyeron con generosidad a ampliar el bagaje de conocimientos de Daniel a lo largo de las tres semanas siguientes, sin darse cuenta de que el joven escuchaba con inusual interés hasta la última palabra que pronunciaban.

Daniel entró en Sydney el primer lunes de agosto de 1947. Subió a la cubierta y vio el sol ponerse tras el Sydney Harbour Bridge, mientras el práctico guiaba lentamente el transatlántico al interior del puerto. Se sintió de repente muy nostálgico. Deseó con todas sus fuerzas no haber emprendido ese viaje. Bajó del barco una hora más tarde y se alojó en una casa de huéspedes que le habían recomendado sus compañeros de viaje.

La propietaria de la casa de huéspedes, que se presentó como señora Snell, era una mujer enorme, de enorme sonrisa y enormes carcajadas, que lo alojó en lo que ella llamaba su mejor habitación. Daniel se tranquilizó al saber que no había caído en una habitación normal, porque cuando se estiró sobre el colchón la cama doble se hundió en el centro, y cuando se dio la vuelta los muelles le siguieron e insistieron en lacerar sus riñones. Los dos grifos del lavabo arrojaban agua fría en diferentes tonos de color pardo, y era imposible leer a la luz de la única bombilla que colgaba en el centro de la habitación, a menos que pusiera una silla debajo y se encaramara. La señora Snell no le había proporcionado ninguna silla.

A la mañana siguiente, después de un desayuno que incluía huevos, bacon, patatas y pan frito, la patrona le preguntó si comería allí o fuera. Daniel respondió que «fuera», ante la evidente desilusión de la mujer.

Hizo su primera –y crítica– visita a la Oficina de Inmigración. Si allí no le daban información alguna, ya podría volver a embarcar en el SS *Aorangi* esa misma noche. Daniel tuvo la sensación de que no sufriría una cruel decepción si era eso lo que ocurría.

El enorme edificio de la calle del Mercado, construido con piedra parda, que albergaba el expediente de todas las personas llegadas a la colonia desde 1823, abría a las diez de la mañana. Aunque llegó media hora antes, Daniel tuvo que engrosar una de las ocho colas de gente que intentaba averiguar algún dato sobre los inmigrantes registrados, lo cual le aseguró otro retraso de cuarenta minutos hasta llegar al mostrador.

Cuando lo consiguió se encontró frente a un hombre de cara rubicunda, vestido con una camisa azul de cuello abierto, derrumbado detrás del mostrador.

–Busco a un inglés que llegó a Australia entre 1922 y 1925.

–¿Tiene algún dato más, amigo?

–Me temo que no.

–Teme que no, ¿eh? –dijo el empleado–. ¿Sabe el nombre?

–Oh, sí. Guy Trentham.

–Trentham. ¿Cómo se deletrea?

Daniel deletreó el nombre poco a poco.

–Bien, amigo, serán dos libras. –Daniel sacó la cartera de su chaqueta deportiva y le tendió el billete–. Firme aquí –dijo el empleado, dándole la vuelta a un impreso y posando el índice sobre la línea final–. Vuelva el jueves.

–¿El jueves? Pero si aún faltan tres días.

–Me alegro de que todavía les enseñen a contar en Inglaterra –replicó el funcionario–. El siguiente.

Daniel se marchó del edificio sin información, pero con un resguardo por las dos libras. Compró un ejemplar del *Sydney Morning Herald* y buscó un restaurante cerca del puerto para comer. Eligió un pequeño local abarrotado de gente joven. Un camarero lo condujo a una ruidosa y atestada sala, acomodándolo en una mesa pequeña del rincón. Casi había terminado de leer el periódico cuando apareció una camarera con la ensalada que había pedido. Dejó el periódico a un lado, sorprendido de que no publicara una sola noticia de lo que ocurría en Inglaterra.

Mientras masticaba una hoja de lechuga meditaba en la forma más constructiva de emplear la inesperada demora. Una joven de la mesa vecina se inclinó hacia él y le preguntó si podía pasarle el azúcar.

–Por supuesto, permítame –dijo Daniel, dándole el azucarero. No se habría fijado más en la chica, pero reparó en que estaba leyendo *Pincipia Mathematica*, de A. N. Whitehead y Bertrand Russell.

–¿Estudia matemáticas, por casualidad? –preguntó, después de pasarle el azúcar.

–Sí –dijo ella sin mirarlo.

–Se lo pregunto –insistió Daniel, pensando que tal vez considerase impertinente su interés– porque doy clases de esa asignatura.

–Claro –dijo ella, sin darse la vuelta–. Oxford, seguro.

–Cambridge, en realidad.

La noticia logró que la chica se volviera y mirara a Daniel con más atención.

–¿Puede explicarme los detalles de la regla de Simpson? –preguntó la joven.

Daniel desdobló la servilleta de papel, sacó una pluma y dibujó una gráfica que explicaba la regla, paso a paso, algo que no había hecho desde sus días de estudiante en San Pablo.

La joven comparó su obra con el diagrama del libro y sonrió.

–Bingo, es verdad que enseña matemáticas.

La expresión cogió a Daniel por sorpresa porque no estaba seguro del significado de «bingo», pero la acompañaba una sonrisa que consideró aprobadora. Se sorprendió aún más cuando la chica cogió su plato de huevos con judías, dio unos pasos y se sentó a su lado.

–Me llamo Jackie –dijo–. Soy leñadora en Perth.

–Yo soy Daniel y vengo de...

–De Cambridge. Ya me lo has dicho, ¿recuerdas?

En ese momento Daniel tuvo ocasión de mirar con más detenimiento a la joven sentada a su lado. Jackie aparentaba alrededor de veinte años. Tenía el cabello rubio corto y nariz respingona. Vestía pantalón corto y una camiseta amarilla con la leyenda «¡PERTH!». No se parecía a ninguna estudiante que hubiera pasado por el Trinity.

–¿Vas a la universidad? –preguntó Daniel

–Sí. Perth, segundo año. ¿Qué te ha traído a Sydney, Dan?

A Daniel no se le ocurrió ninguna respuesta, pero tampoco tuvo mucha importancia, porque Jackie ya le estaba explicando por qué había ido ella a la capital de Nueva Gales del Sur, sin darle tiempo a contestar. De hecho, Jackie llevó casi todo el peso de la conversación, hasta que les trajeron las cuentas. Daniel insistió en pagar.

–Estupendo –dijo Jackie–. Bien, ¿qué haces esta noche?

–No he pensado en nada concreto.

–Fantástico, porque pensaba ir al Teatro Real. ¿Quieres venir conmigo?

–Oh, ¿qué obra representan? –preguntó Daniel, incapaz de ocultar su sorpresa al ser ligado por primera vez en su vida.

–*Esta noche a las ocho y media*, de Noel Coward, con Cyril Ritchard y Madge Elliott.

–Parece interesante –dijo Daniel, sin comprometerse.

–Fantástico. Dan, nos encontraremos en el vestíbulo a las ocho menos diez. No te retrases.

La joven cogió su mochila, se la cargó a la espalda, sujetó la hebilla y se marchó.

Daniel la vio salir del restaurante antes de poder pensar en una excusa para evadir la invitación. Decidió que sería grosero no presentarse en el teatro y, además, tenía que admitir que le gustaba la compañía de Jackie. Miró la hora y tomó la decisión de pasar el resto de la tarde paseando por la ciudad.

Cuando Daniel llegó al Teatro Real aquella noche, antes de las ocho menos veinte, compró dos butacas de primera fila a seis chelines cada una; después deambuló por el vestíbulo, esperando a su acompañante... ¿o era él quien la acompañaba? Al sonar el timbre, indicando que faltaban cinco minutos para empezar, la joven aún no había llegado y Daniel se dio cuenta de que tenía muchas más ganas de verla de lo que se permitía admitir. No se veía ni rastro de su compañera de comida cuando sonó de nuevo el timbre: faltaban dos minutos. Daniel llegó a la conclusión de que iba a ver la obra solo. Un minuto antes de que se levantara el telón sintió que una mano le apretaba el brazo y oyó una voz que dijo:

–Hola, Dan. Pensaba que no vendrías.

Esa noche Daniel también se estrenó en otro campo: nunca había ido al teatro en compañía de una muchacha vestida con pantalón corto.

Daniel sonrió. Aunque disfrutó de la representación, descubrió que disfrutaba todavía más de su compañía durante el descanso, después del espectáculo y a lo largo de la cena en Romano's, un pequeño restaurante italiano que Jackie parecía conocer bien. Nunca se había topado con alguien que, sin apenas conocerlo, se mostrara tan abierto y cordial. Hablaron de todo, desde matemáticas a Clark Gable, y Jackie siempre tenía una opinión contundente, fuera cual fuese el tema.

–¿Puedo acompañarte a tu hotel? –preguntó Daniel cuando salieron del restaurante.

–No tengo alojamiento –replicó Jackie con una sonrisa y se echó la mochila al hombro–, pero puedo acompañarte al tuyo.

–¿Cómo es que no tienes dónde alojarte? Supongo que la señora Snell tendrá una habitación libre para esta noche.

–Esperemos que no.

Jackie apretó el timbre varias veces y la señora Snell abrió la puerta.

–No me había fijado que eran dos –dijo la mujer–. Esto significará un suplemento, por supuesto.

–Pero nosotros no... –empezó Daniel.

–Gracias –dijo Jackie, cogiendo la llave mientras la patrona guiñaba el ojo a Daniel.

Al llegar a la pequeña habitación de Daniel, Jackie se quitó la mochila.

–No te preocupes por mí, Dan, dormiré en el suelo.

Incapaz de contestar y sin pronunciar una palabra, Daniel entró en el cuarto de baño, se puso el pijama y se lavó los dientes. Salió del baño y corrió hacia la cama, sin mirar en dirección a Jackie. Oyó que la puerta del cuarto de baño se cerraba unos momentos después. Salió de la cama, se acercó de puntillas a la puerta, apagó la luz y se deslizó de nuevo bajo las sábanas. Unos minutos después oyó que la puerta del cuarto de baño se abría otra vez. Cerró los ojos y fingió que dormía. Nada más pasado un momento sintió que un cuerpo se acomodaba junto al suyo y unos brazos lo rodeaban.

–Oh, Daniel. –La voz de Jackie, en la oscuridad, adoptó un exagerado acento inglés–. Quítate ese horrible pijama.

Cuando Jackie le tironeó del cordón de algodón del pantalón del pijama, Daniel se volvió para protestar y se encontró estrechando el cuerpo desnudo de la chica. Permaneció tendido, con los ojos cerrados, casi sin hacer nada mientras Jackie le acariciaba lentamente las piernas. Experimentó un profundo júbilo y, poco después, un gran agotamiento, sin saber exactamente qué había ocurrido. Lo cierto es que había gozado de cada instante.

–¿Sabes una cosa? Creo que eres virgen –dijo Jackie, cuando Daniel volvió a abrir los ojos.

–No –la corrigió él–. Era virgen.

–Me temo que lo sigues siendo –contestó Jackie–, estrictamente hablando. Pero no te preocupes, te prometo que lo habremos solucionado antes de que amanezca. Por cierto, Dan, la próxima vez estás invitado a participar.

Daniel se pasó la mayor parte de los tres días siguientes en la cama recibiendo las clases impartidas por una estudiante de segundo año en la Universidad de Perth. La segunda mañana descubrió la incomparable belleza del cuerpo femenino. La tercera noche ella exhaló un gemido que lo llevó a creer que, pese a no haberse graduado, había merecido, al menos, un aprobado.

Se sintió triste cuando Jackie le anunció su regreso a Perth. La joven se echó la mochila al hombro por última vez. La acompañó a la estación y contempló la partida del tren que la conducía al oeste de Australia.

–Si alguna vez voy a Cambridge, Dan, te buscaré –fueron las últimas palabras de Jackie.

–Eso espero –contestó Daniel, pensando que varios miembros de la mesa que compartía en el Trinity saldrían beneficiados tras unos días como alumnos de Jackie.

Daniel volvió el jueves por la mañana a la Oficina de Inmigración y, tras una hora de espera en la inevitable cola, entregó su resguardo al funcionario, que seguía derrumbado sobre el mostrador y ataviado con la misma camisa.

–Ah, sí, Guy Trentham, ya me acuerdo. Descubrí sus datos poco después de que usted se marchara. Es una pena que no volviera antes.

–Le estoy muy agradecido.

–¿Por qué? –preguntó el funcionario con suspicacia.

Daniel cogió la tarjetita verde que el funcionario le tendió.

–Por los tres días más felices de mi vida.

–¿Qué quiere decir, amigo? –preguntó el funcionario, pero Daniel ya se había ido.

Se sentó en la escalinata exterior del alto edificio colonial y examinó la tarjeta oficial. Como temía, no revelaba gran cosa:

Nombre: Guy Trentham (registrado como inmigrante)
18 de noviembre de 1922
Ocupación: administrador de finca agrícola
Dirección: Manley Drive, 117
Sydney

Daniel localizó enseguida Manley Drive en el plano de la ciudad que Jackie le había dado. Cogió el autobús que llevaba a la parte norte de Sydney y se apeó en un suburbio arbolado que dominaba el puerto. Las casas, aunque bastante grandes, parecían ruinosas. Daniel tuvo la impresión de que el suburbio, en otros tiempos, había sido una zona residencial.

Cuando tocó el timbre de lo que tal vez habría sido una antigua casa de huéspedes de tipo colonial, un joven vestido con pantalón corto y camiseta abrió la puerta. Daniel comenzó a pensar que se trataba de la indumentaria nacional.

–Sé que es algo aventurado –explicó Daniel–, pero estoy tratando de localizar a un hombre que tal vez viviera aquí en 1922.

–Un poco antes de mi época –dijo alegremente el joven–. Lo mejor será que entre y hable con mi tía Sylvia... Puede que haya suerte.

Daniel siguió al joven hasta una sala de estar bastante sucia; luego salieron al porche, que todavía conservaba huellas de haber estado pintado de blanco. Vio sentada frente a él en una mecedora a una mujer que aparentaba menos de cincuenta años, pero el cabello teñido y el excesivo maquillaje imposibilitaron a Daniel calcular su verdadera edad. Estaba sentada en una silla de mimbre, gozando del sol matutino con los ojos cerrados.

–Lamento molestarla...

–No estaba dormida –dijo la mujer, abriendo los ojos para examinar al intruso. Lo miró con suspicacia–. ¿Quién es usted? Me resulta familiar.

–Me llamo Daniel Trumper. Estoy intentando localizar a alguien que pudo vivir aquí en 1922.

La mujer rió.

–O sea, hace veinticinco años. Debo reconocer que es usted muy optimista.

–Su nombre era Guy Trentham.

Ella se incorporó de pronto y lo miró con fijeza.

–Es usted su hijo, ¿verdad? –Daniel se quedó helado–. No olvidaría las facciones de aquel farsante adulador ni que viviera cien años.

La verdad era innegable, incluso para el propio Daniel.

–¿Ha vuelto después de tanto tiempo para pagar sus deudas?

–No comprendo...

–Se largó debiendo casi un año de alquiler. Siempre escribía a su madre para que le mandara más dinero, pero yo nunca vi ni un céntimo. Supongo que consideraba suficiente pago acostarse conmigo, por eso no es probable que me olvide de ese cabrón, ¿verdad? Sobre todo, después de lo que pasó.

–¿Significa eso que sabe adónde fue cuando se marchó de esta casa?

La mujer vaciló unos instantes, como si tratara de tomar una decisión. Miró por la ventana mientras Daniel aguardaba.

–Lo último que supe –dijo, después de una larga pausa– fue que trabajaba como corredor de apuestas de caballos en Melbourne, pero eso fue antes de que...

–¿Antes de qué? –repitió Daniel.

La mujer lo contempló con curiosidad.

–No, es mejor que lo averigüe por sus propios medios. No quiero cargar con la responsabilidad de decírselo. Si quiere un consejo, tome el primer barco para Inglaterra y olvídese de Melbourne.

–Tal vez sea usted la única persona que puede ayudarme.

–Su padre me estafó una vez, y no permitiré que su hijo también me tome el pelo, se lo aseguro. Kevin, acompáñale a la puerta.

A Daniel le dio un vuelco el corazón. Dio las gracias a la mujer por recibirlo y se marchó sin decir nada más. Cogió el autobús de vuelta a Sydney y recorrió a pie la distancia que lo separaba de la casa de huéspedes. Aquella noche echó en falta a Jackie mientras se estrujaba el cerebro para imaginar las tropelías cometidas por su padre en Sydney, y se preguntaba si debía seguir el consejo de «tía Sylvia».

A la mañana siguiente, Daniel abandonó a la señora Snell y a su enorme sonrisa, pero no antes de que le presentara una enorme factura. La pagó sin rechistar y se dirigió a la estación de tren.

Cuando el tren de Sydney se detuvo esa noche en la estación de la calle Spencer, en Melbourne, la primera decisión de Daniel fue consultar la guía telefónica y buscar el apellido Trentham, pero no figuraba ninguno. Telefoneó después a todos los corredores de apuestas registrados en la capital, pero sólo al noveno le sonó el apellido.

–Me dice algo –explicó una voz al otro extremo de la línea–, pero no recuerdo por qué. Llame a Brad Morris. Dirigía esta oficina en aquel tiempo y es posible que pueda ayudarlo. Encontrará su número en la guía.

Daniel encontró el número, pero su conversación con el señor Morris fue tan breve que ni siquiera necesitó una segunda moneda.

–¿Significa algo para usted el nombre de Guy Trentham? –preguntó una vez más.

–¿El inglés?

–Sí –contestó Daniel, notando que su pulso se aceleraba.

–¿El que hablaba con acento elegante y decía a todo el mundo que era mayor del ejército?

–Es muy posible.

–Pues pruebe en la cárcel, porque allí es donde terminó.

Daniel iba a preguntar el motivo, pero la comunicación ya se había cortado.

Aún temblaba de pies a cabeza cuando sacó su baúl de la estación y se inscribió en el hotel Railway, al otro lado de la calle. Le dieron una habitación pequeña y oscura. Se tendió en la cama individual y trató de decidir si iba a continuar sus pesquisas, o pasaría de la verdad y regresaría a Inglaterra, siguiendo el consejo de Sylvia.

Se durmió pronto, pero despertó en plena noche, descubriendo que estaba totalmente vestido. Había tomado una decisión cuando las primeras luces del amanecer se colaron por la ventana: no quería saber, no necesitaba saber, volvería a Inglaterra de inmediato.

Decidió tomar primero un baño y después mudarse de ropa. Al terminar, había cambiado de idea.

Daniel bajó al vestíbulo media hora más tarde y preguntó al recepcionista dónde estaba la comisaría de policía principal. El hombre sentado detrás del mostrador lo dirigió hacia la calle Bourke.

–¿Tan mala era la habitación? –preguntó.

Daniel lanzó una falsa carcajada. Luego tomó la dirección que le habían indicado, lleno de aprensiones. Sólo tardó unos minutos en llegar a la calle Bourke, pero dio varias vueltas a la manzana antes de subir los escalones de piedra y entrar en la comisaría de policía.

El joven sargento de guardia no reconoció el apellido Trentham y sólo preguntó quién se interesaba por él.

–Un familiar de Inglaterra –contestó Daniel.

El sargento lo dejó en el mostrador y se encaminó al otro extremo de la sala para cambiar unas palabras con un oficial superior, que se hallaba sentado tras un escritorio, examinando fotografías. El oficial interrumpió su tarea y lo escuchó con atención. Luego le hizo una pregunta. En respuesta, el sargento se volvió y señaló a Daniel Bastardo, pensó Daniel. Bastardo, bastardo, bastardo. El sargento volvió al mostrador un momento después.

–El caso Trentham está cerrado –dijo–. Deberá encaminar sus pesquisas al departamento de prisiones.

–¿Dónde está? –preguntó Daniel, casi sin voz.

–En la séptima planta de este mismo edificio.

Cuando salió del ascensor en la séptima planta, se topó con un cartel de gran tamaño clavado en la pared opuesta, que exhibía el rostro cordial de un hombre llamado Hector Watts, inspector general de prisiones.

Daniel se acercó al mostrador de información y preguntó si podía ver al señor Watts.

–¿Está citado?

–No.

–En ese caso, dudo...

–¿Sería tan amable de explicar al inspector general que he viajado desde Inglaterra sólo para hablar con él?

La espera duró apenas unos segundos. Le indicaron que subiera a la octava planta. La misma figura cordial que aparecía en la foto le sonrió en persona, aunque las arrugas del rostro eran algo más pronunciadas.

Daniel calculó que Hector Watts tendría unos sesenta años y, aunque algo grueso, aún daba la impresión de que podía cuidar de sí mismo.

–¿De qué parte de Inglaterra viene usted? –preguntó Watts.

–De Cambridge. Enseño matemáticas en la universidad.

–Yo soy de Glasgow, lo cual no le sorprenderá, por mi apellido y acento. Bien, tome asiento y dígame qué puedo hacer por usted.

–Sigo la pista de un tal Guy Trentham, y en el departamento de policía me aconsejaron que hablara con usted.

–Oh, sí, recuerdo ese nombre. Pero ¿por qué? –El escocés se levantó y se acercó a unos ficheros alineados contra la pared del fondo. Abrió el correspondiente a las letras «STV»–. Trentham –repitió, pasando hojas, antes de sacar dos. Volvió al escritorio, colocó las hojas frente a él y se puso a leer. Tras hacerse una idea de los detalles fundamentales, levantó la vista y estudió a Daniel con curiosidad–. ¿Lleva mucho tiempo aquí, muchacho?

–Llegué a Sydney hace menos de una semana –contestó Daniel, desconcertado por la pregunta.

–¿Había visitado antes Melbourne?

–No, nunca.

–¿Cuál es el motivo de su interés?

–Querría averiguar todo lo que pudiera sobre el capitán Guy Trentham.

–¿Por qué? ¿Es usted periodista?

–No, soy profesor, pero...

–Ha debido de tener buenos motivos para hacer un viaje tan largo.

–Curiosidad, supongo. Aunque no lo conocí, Guy Trentham era mi padre.

El responsable del servicio de prisiones miró en la hoja de la lista de los parientes próximos: esposa, Anna Helen (fallecida), una hija, Margaret Ethel. Ni la menor mención a su hijo. Miró a Daniel y, tras reflexionar unos momentos, tomó una decisión.

–Lamento decirle, señor Trentham, que su padre murió mientras se hallaba bajo la custodia de la policía.

Daniel se quedó estupefacto y empezó a temblar. Watts volvió a alzar la mirada y añadió:

–Lamento darle tan desagradables noticias, teniendo en cuenta que se ha desplazado desde tan lejos.

–¿Cuál fue la causa de la muerte? –susurró Daniel.

El inspector general volvió la página y echó un vistazo a la última línea de la hoja de alegaciones. Leyó las palabras: «Colgado por el cuello hasta morir». Miró a Daniel.

–Un ataque al corazón –se limitó a decir.

31

Daniel cogió el coche-cama de regreso a Sydney, pero no durmió. Sólo deseaba alejarse de Melbourne tanto como le fuera posible. Se fue tranquilizando a medida que pasaban los kilómetros y al cabo de un rato se sintió con fuerzas para comer un bocadillo en el vagón restaurante. Cuando el tren se detuvo en la estación de la mayor ciudad de Australia bajó, cargó el baúl en un taxi y se dirigió al puerto. Compró un pasaje en el primer barco que zarpaba hacia cualquier ciudad de la costa oeste de Estados Unidos.

El pequeño carguero, autorizado a llevar tan sólo cuatro pasajeros, zarpó a medianoche con dirección a San Francisco, y Daniel no obtuvo permiso para subir a bordo hasta que pagó en efectivo la tarifa al capitán. Le quedó lo suficiente para regresar a Inglaterra... si no sufría ningún contratiempo en el camino.

Durante aquella movida, oscilante e interminable travesía, Daniel pasó muchas horas tendido en una litera. Tuvo tiempo más que sobrado para pensar en lo que haría con la información obtenida. También trató de comprender las angustias que su madre había padecido a lo largo de los años y se dio cuenta de que su padrastro era un ser humano excepcional. Detestaba la palabra «padrastro». Nunca podría pensar en Charlie como su padrastro. Si le hubieran otorgado su confianza desde el primer momento habría dedicado todos sus esfuerzos a ayudar y no habría desperdiciado tantas energías buscando la verdad. Era consciente de que no podía contarles lo que había descubierto, porque, probablemente, sabía más que ellos. Daniel dudaba de que su madre conociera el desdichado final de Guy Trentham, en una cárcel, dejando un rosario de deudas en Victoria y Nueva Gales del Sur. La lápida de Ashurst no decía nada de todo esto.

Empezó a forjar un plan cuando el pequeño carguero pasó bajo el Golden Gate y enfiló rumbo a la bahía.

Tras pasar los trámites de inmigración, Daniel fue en autobús al centro de San Francisco y se alojó en el mismo hotel en el que se había hospedado antes de viajar a Australia. El portero le enseñó las dos postales que quedaban por enviar y Daniel le entregó los diez dólares prometidos. Echó las dos al correo antes de subir al Super Chief.

Cada hora y día de soledad contribuían a desarrollar sus ideas, aunque le seguía preocupando la información adicional que poseía su madre, sobre la cual no se atrevía a preguntarle. Al menos, estaba seguro de que su padre era Guy Trentham y de que había abandonado la India o Inglaterra en desgracia. Por lo tanto, la temible señora Trentham era su abuela y por alguna razón desconocida culpaba a Charlie de lo sucedido a su hijo.

Al llegar a Nueva York comprobó con desagrado que el *Queen Mary* había zarpado hacia Inglaterra el día anterior; tuvo que cambiar su billete al *Queen Elizabeth*, quedándose con unos pocos dólares en el bolsillo. Lo último que hizo en suelo norteamericano fue telegrafiar a su madre comunicándole la hora aproximada de llegada a Southampton.

Aunque Daniel empezó a recuperar la serenidad en cuanto perdió de vista la estatua de la Libertad, la señora Trentham no se apartó de sus pensamientos durante los cinco días de travesía. No podía pensar en ella como en su abuela y, al desembarcar en Southampton, se hallaba plenamente convencido de que su madre debía contestarle a unas cuantas preguntas antes de llevar a cabo su plan.

Mientras bajaba por la pasarela y volvía a pisar suelo inglés se dio cuenta de que las hojas de los árboles habían pasado del verde al dorado durante su ausencia. Resolvió solucionar el problema de la señora Trentham antes de que empezaran a caer.

Su madre lo esperaba en el puerto. Daniel nunca se había sentido tan contento de verla y la abrazó con tanta ternura que Becky no pudo disimular su sorpresa. En el trayecto a Londres se enteró de la penosa noticia de la muerte de su otra abuela durante su estancia en Estados Unidos y, a pesar de que había recibido varias postales, su madre no logró recordar el nombre de ninguno de los profesores que dijo que visitaría, razón por la cual no pudo contactarlo para darle la noticia. A Becky le había encantado recibir tantas postales.

–Creo que aún llegarán algunas más –comentó Daniel y por primera vez se sintió culpable.

–¿Te quedará tiempo para pasar unos días con nosotros antes de regresar a Cambridge?

–Sí. He vuelto un poco antes de lo previsto, de modo que me quedaré un par de semanas.

–Oh, tu padre estará muy contento –le dijo Becky.

Daniel se preguntó cuánto tiempo pasaría antes de oír las palabras «tu padre» sin que se formara en su mente una imagen de Guy Trentham.

–¿Qué decisión habéis tomado sobre la forma de financiar el nuevo edificio?

–Hemos decidido transformarnos en sociedad anónima. Un simple problema de matemáticas, en último extremo. El arquitecto ha terminado los planos y como tu padre, naturalmente, quiere lo mejor de lo mejor, temo que la cifra final se acercará al medio millón de libras.

–¿Y aún podréis aseguraros el cincuenta y uno por ciento de la nueva empresa?

–Por los pelos, si hemos de fiarnos de esas cifras. Quizá terminemos empeñando el carretón de tu bisabuelo.

–¿Alguna noticia acerca de... los pisos?

Daniel miraba por la ventanilla del coche, pero vigiló la reacción de su madre en el reflejo del cristal. Becky pareció vacilar un momento.

–Los propietarios han seguido las instrucciones del consejo municipal y ya han empezado a derruir lo que queda de ellos.

–¿Quiere decir eso que papá también obtendrá el permiso que solicitó?

–Espero que sí, pero sospecho que tardará un poco más de lo que creíamos porque un vecino, un tal Simpson, en nombre de la Sociedad de Pequeños Comerciantes, ha presentado una objeción al consejo. Por lo tanto, no menciones el problema delante de tu padre. Sólo oír hablar de los pisos lo pone al borde de la apoplejía.

«Supongo que la señora Trentham está detrás del tal señor Simpson», quiso decir Daniel, pero se limitó a preguntar:

–¿Y nuestra perversa Daphne?

–Empeñada en casar a Clarissa con el hombre adecuado y en alistar a Clarence en el regimiento adecuado.

–Nada menos que un duque de sangre real para ella y un puesto en la Guardia Escocesa para él, diría yo.

–Lo has adivinado. También confía en que Clarissa dé a luz una niña cuanto antes para que se case con el futuro príncipe de Gales.

–Pero la princesa Isabel acaba de anunciar su compromiso.

–Es evidente, pero todos sabemos lo mucho que le gusta a Daphne hacer planes por anticipado.

Daniel respetó los deseos de su madre y no habló de los pisos cuando, durante la cena, comentó con Charlie el lanzamiento de la nueva empresa. También observó que un cuadro titulado *Manzanas y peras*, de un artista llamado Courbet, había sustituido al Van Gogh que colgaba en el vestíbulo. No hizo el menor comentario.

Daniel pasó el día siguiente en el departamento de planificación del Consejo Municipal de Londres (Consultas). Si bien le facilitaron toda la documentación pertinente, subrayaron, para su frustración, que no podía sacar los originales del edificio.

En consecuencia, ocupó la mañana en examinar los papeles una y otra vez, tomando copiosas notas de las cláusulas fundamentales y aprendiéndolas de memoria, para evitar trasladarlas al papel. No deseaba en modo alguno que sus padres las descubrieran por casualidad. A las cinco de la tarde, cuando cerraron la puerta, Daniel estaba seguro de que recordaría todos los detalles importantes.

Salió del edificio, se sentó en el pretil de uno de los puentes del Támesis y repitió para sí los detalles sobresalientes.

Descubrió que Trumper's había solicitado permiso para construir unos grandes almacenes que abarcarían toda la manzana conocida como Chelsea Terrace. Habría dos torres de doce plantas de altura. Cada torre poseería 24.000 metros cuadrados de superficie. Encima de los doce pisos se alzarían cinco plantas más de oficinas y pasos elevados que conectarían los dos edificios y las estructuras gemelas. El Consejo Municipal había dado luz verde a las obras, pero un tal Martin Simpson de la Sociedad de Pequeños Comerciantes había presentado una apelación contra las cinco plantas que enlazarían las dos estructuras principales sobre un solar situado en el centro de Chelsea Terrace. No hacía falta mucha imaginación para conjeturar quién aportaba todo el apoyo financiero que el señor Simpson necesitaba.

Al mismo tiempo, la señora Trentham había recibido autorización para construir un bloque de pisos que se destinarían exclusivamente a familias de bajo poder adquisitivo. Recreó en su mente la detallada solicitud de permiso, explicando que los pisos serían construidos en hormigón desbastado, con las mínimas comodidades internas o externas. La expresión «chapuza» acudió de inmediato a su mente. A Daniel no le costó nada imaginar que la señora Trentham se proponía construir el edificio más feo que el ayuntamiento le permitiera, justo en medio del palacio propuesto por Charlie.

Consultó sus notas. No había olvidado nada, así que rompió la hoja en pedacitos y los echó a una papelera situada en la esquina del puente de Westminster. Después volvió a Little Boltons.

La siguiente iniciativa de Daniel fue telefonear a David Oldcrest, el profesor de Derecho del Trinity especializado en urbanismo. Su colega dedicó una hora a explicarle que, teniendo en cuenta las apelaciones y recursos que se presentarían a la Cámara de los Lores, el permiso para construir un edificio como las Torres Trumper podría tardar varios años en concederse. El doctor Oldcrest concluyó que, cuando se tomara la decisión, los únicos que saldrían ganando algún dinero serían los abogados.

Daniel dio las gracias a su amigo. Tras meditar sobre el problema al que se enfrentaba, llegó a la inevitable conclusión de que el éxito o fracaso de las ambiciones de Charlie dependía por completo de la señora Trentham. A menos que él pudiera...

A lo largo de las dos semanas siguientes pasó una gran cantidad de tiempo en la cabina telefónica situada en la esquina de Chester Square, sin hacer ni una sola llamada. El resto de cada día lo empleó en seguir por la capital a una dama impecablemente vestida, de evidente seguridad en sí misma y presencia, intentado no ser visto pero tratando a menudo de echar un vistazo a su aspecto, a sus maneras y al mundo en que vivía.

Pronto descubrió que sólo tres cosas parecían ser sagradas para la ocupante de Chester Square, 19. Primero, las entrevistas con sus abogados de Lincoln's Inn Fields, que solían tener lugar cada dos o tres días, pero nunca de forma regular. Segundo, sus partidas de bridge, celebradas siempre a las dos de la tarde, tres días a la semana: los lunes en Cadogan Place, 9; los miércoles en la avenida Sloane, 117, y los viernes en su casa de Chester Square. El mismo grupo de mujeres maduras parecía acudir a los tres domicilios. Tercero, las ocasionales visitas a un mugriento hotel de South Kensington, donde se sentaba en el rincón más oscuro del salón de té y sostenía conversaciones con un hombre que, en opinión de Daniel, era el acompañante menos adecuado para la hija de sir Raymond Hardcastle. No lo trataba como a un amigo, desde luego, ni siquiera como a un socio, y Daniel nunca logró discernir qué tenían en común.

Una semana después decidió que el mejor momento para llevar a cabo su plan sería el viernes anterior a su regreso a Cambridge. Con este fin, pasó la mañana en una sastrería especializada en uniformes militares; por la tarde redactó un guión y por la noche ensayó lo que había escrito. A continuación, hizo varias llamadas telefónicas, incluyendo una a Spinks, tienda especializada en medallas, donde le garantizaron que cumplirían a tiempo su encargo. Las dos últimas mañanas, una vez seguro de que sus padres se hallaban ausentes, efectuó un completo ensayo, con atavío incluido, en la intimidad de su dormitorio.

Daniel necesitaba estar seguro de que no sólo pillaría por sorpresa a la señora Trentham, sino que seguiría confusa durante los veinte minutos que, según sus cálculos, necesitaría para rematar su plan.

Durante el desayuno del viernes, Daniel confirmó que sus padres no volverían a casa hasta pasadas las seis de la tarde. Accedió a cenar con ellos antes de volver a Cambridge. Esperó pacientemente a que su padre se marchara hacia Chelsea Terrace, pero aún tuvo que aguardar media hora más porque una llamada telefónica retuvo a su madre cuando estaba a punto de salir. Daniel dejó abierta la puerta del dormitorio y dio vueltas en círculo.

La conversación terminó y Becky se fue a trabajar. Daniel salió de la casa veinte minutos más tarde con un maletín en el que guardaba el uniforme comprado el día anterior en Johns & Pegg. Recorrió tres manzanas en dirección contraria y paró un taxi.

Entró en el museo de los Fusileros Reales y examinó la foto de su padre durante unos minutos. Éste tenía el cabello más ondulado y, a juzgar por la foto sepia, parecía algo más rubio. De pronto temió olvidarse de algún detalle. Daniel esperó a que el director del museo le diera la espalda y después, con cierta sensación de culpa, cogió la foto y la guardó en el maletín.

Cogió un taxi y acudió a un peluquero de Kensington, el cual aclaró con mucho gusto el pelo del caballero, le cambió de lado la raya y añadió una o dos ondas, creando un duplicado lo más fiel posible de la fotografía sepia que utilizaba como modelo. Daniel comprobaba cada pocos minutos en el espejo los cambios introducidos y en cuanto consideró que se había logrado el efecto buscado pagó la cuenta y se fue. El siguiente taxi lo dejó en Spinks, los especialistas en medallas de la calle King, St. James. Nada más llegar compró, pagando en efectivo, las cuatro bandas que había encargado por teléfono. El joven empleado no le preguntó si tenía autorización para llevarlas. Otro taxi lo condujo de St. James al hotel Dorchester. Pidió una habitación individual e informó a la recepcionista que se iría del hotel a las seis de la tarde. Ella le tendió la llave 309. Daniel se negó con educación a que el portero le subiera el maletín a la habitación y se limitó a preguntar dónde estaba el ascensor.

Cerró la puerta de la habitación con llave, abrió el maletín, sacó su contenido y lo extendió sobre la cama. Después de cambiarse el traje de calle por el uniforme fijó la fila de condecoraciones sobre el bolsillo izquierdo, exactamente igual que en la foto, y comprobó el efecto en el espejo de cuerpo entero adosado a la puerta del cuarto de baño. Era el vivo retrato de un capitán de los Fusileros Reales de la Primera Guerra Mundial; la cinta púrpura y plateada de la MC y las tres medallas constituían el toque final.

Tras contrastar hasta el último detalle con la fotografía robada, Daniel empezó a sentirse inseguro por primera vez. Pero si no lo hacía... Se sentó en el borde de la cama y, cada tantos minutos, consultó el reloj. Transcurrió una hora hasta que se incorporó y respiró hondo antes de ponerse la larga trinchera, casi la única prenda que tenía derecho a llevar, cerró la puerta con llave y bajó al vestíbulo. Atravesó las puertas batientes y detuvo un taxi, que lo condujo a Chester Square. Pagó al chófer y consultó su reloj. Las tres y cuarenta y siete minutos. Calculó que le quedaban unos veinte minutos hasta que la partida de bridge terminara.

Desde la cabina telefónica que se alzaba en la esquina de la plaza vio a las damas que empezaban a marcharse del 19. Después de contar hasta once tuvo la seguridad de que la señora Trentham se había quedado sola, criados aparte. Sabía ya, tras consultar el horario de las sesiones parlamentarias aparecido en el *Daily Telegraph* de esa misma mañana, que el marido de la señora Trentham no volvería a Chester Square hasta pasadas las seis. Esperó otros cinco minutos, salió de la cabina y cruzó la calle a toda prisa. Sabía que si vacilaba un solo momento su decisión flaquearía. Golpeó la aldaba y esperó, durante lo que le parecieron horas, a que el mayordomo apareciera.

–¿Qué se le ofrece, señor?

–Buenas tardes, Gibson. Tengo una cita con la señora Trentham a las cuatro y cuarto.

–Sí, señor, por supuesto –dijo Gibson. Como Daniel había previsto, el mayordomo daría por supuesto que la persona que conocía su nombre estaba citada–. Por aquí, señor –añadió, antes de coger la trinchera–. ¿Es tan amable de decirme su nombre? –preguntó Gibson, cuando llegaron a la puerta de la sala de estar.

–Capitán Daniel Trentham.

El mayordomo aparentó perplejidad unos momentos, pero abrió la puerta de la sala de estar y anunció:

–El capitán Daniel Trentham, señora.

La señora Trentham se hallaba de pie junto a la ventana cuando Daniel entró en la sala. Se giró en redondo, miró al joven, avanzó un par de pasos, titubeó y se desplomó sobre el sofá.

«No te desmayes, por el amor de Dios», fue lo primero que pensó Daniel, inmóvil en el centro de la sala.

–¿Quién es usted? –musitó ella por fin.

–Dejémonos de tonterías, abuela. Sabes muy bien quién soy –dijo Daniel, confiando en que su voz trasluciera seguridad.

–Ella te ha enviado, ¿verdad?

–Si te refieres a mi madre, no. De hecho, ignora por completo que estoy aquí.

La señora Trentham abrió la boca para protestar, pero no habló. Daniel se balanceó sobre sus pies durante un período de silencio que juzgó insoportable. Fijó la mirada en una MC que estaba sobre la repisa de la chimenea.

–¿Qué quieres? –preguntó la mujer.

–He venido a hacer un trato contigo, abuela.

–¿Qué clase de trato? No estás en condiciones de hacer ningún trato.

–Yo creo que sí, abuela. Acabo de regresar de Australia. –Hizo una pausa–. Un viaje muy fructífero y revelador.

La señora Trentham retrocedió, sin apartar los ojos de él.

–No vale la pena repetir lo que averigüé sobre mi padre allí. No entraré en detalles, pues sospecho que sabes tanto como yo.

La señora Trentham no le quitaba los ojos de encima, a medida que se iba recuperando.

–A menos, por supuesto, que quieras saber dónde habían pensado enterrar su cuerpo en un principio, porque desde luego no era en el panteón familiar de Ashurst.

–¿Qué quieres? –repitió ella.

–Como ya te he dicho, abuela, he venido a hacer un trato.

–Te escucho.

–Quiero que abandones tus planes de construir esos espantosos pisos de Chelsea Terrace y que al mismo tiempo renuncies a tus objeciones al permiso de construcción solicitado por Trumper's.

–Jamás.

–En ese caso, me temo que ha llegado el momento de informar al mundo sobre los auténticos motivos de tu venganza contra mi madre.

–Eso perjudicaría a tu madre tanto como a mí –insistió la señora Trentham, acomodándose sobre los almohadones del sofá.

–Oh, yo no pienso lo mismo, abuela, en especial cuando la prensa se entere de que mi padre abandonó el ejército sin una honrosa despedida y que murió en Melbourne más tarde en circunstancias aún menos afortunadas... a pesar de que se le permitió descansar en un tranquilo pueblecito de Berkshire, después de que transportaras su cadáver en barco a Inglaterra, diciendo a tus amigos que se dedicaba con éxito al comercio de ganado y que murió trágicamente de tuberculosis.

–Pero eso es un chantaje.

–Oh, no, abuela, tan sólo un preocupado y desconcertado hijo, desesperado al descubrir lo que le sucedió realmente a su añorado padre, y conmocionado al descubrir la verdad oculta tras el secreto de los Trentham. Sospecho que la prensa describiría el incidente como una «sucia rivalidad familiar». Lo único seguro es que mi madre saldría oliendo a rosas, aunque no estoy seguro de cuánta gente querría seguir jugando al bridge contigo después de conocer los detalles más relevantes.

La señora Trentham se levantó al instante, apretó los puños y avanzó hacia él con aire amenazador. Daniel no retrocedió ni un paso.

–Ahórrate la histeria, abuela. No olvides que lo sé todo sobre ti.

Era muy consciente de que no sabía casi nada.

La señora Trentham se detuvo, retrocedió un paso y se hundió de nuevo en el sofá.

–¿Y si accedo a tus demandas?

–Saldré de esta sala y nunca más volverás a saber de mí. Te doy mi palabra.

La mujer exhaló un largo suspiro y permaneció un rato en silencio.

–Tú ganas –dijo por fin, con voz notablemente serena–, pero pongo una condición a cambio de aceptar tus exigencias.

Sus palabras cogieron a Daniel por sorpresa. No había pensado que pondría condiciones.

–¿Cuál es? –preguntó, con aire suspicaz.

Escuchó con suma atención su petición y, aunque desconcertado, no la consideró alarmante.

–Acepto tus condiciones –dijo Daniel por fin.

–Por escrito –puntualizó ella en voz baja–. Y ahora.

–En tal caso, también exijo que nuestro acuerdo conste por escrito –replicó Daniel intentando no perder terreno.

–De acuerdo.

La señora Trentham se levantó del sofá y caminó con paso inseguro hacia el escritorio. Se sentó, abrió el cajón del medio y sacó dos hojas de papel con el encabezamiento grabado en color púrpura. Escribió laboriosamente los respectivos acuerdos y se los entregó a Daniel para que los examinara. Éste leyó ambos textos lentamente. La mujer había reflejado todos los puntos que él le había exigido, sin dejarse nada, incluyendo la extensa cláusula sobre la que ella misma había insistido. Daniel asintió con la cabeza y le devolvió las hojas.

La señora Trentham firmó las dos copias y le pasó a Daniel su pluma. Él, a su vez, estampó su firma bajo la de ella en las dos hojas. La señora Trentham entregó uno de los acuerdos a Daniel y agitó la campanilla que colgaba junto a la repisa de la chimenea. El mayordomo reapareció un momento después.

–Gibson, necesitamos que firme como testigo en dos documentos. En cuanto lo haya hecho, el caballero se marchará –anunció.

El mayordomo firmó ambas hojas sin hacer comentarios ni cambiar la expresión de su cara.

Daniel se encontró en la calle momentos más tarde; tenía la inquietante sensación de que las cosas no habían ido exactamente de la forma prevista. Una vez en el taxi que lo conducía de vuelta al hotel Dorchester, releyó la hoja que ambos habían firmado. No podía pedir más, pero la cláusula que la señora Trentham había insistido en añadir lo desconcertaba, porque carecía de sentido para él. Desechó la sensación de inquietud y pensó en otras cosas.

Llegó al hotel Dorchester, subió a la habitación 309, cerró con llave la puerta, se quitó el uniforme y volvió a vestirse de paisano. Se sintió limpio por primera vez aquel día. Guardó el uniforme y la gorra en el maletín, bajó a recepción, entregó la llave, pagó la factura y se marchó.

Otro taxi lo devolvió a Kensington, donde el peluquero se sintió decepcionado cuando su nuevo cliente le dijo que hiciera desaparecer toda señal de aclarado, le alisara las ondulaciones y volviera a cambiar la raya de lado.

Daniel se detuvo en un edificio abandonado de Pimlico antes de regresar a casa. Se situó detrás de una enorme grúa y, después de comprobar que nadie lo veía, arrojó el uniforme y la gorra a un montón de basura y prendió fuego a la fotografía.

Se estremeció mientras veía desaparecer a su padre en una llamarada púrpura.

SEÑORA TRENTHAM

1938-1948

32

–Mi propósito al invitarte este fin de semana a Yorkshire es informarte con todo detalle de la decisión que he tomado respecto a ti en mi testamento.

Mi padre estaba sentado detrás de su escritorio, en tanto yo me había acomodado en una butaca de piel frente a él, la que mi madre siempre había utilizado. Papá me había bautizado como «Margaret Ethel» por ella y nunca dejó de repetirme que ahí acababa todo parecido. Lo observé mientras introducía con gran cuidado un poco de tabaco en la cazoleta de su pipa de brezo, y me pregunté qué me diría. Tardó bastante en volverme a mirar.

–He decidido legar todas mis propiedades a Daniel Trumper –anunció.

Me quedé tan estupefacta ante sus palabras que tardé algunos segundos en poder hablar.

–Pero, padre, ahora que Guy ha muerto, Nigel es el legítimo heredero.

–Daniel habría sido el legítimo heredero si tu hijo se hubiera comportado como un caballero. Guy tenía que haber regresado de la India para contraer matrimonio con la señorita Salmon en cuanto recibió la noticia de que estaba embarazada.

–Pero Trumper es el padre de Daniel –protesté yo–. Siempre lo ha admitido. La partida de nacimiento…

–Nunca lo ha negado, lo admito, pero no me tomes por idiota, Ethel. La partida de nacimiento sólo demuestra que, al contrario que mi difunto nieto, Charlie Trumper posee cierto sentido de la responsabilidad. En cualquier caso, aquellos de nosotros que vimos a Guy en sus años de formación y hemos seguido los progresos de Daniel no podemos albergar dudas sobre la relación entre ambos.

Yo no estaba segura de haber escuchado bien las palabras de mi padre.

–¿Quieres decir que has visto a Daniel Trumper?

–Oh, sí –replicó, cogiendo una caja de cerillas que había sobre el escritorio–. Me ocupé de visitar San Pablo en dos ocasiones. Una cuando el chico tocaba en un concierto. Lo estuve observando de cerca durante dos horas... Era bastante bueno, de hecho. Y la segunda vez un año después, el Día de los Fundadores, en que recibió el galardón de matemáticas Newton. Lo observé durante toda la tarde, mientras acompañaba a sus padres en una recepción que tenía lugar en el jardín del rector. Te aseguro que no sólo se parece a Guy, sino que ha heredado algunos gestos de su difunto padre.

–Nigel, en cualquier caso, merece ser tratado por igual –insinué, intentando pensar en algo que hiciera cambiar de opinión a mi padre.

–Nigel no es su igual y nunca lo será –replicó mi padre, encendiendo una cerilla antes de proceder a las interminables chupadas con las que atacaba siempre la pipa en los primeros instantes–. No nos engañemos, Ethel. Ambos sabemos desde hace tiempo que el chico no se merece ni un puesto en la junta directiva de Hardcastle's ni, mucho menos, ser considerado mi sucesor natural.

Mientras mi padre lanzaba bocanadas de humo, clavé la vista en el cuadro que colgaba a sus espaldas y que representaba a dos caballos en el hipódromo y traté de ordenar mis ideas.

–Estoy seguro de que no habrás olvidado, querida, que Nigel ni siquiera logró aprobar en Sandhurst pues, al parecer, exige cierto esfuerzo actualmente. También me han informado hace poco que conserva su empleo actual en Kitcat & Aitken porque hiciste creer al socio mayoritario que en el futuro administrarán la cartera de Hardcastle's. Te doy mi palabra de que no será así.

Puntuaba cada afirmación con una bocanada de humo.

Me sentía incapaz de mirarlo a la cara. En lugar de ello, mis ojos vagaban del cuadro situado detrás de él a las interminables hileras de libros que había ido coleccionando a lo largo de su vida. Todas las primeras ediciones de Dickens, Henry James, un autor moderno al que admiraba, e incontables Blakes de todas clases, desde valiosas cartas escritas de su puño y letra hasta ediciones conmemorativas. Entonces recibí el segundo mazazo.

–Como no existe ningún miembro de la familia que pueda reemplazarme al frente de la firma –continuó–, he llegado de mala gana a la conclusión de que, ahora que la guerra es cada día más probable, debo reconsiderar el futuro de Hardcastle's.

En el aire persistía el olor acre del tabaco.

–¿Vas a permitir que el negocio caiga en manos extrañas? –pregunté, incrédula–. Tu padre se...

–Mi padre habría hecho lo más pertinente para todos los interesados, y no cabe duda de que los parientes codiciosos ocuparían los últimos lugares en su lista de prioridades. –Su pipa se negó a continuar encendida, de modo que una segunda cerilla entró en acción. Dio algunas chupadas más y una expresión satisfecha inundó su rostro. Prosiguió hablando–. Desde hace varios años soy miembro de los consejos de administración de Harrogate Haulage y del banco de Yorkshire. Más recientemente me he incorporado al de John Brown Engineering, donde me parece que he encontrado por fin a mi sucesor. El hijo de sir John tal vez no sea un presidente de empresa muy inspirado, pero es competente y, sobre todo, es de Yorkshire. De cualquier forma, he llegado a la conclusión de que una fusión con esa empresa será lo mejor para todos.

Intentaba asimilar todo cuanto decía, pero todavía no era capaz de mirarlo a la cara.

–Me han hecho una generosa oferta por mis acciones –añadió–, que con el tiempo os proporcionarán a ti y a Amy unos ingresos más que suficientes para cubrir todas vuestras necesidades cuando yo ya no esté.

–Pero, padre, las dos confiamos en que vivirás muchos años más.

–Es inútil que pierdas el tiempo, Ethel, en tratar de camelar a un viejo que presiente su cercana muerte. Es posible que sea anciano, pero senil todavía no.

–Padre –volví a protestar pero él se limitó a chupar su pipa, demostrando un total desinterés hacia mis opiniones, así que jugué otra baza–. ¿Significa eso que Nigel no recibirá nada?

–Nigel recibirá lo que yo considere justo y adecuado, dadas las circunstancias.

–Creo que no te entiendo bien, padre.

–En ese caso, te lo explicaré. Le he dejado cinco mil libras con las cuales podrá hacer lo que le dé la gana cuando me muera. –Hizo una pausa, como si dudara en añadir algo más–. Te he ahorrado, al menos, una vergüenza. Aunque Daniel Trumper herede todos mis bienes después de tu fallecimiento, no tendrá noticia de su buena suerte hasta el día en que cumpla treinta años, cuando tú tengas bastantes más de setenta y, tal vez, te hayas acostumbrado a vivir con mi decisión.

Doce años más, pensé, mientras una lágrima caía de mi ojo y resbalaba por mi mejilla.

–No te molestes en llorar, Ethel, o en ponerte histérica o en discutirme. –Lanzó una larga bocanada de humo–. He tomado mi decisión y nada de lo que hagas o digas logrará cambiarla.

Su pipa echaba humo como un tren expreso cuando sale de la estación. Saqué un pañuelo de mi bolso, con la esperanza de ganar tiempo para pensar.

–Y si se te pasara por la cabeza intentar revocar el testamento más adelante, sobre la base de que estoy loco –lo miré horrorizada–, de lo cual eres muy capaz, debo decirte que mi testamento definitivo ha sido redactado por el señor Baverstock y que actuaron como testigos un juez retirado, un ministro del gabinete y, lo más importante, un especialista en enfermedades mentales de Sheffield.

Iba a protestar cuando sonó un golpe suave en la puerta y Amy entró en la habitación.

–Lamento interrumpirte, papá, pero ¿quieres que sirva el té en la sala de estar o prefieres tomarlo aquí?

Mi padre sonrió a su hija mayor.

–La sala de estar me parece muy bien, querida –dijo, en un tono mucho más cariñoso que el que solía adoptar conmigo.

Se levantó con movimientos inseguros, vació la pipa en el cenicero más cercano y, sin más palabras, siguió a mi hermana hasta salir de la habitación.

Apenas dije nada durante el té, intentando pensar en las implicaciones de lo que mi padre me había revelado. Amy, por su parte, parloteaba alegremente sobre el efecto de la reciente falta de lluvia sobre las petunias del macizo de flores situado bajo la habitación de mi padre.

–No les da el sol en todo el día –nos confió en tono preocupado, mientras su gato saltaba sobre el sofá y se acomodaba en su regazo.

El maldito animal, cuyo nombre nunca fui capaz de recordar, siempre me había crispado los nervios, pero nunca lo admití abiertamente porque sabía que, después de mi padre, era el ser que Amy más amaba en el mundo. Amy se puso a acariciarlo, ignorante de la tensión causada por la conversación que acababa de tener lugar en el estudio.

Aquella noche me retiré pronto a la cama, pero no pude dormir, pensando en lo que haría. Confieso que no esperaba nada sustancial del testamento para Amy o para mí, ya que ambas teníamos más de sesenta años y no precisábamos grandes ingresos suplementarios. Sin embargo, siempre había dado por sentado que heredaría la casa y las propiedades, mientras que la empresa quedaría en manos de Guy y, tras su muerte, en las de Nigel.

Por la mañana había llegado a la lamentable conclusión de que poco podía hacer contra la decisión de mi padre. Si el testamento había sido redactado por el señor Baverstock, su abogado y amigo desde hacía mucho tiempo, ni siquiera F. E. Smith sería capaz de descubrir un fallo. Empecé a comprender que mi única esperanza de que Nigel recibiera la herencia que le correspondía por derecho consistía en involucrar al mismísimo Daniel Trumper.

Al fin y al cabo, mi padre no viviría eternamente.

Estábamos solos en el rincón más oscuro del salón y casi no nos veíamos. Se puso a chasquear los nudillos de la mano derecha uno tras otro.

–¿Dónde se encuentra en este momento? –pregunté, mirando al hombre a quien había pagado miles de libras desde nuestro primer encuentro hacía casi veinte años. Aún seguía acudiendo a nuestra entrevista semanal en el St. Agnes con la misma chaqueta de tweed marrón y la chillona corbata amarilla aunque, por lo visto, había adquirido recientemente una o dos camisas nuevas. Dejó el whisky sobre la mesa, sacó de debajo de la silla un paquete envuelto en papel marrón y me lo entregó.

–¿Cuánto tuvo que pagar para recuperarlo?

–Cincuenta libras.

–Le dije que no ofreciera más de veinte libras sin consultarme.

–Lo sé, pero en aquel momento había un comerciante del West

End metiendo las narices en la tienda. No podía correr riesgos, ¿verdad?

No creí ni por un momento que Harris hubiese pagado cincuenta libras. Sin embargo, acepté que él intuía la importancia del cuadro para mis futuros planes.

–¿Quiere que le entregue el cuadro a la policía? –me preguntó–. Podría insinuar algo que tal vez...

–Por supuesto que no –contesté sin vacilar–. La policía es demasiado discreta en estos asuntos. Además, lo que tengo en mente para el señor Trumper será mucho más humillante que una entrevista privada en la intimidad de Scotland Yard.

El señor Harris se reclinó en la vieja butaca de cuero y empezó a chasquear los nudillos de la mano izquierda.

–¿Alguna información más?

–Daniel Trumper ha tomado posesión de su plaza de profesor en el colegio Trinity. Se le puede encontrar en la escalera B, aula siete.

–Eso ya constaba en su último informe.

Ambos dejamos de hablar cuando un huésped de avanzada edad cogió una revista de una mesa próxima.

–También sale mucho con una chica llamada Marjorie Carpenter. Estudia tercer año de matemáticas en el colegio Girton.

–¿Eso es cierto? Bien, si continúa en serio comuníquemelo al instante y abra un expediente sobre la chica.

Paseé la mirada por el salón para asegurarme de que nadie escuchaba nuestra conversación. Aparté la vista y descubrí que Harris me miraba con cierta intensidad.

–¿Le preocupa algo? –pregunté, sirviéndome otra taza de té.

–Bien, para ser sincero con usted, señora Trentham, sí. Creo que ha llegado el momento de solicitarle un pequeño aumento en mi tarifa por horas. Después de todo, se espera de mí que guarde muchos secretos... –vaciló un momento– ... secretos que podrían...

–¿Podrían qué?

–Ser de incalculable valor para otras partes igualmente interesadas.

–¿Me está amenazando, señor Harris?

–Desde luego que no, señora Trentham, sólo que...

–Se lo diré una vez y no volveré a repetirlo, señor Harris. Si alguna vez le cuenta a alguien lo que tenemos entre manos, no tendrá que preocuparse por la tarifa, sino por la cantidad de tiempo que pasará en la cárcel. Porque yo también guardo un expediente sobre usted, y sospecho que algunos de sus antiguos colegas podrían estar interesados en leerlo; en especial, lo de haber empeñado un cuadro robado y haberse desecho de un gabán militar después de que se cometiera un delito. ¿Me he expresado con claridad?

Harris no replicó; se limitó a chasquear de nuevo los dedos uno por uno.

Algunas semanas más tarde estalló la guerra y me enteré de que Daniel Trumper había eludido ser llamado a filas. Por lo visto, servía tras un escritorio de Blechtley Park y no era probable que experimentara la ira del enemigo, a menos que una bomba le cayera en la cabeza.

Los alemanes consiguieron dejar caer una bomba, justo en medio de *mis* pisos, destruyéndolos por completo. Mi cólera inicial ante este desastre se esfumó en cuanto vi el caos que había provocado en Chelsea Terrace. Durante varios días obtuve grandes satisfacciones admirando, desde la acera de enfrente, la obra de los alemanes.

A las pocas semanas le tocó a El Mosquetero y a la verdulería de Trumper experimentar la fuerza de la Luftwaffe. El único resultado de este segundo bombardeo fue que a la semana siguiente, Charlie Trumper se alistó en los Fusileros. Por más deseos que albergara de ver a Daniel derribado por una bala perdida, necesitaba que Charlie Trumper continuara con vida; yo había planeado para él una ejecución pública.

No fue preciso que Harris me informara sobre el nuevo cargo de Charlie Trumper en el Ministerio de Alimentación, porque todos los periódicos nacionales lo airearon. Sin embargo, no intenté aprovecharme de su prolongada ausencia, pues razoné que carecía de sentido adquirir más propiedades en Chelsea Terrace mientras la guerra continuara y, además, los informes mensuales de Harris me permitieron saber que Trumper's no cesaba de perder dinero.

Entonces, cuando estaba menos preparada, mi padre murió de un ataque al corazón. Lo dejé todo enseguida y me dirigí a Yorkshire para supervisar los preparativos del entierro.

Dos días después conduje a los miembros de la comitiva fúnebre al funeral, que se celebró en la iglesia parroquial de Wetherby. Como cabeza de familia oficial ocupé el extremo izquierdo del banco delantero, con Gerald y Nigel a mi derecha. A la ceremonia asistieron la familia, los amigos y los socios del negocio, incluyendo al solemne señor Baverstock, aferrado a su omnipresente maletín que, por lo que vi, jamás perdía de vista. Amy, sentada en la fila posterior a la mía, se mostró tan afligida durante el sermón del archidiácono que no habría logrado reponerse en todo el día si yo no hubiera estado a su lado para consolarla.

Acabada la ceremonia, decidí quedarme unos días en Yorkshire mientras Gerald y Nigel volvían a Londres. Amy se pasó casi todo el tiempo en su habitación y eso me permitió examinar la casa de arriba abajo y comprobar si podía rescatar algo de valor antes de regresar a Ashurst. Al fin y al cabo en el peor de los casos la propiedad se dividiría entre las dos en cuanto se cumpliera la última voluntad de mi padre.

Encontré las joyas de mi madre, que nadie había tocado desde su muerte, y el Stubbs que aún colgaba en el estudio de mi padre. Me llevé las joyas al dormitorio de mi padre y Amy accedió, mientras tomábamos una cena frugal en su cuarto, a que, de momento, trasladara el Stubbs a Ashurst. El único objeto de valor que quedaba era la magnífica biblioteca de mi padre. Sin embargo, ya había forjado planes para la colección, planes que no comportaban la venta de un solo libro.

A primeros de mes me desplacé a Londres para visitar las oficinas de Baverstock, Dickens & Cobb, a fin de que me informaran oficialmente sobre el contenido del testamento.

El señor Baverstock pareció lamentar que Amy se hubiera sentido incapaz de hacer el viaje, pero aceptó el hecho de que mi hermana aún no se hubiera recuperado lo suficiente de la conmoción sufrida por la muerte de mi padre. Varios parientes, la mayoría de los cuales sólo veía en bautizos, bodas y funerales, aguardaban con aire esperanzado. Yo sabía exactamente lo que les tocaría.

El señor Baverstock ejecutó durante una hora lo que me pareció una ceremonia bastante sencilla aunque, para ser justa, consiguió con notable destreza no revelar el nombre de Daniel Trumper cuando explicó lo que iba a ocurrir con las propiedades. Mi mente se distrajo mientras informaba a los parientes lejanos de las inesperadas mil libras que les habían tocado en suerte y sólo volvió al presente cuando la voz monótona del señor Baverstock pronunció mi nombre.

–Tanto la señora de Gerald Trentham como la señorita Amy Hardcastle recibirán durante el resto de su vida una parte igual de los ingresos derivados del consorcio. –El abogado hizo una pausa para volver una página y posó las palmas de las manos sobre el escritorio–. Lego la casa, la finca de Yorkshire con todo lo que contiene y veinte mil libras –continuó– a mi hija mayor, la señorita Amy Hardcastle.

33

–Buenos días, señor Sneddles.

El viejo bibliófilo se quedó tan sorprendido de que la mujer conociera su nombre que, por un momento, permaneció inmóvil, mirándola.

Por fin, se precipitó a saludar a la mujer, inclinándose ante ella. Al fin y al cabo, era el primer cliente que tenía en una semana, sin contar al doctor Halcombe, el director de escuela jubilado que se pasaba horas curioseando en la tienda, pero que no había comprado un libro desde 1937.

–Buenos días, señora. ¿Busca algún libro en particular? –Miró a la dama, que vestía un traje largo de encaje y un gran sombrero de ala ancha, con un velo que imposibilitaba ver su rostro.

–No, señor Sneddles –dijo la señora Trentham–. No he venido a comprar ningún libro, sino a recabar sus servicios.

Contempló al encorvado anciano, ataviado con chaqueta de lana, abrigo y mitones. La señora Trentham supuso que llevaba tal indumentaria porque ya no podía pagar la calefacción de la tienda. Aunque su espalda parecía adoptar un perpetuo semicírculo y su cabeza sobresalía del abrigo como la de una tortuga, sus ojos brillaban de inteligencia y su mente aparentaba conservar toda su lucidez y agudeza.

–¿Mis servicios, señora? –repitió el anciano.

–Sí. He heredado una inmensa biblioteca que debe ser catalogada y tasada. Me han hablado muy bien de usted.

–Es muy amable de su parte, señora.

La señora Trentham respiró aliviada porque el señor Sneddles no le preguntó quién lo había recomendado.

–¿Me permite preguntarle dónde está la biblioteca?

–Algunos kilómetros al este de Harrogate. Enseguida comprobará que se trata de una colección extraordinaria. Mi difunto padre, sir Raymond Hardcastle, de quien sin duda habrá oído hablar, dedicó una gran parte de su vida a reunirla.

–¿Harrogate? –preguntó Sneddles, como si ella hubiera dicho Bangkok.

–Pagaré todos sus gastos, desde luego, independientemente del tiempo que la labor requiera.

–Pero eso significaría que debería cerrar la tienda –murmuró el hombre, como hablando para sí.

–Lo compensaré por sus pérdidas, naturalmente.

El señor Sneddles sacó un libro del mostrador y examinó el lomo.

–Temo que es imposible, señora, absolutamente imposible...

–Mi padre se especializó en William Blake. Comprobará que adquirió todas las primeras ediciones; algunas están como nuevas. Incluso logró obtener un original manuscrito de...

Amy Hardcastle se fue a la cama antes de que su hermana regresara a Yorkshire aquella noche.

–Últimamente está muy cansada –explicó el ama de llaves.

A la señora Trentham no le quedó más remedio que cenar a solas y retirarse a su alcoba, pocos minutos después de las diez. Nada había cambiado: la vista de los valles de Yorkshire, las nubes negras, el cuadro de York Minster que colgaba sobre la cama con marco de nogal. Durmió bastante bien y bajó a las ocho de la mañana. La cocinera le explicó que la señorita Amy aún no se había levantado, así que desayunó sola.

Una vez que recogieron la mesa, la señora Trentham se sentó en la sala de estar y leyó el *Yorkshire Post*, mientras esperaba a que su hermana apareciera. El gato entró una hora después y la señora Trentham lo ahuyentó amenazándolo con el diario doblado. El reloj de péndulo del vestíbulo ya había dado las once cuando Amy entró por fin en la sala. Caminó lentamente hacia su hermana con la ayuda de un bastón.

–Me sabe muy mal no haberte recibido anoche, Ethel –empezó–. Creo que la artritis me vuelve a jugar una mala pasada.

La señora Trentham no se molestó en responder, pero observó los pasos vacilantes de su hermana, incapaz de creer en el cambio sufrido en menos de tres meses.

Aunque Amy siempre había parecido débil, ahora era frágil. Y si antes hablaba en voz baja, ahora resultaba inaudible. Su palidez había virado a un tono grisáceo, y sus arrugas eran tan pronunciadas que aparentaba muchos más años de los sesenta y nueve que en realidad tenía.

Amy se sentó en la silla situada junto a su hermana y respiró pesadamente durante varios segundos, como para dejar bien claro que desplazarse desde el dormitorio hasta la sala de estar había constituido una especie de proeza.

–Has sido muy amable al dejar a tu familia y venirte a Yorkshire conmigo –dijo Amy, mientras el gato saltaba sobre su regazo–. Debo confesar que desde la muerte de papá estoy como perdida.

–Es muy comprensible, querida. –La señora Trentham esbozó una débil sonrisa–. Considero mi deber estar contigo... tanto como un placer, por supuesto. En cualquier caso, padre me advirtió que esto podía ocurrir después de su fallecimiento. Me dio instrucciones específicas para obrar en estas circunstancias.

–Me alegra mucho saberlo. –El rostro de Amy se iluminó por primera vez–. Dime lo que papá había pensado, por favor.

–Padre se empeñó en que vendieras la casa lo antes posible y vinieras a vivir con Gerald y conmigo a Ashurst...

–Oh, nunca se me ocurriría causarte tal molestia, Ethel.

–... o bien mudarte a uno de esos agradables hotelitos de la costa, dedicados especialmente a parejas jubiladas y solteros. Pensaba que, de esta forma, podrías hacer nuevas amistades y volver a disfrutar de la vida. Yo preferiría que te reunieras con nosotros en Buckingham, pero con las bombas...

–Nunca me habló de vender la casa –murmuró Amy, angustiada–. De hecho, me suplicó...

–Lo sé, querida, pero sabía muy bien cuánto te afectaría su muerte y me pidió que te diera la noticia con delicadeza. Recordarás, sin duda, la larga entrevista que mantuvimos en su estudio la última vez que vine a Yorkshire.

Amy asintió, pero la expresión de perplejidad no abandonó su rostro.

–Recuerdo cada palabra que dijo –prosiguió la señora Trentham–. Haré cuanto esté en mi poder para que sus deseos se respeten, naturalmente.

–Pero yo no sabría por dónde empezar o cómo.

–No hace falta que pienses más, querida. –Palmeó el brazo de su hermana–. Para eso estoy aquí.

–¿Y qué pasará con los criados y mi querido *Garibaldi*? –preguntó Amy con nerviosismo sin dejar de acariciar al gato–. Padre nunca me perdonaría que los tratara de cualquier manera.

–No puedo estar más de acuerdo. Sin embargo, pensó en todo como siempre, y me dio instrucciones explícitas sobre lo que debía hacerse con la servidumbre.

–Papá era muy considerado. Aun así, no estoy muy segura...

La señora Trentham todavía tardó dos días en convencer a Amy de que sus planes para el futuro redundarían en beneficio de todos y, además, de que sólo se limitaba a cumplir la voluntad de su padre.

Desde aquel momento, Amy sólo bajaba por las tardes a dar un breve paseo por el jardín y cuidar las petunias. Siempre que la señora Trentham se encontraba con su hermana, le rogaba que no se agotara.

Tres días después, Amy renunció a su paseo de las tardes. El lunes siguiente, la señora Trentham anunció a la servidumbre que tenía una semana para marcharse, a excepción de la cocinera, que se quedaría hasta que la señorita Amy se trasladara a otro sitio. Esa misma tarde buscó un agente inmobiliario de la zona y puso en venta la casa y treinta y cinco hectáreas de terreno.

El jueves siguiente la señora Trentham se entrevistó con el señor Althwaite, un abogado de Harrogate. Durante una de las raras apariciones de Amy por la planta baja, le explicó que no había sido necesario molestar al señor Baverstock. Al fin y al cabo, estaba segura de que cualquier problema relativo a la propiedad lo llevaría mejor un hombre del lugar.

Tres semanas más tarde la señora Trentham logró trasladar a su hermana, junto con sus escasas pertenencias, a un hotelito residencial que dominaba la costa este, a pocos kilómetros al norte de Scarborough. Coincidió con el propietario en que era lamentable que no aceptaran animales domésticos, pero estaba segura de que su hermana lo comprendería. La orden final de la señora Trentham consistió en que enviaran las facturas mensuales a Coutts & Cía. en el Strand, que las abonarían de inmediato.

Antes de despedirse de su hermana, la señora Trentham le hizo firmar tres documentos.

–Así ya no tendrás que preocuparte por nada, querida –explicó cariñosamente la señora Trentham.

Amy firmó los tres papeles colocados frente a ella sin molestarse en leerlos. La señora Trentham se apoderó enseguida de los tres documentos redactados por el abogado de la localidad y los guardó en su bolso.

–Hasta pronto –se despidió de su hermana y la besó en la frente.

Pocos minutos después emprendió el viaje de regreso a Ashurst.

La campanilla situada sobre la puerta sonó ruidosamente en el polvoriento silencio cuando la señora Trentham entró en la tienda. Al principio no percibió el menor movimiento, hasta que el señor Sneddles salió de la pequeña habitación de atrás, con tres libros bajo el brazo.

–Buenos días, señora Trentham –dijo–. Ha sido muy amable al responder a mi nota con tanta rapidez. Consideré necesario hablar con usted, pues ha surgido un problema.

–¿Un problema?

La señora Trentham retiró el velo que ocultaba su rostro.

–Sí. Como ya sabrá, casi he terminado mi trabajo en Yorkshire. Lamento haber tardado tanto, señora, pero creo que he sido muy indulgente con mi tiempo, porque...

La señora Trentham indicó con un ademán que no estaba disgustada.

–Y temo que, a pesar de solicitar los buenos servicios del doctor Halcombe para que me ayudara, y teniendo en cuenta el tiempo que ocupa ir y venir de Yorkshire, es posible que aún nos lleve a los dos varias semanas más catalogar y tasar una colección tan excelente... sin olvidar que su difunto padre empleó toda su vida en reunirla.

–No hay problema –le aseguró la señora Trentham–. No tengo prisa. Tómese su tiempo, señor Sneddles, y llámeme cuando haya terminado el trabajo.

El anticuario sonrió ante la idea de poder continuar la catalogación.

Acompañó a la señora Trentham a la puerta y la abrió para que saliera. Nadie que les viera pensaría que tenían la misma edad. La mujer miró en ambas direcciones a Chelsea Terrace y ocultó el rostro con el velo.

El señor Sneddles cerró la puerta y se frotó los mitones; luego volvió a su habitación para reunirse con el doctor Halcombe.

Cada vez le molestaba más que un cliente entrara en la tienda.

–Después de treinta años, no tengo la menor intención de cambiar de corredores de bolsa –dijo con firmeza Gerald Trentham, antes de servirse el segundo café.

–¿No te das cuenta, querido, del impulso que daría a Nigel conseguir que pasaras tu cuenta a su empresa?

–¿Y el golpe que supondría para David Cartwright & Vickers da Costa perder un cliente al que han servido con tanta honradez durante cien años? No, Ethel, ya es hora de que Nigel haga su trabajo sucio sin delegarlo a nadie. Maldita sea, ya ha cumplido los cuarenta.

–Razón de más para ayudarlo –sugirió su esposa, untando con mantequilla una segunda tostada.

–No, Ethel. Te repito que no.

–¿No ves que una de las responsabilidades de Nigel es conseguir nuevos clientes para la firma? Es muy importante en este momento porque, ahora que ha terminado la guerra, no tardarán en hacerle socio.

El mayor Trentham no intentó disimular su incredulidad ante esta noticia.

–Si ése es el caso, será mejor que utilice sus propios contactos, en especial los que hizo en el colegio y en Sandhurst, para no hablar de la City. Supongo que no pretenderá seguir apoyándose en los amigos de su padre.

–Eres injusto, Gerald. Si no puede confiar en los de su sangre, ¿cómo va a esperar que lo ayuden los extraños?

–¿Que lo ayuden? ¡Es el colmo! –Gerald fue alzando la voz a cada palabra–. Es exactamente lo que has hecho desde el día que nació; quizá sea el motivo que le impide andar por su propio pie.

–Gerald –dijo la señora Trentham, sacándose un pañuelo de la manga–, jamás pensé...

–En cualquier caso –replicó el mayor, intentando recobrar la serenidad–, mi cartera no es tan importante. Como tú y el señor Attlee sabéis bien, todo nuestro capital está invertido en tierras, y así ha sido durante generaciones.

–No es la cantidad lo que importa –lo increpó la señora Trentham–, sino el ejemplo.

–Estoy totalmente de acuerdo contigo –dijo Gerald.

Dobló la servilleta, se levantó de la mesa y salió del comedor antes de que su esposa pudiera pronunciar una palabra más.

La señora Trentham cogió el periódico y recorrió con el dedo la lista de los que habían sido nombrados caballeros con ocasión de la onomástica del rey. Su dedo tembloroso se detuvo al llegar a la letra T.

Según Max Harris, Daniel Trumper se embarcó en el *Queen Mary* con rumbo a Estados Unidos durante las vacaciones de verano. Sin embargo, el detective privado fue incapaz de responder a la siguiente pregunta de la señora Trentham: «¿Por qué?». Lo único que Harris le pudo asegurar es que el colegio esperaba el regreso del joven profesor a principios del nuevo curso.

Durante las semanas que Daniel estuvo en Estados Unidos la señora Trentham pasó mucho tiempo reunida con sus abogados en Lincoln's Inn Field, preparando la solicitud de construcción.

Ya había contratado a tres arquitectos, todos recién titulados. Les ordenó que preparasen los planos para un bloque de pisos que se construiría en Chelsea. El ganador se haría cargo del proyecto, en tanto los otros dos recibirían cien libras cada uno a modo de compensación. Los tres aceptaron sus condiciones muy complacidos.

Doce semanas después los tres presentaron sus trabajos, pero sólo uno aportó lo que la señora Trentham pretendía.

En opinión del socio mayoritario del bufete la propuesta del más joven de los tres, Justin Talbot, lograría que la central eléctrica de Battersea se pareciera al palacio de Versalles. Sin embargo, la señora Trentham no admitió al abogado que en su decisión había influido el hecho de que el tío del señor Talbot era miembro del Comité de Planificación Urbana del Consejo Municipal de Londres.

Aunque el tío de Talbot apoyara a su sobrino, a la señora Trentham le importaba un bledo que la mayoría del Comité votara a favor de un proyecto tan escandaloso. Recordaba a un búnker y hasta el propio Hitler lo hubiera rechazado. No obstante, los abogados sugirieron que hiciera constar en la solicitud, como principal propósito, que el nuevo edificio se destinaría a viviendas de bajo coste para ayudar a estudiantes y a hombres solteros en situación de desempleo, necesitados de alojamiento temporal. En segundo lugar, todo beneficio derivado de los pisos sería destinado a una organización de caridad, para ayudar a familias que padecieran el mismo problema. Por último, llamaría la atención del Comité sobre el detalle de haber buscado jóvenes talentos, merecedores de una oportunidad para trabajar en su profesión.

La señora Trentham no supo si alegrarse u horrorizarse cuando el Consejo Municipal de Londres le concedió la aprobación. Tras largas deliberaciones que ocuparon varias semanas, insistieron en que introdujeran pequeñas modificaciones en los planos del joven Talbot. Ordenó de inmediato a su arquitecto que despejaran el solar bombardeado para empezar a construir sin más demora.

La petición que sir Charles Trumper presentó al CML para erigir unos grandes almacenes en Chelsea Terrace recibió una considerable publicidad a nivel nacional, en su mayor parte favorable. Sin embargo, la señora Trentham observó que, en varios artículos escritos a propósito del nuevo edificio, se mencionaba a un tal Martin Simpson que se autodenominaba presidente de la Sociedad de Pequeños Comerciantes, una organización que se oponía al proyecto de Trumper's. El señor Simpson afirmaba que, a la larga, perjudicaría a los pequeños comercios; su medio de vida se encontraba en peligro. Continuaba haciendo hincapié en la injusticia de que ninguno de los comerciantes del barrio podía enfrentarse a un hombre tan poderoso y rico como sir Charles Trumper.

–Oh, sí, ya lo creo que pueden –dijo la señora Trentham durante el desayuno de aquella mañana.

–¿Pueden qué?

–No tiene importancia –tranquilizó a su marido, pero por la tarde proporcionó al señor Harris los medios económicos necesarios para que el señor Simpson presentara una objeción oficial al proyecto de Trumper. La señora Trentham también accedió a sufragar todos los gastos que el señor Simpson tuviera en la consecución de su objetivo.

Siguió en la prensa diaria los resultados logrados por el señor Simpson. Confesó a Harris que no le importaría pagar al hombre una recompensa adicional por los servicios que prestaba, pero el señor Simpson, como casi todos los activistas, sólo estaba interesado en la causa.

En cuanto las excavadoras penetraron en el solar de la señora Trentham y los trabajos de Trumper's se paralizaron, la mujer volvió a ocuparse de Daniel y del problema de su herencia.

Sus abogados le confirmaron que no existía forma de revocar el testamento, a menos que Daniel Trumper renunciara voluntariamente a sus derechos. Incluso le entregaron un borrador con el texto que el joven tendría que firmar, dadas las circunstancias, y encomendaron a la señora Trentham la difícil tarea.

Como no se imaginaba ninguna situación en la que Daniel y ella llegaran a encontrarse, la señora Trentham llegó a la conclusión de que era un ejercicio inútil. De todos modos, guardó cuidadosamente el borrador redactado por los abogados en el cajón inferior del escritorio de la sala de estar, junto a los demás documentos de Trumper.

–Me alegro de volver a verla, señora –dijo el señor Sneddles–. No encuentro excusas para mi tardanza en finalizar su encargo. Le cobraré únicamente la cantidad que acordamos en nuestra primera entrevista, por supuesto.

El librero no pudo distinguir la expresión de la señora Trentham, pues no se había quitado el velo. Siguió al hombre, dejando atrás interminables estanterías de libros cubiertos de polvo, hasta llegar a la pequeña habitación de atrás. Allí fue presentada al doctor Halcombe, que, como el señor Sneddles, llevaba un grueso abrigo. Declinó tomar asiento cuando observó que la silla estaba cubierta por una fina capa de polvo.

El viejo señaló con orgullo los ocho ficheros que descansaban sobre su escritorio. Tardó casi una hora en explicarle, con ocasionales intervenciones del doctor Halcombe, cómo habían catalogado toda la biblioteca de su difunto padre, primero por orden alfabético de autores, después por temas y, finalmente, por títulos. En el ángulo inferior derecho de cada ficha habían apuntado a lápiz el valor aproximado de cada volumen.

La señora Trentham demostró una sorprendente paciencia con el señor Sneddles, haciendo de vez en cuando preguntas cuya respuesta la tenía sin cuidado, pero consciente de que daría pie al hombre para entregarse a largas y complicadas explicaciones sobre cómo había empleado su tiempo en los últimos cinco años.

–Ha llevado a cabo un trabajo nobilísimo, señor Sneddles –dijo cuando el librero le mostró la última ficha: «Zola, Émile (1840-1902)»–. No podía pedir más.

–Es usted muy amable, señora –dijo el viejo, haciendo una reverencia–, pero siempre he demostrado un auténtico interés por este tema. Su padre no pudo encontrar a nadie más adecuado para hacerse cargo del trabajo de su vida.

–Convinimos unos honorarios de cincuenta guineas, si no recuerdo mal –dijo la señora Trentham, sacando un cheque del bolso y entregándolo al librero.

–Gracias, señora –contestó el señor Sneddles.

Cogió el cheque y lo puso en un cenicero. Se abstuvo de añadir «Le habría pagado el doble por el privilegio de realizar este trabajo».

–Veo que ha valorado toda mi colección por una cantidad ligeramente inferior a cinco mil libras –dijo la señora Trentham, examinando con atención los papeles que acompañaban los ficheros.

–En efecto, señora. Debo advertirle, sin embargo, que he sido un poco conservador. Algunos de estos volúmenes son tan peculiares que es difícil calcular el precio que alcanzarían en el mercado.

–¿Significa eso que estaría dispuesto a ofrecerme esa cantidad por la biblioteca si yo quisiera venderla? –preguntó la señora Trentham, mirándolo sin pestañear.

–Nada me proporcionaría mayor placer, señora, pero temo que no puedo permitírmelo.

–¿Cómo reaccionaría usted si le encargara la responsabilidad de su venta? –insistió la señora Trentham sin apartar la vista del anciano.

–Lo consideraría un enorme privilegio, señora, pero quizás tardaría meses, o tal vez años, en coronar la empresa.

–Es posible que podamos llegar a un acuerdo, señor Sneddles.

–¿Algún acuerdo? No estoy seguro de entenderla bien, señora.

–¿Qué le parecería una sociedad, señor Sneddles?

34

Como había sido quien se había ocupado de escogerla, la señora Trentham dio su aprobación a la novia elegida por Nigel.

Veronica Berry poseía todos los atributos que su futura suegra consideraba imprescindibles para convertirse en una Trentham. Procedía de buena familia; su padre, vicealmirante, aún no había pasado a la reserva y su madre era hija de un obispo diocesano. Vivían holgadamente aunque no era ricos y, lo que era más importante, Veronica era la primogénita de los Berry.

La boda se celebró en la iglesia parroquial de Kimmeridge, en Dorset, la misma en que Veronica fue bautizada por el vicario, confirmada por el obispo diocesano y, ahora, unida en matrimonio por el obispo de Bath y Wells. La recepción fue espléndida pero sin exagerar y «los chicos», como los llamaba la señora Trentham, pasarían la luna de miel en la finca de la familia en Aberdeen antes de instalarse en la casa de Cadogan Place que ella misma les había elegido. Quedaba muy cerca de Chester Square, explicaba cuando se lo preguntaban y también cuando nadie hacía el menor comentario.

Aunque los treinta y dos socios de Kitcat & Aitken –la empresa de agentes de bolsa para la que trabajaba Nigel– fueron invitados al banquete nupcial, sólo cinco estuvieron en condiciones de hacer el viaje hasta Dorset.

La señora Trentham se ocupó de hablar con cada uno de los socios presentes durante la recepción que se celebró en el jardín de la casa del vicealmirante. Para su consternación, ninguno fue muy optimista sobre el futuro de Nigel.

La señora Trentham confiaba en que nombrarían a su hijo socio de la firma poco después de que cumpliera cuarenta años, pues sabía que varios empleados más jóvenes habían visto su nombre impreso en el ángulo superior izquierdo del papel de carta pese a haber ingresado en la firma después que Nigel.

Poco antes de que empezaran los discursos, la lluvia obligó a los invitados a refugiarse bajo la marquesina. La señora Trentham lamentó que el discurso del novio fuera recibido con bastante frialdad. No obstante, reconoció que era bastante difícil aplaudir con una copa de champaña en una mano y un emparedado de espárragos en la otra. A decir verdad, el padrino de boda de Nigel, Hugh Folland, no lo hizo mucho mejor.

La señora Trentham localizó a Miles Renshaw, el socio mayoritario de Kitcat & Aitken, después de los discursos. Le confesó en un aparte que tenía la intención de invertir una cantidad considerable de dinero en una empresa que se iba a convertir en sociedad anónima. Por lo tanto, necesitaría que la aconsejara respecto a lo que ella describió como su estrategia a largo plazo.

Tal información no produjo ninguna respuesta concreta del caballero en cuestión, pues éste todavía recordaba las promesas de la mujer sobre la cartera de Hardcastle's, una vez que su padre muriera. Pese a todo, el señor Renshaw sugirió que pasara por las oficinas de la City y comunicara los detalles de la transacción en cuando el delicado documento oficial hubiera sido redactado.

La señora Trentham dio las gracias al señor Renshaw y continuó atendiendo a los congregados, como si fuera ella la anfitriona.

Sólo en una ocasión reparó en el gesto de desaprobación de Veronica.

Fue el último viernes de septiembre de 1947 cuando Gibson llamó a la puerta de la sala de estar, entró y anunció:

–El capitán Daniel Trentham.

Cuando la señora Trentham vio al joven vestido con el uniforme de capitán de los Fusileros Reales, las piernas le fallaron. El joven avanzó y se detuvo en el centro de la alfombra. La mente de la señora Trentham rememoró de inmediato la entrevista que había tenido lugar en la misma habitación veinticinco años antes. Consiguió recorrer unos metros antes de desplomarse en el sofá.

La señora Trentham, aferrándose al brazo del sofá para no perder el sentido por completo, contempló a su nieto. Quedó horrorizada por su parecido con Guy y los recuerdos que el joven despertó en ella la deprimieron. Hacía muchos años que había logrado apartar de su mente esos recuerdos.

La primera reacción de la señora Trentham, después de serenarse, fue ordenar a Gibson que echara a Daniel, pero decidió esperar unos instantes, pues ardía en deseos de saber qué quería el joven. Mientras Daniel recitaba sus frases ensayadas, la mujer empezó a sospechar que el encuentro podía redundar en su favor.

El joven empezó diciendo que había estado en Australia aquel verano, y no en Estados Unidos, como Harris le había hecho creer. A continuación, demostró que sabía muy bien cómo había adquirido ella los pisos, intentando paralizar el permiso para construir los grandes almacenes; también manifestó que conocía la inscripción que constaba en la tumba de Ashurst. Terminó afirmando que sus padres ignoraban que había ido a visitarla esa tarde.

La señora Trentham supuso que Daniel había averiguado la verdad sobre la muerte de su hijo en Melbourne. De lo contrario, ¿por qué habría recalcado que, si esa información caía en manos de la prensa amarilla el resultado sería, por decirlo en términos suaves, muy embarazoso para todos los implicados?

La señora Trentham no hizo nada por impedir que Daniel siguiera hablando y se dedicó a elaborar una estrategia. Mientras desarrollaba sus pronósticos sobre el futuro de Chelsea Terrace, se preguntó cuánto sabía en realidad el joven erguido frente a ella. Decidió que sólo había una forma de averiguarlo, una forma que la obligaría a correr un gran riesgo.

–Con una condición –replicó la señora Trentham, cuando Daniel terminó su discurso con una exigencia específica.

–¿Qué condición?

–Que renuncies a todos tus derechos sobre las propiedades de la familia en Hardcastle.

Daniel pareció vacilar por primera vez. No era lo que él esperaba. La señora Trentham tuvo la certeza de que el joven ignoraba las disposiciones testamentarias. Al fin y al cabo, su padre había ordenado a Baverstock que no informara al joven de su contenido hasta que cumpliera treinta años. El señor Baverstock no era hombre que incumpliera su palabra.

–En primer lugar, no creo que tuvieras intención de legarme nada –respondió Daniel.

Ella no contestó. Esperó a que Daniel diera su consentimiento.

–Ha de ser por escrito –dijo la mujer.

–Y también mi parte del trato –exigió él con brusquedad.

La señora Trentham se sintió segura de que Daniel ya no dependía de un guión preparado, sino que estaba reaccionando a tenor de los acontecimientos.

La mujer se levantó, caminó con parsimonia hacia su escritorio y abrió un cajón. Daniel se quedó en el centro de la sala, balanceándose sobre sus pies.

La señora Trentham localizó las dos hojas de papel, sacó del cajón inferior el borrador preparado por el abogado y procedió a escribir dos pactos idénticos, incluyendo la renuncia a construir los pisos y a mantener las objeciones al permiso de construir las Torres Trumper que había solicitado el padre de Daniel. También incluyó las frases exactas redactadas por el abogado, a fin de que Daniel renunciara a los derechos conferidos por el testamento de su abuelo.

Tendió el primer borrador a su nieto para que lo examinara. Temió que, en cualquier momento, descubriera lo que iba a sacrificar al firmar aquel documento.

Daniel terminó de leer la primera copia del pacto y después comprobó que ambos borradores fueran idénticos hasta el menor detalle. Aunque no dijo nada, la señora Trentham siguió temiendo que averiguara el motivo de su petición. De hecho, si le hubiera pedido que vendiera a su padre el terreno de Chelsea Terrace a precio de coste, habría accedido de muy buen grado, con tal de que la firma de Daniel constara al pie del acuerdo.

En cuanto Daniel firmó ambos documentos, la señora Trentham tocó la campanilla y llamó a Gibson para que actuara como testigo.

–Acompañe a este caballero, Gibson –ordenó, en cuanto el mayordomo cumplió la tarea.

Después de que la figura uniformada abandonase la sala, se preguntó cuánto tiempo tardaría el muchacho en darse cuenta de que había hecho un mal negocio.

Al día siguiente, los abogados de la señora Trentham examinaron el documento de una sola página y la simplicidad de la transacción los dejó estupefactos. Sin embargo, la mujer no entró en explicaciones. Un leve cabeceo del socio mayoritario dio a entender que el trato estaba cerrado.

Todo hombre tiene su precio y cuando Martin Simpson advirtió que su fuente de ingresos se había secado, bastaron cincuenta libras para convencerlo de que debía renunciar a sus objeciones hacia las Torres Trumper.

A partir del día siguiente la señora Trentham dedicó atención a otro asunto: el problema de comprender contratos de compraventa.

Veronica quedó embarazada demasiado pronto, en opinión de la señora Trentham. Su nuera dio a luz un hijo, Giles Raymond, en mayo de 1948, sólo nueve meses y tres semanas después de contraer matrimonio con Nigel. El niño, al menos, no nació prematuramente. Ya había observado en más de una ocasión que los criados contaban los meses con los dedos.

La señora Trentham tuvo su primer desacuerdo grave con Veronica cuando ésta volvió del hospital con el bebé.

Veronica y Nigel llevaron a Giles a Chester Square para que su orgullosa abuela lo admirara. Tras dirigir al niño una mirada superficial, Gibson sacó el cochecito de la sala y entró el carrito del té.

–Querréis, sin duda, que el niño sea inscrito en Asgarth & Harrow cuanto antes –dijo la señora Trentham, antes de darles tiempo a elegir un emparedado–. Al fin y al cabo, hay que asegurar la plaza.

–De hecho, Nigel y yo ya hemos decidido qué clase de educación recibirá nuestro hijo –contestó Veronica–, y no hemos tenido en consideración ninguno de esos colegios.

La señora Trentham dejó la taza sobre el platillo y miró a Veronica como si hubiera anunciado la muerte del rey.

–Lo siento, pero creo que no te he oído bien, Veronica.

–Vamos a enviar a Giles a una escuela primaria de Chelsea, y después a Bryanston.

–¿Bryanston? ¿Puedo preguntar dónde está eso?

–En Dorset. Es la escuela donde se educó mi padre –añadió Veronica, cogiendo un emparedado de salmón.

Nigel miró con nerviosismo a su madre y toqueteó su corbata a rayas azules y plateadas.

–Es posible –contestó la señora Trentham–. Sin embargo, estoy segura de que necesitamos reflexionar un poco más sobre la forma de iniciar al pequeño Raymond en la vida –recalcó el nombre.

–No, no será necesario –puntualizó Veronica–. Nigel y yo ya hemos pensado bastante en cómo ha de ser educado Giles. De hecho, lo inscribimos en Bryanston la semana pasada. Al fin y al cabo, hay que asegurarse de que tenga la plaza garantizada.

Veronica se inclinó hacia delante y cogió otro emparedado de salmón.

El pequeño reloj que descansaba sobre la repisa de la chimenea, al otro lado de la habitación, dio tres campanadas.

Max Harris se levantó de la butaca que ocupaba en un rincón del salón cuando vio entrar a la señora Trentham. Hizo una reverencia y esperó a que su clienta tomara asiento en la silla situada frente a él.

Pidió té para la mujer y otro whisky doble para él. La señora Trentham no ocultó su desaprobación y frunció el ceño cuando el camarero se marchó. Devolvió su atención a Max Harris en cuanto oyó los inevitables chasquidos.

–Imagino, señor Harris, que me ha hecho venir porque tiene algo importante que decirme.

–Creo que puedo afirmar, sin temor a equivocarme, que soy portador de excelentes noticias. Una señora apellidada Bennett ha sido detenida recientemente por robar en una tienda. Una chaqueta de piel y un cinturón de cuero en Harvey Nicholls, para ser exacto.

–¿Y cuál puede ser mi interés en esa dama? –preguntó la señora Trentham, miró por encima del hombro del detective, comprobó con irritación que había empezado a llover y recordó que había salido sin paraguas.

–Resulta que mantiene una interesante relación con sir Charles Trumper.

–¿Relación?

El desconcierto de la señora Trentham aumentó.

–Sí. La señora Bennett es, ni más ni menos, la hermana pequeña de sir Charles.

La señora Trentham volvió a clavar la mirada en Max Harris.

–Si no recuerdo mal, Trumper sólo tiene tres hermanas. Sal, que vive en Toronto y está casada con un vendedor de seguros; Grace, que acaba de ser nombrada jefa de enfermeras en el hospital de San Guido, y Kitty, que abandonó Inglaterra hace un tiempo para ir a vivir con su hermana en Canadá.

–Y que ahora ha regresado.

–¿Regresado?

–Sí, convertida en la señora Kitty Bennett.

–No acabo de entenderle –dijo la señora Trentham, exasperada al ver que Harris disfrutaba jugando al gato y al ratón con ella.

–Mientras estaba en Canadá –continuó Harris, indiferente a la irritación de su cliente–, se casó con un tal Bennett, un estibador. Igual que su padre, por cierto. El matrimonio duró casi un año, hasta terminar en un turbulento divorcio, en el que salieron a relucir varios hombres. Volvió a Inglaterra hace escasas semanas, después de que su hermana Sal se negara a acogerla de nuevo.

–¿Cómo ha conseguido esta información?

–Un amigo mío de la prisión de Wandsworth me guió en la dirección correcta. Cuando leyó la hoja de cargos contra la señora Bennett, nacida Trumper, decidió investigar un poco más. La clave fundamental fue el nombre «Kitty». Me personé de inmediato para asegurarme de que teníamos a la mujer que nos convenía.

Harris se interrumpió para beber su whisky.

–Siga –lo urgió la señora Trentham.

–Cantó como un canario por cinco libras. Si pudiera ofrecerle cincuenta, tengo el presentimiento de que trinaría como un ruiseñor.

Cuando Trumper's anunció en la prensa nacional los detalles de su emisión de acciones la señora Trentham estaba de vacaciones en la finca de Aberdeenshire propiedad de su esposo. Después de leer el breve artículo en el *Telegraph*, se dio cuenta al instante de que, a pesar de que ahora controlaba los ingresos combinados de ella y de su hermana, más la cantidad inesperada de veinte mil libras, aún necesitaba todo el capital obtenido de la venta de la propiedad de Yorkshire para adquirir un considerable paquete de acciones de la nueva empresa. Aquella mañana hizo tres llamadas telefónicas.

A principios de año había dado instrucciones para que su cartera de acciones fuera transferida a Kitcat & Aitken, y tras varios meses de acosar a su marido lo había convencido de que hiciera lo mismo. A pesar de esta maniobra, a Nigel aún no le habían ofrecido ser socio de la firma. La señora Trentham le habría aconsejado presentar la renuncia si hubiera confiado en que encontraría mejores perspectivas en otro sitio.

Pese a este revés, continuó invitando a cenar por turnos a los socios de Kitcat. Gerald dejó bien claro a su mujer que no aprobaba esa táctica, convencido de que así no ayudaban a su hijo. No obstante, sabía muy bien que sus opiniones no impresionaban a su esposa. En cualquier caso, el mayor había alcanzado una edad en la que se sentía demasiado agotado para oponer otra cosa que no fuera una resistencia simbólica.

La señora Trentham estudió los detalles fundamentales del proyecto Trumper's en la edición del *Times* que había comprado su marido y dio instrucciones a Nigel de que adquiriera el cinco por ciento de las acciones de la nueva empresa en cuanto salieran al mercado.

Sin embargo, uno de los párrafos finales de un artículo aparecido en el *Daily Mail*, firmado por Vincent Mulcrone y titulado «Los triunfantes Trumper», le recordó que todavía se hallaba en posesión de un cuadro que podría vender a buen precio.

Siempre que el señor Baverstock solicitaba una entrevista a la señora Trentham, ésta consideraba que se trataba más de una requisitoria que de una invitación. Tal vez se debiera al hecho de que había trabajado para su padre durante más de treinta años.

Sabía muy bien que, como albacea testamentario de su padre, el señor Baverstock aún ejercía una influencia considerable, a pesar de que le había cortado las alas hacía poco con la venta de la propiedad.

El señor Baverstock la invitó a sentarse frente a su escritorio, volvió a su silla, se acomodó las gafas en la punta de la nariz y abrió una de sus inevitables carpetas grises.

Daba la impresión de que se ocupaba de toda su correspondencia, por no mencionar sus entrevistas, de una forma que sólo podía ser descrita como distante. La señora Trentham se preguntaba a menudo si había tratado de la misma manera a su padre.

–Señora Trentham –empezó, posando las palmas de las manos frente a él y repasando las notas que había escrito la noche anterior–, debo agradecerle en primer lugar que se haya tomado la molestia de acudir a mi despacho, y manifestarle mi pesar por el hecho de que su hermana haya declinado, una vez más, mi invitación. Sin embargo, en una breve carta que recibí la semana pasada expresaba con toda claridad su satisfacción porque usted la representara en ésta y en cualquier otra ocasión futura.

–La querida Amy. Esa pobre criatura acusó mucho la muerte de mi padre, aunque he hecho todo lo posible para suavizar el golpe.

Los ojos del abogado retornaron al expediente, que contenía una nota del señor Althwaite, de Bird, Collingwood & Althwaite, de Harrogate, ordenándoles que, en el futuro, enviaran el cheque mensual de la señorita Amy a Coutts & Cía., del Strand, a un número de cuenta que sólo difería un dígito de aquella a la que el señor Baverstock enviaba la otra mitad de las rentas mensuales.

–Si bien su padre legó a usted y a su hermana las ganancias derivadas de sus negocios –continuó el abogado–, el grueso de su capital será entregado a su debido tiempo, como usted ya sabe, al doctor Daniel Trumper.

La señora Trentham asintió con expresión impasible.

–Como también sabe, el fideicomiso se compone de valores, acciones y bonos del estado que la banca mercantil Hambros & Cía. administra en nuestro nombre. Siempre que consideren prudente realizar una inversión considerable a favor del fideicomiso, nosotros consideramos igualmente importante mantenerla informada de sus intenciones, a pesar de que sir Raymond nos concedió plena libertad de maniobra en estos temas.

–Es usted muy considerado, señor Baverstock.

El abogado consultó otra nota. Procedía en esta ocasión de un agente inmobiliario de Bradford. La propiedad, la casa y las pertenencias del difunto sir Raymond Hardcastle fueron vendidas a sus espaldas por la cantidad de cuarenta y una mil libras. Tras deducir comisiones y honorarios, el agente había enviado la suma restante a la misma cuenta de Coutts que recibía la paga mensual de la señorita Amy.

–Teniendo esto presente –continuó el abogado de la familia–, considero mi deber informarle que nuestros consejeros nos han recomendado una inversión considerable en una empresa que no tardará en salir al mercado.

–¿Y qué empresa es ésa? –inquirió la señora Trentham.

–Trumper's –dijo Baverstock atento a la reacción de su clienta.

–¿Y por qué Trumper's en concreto? –preguntó la mujer, sin alterar la expresión de su rostro.

–Principalmente, porque Hambros considera inteligente y prudente la inversión, pero, y tal vez es lo más importante, el grueso del capital perteneciente a la empresa, cuando llegue el momento, pasará a manos de Daniel Trumper, cuyo padre, como sin duda usted sabrá, es el presidente de la junta directiva.

–Lo sabía –dijo la señora Trentham sin hacer más comentarios.

Se dio cuenta de que su serenidad preocupaba al señor Baverstock.

–Obviamente, es probable que nuestros consejeros reconsideren su postura si usted y su hermana se oponen a que los fideicomisarios hagan una inversión cuantiosa.

–¿Cuánto piensan invertir?

–Alrededor de doscientas mil libras –informó el abogado–, lo que permitirá que los fideicomisarios adquieran aproximadamente el diez por ciento de las acciones.

–¿No es una participación demasiado elevada en una sola empresa?

–Desde luego –respondió el señor Baverstock–, pero está dentro de los límites del presupuesto del fideicomiso.

–En ese caso acepto la decisión de Hambros y le aseguro que también hablo en nombre de mi hermana.

El señor Baverstock miró una vez más el expediente y estudió una declaración jurada, firmada por la señora Amy Hardcastle, concediendo virtualmente *carte blanche* a su hermana en todas las decisiones relacionadas con las propiedades del difunto sir Raymond Hardcastle, incluyendo la transferencia de veinte mil libras de su cuenta personal. El señor Baverstock esperaba que la señorita Amy fuera feliz en el hotel residencia Cliff Top. Miró a la otra hija de sir Raymond.

–Entonces –concluyó–, sólo me queda comunicar a Hambros su punto de vista acerca del tema e informarla cuando Trumper's reparta sus acciones.

El abogado cerró el expediente, se levantó y caminó hacia la puerta. La señora Trentham lo siguió, satisfecha de saber que tanto el fideicomiso Hardcastle como sus propios consejeros trabajaban en equipo para ayudarla a realizar su proyecto a largo plazo, sin que ninguna de ambas partes supiera lo que ella estaba tramando. Aún la satisfizo más pensar que, el día en que Trumper's se convirtiera en sociedad anónima, obtendría el control del quince por ciento de las acciones.

Cuando llegaron a la puerta, el señor Baverstock se volvió para estrechar la mano de la señora Trentham.

–Buenos días, señora Trentham.

–Buenos días, señor Baverstock. Ha sido usted muy amable, como siempre.

Se encaminó al coche. El chófer le abrió la puerta. Mientras arrancaba, se volvió a mirar por la ventanilla trasera. El abogado continuaba de pie ante la puerta de su oficina, con expresión de preocupación.

–¿Adónde quiere ir, señora? –preguntó el chófer, zambulléndose en el tráfico de la tarde.

Consultó su reloj: la entrevista con Baverstock había durado menos de lo previsto y le quedaba algo de tiempo libre antes de su siguiente cita.

–Al hotel St. Agnes –ordenó, pese a todo, apoyando la mano sobre el paquete envuelto en papel marrón que descansaba en el asiento, a su lado.

Había indicado a Harris que tomara una habitación en el hotel e introdujera a Kitty Bennett en el ascensor cuando nadie se fijara en ellos.

Cuando llegó al hotel, aferrando el paquete, advirtió con desagrado que Harris no la esperaba como de costumbre en su lugar habitual. Detestaba profundamente aguardar sola en el pasillo. Se acercó de mala gana al portero para preguntar el número de la habitación de Harris.

–Es el catorce –contestó un hombre ataviado con un brillante uniforme azul, aunque los botones no brillaban–. Pero usted no puede...

La señora Trentham no estaba acostumbrada a que alguien le dijera qué podía o no podía hacer. Dio media vuelta y empezó a subir con parsimonia la escalera que conducía a las habitaciones de la primera planta. El portero se apresuró a descolgar el teléfono del mostrador.

La señora Trentham tardó varios minutos en localizar el número 14, casi el mismo tiempo que empleó Harris en responder a su llamada. Cuando la señora Trentham entró en la habitación se quedó sorprendida de ver lo pequeña que era; sólo había sitio para la cama, una silla y un lavabo. Sus ojos se clavaron en la mujer tendida en la cama. Llevaba una blusa de seda roja y una falda de cuero negra... demasiado corta en opinión de la señora Trentham, por no mencionar el hecho de que los botones superiores de la blusa estaban desabrochados.

Como Kitty no hizo el menor movimiento para quitar un viejo impermeable tirado sobre la silla, a la señora Trentham no le quedó otro remedio que permanecer de pie.

Miró a Harris, que se estaba anudando la corbata.

El hombre, obviamente, había decidido que cualquier presentación era superflua.

La única reacción de la señora Trentham consistió en ir directamente al grano para poder regresar a la civilización lo antes posible. No esperó a que Harris abriera el fuego.

–¿Ha explicado a la señora Bennett lo que se espera de ella?

–Desde luego –contestó el detective, poniéndose la chaqueta–. Y Kitty está más que dispuesta a cumplir su parte del trato.

–¿Podemos confiar en ella?

La señora Trentham miró a la mujer tendida en la cama.

–Claro que sí, mientras haya dinero de por medio –fueron las primeras palabras de Kitty–. Lo único que quiero saber es cuánto voy a sacar en limpio.

–El precio de venta, más cincuenta libras –contestó la señora Trentham.

–Entonces, espero veinte libras por adelantado.

La señora Trentham vaciló un momento y luego asintió.

–Bien, ¿cuál es el truco?

–Bastará con que su hermano intente quitarle la idea de la cabeza –explicó la señora Trentham–. Hasta es posible que trate de sobornarla a cambio de...

–Ni lo sueñe –la interrumpió Kitty–. Por mí puede desgañitarse, que no me convencerá. ¿Quiere que le diga una cosa? Odio a Charlie casi tanto como usted.

La señora Trentham sonrió por primera vez y dejó al pie de la cama el paquete envuelto en papel marrón.

Harris esbozó una sonrisa presuntuosa.

–Sabía que ustedes dos se darían cuenta de que tienen algo en común.

BECKY

1947-1950

35

Noche tras noche permanecía despierta, temiendo que Daniel averiguara algún día que Charlie no era su padre.

Siempre que estaban juntos –Daniel, alto y delgado, de ondulado cabello rubio y profundos ojos azules; Charlie, unos ocho centímetros más bajo, como mínimo, corpulento, de cabello tieso y oscuro y ojos pardos–, pensaba que Daniel no tardaría en observar la diferencia. No ayudaba en absoluto que mi tez también fuera oscura. Las diferencias resultarían cómicas, de no ser tan serias las consecuencias. Con todo, Daniel jamás se ha referido a las diferencias físicas o de carácter que existen entre él y Charlie.

Charlie quiso que le contáramos a Daniel la verdad sobre Guy desde el primer momento, pero lo convencí de que esperásemos a que el chico fuera lo bastante mayor para comprender todas las repercusiones. Cuando Guy murió de tuberculosis, me pareció que ya no tenía sentido agobiar a Daniel con hechos del pasado.

Después, tras años de angustia y continuas protestas de Charlie, accedí finalmente a contarle la verdad a Daniel. Telefoneé al Trinity la semana antes de que zarpara hacia Estados Unidos y le pregunté si podía llevarlo en coche a Southampton; de esta manera sabía que pasaríamos a solas varias horas, sin temor a ser interrumpidos. Añadí que debía decirle algo importante.

Salí hacia Cambridge un poco antes de lo necesario y llegué a tiempo de ayudar a Daniel a hacer el equipaje. Hacia las once nos dirigimos a la A30. Durante la primera hora charlamos sobre su trabajo en Cambridge (demasiados estudiantes, poco tiempo para la investigación), pero en cuanto la conversación derivó hacia el problema de los pisos, supe que se me presentaba por fin la oportunidad de decirle la verdad acerca de su padre. De pronto, cambió de tema, y mi determinación se esfumó. Juro que habría abordado el problema sin ambages, pero el momento había pasado.

A causa de la pena que sufrimos por la muerte de mi madre y de los disgustos que la señora Trentham nos ocasionó durante el viaje de Daniel por Estados Unidos, me di cuenta de que había desaprovechado la mejor oportunidad de sincerarme con mi hijo. Supliqué a Charlie que nos olvidáramos para siempre del asunto. Tengo un marido excepcional. Aunque afirmó que yo estaba equivocada y que Daniel era lo bastante maduro para aceptar la verdad, acató mi decisión y nunca más mencionó el tema.

Cuando Daniel regresó de Estados Unidos fui a buscarlo a Southampton. No sé qué había ocurrido, pero el chico parecía cambiado. Parecía diferente, más sereno, y me dio un gran abrazo nada más verme, lo cual me sorprendió. Durante el trayecto de vuelta a Londres hablamos de Estados Unidos, que le había gustado mucho, y le informé, sin entrar en detalles, de los problemas que acuciaban a nuestra solicitud de permiso para construir en Chelsea Terrace. No aparentó excesivo interés por mis noticias pero, para ser justa, Charlie nunca lo había tenido al corriente de los progresos de Trumper's, en cuanto nos dimos cuenta de que Daniel estaba destinado a una carrera universitaria.

Antes de su regreso a Cambridge, Daniel pasó dos semanas con nosotros. Hasta Charlie, a quien no se puede calificar de observador, comentó que lo encontraba muy cambiado. Seguía tan serio, tranquilo e incluso introvertido como siempre, pero nos trataba con tanta ternura que pensé que durante las vacaciones había conocido a una chica. Esperaba que así fuera y, a pesar de las indirectas que le lancé, Daniel no mencionó a ninguna muchacha concreta. Me gustaba la idea de que se casase con una norteamericana. Casi nunca traía chicas a casa y se mostraba muy tímido cuando le presentábamos a las hijas de nuestros amigos. De hecho, desaparecía sin dejar rastro cuando Clarissa Wiltshire aparecía por casa, hecho que en los últimos tiempos ocurría con bastante frecuencia pues los gemelos trabajaban detrás del mostrador del número 1 cuando tenían vacaciones en la Universidad de Bristol.

Un mes después del regreso de Daniel, Charlie me dijo que la señora Trentham había retirado sus objeciones a nuestro proyecto de enlazar las dos torres. Salté de alegría. Cuando añadió que tampoco iba a reconstruir los pisos, me negué a creerle y supuse al instante que se trataba de una trampa.

–Esta vez no tengo ni idea de lo que se propone –admitió el propio Charlie.

Ninguno de los dos compartió la teoría de Daphne de que, con la vejez, se estaba reblandeciendo.

El CML confirmó dos semanas más tarde que todas las objeciones a nuestro proyecto habían sido retiradas y que podíamos iniciar el programa de construcción. Ésta era la señal que Charlie esperaba para informar a todo el mundo que íbamos a convertirnos en sociedad anónima.

Charlie convocó una asamblea plenaria para que se aprobaran las resoluciones necesarias.

El señor Merrick, al que Charlie no había perdonado que lo obligara a vender el Van Gogh, nos aconsejó que contratáramos los servicios del banco mercantil Robert Fleming antes de proceder al lanzamiento de acciones. Expresó su deseo de que la nueva empresa siguiera utilizando Child y Compañía como caja de compensación. Charlie lo habría mandado a paseo de buena gana, pero sabía que provocaría inquietud en la City si cambiaba de banco pocas semanas antes de convertir la empresa en sociedad anónima. La junta aceptó ambos consejos e invitó a Tim Newman, del Robert Fleming, a formar parte del consejo de administración. Tim supuso una bocanada de aire fresco para la empresa pues representaba a la nueva generación de banqueros. Aunque el señor Newman me cayó bien desde el primer momento, lo mismo que a Charlie, en realidad nunca había conectado con Paul Merrick.

Charlie pasaba cada vez más tiempo con Tim Newman a medida que se acercaba el día de la emisión de los documentos de curso legal. Tom Arnold asumió la responsabilidad de controlar todas las tiendas y de supervisar el programa de la construcción... con excepción del número 1, que seguía siendo mi dominio personal.

Varios meses antes del anuncio definitivo había decidido montar una gran subasta, poco antes de que Charlie comunicara que la empresa se convertía en sociedad anónima, y confiaba ciegamente en que la colección italiana –a la que había dedicado muchísimo tiempo– sería la oportunidad ideal para que Chelsea Terrace, 1, empezara a figurar en el mapa.

Mi jefe de investigaciones, Francis Lawson, había tardado casi dos años en reunir cincuenta y nueve lienzos, pintados entre 1519 y 1768. Nuestra mejor pieza era un Canaletto, *La basílica de San Marcos,* un cuadro que una anciana tía de Daphne, residente en Cumberland, le había legado.

–No es tan bueno como los dos que Percy tiene en Lanarkshire –nos dijo, con su estilo inimitable–. De todos modos, confío en que el cuadro alcance un precio justo, querida. Si no es así, en el futuro tendré que visitar Sotheby's con más asiduidad –añadió con una sonrisa.

Fijamos un precio mínimo de treinta mil libras para ese cuadro. Insinué a Daphne que se trataba de una cifra muy sensata, recordándole que el precio máximo obtenido por un Canaletto se elevaba a treinta y ocho mil libras, suma alcanzada en Christie's el año anterior.

Mientras ultimaba los preparativos de la subasta, Charlie y Tim Newman dedicaban mucho tiempo a visitar instituciones, bancos, compañías financieras y grandes inversores, informándoles acerca de las ventajas de apostar por «el carretón más grande del mundo».

Tim se sentía optimista sobre el desenlace y creía que el número de peticiones superaría al de las acciones en venta. Aun así, consideraba que Charlie y él debían ir a Nueva York para despertar el interés de los inversores norteamericanos. Charlie calculó que debía volver del viaje a Estados Unidos el día anterior a la subasta, y tres semanas antes de que nuestra oferta de obligaciones se abriera al público.

Sucedió un frío lunes de mayo por la mañana. Es posible que no me encontrara en mi mejor momento, pero habría podido jurar que reconocí a una clienta que charlaba animadamente con una de nuestras empleadas nuevas. Me preocupó no reconocer a esa mujer madura que llevaba un abrigo que había estado de moda en los años treinta, cuyo aspecto indicaba que se encontraba en dificultades de índole económica, y que tal vez se veía obligada a vender parte de los bienes familiares.

En cuanto se marchó me acerqué al mostrador y pregunté a Cathy, la última empleada que habíamos tomado, quién era.

–Una tal señora Bennett –contestó la muchacha.

Como el nombre no significaba nada para mí, pregunté a Cathy a qué había venido.

Cathy me tendió un pequeño óleo de la Virgen María y el Niño.

–La señora me preguntó si esta pintura podía aún incluirse en la subasta de piezas italianas. Ignoraba su procedencia y por su aspecto pensé que tal vez se trataría de una obra robada. Estuve a punto de llamar al señor Lawson.

Miré el pequeño óleo y comprendí al instante que la mujer era la hermana menor de Charlie.

–Yo me ocuparé de esto.

–Por supuesto, lady Trumper.

Subí en ascensor a la última planta, pasé junto a Jessica Allen y entré en el despacho de Charlie. Le di el cuadro para que lo examinara y le expliqué cómo había llegado a nuestras manos.

Apartó los papeles del escritorio a un lado y contempló el cuadro durante un rato, sin decir una palabra.

–Bien, una cosa es cierta –dijo por fin–. Kitty nunca nos dirá cómo o dónde lo consiguió, pues de lo contrario habría acudido directamente a verme.

–¿Qué vamos a hacer?

–Ponerlo a la venta, tal como ha dicho, porque te aseguro que nadie va a pujar por él más que yo.

–Pero si lo único que quiere es algo de dinero, ¿por qué no le haces una oferta justa por el cuadro?

–Si Kitty quisiera dinero, habría acudido a mí. No, nada le gustaría más que verme de rodillas ante ella, para variar.

–¿Y si robó el cuadro?

–¿A quién? Y aunque lo haya hecho, nada nos impide indicar en el catálogo la procedencia auténtica. Al fin y al cabo, la policía guardará todavía los detalles del robo en sus expedientes.

–¿Y si Guy se lo dio?

–Guy está muerto –me recordó concisamente.

El interés que la prensa y el público dedicaban a la subasta me complació en extremo. Se produjo otro buen augurio cuando algunos conocidos críticos de arte y coleccionistas fueron vistos la semana anterior, examinando los cuadros que se exhibían en la galería principal.

La prensa publicó artículos sobre Charlie y sobre mí, primero en las secciones económicas y luego nos dedicaron crónicas especiales. No me gustó que un periódico nos calificara como «Los triunfantes Trumper», pero Tim Newman nos explicó que las relaciones públicas eran decisivas cuando se trataba de reunir ingentes sumas de dinero. A medida que diarios y revistas publicaron nuevos artículos, nuestro joven director se convenció de que el lanzamiento de la nueva empresa sería un éxito.

Francis Lawson y su nueva ayudante, Cathy Ross, trabajaron durante varias semanas en el catálogo, redactando concienzudamente la historia de cada cuadro, de sus anteriores dueños y de las galerías y exposiciones por las que habían pasado antes de terminar en la subasta de Trumper's. Ante nuestra sorpresa, lo que causó sensación entre el público no fueron los cuadros en sí, sino nuestro catálogo, el primero impreso totalmente en color. Costó una fortuna, pero como tuvimos que reimprimirlo dos veces antes del día de la subasta y cobramos cinco chelines por ejemplar, no tardamos en amortizar los gastos. Durante la siguiente asamblea del consejo tuve el placer de informar que, tras dos reimpresiones más, ya habíamos obtenido unos modestos beneficios.

–Tal vez deberías cerrar la galería de arte y abrir una editorial –fue el comentario constructivo de Charlie.

La nueva sala de subastas del número 1 tenía capacidad para doscientas veinte personas. Nunca habíamos conseguido llenarla, pero ahora, a juzgar por las demandas de entradas que nos llegaban por correo, nos vimos forzados a eliminar a los curiosos para acomodar a los auténticos interesados.

A pesar de cortar, podar, improvisar y hasta tratar con rudeza a uno o dos individuos persistentes, nos encontramos con casi trescientas personas que confiaban en lograr un asiento. Había varios periodistas entre ellos, pero el golpe final se produjo cuando el director de la sección de arte del Tercer Programa llamó para preguntar si podían retransmitir la subasta por radio.

Charlie volvió de Estados Unidos dos días antes de la subasta y me confirmó, durante los breves momentos que estuvimos a solas, que el viaje se había saldado de forma muy satisfactoria... No me aclaró el significado de estas palabras. Añadió que Daphne lo acompañaría a la subasta. «Hay que tener contentos a los clientes fieles.» No dije que había olvidado por completo reservarle un asiento, pero Simon Matthews –a quien recientemente había nombrado mi adjunto– encajó un par de sillas suplementarias en la séptima fila, rezando para que ningún miembro del cuerpo de bomberos se encontrara entre los postores.

Decidimos celebrar la subasta a las tres de la tarde del martes. Tim Newman nos había advertido que, si queríamos conseguir la máxima publicidad en los periódicos del día siguiente, la hora era de importancia capital.

Simon y yo pasamos en pie la noche anterior a la subasta con nuestro personal, descolgando los cuadros y colocándolos en el orden correcto. Después comprobamos la iluminación del caballete donde se exhibirían y, por fin, situamos las sillas, lo más juntas posible. Empujamos hacia atrás el estrado desde el que Simon dirigiría la subasta y conseguimos añadir una fila más. Quedó menos espacio para los observadores, que siempre permanecían de pie junto al subastador, localizando a los postores, pero solucionamos catorce problemas más.

Por la mañana efectuamos un ensayo: los porteros colocaban cada cuadro en el caballete cuando Simon anunciaba el número del lote y lo quitaban cuando bajaba el martillo y anunciaba el siguiente lote. Por fin, izaron el Canaletto al caballete; el cuadro exhibía toda la técnica refinada y minuciosa observación que constituían la marca del maestro. Sonreí cuando, un momento después, la obra maestra fue sustituida por el cuadro de la Virgen y el Niño que pertenecía a Charlie. A pesar de las intensas investigaciones efectuadas por Cathy no había conseguido rastrear sus antecedentes, de modo que nos limitamos a cambiar el marco de la pintura y atribuirlo en el catálogo a la escuela del siglo XVII. Consigné en mi libro un precio aproximado de doscientas guineas, aunque sabía muy bien que Charlie tenía la intención de adquirir el óleo al precio que fuera. Seguía preocupándome la forma en que Kitty lo había conseguido, pero Charlie me repitió varias veces que «dejara de comerme el coco». En cualquier caso, tenía problemas más importantes en su cabeza que el de saber cómo había llegado a manos de su hermana el regalo de Tommy.

A las dos y cuarto ya había algunas personas sentadas en la sala de subastas. Reconocí a más de un comprador importante y propietario de galería que nunca se había encontrado con una sala tan repleta, y acabó de pie en la parte de atrás o apoyado contra una pared lateral.

A las tres menos cuarto sólo quedaban algunos asientos libres y las personas que habían llegado a última hora se hallaban apretujadas contra las paredes laterales; una o dos estaban en cuclillas en el pasillo central. Daphne entró a las tres menos cinco, vistiendo un elegante traje de cachemira azul oscuro que yo había visto anunciado en *Vogue* el mes pasado. Charlie, con aspecto de cansancio, la seguía a un paso de distancia. Tomaron asiento en el extremo de la séptima fila, por razones sentimentales, según explicó mi marido. Daphne parecía muy satisfecha consigo misma y Charlie se removía inquieto.

A las tres en punto ocupé mi sitio, junto al estrado del subastador, en tanto Simon subía los escalones de su pequeño palco, se detenía un momento para buscar con la mirada a los compradores importantes y daba varios golpes de martillo.

–Buenas tardes, damas y caballeros. Bienvenidos a Trumper's, los subastadores de obras de arte –dijo, logrando subrayar el «los» de una forma muy agradable.

Cuando anunció el lote número 1, un silencio sepulcral reinó en la sala. Consulté mi catálogo, aunque me sabía de memoria los detalles de los cincuenta y nueve lotes. Era una obra de Giovanni Battista Crespi, fechada en 1617, que plasmaba a San Francisco de Asís. El pequeño óleo estaba marcado en nuestro código con QIHH libras, de modo que cuando Simon lo adjudicó por dos mil doscientas, setecientas libras más de lo que yo esperaba, no pude ocultar mi alegría.

El Canaletto ocupaba el número 37 de las cincuenta y nueve obras en venta, pues yo deseaba crear una atmósfera de expectación mucho antes de que el cuadro se expusiera en el caballete, pero evitando que saliera a última hora, cuando los clientes empezaban a marcharse. Cuarenta y siete mil libras se lograron en la primera hora, antes del Canaletto. Cuando el lienzo de un metro y veinte de ancho se situó a la luz del foco, los espectadores que veían por primera vez la obra maestra jadearon.

–Una pintura de la basílica de San Marcos, obra de Canaletto –dijo Simon–, fechada en 1741 –como si tuviéramos media docena más guardadas en el sótano–. Esta pieza ha despertado un considerable interés y abro la puja con diez mil libras.

Sus ojos exploraron la sala, mientras mis observadores y yo vigilábamos la procedencia de la segunda puja.

–Quince mil –dijo Simon, mirando a un representante del gobierno italiano, sentado en la quinta fila.

–Veinte mil libras en la parte de atrás.

Tenía que ser el representante de la colección Mellon. Siempre se sentaba en la segunda fila empezando por atrás, con un cigarrillo colgado en los labios para indicarnos que continuaba pujando.

–Veinticinco mil –dijo Simon, mirando de nuevo al representante del gobierno italiano.

–Treinta mil.

El cigarrillo seguía desprendiendo humo. Mellon continuaba la caza.

–Treinta y cinco mil.

Localicé a un nuevo postor, en la cuarta fila a mi derecha: el señor Randall, el director de la galería Wildenstein, de la calle Bond.

–Cuarenta mil –anunció Simon, cuando otra nube de humo se elevó de la parte trasera.

Habíamos superado el precio aproximado que yo le había dado a Daphne, aunque ninguna emoción se reflejó en su rostro.

–Cincuenta mil.

En mi opinión, era una puja difícil de superar. Miré al estrado y vi que a Simon le temblaba la mano izquierda.

–Cincuenta mil –repitió, con cierto nerviosismo, cuando un nuevo postor de la primera fila, al que no reconocí, empezó a cabecear furiosamente.

El cigarrillo echó otra nube de humo.

–Cincuenta y cinco mil.

–Sesenta mil.

Simon concentró su atención en el postor desconocido, quien confirmó su insistencia con un brusco asentimiento.

–Sesenta y cinco mil.

El representante de Mellon continuaba echando humo, pero cuando Simon miró al postor de la primera fila percibió una vigorosa sacudida de cabeza.

–Sesenta y cinco mil, en la parte de atrás. Sesenta y cinco mil, ¿alguien ofrece más? –Simon miró al postor de la primera fila–. Ofrezco el Canaletto por sesenta y cinco mil libras, sesenta y cinco mil libras a las dos, vendido por sesenta y cinco mil libras. –Simon dio el martillazo definitivo antes de que hubieran transcurrido dos minutos desde la primera puja y yo marqué ZIHHH en mi catálogo, mientras una espontánea salva de aplausos brotaba del público... lo nunca visto en el número 1.

Todo el mundo se puso a hablar en voz alta. Simon se volvió hacia mí.

–Lamento la equivocación, Becky –susurró.

Entonces comprendí que el salto de cuarenta a cincuenta mil se debía a que los nervios habían traicionado al subastador.

Reflexioné sobre los posibles titulares de los periódicos del día siguiente: «Precio récord por un Canaletto en la subasta celebrada en Trumper's». A Charlie le gustaría.

–No creo que el cuadro de Charlie alcance esa cantidad –añadió Simon con una sonrisa.

La Virgen María y el Niño reemplazó al Canaletto en el estrado y Simon se dirigió al público de nuevo.

–Silencio, por favor. La siguiente pieza, número 38 del catálogo, es de la escuela de Bronzino. –Paseó la mirada por la sala–. Inicio la subasta con ciento cincuenta –hizo una breve pausa– libras por este lote. ¿Quién da ciento setenta y cinco? –Daphne, que debía de ser el señuelo de Charlie, levantó la mano. Intenté contener una sonrisa–. Ciento setenta y cinco libras. ¿Quién ofrece doscientas? –Simon escudriñó al público, pero nadie se movió–. En tal caso, la ofrezco, a la una, por ciento setenta y cinco libras, a las dos, a las tres y...

Pero antes de que Simon bajara el mazo, un hombre corpulento, de bigote pardusco y pelo gris, vestido con una chaqueta de tweed, camisa a cuadros y corbata amarilla, se levantó y gritó:

–Esa pintura no es de la escuela de, sino del propio Bronzino, y fue robada de la iglesia de St. Augustine, cerca de Reims, durante la Primera Guerra Mundial.

Se produjo una gran confusión. La gente miró primero al hombre de la corbata amarilla y después se volvió para examinar el cuadro. Simon descargó repetidas veces su mazo, incapaz de recuperar el control, mientras los lápices de los periodistas corrían frenéticamente sobre el papel. Vi a Charlie y a Daphne que, con la cabeza gacha, sostenían una intensa conversación.

Una vez dominado el clamor, la atención se concentró en el hombre que había lanzado la acusación y que seguía de pie en su sitio.

–Creo que está en un error, señor –dijo Simon con firmeza–. Le aseguro que la galería conoce esta pintura desde hace años.

–Le aseguro, señor –contestó el hombre–, que el cuadro es un original, y aunque no acuso a su dueño anterior de ser un ladrón, puedo demostrar que fue robado.

Muchos espectadores consultaron en su catálogo el nombre de su último propietario. En la primera línea, impreso en negrita, se leía: «De la colección privada de sir Charles Trumper».

El griterío recrudeció y el hombre continuó de pie. Me incliné y tironeé la pernera del pantalón de Simon. Se agachó y le susurré mi decisión al oído. Dio varios golpes de mazo y el público se fue callando. Miré a Charlie, que estaba blanco como la cera, y a Daphne, que continuaba serena y le apretaba la mano. Como yo estaba convencida de que debía existir una explicación sencilla, me sentía curiosamente indiferente.

–Me han indicado que este lote será retirado hasta nuevo aviso –anunció Simon, después de restablecer el orden–. Lote número 39 –se apresuró a añadir, cuando el hombre de la chaqueta de tweed salió de la sala, perseguido por una nube de periodistas.

Ninguna de las restantes veintiuna piezas alcanzó el precio mínimo fijado y cuando Simon bajó el martillo por última vez, y aún a pesar de que habíamos roto todos los récords de cualquier subasta por una obra italiana, yo sabía muy bien lo que dirían los periódicos al día siguiente. Miré a Charlie, quien hacía lo posible por aparentar calma. Me giré de forma instintiva hacia la silla que había ocupado el hombre de la chaqueta de tweed marrón. La sala empezaba a vaciarse y reparé por primera vez en la anciana sentada directamente detrás de aquella silla, muy erguida, inclinada hacia adelante, con las dos manos descansando sobre el pomo del parasol. Me estaba mirando.

En cuanto la señora Trentham estuvo segura de que yo la había visto, se levantó con serenidad y salió sin prisa de la galería.

La prensa del día siguiente hizo su agosto. A pesar de que ni Charlie ni yo hicimos declaraciones, nuestra foto ocupaba todas las portadas, excepto la del *Times*, junto a un huecograbado del pequeño óleo de la Virgen María y el Niño. Los artículos apenas mencionaban el Canaletto a lo largo de los diez primeros párrafos y, desde luego, no incluían fotos de esta obra.

El hombre que había lanzado la acusación se había esfumado sin dejar rastro y el episodio se habría olvidado de no ser porque monseñor Pierre Guichot, obispo de Reims, había accedido a ser entrevistado por Freddie Barker, el corresponsal especializado en salas de subastas del *Daily Telegraph*. El periodista sacó a la luz el hecho de que Guichot era el párroco de la iglesia donde había colgado el cuadro original. El obispo confirmó a Barker que el cuadro había desaparecido de forma misteriosa durante la Gran Guerra y que, en su momento, había denunciado el robo a la sección correspondiente de la Sociedad de Naciones, responsable de velar, atendiendo a la convención de Ginebra, por la devolución de las obras de arte robadas a sus legítimos propietarios tras el cese de las hostilidades. El obispo añadía que reconocería la pintura si la viera de nuevo: los colores, los trazos, la serenidad del rostro de la Virgen, todo el genio de la composición de Bronzino seguiría grabado en su memoria hasta el día de su muerte. Barker lo citó textualmente.

El corresponsal del *Telegraph* llamó a mi oficina el día que apareció la entrevista y me informó que su diario tenía la intención de trasladar al distinguido sacerdote, corriendo con los gastos, para que examinara la pintura y quedara definitivamente demostrada su procedencia. Nuestros consejeros legales nos advirtieron que sería poco inteligente por nuestra parte impedir al obispo ver el cuadro; negarle el acceso sería tanto como reconocer que intentábamos ocultar algo. Charlie accedió sin vacilar.

–Dejemos que vea el cuadro –se limitó a añadir–. Estoy seguro de que lo único que se llevó Tommy de aquella iglesia fue un casco alemán.

Al día siguiente, en la intimidad de su despacho, Tim Newman nos advirtió que, si el obispo de Reims identificaba el cuadro como el Bronzino original, se debería retrasar un año, como mínimo, el lanzamiento de Trumper's como sociedad anónima y que tal vez la sala de subastas jamás se recuperaría de aquel escándalo.

El obispo de Reims llegó en avión a Londres el jueves. Fue recibido por una hilera de fotógrafos que dispararon sin cesar sus *flashes* antes de que se trasladara en coche a Westminster, donde se alojaría como huésped del arzobispo.

El obispo accedió a visitar la galería a las cuatro de aquella misma tarde, y podía disculparse a cualquiera que paseara por Chelsea Terrace si creía que Frank Sinatra estaba a punto de aparecer en persona. Una gran aglomeración de personas aguardaba la llegada del sacerdote.

Recibí al obispo en la entrada de la galería y le presenté a Charlie, quien se inclinó y besó el anillo episcopal. Creo que el obispo se quedó algo sorprendido al enterarse de que Charlie era católico. Dediqué una sonrisa al obispo, cuyo rostro parecía brillar... Un rostro enrojecido por los efectos del vino, no del sol, sospeché. Se deslizó por el pasillo con su larga sotana púrpura. Cathy lo guió hasta mi despacho, donde la pintura lo aguardaba. Barker, el reportero del *Telegraph*, se presentó a Simon y lo trató como si fuera un personaje del hampa. No hizo el menor intento por ser amable cuando Simon trató de entablar conversación con él.

El obispo entró en mi pequeño despacho y aceptó un café. Yo había dispuesto la pintura sobre un caballete y, a instancias de Charlie, había repuesto el antiguo marco negro. Todos nos sentamos alrededor de la mesa en silencio, mientras el sacerdote contemplaba a la Virgen María.

–¿Me permiten? –preguntó, extendiendo los brazos.

–Desde luego –contesté y le entregué el pequeño óleo.

Clavé la vista en sus ojos, mientras el hombre sostenía el cuadro frente a él. Al principio dedicó el mismo interés a Charlie, al que nunca había visto tan nervioso. También echó un vistazo a Barker, cuyos ojos, en contraste, brillaban de esperanza. Después, el obispo concentró su interés en el cuadro, sonrió y pareció quedar fascinado por la Virgen María.

–¿Y bien? –preguntó el periodista.

–Bellísima. Una inspiración para cualquier no creyente.

Barker también sonrió y tomó nota del comentario.

–Este cuadro me trae muchos recuerdos –añadió el sacerdote. Vaciló un momento y yo creí que mi corazón iba a dejar de latir–, pero debo decirle, señor Barker, que no es el auténtico. Una simple copia de la pintura que yo conocía tan bien.

El periodista dejó de escribir.

–¿Una copia?

–Sí, eso temo. Una copia excelente, pintada probablemente por un joven discípulo del maestro, pero una copia, a fin de cuentas.

Barker, incapaz de ocultar su decepción, dejó el cuaderno sobre la mesa. Parecía que tenía ganas de protestar.

El obispo se puso en pie e inclinó la cabeza en mi dirección.

–Lamento que le hayan causado tantos problemas, lady Trumper.

Yo también me levanté y lo acompañé a la puerta, donde se enfrentó de nuevo a la prensa. Los periodistas guardaron silencio, a la espera de que el obispo hiciera alguna revelación. Pensé por un momento que se lo estaba pasando en grande.

–¿Es auténtica, obispo? –gritó un periodista.

–Es un retrato de la Santísima Virgen, en efecto –sonrió el obispo–, pero temo que se trata de una copia de escaso valor.

Subió a su coche sin decir nada más y desapareció.

–Qué alivio –exclamé, cuando el coche se perdió de vista.

Me volví, pero no vi a Charlie por ninguna parte. Corrí a mi despacho y le encontré allí, sosteniendo el cuadro con ambas manos. Cerré la puerta para que dispusiéramos de intimidad.

–Qué alivio –repetí–. Ahora, la vida recobrará la normalidad.

–Te habrás dado cuenta, por supuesto, de que éste *es* el Bronzino –dijo Charlie, mirándome a los ojos.

–No seas tonto. El obispo...

–¿Te fijaste en cómo lo cogía? Nadie acaricia una falsificación. Además, observé sus ojos mientras tomaba la decisión.

–¿La decisión?

–Sí, la de arruinar o no nuestras vidas, a cambio de su amado Bronzino.

–¿Quieres decir que hemos tenido una obra maestra sin saberlo?

–Eso parece, pero no estoy seguro de quién se llevó la pintura en la capilla.

–No pensarás que Guy...

–No me extrañaría. Probablemente estaba más preparado que Tommy para apreciar su valor.

–¿Y cómo descubrió Guy dónde estaba, aparte de su valor?

–Tal vez mediante los archivos de la compañía, o puede que una conversación casual con Daphne lo pusiera sobre la pista.

–Eso no explica cómo descubrió que se trataba de un original.

–Estoy de acuerdo. Sospecho que no lo descubrió, sino que vio en la pintura otra manera de desacreditarme.

–Entonces, ¿cómo...?

–La señora Trentham ha tenido varios años para averiguarlo.

–Santo Dios. ¿Qué papel ha jugado Kitty?

–Una mera maniobra que la señora Trentham utilizó para perjudicarnos.

–¿Hasta dónde llegará esa mujer con tal de destruirnos?

–Lo único que sé es que no se alegrará cuando descubra que su gran proyecto se ha ido al traste.

Me derrumbé en la silla, al lado de mi marido.

–¿Qué haremos ahora?

Charlie continuaba aferrando la pequeña obra maestra como si temiera que alguien se la fuera a quitar.

–Sólo podemos hacer una cosa.

Aquella noche fuimos en coche a casa del arzobispo y aparcamos frente a la puerta de servicio.

–Es más apropiado –indicó Charlie, antes de llamar a la vieja puerta de roble.

Un sacerdote nos abrió y, sin pronunciar una palabra, nos condujo a la presencia del arzobispo, que estaba tomando una copa de vino con el obispo de Reims.

–Sir Charles y lady Trumper –anunció el sacerdote.

–Bienvenidos, hijos míos –dijo el arzobispo, levantándose para saludarlos–. Es un placer inesperado –añadió, después de que Charlie le besara el anillo–. ¿Qué os trae a mi casa?

–Tenemos un pequeño regalo para el obispo –dije, entregando a Su Excelencia un paquete envuelto en papel.

La sonrisa del obispo fue idéntica a la que había aparecido en su rostro cuando afirmó que la pintura era una copia. Abrió el paquete poco a poco, como un niño que recibe un regalo sin ser su cumpleaños. Sostuvo la pequeña obra maestra en sus manos durante un rato, antes de ofrecerla a la consideración del arzobispo.

–Verdaderamente magnífica –comentó el arzobispo, examinándola con atención. Después la devolvió al obispo–. ¿Dónde la colgará?

–Creo que el lugar apropiado será sobre la cruz de la capilla de St. Augustine. Dentro de un tiempo, alguien mucho más versado que yo en estas materias declarará que el cuadro es original.

Levantó la vista y sonrió, con una sonrisa demasiado perversa para venir de un obispo.

El arzobispo se volvió hacia mí.

–¿Les apetece a usted y a su marido quedarse a cenar con nosotros?

Le agradecí su amabilidad, pero aduje un compromiso previo. Charlie y yo nos despedimos y salimos de la casa en silencio.

Cuando la puerta se cerró a nuestras espaldas, oí que el arzobispo decía:

–Has ganado la apuesta, Pierre.

36

–¿Veinte mil libras? –preguntó Becky, parándose frente al número 141–. Estás bromeando.

–Es el precio que pide el agente –dijo Tim Newman.

–Pero si la tienda no vale más de tres mil libras –dijo Charlie, contemplando el único edificio de la manzana que aún no le pertenecía, además de los pisos–. En cualquier caso, firmé un acuerdo con el señor Sneddles...

–Pero no por los libros –señaló el banquero.

–Pero si no queremos los libros –protestó Becky, advirtiendo por primera vez que una pesada cadena y un cerrojo impedían el paso al local.

–En ese caso, no podrá entrar en posesión de la tienda, pues su acuerdo con el señor Sneddles no entrará en vigor hasta que se venda el último libro.

–¿Cuál es el valor real de los libros? –preguntó Becky.

–El señor Sneddles, con su estilo habitual, ha escrito el precio a lápiz en cada uno de ellos –explicó Tim Newman–. Su colega, el doctor Halcombe, me ha dicho que el total asciende a unas cinco mil libras, a excepción...

–Pues compra el lote –intervino Charlie–, porque conociendo a Sneddles, es probable que los haya tasado a la baja. Becky subastará toda la colección a finales de año. Así, el déficit no sobrepasará las mil libras.

–A excepción de una primera edición de *Cantos de inocencia* de Blake –añadió Newman–. Encuadernada en vitela y valorada en el inventario de Sneddles en quince mil libras.

–Quince mil libras en un momento en que debo contar hasta el último penique. ¿Quién se imagina que...?

–Alguien muy consciente de que usted no puede llevar adelante la construcción de los grandes almacenes hasta ser el propietario de esta tienda –insinuó Newman.

–¿Cómo pudo ella...?

–Porque la obra de Blake fue originalmente adquirida en la librería Heywood Hill de la calle Curzon por la magnífica suma de cuatro libras y diez chelines, y sospecho que la dedicatoria aclara la mitad del misterio.

–La señora Ethel Trentham, si no me equivoco –dijo Charlie.

–No, pero casi. Las palabras exactas que constan en la guarda, si no recuerdo mal, dicen: «De tu nieto que te quiere, Guy. 9 de julio de 1917».

Charlie y Becky se quedaron mirando a Tim Newman durante unos instantes.

–¿Qué quiere decir, la mitad del misterio? –preguntó Charlie.

–Sospecho que ella también necesita dinero –dijo el banquero.

–¿Para qué? –preguntó Becky, incrédula.

–Para comprar más acciones del Trumper's de Chelsea.

El 19 de julio de 1948, dos semanas después de que el obispo regresara a Reims, la emisión de acciones de Trumper's fue aireada en la prensa, junto con anuncios a toda página en el *Times* y en el *Financial Times*. Lo único que podían hacer Charlie y Becky era aguardar la respuesta del público. Al cabo de tres días del anuncio, la suscripción de acciones había superado la emisión y, pasada una semana, el banco mercantil había recibido el doble de las peticiones previstas. Después de contar con las solicitudes, un solo problema se planteó a Charlie y a Tim Newman: cómo distribuir las acciones. Ambos estuvieron de acuerdo en aceptar de entrada a las instituciones que habían solicitado un paquete sustancioso, pues eso facilitaría al consejo de administración conseguir la mayoría de las acciones, si se producían problemas en el futuro.

La única solicitud que intrigó a Tim provenía de Hambros & Cía., que, sin explicación alguna, deseaba adquirir cien mil acciones, lo que significaba controlar el diez por ciento de la empresa. Tim, no obstante, recomendó al presidente que aceptara la solicitud, ofreciéndoles al mismo tiempo un puesto en el consejo. Charlie accedió pero sólo después de que Hambros confirmara que la propuesta no procedía de la señora Trentham ni de sus apoderados. Dos instituciones más solicitaron el cinco por ciento: Prudential Assurance, que había trabajado al servicio de la empresa desde el principio, y una fuente de Estados Unidos. Becky no tardó en descubrir que era una tapadera de un monopolio de la familia Field. Charlie aceptó con agrado ambas peticiones y el resto de las acciones se repartió entre mil setecientos inversores ordinarios, incluyendo cien acciones, el mínimo permitido, que pasaron a manos de una anciana pensionista de Chelsea. La señora Symonds había escrito una nota a Charlie recordándole que había sido una cliente habitual desde que abrió su primera tienda.

Una vez distribuidas las acciones, Tim Newman creyó conveniente que Charlie pensara en nuevos nombramientos para el consejo. Hambros propuso al señor Baverstock, socio mayoritario de los abogados Baverstock, Dickens & Cobb, a quien Charlie aceptó sin más. Becky sugirió que se nombrara a Simon Matthews, que dirigía la sala de subastas durante sus ausencias. Charlie aceptó también hasta conformar una junta de nueve miembros.

Fue Daphne quien informó a Becky de que habían puesto en venta la casa de Eaton Square, 17. A Charlie le bastó ver la vivienda de ocho dormitorios para saber que allí quería pasar el resto de su vida. A Charlie no se le ocurrió que alguien tendría que supervisar la mudanza al tiempo que construían las torres Trumper. Becky se habría quejado si no se hubiera enamorado de la casa.

Un par de meses después, Becky dio una fiesta para celebrar la inauguración de la casa de Eaton Square. Unos cien invitados acudieron a la cena, que fue necesario servir en cinco salas diferentes.

Daphne llegó tarde, aduciendo un embotellamiento de tráfico, pero el coronel viajó desde Skye sin el menor problema. Daniel se trasladó desde Cambridge acompañado de Marjorie Carpenter y, ante la sorpresa de Becky, Simon Matthews apareció con Cathy Ross del brazo.

Después de la cena, Daphne pronunció un breve discurso y ofreció a Charlie una cigarrera de plata que representaba un modelo a escala de Trumper's.

Becky consideró que el regalo había sido un éxito porque, cuando el último invitado se marchó, Charlie se llevó la cigarrera al dormitorio y la depositó sobre la mesilla de noche.

Charlie se acostó y echó un último vistazo a su nuevo juguete, mientras Becky salía del cuarto de baño.

–¿Has considerado la posibilidad de nombrar a Percy director?

Charlie la miró con escepticismo.

–A los accionistas les gustará que conste un marqués en el membrete de la empresa. Les dará sensación de confianza.

–Eres tan presuntuosa, Rebecca Salmon. Siempre lo has sido y siempre lo serás.

–No dijiste eso cuando sugerí, hace veinticinco años, que el coronel fuera nuestro primer presidente.

–Muy cierto, pero estaba seguro de que se negaría. En cualquier caso, prefiero invitar a Daphne a formar parte del consejo. De esta manera tendremos el apellido y su particular sentido común.

–Esa idea se me tendría que haber ocurrido a mí.

Cuando Becky invitó a Daphne a incorporarse a la junta de Trumper's como directora no ejecutiva, la marquesa se mostró encantada y aceptó sin pensárselo dos veces. Ante la sorpresa general, asumió sus nuevas responsabilidades con inmensa energía y entusiasmo. Nunca se perdía una asamblea, siempre leía los informes de cabo a rabo y, cuando consideraba que Charlie no había abordado en profundidad alguno de los temas tratados o, aún peor, intentaba dar largas sobre algún asunto, lo asediaba hasta que explicaba en detalle sus proyectos.

–¿Todavía confías en conseguir Trumper's por el precio que mencionaste en tu primer documento de propuesta, señor presidente? –le preguntó una y otra vez durante los siguientes dos años.

–No estoy seguro de que tuvieras una buena idea cuando propusiste que Daphne fuera directora –dijo Charlie a Becky después de una asamblea particularmente tormentosa en que la marquesa lo derrotó en buena lid.

–No me eches a mí la culpa –contestó Becky–. Yo habría invitado a Percy, pero tú dijiste que era una presuntuosa.

Los arquitectos tardaron casi dos años en terminar las torres gemelas de Trumper's, el pasadizo colgante que las comunicaba y las cinco plantas de oficinas que se elevaban sobre el solar de la señora Trentham. La tarea no resultó sencilla, pues Charlie confiaba en que las demás tiendas siguieran funcionando como si nada ocurriera a su alrededor. Todos quedaron maravillados de que, durante el período de transición, Trumper's sólo perdiera el diecinueve por ciento de sus ingresos anuales.

Charlie se propuso supervisarlo todo, desde el emplazamiento exacto de los ciento dieciocho departamentos hasta el color de las catorce hectáreas de alfombra, desde la velocidad de los doce ascensores hasta el voltaje de las cien mil bombillas, desde los expositores de los noventa y seis escaparates hasta los uniformes de los más de setecientos empleados, cada uno de los cuales lucía un pequeño carretón de plata en la solapa.

Los costes sobrepasaron en mucho el presupuesto inicial cuando Charlie calculó la cantidad de espacio que necesitaría para el almacén, sin contar el aparcamiento subterráneo, ahora que tantos clientes poseían su propio automóvil. Sin embargo, los contratistas lograron concluir el edificio el 1 de septiembre de 1949, sobre todo porque Charlie aparecía en las obras a las cuatro y media de la mañana y no solía regresar a casa antes de la medianoche.

La marquesa de Wiltshire, acompañada de su marido, celebró la ceremonia oficial de inauguración el 18 de octubre de 1949.

Un millar de personas alzaron sus copas cuando Daphne declaró inaugurado el edificio. Los invitados hicieron lo que pudieron por dilapidar los beneficios de la empresa correspondientes al primer año a base de comer y beber. Charlie no se dio por enterado. Se desplazaba de una planta a otra lleno de alegría, comprobando que todo estuviera exactamente como él quería, mientras vigilaba que los principales proveedores fueran debidamente atendidos.

Amigos, parientes, accionistas, compradores, vendedores, periodistas, curiosos, gorrones y hasta clientes celebraban el acontecimiento en todas las plantas. A la una, Becky estaba tan cansada que decidió ir en busca de su marido, con la esperanza de que consintiera en volver a casa. Encontró a su hijo en la sección de electrodomésticos, examinando una nevera que era demasiado grande para su habitación del Trinity. Daniel le dijo a su madre que había visto a Charlie salir del edificio media hora antes.

–¿Salir del edificio? –preguntó Becky, incrédula–. ¿Es posible que tu padre haya vuelto a casa sin mí?

Cogió el ascensor hasta la planta baja y se dirigió a toda prisa a la entrada principal. El portero la saludó, abriendo una de las enormes puertas dobles que daban a Chelsea Terrace.

–¿Ha visto a sir Charles, por casualidad? –preguntó Becky.

–Sí, señora.

Señaló con un movimiento de cabeza a la acera de enfrente.

Becky vio a Charlie sentado en su banco, acompañado de un anciano. Charlaban animadamente contemplando Trumper's. El anciano señaló algo que había atraído su atención y Charlie sonrió. Becky atravesó la calle, pero el coronel ya se había puesto firme mucho antes de que llegara a su lado.

–Cuánto me alegro de verte, querida –dijo el hombre, inclinándose para besar a Becky en la mejilla–. Ojalá Elizabeth hubiera vivido para verlo.

–En mi opinión, se trata de un chantaje –dijo Charlie–. Quizá ha llegado la hora de someter el tema a votación.

Becky paseó la mirada por la mesa, preguntándose cuál sería el resultado. La junta había trabajado al completo durante tres meses desde que Trumper's había abierto las puertas al público, pero éste era el primer tema de importancia que ocasionaba discusiones graves.

Charlie se sentaba a la cabecera de la mesa y parecía particularmente irritado por la idea de que no iba a salirse con la suya. A su derecha se hallaba la secretaria de la empresa, Jessica Allen. Jessica no tenía voto, pero estaba presente para consignar fielmente toda votación que se celebrara. Arthur Selwyn, que había trabajado con Charlie en el Ministerio de Alimentación durante la guerra, había dejado la administración pública con fecha reciente para sustituir al ya jubilado Tom Arnold como director gerente. Selwyn había demostrado ser una elección inspirada; perspicaz y minucioso, era el contraste ideal del presidente, pues siempre intentaba evitar la confrontación. Tim Newman, el joven banquero mercantil de la empresa, era sociable, cordial y casi siempre apoyaba a Charlie, aunque no desdeñaba ofrecer un punto de vista contrario si creía que peligraban las finanzas de la empresa. Paul Merrick, el director de finanzas, no era sociable ni cordial, y no dejaba de afirmar que debía su lealtad al banco Child y a su inversión. En cuanto a Daphne, pocas veces votaba como se esperaba de ella, y no seguía la corriente a Charlie... ni a nadie. El señor Baverstock, abogado silencioso y de edad avanzada, que representaba el diez por ciento de la empresa en nombre de Hambros, hablaba muy poco, pero cuando lo hacía todo el mundo escuchaba, incluida Daphne.

Ned Denning y Bob Makins, que llevaban casi treinta años al servicio de Charlie, no solían oponerse a los deseos de su presidente, mientras Simon Matthews exhibía a menudo rasgos de independencia que confirmaban la alta opinión que Becky tuvo de él desde el principio.

–Lo último que necesitamos ahora es una huelga –dijo Merrick–. Justo cuando parece que hemos superado el punto crítico.

–Pero las exigencias del sindicato son insultantes –intervino Tim Newman–. Un aumento de diez chelines, una semana laboral de cuarenta y cuatro horas antes de que las horas extras se computen automáticamente... Repito, es insultante.

–La mayoría de los grandes almacenes han accedido a sus peticiones –recalcó Paul Merrick, revisando un artículo del *Financial Times* que tenía frente a él.

–Sería más apropiado decir que han tirado la toalla –insistió Newman–. Debo advertir a la junta que significaría incrementar nuestros gastos de personal en veinte mil libras para el año en curso... y eso antes de tener en cuenta las horas extras. A la larga, los que padecerán las consecuencias serán nuestros accionistas.

–¿Cuánto gana actualmente un dependiente? –preguntó el señor Baverstock en voz baja.

–Doscientas sesenta libras al año –dijo Arthur Selwyn de memoria–. Teniendo en cuenta los aumentos propuestos por el sindicato, si han cumplido quince años de servicios en la empresa, esa cantidad puede ascender a cuatrocientas diez libras al año.

–Hemos repasado las cifras en incontables ocasiones –dijo Charlie con aspereza–. Ha llegado el momento de tomar una decisión: ¿nos mantenemos firmes o accedemos a las exigencias del sindicato?

–Es posible que estemos exagerando, señor presidente –intervino por primera vez Daphne–. Tal vez no se trata de elegir entre blanco o negro.

–¿Ha pensado en una tercera vía?

Charlie no intentó ocultar su incredulidad.

–Quizás, señor presidente. En primer lugar, pensemos en las consecuencias de aumentar el sueldo a nuestro personal. Supondrá una obvia disminución de nuestros recursos, dejando aparte lo que los japoneses llaman «prestigio». Por otra parte, si no accedemos a sus demandas es posible que perdamos algunos de nuestros mejores empleados, y no descarto que los más débiles se pasen a la competencia.

–¿Qué sugiere, pues, lady Wiltshire? –preguntó Charlie, que siempre se dirigía a Daphne por su título cuando deseaba demostrarle que no estaba de acuerdo con ella.

–Tal vez un compromiso –contestó Daphne, sin enfadarse–, si el señor Selwyn lo considera todavía posible a estas alturas. Por ejemplo, ¿aceptarían los sindicatos negociar directamente con nuestro director gerente una propuesta alternativa sobre salarios y horario?

–Podría hablar con Don Short, el dirigente de la USDAW, si así lo desea la junta –dijo Arthur Selwyn–. Siempre le he considerado un hombre honrado e imparcial y ha demostrado una considerable lealtad a Trumper's durante estos años.

–¿Que el director gerente negocie directamente con el representante de los sindicatos? –rugió Charlie–. La próxima vez querrás que se incorpore a la junta.

–El señor Selwyn podría hacerle una propuesta informal –dijo Daphne–. Estoy segura de que sabrá manejar al señor Short con suma habilidad.

–Estoy de acuerdo con lady Wiltshire –intervino el señor Baverstock.

–Propongo, pues, que autoricemos al señor Selwyn a negociar en nuestro nombre –continuó Daphne–. Confiemos en que halle una forma de evitar la huelga general, sin ceder a todas las exigencias del sindicato.

–Me gustaría intentarlo –dijo Selwyn–. Informaré a la junta en la siguiente reunión.

Becky admiró una vez más la pericia con que Daphne y Arthur Selwyn habían desmontado una bomba de relojería que el presidente habría dejado estallar alegremente sobre la mesa de conferencias.

–Gracias, Arthur –dijo Charlie, algo a regañadientes–. Adelante con ello. ¿Algún otro tema?

–Sí –contestó Becky–. Deseo informar a la junta que el mes que viene celebraré una subasta de plata georgiana. Los catálogos se enviarán la semana próxima y espero la asistencia de todos los directores que estén libres en esa fecha.

–¿Cómo se saldó la última venta de antigüedades? –preguntó el señor Baverstock.

Becky consultó su carpeta.

–La subasta recaudó veinticuatro mil setecientas libras, de las que el siete y medio por ciento corresponde a Trumper's. Sólo tres objetos no alcanzaron el precio mínimo fijado y fueron devueltos.

–Mi curiosidad por el éxito de la subasta –indicó el señor Baverstock– se debe a que mi querida esposa compró un aparador de la corte de Carlos II.

–Uno de los objetos más bellos que se subastaban –comentó Becky.

–Mi esposa pensó lo mismo porque pujó mucho más alto de lo que pensaba en un principio. Le estaré muy agradecido si no le envía el catálogo de la subasta de objetos de plata.

Los demás miembros de la junta estallaron en carcajadas.

–He leído en algún sitio –dijo Tim Newman– que Sotheby's está considerando la idea de elevar al diez por ciento su comisión.

–Lo sé –contestó Becky–. Si mantengo el siete y medio durante 1950, mis beneficios no serán tan altos como había pensado, pero mientras los principales vendedores sigan acudiendo a nosotros, seguiré haciendo frente al problema.

–¿Y los compradores? –preguntó Paul Merrick.

–No constituyen ningún problema. Si tenemos el producto que desean, los compradores no dejarán de llamar a nuestra puerta. Son los vendedores el fluido vital de nuestra sala de subastas y, por lo tanto, tienen tanta importancia como los compradores.

–Menudo negocio te has montado –bromeó Charlie–. ¿Algún otro tema?

Como nadie habló, Charlie agradeció a todos los miembros de la junta su asistencia y abandonó su sitio, señal habitual de que la reunión había concluido.

Becky recogió sus papeles y volvió a la galería en compañía de Simon.

–¿Has hecho los cálculos para la subasta de plata? –preguntó Becky, y entraron en el ascensor justo antes de que las puertas se cerraran.

Pulsó el cero y el ascensor emprendió su lento descenso hacia la planta baja.

–Sí. Terminé anoche. Ciento treinta y dos objetos en total. Calculo que la subasta rondará las siete mil libras.

–He visto el catálogo esta mañana –dijo Becky–. Me da la impresión de que Cathy ha hecho un trabajo excelente. Sólo descubrí uno o dos errores, pero me gustaría examinar las pruebas definitivas antes de enviarlo a la imprenta.

–Por supuesto. Le diré que le lleve las hojas sueltas a su despacho esta tarde.

Salieron del ascensor.

–Esa chica es un auténtico hallazgo –comentó Becky–. Dios sabe lo que hacía trabajando en ese hotel antes de acudir a nosotros. La echaré mucho de menos cuando vuelva a Australia.

–Corren rumores de que piensa quedarse.

–Una buena noticia. Creía que pensaba pasar un par de años en Londres, antes de regresar a Melbourne.

–Es lo que ella había planeado en un principio. Sin embargo, es posible que la haya convencido de prolongar su estancia.

Becky quiso pedirle más detalles a Simon, pero cuando puso el pie en la galería se vio rodeada de empleados, ansiosos de llamar su atención.

Tras solucionar varias dudas, Becky pidió a una de las chicas que atendían en el mostrador que localizara a Cathy.

–No está aquí en este momento, lady Trumper. La vi salir hace una hora.

–¿Sabes adónde fue?

–Ni idea, lo siento.

–Bien, dile que vaya a mi despacho en cuanto vuelva. Entretanto, ¿puedes enviar estas pruebas del catálogo de la plata?

Becky se paró varias veces para hablar de algunos problemas surgidos en su ausencia, de modo que cuando se sentó ante su escritorio las pruebas ya la estaban esperando. Pasó las páginas poco a poco, examinando la foto de cada objeto y la detallada descripción. Estuvo de acuerdo con Simon: Cathy Ross había realizado un trabajo excelente. Estaba estudiando la fotografía del mostacero georgiano por el que Charlie había pagado una fortuna en Christie's hacía varios años, cuando una joven llamó a la puerta y asomó la cabeza.

–¿Quería verme?

–Sí. Entra, Cathy.

Becky miró a la muchacha alta, delgada, de rubio cabello rizado y un rostro que aún no había perdido todas las pecas. Le gustaba pensar que, en otro tiempo, su silueta había sido tan esbelta como la de Cathy, pero el espejo del cuarto de baño le recordaba sin piedad que se estaba acercando a los cincuenta años. Sólo quería examinar las pruebas definitivas del catálogo de la plata antes de enviarlas a la imprenta.

–Siento no haber estado aquí cuando volvió de la reunión. Sucedió algo que me preocupó. Tal vez exagere, pero creo que debo contárselo.

Becky se quitó las gafas, las dejó sobre el escritorio y la miró con gravedad.

–Te escucho.

–¿Se acuerda de aquel hombre que provocó tanto alboroto por el Bronzino durante la subasta de obras italianas?

–¿Crees que puedo olvidarlo?

–Bien, esta mañana volvió a la galería.

–¿Estás segura?

–Bastante. Corpulento, cabello gris, bigote pardusco y tez cetrina. Hasta tuvo la cara dura de ponerse otra vez aquella espantosa chaqueta de tweed y la corbata amarilla.

–¿Qué quería?

–No estoy segura, aunque lo vigilé todo el rato. No habló con ningún empleado, pero se interesó mucho por algunos objetos de la subasta de plata... El lote 19, en particular.

Becky volvió a calarse las gafas y pasó las páginas del catálogo hasta localizar el lote en cuestión: «Servicio de té georgiano compuesto de cuatro piezas, tetera, azucarero, colador y tenacillas para el azúcar, con un ancla grabada». Becky reparó en las letras «AH» impresas al margen.

–Uno de nuestros mejores lotes. Hemos calculado que vale setenta libras.

–Y él está de acuerdo con usted, por lo visto, porque pasó mucho tiempo examinando cada pieza por separado y tomando gran cantidad de notas antes de irse. Incluso comparó la tetera con una fotografía que había traído.

–¿Nuestra fotografía?

–No, la trajo él.

–¿De veras?

Becky estudió de nuevo la foto del catálogo.

–Y la razón por la que yo no estaba cuando usted llegó de la reunión es que decidí seguirle cuando se marchó de la galería.

–Buenos reflejos –sonrió Becky–. ¿Adónde se dirigió nuestro hombre misterioso?

–A Chester Square. Una casa grande, situada en la mitad de la manzana a mano derecha. Dejó un paquete en el buzón, pero no entró.

–¿El número diecinueve?

–Exacto. –Se sorprendió Cathy–. ¿Conoce esa casa?

–Sólo desde fuera –contestó Becky, sin más explicaciones.

–¿Puedo ayudarla en algo más?

–Sí. ¿Te acuerdas del cliente que trajo ese lote en concreto para la subasta?

–Desde luego, porque me llamaron al mostrador principal para atender a esa dama. –Hizo una pausa–. No me acuerdo del nombre, pero era mayor..., «muy distinguida». –Cathy vaciló antes de continuar–. Si no recuerdo mal, había viajado desde Nottingham. La dama me dijo que había heredado de su madre el servicio de té. Explicó que no le gustaba vender un recuerdo familiar, pero «las circunstancias mandan». Recuerdo bien la expresión, porque nunca la había oído.

–¿Y qué opinó el señor Fellowes cuando le enseñaste el servicio?

–Dijo que era el mejor ejemplo del período que había visto en una subasta, sobre todo porque cada pieza está en perfectas condiciones. Peter está convencido de que el lote alcanzará un buen precio y así lo ha reflejado en el catálogo.

–Lo mejor será que llamemos a la policía ahora mismo –dijo Becky–. No deseo que nuestro hombre misterioso se levante otra vez para anunciar que este lote también ha sido robado.

Descolgó el teléfono del escritorio y pidió que la comunicaran con Scotland Yard. Momentos después, el inspector Deakins del CID[1] habló con ella y, tras enterarse de lo ocurrido aquella mañana, accedió a visitar la galería por la tarde.

1. Departamento de Investigación Criminal. *(N. del T.)*

El inspector llegó poco después de las tres, en compañía de un sargento. Becky lo llevó directamente a ver al jefe del departamento. Peter Fellowes señaló un minúsculo arañazo en una bandeja de plata. Becky frunció el ceño. El especialista interrumpió lo que estaba haciendo y se acercó a la mesa situada en el centro de la sala, donde estaban expuestas las cuatro piezas del servicio de té.

–Es una maravilla –comentó el inspector y se agachó para estudiar el grabado de las piezas–. Calculo que es de Birmingham y que data, aproximadamente, de 1820.

Becky enarcó una ceja.

–Es mi afición favorita –explicó el inspector–. Por eso siempre me acaban adjudicando este tipo de investigaciones.

Sacó una carpeta de su maletín y estudió varias fotografías, junto con detalladas descripciones de objetos de plata desaparecidos en fecha reciente del área londinense. Una hora después se mostró de acuerdo con Fellowes: ninguna de ellas concordaba con la descripción del servicio de té georgiano.

–Bien, no nos han informado de nada robado que coincida con este lote en particular –admitió–. Los ha pulido de una forma tan admirable –dijo, volviéndose hacia Cathy– que es imposible identificar huellas dactilares.

–Lo siento –dijo Cathy, enrojeciendo un poco.

–No, señorita, no es culpa suya. Ha hecho un trabajo excelente. Ojalá mis humildes piezas tuvieran este aspecto. De todos modos, me pondré en contacto con la policía de Nottingham, por si tienen algún caso pendiente en sus archivos. Si no es así, enviaré una descripción a todas las fuerzas del Reino Unido, por si acaso. Y también les pediré que investiguen a la señora...

–Dawson –dijo Cathy.

–Señora Dawson. Tardarán un poco, por supuesto, pero le informaré en cuanto sepa algo.

–La subasta tendrá lugar dentro de tres semanas, a partir del próximo martes –le recordó Becky.

–Bien, procuraré que todo esté aclarado para entonces –prometió el inspector.

–¿Dejamos la página en el catálogo o prefiere que retiremos las piezas? –preguntó Cathy.

–Oh, no, no retiren nada. Dejen el catálogo exactamente como está, por favor. Alguien podría reconocer el servicio y ponerse en contacto con nosotros.

«Alguien ya ha reconocido el servicio», pensó Becky.

–A propósito –continuó el inspector–, le agradecería que me diera una copia de la foto del catálogo y que me permitiera disponer uno o dos días de los negativos.

Cuando Charlie se enteró de lo ocurrido, mientras cenaban, su consejo fue retirar el servicio de té georgiano de la subasta... y ascender a Cathy.

–Tu primera sugerencia no es tan fácil de llevar a cabo –contestó Becky–. El catálogo estará a disposición del público esta misma semana. ¿Qué explicación le daríamos a la señora Dawson por haber retirado la reliquia familiar de su querida madre?

–Que, en primer lugar, no era de su querida madre, y que lo retiraste por estar convencida de que se trata de objetos robados.

–Si lo hiciéramos nos podría demandar por incumplimiento de contrato, pues cabe la posibilidad de que posteriormente comprobemos que la señora Dawson es inocente. Si nos llevara a los tribunales, no tendríamos a dónde cogernos.

–Si esta tal señora Dawson es tan inocente como tú piensas, ¿por qué demuestra la señora Trentham tanto interés por el dichoso servicio de té? Me cuesta creer que no tenga uno.

–Claro que lo tiene –dijo Becky y rió–. Lo sé porque lo he visto, aunque jamás me sirvieron la taza de té prometida.

El inspector Deakins telefoneó tres días después a Becky para comunicarle que en los archivos de la policía de Nottingham no constaba ninguna referencia a un servicio de té que se ajustara a la descripción del que se iba a subastar. También confirmó que la señora Dawson no constaba en los archivos. Ya había dado aviso a todas las comisarías del país.

–Pero –añadió– las fuerzas ajenas no cooperan mucho con la metropolitana en lo referente a intercambiar información.

Cuando Becky colgó el teléfono decidió dar luz verde y enviar los catálogos, pese a los temores de Charlie. Salieron ese mismo día, junto con invitaciones a la prensa y a ciertos clientes elegidos.

Un par de periodistas solicitaron entradas para la subasta. Una

Becky inusualmente suspicaz ordenó que los investigaran, sólo para averiguar que trabajaban para periódicos nacionales y que habían cubierto las subastas de Trumper's en ocasiones anteriores.

Simon Matthews consideró que Becky se estaba pasando de la raya, en tanto Cathy daba la razón a sir Charles, reforzando la opinión de que la alternativa más inteligente era retirar el servicio de té de la subasta hasta que Deakins confirmara que no había problemas.

–Si retiráramos un lote cada vez que un hombre se interesa en alguna de nuestras subastas, lo mejor sería cerrar las puertas y dedicarnos a la astrología –comentó Simon.

El inspector Deakins telefoneó el lunes anterior a la subasta para decir que necesitaba ver a Becky cuanto antes. Llegó a la galería media hora después, acompañado de su sargento. Lo único que sacó de su maletín esta vez fue un ejemplar del *Aberdeen Evening Express* correspondiente al 15 de octubre de 1949.

Deakins solicitó examinar de nuevo el servicio de té georgiano. Comparó minuciosamente cada pieza con una fotografía reproducida en una página interior del diario.

–No cabe duda, son éstas –dijo, después de verificarlo por segunda vez.

Enseñó la foto a Becky.

Cathy y Peter Fellowes compararon cada pieza con la foto del periódico y convinieron que el parecido era asombroso.

–El servicio fue robado del museo de la Plata de Aberdeen hace tres meses –dijo el inspector–. La maldita policía local no se molestó en informarnos. Consideraron, sin duda, que no era asunto nuestro.

–¿Qué haremos ahora? –inquirió Becky.

–La policía de Nottingham fue a visitar a la señora Dawson y encontró varias piezas de plata y joyas ocultas en diversos escondrijos de la casa. La han trasladado a comisaría para que, como diría a la prensa, colabore en las pesquisas de la policía. –Guardó el periódico en el maletín–. Supongo que la acusarán formalmente en cuanto los llame para darles la noticia. Lamentablemente tendré que llevarme el servicio de té a Scotland Yard por cuestiones de procedimiento.

–Por supuesto –dijo Becky.

–Mi sargento le entregará un recibo, lady Trumper, y yo quisiera darle las gracias por su cooperación. –El inspector vaciló, mirando con ternura el servicio de té–. Dos meses de sueldo –suspiró–, y robado por nada.

Saludó con el sombrero y los dos policías salieron de la galería.

–¿Qué hacemos ahora? –preguntó Cathy.

–No podemos hacer gran cosa –contestó Becky–. Seguir adelante con la subasta como si no hubiera pasado nada, explicando que el lote ha sido retirado cuando le toque el turno.

–Y nuestro hombre saltará y dirá: «¿No es otro ejemplo de que ofrecen artículos robados, que retiran a último momento?». Más que una sala de subastas, parecemos una casa de empeños –comentó Simon, enfurecido–. ¿Por qué no ponemos frente a la puerta tres globos, y hasta una verja, para indicar el tipo de gente que deseamos atraer?

Becky no reaccionó.

–Si tan mal te sabe, Simon, ¿por qué no tratamos de darle la vuelta a la situación en beneficio nuestro? –sugirió Cathy.

–¿Qué quieres decir? –preguntó Becky.

Simon y ella se volvieron para mirar a la joven australiana.

–Hemos de conseguir el apoyo de la prensa, para variar.

–No estoy segura de entenderte.

–Telefonee a aquel periodista del *Telegraph*... ¿Cómo se llamaba? Barker... y concédale la exclusiva.

–¿En qué nos puede beneficiar? –preguntó Becky.

–Esta vez le daremos nuestra versión de los hechos y estará muy contento de ser el único periodista que tenga la exclusiva, sobre todo después del fiasco del Bronzino.

–¿Crees que le va a interesar un servicio de té valorado en setenta libras?

–¿Estando mezclados un museo escocés y una perista profesional detenida en Nottingham? Se interesará en el acto. En especial, si no se lo decimos a nadie más.

–¿Te apetece encargarte en persona del señor Barker, Cathy? –preguntó Becky.

–Déme la oportunidad.

A la mañana siguiente, el *Daily Telegraph* publicaba un breve pero destacado artículo en la página tres, anunciando que Trumper's, los subastadores de bellas artes, habían llamado a la policía después de tener dudas sobre la propiedad de un servicio de té georgiano que, como se supo posteriormente, había sido robado del museo de la Plata de Aberdeen. La policía de Nottingham había detenido a una mujer, a la que acusaron después de traficar con bienes robados. El artículo continuaba diciendo que el inspector Deakins de Scotland Yard había declarado al *Telegraph*: «Ojalá todas las salas de subastas y galerías de Londres fueran tan responsables como Trumper's».

Acudió numeroso público a la subasta de aquella tarde y, pese a la retirada de una pieza fundamental, Trumper's logró superar el precio estimado en varios lotes. El hombre de la chaqueta tweed y la corbata amarilla no hizo acto de presencia.

–¿Así que no seguiste mi consejo? –preguntó Charlie aquella noche, cuando leyó el *Telegraph* en la cama.

–Sí y no –contestó Becky–. No retiré de inmediato el servicio de té, pero ascendí a Cathy.

37

El 9 de noviembre de 1950 Trumper's celebró su segunda asamblea general. Los directores se encontraron a las 10 de la mañana en la sala de juntas para que Arthur Selwyn les explicara el procedimiento que iba a seguir en cuanto llegaran los accionistas.

A las once en punto guió al presidente y a los ocho directores a la sala principal, como si fueran escolares conducidos en fila india al recreo de la mañana.

Charlie presentó cada miembro de la junta a los accionistas congregados, cuyo número se elevaba a ciento veinte: «una concurrencia respetable para tal ocasión», susurró Tim Newman al oído de Becky. Charlie pasó revista al orden del día sin que Arthur Selwyn precisara recordarle nada, y sólo se le formuló una pregunta embarazosa.

–¿Por qué, durante el primer año de ejercicio, los gastos han superado tanto el presupuesto?

Arthur Selwyn explicó que el coste del edificio había sobrepasado la primera estimación y los gastos de la puesta en marcha incluían ciertas facturas que no volverían a repetirse en el futuro. También señaló que, en un plano puramente económico, Trumper's había logrado igualar costes y beneficios en el primer trimestre del segundo año. Añadió que tenía plena confianza en el año en curso, sobre todo gracias al aumento previsto de turistas que acudirían a Londres con motivo del Festival de Gran Bretaña. No obstante, advirtió a los accionistas que la compañía necesitaría pedir prestado más capital, si esperaban aumentar sus servicios.

Cuando Charlie declaró clausurada la asamblea general, permaneció sentado, porque la junta recibió una breve ovación, que pilló desprevenido al presidente.

Becky estaba a punto de volver al número 1, para continuar trabajando en la subasta de impresionistas que proyectaba para la primavera, cuando el señor Baverstock se acercó y la cogió por el codo.

–¿Puedo hablar con usted en privado, lady Trumper?

–Por supuesto.

Becky buscó un sitio tranquilo donde pudieran conversar.

–Creo que mi despacho de High Holborn sería más apropiado –sugirió el hombre–. Es un asunto bastante delicado. ¿Le va bien mañana, a las tres de la tarde?

Esa mañana Daniel telefoneó desde Cambridge y a Becky le sorprendió que estuviera tan parlanchín y pletórico de noticias. Por su parte, ella estaba poco comunicativa; aún no había logrado averiguar de qué «asunto bastante delicado» quería hablar con ella el socio mayoritario de Baverstock, Dickens & Cobb.

Se negaba a creer que la esposa del señor Baverstock quisiera devolver el aparador Carlos II o precisara más detalles sobre la próxima subasta de impresionistas, pero como en su caso la angustia primaba siempre sobre el optimismo, Becky se pasó las veintiséis horas siguientes temiendo lo peor.

No quiso comunicarle sus preocupaciones a Charlie, porque lo poco que sabía del señor Baverstock la inducía a creer que si su marido tuviera algo que ver, el abogado habría solicitado verlos a ambos. En cualquier caso, Charlie ya tenía bastantes problemas para cargarle, además, con los suyos.

Becky no pudo probar bocado a la hora del almuerzo y llegó al bufete del abogado pocos minutos antes de la hora acordada. La condujeron directamente al despacho del señor Baverstock.

El señor Baverstock la recibió con una sonrisa cordial, como si fuera una pariente lejana de su extensa familia. Le ofreció la silla opuesta a su amplio escritorio de caoba.

El señor Baverstock debía de tener unos cincuenta y cinco años, quizá sesenta, un rostro redondo y amistoso y unas pocas guedejas de cabello gris que se peinaba con la raya en medio. Su atavío, compuesto de chaqueta oscura, chaleco, pantalón gris a rayas y corbata negra, podía ser el de cualquier abogado en diez kilómetros a la redonda. El hombre ocupó su silla, estudió los documentos amontonados frente a él y se quitó las gafas.

–Lady Trumper, ha sido muy amable al venir a verme.

Aunque se conocían desde hacía dos años, nunca la había llamado por su nombre de pila.

–Iré directamente al grano. Uno de mis mejores clientes era el difunto sir Raymond Hardcastle. –Becky se preguntó por qué no se lo había dicho nunca y estaba a punto de protestar cuando el señor Baverstock añadió–: Me apresuraré a decir que la señora Trentham no es y nunca ha sido cliente de esta firma.

Becky no hizo el menor esfuerzo para reprimir un suspiro de alivio.

–También debo informarle que tuve el privilegio de trabajar para sir Raymond durante treinta años y me consideraba no sólo su consejero legal, sino, hacia el final de su vida, un amigo íntimo. Se trata de una información complementaria, lady Trumper, porque usted tal vez considere importantes estos datos cuando haya oído todo lo que voy a decirle.

Becky asintió, esperando que el señor Baverstock fuera al grano.

–Años antes de que muriera –continuó el abogado–, sir Raymond redactó un testamento. En él dividía los ingresos derivados de sus propiedades entre sus dos hijas... Unos ingresos, debería añadir, que han aumentado de forma considerable desde su muerte, gracias a algunas prudentes inversiones efectuadas en su nombre. Su hija mayor era la señorita Amy Hardcastle, y la menor, como usted ya sabe muy bien, la señora de Gerald Trentham. Los ingresos de las propiedades han sido suficiente para dotar a ambas damas de un nivel de vida equiparable, aunque no mayor, al que tenían antes de su muerte. No obstante...

«¿Irá al grano de una vez el querido señor Baverstock?», empezó a preguntarse Becky.

–... sir Raymond decidió, con gran clarividencia, que el capital en acciones continuaría intacto, tras permitir que la firma fundada por su padre y desarrollada por él con tanto éxito se fusionara con uno de sus mayores rivales. Como comprenderá, lady Trumper, sir Raymond pensaba que ningún miembro de su familia podía sucederle como presidente de Hardcastle's. Ninguna de sus dos hijas, o nietos, sobre los cuales me extenderé más en su momento, eran lo suficientemente competentes como para llevar las riendas de una sociedad anónima.

El abogado se quitó las gafas, las limpió con un pañuelo que sacó del bolsillo superior de la chaqueta, examinó los cristales con aire crítico y entró en materia de nuevo.

–Sir Raymond no se hacía ilusiones sobre sus descendientes. Su hija mayor, Amy, era una dama bondadosa y tímida que cuidó a su padre durante sus últimos años. Cuando sir Raymond murió, se mudó a un hotelito de la costa, donde residió hasta su muerte, ocurrida el año pasado.

»Su hija menor, Ethel Trentham... Se lo diré con la máxima delicadeza posible: sir Raymond consideraba que ésta había perdido el contacto con la realidad y que ya no sentía el menor afecto por sus raíces. En cualquier caso, el hombre lamentaba muchísimo no haber tenido un hijo varón, de modo que cuando nació Guy, sus esperanzas en el futuro se concentraron en el joven nieto. Desde aquel día fue muy generoso con él. Más tarde, se atribuyó la culpa de su desgracia. No cometió el mismo error con Nigel, un niño por el que jamás sintió afecto ni respeto.

»Sin embargo, sir Raymond ordenó a esta empresa que le mantuviéramos informado en todo momento sobre los miembros más cercanos de la familia. Así, cuando el capitán Trentham abandonó el ejército en 1922, de una manera inexplicable, nos pidió que averiguáramos el verdadero motivo. Sir Raymond no aceptó la historia de su hija, en el sentido de que Guy había entrado como socio en una empresa australiana de tratantes de ganado. De hecho, se preocupó tanto que estuvo a punto de enviarme a Australia para descubrir la verdad. Entonces Guy murió.

Desde su asiento Becky tuvo ganas de dar cuerda al señor Baverstock como si fuera un gramófono y hacerlo girar por encima de 78 revoluciones por minuto, pero se dio cuenta de que, dijera lo que dijese, nada apartaría al abogado del surco que se había fijado.

–El resultado de nuestras investigaciones –continuó Baverstock– nos indujo a creer... lady Trumper, debo pedirle disculpas si incurro en alguna falta de delicadeza, pero no tengo intención de ofenderla... Nos indujo a creer que Charles Trumper no era el padre de su hijo, sino Guy Trentham.

Becky agachó la cabeza y el señor Baverstock se disculpó de nuevo antes de proseguir.

–Sir Raymond, no obstante, necesitaba convencerse de que Daniel era bisnieto, y con este fin efectuó dos visitas a San Pablo, después de que el muchacho obtuviera una beca para estudiar en sus aulas.

Becky levantó la cabeza y miró al viejo abogado.

–La primera vez vio tocar al niño en un concierto escolar, si no recuerdo mal era una pieza de Brahms, y la segunda Daniel recibió el premio Newton de matemáticas. Creo que usted estaba presente. En ambos casos sir Raymond hizo lo imposible porque el pequeño no reparase en su presencia. Después de la segunda visita sir Raymond quedó convencido de que Daniel era su bisnieto. Temo que todos los Hardcastle han sido agraciados con el mismo mentón, para no hablar de la tendencia a pasar el peso del cuerpo de un pie a otro cuando están nerviosos. En consecuencia, al día siguiente sir Raymond modificó su testamento.

El abogado cogió un documento atado con una cinta rosa, que desató poco a poco.

–Recibí instrucciones, señora, de leerle las cláusulas importantes de este testamento en el momento en que yo considerara apropiado, poco antes de que el joven celebre su trigésimo aniversario. Si no me equivoco, Daniel cumplirá treinta años el mes que viene.

Becky asintió con la cabeza.

Baverstock desdobló lentamente las rígidas hojas de pergamino.

–Ya le he explicado las disposiciones concernientes a las propiedades de sir Raymond. Sin embargo, desde la muerte de la señorita Amy, la señora Trentham recibe todos los beneficios de cualquier interés devengado del fideicomiso y que ahora rondan las cuarenta mil libras al año. Por lo que yo sé, sir Raymond no tomó disposiciones relativas a su nieto mayor, el señor Guy Trentham, pero como ya ha fallecido ese punto es irrelevante. Posteriormente, asignó una pequeña dote a su otro nieto, el señor Nigel Trentham. –Hizo una pausa–. Ahora, debo citar las palabras exactas de sir Raymond. –El abogado miró el documento y carraspeó–. «Después de cumplir los compromisos establecidos y pagar las facturas, lego los bienes residuales de mi patrimonio al señor Daniel Trumper del colegio Trinity, Cambridge.» Adquirirá la plena posesión de su disfrute a la muerte de su abuela, la señora de Gerald Trentham.

Ahora que el abogado había ido por fin al grano, el estupor dejó sin palabras a Becky. El señor Baverstock se calló por si Becky deseaba decir algo, pero como ella sospechaba que aún se producirían más revelaciones siguió en silencio. Los ojos del abogado se posaron en los papeles desplegados sobre el escritorio.

–Creo que debería añadir, llegados a este punto, que sé muy bien, como lo sabía sir Raymond, el trato que usted ha recibido a manos de su nieto y su hija, por lo que debo informarle que, si bien este legado será considerable, no incluye la granja de Ashurst en Berkshire, ni la casa de Chester Square. Ambas propiedades, desde la muerte del mayor, pertenecen a la señora Trentham. Tampoco incluye, y sospecho que esto le interesará más, el terreno de Chelsea Terrace, que no forma parte de las propiedades de sir Raymond. Sin embargo, todo lo demás será heredado por Daniel, si bien, como ya le he explicado, no ocurrirá hasta que la señora Trentham fallezca.

–¿Ella lo sabe?

–La señora Trentham conocía muy bien las cláusulas del testamento de su padre en vida de éste. Incluso pidió asesoramiento para averiguar si podía invalidar las que introdujo después de las dos visitas de sir Raymond a San Pablo.

–¿Inició alguna acción legal?

–No. Al contrario, de repente, y debo confesar que inexplicablemente, ordenó a sus abogados que retirasen todas las objeciones. De todos modos, sir Raymond estipuló con la mayor claridad que el capital nunca podría ser utilizado ni controlado por sus hijas. Éste era privilegio de su descendiente directo.

El señor Baverstock calló y posó las palmas de las manos sobre el papel secante.

–Ahora tendré que decírselo –murmuró Becky para sí.

–Creo que así debe ser, lady Trumper. De hecho, el propósito de este encuentro era proporcionarle toda la información. Sir Raymond nunca estuvo seguro de que usted hubiera informado a Daniel quién era exactamente su padre.

–No, nosotros nunca hemos...

Baverstock se quitó las gafas y las puso sobre el escritorio.

–Tómese su tiempo, mi querida señora, y hágame saber cuándo tendré permiso para ponerme en contacto con su hijo y comunicarle la buena nueva.

–Gracias –dijo Becky en voz baja, pensando al mismo tiempo que había elegido unas palabras poco apropiadas.

–Por último –dijo el señor Baverstock–, debo informarle que sir

Raymond llegó a ser un gran admirador de su marido y de su trabajo, e incluso de la sociedad que forman ustedes dos. Hasta el punto de recomendar a esta firma que, si alguna vez Trumper's se convertía en sociedad anónima, debíamos comprar un buen paquete de acciones de la nueva empresa. Estaba convencido de que un proyecto de tal calibre sería rentable y llegaría a ser una inversión de primer orden.

–Por eso el banco Hambros invirtió el diez por ciento cuando nos hicimos sociedad anónima –dijo Becky–. Siempre nos intrigó.

–Exactamente –confirmó el señor Baverstock con una sonrisa casi de satisfacción–. Di instrucciones específicas para que Hambros solicitara las acciones en nombre del fideicomiso a fin de que su marido nunca desconfiara de un accionista tan importante pero ajeno a la empresa.

»El total, de hecho, fue considerablemente menor que los dividendos obtenidos durante el año. Sin embargo, los documentos de oferta nos hicieron ver que la intención de sir Charles consistía en controlar el cincuenta y uno por ciento de la empresa y, por tanto, consideramos que se sentiría aliviado al saber que nosotros poseeríamos otro diez por ciento bajo su control indirecto, por si surgían problemas en el futuro. Tengo la esperanza de que comprenderán que hemos actuado en pro de sus intereses, pues siempre fue el deseo de sir Raymond que fueran informados en profundidad cuando yo lo considerase oportuno. La única condición era que dicha información no fuera revelada a su hijo hasta que cumpliera treinta años.

–Ha sido usted muy considerado, señor Baverstock. Sé que Charlie querrá darle las gracias personalmente.

–Es usted muy amable, lady Trumper. Permítame añadir que este encuentro ha significado un auténtico placer para mí. Al igual que sir Raymond, he obtenido una enorme satisfacción siguiendo los progresos de ustedes tres a lo largo de los años, y me siento encantado de desempeñar un modesto papel en el futuro de la empresa.

El señor Baverstock, terminada su tarea, se levantó y acompañó a Becky en silencio a la puerta del edificio. Becky se preguntó si el abogado hablaba únicamente cuando tenía algo que comunicar.

–Lady Trumper, espero que me haga saber cuándo podré ponerme en contacto con su hijo.

38

El fin de semana posterior a la entrevista entre Becky y el señor Baverstock, Charlie y ella fueron a Cambridge a visitar a Daniel. Charlie insistió en que no podían retrasarlo más y la misma noche de la entrevista telefoneó a Daniel para avisarle que irían al Trinity pues necesitaban comunicarle algo importante.

–Estupendo, porque yo también tengo algo importante que anunciaros –fue la contestación de Daniel.

De camino a Cambridge, Becky y Charlie ensayaron lo que dirían y cómo lo dirían, pero llegaron a la conclusión de que, por más que intentaran explicarle lo ocurrido en el pasado, no sabían cómo iba a reaccionar Daniel.

–Me pregunto si nos perdonará algún día –dijo Becky–. Teníamos que habérselo dicho hace años.

–Pero no lo hicimos.

–Y se lo decimos justo cuando puede repercutir en nuestro beneficio económico.

–Y en el suyo, a la postre. Después de todo, heredará en su momento el diez por ciento de la empresa, dejando aparte todos los bienes de Hardcastle. Veremos cómo reacciona ante las noticias. –Charlie aceleró cuando llegó a un tramo de dos carriles, pasado Rickmansworth. Viajaron un rato en silencio hasta que Charlie apostilló–: Repasemos una vez más las explicaciones. De buen principio le dirás cómo conociste a Guy...

–Tal vez ya lo sabe –dijo Becky.

–En ese caso, habría preguntado...

–No necesariamente. Siempre ha sido muy reservado, sobre todo en lo tocante a nosotros.

El ensayo prosiguió hasta que llegaron a las afueras de la ciudad. Charlie condujo a escasa velocidad por los Backs, dejó atrás el colegio Queens, esquivando a un grupo de estudiantes que caminaba por la calle, y dobló a la derecha para entrar en el Trinity. Detuvo el coche en el patio de los profesores, se dirigieron a la entrada C y subieron una gastada escalera de piedra hasta llegar a la puerta señalada con el letrero «doctor Daniel Trumper». Siempre divertía a Becky recordar que no fue consciente del doctorado de su hijo hasta que alguien lo llamó «doctor Trumper» en su presencia.

Charlie aferró la mano de su mujer.

–No te preocupes, Becky. Todo irá bien, ya lo verás.

Le apretó los dedos una vez más antes de llamar a la puerta de Daniel.

–Adelante –gritó una voz que sólo podía ser la de Daniel.

Al cabo de un momento abrió la pesada puerta de roble para darles la bienvenida. Abrazó a su madre antes de guiarlos hacia su desordenado estudio, donde ya estaba servido el té en una mesa situada en el centro de la habitación.

Charlie y Becky se sentaron en dos de las enormes y estropeadas sillas de cuero que el colegio le había proporcionado. Habrían pertenecido a los seis ocupantes anteriores de la habitación, y recordaron a Becky la silla que había sacado de la casa de Charlie en Whitechapel Road y que había vendido por un chelín.

Daniel les sirvió el té y tostó un bollo en la chimenea. Nadie habló durante un rato y Becky se preguntó dónde habría comprado su hijo un jersey de cachemira tan bonito.

–¿Habéis tenido un buen viaje? –preguntó Daniel por fin.

–Normal –contestó Charlie.

–¿Qué tal va el nuevo coche?

–Bien.

–¿Y Trumper's?

–Podría ir peor.

–No estás muy locuaz, ¿eh, papá? Deberías solicitar la plaza vacante de profesor de literatura inglesa.

–Lo siento, Daniel –dijo su madre–. Es que tiene muchas cosas en la cabeza en este momento, sobre todo el asunto que queremos hablar contigo.

–Es el momento perfecto –dijo Daniel, dando la vuelta al bollo.

–¿Por qué? –preguntó Charlie.

–Porque, como ya os avisé, quiero hablar con vosotros de algo importante. Así que... ¿quién empieza?

–Oigamos tus noticias –se apresuró a contestar Becky.

–No, creo que lo más oportuno es lidiar primero con nuestro problema –intervino Charlie.

–Por mí, perfecto. –Daniel dejó caer un bollo tostado en el plato de su madre–. Mantequilla, mermelada y miel –añadió, señalando tres platitos que descansaban sobre la mesa, frente a ella.

–Gracias –dijo Becky.

–Adelante, papá. No puedo soportar esta tensión.

Dio vuelta al segundo bollo.

–Bien, quiero hablarte de algo que debimos contarte hace muchos años, y lo habríamos hecho de no ser...

–¿Un bollo, papá?

–Gracias –dijo Charlie, sin hacer caso del pastel caliente y humeante que Daniel dejó caer en su plato– ... por ciertas circunstancias y una cadena de acontecimientos que nos impidieron abordarlo.

Daniel colocó un tercer bollo en el extremo de su largo tridente para preparar tostadas.

–Come, mamá, o se te va a enfriar. En cualquier caso, enseguida te preparo otro.

–No tengo hambre –admitió Becky.

–Bien, como iba diciendo –continuó Charlie–, ha surgido un problema concerniente a una gran herencia que, en su momento...

Alguien llamó a la puerta. Becky miró con desesperación a Charlie, confiando en que la interrupción sólo se debiera a un mensaje sin importancia. Lo último que necesitaban ahora era un estudiante con un problema interminable. Daniel se levantó y acudió a la puerta.

–Entra, querida –lo oyeron decir.

Charlie se puso en pie cuando la invitada de Daniel entró en la habitación.

–Me alegro de verte, Cathy –saludó Charlie–. No tenía ni idea de que hoy ibas a estar en Cambridge.

–No, es muy típico de Daniel –contestó Cathy–. Yo quería avisarles pero no me dejó.

Dirigió una nerviosa sonrisa a Becky y se sentó en una silla libre.

Becky miró a los jóvenes, sentados uno al lado del otro... y algo la perturbó.

–Sírvete un poco de té, querida –dijo Daniel–. Llegas a tiempo del siguiente bollo y en el momento más emocionante. Papá iba a comunicarme cuánto me va a dejar en su testamento. ¿Voy a heredar el imperio Trumper o tendré que conformarme con el abono anual para el West Ham FC?

–Oh, lo siento mucho –dijo Cathy y estuvo a punto de levantarse de la silla.

–No, no. –Charlie le indicó que no se moviera–. No seas tonta, no es tan importante. Lo dejaremos para más tarde.

–Están muy calientes, así que ten cuidado –dijo Daniel, dejando caer un bollo en el plato de Cathy–. Bien, si mi herencia es de una insignificancia tan monumental, daré yo mi noticia. Redoble de tambores, arriba el telón, primera línea. –Daniel alzó el tridente como si fuera una batuta–. Cathy y yo nos vamos a casar.

–No me lo creo –exclamó Becky, saltando de la silla y abrazando encantada a Cathy–. Es una noticia maravillosa.

–¿Desde cuándo os conocéis? –preguntó Charlie–. Debo de haber estado ciego.

–Desde hace casi dos años –admitió Daniel–. Para ser justos, papá, ni siquiera tú tienes un telescopio capaz de enfocar Cambridge todos los fines de semana. Te revelaré otro pequeño secreto: Cathy no me permitió decíroslo hasta que mamá la invitó a integrarse en el comité directivo.

–Como comerciante desde hace una eternidad, muchacho –dijo Charlie, resplandeciente–, debo decirte que te llevas lo mejor del negocio. –Daniel sonrió–. De hecho, creo que Cathy sale perdiendo. ¿Cuándo empezó todo esto?

–Nos conocimos durante la inauguración de su casa. Usted no se acordará, sir Charles, pero tropezamos en la escalera –dijo Cathy, jugueteando nerviosamente con la cruz que colgaba de su cuello.

–Claro que me acuerdo. Haz el favor de llamarme Charlie, como todo el mundo.

–¿Ya habéis decidido la fecha? –preguntó Becky.

–Pensamos casarnos durante las vacaciones de Pascua –dijo Daniel–. ¿Os va bien a los dos?

–La próxima semana me va bien –contestó su padre–. Nada podría hacerme más feliz. ¿Dónde queréis que se celebre la boda?

–En la capilla del Trinity –contestó Daniel sin vacilar–. Los padres de Cathy han muerto y pensamos que casarnos en Cambridge sería lo mejor, dadas las circunstancias.

–¿Y dónde viviréis? –preguntó Becky.

–Ah, eso depende –dijo Daniel con aire misterioso.

–¿De qué? –preguntó Charlie.

–He solicitado la cátedra de matemáticas en el King's de Londres... y me han confirmado que su decisión será anunciada al mundo dentro de dos semanas.

–¿Tantas esperanzas tienes? –preguntó Becky.

–Bien, te lo explicaré –dijo Daniel–. El rector me ha invitado a cenar con él el próximo jueves en sus aposentos, y como nunca he visto al caballero en cuestión...

Se interrumpió cuando sonó el teléfono.

–Vaya, ¿quién será? Los monstruos no suelen molestar los domingos. –Daniel descolgó el teléfono y escuchó unos momentos–. Sí, está aquí –dijo al cabo de unos segundos–. ¿Quién la llama? Se lo diré. –Miró a su madre–. El señor Baverstock pregunta por ti, mamá.

Becky se levantó y cogió el teléfono. Charlie tenía aspecto de temer algo.

–¿Es usted, lady Trumper?

–Sí, soy yo.

–Soy Baverstock. Seré breve. Antes de nada, ¿ha informado a Daniel sobre los detalles relativos al testamento de sir Raymond?

–No. Mi marido estaba a punto de hacerlo.

–En ese caso, no mencione el tema hasta que nos veamos de nuevo, por favor.

–Pero... ¿por qué?

Becky comprendió que ahora iba a ser necesario disimular.

–Prefiero no discutirlo por teléfono, lady Trumper. ¿Cuándo volverá a la ciudad?

–Esta noche.

–Creo que deberíamos vernos lo antes posible.

–Si lo considera necesario...

Becky seguía desconcertada.

–¿Le va bien a las siete?

–Sí, estoy segura de que ya habremos regresado a esa hora.

–En ese caso, me presentaré en Eaton Square a las siete. Le ruego que, haga lo que haga, no mencione para nada el testamento de sir Raymond a Daniel. Le pido disculpas por tanto misterio, pero temo que no me queda otra elección. Adiós, querida señora.

–Adiós –dijo Becky, colgando el teléfono.

–¿Problemas? –preguntó Charlie, enarcando una ceja.

–No lo sé. –Becky miró a Charlie a los ojos–. El señor Baverstock quiere vernos porque ha surgido un problema con los documentos de los que me habló la semana pasada. –Charlie hizo una mueca–. Y no quiere que hablemos de ello con nadie más, de momento.

–Eso sí que suena misterioso –comentó Daniel, volviéndose hacia Cathy–. El señor Baverstock, querida, está en la junta del carretón. Es un hombre que considera que falta a sus deberes si telefonea a su esposa en horas de oficina.

–Parece que reúne todas las cualidades para formar parte del consejo de administración de una sociedad anónima.

–Lo viste una vez, de hecho –dijo Daniel–. Su esposa y él también acudieron a la fiesta de la inauguración, pero me temo que sus rasgos son fáciles de olvidar.

–¿Quién pintó ese cuadro? –preguntó Charlie de repente, mirando una acuarela del Cam que colgaba sobre el escritorio de Daniel.

Becky confió en que el cambio de tema no hubiera sido demasiado descarado.

Durante el viaje de regreso a Londres, Becky se debatió entre la alegría de tener a Cathy por futura nuera y el nerviosismo que le producía la llamada del señor Baverstock.

Cuando Charlie le pidió por enésima vez más detalles, Becky trató de repetir palabra por palabra la conversación que sostuvo con el abogado, pero no por ello dedujeron algo más.

–Pronto lo sabremos –afirmó Charlie.

Abandonaron la A10, atravesaron Whitechapel y se internaron por la City. Charlie experimentaba un escalofrío cada vez que pasaba frente a los carretones con sus mercancías multicolores y que oía los gritos de los vendedores al hacer sus disparatados pregones: «No se lo ofrezco por...».

Charlie frenó bruscamente, apagó el motor y se asomó por la ventanilla.

–¿Por qué te paras? –inquirió Becky–. No debemos perder ni un minuto.

Charlie señaló el club juvenil masculino de Whitechapel: parecía más ruinoso y abandonado que de costumbre.

–Charlie, has visto el club mil veces. No podemos llegar tarde a nuestra cita con el señor Baverstock.

Charlie sacó la agenda y desenroscó el capuchón de la pluma.

–¿Qué haces?

–Becky, ¿cuándo aprenderás a ser más observadora?

Charlie copió el número de la agencia inmobiliaria que figuraba en el letrero que decía «En venta».

–¿Te propones abrir un segundo Trumper's en Whitechapel?

–No, pero quiero averiguar por qué van a cerrar mi antiguo club juvenil –contestó Charlie.

Guardó la pluma y encendió el motor.

Los Trumper llegaron a Eaton Square, 17, media hora antes de la visita del abogado; ambos sabían que el señor Baverstock era implacablemente puntual. Becky se puso enseguida a quitar el polvo de las mesas y a disponer los almohadones de la sala de estar.

–Todo está en orden –dijo Charlie–. Deja de preocuparte por tonterías. En cualquier caso, para eso he contratado un ama de llaves.

–Pero es una noche de domingo –le recordó Becky.

Continuó ordenando objetos que no tocaba desde hacía meses y luego encendió la chimenea.

A las siete en punto sonó el timbre. Charlie fue a recibir a su invitado.

–Buenas noches, sir Charles –saludó el señor Baverstock quitándose el sombrero.

«Ah, sí –pensó–, hay otro conocido mío que nunca me llama Charlie.» Cogió el abrigo, la bufanda y el sombrero del señor Baverstock y los colgó en el perchero del vestíbulo.

–Lamento molestarles un domingo por la noche –dijo el señor Baverstock, siguiendo a su anfitrión hasta la sala de estar, maletín en mano–, pero espero que cuando me hayan escuchado se den cuenta de que he tomado la decisión correcta.

–Por supuesto. A los dos nos intrigó su llamada. Permítame ofrecerle algo de beber. ¿Un whisky?

–No, gracias, pero aceptaría con gusto un jerez seco.

Becky sirvió un Tío Pepe al señor Baverstock y un whisky a su marido. Después se reunió con los hombres alrededor del fuego y aguardó a que el abogado explicara los motivos de su extraña llamada.

–No me resulta fácil, sir Charles.

Charlie asintió con la cabeza.

–Lo comprendo. Tómese su tiempo.

–¿Me confirma que no reveló a su hijo los detalles concernientes al testamento de sir Raymond?

–No lo hicimos. Nos salvó del mal rato el anuncio del futuro matrimonio de Daniel y, después, su afortunada llamada.

–Bien, es una buena noticia –dijo el señor Baverstock– para la encantadora señorita Ross, sin duda. Felicítela de mi parte, por favor.

–¿Usted ya estaba enterado? –preguntó Becky.

–Oh, sí. Era obvio para todo el mundo, ¿no?

–Para todo el mundo, excepto nosotros –confesó Charlie.

El señor Baverstock se permitió una sonrisa irónica y sacó una carpeta de su maletín.

–No les haré perder más tiempo –continuó el señor Baverstock–. Durante una conversación que sostuve hace unos días con los abogados de la otra parte, salió a relucir que, tiempo atrás, Daniel visitó a la señora Trentham en su residencia de Chester Square.

Charlie y Becky fueron incapaces de ocultar su sorpresa.

–Lo que yo pensaba –dijo el señor Baverstock–. Ustedes, al igual que yo, ignoraban por completo que tal encuentro se hubiera producido.

–Pero ¿cómo pudieron encontrarse, si…? –empezó Charlie.

–Nunca lo sabremos, sir Charles. No obstante, sí sé que, en ese encuentro, Daniel llegó a un acuerdo con la señora Trentham.

–¿Y cuál fue la naturaleza de ese acuerdo? –preguntó Charlie.

El viejo abogado sacó una hoja de la carpeta y releyó las palabras escritas por la señora Trentham de su puño y letra: «A cambio de que la señora Trentham retire su oposición a la solicitud de construcción del edificio conocido como Torres Trumper y por renunciar a la reconstrucción de los pisos de Chelsea Terrace, Daniel Trumper renunciará a los derechos sobre los bienes de la familia Hardcastle que se le acrediten ahora o en el futuro». En aquel momento, por supuesto, Daniel no tenía ni idea de que era el principal beneficiario del testamento de sir Raymond.

–¿Por eso se rindió sin luchar? –preguntó Charlie.

–Eso parece.

–Daniel lo hizo todo a nuestras espaldas –dijo Becky, mientras su marido leía el documento.

–Lady Trumper, creo que tiene razón.

–¿Y dice que es legal? –fueron las primeras palabras de Charlie después de leer la hoja.

–Sí, me temo que así es, sir Charles.

–¿Aunque él ignorase los detalles de la herencia? –inquirió Charlie.

–Es un contrato entre dos personas. Los tribunales considerarán que Daniel renunció a todos sus derechos sobre los bienes de los Hardcastle, pues la señora Trentham cumplió su parte del trato.

–¿Se podría aducir coerción?

–¿De un hombre de veintiséis años por una mujer que superaba los setenta cuando tuvo lugar ese encuentro? Difícilmente, sir Charles.

–¿Cómo es posible que esa entrevista tuviera lugar?

–Lo ignoro –respondió el abogado–. Por lo visto, ella no entró en detalles ni con sus propios abogados. Sin embargo, supongo que ahora comprenderán por qué consideré que éste no era el momento más indicado para hablar con Daniel sobre la herencia de sir Raymond.

–Tomó la decisión correcta –aprobó Charlie.

–Y ahora el tema se ha cerrado para siempre –susurró Becky.

–¿Por qué? –preguntó Charlie, rodeando con el brazo a su mujer.

–Porque no quiero que Daniel se pase el resto de su vida pensando que traicionó a su bisabuelo, cuando su único propósito al firmar aquel acuerdo era ayudarnos.

Las lágrimas resbalaban por las mejillas de Becky cuando se volvió para mirar a su marido.

–Quizá debería hablar con Daniel, de hombre a hombre.

–Charlie, no quiero que nunca más saques a relucir el tema de Guy Trentham con mi hijo. Te lo prohíbo.

Charlie apartó el brazo y la miró como un niño al que han regañado injustamente.

–Sólo me alegro de que sea usted quien nos haya comunicado esta infortunada noticia –dijo Becky–. Siempre ha sido muy considerado con nosotros.

–Gracias, pero me temo que aún me quedan más noticias desagradables que comunicar, lady Trumper.

Becky aferró la mano de Charlie.

–Debo informarles que, esta vez, la señora Trentham no se da por satisfecha con asestar un solo golpe.

–¿Qué más nos puede hacer? –preguntó Charlie.

–Por lo visto, ahora desea desprenderse del solar de Chelsea Terrace.

–No lo creo –dijo Becky.

–Yo sí –afirmó Charlie–. Pero ¿a qué precio?

–Ése es el verdadero problema –dijo el señor Baverstock, que se inclinó para sacar otra carpeta de su viejo maletín.

Charlie y Becky intercambiaron una rápida mirada.

–La señora Trentham le ofrecerá el solar de Chelsea Terrace por el diez por ciento de las acciones de Trumper's –hizo una pausa– y un puesto en el consejo de administración para su hijo Nigel.

–Jamás –dijo Charlie.

–Si rechaza su oferta –añadió el abogado–, venderá la propiedad al mejor postor... sea quien sea.

–Muy bien –dijo Charlie–. En cualquier caso, acabaremos adquiriendo el terreno.

–A un precio mucho más elevado que el valor del diez por ciento de nuestras acciones, sospecho –dijo Becky.

–Vale la pena pagar ese precio después de lo que nos ha hecho.

–La señora Trentham también ha exigido que su oferta sea presentada en la próxima reunión de la junta y sometida a votación.

–Carece de autoridad para exigir eso –protestó Charlie.

–Si usted rehúsa acceder a esta exigencia, tiene la intención de informar de la oferta por carta a todos los accionistas y convocar después una asamblea general extraordinaria, en la que presentará personalmente su caso y pedirá que se vote el tema.

–¿Puede hacerlo?

Charlie parecía preocupado por primera vez.

–A juzgar por todo lo que sé acerca de esta dama, sospecho que no habría lanzado tal desafío sin haberse asesorado legalmente con anterioridad.

–Da la impresión de que adivina nuestros movimientos por anticipado –se quejó Becky.

La voz de Charlie reveló la misma angustia.

–No tendría que preocuparse por nuestros siguientes movimientos si su hijo estuviera en la junta. Se lo diría todo después de cada reunión.

–Por lo tanto, parece que tendremos que acceder a sus exigencias –dijo Becky.

–Estoy de acuerdo con usted, lady Trumper –dijo el señor Baverstock–. No obstante, consideré justo informarles con todo detalle sobre las intenciones de la señora Trentham, porque en la próxima reunión tendré el penoso deber de poner al corriente a la junta.

En la siguiente reunión de la junta, celebrada el martes siguiente, sólo se produjo una ausencia «justificada»: Simon Matthews se encontraba en Ginebra para dirigir una subasta de piedras preciosas raras. Charlie le había asegurado que su presencia no sería decisiva. Cuando el señor Baverstock terminó de explicar las consecuencias de la oferta lanzada por la señora Trentham, todo el mundo quiso hablar a la vez.

–Quiero dejar clara mi postura desde el principio –dijo Charlie, cuando logró establecer un poco de orden–. Soy contrario a esta oferta al cien por cien. No confío en esa dama y nunca lo he hecho. Aún más, creo que, a la larga, su propósito es perjudicar a la empresa.

–Señor presidente –intervino Paul Merrick–, si ella piensa vender el terreno de Chelsea Terrace al mejor postor, no le costaría nada utilizar el dinero de la venta en adquirir otro diez por ciento de acciones de la empresa cuando le conviniera. ¿Qué otra alternativa nos queda?

–No tener que convivir con su hijo –dijo Charlie–. Recuerde que el lote incluye ofrecerle un puesto en la junta.

–Pero si poseyera el diez por ciento de la empresa, o más, sería nuestro deber aceptarlo como director, nos gustara o no –insistió Paul Merrick.

–No necesariamente, sobre todo si creyéramos que su único propósito, al integrarse en la junta, es apoderarse de la empresa. Sólo nos falta un director hostil –agregó Charlie.

–Sólo nos falta pagar más de lo imprescindible por un agujero en el suelo –rebatió Merrick.

Se hizo el silencio cuando todos los presentes reflexionaron sobre estas opiniones encontradas.

–Imaginemos por un momento –dijo Tim Newman– que no aceptamos las condiciones de la señora Trentham, sino que entramos en competencia para adquirir el solar. No sería la solución más barata, porque le puedo asegurar, sir Charles, que Sears, Boots, la Casa Fraser y la Sociedad John Lewis, por citar sólo cuatro, se sentirían muy satisfechas de abrir una nueva tienda en pleno Trumper's.

–Independientemente de su opinión sobre esa dama, señor presidente, rechazar su oferta nos podría salir mucho más caro, a la larga –dijo Paul Merrick–. En cualquier caso, debo informar a la junta de algo que me parece importante a efectos de esta discusión.

–¿Qué es? –preguntó Charlie, preocupado.

–Tal vez interese saber a mis colegas directores –empezó Merrick, con cierta pomposidad– que Kitcat & Aitken ha rescindido el contrato a Nigel Trentham, que es lo mismo que decir que ha sido despedido por incompetente. No puedo imaginar que su presencia en esta mesa nos cause problemas, ahora o en el futuro.

–Informaría a su madre de todos nuestros movimientos –observó Charlie.

–¿Tal vez le interese saber cómo va la venta de bragas en la séptima planta? –bromeó Merrick–. Y no olvidemos el escape de agua en el lavabo de caballeros, ocurrido el mes pasado. No, señor presidente, sería absurdo, e incluso irresponsable, no aceptar esa oferta.

–A propósito, señor presidente, ¿qué haría usted con el espacio disponible, si Trumper's entrara en posesión, repentinamente, del solar de la señora Trentham? –preguntó Daphne, desconcertando a todo el mundo.

–Ampliaciones –respondió Charlie–. El espacio se nos ha quedado pequeño. Ese trozo de tierra significa, como mínimo, tres mil metros cuadrados. Si le pusiera las manos encima, abriría veinte departamentos más.

–¿Y a cuánto se elevaría el proyecto de construcción? –continuó Daphne.

–A muchísimo dinero –intervino Paul Merrick–, del que tal vez no dispongamos si hemos de pagar por ese solar mucho más de lo que vale.

–Me permito recordarle que las cosas marchan viento en popa este año –dijo Charlie, dando un puñetazo sobre la mesa.

–Estoy de acuerdo, señor presidente, pero permítame recordarle que la última vez que hizo una declaración parecida, en menos de cinco años tuvo que hacer frente a la bancarrota.

–Se debió a una guerra inesperada –insistió Charlie.

–Y ahora no estamos en guerra –puntualizó Merrick. Los dos hombres se miraron, incapaces de disimular la ojeriza que se tenían–. Ante todo nos debemos a los accionistas –prosiguió Merrick y miró a los miembros de la junta–. Si llegaran a averiguar que pagamos una cantidad excesiva por ese solar a causa de un ajuste de cuentas entre los dos personajes principales, por decirlo con la mayor delicadeza posible, seríamos severamente censurados en la próxima asamblea general anual y cabe la posibilidad, señor presidente, de que exigieran su dimisión.

–Estoy dispuesto a correr ese riesgo –replicó Charlie casi a gritos.

–Pues yo no –insistió Merrick impertérrito–. Sabemos que, de no aceptar la oferta, la señora Trentham convocará una asamblea general extraordinaria para plantear la situación a los accionistas y no me caben dudas sobre la postura que éstos adoptarán. En lugar de continuar con esta discusión inútil, creo que ha llegado el momento de someter este punto a votación.

–Espere un momento…

Charlie intentó ganar tiempo.

–Señor presidente, no esperaré. Propongo que aceptemos la generosa oferta de la señora Trentham, que consiste en cambiar el solar por el diez por ciento de las acciones de la firma.

–¿Y qué propone que hagamos con su hijo? –preguntó Charlie.

–Invitarlo a integrarse en la junta sin demoras.

–Pero…

–Basta de peros. Gracias, señor presidente. Ha llegado el momento de votar. No hemos de permitir que prejuicios personales nublen nuestro juicio.

–Puesto que se ha presentado una propuesta –dijo Arthur Selwyn, tras un momento de silencio–, ¿será tan amable de contar los votos, señorita Allen?

Jessica asintió con la cabeza y miró a los nueve miembros de la junta.

–¿Señor Merrick?

–A favor.

–¿Señor Newman?

–A favor.

–¿Señor Denning?

–En contra.

–¿Señor Makins?

–En contra.

–¿Señor Baverstock?

El abogado posó las palmas de las manos sobre la mesa y pareció vacilar, como si se encontrara en un terrible dilema.

–A favor –dijo por fin.

–¿Lady Trumper?

–En contra –dijo Becky sin titubear.

–¿Lady Wiltshire?

–A favor –replicó Daphne serenamente.

–¿Por qué? –preguntó Becky, convencida de que había oído mal.

Daphne se volvió para mirar a su vieja amiga.

–Porque prefiero que el enemigo cause problemas dentro de la sala de juntas en lugar de altercados más graves en los pasillos.

Becky no dio crédito a sus oídos.

–Supongo que usted está en contra, sir Charles.

Charlie asintió vigorosamente.

El señor Selwyn alzó la mirada.

–¿Debo entender que hay empate a cuatro votos? –preguntó a Jessica.

–Así es, señor Selwyn –respondió Jessica después de repasar la lista con los nombres.

Todo el mundo miró al director gerente. Dejó a su lado el bolígrafo que había utilizado.

–En ese caso, debo apoyar lo que considero más beneficioso para los intereses de la empresa a largo plazo. Voto a favor de aceptar la oferta de la señora Trentham.

Todos los miembros de la junta se pusieron a hablar, excepto Charlie.

–La moción ha sido aprobada, señor presidente, por cinco votos a favor y cuatro en contra –dijo el señor Selwyn, al cabo de unos instantes–. En consecuencia, daré instrucciones a nuestro banco mercantil y a nuestros abogados para que tomen las medidas económicas y legales necesarias para asegurar que la transacción se efectúe sin problemas y de acuerdo con las normas de la empresa.

Charlie no dijo nada y continuó con la mirada fija al frente.

–Si no hay más temas, presidente, tal vez debería declarar concluida la reunión.

Charlie asintió con la cabeza, pero no se movió cuando los otros directores se levantaron para abandonar la sala. Sólo Becky siguió en su sitio, en mitad de la larga mesa. Momentos después se quedaron a solas.

–Tendría que haberle metido mano a esos pisos hace treinta años, ¿sabes?

Becky no contestó.

–Y no deberíamos haber creado una sociedad anónima mientras esa jodida mujer continuara viva.

Charlie se levantó y caminó lentamente hacia la ventana, pero su esposa siguió en silencio mientras él contemplaba el banco vacío de la acera de enfrente.

–Y pensar que le dije a Simon que su presencia no sería decisiva.

Becky no hizo el menor comentario.

–Al menos ahora sé qué trama la muy maldita para su adorado Nigel.

Becky enarcó una ceja cuando su marido se volvió para mirarla.

–Pretende que me suceda como próximo presidente de Trumper's.

CATHY

1947-1950

39

La única pregunta que de niña no sabía contestar era: «¿Cuándo fue la última vez que viste a tu padre?».

Al contrario que el joven caballero, no sabía la respuesta. De hecho, no tenía ni la menor idea de quién era mi padre y, si a eso vamos, mi madre. La gente normal ignora cuántas veces al día, al mes o al año se formula esa pregunta. Y si una responde siempre «No lo sé, porque ambos murieron antes de que yo pudiera recordarlos» te dedican miradas de sorpresa o suspicacia... o, peor aún, de incredulidad. Al final, aprendes a levantar una cortina de humo o a cambiar de tema rápidamente. No existen variaciones sobre la cuestión de la paternidad para las que no haya desarrollado una vía de escape.

El único recuerdo de mis progenitores es el de un hombre que se pasaba casi todo el tiempo chillando y el de una mujer tan tímida que apenas hablaba. También tengo la sensación de que se llamaba Anna. Por lo demás, sólo permanece de ellos una mancha borrosa.

Cuánto envidiaba a aquellos niños que podían hablarme sin vacilar de sus padres, hermanos, hermanas, e incluso primos segundos y tías lejanas. Lo único que sabía de mí era que había sido educada en el orfanato de St. Hilda para chicas, Park Hill, Melbourne. Directora: señorita Rachel Benson.

Muchas de las niñas tenían parientes y algunas recibían cartas, hasta visitas ocasionales. La única visita que yo recuerdo fue la de una señora mayor, de aspecto bastante severo, ataviada con un vestido largo de color negro, guantes de encaje negro hasta los codos y que hablaba con un acento extraño. No tengo ni idea de qué relación nos unía.

La señorita Benson trató a esta dama con considerable respeto y recuerdo que hizo una reverencia cuando se fue. Nunca supe su nombre y cuando fui lo bastante mayor para preguntar quién era, la señorita Benson afirmó que no tenía ni idea de lo que yo le estaba diciendo. Siempre que intentaba interrogarla sobre mis orígenes, respondía con aire de misterio: «Es mejor que no lo sepas, niña». No se me ocurre una frase más convincente de la lengua inglesa que aquella que repetía la señorita Benson *ad nauseam*, pues me impulsó con mayor ardor a descubrir la verdad sobre mis padres.

A medida que pasaban los años, empecé a formular lo que yo consideraba preguntas sutiles sobre el tema de mis padres; a la vicedirectora, a la enfermera, al personal de cocina, incluso al portero... pero siempre me estrellaba contra el mismo muro. Cuando cumplí catorce años solicité una entrevista especial con la señorita Benson para hacerle una pregunta directa. Aunque había despachado el tema mucho tiempo atrás con «Es mejor que no lo sepas, niña», lo sustituyó en esta ocasión por «En verdad, Cathy, ni yo misma lo sé». Si bien no rebatí esta explicación, no la creí, pues algunos de los miembros más antiguos del personal me miraban a veces de una forma extraña y, al menos en dos ocasiones, susurraron a mis espaldas, creyendo que no les oía.

No tenía fotos ni recuerdos de mis padres, ni siquiera pruebas de su existencia a excepción de una pequeña joya que yo consideraba de plata. Recuerdo que fue el hombre que vociferaba el que me regaló la crucecita, que siempre colgaba de mi cuello. La señorita Benson reparó una noche en el objeto, mientras yo me estaba desvistiendo en el dormitorio, y me preguntó de dónde había salido el colgante. Le contesté que Betsy Compton me lo había cambiado por una docena de canicas, lo cual pareció calmar su curiosidad. No obstante, desde aquel día procuré ocultar mi tesoro de las miradas curiosas.

Debo de haber sido uno de esos raros niños que adoran ir al colegio desde el primer día. El aula era una bendita escapatoria de mi prisión y sus carceleros. Cada minuto de más que pasaba en el colegio era un minuto menos en St. Hilda y pronto descubrí que, cuanto más estudiaba, más horas me permitían quedarme. Aún lo tuve más fácil cuando, a la edad de once años, conseguí una plaza escolar en el Instituto Anglicano para Señoritas de Melbourne, donde se realizaban tantas actividades extraacadémicas, desde primera hora de la mañana hasta bien entrada la noche, que St. Hilda se convirtió meramente en el lugar donde dormía y desayunaba.

Me dediqué a pintar, lo cual me facilitaba pasar varias horas en el aula de arte, sin supervisión o interferencias excesivas; al tenis, que gracias a mis esfuerzos me condujo a ganar un puesto en el segundo equipo del instituto (proporcionándome la oportunidad de practicar hasta que oscurecía), y al *cricket*, para el que carecía de talento pero, como máxima anotadora del equipo, no me permitían abandonar mi puesto hasta que la última bola había entrado, y cada dos sábados me escapaba en un autobús para jugar contra otro colegio. Era una de las escasas niñas que preferían salir con el equipo en lugar de jugar en casa.

A los dieciséis años empecé sexto y trabajé con más ahínco todavía. Notificaron a la señorita Benson que me iban a conceder una beca para la Universidad de Melbourne, un acontecimiento inusitado entre las internas de St. Hilda.

Siempre que recibía distinciones o reprimendas académicas (aunque las últimas fueron disminuyendo de número desde que descubrí el colegio), tenía que presentarme ante la señorita Benson en su estudio, donde me dedicaba unas palabras de aliento o desaprobación, según el caso. Después guardaba la hoja de papel en el armario situado detrás de su escritorio. Yo siempre observaba con gran atención este ritual. Primero sacaba una llave del cajón superior izquierdo de su escritorio, se acercaba al armario, buscaba mi carpeta en el epígrafe «QRS», anotaba mi falta o mérito en la columna correspondiente, cerraba con llave el armario y guardaba de nuevo la llave en el escritorio. Era una rutina invariable.

Otra costumbre fija de la señorita Benson eran sus vacaciones anuales, en que iba a visitar a «su gente» a Adelaida. Lo hacía cada septiembre y yo esperaba su partida como otros las vacaciones.

Cuando estalló la guerra temí que no se ciñera a su hábito, sobre todo después de comunicarnos que todo el mundo debería sacrificarse.

A pesar del racionamiento y de las restricciones a los viajes, la señorita Benson no hizo el menor sacrificio y partió hacia Adelaida el mismo día en que lo hacía cada verano. Esperé a que pasaran cinco días desde el momento en que el taxi se la llevó a la estación y tuve la certeza de que no corría peligro si llevaba a la práctica mi modesta aventura.

El sexto día permanecí despierta en la cama hasta después de la una de la madrugada, sin mover un músculo hasta asegurarme de que las dieciséis chicas del dormitorio se habían dormido. Me levanté, cogí una linterna del cajón de la chica que dormía a mi lado y me dirigí hacia la escalera. Si alguien me descubría *en route* ya tenía una excusa preparada; diría que no me sentía bien, y como había entrado muy pocas veces en la enfermería durante los doce años de estancia en St. Hilda, confiaba en que me creerían.

Bajé cautelosamente la escalera sin encender la linterna. Desde que la señorita Benson se había ido a Adelaida había practicado la maniobra cada mañana con los ojos cerrados. Cuando llegué al estudio de la directora, abrí la puerta y me deslicé en el interior, encendiendo la linterna. Me acerqué de puntillas al escritorio de la señorita Benson y abrí el cajón superior izquierdo, pero no estaba preparada para encontrarme con unas veinte llaves distintas, algunas agrupadas en anillas y otras sueltas, sin ninguna indicación. Intenté recordar el tamaño y la forma de la que la señorita Benson utilizaba para abrir el armario, pero no sirvió de nada y, con el único auxilio de la linterna, necesité hacer varios viajes entre el armario y el escritorio para localizar la que giró ciento ochenta grados.

Empujé hacia afuera el cajón superior del archivador con la mayor lentitud posible, pero las guías chirriaron escandalosamente. Paré, contuve el aliento y esperé a oír algún sonido. Miré incluso por debajo de la puerta, para asegurarme de que no se había encendido alguna luz de repente. Una vez convencida de que no había despertado a nadie, comencé a examinar los nombres del fichero «QRS»: Roberts, Rose, Ross... Saqué mi ficha personal y deposité la abultada carpeta sobre el escritorio de la directora. Me senté en la silla de la señorita Benson y, con la ayuda de la linterna, leí las páginas con suma concentración. Como tenía quince años y llevaba doce en St. Hilda, mi expediente era bastante grueso. Recordé travesuras tan antiguas como hacerme pis en la cama, así como premios por mis cuadros, incluyendo un premio doble por una de mis acuarelas que todavía colgaba en el comedor. Pero, por más que investigué, no hallé nada sobre mí, anterior a los tres años. Me pregunté si sería una regla general, aplicada a todas las chicas que iban a vivir a St. Hilda. Eché un rápido vistazo al expediente de Jennie Rose. Con gran decepción, encontré los nombres de su padre (Ted, fallecido) y su madre (Susan). Una nota añadida explicaba que la señora Rose tenía otros tres hijos que cuidar y que desde la muerte de su marido, debida a un infarto, no había podido atender a un cuarto vástago.

Cerré el armario, devolví la llave al escritorio de la señorita Benson, apagué la linterna y subí a toda prisa por la escalera hacia mi dormitorio. Puse la linterna en su sitio y me deslicé en la cama. Me planteé qué debía hacer a continuación para averiguar quién era y de dónde procedía.

Era como si mis padres no hubieran existido y mi vida hubiese empezado a los tres años. Como la única alternativa era haber nacido por obra del Espíritu Santo, cosa que yo no aceptaba ni siquiera de la Virgen María, mi deseo de averiguar la verdad se hizo más perentorio. Debí de quedarme dormida, porque todo lo que recuerdo es que al día siguiente me despertó la campana del instituto.

Cuando me concedieron la plaza en la Universidad de Melbourne, me sentí como un presidiario puesto en libertad tras una larga condena. Dispuse de una habitación para mí sola por primera vez y ya no tuve que llevar uniforme... si bien la indumentaria que me podía permitir no habría maravillado a las boutiques de Melbourne. Recuerdo que trabajaba más horas que en el instituto, pues estaba convencida de que si no aprobaba el primer curso, pasaría el resto de mi vida en St. Hilda.

En el segundo año me especialicé en Historia del Arte y en Literatura y continué pintando por pura diversión, pero ignoraba qué quería hacer al terminar la universidad. Mi tutor sugirió que me dedicara a la enseñanza, pero eso me pareció una prolongación de St. Hilda, y que podía acabar como la señorita Benson.

Antes de ir a la universidad no tuve muchos amigos porque en St. Hilda los chicos ocupaban otra ala y no nos permitían hablar con ellos antes de las nueve de la mañana y después de las cinco de la tarde. Hasta los quince años pensé que los besos te dejaban embarazada y decidí no cometer semejante error, sobre todo después de la experiencia de crecer sin familia.

Mi primer novio de verdad fue Mel Nicholls, capitán del equipo de fútbol de la universidad. Cuando por fin logró llevarme a la cama, dijo que yo era la única chica de su vida y, lo más importante, la primera. Cuando reconocí que a mí me ocurría lo mismo y me recosté en la almohada, Mel se inclinó y se interesó por lo único que yo aún llevaba puesto.

–Nunca he visto nada parecido –afirmó y cogió mi pequeña joya con los dedos.

Otra novedad en el mismo día.

–No es del todo así. –Mel rió–. He visto otra muy parecida.

–¿A qué te refieres?

–Es una medalla. Mi padre ganó tres o cuatro, pero ninguna es de plata.

Cuando pienso en ello, considero que por esta información valió la pena perder la virginidad.

En la biblioteca de la Universidad de Melbourne hay una extensa selección de libros que tratan de la Primera Guerra Mundial, abarcando además Gallípoli y la campaña del Extremo Oriente, pero sin dar mucha importancia al día D y a El Alamein. Sin embargo, encajado entre las páginas dedicadas a las hazañas realizadas por los soldados de infantería australianos, hay un capítulo sobre las gestas de los británicos, completado con varias láminas en colores.

Descubrí que había VC, DSO, DSC, CBE, OBE... Las variaciones parecían interminables, hasta que en la página cuatrocientas nueve encontré lo que estaba buscando: la Cruz Militar, una cinta de seda blanca tornasolada con franjas horizontales de color púrpura y una medalla forjada en plata, con la corona imperial en cada uno de los cuatro brazos. Era concedida a los oficiales de graduación inferior a mayor «por valor sobresaliente en el combate». Empecé a preguntarme si mi padre era un héroe de guerra y había muerto en plena juventud a consecuencia de terribles heridas. Al menos eso explicaría sus gritos constantes: se trataba de una persona que había sufrido mucho.

Mi siguiente labor detectivesca consistió en visitar una tienda de antigüedades de Melbourne. El hombre que atendía al mostrador estudió la medalla y me ofreció por ella cinco libras. No me molesté en explicarle por qué no me habría desprendido del objeto ni por quinientas libras; al menos, me informó que el único comerciante de Australia especializado en medallas era el señor Frank Jennings, al que localizaría en la calle Mafeking, número 47, de Sydney.

En aquel tiempo pensaba que Sydney estaba al otro lado del mundo y mi escasa subvención me impedía realizar tal viaje. Tuve que armarme de paciencia y esperar al trimestre de verano, cuando solicité ser la anotadora del equipo universitario de *cricket*. Me rechazaron por razón de mi sexo. Las mujeres no podían aspirar a comprender por completo la mecánica del juego, me explicó un chico que solía sentarse detrás de mí para copiar mis apuntes. No me quedó otra alternativa que pasar horas practicando como una loca, hasta que fui seleccionada para el segundo equipo femenino de tenis. No lo consideré un gran éxito, pero había un encuentro en el calendario que me interesaba: Sydney (A).

La mañana que llegamos a Sydney me encaminé directamente a la calle Mafeking y me quedé sorprendida al ver la cantidad de jóvenes uniformados con los que me crucé. El señor Jennings en persona examinó la medalla con mucho más interés que el comerciante de Melbourne.

–Es una MC en miniatura, en efecto –me dijo, mirando el objeto con una lupa–. Se lleva en los uniformes de gala. Estas tres iniciales grabadas bajo el borde de un brazo, apenas discernibles a simple vista, nos darían una pista de la persona que mereció la condecoración.

Miré por la lupa del señor Frank algo que nunca había visto hasta entonces, pero distinguí claramente las iniciales «G.F.T.».

–¿Hay alguna forma de averiguar quién es G.F.T.? –pregunté esperanzada.

–Oh, sí –contestó el señor Frank. Sacó un libro encuadernado en piel de una estantería situada detrás de él y pasó las páginas hasta encontrar un Godfrey S. Thomas y un George Victor Taylor, pero no localizó a nadie con las iniciales G.F.T.–. Lo siento, pero no puedo ayudarla. Esta medalla en particular no ha sido concedida a un australiano; si no, estaría catalogada aquí. –Palmeó el volumen–. Tendrá que escribir a Londres, al Ministerio de la Guerra, si desea más información. Tienen los expedientes de todos los miembros de las fuerzas armadas que han recibido alguna condecoración por su valor.

Le di las gracias por su ayuda, pero no antes de que me ofreciera diez libras por la medalla. Sonreí y fui a reunirme con el equipo de tenis, para preparar el partido contra la Universidad de Sydney. Perdí por 6-0 y 6-1, incapaz de concentrarme en nada que no fueran las iniciales G.F.T. Aquella temporada no fui seleccionada para el equipo de tenis.

Al día siguiente, atendiendo al consejo del señor Jennings, escribí al Ministerio de la Guerra. La respuesta tardó en llegar varios meses, cosa que no me sorprendió, porque en 1944 todo el mundo tenía otras cosas en qué pensar. Sin embargo, recibí por fin un sobre de color amarillo y cuando lo abrí supe que el propietario de la medalla podía ser, o bien Graham Frank Turnbull, del regimiento del duque de Wellington, o Guy Francis Trentham, de los Fusileros Reales. ¿Cuál era, pues, mi apellido auténtico, Turnbull o Trentham?

Aquel mismo día escribí a la oficina del alto comisionado británico en Canberra, solicitando las direcciones a las que podía dirigirme para recabar información sobre los dos regimientos mencionados en la carta. Recibí la respuesta un par de semanas más tarde. A tenor de los nuevos datos envié dos cartas más a Inglaterra, una a Halifax y la otra a Londres. Después me resigné a otra larga espera. Cuando ya has empleado dieciocho años de tu vida en tratar de descubrir tu verdadera identidad, unos cuantos meses más no parecen tan importantes. En cualquier caso, ahora que había empezado mi último curso, tenía muchísimo trabajo por delante.

El regimiento del duque de Wellington fue el primero en responder, informándome que el teniente Graham Frank Turnbull había muerto en Passchendaele el 6 de noviembre de 1917. Como yo sabía que había nacido en 1924, descarté al teniente Turnbull. Recé por Guy Francis Trentham.

Varias semanas después recibí la respuesta de los Fusileros Reales, informándome que el capitán Guy Francis Trentham había sido condecorado el 18 de julio de 1918, tras la segunda batalla del Marne. Obtendría más información en la biblioteca del museo, instalada en el Cuartel General del Regimiento en Londres, pero tenía que hacerlo en persona, pues carecían de autorización para revelar por correo datos sobre miembros del regimiento.

Como no tenía medios para viajar a Inglaterra, inicié otra línea de investigación, con resultados nulos. Pasé toda la mañana buscando el apellido Trentham en la sección de nacimientos del Registro Civil de Melbourne, cuya oficina se encontraba en la calle Queen. No figuraba ningún Trentham, aunque sí varios Ross, pero ninguno concordaba con mi fecha de nacimiento. Empecé a darme cuenta de que alguien se había tomado mucho trabajo para borrar las huellas de mi origen. Pero ¿por qué?

De pronto, mi único propósito en la vida consistió en ir a Inglaterra, a pesar de que no tenía dinero y de que la guerra acababa de terminar. Examiné todos los cursos que ofrecían para graduados y para estudiantes; mi tutor consideró que sólo valía la pena solicitar una beca para la escuela de arte Slade, que concedía tres plazas cada año a los estudiantes que residieran en cualquier país de la Commonwealth. Empecé a ser consciente de horas que ni siquiera sabía que existían. Por fin, me adjudicaron una plaza en una lista de seis, a falta de una entrevista final en Canberra.

A pesar de que me puse muy nerviosa durante el trayecto en tren hasta la capital de Australia, pensé que la entrevista había ido bien. Los examinadores me dijeron que mi trabajo teórico sobre Historia del Arte era muy meritorio, si bien mi trabajo práctico no alcanzaba el mismo nivel.

El sobre de Slade llegó un mes después. Lo abrí con nerviosismo y extraje una carta que empezaba:

«Querida señorita Ross:

»Lamentamos comunicarle...»

La única recompensa a tantos esfuerzos fue superar los exámenes finales con matrícula de honor, pero no me había acercado ni un centímetro más a Inglaterra.

Desesperada, telefoneé al alto comisariado británico y me pusieron con el agregado de trabajo. Una dama me informó que, dadas mis calificaciones, podía aspirar a varios puestos de enseñante. Añadió que debería firmar un contrato por tres años y responsabilizarme de los preparativos para el viaje... Una frase exquisita, pues si no podía pagarme el viaje a Sydney, mucho menos al Reino Unido. En cualquier caso, pensé que sólo necesitaría pasar un mes en Inglaterra para encontrar la pista de Guy Francis Trentham.

La segunda vez que llamé, la misma dama me informó que los únicos trabajos disponibles se conocían como de «negreros». Se trataba de empleos en hoteles, hospitales u hogares de ancianos. El primer año no se recibía, prácticamente, paga alguna, a cambio del pasaje de ida y vuelta. Como aún no me había decantado por ninguna carrera en particular y me daba cuenta de que ésta era mi única oportunidad de trasladarme a Inglaterra y localizar algún pariente, llamé al departamento del agregado de trabajo y firmé el contrato. Casi todos mis antiguos amigos de la universidad pensaron que estaba chalada, pero ignoraban el auténtico propósito de mi viaje a Inglaterra.

El barco en que zarpamos hacia Southampton no se diferenciaba mucho de las cáscaras de nuez en que, ciento setenta años antes, navegaron los primeros inmigrantes. Tres «esclavas» fuimos alojadas en un camarote aproximadamente del mismo tamaño que mi habitación en el campus y Pam y Maureen acababan en mi litera cada vez que el barco se inclinaba más de diez grados. Las tres habíamos firmado contratos para trabajar en el hotel Melrose de Earl's Court que, nos aseguraron, se hallaba en el centro de Londres. Tras seis duras semanas de viaje, en el muelle nos esperaba una destartalada camioneta del ejército que nos llevó a la capital y nos dejó en la escalinata del hotel Melrose.

La dueña nos mostró nuestro alojamiento, que volví a compartir con Pam y Maureen. Me sorprendió ver que esperaba que viviéramos en una habitación que tenía prácticamente el mismo tamaño que el camarote en el que había padecido la travesía. Al menos teníamos el consuelo que en el hotel no te caías de la cama cuando menos lo esperabas.

Pasaron dos semanas hasta que me concedieron tiempo libre. Lo pasé en la oficina de correos de Kensington, consultando el listín telefónico de Londres. No figuraba ningún Trentham.

–Puede que no conste en el listín –me explicó la empleada–. Eso quiere decir que no cogerán su llamada.

–O que en Londres no vive ningún Trentham –contesté.

Acepté que el museo del regimiento era mi última oportunidad.

Pensaba que había trabajado duro en la Universidad de Melbourne, pero las horas que nos obligaban a bregar en el Melrose habrían derrumbado a cualquier soldado. Por mi parte, no pensaba admitirlo ni por un momento, sobre todo cuando mis dos compañeras de cuarto tiraron la toalla al cabo de un mes, telegrafiaron a sus padres en Sydney pidiendo dinero y regresaron a Australia en el primer barco disponible. Al menos tuve una habitación para mí sola durante unos días. Para ser sincera, me habría gustado hacer las maletas y volverme con ellas, pero no tenía a nadie en Australia a quien poder telegrafiar pidiendo dinero.

El primer día libre que no me sentí completamente agotada me marché en tren a Hounslow. Al salir de la estación, el revisor me indicó la dirección del depósito de los Fusileros Reales, sitio que ahora era sede del museo. Después de caminar un par de kilómetros llegué al edificio que buscaba. A excepción de un recepcionista, parecía deshabitado.

Llevaba un uniforme caqui, con tres galones en cada brazo. Dormitaba tras el mostrador. Me acerqué ruidosamente y fingí que no quería despertarlo.

–¿Puedo ayudarla, señorita? –preguntó y se restregó los ojos.

–Eso espero.

–¿Australiana?

–¿Tanto se nota?

–Luché con sus chicos en África del Norte. Unos soldados magníficos, se lo aseguro. ¿En qué puedo ayudarla, señorita?

–Les escribí desde Melbourne –dije, sacando una copia manuscrita de la carta–. Sobre el dueño de esta medalla. –Pasé por encima de mi cabeza el trozo de cuerda del que colgaba la cruz y se la entregué–. Se llamaba Guy Francis Trentham.

–Una MC en miniatura –dijo el sargento sin vacilar, sosteniendo la medalla en la mano–. ¿Ha dicho Guy Francis Trentham?

–Exacto.

–Bien. Lo buscaremos en el libro mayor. 1914-1918, ¿verdad?

Asentí con la cabeza.

Se acercó a una maciza estantería que casi cedía bajo el peso de gruesos volúmenes y sacó un enorme libro encuadernado en piel. Lo dejó sobre el mostrador con un golpe seco, lanzando polvo en todas direcciones. En la cubierta, impresas en oro, se leían las palabras: «Reales Fusileros, Condecoraciones, 1914-1918».

–Echemos un vistazo, pues –dijo, pasando las páginas. Esperé impaciente–. Aquí está nuestro hombre –anunció en tono triunfal–. Guy Francis Trentham, capitán.

Dio la vuelta al libro para que yo viera la entrada.

Estaba tan emocionada que tardé unos segundos en asimilar las palabras.

La mención del capitán Trentham ocupaba veintidós líneas. Le pregunté si podía copiarla.

–Por supuesto, señorita. Considérese como en su casa.

Me dio una hoja grande de papel rayado y un lápiz despuntado del ejército. Empecé a escribir:

La mañana del 18 de julio de 1918 el capitán
Guy Trentham, del Segundo Batallón de los Fusileros
Reales, condujo a una compañía de hombres desde
las trincheras aliadas a las líneas enemigas, matando
a varios soldados alemanes antes de alcanzar sus
trincheras, donde eliminó por sí solo a una unidad
enemiga. El capitán Trentham siguió en persecución
de otros dos soldados alemanes, los acosó hasta un
bosque cercano y logró darles muerte.
La misma noche, a pesar de estar rodeado de
enemigos, rescató a dos hombres de su compañía,
el soldado T. Prescott y el cabo C. Trumper,
que se habían extraviado del campo de batalla
y buscado refugio en una iglesia próxima.
Cuando cayó la noche, los condujo de vuelta
por terreno descubierto, mientras el enemigo disparaba
intermitentemente en su dirección.
Una bala perdida disparada desde el bando
alemán mató al soldado Prescott antes de que
lograra llegar a nuestras trincheras. El cabo
Trumper sobrevivió, a pesar del intenso fuego
procedente de las líneas enemigas.
Por este acto de heroísmo frente al enemigo,
el capitán Trentham fue recompensado con la MC.

Escribí palabra por palabra la mención, cerré el pesado libro y lo devolví al sargento.

–Trentham –dijo él–. Si no recuerdo mal, señorita, su foto aún está colgada en la pared.

El sargento cogió sus muletas, salió de detrás del mostrador y cojeó lentamente hacia el extremo más alejado del museo. No me di cuenta hasta aquel momento de que el pobre hombre sólo tenía una pierna.

–Por aquí, señorita –dijo–. Sígame.

Las palmas de mis manos se cubrieron de sudor y me sentí un poco mareada al pensar que iba a ver por fin el rostro de mi padre. ¿Nos pareceríamos en algo?

El sargento dejó atrás las VC y llegamos a la fila de las MC. Eran fotografías antiguas, en color sepia, mal enmarcadas. Las recorrió con el dedo: Stevens, Thomas, Tubbs.

–Qué raro. Juraría que la foto estaba aquí. Bien, que me cuelguen. Debió de perderse cuando nos trasladamos desde la Torre.

–¿Podría estar su foto en otra parte?

–Señorita, que yo sepa, no. Tendría que habérmelo imaginado, pero juraría que había visto su foto en el museo cuando estaba en la Torre. Bien, que me cuelguen –repitió.

Le pregunté si podía proporcionarme más detalles sobre el capitán Trentham y si sabía lo que había sido de él después de 1918. Volvió al mostrador y buscó su nombre en la guía del regimiento.

–Entró en el servicio activo en 1915, ascendido a teniente primero en 1916, a capitán en 1917, estuvo en la India de 1920 a 1922, abandonó el ejército en agosto de 1922. No se sabe nada de él desde entonces, señorita.

–¿Podría seguir vivo, pues?

–Desde luego, señorita. Tendría unos cincuenta años, cincuenta y cinco, como máximo.

Le di las gracias y me marché a toda prisa, consciente de que había pasado mucho tiempo en el museo y temerosa de perder el tren de vuelta a Londres. Mi turno empezaba a las cinco.

Me senté en un rincón de un sucio compartimiento de tercera clase y volví a leer la mención. Me complació pensar que mi padre había sido un héroe de la Primera Guerra Mundial, pero no conseguía adivinar por qué la señorita Benson se negaba a contarme nada sobre él. ¿Por qué había ido a Australia? ¿Se había cambiado el apellido por el de Ross? Presentí que debería volver a Melbourne para averiguar qué le había ocurrido exactamente a Guy Francis Trentham. De haber tenido dinero para pagarme el pasaje, habría partido aquella misma noche, pero acepté la realidad de que debería trabajar otros nueve meses en el hotel antes de que me adelantaran el dinero necesario para pagarme el billete de vuelta a casa. Resolví cumplir mi condena.

En 1947, Londres era una ciudad maravillosamente estimulante para una chica de veintitrés años y, pese al duro trabajo, había muchas compensaciones. Siempre que tenía tiempo libre visitaba una galería de arte, un museo, o iba al cine con una de las compañeras del hotel. En un par de ocasiones fui a bailar con un grupo de amigas al salón Mecca, situado muy cerca del Strand. Recuerdo que cierta noche un apuesto tipo de la RAF me sacó a bailar. Poco después de empezar intentó besarme. Cuando lo aparté se enardeció aún más y sólo logré escapar después de darle una buena patada en el tobillo y de emprender una breve carrerilla por la pista de baile. Pocos minutos después me encontré en la calle y regresé sola al hotel.

Paseé por Chelsea en dirección a Earl's Court y me detuve de vez en cuando a admirar los artículos inasequibles que se exhibían en todos los escaparates. Me fijé especialmente en un chal largo de seda azul que cubría los hombros de un elegante y esbelto maniquí. Dejé de mirar escaparates un momento y reparé en el letrero situado sobre la puerta: «Trumper's». El nombre me sonó familiar, pero no supe por qué. Regresé sin prisas hacia el hotel, pero el único Trumper que recordaba era el legendario jugador australiano de *cricket*, muerto antes de que yo naciera. Después, en plena noche, me acordé. Trumper, C., era el cabo citado en la mención de mi padre. Salté de la cama, abrí el cajón de abajo de mi pequeño escritorio y repasé las palabras que había copiado durante mi visita al museo de los Fusileros Reales.

Era la primera vez que me topaba con aquel apellido desde mi llegada a Inglaterra y me pregunté si el propietario de la tienda estaría relacionado de alguna forma con el cabo, y podría ayudarme a encontrarlo. Decidí volver al museo de Hounslow mi próximo día libre y ver si mi amigo cojo podía prestarme de nuevo su concurso.

–Me alegro de volver a verla, señorita –dijo, cuando me acerqué al mostrador. Me conmovió que se acordara de mí–. ¿Busca más información?

–Exacto. El cabo Trumper, ¿no es el...?

–Charlie Trumper, el comerciante honrado. Desde luego, señorita, pero ahora es sir Charles y posee el mayor grupo de tiendas de Chelsea Terrace.

–Eso pensé.

–Iba a decírselo la otra vez, pero se marchó antes de que pudiera hacerlo, señorita. –Sonrió–. Se podría haber ahorrado un viaje en tren y seis meses de pérdidas de tiempo.

La noche siguiente, en lugar de ir a ver a Greta Garbo al cine Gate de Notting Hill, me senté en un viejo banco en la acera opuesta a Chelsea Terrace y me dediqué a contemplar una fila de escaparates. Por lo visto, sir Charles era el dueño de casi todas las tiendas de la calle. Me pregunté por qué habría permitido que un solar tan grande continuara ocupando el centro de la manzana.

Mi siguiente problema era encontrar la forma de verlo. Lo único que se me ocurrió fue que tal vez podía llevar la medalla al número 1 para que la tasaran... y después, rezar.

La semana siguiente me tocó el turno de día en el hotel, así que no pude volver al número 1 de Chelsea Terrace hasta el otro lunes por la tarde. Enseñé mi medalla a la dependienta y pregunté si podía tasarla. Ella la examinó y después llamó a otra persona. Un hombre alto, de aspecto diligente, pasó cierto tiempo estudiando la pieza antes de darme su opinión.

–Una MC en miniatura, a veces conocida como MC de gala porque se lleva en determinadas celebraciones del regimiento, como reuniones o cenas. Su valor aproximado es de diez libras. –Vaciló un momento–. De todos modos, Spinks, en la calle King número 5, SW1, le asesorará más detalladamente, si usted lo solicita.

–Gracias –dije, sin averiguar nada nuevo e incapaz de pensar en cómo formular una pregunta directa sobre el historial bélico de sir Charles.

–¿Puedo ayudarla en algo más? –preguntó el hombre, al ver que yo no me había movido.

–¿Cómo puedo entrar a trabajar aquí? –pregunté de sopetón, sintiéndome bastante estúpida.

–Presente una solicitud por escrito, adjuntando su currículum y experiencia. Nos pondremos en contacto con usted dentro de unos días.

–Gracias –respondí y me fui sin decir nada más.

Aquella noche redacté una larga carta, especificando mis aptitudes como historiadora del arte. Me pareció un poco endeble cuando repasé lo escrito.

A la mañana siguiente reescribí la carta en el mejor papel del hotel; puse en el sobre «Solicitudes de trabajo» (pues ignoraba a qué nombre enviarlo, a excepción de Trumper's), Chelsea Terrace, número 1, Londres, SW7.

La tarde siguiente entregué la misiva en mano a una empleada de la sala de subastas, sin la menor esperanza de recibir respuesta. En cualquier caso, no estaba muy segura de qué iba a hacer si me ofrecían un empleo, pues pensaba regresar a Melbourne en pocos meses y no se me ocurría cómo podría hablar con sir Charles por el mero hecho de trabajar en Trumper's.

Diez días después recibí una carta del jefe de personal, indicando que deseaban entrevistarme. Gasté cuatro libras y quince chelines de mi salario, ganado a costa de penosos esfuerzos, en un vestido nuevo que apenas podía permitirme, y llegué a la cita con una hora de antelación. Tuve que dar varias vueltas a la manzana. Durante aquella hora descubrí que sir Charles vendía todo lo que un ser humano podía necesitar, siempre que tuviera el dinero necesario para pagarlo.

La hora terminó por fin, entré y me presenté ante el mostrador principal. Me acompañaron hasta un despacho de la última planta. La señora que me entrevistó dijo no entender qué hacía yo trabajando de camarera en un hotel, teniendo en cuenta mi currículum, y yo le expliqué que trabajar en un hotel era lo único que podían hacer las personas que no podían pagar el billete de Australia a Inglaterra.

Ella sonrió y me advirtió que, si quería trabajar en el número 1, debería empezar en el mostrador principal. Si demostraba aptitudes no tardarían en ascenderme.

–Yo empecé en el mostrador principal de Sotheby's –explicó.

Estuve a punto de preguntarle cuánto había durado.

–Me encantaría trabajar en Trumper's –respondí–, pero me temo que aún he de cumplir dos meses de contrato para marcharme del hotel Melrose.

–En ese caso, nos veremos obligados a esperarla –replicó sin vacilar la mujer–. Empezará el 1 de septiembre en el mostrador principal, señorita Ross. Le comunicaré el acuerdo por escrito a finales de semana.

La oferta me dejó tan entusiasmada que olvidé por completo el motivo por el que había solicitado ese trabajo... hasta que la entrevistadora me envió la carta prometida y descifré su firma, garabateada al pie de la página.

40

Cathy trabajó en el mostrador principal de la sala de subastas Trumper's durante once días, hasta que Simon Matthews le pidió que lo ayudara a preparar el catálogo de la subasta italiana. Fue el primero en observar, como primera línea defensiva de la sala de subastas, cómo se manejaba la joven con la miríada de problemas que le caían constantemente encima, sin solicitar jamás una segunda opinión. Trabajó en Trumper's con tanto ardor como en el hotel Melrose, pero con una diferencia: ahora acudía al trabajo con ilusión y entrega.

Cathy, por primera vez en su vida, se sintió parte de una familia, porque Rebecca Trumper siempre trataba a los empleados con cordialidad y dulzura, de igual a igual. Su sueldo era muchísimo más generoso que el salario mínimo recibido de su anterior patrón y la habitación que le asignaron sobre la carnicería del número 135 era palaciega en comparación con el cubículo situado en la parte trasera del hotel.

Averiguar más cosas sobre su padre perdió importancia en cuanto empezó a demostrar que se merecía su puesto en Chelsea Terrace, 1. Lo primero que hizo Cathy para preparar el catálogo de la subasta italiana fue estudiar la historia de los cincuenta y nueve cuadros que iban a participar. Con este fin se desplazó de biblioteca en biblioteca y telefoneó a todas las galerías de Londres para rastrear sus orígenes. Al final, sólo un cuadro se le resistió, el de la Virgen María y el Niño, carente de firma o antecedentes históricos, aparte de que procedía de la colección particular de sir Charles Trumper y ahora era propiedad de una tal señora Kitty Bennett.

Cathy preguntó a Simon Matthews si podía darle alguna pista sobre el cuadro y el jefe del departamento respondió que probablemente pertenecía a la escuela de Bronzino.

Simon, que iba a dirigir la subasta, le recomendó que examinara los volúmenes de recortes de prensa.

–En ellos encontrarás casi todo lo que desees saber sobre los Trumper.

–¿Dónde están?

–En el pequeño y extraño cuarto que hay al final del pasillo de la cuarta planta.

Cuando encontró el cuarto que albergaba los ficheros tuvo que eliminar una capa de polvo y una telaraña, a fin de echar un vistazo a los anuarios. Se sentó en el suelo con las piernas dobladas bajo el cuerpo, y siguió pasando las páginas, cada vez más absorta en la ascensión de Charles Trumper desde los días en que tenía un carretón en Whitechapel hasta los planes de Trumper's para Chelsea. Aunque las referencias periodísticas de los primeros años eran bastante breves, un pequeño artículo en el *Evening Standard* llamó la atención de Cathy. El paso del tiempo había teñido de amarillo la hoja y en la esquina superior derecha, apenas discernible, se leía la fecha: 8 de septiembre de 1922.

Un hombre alto de casi treinta años, sin afeitar y vestido con un viejo gabán militar irrumpió en el hogar del señor Charles Trumper y señora, sito en Gilston Road, 11, Chelsea, ayer por la mañana. Aunque el intruso escapó con un pequeño óleo que consideraban de poco valor, la señora Trumper, embarazada de siete meses de su segundo hijo, se desmayó a causa del sobresalto, siendo conducida al hospital de San Guido por su marido.

Nada más llegar se llevó a cabo una operación de emergencia, a cargo del señor Armitage, cirujano jefe, pero la niña nació muerta. Se espera que la señora Trumper permanezca en observación durante varios días.

La policía desea entrevistarse con cualquier persona que en aquel momento se encontrara en las inmediaciones.

Los ojos de Cathy se desviaron hacia el segundo recorte, fechado tres semanas más tarde.

La policía ha encontrado un gabán del ejército abandonado, que tal vez pertenezca al hombre que irrumpió en Gilston Road, 11,

Chelsea, domicilio de los señores Trumper, la mañana del 7 de septiembre. Se sabe que el propietario del gabán es un ex capitán de los Fusileros Reales llamado Trentham, que sirvió hasta hace poco con el regimiento en la India.

Cathy releyó los recortes una y otra vez. ¿Era en realidad la hija del hombre que había intentado robar a sir Charles y que había sido responsable de la muerte de su segundo hijo? ¿Dónde encajaba el cuadro? ¿Cómo había llegado a manos de la señora Bennett? Y, lo más importante, ¿por qué lady Trumper se había mostrado tan interesada en un óleo aparentemente insignificante de un artista desconocido? Ante la imposibilidad de responder a estas preguntas, Cathy cerró el libro de recortes y lo dejó en el fondo de la pila. En cuanto se lavó las manos tuvo ganas de bajar y formular cada una de esas preguntas a lady Trumper, pero comprendió que no era posible.

Una vez editado el catálogo y en venta desde hacía una semana, lady Trumper llamó a Cathy a su despacho. Ésta temió haber cometido un error garrafal o que alguien hubiese descubierto el verdadero autor de la Virgen María y el Niño, hecho que ella debería haber averiguado a tiempo para incluirlo en el catálogo.

–Te felicito –dijo Becky en cuanto Cathy entró en el despacho.

–Gracias –contestó la joven, sin saber por qué la felicitaba.

–Tu catálogo ha sido un verdadero éxito y hemos tenido que reimprimirlo.

–Sólo lamento no haber averiguado más datos sobre el cuadro de su marido –dijo Cathy, más tranquila, ya que no era ése el motivo por el que Rebecca la había llamado.

Aún confiaba en que su jefa le revelaría cómo había llegado el cuadro a manos de sir Charles, arrojando de paso alguna luz sobre la relación entre los Trumper y el capitán Trentham.

–No me sorprende –respondió Becky, sin dar más explicaciones.

«Encontré un artículo en los archivos que hacía mención de un tal capitán Trentham, y me pregunté...», quiso decir Cathy, pero guardó silencio.

–¿Te gustaría hacer de observadora durante la subasta de la semana que viene? –preguntó Becky.

El día de la subasta italiana Simon dijo que Cathy estaba «llena de energías», aunque esa mañana la joven no había probado bocado.

La subasta dio comienzo. Todos los cuadros superaron el precio mínimo adjudicado y Cathy sintió una gran alegría cuando *La basílica de San Marcos*, de Canaletto, batió todos los récords anteriores del pintor.

Cuando el pequeño óleo de sir Charles reemplazó al Canaletto, experimentó cierta inquietud. Tal vez se debía a la forma de iluminar el lienzo, pues ahora no cabía duda de que también se trataba de una obra maestra. Su pensamiento instantáneo fue que, de haber tenido doscientas libras, habría pujado por él.

El clamor que se elevó después de retirar el cuadro aumentó el nerviosismo de Cathy. Pensó que el acusador tal vez estaba en lo cierto cuando afirmó que la pintura era de Bronzino. Nunca había visto un ejemplo más acabado de esos bebés clásicos y rollizos, con los halos bañados por el sol. Lady Trumper y Simon no echaron las culpas a Cathy y continuaron asegurando a todo el mundo que la galería conocía la obra desde hacía varios años y que sabía que se trataba de una copia.

Cuando terminó la subasta, Cathy examinó las etiquetas para comprobar que estuvieran en su correcto orden y, sobre todo, para que no cupieran dudas sobre quién había comprado cada obra. Simon estaba informando al dueño de una galería qué cuadros no habían alcanzado el precio mínimo y deberían venderse de forma privada. Se quedó helada cuando oyó que lady Trumper le decía a Simon, después de que el marchante se fuera:

–Otra vez esa maldita Trentham con sus trucos. ¿La viste en la parte de atrás?

Simon asintió, pero no hizo ningún comentario.

Una semana después de que el obispo de Reims emitiera su veredicto, Simon invitó a Cathy a cenar en su piso de Pimlico.

–Una pequeña celebración –añadió, explicando que había invitado a todos los que participaron en la subasta italiana.

Cathy llegó aquella noche y encontró a varios miembros del departamento de Maestros Clásicos disfrutando de una copa de vino. Cuando se sentaron a cenar, sólo faltaba Rebecca Trumper. Advirtió de nuevo la atmósfera familiar que los Trumper creaban, aun en su ausencia, y todos los invitados disfrutaron de una cena excelente que Simon había preparado. Un joven llamado Julian, que trabajaba en el departamento de libros raros, y ella se quedaron para ayudar a Simon a ordenar la casa.

–Ni se os ocurra lavar los platos –dijo Simon–. La mujer de la limpieza se encargará por la mañana.

–Una típica actitud masculina –comentó Cathy, poniéndose a lavar los platos–. Sin embargo, debo admitir que me he quedado por otro motivo.

–¿Y cuál es? –preguntó Simon, cogiendo un paño en un débil intento de ayudar a Julian a secarlos.

–¿Quién es la señora Trentham? –preguntó Cathy de sopetón. Simon se volvió para mirarla–. Oí que Becky mencionaba el nombre después de la subasta y cuando aquel hombre de la chaqueta de tweed que había montado el número desapareció.

Simon tardó un poco en contestar, como si sopesara sus palabras. Se decidió después de secar dos platos.

–Se remonta a mucho tiempo atrás, incluso antes de mi época. No olvides que trabajé con Becky en Sotheby's durante cinco años antes de que me ofreciera un empleo en Trumper's. Para ser sincero, no estoy seguro de por qué la señora Trentham y ella se odian tanto, pero sé que Guy, el hijo de la señora Trentham, y sir Charles sirvieron en el mismo regimiento durante la Primera Guerra Mundial, y que Guy Trentham tuvo algo que ver con el cuadro de la Virgen y el Niño que nos vimos obligados a retirar de la subasta. Lo único que he podido averiguar durante estos años es que Guy Trentham se largó a Australia poco después... Ay, ésa era una de mis mejores tazas de café.

–Lo siento muchísimo –dijo Cathy–. Qué torpe soy. –Se agachó y recogió los pedazos de porcelana esparcidos sobre el suelo de la cocina–. ¿Dónde puedo encontrar una igual?

–En el departamento de porcelana de Trumper's –contestó Simon–. Cuestan unos dos chelines cada una. –Cathy lanzó una carcajada–. Sigue mi consejo. Recuerda que los empleados más antiguos observan una regla estricta sobre la señora Trentham. –Cathy dejó de recoger los fragmentos y lo miró–. No la mencionan delante de lady Trumper si ella no saca a relucir el tema y nunca pronuncian el apellido Trentham delante de sir Charles. Si lo hicieras, creo que te despediría en el acto.

–No correré ese riesgo –dijo Cathy–. Ni siquiera lo conozco. De hecho, lo más cerca que he estado de él fue en la subasta italiana, cuando lo vi en la séptima fila.

–Estupendo. ¿Te gustaría acompañarme a una fiesta para celebrar la inauguración de la nueva residencia de los Trumper? Tendrá lugar el próximo lunes en su casa de Eaton Square.

–¿Hablas en serio?

–Por supuesto. De todos modos, no creo que sir Charles aprobara que me presentara en compañía de Julian.

El joven se sonrojó.

–¿No considerarían un poco presuntuoso que una empleada tan modesta se presentara del brazo del jefe del departamento?

–Sir Charles, no. No sabe lo que quiere decir «presuntuoso».

Cathy se pasó muchas horas, aprovechando los descansos para comer, recorriendo las boutiques de Chelsea, hasta elegir lo que ella consideraba apropiado para la fiesta de los Trumper. Se decidió por un vestido de color amarillo girasol, con un cinturón ancho que la dependienta describió como ideal para una fiesta. Cathy temió en el último minuto que su largo, o escaso largo, fuera demasiado atrevido para una ocasión tan señalada. Sin embargo, cuando Simon la recogió, sólo hizo un comentario.

–Vas a causar sensación, te lo prometo.

Esta vehemente afirmación la tranquilizó... al menos hasta que llegaron al último peldaño de la mansión de Eaton Square.

Cuando Simon llamó a la puerta, Cathy confió en que no se notara demasiado que nunca la habían invitado a una mansión tan bella. No obstante, sus inhibiciones se desvanecieron en cuanto el mayordomo les abrió la puerta. Se regaló la vista al instante con el espectáculo que se ofrecía a sus ojos. Mientras otros invitados vaciaban las, al parecer, interminables botellas de champaña y se atracaban de canapés, ella concentró su atención en los cuadros y empezó a subir la escalera, saboreando aquellas raras exquisiteces una tras otra.

Primero había un Courbet, un bodegón realizado con magníficos rojos, naranjas y verdes; después, dos palomas de Picasso, rodeadas de flores rosadas, y cuyos picos casi se tocaban; un escalón más y se encontró ante un Pissarro, que plasmaba a una anciana llevando un haz de heno y en el que destacaban diferentes tonos de verde. Se quedó boquiabierta al ver el Sisley, un tramo del Sena en el que predominaban los tonos pastel.

–Ése es mi favorito –dijo una voz a sus espaldas.

Cathy se volvió y vio a un joven alto, de cabello revuelto, sonriéndole de una forma encantadora. El esmoquin no le caía muy bien, la pajarita necesitaba un ajuste y se aferraba a la balaustrada como si temiera derrumbarse.

–Muy hermoso –admitió ella–. Cuando era más joven pintaba un poco, pero un Sisley me convenció de que debía dejarlo.

–¿Por qué?

Cathy suspiró.

–Sisley pintó aquel cuadro cuando tenía diecisiete años y aún iba al colegio.

–Vaya, vaya –dijo el joven–. Una experta entre nosotros. –Cathy sonrió a su nuevo acompañante–. ¿Te apetece echar una ojeada a otras obras que se exhiben en el pasillo de arriba?

–¿Crees que a sir Charles le molestará?

–Yo no diría eso. Después de todo, ¿de qué sirve ser coleccionista si no dejas que los demás admiren lo que has comprado?

Cathy, más confiada, subió otro peldaño.

–Santo Dios –exclamó–. Un Sickert de la primera época. Muy pocos se han puesto en venta.

–Es obvio que trabajas en una galería de arte.

–Trabajo en Trumper's –dijo Cathy con orgullo–. Chelsea Terrace, número 1. ¿Y tú?

–También trabajo para Trumper's, más o menos –admitió.

Cathy advirtió por el rabillo del ojo que sir Charles aparecía en el descansillo... Su primer encuentro con el presidente. Al igual que Alicia, quiso desaparecer por el ojo de la cerradura, pero su acompañante se mantuvo impertérrito, como si estuviera en su casa.

El anfitrión sonrió a Cathy y bajó la escalera.

–Hola. Soy Charlie Trumper y he oído hablar mucho de usted, jovencita. La vi en la subasta italiana, por supuesto, y Becky me dijo que había hecho un trabajo soberbio. A propósito, mi enhorabuena por el catálogo.

–Gracias, señor –contestó Cathy, sin saber qué decir mientras el presidente continuaba disparando frases como una ametralladora, ignorando a su acompañante.

–Veo que ya ha conocido a mi hijo –indicó sir Charles, mirándola–. No se deje engañar por su apariencia de sabio; es tan bribón como su padre. Enséñale el Bonnard, Daniel.

Sir Charles entró en la sala de estar.

–Ah, sí, el Bonnard. El orgullo y la alegría de papá –dijo Daniel–. No se me ocurre una manera mejor de llevar a una chica al dormitorio.

–¿Eres Daniel Trumper?

–No, soy Raffles, el conocido ladrón de obras de arte –dijo Daniel, cogiendo la mano de Cathy y guiándola hasta la habitación de sus padres–. Bien... ¿qué te parece? –preguntó.

–Magnífico –fue el único comentario de Cathy cuando vio el enorme desnudo de Bonnard (Michelle, su amante, secándose) que colgaba sobre la cama de matrimonio.

–Mi padre está inmensamente orgulloso de esta dama –explicó Daniel–. Como nunca deja de recordarnos, pagó sólo trescientas guineas por ella. Es casi tan bueno como...

Daniel no terminó la frase.

–Tiene un gusto excelente.

–El mejor ojo inexperto del mercado, como dice siempre mamá. Y como ha elegido cada cuadro que cuelga en esta casa, ¿quién le va a llevar la contraria?

–¿Tu madre no ha elegido ninguno?

–Ni hablar. Mi madre es, por naturaleza, una vendedora, mientras que mi padre es comprador, combinación sin parangón desde que Duveen y Berenson monopolizaron el mercado de las obras de arte.

–Los dos habrían merecido dar con sus huesos en la cárcel –dijo Cathy.

–A este respecto, me parece que mi padre terminará en el mismo sitio que Duveen. –Cathy rió–. Creo que ahora deberíamos bajar y cenar antes de que todo desaparezca.

Cuando entraron en el comedor, Cathy observó que Daniel cambiaba de sitio dos tarjetas.

–Bien, que me cuelguen, señorita Ross –dijo Daniel, ofreciéndole una silla, mientras los demás invitados buscaban sus lugares–. Después de tantos esfuerzos, descubro que nos han sentado juntos.

Cathy sonrió cuando se sentó a su lado, observando a una chica tímida que buscaba desesperadamente su tarjeta. Daniel contestó a todas sus preguntas sobre Cambridge y, a su vez, quiso saberlo todo acerca de Melbourne, una ciudad que nunca había visitado. Por fin surgió la pregunta inevitable.

–¿A qué se dedican tus padres?

–No lo sé –respondió Cathy sin vacilar–. Soy huérfana.

–Estamos hechos el uno para el otro –sonrió Daniel.

–¿Por qué?

–Soy hijo de un verdulero y la hija de un panadero de Whitechapel. ¿Una huérfana de Melbourne, has dicho? Ocupas un peldaño superior al mío en la escala social, te lo aseguro.

Cathy rió cuando Daniel rememoró los comienzos de sus padres. A medida que avanzaba la velada, Cathy pensó que aquel hombre era el único con el que desearía hablar sobre sus orígenes inexplicados e inexplicables. Mientras tomaban café, Cathy reparó en una chica bastante tímida que se hallaba de pie detrás de su silla. Daniel se levantó y le presentó a Marjorie Carpenter, catedrática de matemáticas en Girton. No cabía duda de que era la invitada de Daniel y que se había quedado sorprendida, por no decir decepcionada, cuando descubrió que durante la cena no se sentaría al lado de Daniel.

Los tres charlaron sobre la vida en Cambridge, hasta que la marquesa de Wiltshire golpeó la mesa con una cuchara y, tras conseguir atraer la atención de todos, pronunció un discurso, en apariencia improvisado. Cuando brindó, los invitados se pusieron en pie y alzaron sus copas por Trumper's. La marquesa, a continuación, hizo obsequio a sir Charles de una cigarrera de plata que era un modelo a escala de Trumper's. A juzgar por la expresión de su rostro, Charlie se sintió muy complacido. Sir Charles volvió a tomar asiento luego de pronunciar un discurso ingenioso y, a juicio de Cathy, nada improvisado.

–Debo irme –anunció Cathy unos minutos después–. He de levantarme temprano. Encantada de conocerte, Daniel –añadió, adoptando una repentina formalidad.

Se estrecharon las manos como extraños.

–Te llamaré pronto –dijo Daniel.

Cathy fue a despedirse de sus anfitriones y les agradeció la maravillosa velada. Se marchó sola, después de comprobar que Simon mantenía una animada conversación con el joven rubio que trabajaba desde hacía poco en el departamento de Alfombras y Tapices.

Volvió paseando sin prisas a Chelsea Terrace, disfrutando de la noche, y llegó a su piso del 135 pocos minutos después de la medianoche, sintiéndose un poco como Cenicienta.

Mientras se desnudaba, pensó en lo agradable que había sido la velada, sobre todo por la compañía de Daniel y el placer de ver tantas obras de sus artistas favoritos. Se preguntó si... Sus pensamientos fueron interrumpidos por el timbre del teléfono.

Como ya era muy tarde, pensó que alguien se había equivocado de número.

–Te dije que pronto te llamaría –dijo una voz.

–Vete a la cama, bobo.

–Ya estoy en la cama. Te llamaré por la mañana.

Cathy oyó un «clic».

Daniel telefoneó de nuevo pocos minutos después de las ocho.

–Acabo de salir del baño –anunció Cathy.

–Pues debes de tener el mismo aspecto que Michelle. Tal vez sería mejor que me acercara para darte una toalla.

–Ya estoy envuelta en una toalla, gracias.

–Qué pena. Soy un experto en secar, pero dejando aparte esto –añadió, antes de que ella pudiera contestar–, ¿por qué no te reúnes conmigo en el Trinity el sábado? Hay una fiesta en el colegio. Sólo se celebra una por trimestre, de modo que si me das calabazas no nos veremos hasta dentro de tres meses.

–En ese caso, acepto, pero sólo porque no he ido a una fiesta desde que salí del colegio.

El viernes siguiente Cathy fue en tren a Cambridge y Daniel la esperó en la estación. Aunque la mesa de autoridades del Trinity intimidaba a los invitados más seguros de sí mismos, Cathy se sintió muy cómoda, sentada entre los profesores. No obstante, se preguntó cuántos alcanzarían una edad avanzada, comiendo y bebiendo de aquella manera cada día.

–No sólo de pan vive el hombre –fue la única explicación de Daniel durante la cena de siete platos.

Cathy imaginó que la orgía había terminado cuando los invitaron a casa del rector, pero se quedó de piedra cuando le ofrecieron más dulces, acompañados de una botella de oporto que circuló interminablemente, sin vaciarse jamás. Consiguió escapar, pero no antes de que el reloj del Trinity diera la una. Daniel la acompañó a una habitación para invitados, al otro lado del gran patio, y sugirió que asistiesen a los maitines del King's por la mañana.

–Me alegro de que no me hayas recomendado asistir al desayuno –dijo Cathy.

Daniel la besó en la mejilla antes de despedirse.

El pequeño cuarto de invitados que Daniel había reservado para Cathy no era mucho más grande que su piso del 135, pero se quedó dormida en cuanto apoyó la cabeza sobre la almohada, despertándose cuando repicaron unas campanas. Supuso que provenían de la capilla del King's.

Daniel y Cathy llegaron a la capilla momentos antes de que el coro desfilara por la nave. El cántico resultaba mucho más emotivo que en el disco de Cathy, pues la foto del coro en la funda sólo daba una leve idea de cómo sería la experiencia real.

Después de la bendición, Daniel sugirió que pasearan por los jardines para desembarazarse de las últimas legañas. Cogió la mano de Cathy y no la soltó hasta que volvieron una hora después al Trinity para tomar un modesto almuerzo.

Por la tarde la llevó al museo Fitzwilliam, donde Cathy se quedó fascinada al ver el *Saturno devorando a sus hijos* de Goya.

–Es un poco como la mesa de autoridades del Trinity –fue el único comentario de Daniel.

Después se acercaron al Queen's, donde asistieron a un recital de fugas de Bach, interpretado por un cuarteto de cuerda formado por estudiantes. Cuando salieron, ya habían encendido las farolas que flanqueaban la calle Silver.

–Más cenas no, por favor –se burló Cathy, mientras paseaban por el puente de las Matemáticas.

Daniel rió y, tras recoger su maleta, la condujo de regreso a Londres en su pequeño MG.

–Gracias por este fin de semana memorable –dijo Cathy, cuando se detuvieron frente al 135–. De hecho, «memorable» no es la palabra adecuada para describir estos dos últimos días.

Daniel le dio un tierno beso en la mejilla.

–Repitámoslo el próximo fin de semana –sugirió.

–Si hablabas en serio cuando dijiste que te gustan las mujeres delgadas, ni hablar.

–Muy bien, probémoslo de nuevo sin la comida; tal vez incluiremos un partido de tenis esta vez. Quizá sea la única forma de descubrir el nivel del segundo equipo femenino de la Universidad de Melbourne.

Cathy lanzó una carcajada.

–¿Le darás las gracias a tu madre por la maravillosa fiesta del lunes pasado? Ha sido una semana en verdad memorable.

–Lo haré, pero es muy probable que la veas antes que yo.

–¿No vas a quedarte esta noche en casa de tus padres?

–No, debo volver a Cambridge... Tengo que dar una clase a las nueve de la mañana.

–Si me lo hubieras dicho, habría cogido el tren.

–Y yo me habría privado de dos horas de tu compañía –replicó Daniel, despidiéndose con un ademán.

41

La primera vez que durmieron juntos, en la incómoda cama individual de la pequeña pero cómoda habitación del profesor, Cathy supo que quería pasar el resto de su vida con Daniel. Deseó únicamente que no fuera el hijo de sir Charles Trumper.

Le rogó que no hablara a sus padres de la relación que los unía. Estaba decidida a demostrar su valía en Trumper's, explicó, y no quería recibir favores porque salía con el hijo del jefe.

Cuando Daniel reparó en la pequeña cruz que pendía del cuello de la joven, Cathy no vaciló en contarle la historia.

Sin embargo, después de la subasta de plata, de su desenmascaramiento del hombre de la corbata amarilla y de su información confidencial al periodista del *Telegraph*, no le importó tanto que los Trumper se enteraran de que estaba enamorada de su único hijo.

El lunes posterior a la subasta de plata, Becky invitó a Cathy a integrarse en la junta directiva de la sala de subastas, formada hasta entonces por Simon, Peter Fellowes, responsable de investigaciones, y la propia Becky.

Becky también pidió a la joven que preparase el catálogo para la subasta de impresionistas que se celebraría en otoño y asumiera otras responsabilidades, incluyendo la supervisión del mostrador principal.

–Paso siguiente, un puesto en la junta principal –comentó Simon.

Telefoneó a Daniel aquella mañana para darle la noticia.

–¿Significa eso que podemos dejar de engañar a mis padres?

Cuando varias semanas después Charlie telefoneó a Daniel para anunciarle que su madre y él querían ir a Cambridge, para hablar de algo importante, Daniel los invitó a tomar el té en sus aposentos el domingo, advirtiéndoles que él también tenía algo «importante» que comunicarles.

Daniel y Cathy hablaron por teléfono cada día de aquella semana y ella empezó a preguntarse si no sería mejor avisar a los padres de Daniel de que también iría a tomar el té. Daniel no quiso ni oírla, afirmando que no tenía muchas ocasiones de ganarle la delantera a su padre y no tenía la menor intención de perderse la satisfacción de ver la sorpresa reflejada en sus rostros.

–Y te contaré otro secreto –añadió Daniel–. He solicitado el puesto de profesor de matemáticas en el King's College, en Londres.

–Vas a hacer un gran sacrificio, doctor Trumper, pues cuando vivas en Londres no pienso alimentarte como lo hacen en el Trinity.

–Excelente noticia. Eso significará menos visitas al sastre.

La reunión que tuvo lugar en los aposentos de Daniel fue maravillosa, en opinión de Cathy, aunque Becky pareció un poco nerviosa al principio y se mostró muy agitada después de la misteriosa llamada telefónica de un tal señor Baverstock.

La alegría de sir Charles al saber que Daniel y ella pensaban casarse durante las vacaciones de Pascua fue auténtica y Becky manifestó su entusiasmo ante la idea de tener como nuera a Cathy. Charlie sorprendió a Cathy cuando cambió de tema bruscamente y preguntó quién había pintado la acuarela que colgaba sobre el escritorio de Daniel.

–Cathy –dijo Daniel–. Por fin un artista en la familia.

–¿Pintas así de bien, jovencita? –preguntó Charlie, incrédulo.

–Claro que sí –insistió Daniel mirando la acuarela–. Mi regalo de compromiso. Además, es el único original que Cathy ha pintado desde que llegó a Inglaterra, de modo que no tiene precio.

–¿Pintarás uno para mí? –preguntó Charlie, tras estudiar la pequeña acuarela con más atención.

–Me encantaría –contestó Cathy–, pero ¿dónde la va a colgar? ¿En el garaje?

Después del té, los cuatro pasearon por los jardines, pero Cathy se sintió decepcionada, porque los padres de Daniel parecían ansiosos por volver a Londres en lugar de quedarse e ir con ellos a la capilla.

Cuando volvieron de las vísperas, hicieron el amor en la estrecha cama de Daniel. Cathy le advirtió que tal vez tuviera que adelantar la fecha fijada para la boda.

–¿Qué quieres decir?

–Aún no me ha venido la regla. Me tocaba la semana pasada.

Daniel se alegró tanto que quiso llamar a sus padres para que compartieran su alborozo.

–No seas tonto –dijo Cathy–. Todavía no hay nada confirmado. Sólo espero que tus padres no se horroricen demasiado cuando se enteren.

–¿Horroricen? Me extrañaría mucho. No se casaron hasta la semana posterior a mi nacimiento.

–¿Cómo lo sabes?

–Comparé la fecha de mi partida de nacimiento en Somerset House con la del certificado de matrimonio. Muy sencillo. Por lo visto, durante varias semanas nadie quiso admitir mi procedencia.

Aquel descubrimiento convenció a Cathy de que, antes de casarse, debía dar por descartada toda posibilidad de estar emparentada con la señora Trentham. Aunque Daniel había logrado hacerle olvidar durante más de un año el problema de sus padres, no podía mirar a la cara a los Trumper pensando que, algún día, los iba a defraudar y, aún peor, que tenía un parentesco con la mujer que más detestaban. Como Cathy había descubierto, sin quererlo, dónde vivía la señora Trentham, decidió escribirle una carta nada más volver a Londres.

Redactó un esbozo el domingo por la noche y se levantó muy temprano al día siguiente para pasarlo en limpio:

Chelsea Terrace, 135
Londres SW3
27 de Noviembre de 1950

Apreciada señora Trentham:

Soy una completa desconocida para usted, pero le escribo con la esperanza de que pueda ayudarme a solucionar un dilema con el que me enfrento desde hace varios años.

Nací en Melbourne (Australia) y nunca he sabido quiénes fueron mis padres, pues me abandonaron a una edad muy temprana. En realidad, fui educada en un orfanato llamado St. Hilda. El único recuerdo que tengo de la existencia de mi padre es una Cruz Militar en miniatura que me regaló cuando era muy pequeña. En su brazo están grabadas las iniciales "G.F.T."

El director del museo de los Fusileros Reales de Hounslow me ha confirmado que la medalla fue concedida al capitán Guy Francis Trentham el

22 de Julio de 1918, por su valentía en la segunda batalla del Marne.

¿Es usted pariente de Guy, quien tal vez sea mi padre? Le agradecería cualquier información que pudiera proporcionarme al respecto, y le pido disculpas por interrumpir su intimidad.

Espero recibir cuanto antes sus noticias.

Sinceramente,

Cathy Ross

Cathy echó la carta en el buzón situado en la esquina de Chelsea Terrace antes de ir a trabajar. Tras años de esperar localizar a un pariente, a Cathy le pareció paradójico que ahora prefiriera ser rechazada.

El anuncio del compromiso de Cathy con Daniel Trumper fue publicado en los ecos de sociedad del *Times* a la mañana siguiente. Todo el personal del número 1 pareció encantado con la noticia. Durante el almuerzo Simon brindó con champaña por la prosperidad de Cathy.

–Es un complot de los Trumper para asegurarse de que ni Sotheby's ni Christie's se la llevarán –declaró. Todo el mundo aplaudió, excepto Simon, que susurró en su oído–: Eres la persona adecuada para impedir que a nosotros nos pase lo mismo.

«No dejaba de ser curioso –pensó Cathy– que algunas personas le adjudicaran posibilidades en las que jamás había pensado.»

El jueves por la mañana, Cathy encontró ante el felpudo de la puerta principal un sobre púrpura, con su nombre garabateado. Abrió la carta con nerviosismo y descubrió dos hojas de papel grueso del mismo color. El contenido la desconcertó, pero al mismo tiempo la tranquilizó considerablemente.

Chester Square, 19
Londres SW1

29 de noviembre de 1950

Apreciada señorita Ross:

Le agradezco su carta del pasado lunes, pero temo que no puedo serle de gran ayuda. Tuve dos hijos, el menor de los cuales es Nigel, que se ha separado recientemente. Su anterior esposa reside ahora en Dorset con mi único nieto, Giles Raymond, de dos años.

Mi hijo mayor era Guy Francis Trentham, que fue condecorado con la Cruz Militar tras la segunda batalla del Marne, pero murió de tuberculosis en 1922, tras una larga enfermedad. Nunca se casó y no dejó descendencia.

El modelo en miniatura de su MC se perdió después de que mi hijo visitara a unos parientes lejanos de Melbourne. Me alegra saber que ha reaparecido después de tantos años y le estaría muy agradecida si me devolviera la medalla en cuanto le sea posible. Estoy convencida de que ya no desea retener una reliquia familiar, ahora que conoce su procedencia.

Sinceramente,

Ethel Trentham

Cathy sintió una gran alegría al descubrir que Guy Trentham había muerto un año antes de que ella naciera. Ello significaba que era prácticamente imposible estar emparentada con el hombre que había causado tantas desdichas a sus futuros suegros. Concluyó que la MC había caído en manos de su padre, quienquiera que fuera; de mala gana, pensó que debía devolver la medalla a la señora Trentham sin más dilación.

Las revelaciones contenidas en la carta de la señora Trentham hicieron dudar a Cathy de que algún día descubriera quiénes eran sus padres, pues no pensaba regresar a Australia ahora que Daniel formaba parte de su futuro. Empezó a alimentar la creencia de que insistir en averiguar la identidad de su padre era inútil.

Como Cathy ya había revelado a Daniel el día que se conocieron su ignorancia acerca de la identidad de sus padres, viajó a Cambridge el viernes por la noche con la conciencia limpia. Estaba más serena porque, por fin, le había venido la regla. Mientras el tren traqueteaba hacia la ciudad universitaria, Cathy no pudo recordar un momento de mayor felicidad. Jugueteó con la crucecita que colgaba alrededor de su cuello, de una cadena de oro que Daniel le había regalado por su cumpleaños. La apenó saber que llevaba aquel recuerdo por última vez: ya había tomado la decisión de enviársela a la señora Trentham después del fin de semana que iba a pasar con Daniel.

El tren se detuvo en Cambridge con un retraso de algunos minutos.

Cathy cogió su maleta y salió a la acera, esperando divisar el MG aparcado de Daniel; nunca había llegado tarde desde que se conocían. Se sintió decepcionada al no verlo, y aún más sorprendida cuando, al cabo de media hora, no había dado señales de vida.

Volvió al vestíbulo de la estación, depositó dos peniques en la cabina telefónica y marcó el número directo de la habitación de Daniel. La señal sonó interminablemente, pero no necesitó apretar el botón A, porque nadie respondió.

Confusa, Cathy salió de la estación y pidió a un taxista que la llevara al Trinity.

Cuando el taxi frenó en el patio nuevo, la sorpresa de Cathy aumentó al ver el MG aparcado en su sitio habitual. Pagó al conductor y se dirigió hacia la ya familiar escalera.

Cathy consideró su deber regañar a Daniel por no acudir a la cita. ¿Iba a tratarla así cuando estuvieran casados? ¿La había rebajado al mismo nivel de un estudiante que no presentaba su trabajo de la semana? Subió los desgastados escalones de piedra hasta su habitación y llamó con suavidad a la puerta, por si aún estaba reunido con un estudiante. Al no recibir respuesta después de la segunda llamada, abrió la pesada puerta de madera, tras decidir que esperaría hasta que él apareciera.

Todos los residentes de la escalera B debieron de oír su chillido. El primer estudiante que llegó al lugar encontró el cuerpo de una joven, derrumbado de bruces sobre el suelo. El estudiante cayó de rodillas, soltó los libros que llevaba y vomitó sobre ella. Respiró hondo, dio media vuelta en cuanto se sintió con fuerzas y salió a gatas del estudio, dejando atrás una silla caída. Fue incapaz de mirar por segunda vez el espectáculo que había presenciado nada más entrar en la habitación.

El doctor Trumper continuaba meciéndose suavemente de una viga, en el centro de la habitación.

CHARLIE

1950-1964

42

Durante tres días no pude conciliar el sueño. La cuarta mañana, al lado de muchos amigos, colegas y alumnos de Daniel, asistí a la misa de cuerpo presente que se celebró en la capilla del Trinity. Sobreviví a esa prueba y el resto de la semana gracias a Daphne, que lo organizó todo con gran calma y eficacia. Cathy no pudo estar presente en la misa pues todavía estaba bajo observación en el hospital de Addenbrooke.

Estuve de pie al lado de Becky mientras el coro cantaba *Fast Falls the Eventide*[1]. Mi mente vagaba, intentando reconstruir los hechos acontecidos durante los últimos tres días y extraer alguna explicación de ellos. Cuando Daphne me dijo que Daniel se había quitado la vida (quien la eligiera para darme la noticia conocía muy bien el significado de la palabra compasión), me dirigí de inmediato en coche a Cambridge, tras rogarle que no dijera nada a Becky hasta que yo hubiera averiguado algo más acerca de lo ocurrido. Al llegar al Gran Patio del Trinity, dos horas más tarde, ya habían retirado el cadáver de Daniel y trasladado a Cathy al hospital de Addenbrooke, donde continuaba en estado de conmoción. El inspector de policía encargado del caso fue muy considerado. Luego visité el depósito e identifiqué el cadáver, agradeciendo a Dios que Becky se ahorrara la experiencia de estar a solas por última vez con su hijo en aquella habitación fría como el hielo.

Señor, habita en mí...

Expliqué a la policía que no se me ocurría ninguna razón que hubiera impulsado a Daniel a quitarse la vida... que, en realidad, acababa de prometerse en matrimonio y nunca lo había visto tan feliz.

1. Pronto cae la noche. *(N. del T.)*

Entonces el inspector me enseñó la nota del suicida: un folio que contenía un solo párrafo escrito a mano.

–Por si no lo sabe, los suicidas suelen dejar una nota –dijo el inspector.

Yo no lo sabía.

Leí la nota escrita con la letra académica de Daniel:

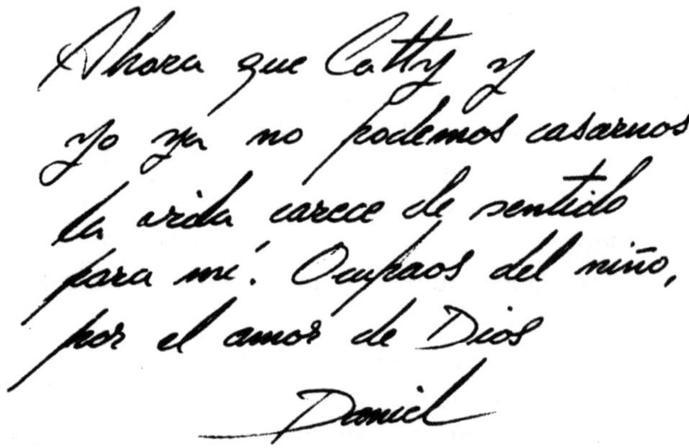

Ahora que Cathy y
yo ya no podemos casarnos
la vida carece de sentido
para mí. Ocupaos del niño,
por el amor de Dios
Daniel

Debí de repetir para mis adentros aquellas veinticinco palabras un centenar de veces, pero sin lograr extraerles un sentido. Una semana después, el médico confirmó en su informe dirigido al forense que Cathy no estaba embarazada, y que, ciertamente, no se había sometido a un aborto. Seguí rememorando aquellas palabras una y otra vez. ¿Habría pasado por alto alguna sutil deducción, o debería resignarme a no comprender jamás su mensaje final?

Cuando todos los demás auxilios fracasan...

Un experto de la policía judicial descubrió más tarde restos de papel de carta en la chimenea, pero se había quemado hasta reducirse a cenizas; los restos carbonizados no aportaron ninguna pista. Después me enseñaron un sobre en cuyo interior la policía creía que iba la carta quemada. Me preguntaron si podría identificar la letra. Estudié la letra menuda y vertical con la que estaban escritas las palabras «doctor Daniel Trumper» en tinta púrpura.

–No –mentí. El detective me dijo que la carta había sido entregada en mano por un hombre de bigote castaño y chaqueta tweed, a primera hora de aquella tarde. Eso era lo único que recordaba de él el estudiante que lo había visto, aparte de que parecía conocer bien el camino.

Me pregunté qué habría escrito la vieja malvada para impulsar a Daniel al suicidio. Estaba seguro de que saber que Guy Trentham era su verdadero padre no bastaba para tomar una decisión tan drástica, sobre todo cuando sabíamos que la señora Trentham y él se habían conocido y llegado a un acuerdo hacía tres años.

La policía encontró otra carta sobre el escritorio de Daniel. Era del rector del King's College de Londres, ofreciéndole formalmente la cátedra de matemáticas.

Y el consuelo se nos vuelve inasible...

Tras salir del depósito fui al hospital de Addenbrooke, donde me permitieron pasar un rato junto al lecho de Cathy. Aunque tenía los ojos abiertos, no me reconoció. Durante una hora se limitó a contemplar el techo con la mirada perdida, mientras yo aguardaba. Cuando comprendí que no podía hacer nada, me marché en silencio. El jefe de psiquiatría, el doctor Stephen Atkins, salió de su despacho y me preguntó si podía dedicarle unos minutos.

El atildado hombrecillo de elegante traje hecho a medida y enorme corbata de lazo explicó que Cathy padecía una amnesia de origen psicológico, también llamada a veces amnesia histérica, y que pasaría algún tiempo antes de saber hasta qué punto iba a recuperarse. Le di las gracias y añadí que permanecería en constante contacto con él. Después regresé lentamente a Londres.

Oh, socorro de los desvalidos, habita en mí...

Daphne me esperaba en mi despacho y no hizo ningún comentario sobre mi tardanza. Intenté agradecerle su infinita bondad, pero le expliqué que debía ser yo quien le diera la noticia a Becky. Sólo Dios sabe cómo asumí aquella responsabilidad sin mencionar el sobre púrpura escrito con la letra tan conocida, pero lo hice. Si le hubiera contado a Becky toda la verdad, creo que habría matado a la mujer en el acto con sus propias manos... y creo que yo la habría ayudado.

Lo enterraron entre los suyos. El capellán del colegio, que sin duda había cumplido ese deber muchas veces en el pasado, tuvo que interrumpirse para recobrar la compostura en tres ocasiones diferentes.

Oh, Señor, habita en mí en la vida y en la muerte...

Becky y yo fuimos a Addenbrooke cada día de aquella semana,

pero el doctor Atkins se limitó a confirmar que el estado de Cathy no había variado; todavía no había recuperado el habla. No obstante, sólo pensar en la joven que yacía en su habitación, necesitada de nuestro amor, conseguía que nos preocupáramos de alguien más que de nosotros mismos.

Cuando el viernes volvimos a Londres a última hora de la tarde, Arthur Selwyn estaba paseando de un lado a otro, ante la puerta de mi despacho.

–Alguien ha irrumpido en el piso de Cathy, han forzado la cerradura –dijo, antes de que yo pudiera abrir la boca.

–¿Qué iría a buscar un ladrón allí?

–La policía tampoco lo entiende. Por lo visto, no se han llevado nada.

Sin saber todavía qué había escrito la señora Trentham a Daniel, ahora se añadía el misterio de qué pertenencia de Cathy podía desear. Tras examinar yo mismo el piso, seguí tan a oscuras como antes.

Becky y yo seguimos desplazándonos a Cambridge cada dos días, hasta que a mediados de la tercera semana Cathy habló por fin, vacilante al principio y sin parar después, aferrada a mi mano. Luego, de súbito, se sumió en el silencio de nuevo. A veces se frotaba el índice con el pulgar, justo debajo de la barbilla.

Este gesto desconcertó incluso al doctor Atkins.

Éste, sin embargo, había conseguido entablar extensas conversaciones con ella en varias ocasiones y la había sometido a juegos de palabras para comprobar el estado de su memoria. En su opinión había anulado todos los recuerdos concernientes a Daniel Trumper o a su vida en Australia. Nos aseguró que era frecuente en estos casos y nos dijo el hermoso nombre griego de este estado mental concreto.

–¿Quiere que intente ponerme en contacto con su tutor de la Universidad de Melbourne, o que hable con el personal del hotel Melrose, por si pueden arrojar alguna luz sobre el problema?

–No –contestó el psiquiatra y se ajustó el lazo de lunares–. No la fuerce demasiado y esté preparado porque es posible que esa parte de su mente tarde mucho tiempo en recobrarse.

Asentí con la cabeza.

«Guarde las distancias» parecía ser la expresión favorita del doctor Atkins. «No olvide que su esposa sufrirá el mismo trauma.»

Siete semanas después nos autorizaron a trasladar a Cathy a Eaton Square, donde Becky le había preparado una habitación. Yo ya había retirado todas las pertenencias de Cathy del piso situado sobre la carnicería, ignorante todavía de si faltaba algo después del robo.

Becky había guardado toda la ropa de Cathy en el ropero y en los cajones, e intentó dotar a la habitación del aspecto más alegre posible. Unos días antes había sacado su acuarela del Cam, que colgaba sobre el escritorio de Daniel, y la había colgado en la escalera, entre el Courbet y el Sisley. Cuando Cathy subió la escalera, camino de su nueva habitación, pasó frente a su cuadro sin el menor atisbo de reconocimiento.

Pregunté de nuevo al doctor Atkins si debíamos escribir a la Universidad de Melbourne y averiguar algo sobre el pasado de Cathy, pero volvió a manifestarse en contra de tal decisión, aduciendo que debía ser ella la que nos proporcionara información, y sólo si se sentía con fuerzas para hacerlo, sin someterla a presiones externas.

–¿Cuánto tiempo cree que pasará antes de que recobre por completo la memoria?

–Tanto pueden ser catorce días como catorce años, según mi experiencia.

Recuerdo que aquella noche volví a la habitación de Cathy, me senté en el borde de la cama y le cogí la mano. Observé que, por primera vez, el color había vuelto a sus mejillas. Sonrió y me preguntó cómo marchaba el «gran carretón».

–Hemos obtenido beneficios récord, pero lo más importante es que todo el mundo quiere verte otra vez en el número 1.

Reflexionó sobre mis palabras durante unos instantes. Luego añadió con sencillez:

–Ojalá fuera usted mi padre.

En febrero de 1951 Nigel Trentham se integró en la junta. Se sentó al lado de Paul Merrick, que le dirigió una leve sonrisa. Fue incapaz de mirarlo. Aunque algunos años más joven que yo, pensé vanidosamente que ninguno de los presentes lo habría notado.

La junta aprobó un desembolso de medio millón de libras para «llenar el hueco», como Becky denominaba al solar plantado en mitad de Chelsea Terrace desde hacía diez años. Por fin, Trumper's se alojará bajo un solo techo. Trentham no hizo ningún comentario. Los directores también aprobaron una asignación de cien mil libras para reconstruir el club juvenil masculino de Whitechapel, que pasaría a denominarse «Centro Dan Salmon». Trentham susurró algo al oído de Merrick.

El coste final de Trumper's, por culpa de la inflación, las huelgas y la escalada de precios de los constructores, pasó del medio millón de libras estimado en un principio a cerca de setecientas treinta mil. En consecuencia, la empresa consideró necesario emitir más acciones para cubrir los gastos adicionales.

De nuevo las peticiones superaron la oferta, algo muy halagador, pero yo temía que la señora Trentham acaparara la mayoría de cualquier nueva emisión, pero no tenía forma de demostrarlo. Esta dispersión de mis acciones significó que, por primera vez, mi paquete personal descendió por debajo del cuarenta por ciento.

Fue un verano muy largo, pero Cathy iba recobrando fuerzas cada día que pasaba y Becky se mostró algo más comunicativa. Por fin, el médico accedió a que Cathy volviera al número 1. Se reintegró el lunes siguiente y dio la impresión de que nunca se hubiera ausentado, en opinión de Becky, aunque nadie volvió a mencionar en su presencia el nombre de Daniel.

Un mes después, volví a casa una noche y encontré a Cathy paseando arriba y abajo del vestíbulo. Pensé que el pasado la obsesionaba, pero me había equivocado de plano.

–Llevas una política de personal equivocada –dijo, en cuanto yo cerré la puerta.

–¿Perdón, jovencita?

Aún no había tenido tiempo de quitarme el gabán.

–Es errónea –repitió–. Los norteamericanos ahorran miles de dólares en sus almacenes gracias a estudios de eficiencia, mientras en Trumper's nos comportamos como si aún estuviéramos correteando por el arca.

–El personal del arca se hallaba prisionero –le recordé.

–Hasta que dejó de llover. Charlie, has de comprender que podríamos ahorrar ochenta mil libras al año sólo en salarios, como mínimo. No he estado ociosa estas últimas semanas. De hecho, he preparado un informe para demostrar que tengo razón.

Dejó una caja de cartón en mis brazos y salió al vestíbulo como una exhalación.

Después de cenar revolví durante una hora la caja y leí las conclusiones preliminares de Cathy. Había detectado un exceso de personal que todos habíamos pasado por alto y explicaba con gran lujo de detalles cómo podíamos capear la situación sin provocar a los sindicatos.

Durante el desayuno de la mañana siguiente, Cathy continuó explicándome sus teorías, como si yo no me hubiera ido a la cama.

–¿Me escuchas, presidente? –preguntó.

Siempre me llamaba «presidente» cuando estaba decidida a demostrarme algo. Supuse que le había robado el truco a Daphne.

–Soy todo oídos –respondí, y hasta Becky me miró por encima del periódico.

–¿Quieres que te demuestre que tengo razón?

–Te lo ruego.

Desde aquel día, siempre que llevaba a cabo mis rondas matutinas, encontraba inevitablemente a Cathy en una planta diferente, haciendo preguntas, observando o tomando notas, a menudo con un cronómetro en la otra mano. Nunca le pregunté qué hacía y si alguna vez me veía se limitaba a decir «Buenos días, presidente».

Los fines de semana oía a Cathy escribir a máquina en su habitación hora tras hora. Una mañana, sin previo aviso, encontré en la mesa del desayuno una gruesa carpeta, en lugar del plato de huevos fritos con dos lonjas de bacon y el *Sunday Times*.

Aquella tarde leí lo que Cathy había escrito. Al caer la noche había llegado a la conclusión de que la junta debía llevar a la práctica la mayoría de sus recomendaciones sin más dilación.

Yo sabía exactamente lo que quería hacer, pero necesitaba la bendición del doctor Atkins. Telefoneé al hospital de Addenbrooke aquella noche. La jefa de enfermeras tuvo la amabilidad de darme el número particular del psiquiatra. Hablamos durante una hora por teléfono. Dijo que no temía por el futuro de Cathy, sobre todo ahora que recordaba pequeños incidentes del pasado e incluso tenía ganas de hablar sobre Daniel.

A la mañana siguiente, cuando bajé a desayunar, encontré a Cathy esperándome. No pronunció ni una palabra mientras yo devoraba mi tostada con mermelada, fingiendo estar absorto en el *Financial Times*.

–Muy bien, me rindo –dijo.

–Será mejor que no –la previne, sin levantar la vista del diario–, porque eres el punto siete en el orden del día de la reunión que celebrará la junta el mes que viene.

–¿Y quién va a presentar mi caso? –preguntó Cathy con nerviosismo.

–Yo no, desde luego. Y no se me ocurre nadie más que esté dispuesto hacerlo.

Durante las dos semanas siguientes, siempre que me iba a la cama reparaba en que el tecleo de la máquina de escribir había cesado. Sentí tanta curiosidad que, en cierta ocasión, atisbé por la puerta entreabierta de su dormitorio. Cathy se hallaba de pie ante el espejo, con un gran tablero blanco, montado sobre un caballete, cubierto por una masa de alfileres de colores y flechas formadas por puntos.

–Lárgate –dijo, sin darse la vuelta.

Comprendí que no tenía más remedio que esperar hasta que se reuniera la junta.

Atkins me advirtió que la prueba de tener que presentar su caso ante la junta podía ser excesiva para la joven y que yo debería llevarla a casa en cuanto empezara a mostrar señales de tensión.

–No la fuerce demasiado –fueron sus últimas palabras.

–No permitiré que eso ocurra –contesté.

Aquel jueves por la mañana todos los miembros de la junta estaban sentados en sus puestos tres minutos antes de las diez. La reunión empezó con tranquilidad. Se leyeron las disculpas por ausencia y se aprobó el acta de la reunión anterior. Conseguimos hacer esperar una hora a Cathy, pues en el punto número 3 del orden del día (la rutinaria decisión de renovar la póliza de seguros de la empresa con la Prudential), Nigel Trentham aprovechó la oportunidad como excusa para irritarme, con la intención, sospeché, de que yo perdiera los nervios. Lo habría conseguido, de no ser tan obvios sus propósitos.

–Creo que ha llegado el momento de realizar un cambio, señor presidente –dijo–. Sugiero que traslademos la póliza a Legal & General –anunció.

Desvié mis ojos hacia la parte izquierda de la mesa y los enfoqué en el hombre cuya presencia siempre me traía el recuerdo de Guy Trentham y del aspecto que tendría en su madurez. El hermano pequeño llevaba un elegante traje cruzado de impecable corte, que disimulaba su problema de peso. Sin embargo, nada podía disimular la doble papada o la calvicie prematura.

–Debo recordar a la junta –empecé– que Trumper's trabaja con la Prudential desde hace más de treinta años. Aún más, nunca nos ha fallado. Por otra parte, es muy improbable que Legal & General nos ofrezca condiciones más favorables.

–Pero poseen el dos por ciento de las acciones de la empresa –indicó Trentham.

–La Prudential todavía posee el cinco por ciento –recordé a mis directores, sabiendo que Trentham se había olvidado, una vez más, de informarse a fondo.

La discusión se habría prolongado durante horas interminables, como un encuentro de tenis entre Drobny y Fraser, de no haber intervenido Daphne para solicitar la votación.

Aunque Trentham perdió por siete a tres, el altercado sirvió para recordar a todos los presentes cuáles eran sus intenciones a largo plazo. Durante los últimos dieciocho meses, Trentham se había dedicado, con la ayuda del dinero de su madre, a aumentar su caudal de acciones de la empresa, hasta alcanzar una cota que yo estimaba del catorce por ciento. Eso era fácil de controlar, pero yo era muy consciente de que el fideicomiso Hardcastle poseía también un diecisiete por ciento de las acciones... Un paquete que habría pertenecido a Daniel, pero que, tras la muerte de la señora Trentham, pasaría automáticamente al pariente más cercano de sir Raymond. Aunque Nigel Trentham perdió la votación, no demostró decepción mientras ordenaba sus papeles y dirigió una mirada de soslayo a Paul Merrick, que estaba sentado a su izquierda. Evidentemente estaba convencido de que el tiempo jugaba a su favor.

–Punto siete –dije.

Me incliné hacia Jessica y le pedí que invitara a la señorita Ross a reunirse con nosotros. Cuando la joven entró en la sala, todos los hombres se pusieron en pie. Hasta Nigel Trentham hizo ademán de levantarse.

Cathy colocó dos tableros en el caballete que ya le habían dispuesto, uno lleno de gráficos y el otro cubierto de estadísticas. Se volvió hacia nosotros. Le dediqué una cálida sonrisa.

–Buenos días, damas y caballeros. –Hizo una pausa y consultó sus notas–. Me gustaría comenzar con...

Se mostró vacilante al principio, pero enseguida recuperó su seguridad y procedió a explicar, punto por punto, por qué la política de personal de la empresa estaba obsoleta y los pasos que debíamos dar para rectificar la situación lo antes posible. Incluían la jubilación anticipada de los hombres de sesenta años y las mujeres de cincuenta y cinco; el alquiler de estantes, incluso de secciones enteras, a marcas famosas, lo que comportaría unos ingresos garantizados sin el menor riesgo económico para Trumper's, pues cada empresa sería responsable de aportar sus propios empleados; y un descuento mayor a las firmas que desearan colocarnos sus productos por primera vez. La presentación se prolongó durante cuarenta minutos y se produjeron unos momentos de silencio cuando Cathy concluyó.

Si su presentación fue buena, la forma en que se enfrentó con las preguntas que siguieron fue aún mejor. No se arredró ante los problemas bancarios que tanto Tim Newman como Paul Merrick le plantearon, y lo mismo hizo con la preocupación ante la reacción de los sindicatos que manifestó Arthur Selwyn. En cuanto a Nigel Trentham, lo manejó con la serena eficiencia que a mí me hacía falta. Cuando Cathy abandonó la sala una hora después todo el mundo se puso en pie de nuevo, excepto Trentham, que clavó la vista en el informe que tenía delante.

Cathy me estaba esperando aquella noche en la puerta de casa.

–¿Y bien?

–¿Y bien?

–No me tomes el pelo, Charlie –me reconvino.

–Has sido nombrada nueva directora de personal –le dije, sonriente.

Se quedó sin habla unos instantes.

–Ahora que has abierto la caja de los truenos, jovencita, la junta confía en que soluciones el problema.

Cathy experimentó una emoción tan enorme que, por primera vez, pensé que estábamos dejando atrás la trágica muerte de Daniel. Telefoneé aquella misma noche al doctor Atkins para decirle que

Cathy no sólo había superado la prueba, sino que, como resultado de su exposición, había sido elegida para integrarse en la junta. Sin embargo, lo que no les dije a ninguno de los dos fue que me había visto obligado a aceptar otra nominación para la junta presentada por Trentham, a fin de que el nombramiento de Cathy fuera aprobado sin someterlo a votación.

Desde el día que Cathy se incorporó a la junta, todo el mundo comprendió que ya no era, simplemente, una brillante muchacha del rebaño de Becky, sino una firme candidata a sucederme como presidente. No obstante, yo sabía muy bien que el éxito de Cathy dependía de que Trentham no lograra controlar el cincuenta y uno por ciento de las acciones de Trumper's. También sabía que la única manera de hacerlo era presentando una oferta pública de compra, algo muy posible cuando se apoderase del dinero que todavía obraba en manos del fideicomiso Hardcastle. Por primera vez en mi vida deseé que la señora Trentham viviera lo suficiente para fortalecer la empresa hasta el punto de que el dinero del fideicomiso no le bastara a Nigel Trentham para montar una puja por la adquisición que se viera coronada por el éxito.

El 2 de junio de 1953 la reina Isabel fue coronada cuatro días después de que dos hombres de diferentes países de la Commonwealth conquistaron el Everest. Winston Churchill fue quien mejor resumió el acontecimiento: «Aquellos que han leído la historia de la primera era isabelina, arderán en deseos de participar en la segunda».

Cathy recogió el guante del reto del primer ministro y se dedicó con todas sus fuerzas al proyecto que la junta le había confiado. Consiguió un ahorro en salarios de cuarenta y nueve mil libras durante 1953, y de veintiuna mil libras más en la primera mitad de 1954. A finales del año fiscal tuve la impresión de que sabía más sobre la dirección del personal de Trumper's que cualquiera de los miembros de la junta, incluido yo.

Durante 1955, las ventas al extranjero cayeron en picado, y como Cathy ya había cumplido su cometido y yo quería que ganara experiencia en otros departamentos, le pedí que resolviera el problema de nuestras ventas internacionales.

Asumió su nuevo cargo con el mismo entusiasmo que dedicaba a todo, pero durante los dos años siguientes empezó a chocar con Nigel Trentham en bastantes temas, incluyendo la política de devolver la diferencia a cualquier cliente capaz de demostrar que había pagado menos por un artículo corriente en otra tienda. Trentham arguyó que a los clientes de Trumper's no les interesaban las diferencias de precio imaginarias con almacenes menos conocidos, sino tan sólo la calidad y el servicio.

–No es responsabilidad de los clientes preocuparse por el balance, sino de la junta, en beneficio de sus accionistas –contestó Cathy.

En otra ocasión casi acusó a Cathy de ser comunista, cuando ella sugirió un «proyecto para que los trabajadores participasen como accionistas», pensando que daría lugar a una lealtad que sólo los japoneses comprendían plenamente, un país, explicó, en que las empresas solían conservar el noventa y ocho por ciento de la plantilla durante toda su vida. Ni siquiera yo vi con buenos ojos esa idea, pero Becky me advirtió en privado de que ya empezaba a hablar como un «carroza». Sospeché que se trataba de una expresión moderna y que no podía tomarla de ninguna manera como un cumplido.

Cuando Legal & General fracasó en su intento de ser nuestra compañía aseguradora, vendió el dos por ciento de sus acciones a Nigel Trentham. Desde aquel momento, hasta yo temí que consiguiera las acciones necesarias para adquirir la empresa. También propuso otra nominación para la junta que, gracias al respaldo de Paul Merrick, fue aceptada.

–Tendría que haberme quedado ese solar hace treinta y cinco años por cuatro mil libras de nada –le dije a Becky.

–Estoy de acuerdo. Lo peor es que ahora la señora Trentham sería más peligrosa muerta que viva –me recordó mi mujer.

La llegada de Elvis Presley, los *teddy boys*, los tacones de aguja y los adolescentes fue asimilada sin excesivos problemas por Trumper's.

–Puede que los clientes cambien, pero no permitiremos que ocurra lo mismo con nuestro nivel de calidad –recordaba constantemente a la junta.

En 1960 la empresa declaró unos beneficios netos de setecientas cincuenta y siete mil libras, un catorce por ciento de rendimiento sobre el capital, y superamos este éxito un año después cuando la reina nos concedió la Autorización Real[1]. Di instrucciones para que el escudo de armas de la casa de Windsor colgara sobre la puerta principal, a fin de mostrar al público que la reina había comprado en el carretón de manera regular.

No podía pretender haber visto a Su Majestad cargada con una de nuestras conocidas bolsas azules, decoradas con el motivo en plata de un carretón, o bajando y subiendo por la escalera mecánica en una hora punta, pero todavía recibíamos llamadas telefónicas regulares desde el palacio siempre que iban cortos de provisiones. Ello confirmaba la teoría de mi abuelo, en el sentido de que una manzana siempre es una manzana, independientemente de quién la coma.

El momento culminante de 1961 llegó cuando Becky inauguró el Centro Dan Salmon en Whitechapel Road, otro edificio que había superado notablemente los costes previstos. Sin embargo, no me arrepentí ni de un solo penique del gasto, pese a las nimias críticas de Merrick, cuando contemplé a la nueva generación de chicos y chicas del East End nadando, boxeando, alzando pesas y jugando al squash, un deporte que me resultaba absurdo.

Todos los sábados por la tarde que acudía al campo del West Ham, me dejaba caer por el club camino de casa, y observaba a los niños africanos, antillanos y asiáticos (los nuevos habitantes del East End) peleándose entre ellos al igual que nosotros habíamos hecho contra los irlandeses y los inmigrantes del este de Europa.

«El viejo orden cede el paso al nuevo, y los caminos del Señor son inescrutables, por temor a que una buena costumbre corrompa al mundo.» Las palabras de Tennyson, cinceladas en la piedra situada sobre la arcada del Centro, me recordaron a la señora Trentham, que siempre rondaba mis pensamientos, sobre todo cuando sus tres representantes se sentaban a la mesa de la junta, aguardando el momento de cumplir sus designios. Nigel vivía ahora en Chester Square, a la espera de que todo estuviera dispuesto para ordenar a sus tropas que atacaran.

1. Autorización para proveer de artículos a la familia real. *(N. del T.)*

Recé por primera vez para que la señora Trentham viviera hasta una edad muy avanzada, pues necesitaba tiempo para poner a punto un plan que impidiera a su hijo apoderarse de la empresa.

Daphne fue la primera en avisarme que la señora Trentham estaba en cama y recibía frecuentes visitas del médico de la familia. Nigel Trentham consiguió mantener una sonrisa inamovible en su rostro durante esos meses de espera.

La señora Trentham murió inesperadamente el 7 de marzo de 1962, a los ochenta y ocho años.

–Murió pacíficamente mientras dormía –me comunicó Daphne.

43

Daphne asistió a los funerales de la señora Trentham, «Únicamente para estar segura de que en realidad enterraban a la malvada mujer –explicaría después a Charlie–, aunque no me sorprendería que encontrara la forma de levantarse de entre los muertos». Después advirtió a Charlie que habían oído decir a Nigel, incluso antes de que bajaran el cuerpo a la fosa, que tendríamos que prepararnos para lo peor tan pronto se reuniera de nuevo el consejo. Sólo tuvo que esperar unos días.

Ese primer martes del mes siguiente, Charlie paseó la vista por la mesa de la sala del consejo para ver si estaban presentes todos los directores. Percibió en el ambiente que todos estaban a la espera de ver quién atacaba primero. Nigel Trentham y sus dos colegas llevaban corbatas negras, como distintivo oficial de su función, recordando con ello al consejo su recién adquirido rango. El señor Baverstock, por el contrario, y por primera vez desde que Charlie tenía memoria, llevaba una llamativa corbata en tonos pastel.

Charlie ya había calculado que Trentham esperaría hasta el punto número seis para hacer cualquier jugada. Se trataba de una propuesta para ampliar los servicios bancarios de la planta baja. El proyecto original era una de las ideas geniales de Cathy, la cual, al regreso de uno de sus viajes mensuales a Estados Unidos, había presentado su detallado proyecto al consejo. Aunque el nuevo departamento había experimentado algunos problemas de crecimiento, estaba a punto de comenzar a caminar solo al cumplir su segundo año.

La primera media hora transcurrió bastante tranquila mientras Charlie presentaba al consejo los puntos del uno al cinco. Pero cuando anunció:

–Punto número seis, la ampliación de...

–Cerremos el banco y reduzcamos nuestras pérdidas –fueron las palabras de apertura de la intervención de Trentham, incluso antes de que Charlie hubiera abierto el tema para la discusión.

–¿Por qué motivo? –preguntó desafiante Cathy.

–Porque no somos banqueros –dijo Trentham–. Somos tenderos... o carretoneros, como tan a menudo le gusta recordarnos a nuestro presidente. En todo caso nos ahorraría un gasto de casi treinta mil libras al año.

–Pero si el banco está sólo comenzando a rendir beneficios –alegó Cathy–. Deberíamos pensar en aumentar los servicios, no en restringirlos. Y si tenemos presente los beneficios, ¿quién sabe cuánto dinero cobrado en el local se gasta en él?

–Sí, pero tenga en cuenta la cantidad de espacio aprovechable para tienda que ocupa el local destinado al banco.

–A cambio le ofrecemos un valioso servicio a nuestros clientes.

–Y perdemos dinero a manos llenas por no ocupar ese espacio con una línea más comercial –contraatacó Trentham.

–¿Cuál, por ejemplo? –preguntó Cathy–. Dígame un solo departamento de otra cosa que ofrezca un servicio más útil a nuestros clientes y que al mismo tiempo dé un mejor rédito a nuestra inversión. Dígamelo y seré la primera en estar de acuerdo en que cerremos el banco.

–No somos una empresa de servicios. Nuestro deber es conseguir un rendimiento del capital que sea decente para nuestros accionistas –dijo Trentham–. Exijo que esto se vote –añadió, sin molestarse en rebatir los argumentos de Cathy.

Trentham perdió la votación por seis a tres. Charlie supuso que después de este resultado pasarían al punto número siete, que era la proposición de una salida del personal a ver la película *West Side Story* en el cine Odeon de Leicester Square. Sin embargo, tan pronto como Jessica Allen anotó los nombres en el acta, Nigel Trentham se levantó rápidamente de su silla y dijo:

–Tengo algo que anunciar, señor presidente.

–¿No sería más apropiado hacerlo cuando lleguemos al punto «Otros asuntos»? –preguntó inocentemente Charlie.

–Ya no estaré aquí cuando se empiecen a discutir otros asuntos, señor presidente –repuso fríamente Trentham.

Entonces procedió a sacar de su bolsillo interior un trozo de papel, lo desdobló y comenzó a leer lo que evidentemente era un discurso preparado:

–Me siento en el deber de informar al consejo –declaró– que dentro de unas semanas estaré en posesión del treinta y tres por ciento de las acciones de Trumper's. La próxima vez que nos reunamos voy a insistir en que se hagan varios cambios en la estructura de la empresa, sobre todo en la composición de los que actualmente ocupan esta mesa. –Hizo una pausa para mirar directamente a Cathy, y prosiguió–. Es mi intención marcharme ahora con el fin de que ustedes puedan discutir las consecuencias de mi exposición.

Retiró su silla a la vez que intervenía Daphne:

–Me parece que no entiendo muy bien lo que sugiere, señor Trentham.

Trentham titubeó un momento antes de responder:

–Entonces tendré que explicar mi posición con más detenimiento, lady Wiltshire.

–Qué amable.

–En la próxima reunión del consejo –continuó imperturbable– aceptaré que se proponga y se secunde mi nombre para presidente de Trumper's. En el caso de no resultar elegido, dimitiré inmediatamente del consejo y emitiré una declaración a la prensa sobre mi intención de comprar las restantes acciones de la empresa. Tengan todos la seguridad de que ahora dispongo de los medios necesarios para realizar esta operación. Como sólo necesito un dieciocho por ciento más de las acciones para ser el accionista mayoritario, sugiero que sería muy prudente por parte de los actuales directores que se enfrentaran a lo inevitable y presentaran sus dimisiones para evitar la vergüenza de ser despedidos. Espero con ilusión ver a uno o dos de ustedes en la reunión del consejo del mes que viene.

Él y sus dos colegas abandonaron la sala. El silencio que siguió fue quebrado por otra pregunta de Daphne:

–¿Cuál es el nombre colectivo para designar un grupo de mierdas?

Todos rieron excepto Baverstock, que dijo a media voz:

–Un montón.

–Bueno, pues. Ahora ya hemos recibido nuestras órdenes para la batalla –dijo Charlie–. Esperemos que todos tengamos el valor para una pelea. –Se volvió hacia el señor Baverstock y preguntó–: ¿Puede usted asesorar al consejo sobre cómo está la presente situación en lo relativo a esas acciones actualmente en posesión del fideicomiso Hardcastle?

El anciano levantó lentamente la cabeza y miró a Charlie.

–No, señor presidente, no puedo. En realidad, lamento tener que informar al consejo que yo también debo presentar mi dimisión.

–Pero ¿por qué? –preguntó Becky horrorizada–. Usted siempre nos ha apoyado en el pasado, contra viento y marea.

–Le ruego me disculpe, lady Trumper, pero no estoy en libertad de revelar mis motivos.

–¿No puede de ninguna manera reconsiderar su posición? –preguntó Charlie.

–No, señor –replicó con firmeza Baverstock.

Inmediatamente Charlie levantó la sesión, a pesar de que todo el mundo trataba de hablar a la vez, y siguió rápidamente a Baverstock fuera de la sala del consejo.

–¿Qué es lo que lo ha hecho dimitir? –preguntó Charlie–. ¡Después de todos estos años!

–¿Podríamos tal vez reunirnos mañana y discutir mis motivos, sir Charles?

–Ciertamente. Pero dígame sólo por qué le ha parecido necesario abandonarnos en el momento en que más le necesitamos.

El señor Baverstock detuvo sus pasos.

–Sir Raymond previó que podría suceder esto –dijo en voz baja–. Por lo tanto me dio sus instrucciones al respecto.

–No comprendo.

–Por ese motivo nos reuniremos mañana, sir Charles.

–¿Desea que vaya con Becky?

El señor Baverstock consideró la sugerencia durante un rato y luego dijo:

–Creo que no. Si voy a revelar una confidencia por primera vez en cuarenta años, prefiero no tener testigos.

A la mañana siguiente, cuando Charlie llegó al bufete de Baverstock, Dickens & Cobb, encontró al socio mayoritario de pie en la puerta esperando para saludarlo. Aunque jamás, en los catorce años que hacía que se conocían, había llegado con retraso a una entrevista con el señor Baverstock, Charlie se conmovía ante la arcaica cortesía que el abogado siempre mostraba con él.

–Buenos días, sir Charles –dijo Baverstock procediendo enseguida a guiar a su huésped por el corredor hacia su oficina.

Charlie se sorprendió de que le invitaran a sentarse junto a la chimenea. No había escribano ni secretario en el despacho para tomar nota de la reunión. También se fijó en que el teléfono del escritorio del señor Baverstock estaba descolgado. Se sentó comprendiendo que ésta no iba a ser una reunión corta.

–Hace muchos años, cuando yo era joven –comenzó Baverstock–, y hacía mis exámenes, juré guardar un código de confidencialidad cuando tratara de los asuntos personales de mis clientes. Puedo afirmar, sin temor a equivocarme, que lo he respetado a lo largo de toda mi vida profesional. Como usted muy bien sabe, fue sir Raymond Hardcastle y...

Llamaron a la puerta y entró una chica portando una bandeja con dos tazas de café caliente y un azucarero.

–Gracias, señorita Burrows –dijo Baverstock cuando la chica le sirvió una taza. No continuó su exposición hasta que cerró la puerta tras ella–. ¿Dónde estaba, querido amigo? –preguntó dejando caer un terrón de azúcar en su taza.

–Hablaba de su cliente, de sir Raymond.

–Ah, sí. Ahora bien, sir Raymond dejó un testamento del cual usted muy bien puede considerarse conocedor. Pero lo que usted no sabe, sin embargo, es que adjuntó una carta a ese documento. No tiene valor legal, ya que iba dirigida a mí a título personal.

El café de Charlie estaba allí sin tocar mientras escuchaba con suma atención lo que tenía que decirle Baverstock.

–Debido a que esta carta no es un documento legal sino una comunicación personal entre viejos amigos, he decidido que usted tenga conocimiento de su contenido.

Baverstock se inclinó hacia la mesa que tenía delante y abrió una carpeta. Sacó una sola hoja de papel escrita con letra firme y enérgica.

–Antes de leerle esta carta, me gustaría aclarar que fue escrita en una época en que sir Raymond suponía que su propiedad sería heredada por Daniel y no por su pariente más próximo.

El señor Baverstock se reacomodó las gafas sobre el caballete de la nariz.

Después carraspeó y comenzó a leer:

Estimado Baverstock:

A pesar de todo lo que he hecho para asegurarme de que mis últimos deseos se cumplan al pie de la letra, aún podría ser posible que Ethel encontrara alguna forma de conseguir que Daniel, mi bisnieto, no herede los bienes que le he legado. Si se presentaran tales circunstancias por favor, haz uso de tu sentido común y permite que aquellos más afectados por las decisiones de mi testamento entren en conocimiento de sus más sutiles detalles.

Mi viejo amigo, sabes exactamente a quién y a qué me refiero.

Siempre tuyo

Ray

Baverstock dejó la carta sobre la mesa y dijo:

–Me temo que conocía las flaquezas de su hija tan bien como las mías.

Charlie sonrió al considerar el dilema ético ante el que evidentemente se encontraba el anciano abogado.

–Ahora bien, antes de remitirme al testamento mismo, debo hacerle otra confidencia.

Charlie asintió.

–Usted tiene dolorosa conciencia, sir Charles, de que el señor Nigel Trentham es ahora el pariente más próximo. En verdad, no debe pasar inadvertido que el testamento está de tal modo redactado que sir Raymond ni siquiera fue capaz de poner el nombre de Nigel como beneficiario. Supongo que esperaba que Daniel tuviera su propia prole que automáticamente habría tenido precedencia sobre su nieto.

»La situación actual es que el señor Nigel Trentham, como el descendiente más cercano vivo de sir Raymond tendrá derecho a las acciones de Trumper's y a los bienes residuales de las propiedades Hardcastle, una fortuna inmensa, la cual, puedo confirmar, le proporcionará los fondos adecuados para comprar en su totalidad las acciones de su empresa. Sin embargo, no es para esto que le he pedido que viniera esta mañana. No, la razón es que hay una cláusula en el testamento de la cual usted no puede haber tenido conocimiento anteriormente. Después de tomar en consideración la carta de sir Raymond creo que tengo nada menos que el deber de informarle de su objetivo.

Baverstock buscó en su carpeta y sacó un fajo de papeles sellados con lacre y atados con una cinta rosa.

–La redacción de las once primeras cláusulas del testamento de sir Raymond me llevó un tiempo considerable. Sin embargo, su contenido no es pertinente para el problema que tenemos entre manos. Hacen referencia a legados de menor cuantía dejados por mi cliente a sobrinos, sobrinas y primos que ya han recibido las sumas asignadas. Las cláusulas doce a veintiuna se refieren a organizaciones de beneficencia, clubes e instituciones académicas con las que sir Raymond estuvo relacionado durante mucho tiempo. También se han beneficiado de la generosidad de sir Raymond. En mi opinión, la cláusula decisiva es la veintidós.

Baverstock volvió a carraspear, echó un vistazo al testamento y pasó varias páginas.

–«Lego los bienes residuales de mis propiedades al señor Daniel Trumper, del Trinity College de Cambridge. En el caso de que no sobreviva a mi hija Ethel Trentham, esa cifra deberá dividirse en partes iguales entre los hijos del señor Daniel Trumper. Si no tuviera descendencia, las propiedades pasarán a mi descendiente vivo más próximo.» Sir Charles, ahora viene el párrafo decisivo. «En el caso de que se planteen estas circunstancias, dejo instrucciones a mis albaceas testamentarios para que hagan cuanto sea necesario a fin de encontrar a alguien que tenga derecho a reclamar mi herencia. Con el propósito de que esta opción se aborde correctamente, estimo oportuno que el pago definitivo de los bienes residuales de las propiedades no se haga efectivo hasta transcurridos dos años desde la defunción de mi hija.»

Charlie estaba a punto de hacer una pregunta cuando el señor Baverstock alzó la mano.

–Ahora veo claro que sir Raymond incluyó la cláusula veintidós con el propósito de darle tiempo a organizar sus fuerzas para plantarle cara a cualquier OPA hostil que el señor Nigel Trentham quisiera emprender. Sir Raymond también me dejó instrucciones para que, pasado un tiempo conveniente después de la muerte de su hija, publicara anuncios en el *Times*, el *Telegraph*, el *Guardian* y cualquier otro periódico que considerara adecuado intentando averiguar si había alguna persona que se considerara con derecho a reclamar sus bienes. En este caso, dicha persona podría ponerse en contacto directo con este bufete. Ya son trece los parientes que por esta vía han recibido mil libras, pero cabe la posibilidad de que existan otros primos o parientes lejanos cuya existencia sir Raymond olvidó y que tengan derecho a una reclamación. Esta disposición ha permitido que el anciano incluyera la cláusula de los dos años. En mi opinión, sir Raymond se alegró de dar mil libras a un pariente desconocido con tal de permitirle una tregua. Antes de que me olvide –añadió Baverstock–, he decidido añadir el *Yorkshire Post* y el *Huddersfield Daily Examiner* a la lista de los periódicos que figuran en el testamento en virtud de las reclamaciones familiares en ese condado.

–¡Tiene que haber sido un zorro viejo y astuto! –exclamó Charlie–. ¡Cuánto lamento no haberlo conocido!

–Sir Charles, puedo asegurarle que le habría caído muy bien.

–Ha sido extraordinariamente amable de su parte haberme puesto al corriente de todo esto, querido amigo.

–No hay de qué. Estoy seguro –dijo Baverstock– de que si sir Raymond hubiera estado en mi situación habría hecho más o menos lo mismo.

–Es una lástima no haberle dicho a Daniel la verdad acerca de su padre...

–Si ahorra sus energías para los vivos –dijo Baverstock–, todavía es posible que no se desperdicie la previsión de sir Raymond.

El 7 de marzo de 1962, el día de la muerte de la señora Trentham, las acciones de Trumper's estaban a 1 libra y 2 chelines en el índice bursátil del *Financial Times*; pasadas sólo cuatro semanas habían subido tres chelines.

El primer consejo que dio Tim Newman a Charlie fue aferrarse a toda acción que aún no poseyera y bajo ninguna circunstancia durante los dos años siguientes acceder a una nueva emisión de acciones. Si durante estos dos años Charlie y Becky podían echar mano de algún dinero disponible, deberían comprar acciones en cuanto salieran al mercado.

La dificultad de seguir este consejo radicaba en que cada vez que salía al mercado algún paquete de acciones de importancia, inmediatamente lo compraba un agente de bolsa desconocido, que evidentemente tenía órdenes de hacerlo a cualquier precio. El agente de Charlie se las arregló para adquirir unas pocas acciones, pero sólo de aquellos reacios a vender en mercado abierto. Charlie detestaba pagar más de la cuenta, pues no olvidó lo cerca que había estado de la bancarrota la última vez que pidió una ampliación del crédito. A finales del año, las acciones de Trumper's ya estaban a 1 libra y 17 chelines. Quedaron aún menos vendedores en la bolsa después de que el *Financial Times* advirtiera a sus lectores de una posible batalla por la adquisición de la empresa. La noticia pronosticaba incluso que esto sucedería dentro de los dieciocho meses siguientes.

–Ese maldito diario parece estar tan bien informado como cualquiera de los miembros del consejo –se quejó Daphne a Charlie en la reunión siguiente, añadiendo que ya no se molestaba en leer las actas de las pasadas reuniones, ya que podía leer un excelente resumen de lo que pasaba en ellas en la primera página del *Financial Times* al que obviamente se le había dictado palabra por palabra.

Daphne no despegó sus ojos de Paul Merrick al hacer este comentario.

El último artículo del diario era inexacto sólo en un pequeño detalle, porque la batalla por Trumper's ya no se libraba en la sala del consejo. Tan pronto como se enteraron de que en el testamento de sir Raymond había una cláusula de retención de dos años, Nigel Trentham y sus candidatos dejaron de asistir a las reuniones mensuales.

La ausencia de Trentham ofendía particularmente a Cathy, ya que trimestre tras trimestre el nuevo banco incrementaba sus beneficios. Se encontró con que estaba leyendo sus informes a tres sillas desocupadas, aunque también sospechaba que Merrick pasaba los informes con todo detalle a Chester Square. Para complicar aún más las cosas, en 1963 Charlie informó a los accionistas, durante la asamblea anual, que la empresa nuevamente había batido el récord de beneficios durante el año.

–Es posible que te hayas pasado toda la vida levantando Trumper's sólo para pasársela en bandeja a los Trentham –reflexionó Tim Newman.

–Ciertamente no hay ninguna necesidad de que la señora Trentham se revuelva en su tumba –admitió Charlie–. Es irónico, después de todo lo que manipuló en vida, que sólo con su muerte haya tenido la oportunidad de dar el golpe de gracia.

Cuando volvieron a subir las acciones a comienzos de 1964, esta vez a más de 2 libras, Tim Newman informó a Charlie que Nigel Trentham continuaba en el mercado con instrucciones de comprar.

–¿Pero de dónde saca todo el dinero necesario para financiar una operación de este calibre sin tener todavía acceso al dinero de su abuelo?

–Un ex colega me dio a entender –repuso Tim Newman– que un importante banco mercantil le ha concedido un crédito al descubierto en previsión de su conquista del control del fideicomiso Hardcastle. Ojalá hubieras tenido un abuelo que te dejara una fortuna –añadió.

–Lo tuve –dijo Charlie.

El día en que Charlie cumplió sesenta y cuatro años fue elegido por Nigel Trentham para dar a conocer al mundo su intención de hacer una oferta por el total de las acciones de Trumper's, al precio de 2 libras y cuatro chelines la acción, a sólo seis semanas del día en que tendría el derecho de reclamar su herencia. Charlie aún confiaba en que con la ayuda de amigos y de instituciones como la Prudential, así como de algunos accionistas que aún esperaban que subieran más las acciones, podría hacerse con casi el cuarenta por ciento de los valores. Según los cálculos de Tim Newman, Trentham tendría ahora como mínimo el veinte por ciento, pero una vez entrara en posesión del diecisiete por ciento del fideicomiso, su cuota alcanzaría el cuarenta y dos o cuarenta y tres por ciento, y no le resultaría difícil hacerse con el ocho o nueve por ciento más requerido para conquistar el control de la empresa.

Esa noche Daphne ofreció una cena en su casa de Eaton Square para celebrar el cumpleaños de Charlie. Nadie mencionó el nombre de Trentham hasta después de la segunda ronda de oporto. Charlie se puso sentimental y les contó lo de la cláusula del testamento de sir Raymond, la cual, les explicó, había sido añadida con el único propósito de salvarlo.

–Brindemos por sir Raymond Hardcastle –dijo Charlie levantando su copa–. Un hombre bueno para nuestro equipo.

–Por sir Raymond –repitieron todos alzando sus copas, con la excepción de Daphne.

–¿Qué pasa, chica? –preguntó Percy–. ¿Es que el oporto no está a la altura de las circunstancias?

–No; como siempre, sois vosotros, chicos, quienes no estáis a la altura de las circunstancias. No habéis comprendido en absoluto lo que sir Raymond esperaba de vosotros.

–¿Qué quieres decir, chiquilla?

–Yo me habría imaginado que era algo evidente para todo el mundo, especialmente para ti, Charlie –dijo ella volviéndose de su marido hacia el invitado de honor.

–Estoy con Percy, no tengo la menor idea de lo que quieres decir.

Todos los comensales se habían callado, centrando su atención en lo que iba a decir Daphne.

–En realidad es bastante sencillo –continuó ésta–. Es evidente que sir Raymond no consideraba probable que la señora Trentham sobreviviera a Daniel.

–¿Y? –dijo Charlie.

–Y también dudo de que se le ocurriera por un momento que Daniel fuera a tener hijos antes de que ella muriera.

–Es posible –admitió Charlie.

–Y todos nos damos cuenta muy bien de que Nigel Trentham era el último recurso; de otra forma sir Raymond lo habría nombrado tranquilamente como el siguiente beneficiario y no habría pasado su fortuna a un hijo de Guy Trentham, a quien ni siquiera conoció. Tampoco habría añadido las palabras: «Si no tuviera descendencia, las propiedades pasarán a mi descendiente vivo más próximo».

–¿Adónde nos conduce todo eso? –preguntó Becky.

–De vuelta a la cláusula que acaba de citar Charlie: «... para que hagan cuanto sea necesario a fin de encontrar a alguien que tenga derecho a reclamar mi herencia» –dijo Daphne leyendo las palabras que había garabateado con bolígrafo en el mantel de damasco–. ¿Son ésas las palabras correctas, señor Baverstock? –preguntó.

–Lo son, lady Wiltshire, pero aún no veo...

–Porque usted está tan ciego como Charlie –dijo Daphne–. Gracias a Dios, uno de nosotros conserva la sensatez. Señor Baverstock, por favor, recuérdenos las instrucciones de sir Raymond para publicar los anuncios.

El señor Baverstock se limpió la boca con la servilleta, la dobló cuidadosamente y la colocó en la mesa delante de él.

–Poner un anuncio en el *Times*, en el *Telegraph* y en el *Guardian*, o en cualquier otro periódico que yo considerara apropiado o pertinente.

–«Que yo considerara apropiado o pertinente» –repitió Daphne lentamente pronunciando bien cada palabra–. Una indirecta tan inconfundible como cabía esperar de un hombre sensato, creo yo. –Todos los ojos estaban fijos en ella y nadie hizo siquiera el amago de interrumpir–. ¿No veis ahora que ésas son las palabras cruciales? –preguntó–. Porque si Guy Trentham hubiera tenido otros hijos, ciertamente no encontraríais a esos descendientes poniendo un anuncio en el *Times* de Londres, ni en el *Telegraph*, el *Guardian*, el *Yorkshire Post* ni en el *Huddersfield Daily Examiner*.

Charlie dejó caer su trozo de pastel de cumpleaños en el plato y miró al señor Baverstock.

–Cielo santo, tiene razón, ¿sabe?

–Ciertamente es posible que no esté equivocada –admitió Baverstock revolviéndose incómodo en su silla–. Y pido perdón por mi falta de imaginación porque, como apunta con toda razón lady Wiltshire, he sido un tonto ciego y no he obedecido a mi señor cuando me aconsejaba que usara mi sentido común. Es tan evidente que él se imaginó que Guy bien podría haber tenido otro hijo, que era muy poco probable que ese niño apareciera por Inglaterra.

–Así se habla, señor Baverstock –afirmó Daphne–. Sospecho que yo tendría que haber ido a la universidad y estudiado para litigar.

En esta ocasión el señor Baverstock no tuvo valor para corregirla diciéndole que tendría que haber estudiado derecho.

–Puede que aún estemos a tiempo de hacer algo –opinó Charlie–. Al fin y al cabo, faltan seis semanas para el traspaso de la herencia. Propongo que pongamos inmediatamente manos a la obra. A propósito, muchas gracias –añadió y se inclinó hacia Daphne.

Charlie se levantó de la mesa y se encaminó al teléfono más cercano.

–Lo primero que voy a necesitar es el abogado más listo de Australia –Charlie consultó su reloj–, y preferiblemente que no le importe levantarse de madrugada.

El señor Baverstock carraspeó.

Durante las dos semanas siguientes aparecieron grandes anuncios en recuadro en todos los periódicos de Australia con tirada superior a los cincuenta mil ejemplares. A cada respuesta seguía una entrevista llevada a cabo por un bufete de Sydney que el señor Baverstock había recomendado. Todas las noches Charlie recibía la llamada telefónica de Trevor Roberts, el socio principal, que permanecía al teléfono durante horas informando a Charlie de las últimas noticias reunidas en sus despachos en Sydney, Melbourne, Perth, Brisbane y Adelaida. Después de tres semanas de clasificar chiflados y verdaderos interesados, Roberts acabó con sólo tres candidatos que se ceñían a los criterios estipulados. Pero una vez entrevistados por un socio de la firma, tampoco lograron demostrar ningún parentesco directo con ningún miembro de la familia Trentham.

Roberts había descubierto a diecisiete personas de apellido Trentham en el Registro Civil, la mayoría de Tasmania, pero ninguno de ellos pudo probar parentesco directo con Guy Trentham o con su madre, aunque una anciana de Hobart que había emigrado de Ripon después de la guerra pudo reclamar mil libras, ya que resultó ser prima tercera de sir Raymond.

En la última reunión del consejo antes de que Nigel Trentham entrara oficialmente en posesión de su herencia, Charlie informó a sus colegas acerca de las últimas novedades procedentes de Australia.

–No me parece demasiado esperanzador –dijo Newman–. Después de todo, si es que hubiera otro Trentham por allí, ya tendría más de treinta años y seguramente se habría presentado a reclamar sus derechos.

–De acuerdo, pero Australia es un lugar tremendamente grande, e incluso es posible que haya abandonado el país.

–No te das por vencido, ¿verdad? –comentó Daphne.

–Sea como fuere –intervino Arthur Selwyn–, creo que ya es tarde para que intentemos llegar a un acuerdo con Trentham, si es que va a haber una adquisición responsable de la empresa. En interés de Trumper's y de sus clientes, me gustaría ver si es posible que los directivos implicados lleguen a un acuerdo amistoso...

–¿Acuerdo amistoso? –preguntó Charlie–. El único arreglo que satisfaría a Trentham sería estar él sentado en esta silla con la mayoría calculada en el consejo, mientras a mí me envían a sentarme ocioso en un asilo.

–Puede que así sea –dijo Selwyn–, pero debo hacer notar, presidente, que aún tenemos un deber para con nuestros accionistas.

–Tiene razón –dijo Daphne–. Tendrás que intentarlo, Charlie, por el bien a largo plazo de la empresa que fundaste. Por mucho que duela –añadió a media voz.

Becky movió la cabeza en señal de asentimiento y entonces Charlie pidió a Jessica que concertara una entrevista con Trentham tan pronto como a éste le viniera bien. A los pocos minutos regresó Jessica para informar al consejo que el señor Trentham no tenía el menor interés en ver a ninguno de ellos hasta el 7 de marzo, día en que tendría sumo placer en aceptar sus dimisiones personalmente.

–Siete de marzo, dos años justos desde el día de la muerte de su madre –recordó Charlie al consejo.

–Y el señor Roberts pregunta por usted por la otra línea –informó Jessica.

Charlie se incorporó y se dirigió a grandes zancadas hacia el teléfono. Lo cogió como se agarra un marinero náufrago a un salvavidas.

–Roberts, ¿tiene algo para mí?

–A Guy Trentham.

–Pero si yace enterrado en una tumba en Ashurst.

–Pero no antes de que sacaran su cuerpo de una cárcel de Melbourne.

–¿Una cárcel? Yo creía que había muerto de tuberculosis.

–No creo que se pueda morir de tuberculosis mientras se está colgado del extremo de una cuerda de dos metros, sir Charles.

–¿Colgado?

–Por asesinar a su esposa, Anna Hellen –dijo el abogado.

–¿Pero tuvieron algún hijo? –preguntó desesperado Charlie.

–No hay forma de saberlo.

–¿Por qué demonios no?

–La ley prohíbe que los Servicios de Prisiones den el nombre de los parientes más próximos de nadie.

–¿Pero por qué, por el amor de Dios?

–Por su propia seguridad.

–Pero esto sólo le reportaría beneficios.

–Ya han escuchado el mismo cuento antes. En realidad, se me ha hecho notar que en este caso en particular ya hemos puesto anuncios de costa a costa en busca de interesados. Y hay algo peor aún: si el hijo o hija de Trentham se hubiera cambiado el apellido por motivos comprensibles, tenemos muy pocas posibilidades de seguirle la pista. Pero tenga la seguridad de que sigo trabajando de lleno en esto, sir Charles.

–Consígame una entrevista con el jefe de policía.

–No cambiará nada, sir Charles. Él...

Pero Charlie ya había cortado la comunicación.

–Estás loco –dijo Becky ayudando a su marido a hacer la maleta una hora después.

–Cierto –asintió Charlie–. Pero puede que ésta sea mi última oportunidad de continuar en posesión de mi empresa y no estoy dispuesto a hacerlo por teléfono, sin contar que estamos a diecinueve mil kilómetros de distancia. Tengo que estar allí yo mismo, por lo menos para saber que he sido yo el que ha fracasado, no una tercera persona.

–Pero ¿qué es exactamente lo que esperas descubrir cuando estés allí?

Charlie miró seriamente a su esposa.

–Sospecho que sólo la señora Trentham tiene la respuesta a esa pregunta.

44

Lo que más necesitaba era dormir toda una noche, pensó Charlie treinta y cuatro horas más tarde, al tocar tierra el vuelo 012 en el aeropuerto Kingsford Smith de Sydney, en un atardecer cálido y soleado. Una vez pasada la inspección de aduanas, fue recibido por un joven alto que se presentó como Trevor Roberts, el abogado recomendado por Baverstock. Roberts vestía un traje beige de tela ligera. De complexión robusta, abundante cabello rojizo y tez aún más rojiza, Roberts tenía el aspecto de pasar los sábados por la tarde en las pistas de tenis. Inmediatamente se hizo cargo del carrito con las maletas de Charlie y lo empujó con paso firme hacia la salida con el letrero «aparcamiento».

–No es necesario que lleve estas cosas al hotel –dijo Roberts mientras sostenía la puerta abierta para que pasara Charlie–. Déjelas en el coche.

–¿Es ése un buen consejo legal? –preguntó Charlie casi sin aliento tratando de seguir el paso del joven.

–Ciertamente lo es, sir Charles, porque no tenemos tiempo que perder.

Se detuvieron en la acera y un chófer cargó el equipaje en el maletero mientras Charlie y el señor Roberts subían al asiento.

–El gobernador general británico lo invita a un cóctel en su residencia esta tarde a las seis, pero yo necesito que tome el último vuelo a Melbourne esta noche. Como sólo nos quedan seis días, no podemos permitirnos el lujo de desperdiciarlos en la ciudad equivocada.

Charlie supo que el australiano le caería muy bien desde el instante en que el señor Roberts le entregó una voluminosa carpeta. Escuchó con interés al joven abogado que le explicó el programa previsto para los tres días siguientes mientras el coche rodaba hacia las afueras de la ciudad. Prestaba atención a cuanto el joven decía y muy pocas veces lo interrumpió para pedirle que repitiese algo o que fuera más explícito, al tiempo que intentaba acostumbrarse a la diferencia de estilo entre el señor Roberts y los abogados que había tratado en Inglaterra. Cuando pidió al señor Baverstock que le consiguiera al joven abogado más listo de Sydney, Charlie no se imaginó que su viejo amigo seleccionaría a alguien tan distinto.

Mientras el coche se deslizaba por la autopista en dirección a la residencia del gobernador general, Roberts continuaba su detallado informe aguantando varias carpetas sobre las rodillas.

–Sólo vamos a este cóctel con el gobernador general –explicó– por si se presentara el caso de que necesitáramos ayuda para abrir puertas pesadas. Luego nos marchamos a Melbourne, porque cada vez que alguien de mi oficina encuentra algo que podría considerarse una pista, siempre parece acabar en el escritorio del jefe de policía de Melbourne. He concertado una entrevista para que vea al nuevo jefe por la mañana pero, como le he dicho, no se ha mostrado en absoluto dispuesto a colaborar con mi gente.

–¿Eso por qué?

–Hace muy poco que está en el cargo e intenta demostrar desesperadamente que todo el mundo será tratado con imparcialidad, excepto los inmigrantes ingleses.

–¿Qué problema tiene?

–Como todos los australianos de segunda generación, odia a los británicos, o al menos hace como que los odia. –Roberts sonrió–. De hecho, creo que sólo hay un grupo de personas al que odia más.

–¿Los delincuentes?

–No. Los abogados –repuso Roberts–. De modo que ahora comprenderá por qué la suerte está en contra nuestra.

–¿Ha logrado sacarle algo?

–No mucho. Lo más que ha estado dispuesto a revelar ya estaba en el registro público, a saber, que el veintisiete de julio de mil novecientos veintiséis Guy Trentham mató a su esposa en un arranque de furia, apuñalándola varias veces mientras ella se bañaba y manteniéndola bajo el agua después, para asegurarse de que no sobreviviría, página dieciséis de su carpeta. También sabemos que el veintitrés de abril de mil novecientos veintisiete lo ahorcaron por el asesinato, a pesar de varias súplicas de indulto dirigidas al gobernador general. Lo que nos ha sido imposible descubrir es si le sobrevivió algún hijo. El *Melbourne Age* fue el único diario que publicó el reportaje del juicio, y no menciona ningún hijo. Eso no es de extrañar, puesto que el juez podría haber prohibido tal referencia en el tribunal a no ser que aportara alguna luz sobre el crimen.

–¿Pero y el nombre de soltera de su esposa? Eso sería un camino mejor a seguir.

–Esto no le va a gustar, sir Charles –dijo Roberts.

–¿A ver?

–Su apellido era Smith, Anna Hellen Smith; por ese motivo dedicamos a Trentham el poco tiempo de que disponíamos.

–Y hasta aquí no han conseguido ninguna pista firme.

–Me temo que no. Si hubo algún niño de apellido Trentham en Australia en esa época, ciertamente no hemos sido capaces de localizarlo. Mi personal ya ha entrevistado a todos los Trentham que aparecen en el Registro Civil, incluido uno de Coorabulka, una población de once habitantes a la que se tarda tres días en llegar, en coche y a pie.

–A pesar de todos sus esfuerzos, Roberts, pienso que aún quedan piedras por remover.

–Posiblemente –dijo Roberts–. Incluso llegué a preguntarme si tal vez Trentham se había cambiado el apellido cuando llegó a Australia, pero el jefe de policía pudo confirmar que el dosier que tenía en Melbourne lleva el nombre de Guy Francis Trentham.

–¿De modo que si el apellido no cambió podría ser posible localizar algún hijo o hija?

–No necesariamente. Hace muy poco tuve en mis manos un caso de una clienta cuyo marido fue encarcelado por homicidio involuntario. Ella tomó de nuevo su apellido de soltera y se lo puso a su hijo; llegó a demostrarme un sistema infalible por entonces para eliminar el apellido original de los registros. Además, teniendo en cuenta que en este caso nos enfrentamos a un niño o niña que pudo haber nacido en cualquier momento entre mil novecientos veintitrés y veinticinco, hay que pensar que la eliminación de sólo una hoja de papel podría haber bastado para borrar toda conexión que haya podido tener con Guy Trentham. Si ha ocurrido eso, encontrar a ese niño o esa niña en un país del tamaño de Australia sería como buscar la proverbial aguja en un pajar.

–Y sólo tengo seis días –dijo con dolor Charlie.

–No me lo recuerde –dijo Roberts cuando el coche franqueaba las puertas de la residencia del gobernador general aminorando la velocidad a un ritmo más tranquilo por la calzada de acceso.

–He asignado una hora para esta fiesta, no más –añadió el joven–. Todo lo que espero del gobernador general es una promesa de que telefoneará al jefe de policía de Melbourne antes de nuestra reunión de mañana para pedirle que colabore cuanto le sea posible. Pero cuando yo diga que debemos marcharnos, sir Charles, quiere decir que debemos marcharnos.

–Entendido –dijo Charlie, sintiéndose nuevamente soldado raso desfilando por Edimburgo.

–Por cierto –exclamó Roberts–, el gobernador general es sir Oliver Williams. Sesenta y un años, ex oficial de la Guardia, procedente de un lugar llamado Tunbridge Wells.

Dos minutos después entraba al gran salón de baile de la Casa de Gobierno.

–Me alegro tanto de que haya podido venir, sir Charles –dijo un hombre alto elegantemente vestido con un traje a rayas de botonadura doble y corbata de la Guardia.

–Gracias, sir Oliver.

–¿Y qué tal el viaje, amigo?

–Cinco escalas para repostar y ningún aeropuerto que supiera servir una taza de té decente.

–Entonces le vendrá bien uno de éstos –sugirió sir Oliver ofreciéndole un whisky doble que tomó hábilmente de una bandeja que pasaba–. Y pensar –continuó el diplomático– que pronostican que nuestros nietos podrán hacer todo el viaje a Sydney en un vuelo sin escalas en menos de un día. Sin embargo, la suya fue una experiencia mucho más agradable que la que tuvieron que soportar los primeros colonizadores.

–Una pequeña compensación.

A Charlie no se le ocurrió otra respuesta más adecuada mientras pensaba en el contraste entre el colega del señor Baverstock en Australia y el representante de la Reina.

–Cuénteme qué lo ha traído a Sydney –continuó el gobernador general–. ¿Hemos de suponer que el segundo carretón más grande del mundo abrirá sus puertas en este lado del globo?

–No, sir Oliver. Se librarán de eso aquí. He venido en breve visita particular, con la intención de solucionar algunos asuntos familiares.

–Bueno, si hay alguna cosa que pueda hacer para ayudarle –dijo el anfitrión, tomando un vaso de ginebra de otra bandeja que pasaron– basta con que me lo haga saber.

–Muy amable de su parte, sir Oliver, porque en realidad necesito su ayuda en un pequeño asunto.

–¿Y de qué se trata? –preguntó su anfitrión, mirando al mismo tiempo por encima del hombro de Charlie en dirección a unos invitados que llegaban tarde.

–Podría llamar por teléfono al jefe de policía de Melbourne y pedirle que colabore todo lo posible cuando le haga una visita mañana por la mañana.

–Considere hecha la llamada, amigo –dijo sir Oliver y se inclinó para estrechar la mano de un emir árabe–. Y no olvide, sir Charles, que si puedo hacer algo por usted, y con eso quiero decir lo que sea, basta con que me lo haga saber. Ah, *monsieur l'ambassadeur, comment allez-vous?*

De pronto Charlie se sintió agotado. Se pasó el resto de la hora tratando de mantenerse erguido mientras conversaba con diplomáticos, políticos y hombres de negocios, todos los cuales conocían por lo visto el carretón más grande del mundo. Finalmente una firme presión de Roberts en el codo le recordó que ya se habían observado las reglas de cortesía y que debía partir para el aeropuerto.

Durante el vuelo a Melbourne sólo fue capaz de permanecer despierto, aun cuando no siempre tenía los ojos abiertos. En respuesta a una pregunta de Roberts, confirmó que el gobernador general había accedido a telefonear al comisario de policía a la mañana siguiente.

–Pero no estoy seguro de que se haya dado cuenta de la importancia de la cuestión.

–Entendido –dijo Roberts–. Entonces volveré a ponerme en comunicación con su oficina mañana a primera hora. No se conoce a sir Oliver precisamente por cumplir las promesas que hace en los cócteles. «Y no olvide, sir Charles, que si puedo hacer algo por usted, y con eso quiero decir lo que sea...»

Charlie esbozó una soñolienta sonrisa.

En el aeropuerto de Melbourne los aguardaba otro coche. Aunque aceleraron los trámites, en esta ocasión Charlie se quedó dormido y sólo despertó veinte minutos después, cuando se detuvieron a las puertas del hotel Windsor. El director acompañó a su huésped a la *suite* príncipe Eduardo. En cuanto se quedó a solas, Charlie se desvistió, se duchó y se metió en la cama. Pocos minutos después dormía a pierna suelta. De todas maneras, a la mañana siguiente despertó alrededor de las cuatro.

Las tres horas siguientes las pasó sentado en la cama apoyado en almohadas de gomaespuma que no se mantenían quietas, repasando los informes de Roberts. Puede que el hombre no tuviera el aspecto ni la forma de hablar de Baverstock, pero en cada página estaba impreso el mismo sello de perfección y esmero. Cuando por fin dejó caer al suelo la última página, tuvo que admitir que el bufete de Roberts había cubierto todos los flancos, sin dejar, además, la más mínima pista por seguir; su única esperanza residía ahora en el arisco jefe de policía de Melbourne.

A las siete se dio una ducha fría y a las ocho tomó un desayuno caliente. Aunque sólo tenía una entrevista ese día y era a las diez, se encontraba paseando por la *suite* en espera de Roberts mucho antes de la hora en que éste había quedado en venir a buscarlo, las nueve y media, consciente de que si no resultaba nada de esta reunión bien podía hacer sus maletas y volver a Inglaterra esa misma tarde. Al menos daría a Becky la razón, confirmando que no se había equivocado.

A las nueve y veintinueve Roberts llamó a la puerta; Charlie se preguntó cuánto rato había estado el joven abogado fuera esperando. Roberts le informó que ya había telefoneado a la oficina del gobernador general y que sir Oliver había prometido llamar al jefe de policía en menos de una hora.

–Bien. Ahora dígame todo lo que sabe acerca de este hombre.

–Mike Cooper tiene cuarenta y siete años, es eficiente, quisquilloso y presumido. Ha escalado todos los puestos, pero aún le parece necesario dar pruebas de su valía, especialmente en presencia de un abogado, tal vez porque los índices de delincuencia en Melbourne suben más deprisa que los de Inglaterra.

–Ayer me comentó que es australiano de segunda generación. ¿De dónde proviene?

–Su padre emigró a Australia a comienzos de siglo –dijo Roberts revisando sus papeles–, procedente de un lugar llamado Deptford.

–¿Deptford? –repitió Charlie con una sonrisa–. Eso es casi mi territorio. ¿Nos ponemos en marcha? –propuso consultando su reloj–. Creo que estoy más que preparado para conocer al señor Cooper.

Cuando veinte minutos más tarde Roberts mantuvo la puerta del cuartel de policía abierta para que pasara su cliente, desde una enorme fotografía oficial los miró un hombre cercano a los cincuenta, que le hizo sentir a Charlie cada día de sus sesenta y cuatro años. Roberts dio sus nombres al agente de guardia y sólo tuvieron que esperar unos minutos para ser conducidos a la oficina del jefe.

Los labios del policía dibujaron una delgada sonrisa al estrechar la mano a Charlie.

–No creo que sea mucho lo que puedo hacer por usted, sir Charles –comenzó Cooper indicándole que tomara asiento–. A pesar de que el gobernador general se ha tomado la molestia de llamarme.

Ignoró completamente a Roberts, que permanecía de pie detrás de Charlie.

–Yo conozco ese acento –dijo Charlie sin aceptar la silla que se le ofrecía.

–¿Perdón, cómo dice? –preguntó Cooper, que también permaneció de pie.

–Apuesto media corona contra una libra a que su padre proviene de Londres.

–Sí, tiene razón.

–Y del East End de esa ciudad sería mi apuesta.

–Deptford –dijo el jefe de policía.

–Lo supe en el momento mismo en que abrió la boca –dijo Charlie sentándose y recostándose en el sillón tapizado en cuero–. Yo soy de Whitechapel. ¿Dónde nació su padre?

–En Bishop's Way –repuso Cooper–. Justo en...

–Justo a tiro de piedra de donde yo nací –dijo Charlie con marcado acento *cockney*.

Roberts aún no había pronunciado una palabra y, mucho menos, dado alguna opinión profesional.

–Partidario del Tottenham, supongo –dijo Charlie.

–De los Gunners –dijo con firmeza Cooper.

–Qué montón de basura –exclamó Charlie–. Arsenal es el único equipo que yo conozco que da los nombres del público a los jugadores.

–Pues sí –rió el comisario–. Yo ya casi he perdido las esperanzas para esta temporada. ¿Y de quién es partidario usted?

–Yo soy hombre del West Ham –dijo Charlie.

–¿Y así y todo quiere que yo colabore con usted?

–Bueno –rió Charlie–. Los dejamos ganar la Copa.

–En mil novecientos veintitrés –dijo riendo Cooper.

–En Upton Park tenemos buena memoria.

–Bueno, jamás me imaginé que usted tuviera ese acento, sir Charles.

–Llámeme Charlie, como todos mis amigos. Y, otra cosa, Mike, ¿quiere que le diga que se vaya? –dijo apuntando con el pulgar a Trevor Roberts a quien aún no le habían ofrecido asiento.

–Podría servir –dijo el jefe de policía.

–Espéreme fuera, Roberts –pidió Charlie sin siquiera molestarse en mirar en dirección a su abogado.

–Sí, sir Charles.

Roberts se volvió y se dirigió a la puerta. Una vez solos, Charlie se inclinó por encima del escritorio y dijo:

–Puñeteros abogados, todos son iguales. Presumidos más que bien pagados, «coles de Bruselas», te cobran un dineral y luego quieren que uno haga el trabajo.

–Especialmente si eres «saltamontes» –confesó Cooper riendo.

–No había escuchado esa descripción de la poli desde que me fui de Whitechapel. –El hombre mayor se inclinó y añadió–: Esto queda entre nosotros, Mike. Dos chicos del East End reunidos. ¿Puede decirme algo sobre Trentham que él no sepa?

Señaló la puerta con el pulgar.

–Para ser justo con él, no creo que haya mucho que Roberts no haya descubierto, sir Charles.

–Charlie.

–Charlie. Usted ya sabe que Trentham mató a su esposa y ya debe de saber también que después fue ahorcado por el crimen.

–Sí, pero lo que necesito saber, Mike, es si tuvo hijos.

Charlie contuvo la respiración. El policía pareció titubear, luego miró la hoja de acusaciones que tenía delante de él en el escritorio.

–Aquí dice esposa, difunta, una hija.

Charlie trató de no dar un salto en la silla.

–Supongo que en esa hoja no aparece el nombre.

–Margaret Ethel Trentham –dijo el jefe de policía.

No era necesario que buscara el nombre en los papeles que le había dejado Roberts la noche anterior. No aparecía ninguna Margaret Ethel Trentham en ninguno de ellos y aún recordaba los nombres de tres Trentham nacidos en Australia entre 1924 y 1925. Todos eran varones.

–¿Fecha de nacimiento? –aventuró.

–No aparece, Charlie –dijo Cooper–. No era la niña la acusada. –Deslizó el papel sobre el escritorio para que su visitante pudiera leer todo lo que ya le había dicho–. No se preocupaban mucho de este tipo de detalles en los años veinte.

–¿Hay alguna otra cosa en esa carpeta que le parezca que puede ayudar a un chico del East End que no pisa terreno familiar? –preguntó Charlie con la esperanza de no pasarse de la raya.

Cooper revisó atentamente los papeles del informe sobre Trentham durante un rato antes de dar su opinión:

–Hay dos entradas registradas que podrían serle útiles. La primera fue escrita a lápiz por mi predecesor, y hay hasta una entrada hecha por el anterior jefe de policía, que supongo podría ser de interés.

–Soy todo oídos, Mike.

–El veinticuatro de abril de mil novecientos veintisiete el jefe Parker recibió la visita de una tal señora Ethel Trentham, madre del difunto.

–¡Santo Dios! –exclamó Charlie incapaz de ocultar su sorpresa–. ¿Pero con qué motivo?

–No se da el motivo ni tampoco hay constancia de lo que se habló en la entrevista, lo siento.

–¿Y la segunda entrada?

–Ésa hace referencia a otro visitante procedente de Inglaterra que preguntaba por Guy Trentham. Esta vez fue el veintitrés de agosto de mil novecientos cuarenta y siete. El visitante era… –el jefe de policía se inclinó sobre el papel para leer nuevamente el nombre–: el señor Daniel Trentham.

Charlie sintió un escalofrío y tuvo que agarrarse a los brazos del sillón.

–¿Se encuentra bien? –preguntó Cooper con tono de verdadera preocupación.

–Muy bien –dijo Charlie–, es sólo el efecto del viaje y del cambio de horario. ¿Se da el motivo de la visita de Daniel Trentham?

–Según la nota adjunta, alegaba ser el hijo de difunto –dijo el jefe. Charlie trató de no delatar sus emociones. El policía se reclinó en su sillón–. De modo que ahora usted sabe tanto del caso como yo.

–Ha sido usted muy amable –dijo Charlie poniéndose de pie. Se inclinó sobre el escritorio para estrechar la mano del jefe de policía–: Si alguna vez vuelve a Deptford, vaya a verme. Me sentiré encantado de llevarlo a ver un verdadero equipo de fútbol.

Cooper sonrió y continuó intercambiando anécdotas con Charlie mientras se encaminaban desde su despacho al ascensor. Una vez en la planta baja, el policía lo acompañó hasta la entrada del cuartel. Allí se estrecharon las manos y Charlie se reunió con Roberts que lo esperaba en el coche.

–Muy bien, Roberts, al parecer tenemos trabajo.

–¿Me permite que le haga una pregunta antes de comenzar, sir Charles?

–Adelante.

–¿Qué le pasó a su acento?

–Lo reservo sólo para personas especiales, señor Roberts: la Reina, Winston Churchill, y cuando estoy atendiendo mi carretón. Hoy me pareció necesario añadir a mi lista al jefe de policía de Melbourne.

–No entiendo lo que dijo de mí y de mi profesión.

–Le dije que usted era un *boy scout* presumido y demasiado bien pagado que esperaba que yo hiciera todo el trabajo.

–¿Y él dio su opinión?

–Opinó que mi afirmación era demasiado moderada.

–No es difícil de creer –afirmó Roberts–. ¿Logró arrancarle información nueva?

–Desde luego –replicó Charlie–. Parece que Guy Trentham tenía una hija.

–¿Una hija? –repitió Roberts, incapaz de disimular su creciente agitación–. ¿Cooper le dio el nombre de la niña o le dijo algo sobre ella?

–Se llama Margaret Ethel. Sólo tenemos otra pista: la señora Trentham, la madre de Guy, visitó Melbourne en mil novecientos veintisiete. Cooper desconoce las razones.

–¡Santo cielo! –exclamó Roberts–. En veinte minutos usted ha averiguado más que yo en veinte días.

–Es verdad, pero tengo la ventaja de haber nacido en Inglaterra –afirmó Charlie sonriente–. Dígame, Roberts, ¿en qué sitio de esta ciudad podía alojarse una dama inglesa en aquellos tiempos?

–Ésta no es mi ciudad –reconoció Roberts–, pero estoy seguro de que mi socio, Neil Mitchell, podrá respondernos. Su familia se asentó en Melbourne hace más de un siglo.

–¿A qué esperamos?

Neil Mitchell frunció el ceño cuando su socio le hizo la misma pregunta.

–No tengo ni idea –confesó–, pero mi madre seguro que lo sabe. –Tomó el teléfono y comenzó a marcar–. Es escocesa, de modo que intentará cobrarnos por la información.

Charlie y Roberts esperaron de pie delante del escritorio de Mitchell, el primero con paciencia y el otro con evidente ansiedad. Después de unos pocos preliminares propios de un hijo, Mitchell hizo la pregunta y escuchó atentamente la respuesta.

–Gracias, madre; inestimable –dijo finalmente–. Te veo el fin de semana – añadió antes de colgar.

–¿Bien? –preguntó Charlie.

–Por lo visto el Victoria Country Club era el único lugar en los años veinte donde se habría alojado una persona de la alcurnia de la señora Trentham –dijo Mitchell–. En esa época Melbourne sólo tenía dos hoteles decentes y el otro era estrictamente para hombres en visita de negocios.

–¿Existe aún el lugar? –preguntó Roberts.

–Sí, pero está bastante mal llevado actualmente. Lo que me imagino que sir Charles llamaría «sórdido».

–Entonces llame por teléfono y pida que reserven una mesa a nombre de sir Charles Trumper. Ponga énfasis en el sir Charles.

–Desde luego, sir Charles –dijo Roberts–. ¿Y vamos a emplear nuestro acento refinado en esta ocasión?

–No se lo puedo decir hasta haber medido a la oposición –dijo Charlie cuando regresaban al coche.

–Es irónico, si lo piensas –dijo Roberts mientras el coche entraba en la autopista.

–¿Irónico?

–Sí. Si la señora Trentham se tomó todas estas molestias para borrar la existencia de su nieta de los archivos tuvo que haber empleado los servicios de un abogado de primera.

–¿Entonces?

–Entonces tiene que haber un dossier enterrado en alguna parte de esta ciudad que nos diría todo lo que necesitamos saber.

–Es posible, pero una cosa es segura: no disponemos de tiempo suficiente para averiguar a quién pertenece el archivo en el que está guardado.

Cuando llegaron al Victoria Country Club se encontraron con el director del hotel que los esperaba en el vestíbulo para saludarlos. Éste condujo a su distinguido comensal a una mesa situada en un reservado. Grande fue la decepción de Charlie al descubrir lo joven que era el director.

Charlie escogió los platos más caros de la sección «a la carta» del menú, luego seleccionó una botella de Chambertin cosecha del 57. A los pocos minutos tenía a todos los camareros de la sala atendiéndole.

–¿Y qué se propone esta vez, sir Charles? –preguntó Roberts, que se habría conformado con el menú del día.

–Paciencia, joven –dijo Charlie simulando desdén a la vez que trataba de cortar un trozo de cordero demasiado hecho con un cuchillo romo. Finalmente desistió y pidió helado de vainilla, confiando en que no lo harían tan mal. Cuando llegó el café, el camarero de mayor edad se acercó lentamente a la mesa a ofrecerles puros.

–Un Montecristo, por favor –dijo Charlie sacando un billete de una libra de su billetero y colocándolo frente al camarero. Éste abrió un viejo bote para mantener húmedo el tabaco a fin de que Charlie diera su aprobación–. ¿Lleva mucho tiempo aquí? –preguntó.

–El mes pasado se cumplieron cuarenta años –dijo el camarero al tiempo que otro billete de una libra caía sobre el primero.

–¿Tiene buena memoria?

–Me complace pensar que sí –repuso el camarero mirando los dos billetes.

–¿Recuerda a una señora de apellido Trentham? Inglesa, remilgada, puede que haya estado un par de semanas o más, allá por mil novecientos veintisiete –dijo Charlie acercando los billetes hacia el anciano.
–¿Recordarla? –exclamó el camarero–. Jamás la olvidaré. En aquel tiempo yo era aprendiz y ella no hacía otra cosa que quejarse todo el tiempo de la comida y del servicio. No quiso beber otra cosa que agua, dijo que no se fiaba de los vinos australianos y se negó a gastar dinero en los franceses; por eso siempre me mandaban a mí a atender su mesa. Al final del mes se marchó sin decir una palabra y ni siquiera me dio propina. Seguro que me acuerdo de ella.
–Eso describe muy bien a la señora Trentham –dijo Charlie–. ¿Pero llegó a saber para qué vino a Australia?
Sacó otro billete de su billetero y lo colocó sobre los otros.
–No tengo ni idea, señor –respondió el camarero con pesar–. Jamás hablaba con nadie en todo el día y ni siquiera sé si el señor Sinclair-Smith podría saber la respuesta a su pregunta.
–¿El señor Sinclair-Smith?
El camarero hizo un gesto por encima del hombro señalando a un caballero canoso sentado solo a una mesa en el rincón opuesto con una servilleta metida en el cuello de la camisa. Estaba muy atareado atacando un buen trozo de queso.
–Es el actual propietario –explicó el camarero–. Su padre era la única persona con quien hablaba alguna vez la señora Trentham.
–Gracias –dijo Charlie–, ha sido usted muy amable. –El camarero se echó al bolsillo los tres billetes–. ¿Tendría usted la amabilidad de preguntarle al director si puedo hablar con él un momento?
–Por supuesto –dijo el anciano cerrando el bote y alejándose a toda prisa.
–El director es demasiado joven para recordar…
–Abra bien los ojos, señor Roberts, y es posible que hasta aprenda uno o dos trucos que tal vez no le enseñaron en sus clases de contratos empresariales en la facultad de Derecho –dijo Charlie cortando la punta de su puro.
–¿Ha preguntado por mí, sir Charles? –dijo el director acercándose a la mesa.
–Me agradaría saber si el señor Sinclair-Smith aceptaría acompa-

ñarme a beber algún licor –dijo Charlie entregándole al joven una de sus tarjetas.

–Se lo comunicaré inmediatamente, señor –repuso el director dirigiéndose en seguida a la otra mesa.

–Es hora de que me espere en el vestíbulo nuevamente, Roberts –dijo Charlie–, porque sospecho que mi conducta durante la próxima media hora podría transgredir su ética profesional.

Miró hacia el otro extremo de la sala donde en ese momento el anciano estaba observando su tarjeta con atención. Roberts lanzó un suspiro y se marchó.

Una gran sonrisa apareció en las mofletudas mejillas del señor Sinclair-Smith. Se levantó de su silla y avanzó anadeando para reunirse con el visitante inglés.

–Sinclair-Smith –dijo con aflautado acento inglés extendiendo su fláccida mano.

–Muy amable por acompañarme, amigo –dijo Charlie–. Sé reconocer a un compatriota en cuanto lo veo. ¿Le apetece un coñac?

El camarero desapareció a toda prisa.

–Muy amable de su parte, sir Charles. Espero que mi humilde establecimiento le haya ofrecido una comida tolerable.

–Excelente –contestó Charlie–. Pero es que me lo recomendaron –añadió dando una chupada a su cigarro.

–¿Se lo recomendaron? –repitió Sinclair-Smith tratando de disimular su sorpresa–. ¿Puedo preguntarle quién?

–Mi vieja tía, la señora Ethel Trentham.

–¡La señora Trentham! Cielo santo, no hemos visto a la querida señora desde los tiempos de mi difunto padre.

Charlie frunció el entrecejo a la vez que el anciano camarero reaparecía con dos copas de coñac.

–Espero que la señora se encuentre bien, sir Charles.

–Mejor que nunca –repuso Charlie–. Y deseaba que usted la recordara.

–Qué amable –contestó Sinclair-Smith girando el coñac en la gran copa–. Y qué extraordinaria memoria la suya, porque yo era muy joven en aquel tiempo, acababa de comenzar a trabajar en el hotel. Ella debe de tener ahora...

–Más de noventa –comentó Charlie–. Y en la familia aún no tenemos idea de cuál fue el motivo de su viaje a Melbourne –añadió.

–Ni yo –dijo Sinclair-Smith sorbiendo su coñac.
–¿Usted nunca habló con ella?
–No, jamás. Aunque mi padre y su tía mantenían largas conversaciones, él jamás contó de qué hablaban.
Charles trató de ocultar su frustración ante ese dato.
–Bueno, si usted no supo el motivo de su visita –dijo–, supongo que no quedará nadie vivo que lo sepa.
–Oh, yo no estaría tan seguro –dijo Sinclair-Smith–. Slade debe de saberlo, eso es, si es que no está completamente gagá.
–¿Slade?
–Sí, un hombre de Yorkshire que trabajaba en el Club cuando estaba mi padre, en la época en que todavía teníamos un chófer fijo. En realidad, todo el tiempo que se alojó en el Club la señora Trentham insistió en emplear los servicios de Slade. Decía que no quería que la llevara ningún otro.
–¿Trabaja aquí aún? –preguntó Charlie lanzando una gran nube de humo.
–Cielo santo, no –contestó Sinclair-Smith–. Se retiró hace unos años. Ni siquiera sé si aún vive.
–¿Viaja mucho a su país actualmente? –preguntó Charlie, convencido de haber obtenido la única información pertinente que esta particular fuente podía ofrecerle.
–La verdad es que no...
Durante los siguientes veinte minutos Charlie se repantigó en la silla, disfrutando del puro al tiempo que escuchaba hablar al señor Sinclair-Smith de todo, desde el fallecimiento del imperio hasta el lamentable estado del *cricket* inglés. Finalmente Charlie pidió la cuenta y el propietario se marchó deslizándose discretamente.
El anciano camarero arrastró sus pies hacia la mesa tan pronto vio aparecer sobre el mantel otro billete de una libra.
–¿Se le ofrece algo, señor?
–¿Significa algo para usted el apellido Slade?
–¿El viejo Walter Slade, el chófer del Club?
–El mismo.
–Se retiró hace unos años.
–Eso lo sé, pero ¿vive aún?
–Ni idea –dijo el camarero–. Lo último que supe de él fue que vivía en algún lugar por la región de Ballarat.

–Gracias –dijo Charlie; apagó el cigarro en el cenicero, sacó otro billete de una libra y fue a reunirse con Roberts en el vestíbulo.

–Telefonee a su oficina inmediatamente –ordenó a su abogado–. Pídales que localicen a un tal Walter Slade, que debe de estar viviendo en algún lugar llamado Ballarat.

Roberts se precipitó hacia un letrero que decía «teléfono», mientras Charlie se paseaba arriba y abajo del corredor rogando que el hombre estuviera vivo. A los pocos minutos regresó el abogado.

–¿Puedo saber qué se propone esta vez, sir Charles? –preguntó entregándole un papel con la dirección de Walter Slade escrita en letras mayúsculas.

–Nada bueno, eso seguro –dijo Charlie leyendo el papel–. Para esto no lo necesito, joven amigo, pero me hace falta el coche. Nos veremos en la oficina a mi vuelta... y no sé a qué hora.

Le hizo un gesto de despedida al pasar por la puerta dejando a un perplejo Roberts solo en el vestíbulo.

Charlie le pasó el papel al chófer y éste miró la dirección.

–Pero eso queda casi a ciento cincuenta kilómetros –dijo el hombre mirando por encima del hombro.

–Entonces no tenemos un momento que perder, ¿verdad?

El conductor puso el motor en marcha y salió del antepatio del club de campo. Pasó junto al campo de *cricket* de Melbourne, donde Charlie vio que alguien había conseguido 147 en dos turnos. Su primer viaje a Australia, pensó fastidiado, y no tenía tiempo para asistir al partido internacional. El viaje por la autopista del norte duró hora y media, tiempo que empleó en considerar qué método debería emplear con el señor Slade, suponiendo que no estuviera, para citar a Sinclair-Smith, «completamente gagá». Después de pasar el letrero indicador de Ballarat, el conductor paró en una gasolinera. Una vez lleno el depósito, el encargado los orientó, y tardaron quince minutos en llegar a una casita con terraza situada en una propiedad en decadencia.

Charlie saltó del coche, recorrió un corto sendero cubierto de malas hierbas y llamó a la puerta. Esperó un momento y le abrió una anciana con delantal; llevaba un vestido color pastel que casi arrastraba por el suelo.

–¿La señora Slade? –preguntó.

–Sí –replicó ella mirándolo con desconfianza.

–¿Podría hablar un momento con su marido?

–¿Para qué? –preguntó la anciana–. ¿Es usted de asistencia social?

–No, soy de Inglaterra –repuso Charlie–. Y le traigo a su marido un pequeño legado de parte de mi tía, la señora Ethel Trentham, que falleció no hace mucho.

–Oh, qué amabilidad –dijo la señora Slade–. Pase.

La anciana lo guió hacia la cocina, donde vio a un anciano vestido con chaqueta de punto, una limpia camisa a cuadros y pantalones bombachos, dormitando en un sillón junto a la chimenea.

–Hay un hombre que ha venido desde Inglaterra especialmente para verte, Walter.

–¿Qué? –dijo el hombre restregándose los ojos con sus huesudos dedos para ahuyentar el sueño.

–Un hombre que viene de Inglaterra –repitió su esposa–. Con un regalo de la señora Trentham.

–Soy demasiado viejo para llevarla en coche.

Sus cansados ojos se entrecerraron al mirar a Charlie.

–No, Walter, no lo entiendes. Es un familiar que ha venido desde Inglaterra con un regalo. Verás, ella murió.

–¿Murió?

Ambos miraban ahora a Charlie con curiosidad y él sacó rápidamente su billetero, retiró todos los billetes que llevaba y se los dio a la señora Slade.

La mujer contó los billetes lentamente mientras Walter Slade continuaba mirando fijamente a Charlie, haciéndolo sentir tremendamente incómodo, de pie en el limpísimo suelo de piedra.

–Ochenta y cinco libras, Walter –dijo, pasándole el dinero a su marido.

–¿Por qué tanto? –preguntó–. ¿Y después de tanto tiempo?

–Usted le hizo un gran servicio –dijo Charlie–. Y ella simplemente deseaba agradecérselo.

El anciano comenzó a mirar con recelo a Charlie.

–Ya me pagó a su tiempo –dijo.

–Ya lo sé, pero…

–Y he mantenido cerrada la boca –añadió el anciano.

–Es otro de los motivos por los que mi tía le estaba tan agradecida –dijo Charlie.

–¿Quiere decir que ha hecho un viaje desde Inglaterra sólo para pagarme ochenta y cinco libras? –preguntó el señor Slade–. Eso me parece absurdo, muchacho.

De pronto parecía mucho más despierto.

–No, no –dijo Charlie, notando que perdía la iniciativa–. He tenido que entregar doce legados más antes de venir aquí, pero no me fue fácil encontrarlo.

–No me extraña. Hace veinte años que dejé de conducir.

–Usted es de Yorkshire, ¿verdad? –dijo Charlie sonriendo–. Reconocería ese acento en cualquier parte.

–Eh, muchacho, y usted es de Londres. Lo cual significa que no es de confianza. Así pues, ¿para qué ha venido a verme en realidad? Porque no fue para entregarnos ochenta y cinco libras, eso seguro.

–No logro encontrar a la niñita que acompañaba a la señora Trentham cuando usted la llevó en coche –dijo Charlie arriesgando el todo por el todo–. Verá, le han dejado una gran herencia.

–Imagínate, Walter –dijo la señora Slade.

El rostro del señor Slade permaneció inmutable.

–En cierto modo es mi deber localizarla e informar a la dama de su buena fortuna.

La cara de Slade continuaba impasible mientras Charlie proseguía la lucha.

–Y pensé que usted es la única persona que puede ayudarme.

–No, no le ayudaré –replicó Slade–. Y aún más, puede quedarse el dinero –añadió arrugando los billetes y arrojándoselos a los pies–. Y no se tome la molestia de aparecer por aquí de nuevo con sus falsas historias de fortunas. Acompaña a la puerta al caballero, Elsie.

La señora Slade se agachó y recogió cuidadosamente los billetes antes de pasárselos a Charlie. Cuando hubo entregado el último, condujo silenciosamente al desconocido hasta la puerta.

–Tenga la bondad de disculparme, señora Slade –le dijo Charlie–. No tenía la menor intención de ofender a su marido.

–Lo sé, señor –dijo ella–. Pero es que Walter ha sido siempre muy orgulloso. Dios sabe lo que hubiéramos podido hacer con el dinero.

Charlie sonrió y metió los arrugados billetes en el delantal de la anciana y se llevó rápidamente un dedo a los labios.

–Si usted no se lo dice, yo tampoco –aseguró.

Con una leve inclinación de cabeza se dio media vuelta y echó a andar hacia el coche.

–Yo nunca vi a ninguna niñita –dijo la señora Slade con voz apenas audible. Charlie se detuvo en seco–. Pero Walter una vez llevó a una señora de mucha alcurnia a ese orfanato que está en Park Hill en Melbourne. Lo sé porque por aquel entonces yo salía con el jardinero y me lo contó.

Charlie se volvió para darle las gracias, pero ella ya había cerrado la puerta y desaparecido dentro de la casa.

Charlie subió al coche sin un penique y con un solo nombre al que agarrarse, consciente de que, sin duda, el anciano podría haber resuelto todo el misterio. Si no, habría dicho «No, no lo sé», en lugar de «No, no le ayudaré», cuando se lo pidió.

Maldijo su estupidez varias veces durante el largo viaje de regreso a la ciudad.

–Roberts, ¿hay algún orfanato en Melbourne? –fueron sus primeras palabras al entrar a grandes zancadas en la oficina del abogado.

–El de St. Hilda –dijo Neil Mitchell antes de que su socio pudiera evaluar la pregunta–. Sí, queda en algún sitio de Park Hill. ¿Por qué?

–Es el sitio que buscamos –dijo Charlie consultando su reloj–. Son algo así como las siete de la mañana, hora de Londres, y estoy agotado, así que me voy al hotel a dormir un rato. Mientras tanto necesito las respuestas a unas cuantas preguntas. Para empezar, quiero saber todo lo que se pueda averiguar sobre St. Hilda, comenzando por los nombres de todos los miembros del personal que trabajaban allí entre mil novecientos veintitrés y mil novecientos veintisiete, desde el director o directora hasta la última fregona. Y si aún queda alguien allí de esa época, hay que descubrirlo, porque deseo verlo y antes de veinticuatro horas.

Dos de los secretarios de la oficina de Mitchell habían comenzado a tomar nota a toda velocidad, tratando de no perderse nada de lo que decía sir Charles.

–También necesito los nombres de todos los niños registrados en el orfanato entre mil novecientos veintitrés y mil novecientos veintisiete. Recuerden que buscamos una niña que entonces no tenía más de dos años y que tal vez se llamaba Margaret Ethel. Cuando tengan las respuestas a todas estas preguntas... despiértenme, sea la hora que sea.

45

A la mañana siguiente Trevor Roberts llegó al hotel de Charlie poco antes de las ocho y encontró a su cliente instalado ante un copioso desayuno de huevos, tomate, champiñones y bacon. Aunque a Roberts se le notaba cansado y sin afeitar, era portador de noticias.

–Nos hemos comunicado con la directora de St. Hilda, la señora Culver, y no ha podido mostrarse más cooperativa –dijo Roberts y Charlie sonrió–. Resulta que entre mil novecientos veintitrés y mil novecientos veintisiete fueron registrados diecinueve niños en el orfanato: ocho niños y once niñas. De las once niñas ya sabemos que nueve no tenían uno de los progenitores vivo en ese tiempo. De estas nueve hemos logrado contactar con siete, cinco de las cuales tienen algún familiar vivo que puede atestiguar sobre la identidad de su padre; hay una cuyos padres murieron en accidente de coche, y la otra es aborigen. Las dos que quedan han resultado más difíciles de rastrear, de modo que pensé que tal vez le gustaría hacer una visita a St. Hilda y examinar personalmente los archivos.

–¿Qué hay del personal del orfanato?

–Sólo ha sobrevivido una cocinera de ese período y ella dice que nunca hubo ninguna niña de apellido Trentham ni parecido en St. Hilda, y que no recuerda a ninguna Margaret ni Ethel. Nuestra última esperanza podría ser una tal señorita Benson.

–¿Señorita Benson?

–Sí, era la directora en ese tiempo y ahora reside en un asilo muy exclusivo llamado Maple Lodge, al otro lado de la ciudad.

–No está nada mal, señor Roberts –dijo Charlie–. Pero ¿cómo se las arregló para conseguir que la señora Culver se mostrara tan dispuesta a colaborar en tan poco tiempo?

–Recurrí a esos métodos que supongo son más conocidos en la

facultad de Derecho de Whitechapel que en la de Harvard, sir Charles.

Charlie lo miró burlón.

–Parece ser que en St. Hilda han organizado una colecta para tener un minibús...

–¿Un minibús?

–Que necesitan tanto en el orfanato para viajes...

–De modo que usted sugirió que yo...

–Podría tal vez colaborar con una rueda o dos si...

–Ellos a su vez se mostraban dispuestos a...

–Colaborar. Exactamente.

–Aprende usted muy rápido, Roberts, debo reconocerlo.

–Y como no hay tiempo que perder, deberíamos salir hacia St. Hilda de inmediato, para que pueda echar una mirada a esos archivos.

–Pero nuestra mejor apuesta seguramente es la señorita Benson.

–Estoy de acuerdo con usted, sir Charles. Y he programado una visita para esta tarde, tan pronto terminemos en St. Hilda. Por cierto, cuando la señorita Benson era directora, se la conocía por el apodo «El Dragón», no sólo por los niños, sino también por el personal, de modo que no tengo motivos para pensar que se mostrará más dispuesta a colaborar quc Walter Slade.

Cuando llegaron al orfanato, Charlie fue recibido en la puerta por la directora. La señora Culver llevaba un elegante vestido verde que mostraba indicios de haber sido planchado hacía poco. Evidentemente, la señora había decidido tratar a su benefactor en potencia como si de Nelson Rockefeller se tratara, porque lo único que faltaba era una alfombra roja de la puerta al estudio.

Cuando Charlie y Trevor Roberts entraron en el estudio, se pusieron de pie dos abogados jóvenes que habían pasado la noche en vela, revisando minuciosamente los archivos y averiguando todo lo que podían sobre horarios de dormitorio, obligaciones, turnos en la cocina, méritos y mala conducta.

–¿Habéis averiguado algo más de esos dos nombres? –inquirió Roberts.

–Pues sí, se han reducido a dos. ¿No les parece emocionante? –preguntó la señora Culver al tiempo que iba de un lado a otro del estudio y movía todo lo que consideraba fuera de su sitio–. Me preguntaba...

–No tenemos ninguna prueba todavía –dijo un joven legañoso–, pero una de ellas parece cumplir los requisitos a la perfección. No encontramos ningún dato de la niña antes de los dos años. Lo que es más importante aún es que fue registrada en St. Hilda precisamente al mismo tiempo en que el capitán Trentham aguardaba la ejecución de la sentencia.

–Y la cocinera también se acuerda, de la época en que había empezado como fregona –interrumpió la señora Culver–, de que la niña llegó a medianoche, acompañada de una dama muy bien vestida y de aspecto severo que tenía un acento oh-la-lá que entonces...

–Aquí entra la señora Trentham –dijo Charlie–. Sólo que el apellido de la niña evidentemente no es Trentham.

El joven ayudante releyó los apuntes que tenía esparcidos encima de la mesa.

–No, señor –dijo–. La pequeña fue registrada con el nombre Cathy Ross.

Charlie sintió que le flaqueaban las piernas. Roberts y la señora Culver se precipitaron a sentarlo en el único sillón cómodo de la habitación. La señora Culver le aflojó la corbata y le desabotonó el cuello de la camisa.

–¿Se encuentra bien, sir Charles? –preguntó–. Debo decir que no lo parece...

–En todo momento lo tuve delante de los ojos y no supe verlo –murmuró Charlie–. Daphne diría, y no andaría muy errada, que estoy tan ciego como un murciélago.

–No estoy seguro de entenderle –dijo Roberts.

–No estoy muy seguro yo tampoco.

Charlie se volvió a mirar al nervioso mensajero responsable de dar la noticia.

–¿Dejó St. Hilda para estudiar en la universidad de Melbourne? –le preguntó.

Esta vez el ayudante comprobó dos veces sus notas.

–Sí, señor. Se matriculó en el curso del cuarenta y dos y terminó en el cuarenta y seis.

–Y allí estudió historia del arte y literatura inglesa.

Los ojos del ayudante recorrieron los papeles que tenía delante.

–Exactamente, señor –dijo sin poder ocultar su sorpresa.

–¿Y jugaba al tenis por casualidad?

–El ocasional partido en segunda categoría en la universidad.

–Pero sabía pintar.

El ayudante siguió repasando los archivos.

–Ah, eso sí –dijo la señora Culver–, y lo buena que era, sir Charles. Aún tenemos una muestra de su trabajo en el comedor, un paisaje de bosque, creo que con influencia de Sisley. En realidad me atrevería a decir...

–¿Puedo ver el cuadro, señora Culver?

–Por supuesto, sir Charles. –La directora sacó una llave del primer cajón del lado derecho de su escritorio y dijo–: Sígame, por favor.

Charles se levantó algo tambaleante del sillón y siguió a la señora Culver, que salió de su estudio y recorrió un largo corredor en dirección al comedor. Abrió la puerta. Trevor Roberts caminaba junto a Charlie, aún perplejo, pero se abstuvo de preguntar nada. Al entrar en el comedor, Charlie se detuvo en seco y dijo:

–Soy capaz de detectar un Ross a veinte pasos.

–¿Cómo ha dicho, sir Charles?

–No tiene importancia, señora Culver –dijo Charles parándose frente al cuadro y contemplando el paisaje de bosques moteados de verdes y marrones.

–Hermoso, ¿verdad, sir Charles? Verdadera comprensión del uso del color. Me atrevería a decir...

–Me gustaría saber, señora Culver, si a usted le parecería justo un trueque de este cuadro por un minibús.

–Un trueque muy justo –dijo sin vacilar la señora Culver–. En realidad estoy segura de que...

–¿Y sería demasiado pedirle que escribiera al dorso del cuadro «pintado por la señorita Cathy Ross» además de las fechas del período en que residió en St. Hilda?

–Encantada, sir Charles. –La señora Culver avanzó un paso, descolgó el cuadro y le dio la vuelta para que todos lo vieran. Aunque descolorido por el tiempo, lo que sir Charles había pedido ya estaba escrito y era claramente legible.

–Tenga la bondad de disculparme, señora Culver –dijo Charlie–. A estas alturas ya debería conocerla bien.

Sacó su billetero del bolsillo interior, firmó un cheque en blanco y se lo entregó a la señora Culver.

–¿Pero cuánto...? –empezó a decir la asombrada directora.

–Lo que cueste –fue la respuesta de Charlie, que por fin había encontrado el modo de dejar sin habla a la señora Culver.

Los tres volvieron al estudio de la directora, en donde los esperaba una taza de té. Uno de los ayudantes se dedicó a hacer dos copias de todo lo que aparecía en el dossier de Cathy mientras Roberts telefoneaba a la residencia en que se encontraba la señorita Benson para anunciar a la supervisora que estarían allí antes de una hora. Cumplidas ambas tareas, Charlie dio las gracias a la señora Culver y se despidió. Ella aún estaba sin habla pero se las arregló para decirle:

–Gracias, sir Charles, gracias.

Charlie salió del orfanato llevando firmemente aferrado el cuadro y, una vez de vuelta al coche, inmediatamente dio instrucciones al conductor de custodiar el cuadro como si en ello le fuera la vida.

–De acuerdo, señor. ¿Adónde vamos?

–Al Hogar Residencia Maple Lodge, en el norte de la ciudad –respondió Roberts, que había subido al coche por la otra portezuela–. Como es obvio, supongo que me explicará qué ha sucedido en St. Hilda. De acuerdo con la Biblia, debo reconocer que me siento «gravemente sorprendido».

–Le contaré todo lo que sé –dijo Charlie.

Explicó que había conocido a Cathy hacía casi quince años, en la fiesta de inauguración de su casa de Eaton Square. Siguió de carrerilla con el relato hasta llegar al punto en que la señorita Ross fue nombrada directora en Trumper's y añadió que, desde el suicidio de Daniel, no les había dado muchas explicaciones sobre sus orígenes porque aún no había recuperado plenamente la memoria de los acontecimientos que tuvieron lugar antes de su viaje a Inglaterra. El comentario del abogado ante esta información cogió por sorpresa a Charlie.

–Entonces no es casual que la señorita Ross visitara Inglaterra o, si a eso vamos, que se postulara para trabajar en Trumper's.

–¿A qué apunta? –inquirió Charlie.

–Seguramente dejó Australia con el único propósito de averiguar algo sobre su padre, convencida de que aún estaba vivo y de que quizá vivía en Inglaterra. Debió de ser el motivo original de su visita a Londres, donde sin duda se enteró de que existía alguna relación entre la familia de su padre y la suya, sir Charles. Si logra descubrir el vínculo entre el padre de Cathy, su viaje a Inglaterra y su entrada en Trumper's, tendrá la prueba... la prueba de que Cathy Ross es, en realidad, Margaret Ethel Trentham.

–No tengo ni la más remota idea de cuál puede ser ese vínculo –reconoció Charlie–. Es posible que jamás consiga averiguarlo porque Cathy prácticamente no recuerda nada de su vida en Australia.

–Bueno, esperemos que por lo menos la señorita Benson esté dispuesta a orientarnos en la dirección correcta –dijo Roberts–. Aunque, como le advertí anteriormente, ninguna de las personas con las que trató en St. Hilda dice cosas buenas de ella.

–Pero si tenemos en cuenta lo que ha pasado con Walter Slade, no será tan fácil sacarle algo a ella. Parece evidente que la señora Trentham hechizaba a todo el mundo con quien hablaba.

–Yo pienso lo mismo. Por eso no dije nada a la señora Campbell, la supervisora de Maple Lodge, acerca de nuestros motivos para visitar la residencia. No vi ningún sentido en poner sobreaviso a la señorita Benson de nuestra visita. Eso sólo le daría tiempo para tener bien preparadas sus respuestas.

–¿Pero se le ha ocurrido alguna idea respecto al método a emplear con ella? –gruñó Charlie–. Porque estoy seguro de que la fastidié en mi encuentro con Walter Slade.

–No. Tendrá simplemente que tocar de oído y esperar a que ella esté dispuesta a colaborar. Aunque Dios sabe qué acento tendrá que sacarse de la manga esta vez, sir Charles.

A los pocos minutos pasaron por dos imponentes puertas de hierro forjado y continuaron por un largo camino de entrada bajo los árboles que los llevó a una gran mansión de comienzos de siglo, situada en un terreno que ocupaba varias hectáreas.

–Eso no tiene aspecto de ser barato.

–Exacto –dijo Roberts–. Y lamentablemente no parecen tener necesidad de un minibús.

El coche se detuvo ante una pesada puerta de roble. Trevor saltó del coche y esperó a que Charlie se reuniera con él para tocar el timbre.

No tuvieron que esperar mucho hasta que una enfermera joven abriera la puerta y los escoltara por un corredor embaldosado y brillantemente pulcro hasta la oficina de la supervisora.

La señora Campbell vestía el típico uniforme azul almidonado, con cuello y puños blancos, de su profesión. Dio la bienvenida a Charlie y a Trevor Roberts con un áspero y duro acento escocés; y si no hubiera sido por el ininterrumpido sol que entraba por la ventana, se le habría podido disculpar a Charlie la ocurrencia de que la supervisora aún no se había enterado de que no estaba en Escocia.

Después de las presentaciones, la señora Campbell preguntó en qué podía servirlos.

–Esperaba que nos autorizara a conversar con una de sus residentes.

–Naturalmente, sir Charles. ¿Puedo saber a quién desea ver?

–A la señorita Benson –explicó Charlie–. Verá usted...

–Ay, sir Charles, ¿no está enterado?

–¿Enterado?

–Sí. La señorita Benson murió la semana pasada. De hecho, la enterramos el jueves.

Por segunda vez en el día le flaquearon las piernas a Charlie y Trevor Roberts se apresuró a tomarle por el codo y guiarlo hacia la silla más cercana.

–Oh, cuánto lo siento –dijo la supervisora–. No tenía idea de que fuera usted un amigo tan íntimo. –Charlie no dijo nada–. ¿Y ha hecho usted el viaje desde Londres especialmente para verla?

–Sí –contestó Trevor Roberts en voz baja–. ¿Recibió alguna otra visita de Inglaterra la señorita Benson este último tiempo?

–No –repuso sin vacilar la supervisora–. Recibía muy pocas visitas al final. Una o dos de Adelaida, pero jamás a nadie de Gran Bretaña –añadió con tono algo acedo.

–¿Y alguna vez le mencionó a usted a una persona llamada Cathy Ross o Margaret Trentham?

La señora Campbell meditó profundamente durante unos momentos.

–No –dijo finalmente–. Al menos, jamás, que yo recuerde.

–Entonces, creo que deberíamos marcharnos, sir Charles, ya que no tiene ningún sentido que hagamos perder más tiempo a la señora Campbell.

–Sí –repuso en voz baja Charlie–. Y gracias, supervisora.

Roberts lo ayudó a ponerse de pie y la señora Campbell los acompañó por el corredor hacia la puerta.

–¿Ha de regresar pronto a Gran Bretaña, sir Charles? –preguntó ella.

–Sí, posiblemente mañana.

–¿Sería mucha molestia si le pidiera que echara al correo una carta cuando esté en Londres?

–Será un placer –dijo Charlie.

–No lo hubiera molestado con esto en circunstancias normales –dijo la supervisora–, pero como tiene que ver directamente con la señorita Benson…

Los dos hombres se detuvieron en seco y se quedaron mirando a la remilgada dama escocesa. La señora Campbell también se detuvo y cruzó las manos sobre el pecho.

–No es que desee sencillamente ahorrarme los sellos, sir Charles, comprenda usted, que es de lo que todo el mundo acusa a mi gente. En realidad se trata exactamente de lo contrario, porque todo lo que deseo es hacer un rápido reembolso a favor de los benefactores de la señorita Benson.

–¿Los benefactores de la señorita Benson? –dijeron al unísono Charlie y Roberts.

–Sí –dijo la supervisora irguiéndose en toda su altura de un metro cincuenta y cinco centímetros–. En Maple Lodge no tenemos la costumbre de cobrar a los residentes que han muerto, señor Roberts. Al fin y al cabo, como estoy segura de que usted estará de acuerdo, eso sería deshonesto.

–Ciertamente lo sería, supervisora.

–Por tanto, aunque insistimos en que se paguen tres meses por adelantado, también devolvemos el dinero cuando muere un residente. Después de que todas las facturas que quedan han sido cubiertas, usted me comprende.

–Lo comprendo –dijo Charlie mirando a la supervisora, con una luz de esperanza en sus ojos.

–De modo que si tienen la amabilidad de esperar un momentito, iré a buscar la carta a mi oficina.

Se volvió y caminó de regreso a su oficina, situada a unos pocos metros pasillo abajo.

–Comience a rezar –dijo Charlie.

–Ya he comenzado –repuso Roberts.

A los pocos minutos regresó la señora Campbell con un sobre

que entregó a la custodia de Charlie. En enérgica letra caligráfica se leía:

Director de Coutts & Company
The Strand
WC2 Londres

–Espero realmente que mi petición no sea un engorro para usted, sir Charles.

–Es un placer mayor de lo que puede imaginar, señora Campbell –le aseguró Charlie y se despidió.

–Sería muy poco ético de mi parte aconsejarle sobre si debe o no abrir esa carta, sir Charles. Sin embargo...

Pero Charlie ya había rasgado el sobre y estaba sacando su contenido.

Un cheque por 92 libras acompañaba la detalladísima factura por los años de 1953 a 1964: una liquidación total y definitiva de la cuenta de la señorita Rachel Benson.

–Dios bendiga a los escoceses y su puritana educación –dijo Charlie cuando vio a nombre de quién estaba extendido el cheque.

46

–Si se diera prisa, sir Charles, aún tendría tiempo de coger el primer vuelo –dijo Trevor Roberts cuando el coche entraba en el antepatio del hotel.

–Entonces me daré prisa –dijo Charlie–. Ya que me gustaría estar de vuelta en Londres lo antes posible.

–De acuerdo, yo me encargaré de la cuenta del hotel y luego telefonearé al aeropuerto para ver si pueden cambiar su reserva.

–Muy bien. Aunque tengo un par de días disponibles, hay todavía algunos cabos sueltos que atar en Londres.

Charlie había saltado del coche antes de que el chófer alcanzara a abrirle la puerta, y se precipitó hacia su habitación; rápidamente metió sus cosas en la maleta. Estuvo de vuelta en el vestíbulo a los doce minutos, pagó la cuenta y a los quince minutos ya se dirigía hacia la puerta. El conductor no sólo estaba esperándolo, sino que además tenía abierta la puerta del maletero.

Una vez cerrada la tercera puerta, el conductor aceleró por el antepatio del hotel y lanzó el coche por la vía rápida en dirección a la autopista.

–¿Pasaporte y billete? –preguntó Roberts.

Charlie sonrió y sacó ambas cosas de un bolsillo interior como un niño que comprueba su lista.

–Muy bien, ahora no nos queda más que llegar a tiempo al aeropuerto.

–Ha hecho usted maravillas –dijo Charlie.

–Gracias, sir Charles –dijo Roberts–. Pero ha de comprender que aunque ha reunido gran cantidad de pruebas para confirmar su caso, la mayor parte de ellas son como mucho circunstanciales. Aunque usted y yo podamos estar convencidos de que Cathy Ross es, de hecho, Margaret Ethel Trentham, estando en su tumba la señorita Benson y siendo la señorita Ross incapaz de recordar los detalles concernientes a este asunto, no hay forma de saber si un tribunal fallará a su favor.

–Tiene razón en lo que dice –repuso Charlie–, pero al menos ahora cuento con algo. Hace una semana no tenía nada.

–Es cierto. Y después de haberlo visto actuar durante estos días, me inclinaría a concederle más de un cincuenta por ciento de posibilidades. Pero, haga lo que haga, no deje ese cuadro fuera de su punto de mira: es tan convincente como una huella digital. Y procure mantener en todo momento esa carta de la señora Campbell en lugar seguro hasta que pueda sacarle copia. Encárguese también de que el original y el cheque lleguen a Coutts. Sólo faltaría que lo arrestaran por robar noventa y dos libras. Ahora bien, ¿hay alguna otra cosa que pueda hacer por usted en este extremo del mundo?

–Sí, podría intentar obtener una declaración escrita de Walter Slade en que reconozca que llevó a la señora Trentham y a una niña llamada Margaret a St. Hilda y que la señora salió del orfanato sin la pequeña. También podría tratar de hacerle concretar una fecha.

–Puede que eso no resulte fácil después de su experiencia –sugirió Roberts.

–Bueno, al menos inténtelo. Luego vea si puede descubrir si la señorita Benson recibió otros pagos de la señora Trentham antes de mil novecientos cincuenta y tres, y si fuera así, las cantidades y las fechas. Sospecho que ha estado recibiendo giros bancarios trimestrales durante más de treinta y cinco años, lo cual explicaría que haya podido acabar sus días en ese relativo lujo.

–De acuerdo, pero una vez más, se trata de pruebas circunstanciales y ciertamente no hay forma alguna de que un banco me permita investigar la cuenta personal de la señorita Benson.

–¡Desgraciadamente! Pero la señora Culver sí podría decirle lo que ganaba la señorita Benson cuando era directora, y si daba la impresión de que vivía mejor de lo que podía permitirse con su salario. Y después de todo, siempre puede averiguar qué otra cosa necesita St. Hilda además de un minibús.

Roberts comenzó a tomar notas mientras Charlie seguía desgranando una serie de sugerencias.

–Si logra convencer a Slade y demostrar que hubo pagos hechos a la señorita Benson, entonces me podría encontrar en posición firme para pedirle a Nigel Trentham que explique por qué su madre era tan entusiasta benefactora de la directora de un orfanato situado en el otro lado del globo, y si esto no tuvo nada que ver con la hija de su hermano mayor.

–Haré lo que pueda –prometió Roberts–. Si consigo algo me comunicaré con usted a su regreso a Londres.

–Gracias –dijo Charlie–. ¿Y hay algo que yo pueda hacer por usted?

–Sí, sir Charles. ¿Sería tan amable de transmitir mis cariñosos recuerdos a tío Ernest?

–¿Tío Ernest?

–Sí, Ernest Baverstock.

–Qué cariñosos recuerdos ni un jamón. Lo denunciaré al Colegio de Abogados.

–¿Por qué?

–Por nepotismo.

–Cierto, sir Charles, pero el nepotismo no se considera un delito. Mi madre es la culpable. Tuvo tres hijos, los tres abogados; los otros dos lo representan a usted ahora en Perth y en Brisbane.

El coche se detuvo junto al bordillo delante de la terminal de Qantas. De un salto el conductor bajó del coche y sacó el equipaje del maletero mientras Charlie corría hacia el mostrador de facturación de equipaje y pasajes. Roberts lo seguía a un metro con el cuadro de Cathy a cuestas.

–Sí –dijo la chica del mostrador–. Aún está a tiempo de tomar el primer vuelo a Londres. Pero vamos a cerrar las puertas dentro de pocos minutos.

Charlie soltó un suspiro de alivio y se volvió para despedirse de Trevor Roberts al tiempo que el conductor llegaba con su equipaje y lo colocaba sobre la báscula.

–Maldición –exclamó Charlie–. ¿Me puede dejar diez libras?

Roberts sacó los billetes de su billetero y Charlie rápidamente se los pasó al conductor, que se tocó la gorra a modo de saludo y volvió al coche.

–¿Cómo puedo comenzar siquiera a agradecerle? –dijo a Trevor Roberts al estrecharle la mano.

–Agradézcaselo a tío Ernest, no a mí –dijo Roberts–. Me convenció de que abandonara todo y me concentrara en este caso.

Veinte minutos después Charlie subió la escalera y entró en el avión del vuelo 102 de Qantas para cubrir la primera etapa del viaje de regreso a Londres.

Cuando el avión despegó, con diez minutos de retraso, Charlie se acomodó en su asiento y, con lo que había averiguado durante esos tres días, intentó atar los cabos sueltos. Le parecía lógica la teoría de Roberts de que no había sido una coincidencia que Cathy hubiera ido a trabajar a Trumper's. Seguramente había descubierto alguna conexión entre ellos y los Trentham, aunque no se le ocurría cuál podría ser esa conexión ni por qué Cathy no se lo había dicho a ellos. ¿Decírselo a ellos...? ¿Qué derecho tenía él para criticar? Si él hubiera hablado con Daniel, aún estaría vivo. Porque una cosa era cierta: Cathy no podía haber sabido que Daniel era su hermanastro, aunque ahora Charlie temía que la señora Trentham lo hubiera descubierto y dado a conocer a su nieto la trágica verdad.

–Maldita mujer –dijo en voz alta.

–¿Cómo, señor? –preguntó la señora de mediana edad que ocupaba el asiento vecino.

–Oh, lo siento –dijo Charlie–. No me refería a usted.

Volvió a su meditación. De alguna forma tiene que haber dado con la verdad la señora Trentham. Pero ¿cómo? ¿Cathy también la había visitado? ¿O sería simplemente el anuncio de su compromiso en *The Times* lo que puso sobreaviso a la señora Trentham de una unión incestuosa de la cual Cathy y Daniel no tenían conocimiento? Fuera cual fuese la razón, Charlie comprendió que sus posibilidades de articular toda la historia eran bastante remotas, pues Daniel y la señora Trentham descansaban en sus tumbas y Cathy era incapaz de recordar lo que le había sucedido antes de llegar a Inglaterra.

Era una paradoja, pensó Charlie, que la mayor parte de lo que había averiguado en Australia hubiese estado en todo momento guardado en una carpeta en el número 1 de Chelsea Terrace, con la etiqueta de «Cathy Ross, Solicitud de empleo». Pero ahí no estaba el eslabón perdido. Roberts había dicho: «Encuéntrelo y podrá demostrar la relación entre Cathy Ross y Guy Trentham». Charlie asintió con la cabeza.

Aunque últimamente Cathy había evocado parte de su pasado, no recordaba nada significativo referente a sus primeros años en

Australia. El doctor Atkins siguió aconsejando a Charlie que no la presionara, pues estaba muy satisfecho de sus progresos y, sobre todo, de su disposición a hablar abiertamente de Daniel. Charlie llegó a la conclusión de que, para salvar Trumper's, tendría que presionarla. Decidió llamar al doctor Atkins en cuanto el avión tocara suelo inglés.

–Les habla el capitán –anunció un hombre por el altavoz–. Lamento tener que comunicarles que nos hemos encontrado con un ligero problema técnico. Los pasajeros sentados en el lado derecho del avión podrán ver que he apagado uno de los motores de estribor. Puedo asegurarles que no hay motivo para angustiarse ya que aún tenemos tres motores funcionando a pleno rendimiento, y en todo caso este avión está preparado para completar cualquier etapa del viaje con un solo motor. –Charlie se alegró de esto último–. Sin embargo –continuó el capitán–, para mantener la seguridad del pasaje, es norma de la compañía, cuando se localiza un desperfecto de este tipo, aterrizar en el aeropuerto más cercano, con el fin de repararlo inmediatamente. –Charlie frunció el ceño–. Como aún no hemos llegado a la mitad de la etapa del viaje a Singapur, el control de tráfico aéreo me aconseja que volvamos a Melbourne de inmediato.

Un coro de protestas recorrió el avión. Charlie calculó el tiempo de que disponía hasta que su presencia en Londres fuera imperiosa y recordó que el vuelo para el que originalmente había hecho una reserva saldría de Melbourne a las ocho y veinte de la noche.

Se quitó el cinturón de seguridad, sacó el cuadro de Cathy del compartimiento para bolsos y se trasladó al asiento más próximo a la puerta de salida en el compartimiento de primera clase, concentrado ahora en el problema de volver a encontrar pasaje en el avión de transporte de la BOAC con destino a Londres.

El vuelo 102 de Qantas tomó tierra en el aeropuerto de Melbourne pasados siete minutos de las siete. Charlie fue el primero en bajar del avión, corriendo al máximo de su capacidad, pero la dificultad de cargar el cuadro de Cathy bajo el brazo lo retrasó con respecto a otros pasajeros que lo adelantaron, ciertamente con la misma idea en mente. Sin embargo, logró ocupar el puesto número once en la cola ante el mostrador. Uno a uno la cola se fue acortando a medida que los que estaban delante encontraban billete. Pero cuando le tocó su turno sólo pudieron ofrecerle incluirlo en la lista de espera. A pesar de suplicar desesperadamente ante un funcionario de la BOAC no consiguió nada: había otros pasajeros que consideraban igualmente importantes sus motivos para estar en Londres.

Se dirigió lentamente al mostrador de Qantas, en donde le informaron que el avión del vuelo 102 permanecería en tierra para reparar motores y que no despegaría hasta la mañana siguiente. A las ocho cuarenta observó despegar de la pista, sin él, al Comet de la BOAC en el que originalmente había reservado billete.

Esa noche los pasajeros fueron alojados en uno de los hoteles próximos al aeropuerto y cambiaron sus billetes para el vuelo que salía a las diez y veinte de la mañana siguiente.

Charlie estuvo en pie de regreso al aeropuerto dos horas antes de la hora en que saldría el avión y cuando anunciaron el vuelo fue el primero en embarcar. Si todo iba según lo programado, calculó, aún tocarían tierra en Heathrow el viernes por la mañana temprano y dispondría de un día y medio antes de que se cumpliera el plazo de los dos años impuesto por sir Raymond.

Lanzó su primer suspiro de alivio cuando el avión despegó, el segundo cuando pasaron el punto de no retorno rumbo a Singapur, y el tercero cuando aterrizaron en el aeropuerto Changi minutos antes de la hora prevista.

Charlie bajó del avión pero sólo para estirar las piernas. Enseguida estuvo instalado en la butaca, con el cinturón de seguridad abrochado, y dispuesto para el despegue, que tuvo lugar una hora después. La segunda etapa, de Singapur a Bangkok, acabó en el aeropuerto Don Muang, al que llegaron con treinta minutos de retraso, pero el avión permaneció estacionado en la pista más de una hora. Después se les explicó que estaban escasos de personal en el control de tráfico aéreo. A pesar del retraso, Charlie no estaba demasiado preocupado, lo cual no impedía que mirara su reloj cada cinco minutos. Despegaron con una hora de retraso respecto al horario previsto.

La siguiente escala fue en el aeropuerto Palam de Nueva Delhi. Allí comenzó otra hora de pasearse por las tiendas *duty free* mientras el avión cargaba combustible, aburrido ya de ver los mismos relojes, perfumes y joyas que vendían a los incautos pasajeros en tránsito a precios que, como Charlie sabía, estaban inflados en un cincuenta por ciento. Cuando transcurrió la hora y aún no habían avisado para volver a embarcar, Charlie se acercó a Información a preguntar la causa del retraso.

–Al parecer hay problemas con la tripulación de relevo para esta etapa del vuelo –le explicó la joven apostada bajo el letrero en el que se leía Información General–. No han completado las veinticuatro horas de descanso estipuladas por las normas de la IATA.

–¿Cuánto han descansado?

–Veinte horas –repuso la chica algo azorada.

–¿Eso significa que estaremos clavados aquí otras cuatro horas?

–Me temo que sí.

–¿Dónde está el teléfono más próximo? –preguntó Charlie sin intentar siquiera ocultar su irritación.

–En aquella esquina, señor –dijo la chica señalando a la derecha.

Charlie se puso en la cola y cuando llegó su turno logró comunicar con la operadora dos veces, con Londres una vez, pero con Becky nunca. Cuando por fin embarcó en el avión nuevamente sin haber logrado nada, se sentía agotado.

–Les habla el capitán Parkhouse. Lamentamos el retraso de este vuelo –dijo el piloto con voz apaciguadora–. Espero que esta tardanza no les haya creado demasiadas dificultades. Por favor, abróchense los cinturones de seguridad y prepárense para el despegue. Tripulación de vuelo coloque el cierre automático a las puertas de la cabina.

Los cuatro reactores rugieron y el avión avanzó lentamente antes de tomar velocidad por la pista. De pronto Charlie se sintió lanzado hacia adelante y el avión se detuvo con un chirriar de frenos a unos cientos de metros del final de la pista.

–Les habla el capitán. Lamento tener que comunicarles que las bombas hidráulicas que elevan y bajan el tren de aterrizaje al despegar y tomar tierra aparecen en rojo en el tablero de instrumentos y no estoy dispuesto a correr riesgos durante el despegue. Por lo tanto, tenemos que volver a nuestro punto de partida en la pista y pedir a los ingenieros locales que reparen el fallo lo más pronto que sea posible. Gracias por su comprensión.

Lo que preocupó a Charlie fue la palabra «locales».

Una vez desembarcado del avión corrió de mostrador en mostrador de las distintas líneas aéreas para ver si había algún vuelo a cualquier lugar de Europa que saliera esa noche de Nueva Delhi. Muy pronto descubrió que el único vuelo de esa noche se dirigía a Sydney. Comenzó a rogar por la velocidad y eficiencia de los ingenieros indios.

Se instaló en la sala de espera llena de humo, hojeando revista tras revista y bebiendo refresco tras refresco, en espera de cualquier información que le diera luz sobre el destino del vuelo 102. Lo primero que averiguó fue que habían enviado a buscar al ingeniero jefe.

–¿A buscar? –preguntó–. ¿Qué significa eso?

–Le hemos enviado un coche –le explicó el sonriente funcionario del aeropuerto.

–¿Un coche? –exclamó Charlie–. Pero ¿por qué no se encuentra aquí en el aeropuerto cuando se lo necesita?

–Es su día libre.

–¿Y no tienen aquí otros ingenieros?

–No para un trabajo de esta magnitud –confesó el acosado empleado.

Charlie se golpeó la frente con la palma de la mano.

–¿Y dónde vive el ingeniero jefe?

–En algún lugar de Nueva Delhi –fue la respuesta–. Pero no se preocupe, señor, lo tendremos aquí antes de una hora.

«El problema con este país –pensó Charlie– es que te dicen exactamente lo que creen que deseas oír.»

Por alguna razón el mismo empleado fue incapaz de explicarle después por qué les había llevado dos horas localizar al ingeniero jefe, otra hora para traerlo al aeropuerto y otros cincuenta minutos más para que el ingeniero descubriera que necesitaba un equipo de tres ingenieros cualificados que acababan de terminar su jornada.

Un viejo y desvencijado autobús trasladó a todos los pasajeros del vuelo 102 al hotel Taj Mahal en el centro de la ciudad. Allí, sentado en su cama, Charlie se pasó la mayor parte de la noche intentando comunicarse con Becky. Cuando finalmente lo consiguió, la comunicación se cortó antes de que alcanzara a decirle dónde estaba. No se molestó en volver a intentarlo y se durmió.

A la mañana siguiente, cuando el autobús los dejó en el aeropuerto, vieron al mismo empleado de la noche anterior, que los aguardaba con una sonrisa de oreja a oreja.

–El avión saldrá a horario –prometió.

«A horario», pensó Charlie; en circunstancias normales se habría echado a reír.

Una hora más tarde despegó el avión. Charlie preguntó al comisario de a bordo a qué hora estaba previsto aterrizar en Heathrow; la respuesta fue que en algún momento del sábado a media mañana: era difícil ser exactos.

Cuando el avión hizo otra escala imprevista en Roma el sábado por la mañana, Charlie telefoneó a Becky desde el aeropuerto Leonardo da Vinci. Ella no alcanzó ni a abrir la boca.

–Estoy en Roma –dijo–, y necesito que Stan vaya a recogerme a Heathrow. Como no puedo saber a qué hora llegará el avión, dile que salga hacia el aeropuerto ahora mismo y que espere. ¿De acuerdo?

–Sí –dijo Becky.

–También necesito a Baverstock en su oficina, de modo que si se ha ido a pasar el fin de semana al campo, pídele que deje todo y vuelva a Londres.

–Pareces algo desesperado, cariño.

–Lo siento –dijo Charlie–. No ha sido éste el más relajado de los viajes.

Con el cuadro bajo el brazo y sin interesarse por cuál sería el problema del avión esta vez ni dónde acabaría su maleta, tomó el primer vuelo europeo disponible para Londres esa tarde. Una vez en el aire, consultó su reloj cada diez minutos. A las ocho de la noche el piloto cruzó el canal de la Mancha y Charlie se sintió confiado: aún le quedaban cuatro horas, tiempo más que suficiente para reivindicar los derechos de Cathy, siempre que Becky hubiera logrado localizar a Baverstock.

Mientras el avión volaba en círculos sobre Londres de la forma acostumbrada, Charlie miró por la ventanilla oval y contempló el serpenteante Támesis.

Pasaron otros veinte minutos y vio las dos hileras de luces de la pista de aterrizaje. Percibió la bocanada de humo provocada por las ruedas del tren de aterrizaje al tocar tierra y el avión se dirigió hacia la puerta asignada. Finalmente se abrieron las puertas del avión a las ocho y veintinueve minutos.

Cogió el cuadro y corrió todo el trayecto hasta el control de pasaportes y la aduana. No se detuvo hasta ver una cabina de teléfonos, pero como no tenía monedas para hacer una llamada local, tuvo que llamar a través de la operadora con cobro revertido. Un momento después escuchó a Becky.

–Becky, estoy en Heathrow. ¿Dónde está Baverstock?

–En viaje de regreso desde Tewkesbury. Espera estar en su oficina alrededor de las nueve y media, a las diez a más tardar.

–Bien, entonces iré directamente a casa. Me reuniré contigo en cuarenta minutos.

Colgó de un golpe el auricular, miró su reloj y vio que no tenía tiempo para llamar al doctor Atkins. Corrió a la acera notando entonces la brisa fría. Stan lo esperaba junto al coche. Con los años, el ex sargento mayor se había acostumbrado a la impaciencia de Charlie y lo condujo sin tropiezos por las afueras de Londres sin hacer caso de la limitación de velocidad hasta llegar a Chiswick, donde hasta una moto habría sido detenida por exceso de velocidad. A pesar de la lluvia torrencial tuvo de regreso a su jefe en Eaton Square a las nueve y dieciséis.

Baverstock telefoneó para confirmar que estaba en su oficina de High Holborn cuando Charlie iba por la mitad del relato sobre lo que había averiguado en Australia. Becky permanecía en silencio absoluto. Charlie dio las gracias al abogado, le transmitió los cariñosos recuerdos de su sobrino y le pidió disculpas por haberle arruinado el fin de semana.

–Si las noticias son buenas carece de importancia –dijo Baverstock.

–Guy Trentham tuvo más descendencia.

–No creo que me haya hecho venir de Tewkesbury para contarme los últimos detalles del Internacional de *cricket* en Melbone –dijo Baverstock–. ¿Hombre o mujer?

–Mujer.

–¿Legítima o ilegítima?

–Legítima.

–Entonces puede reivindicar sus derechos sobre las propiedades en cualquier momento antes de la medianoche.

–¿Tiene que hacerlo ante usted en persona?

–Eso es lo que estipula el testamento –dijo Baverstock–. Sin embargo, si está en Australia puede hacerlo con Trevor Roberts, ya que le he dado...

–No, está en Inglaterra y la llevaré a su oficina antes de medianoche.

–A propósito, ¿cómo se llama? –preguntó Baverstock–. Lo pregunto para preparar los papeles.

–Cathy Ross –dijo Charlie–. Pero pídale a su sobrino que se lo explique todo porque no tengo tiempo que perder –añadió colgando antes de que Baverstock pudiera contestar.

Corrió al vestíbulo en busca de Becky.

–¿Dónde está Cathy? –preguntó cuando Becky apareció en lo alto de la escalera.

–Fue a un concierto en el Festival Hall. Mozart, creo que dijo, fue con un nuevo galán de la City.

–Muy bien, vámonos –dijo Charlie.

–¿Vamos?

–Sí, vámonos –dijo Charlie prácticamente gritando y ya en la puerta.

Ya había subido al coche cuando se dio cuenta de que no tenía chófer. Se bajó y volvió a la casa encontrándose con Becky que corría en dirección contraria.

–¿Dónde está Stan?

–Probablemente cenando en la cocina.

–Muy bien –dijo Charlie pasándole las llaves–. Tú conduces, yo hablo.

–Pero, ¿adónde vamos?

–Al Festival Hall.

–Qué divertido –comentó Becky–, tantos años juntos y yo sin saber que Mozart te gusta.

Becky subió al coche y se instaló tras el volante mientras Charlie corría hacia el asiento del acompañante. Becky arrancó y condujo hábilmente en medio del tráfico nocturno, al tiempo que Charlie explicaba las consecuencias de lo que había descubierto en Australia e insistía en que era imperativo encontrar a Cathy antes de medianoche. Becky lo escuchó con atención y en ningún momento intentó interrumpirlo.

Cruzaban el Westminster Bridge cuando Charlie le preguntó si quería hacerle alguna pregunta, pero Becky continuó callada. Charlie aguardó unos instantes y finalmente preguntó:

–¿No tienes nada que decir?

–Sí –replicó Becky–. Espero que no cometamos con Cathy el mismo error que cometimos con Daniel.

–¿A qué te refieres?

–A no decirle toda la verdad.

–Tendré que hablar con el doctor Atkins antes de decidir si corremos ese riesgo –replicó Charlie–. Nuestro problema más inmediato es garantizar que presente a tiempo su reclamación.

–Sin contar con el problema más inmediato de dónde esperas que deje el coche –dijo Becky girando a la izquierda por Belvedere Road para continuar hacia la entrada del Royal Festival Hall con sus líneas amarillas dobles y sus letreros de «No aparcar».

–Justo delante de las puertas de entrada –dijo Charlie, y ella obedeció sin objeción.

Tan pronto se detuvo el coche Charlie se apeó de un salto, corrió por la acera y pasó por las puertas de cristal.

–¿A qué hora termina el concierto? –preguntó al primer empleado uniformado que vio.

–A las diez treinta y cinco, señor, pero no puede dejar el coche allí.

–¿Y dónde queda la oficina del director?

–Quinta planta a la derecha, segunda puerta a la izquierda según sale del ascensor. Pero…

–Gracias –le gritó Charlie y corrió en dirección al ascensor.

Becky acababa de alcanzar a su marido cuando llegó el ascensor.

–Su coche, señor –alcanzó a decir el portero, pero las puertas del ascensor ya se cerraban tras él.

Tan pronto se abrieron las puertas del ascensor en la quinta planta, Charlie salió, miró a su derecha y vio una puerta a la izquierda con el letrero «Director». Golpeó una vez antes de entrar. Encontró a dos hombres de esmoquin disfrutando de un cigarrillo y escuchando el concierto por un altavoz. Se volvieron para ver quién los interrumpía.

–Buenas noches, sir Charles –dijo el más alto incorporándose, apagó el cigarrillo y avanzó hacia él–. Jackson. Soy el director del teatro. ¿Hay algo en que pueda serle útil?

–Espero que sí, señor Jackson –repuso Charlie–. Tengo que rescatar a una joven de la sala de conciertos tan pronto como sea posible. Es una emergencia.

–¿Sabe qué butaca ocupa?
–No tengo idea.
Charlie miró a su esposa, que se limitó a negar con la cabeza.
–Entonces síganme –dijo el director encaminándose a grandes pasos hacia el ascensor.
Al llegar a la planta baja Charlie se topó cara a cara con el mismo empleado con el que había hablado minutos antes.
–¿Algún problema, Ron?
–Sólo que este caballero ha dejado su coche en la misma puerta de entrada, señor.
–Entonces cuídeselo, ¿de acuerdo? –El director pulsó el botón de la tercera planta y, volviéndose a Becky, preguntó–: ¿Cómo va vestida la joven?
–Vestido rojo y esclavina blanca.
–Bravo, señora –dijo el director.
Salió del ascensor y los condujo rápidamente a una entrada lateral adyacente al palco de autoridades. Una vez dentro el señor Jackson quitó una pequeña fotografía de la reina inaugurando el edificio en 1957 y tiró de la ventana oculta de forma que podía observar al público por un espejo.
–Una medida de seguridad en caso de que se presentara algún problema –explicó. Luego extrajo dos pares de gemelos de debajo del apoyabrazos y se los pasó a Charlie y a Becky–. Si pueden localizar el asiento de la dama, alguien de mi personal la hará salir discretamente. –Se volvió para escuchar los acordes del último movimiento y añadió–: Quedan diez minutos para que termine el concierto, doce a lo más. No hay bises programados para esta noche.
–Tú miras la platea, Becky, y yo miro el piso principal.
Charlie comenzó a enfocar los gemelos hacia el público sentado debajo de ellos. Entre los dos escudriñaron las mil novecientas localidades primero rápido y luego lentamente fila por fila. Ninguno de los dos logró localizar a Cathy ni en platea ni en el piso principal.
–Pruebe con los palcos del otro lado, sir Charles –sugirió el director.
Dos pares de gemelos recorrieron de un lado a otro el teatro. Aún no había señales de Cathy, de modo que Charlie y Becky volvieron su atención al auditorio principal, escudriñando las filas.

El director de orquesta bajó su batuta por última vez a las diez y treinta y dos y comenzaron las oleadas de aplausos mientras Charlie y Becky continuaban su búsqueda entre la multitud, ahora de pie, hasta que finalmente se encendieron las luces y el público comenzó a abandonar el teatro.

–Tú continúa mirando, Becky. Yo iré a ver si los localizo al salir.

Charlie se precipitó por la puerta del palco de autoridades, bajó la escalera seguido por Jackson y casi chocó con un hombre que salía del palco de debajo. Charlie se volvió para disculparse.

–Hola, Charlie, no sabía que te gustara Mozart –dijo una voz.

–No me gustaba pero de pronto se ha convertido en mi héroe –dijo Charlie incapaz de disimular su alegría.

–Por supuesto –dijo el director–. El único lugar que no podían ver era el palco de debajo.

–Permíteme que te presente...

–Ahora no hay tiempo –la cortó Charlie–. Sígueme –añadió y tomó a Cathy del brazo–. Señor Jackson, tenga la amabilidad de pedirle a mi esposa que le explique a este caballero las razones por las que necesito a Cathy. Señor, le aseguro que la recuperará después de medianoche –afirmó Charlie y sonrió al joven desconcertado–. Señor Jackson, gracias por todo.

Consultó la hora: eran las once menos veinte.

–Aún tenemos tiempo.

–¿Tiempo para qué, Charlie? –preguntó Cathy mientras corrían por el vestíbulo y salían a Belvedere Road.

El hombre de uniforme estaba de guardia junto al coche.

–Gracias, Ron –dijo Charlie tratando de abrir la puerta–. Maldita sea, Becky le echó la llave.

Se volvió a observar un taxi que salía de la fila de espera. Le hizo señas.

–Eh, amigo –dijo el hombre que estaba al comienzo de la cola para taxis–. Creo que descubrirá que ése es mi taxi.

–Está a punto de tener un hijo –dijo Charlie abriendo la puerta y empujando a Cathy, que estaba delgada como un palo, hacia el asiento trasero del taxi.

–Ah, qué buena suerte –exclamó el hombre retrocediendo.

–¿Adónde, jefe? –preguntó el taxista.

–Ciento diez High Holborn y sin perder tiempo –dijo Charlie.

–Creo que en esa dirección es más probable que encontremos a un abogado que a un ginecólogo –comentó Cathy–. Y espero que tengas una explicación que justifique por qué me estoy perdiendo la cena con el único hombre que me ha invitado a salir en semanas.

–No inmediatamente –contestó Charlie–. Todo lo que necesito que hagas por el momento es firmar un documento antes de la medianoche. Te prometo que luego te daré cuenta de todo.

Unos pocos minutos pasadas las once se detuvo el taxi delante de la oficina del abogado. Charlie bajó del coche y se encontró a Baverstock en la puerta, que los esperaba para recibirlos.

–Son ocho con seis, jefe.

–Oh, Dios, no tengo dinero –murmuró Charlie.

–Así es como trata a todas sus chicas –dijo Cathy pasando al taxista un billete de diez chelines.

Ambos siguieron a Baverstock a su oficina, donde ya había un montón de documentos dispuestos sobre el escritorio.

–Después de hablar con usted tuve una larga conversación telefónica con mi sobrino en Australia –dijo Baverstock a Charlie–. De modo que creo estoy bien informado de todo lo sucedido durante su estancia en Australia.

–Lo cual es mucho más de lo que puedo decir yo –dijo Cathy desconcertada.

–Todo a su tiempo –dijo Charlie–. Las explicaciones después. ¿Qué corresponde hacer ahora? –preguntó volviéndose a Baverstock.

–La señorita Ross ha de firmar aquí, aquí y aquí –dijo el abogado sin dar más explicaciones, señalando un espacio entre dos cruces a lápiz en la parte inferior de tres hojas distintas–. Como usted no tiene parentesco alguno con la beneficiaria ni es el beneficiario usted mismo, sir Charles, puede actuar como testigo de la firma de la señorita Ross.

Charlie asintió, dejó un par de gemelos junto al contrato y sacó una pluma del bolsillo interior.

–En el pasado me enseñaste, Charlie, a leer atentamente los documentos antes de firmarlos.

–Olvida todo lo que te he enseñado en el pasado y limítate a firmar donde te dice el señor Baverstock.

Cathy firmó los tres documentos sin añadir palabra.

–Gracias, señorita Ross –dijo el señor Baverstock–. Y ahora, si me disculpan un momento, debo informar al señor Birkenshaw de lo que acaba de tener lugar.

–¿Birkenshaw? –preguntó Charlie.

–El abogado del señor Trentham. Evidentemente debo hacerle saber de inmediato que su cliente no es la única persona que reclama sus derechos a las propiedades Hardcastle.

Cathy se volvió a mirar a Charlie aún más desconcertada.

–Más tarde –dijo Charlie–. Te lo prometo.

Baverstock marcó los siete dígitos de un número de Chelsea. Ninguno de los tres habló mientras esperaban a que contestaran a la llamada. Finalmente el señor Baverstock escuchó una voz soñolienta:

–Kensington 7192.

–Buenas noches, Birkenshaw, habla Baverstock. Lamento molestarlo a esta hora de la noche. De verdad no lo habría hecho si no hubiera considerado que las circunstancias justificaban plenamente esta intrusión en su intimidad. Pero primero que nada, ¿qué hora tiene usted?

–¿Lo he oído bien? –preguntó Birkenshaw con voz ahora más despierta–. ¿Me ha telefoneado a mitad de la noche para preguntarme la hora?

–Exactamente –dijo Baverstock–. Verá, necesito confirmar que aún falta para la hora de las brujas. Así que sea buen compañero y dígame qué hora tiene.

–Tengo las once diecisiete, pero no logro comprender…

–Yo tengo las once dieciséis –dijo Baverstock–, pero en lo que se refiere a la hora, con gusto me inclino ante su superior criterio. El motivo de esta llamada, por cierto –continuó–, es comunicarle que ha aparecido una persona que pretende presentar su reclamación de derechos sobre las propiedades Hardcastle. Al parecer, según el testamento de sir Raymond, está más legitimizada que su cliente para reclamar dichos derechos.

–¿Cómo se llama esa mujer?

–Sospecho que ya lo sabe –replicó el anciano abogado antes de colgar. Miró a Charlie y exclamó–: ¡Maldita sea! Tendría que haber grabado la conversación.

–¿Por qué?

–Porque Birkenshaw jamás reconocerá que dijo «esa mujer».

47

–¿Quieres decir que Guy Trentham es mi padre? –preguntó Cathy–. ¿Cómo es...?

Después de despertar al doctor Atkins, hombre más acostumbrado a que lo molestaran en plena noche, Charlie se sintió en condiciones de explicar a Cathy lo que había averiguado en su visita a Australia y añadió que todo quedó corroborado por la información que le proporcionó a Becky cuando presentó su solicitud de empleo en Trumper's. Baverstock escuchó con suma atención, asintió de vez en cuando con la cabeza y releyó constantemente las numerosas notas que había tomado después de la larga conversación con su sobrino de Sydney.

Cathy prestó la máxima atención a cuanto Charlie dijo y, pese a que había recuperado algunas evocaciones de su vida en Australia, eran muy difusos sus tiempos en la Universidad de Melbourne y no recordaba casi nada de St. Hilda. No se inmutó al oír la mención de la «señorita Benson».

–He hecho muchos esfuerzos por recordar más detalles de lo ocurrido antes de mi llegada a Inglaterra, pero no han servido de mucho, aunque recuerdo casi todo lo que sucedió en cuanto desembarqué en Southampton. El doctor Atkins no es demasiado optimista, ¿verdad?

–Se limita a repetir que todo es relativo.

Charlie se puso de pie, cruzó la estancia y, esperanzado, dio la vuelta al cuadro de Cathy, pero la joven se limitó a negar con la cabeza mientras contemplaba el paisaje de bosques.

–Estoy de acuerdo en que debo de haberlo pintado en algún momento, pero no tengo idea de dónde ni cuándo.

Charlie y Cathy estuvieron de regreso en Eaton Square alrededor de las cuatro de la mañana, habiendo acordado con Baverstock que concertaría una entrevista cara a cara con la otra parte lo antes posible. Cathy estaba absolutamente extenuada y se fue a la cama, pero los horarios trastocados no permitieron dormir a Charlie, de modo que se encerró en el estudio para continuar su búsqueda mental del eslabón perdido, demasiado consciente de la batalla legal que tenía por delante en el caso de que lograra encontrarlo.

Al día siguiente Charlie acompañó a Cathy a Cambridge y ambos pasaron una tensa tarde en la pequeña consulta del doctor Atkins en el hospital de Addenbrooke. Por su parte, el médico parecía muchísimo más interesado en la carpeta de informes sobre Cathy proporcionada por la señora Culver, que en el hecho de que estuviera emparentada con la señora Trentham y fuera, por tanto, candidata a heredar el fideicomiso Hardcastle.

La paseó lentamente por cada información que aparecía en la carpeta: clases de arte, méritos, mala conducta, partidos de tenis, Instituto Anglicano para Señoritas de Melbourne, Universidad de Melbourne; pero siempre se encontró con la misma respuesta: honda meditación y recuerdos difusos. Intentó con asociaciones de palabras: Melbourne, señorita Benson, *cricket*, barco, hotel, para las cuales recibió las respuestas: Australia, Hedges, marcador, Southampton, cansada.

«Marcador» fue la única palabra que interesó al doctor Atkins. La presionó, pero los únicos recuerdos que Cathy tenía de Australia seguían siendo la descripción imprecisa de un instituto, algunas evocaciones claras de la universidad y un chico llamado Mel Nicholls, seguidos de una interminable travesía hasta Londres. Incluso mencionó los nombres de Pam y Maureen, que habían viajado con ella, aunque no sabía de dónde procedían.

Cathy abordó con gran lujo de detalles el tema del hotel Melrose y Charlie confirmó la exactitud de los recuerdos de la joven sobre sus primeros tiempos en Trumper's.

A Charlie se le llenaron los ojos de lágrimas cuando Cathy describió la primera vez que vio a Daniel, incluido el cambio de tarjetas en la fiesta de inauguración de la residencia de los Trumper. No pudo arrojar nueva luz sobre el tema de sus padres ni sobre los nombres de Margaret Ethel Trentham y Rachel Benson.

A las seis de la tarde Cathy estaba agotada. El doctor Atkins llevó a Charlie a un aparte y le advirtió que, en su opinión, era prácticamente imposible que la muchacha recordase algo de lo ocurrido en su vida antes de su llegada a Londres. Quizá de vez en cuando evocaría algún incidente secundario, pero no recordaría nada realmente importante.

–Lamento no haberte servido de gran ayuda –se disculpó Cathy cuando Charlie la condujo de regreso a Londres.

–Aún no estamos derrotados –la tranquilizó y la tomó de la mano, aunque ya comenzaba a considerar demasiado optimista el pronóstico de Trevor Roberts sobre la demostración de que Cathy era la derechohabiente del fideicomiso Hardcastle.

Becky los esperaba en casa y los tres cenaron apaciblemente. Charlie no hizo ninguna referencia a lo sucedido en Cambridge aquel día hasta que Cathy se fue a acostar. Cuando Becky se enteró de la reacción de Cathy al examen del doctor Atkins insistió en que en lo sucesivo había que dejarla en paz.

–Perdí a Daniel por culpa de esa mujer –dijo Becky a su marido–, y no estoy dispuesta a perder también a Cathy. Si vas a continuar luchando por Trumper's, debes hacerlo sin implicarla.

Charlie asintió con la cabeza para manifestar que estaba de acuerdo, aunque sintió deseos de gritar: «¿Cómo voy a impedir que otro Trentham me arrebate lo que he creado si no puedo presionar a Cathy hasta el límite?».

Charlie acababa de apagar la luz del dormitorio cuando sonó el teléfono. Era Trevor Roberts, que llamaba desde Sydney, pero sus noticias no sirvieron para esclarecer la situación. Walter Slade se negó a dar datos sobre Ethel Trentham y ni siquiera firmó un documento en el que confirmaba que la había conocido. Una vez más, Charlie se reprochó la tosquedad con que había llevado el encuentro con el anciano de Yorkshire.

–¿Y el banco? –preguntó sin demasiadas esperanzas.

–En el Banco Comercial de Australia dicen que no pueden permitir el acceso a los detalles de la cuenta personal de la señorita Benson a no ser que se demuestre que ha cometido un delito. Lo que hizo a Cathy la señora Trentham bien se podría calificar de maldad, pero me temo que no fue estrictamente un delito.

–No ha sido hoy un buen día para ninguno de los dos –admitió Charlie.

–No olvide que la otra parte no lo sabe.

–Es cierto, pero ¿cuánto saben realmente?

–Mi tío me contó el lapsus de Birkenshaw al decir «esa mujer», de modo que imagino que saben tanto como nosotros. En la entrevista con ellos suponga siempre que lo saben y no deje de buscar al mismo tiempo el eslabón perdido.

Después de cortar la comunicación, Charlie se quedó despierto un buen rato, pero no se movió hasta estar seguro de que Becky se había dormido. Entonces se levantó, se puso la bata y fue silenciosamente a su estudio. Abrió una libreta y comenzó a anotar todos los datos que había reunido durante los últimos días, con la esperanza de que activaran algún resorte de la memoria. A la mañana siguiente Cathy lo encontró desplomado sobre el escritorio, profundamente dormido.

–Charlie, haces por mí más de lo que merezco –le susurró besándolo en la frente.

Él se movió y abrió los ojos.

–Vamos a ganar –dijo Charlie medio dormido e incluso se las arregló para sonreír, pero por la expresión de su cara se dio cuenta de que Cathy no le creía.

Una hora después Becky bajó a desayunar con ellos y conversaron de todo menos del careo que se había concertado para esa tarde en las oficinas del señor Baverstock. Cuando Charlie se incorporaba para dejar la mesa, Cathy dijo inesperadamente:

–Me gustaría estar presente en la confrontación.

–¿Lo crees prudente? –le preguntó Becky mirando nerviosamente a su marido.

–No lo sé –repuso Cathy–. Pero lo que sí sé es que quiero estar presente. No deseo conocer más tarde los resultados.

–Así se habla –dijo Charlie–. La entrevista tendrá lugar a las tres en la oficina de Baverstock y allí prepararemos nuestras alegaciones. El abogado de Trentham se nos unirá a las cuatro. Te pasaré a recoger a las dos y media, pero si cambias de parecer no me preocuparé.

Becky se volvió para observar la reacción de Cathy ante esta sugerencia y tuvo una decepción.

Cuando Charlie entró en su oficina a las ocho y media en punto, ya estaban allí Daphne y Arthur Selwyn, tal como les había pedido.

–Café para tres y nada de interrupciones, por favor –dijo Charlie a Jessica, colocando sobre el escritorio el trabajo de la noche anterior.

–Así pues, ¿por dónde empezamos? –preguntó Daphne, y durante la hora y media siguiente ensayaron preguntas, declaraciones y tácticas que podrían emplearse ante Trentham y Birkenshaw, tratando de imaginar y adivinar cualquier situación que pudiera presentarse.

Cuando un poco antes de las doce les sirvieron un frugal almuerzo, los tres estaban agotados; nadie habló durante un rato.

–Es importante que tengas presente que esta vez tratas con un Trentham diferente –dijo Arthur Selwyn poniendo un terrón de azúcar en su café.

–En lo que me concierne, todos son igual de malos –dijo Charlie.

–Quizá Nigel sea tan astuto como su hermano, pero no creo ni por un momento que tenga la implacable resolución de su madre, ni la capacidad de Guy para pensar con los pies en la tierra.

–¿Qué quieres dar a entender, Arthur? –preguntó Daphne.

–Durante la reunión de esta tarde Charlie tiene que procurar que Trentham hable sin cesar. A lo largo de los años he notado, durante las reuniones del consejo, que a menudo dice algo de más y acaba echando por tierra lo que intentaba defender. Jamás olvidaré la ocasión en que se opuso a que el personal tuviera su propia cantina porque supondría pérdida de ingresos, hasta que Cathy señaló que la comida procedía de la misma cocina que la del restaurante. Finalmente obtuvimos modestos beneficios de algo que, de otra manera, se habría desperdiciado.

Charlie reflexionó sobre este comentario mientras comía su bocadillo.

–Me pregunto qué puntos flacos míos le estarán señalando sus asesores.

–Tu mal genio –dijo Daphne–. Siempre has tenido mucho genio. No les des ocasión de que lo aprovechen.

A la una, Daphne y Arthur se fueron para dejar en paz a Charlie. Les dio las gracias, se quitó la chaqueta, se echó en el sofá y durmió profundamente durante una hora. A las dos, Jessica lo despertó y Charlie le sonrió sintiéndose como nuevo: otro legado de la guerra.

Volvió a su escritorio y repasó una vez más las notas antes de salir de la oficina y caminar por el corredor. Recogió a Cathy tres puertas más abajo. Casi esperaba que ella hubiera cambiado de opinión, pero Cathy ya se había puesto el abrigo y estaba sentada esperándolo. Se dirigieron en coche a la oficina de Baverstock y llegaron con una hora de anticipación sobre la acordada con Trentham y Birkenshaw.

El anciano abogado escuchó atentamente la presentación que Charlie hizo del caso, asintiendo de tanto en tanto o tomando más notas, aunque por la expresión de su cara Charlie no tenía forma de saber lo que realmente pensaba.

Cuando Charlie llegó al final del monólogo, Baverstock dejó la pluma sobre su escritorio y se recostó en el sillón. Durante un rato no dijo nada.

–Sir Charles, estoy impresionado por la coherencia de sus argumentos, así como por las pruebas que ha reunido –afirmó Baverstock poco después y apoyó las manos sobre el escritorio–. Sin embargo, debo señalar que sin la corroboración de su testigo principal y sin una declaración jurada de Walter Slade o de la señorita Benson, el señor Birkenshaw no tardará en manifestar que su reclamación se basa casi exclusivamente en pruebas circunstanciales. No obstante, habrá que ver qué plantea la otra parte. Después de la conversación que el sábado por la noche sostuve con Birkenshaw, dudo de que sus descubrimientos supongan una sorpresa para ellos.

El reloj de la repisa de la chimenea desgranó cuatro discretas campanadas y Baverstock consultó su reloj de bolsillo. No había señales de la otra parte y pronto el anciano abogado comenzó a tamborilear los dedos sobre el escritorio. Charlie se preguntó si la tardanza no sería una simple táctica de su adversario.

Nigel Trentham y su abogado se presentaron a las cuatro y doce minutos, pero ninguno de los dos se sintió en la necesidad de pedir disculpas por el retraso.

Charlie se puso de pie y el señor Baverstock le presentó a Victor Birkenshaw, hombre alto, delgado, menor de cincuenta años, prematuramente calvo y con el poco pelo que le quedaba peinado por encima de la coronilla en delgados mechones grises. La única característica que al parecer tenía en común con el señor Baverstock eran sus trajes, que por lo visto provenían del mismo sastre. Birkenshaw se sentó en uno de los dos sillones desocupados frente al viejo abogado sin dar señales de haber notado siquiera la presencia de Cathy en el despacho. De su bolsillo superior sacó una pluma, de su maletín una libreta y la apoyó sobre sus rodillas.

–Mi cliente, el señor Nigel Trentham, ha venido a reivindicar su herencia como heredero legítimo del fideicomiso Hardcastle –comenzó–, como estipula claramente la última voluntad y testamento de sir Raymond.

–El nombre de su cliente –dijo Baverstock adoptando el tono más bien formal de la presentación de Birkenshaw–, permítame recordárselo, no aparece en el testamento de sir Raymond, y ahora surge una disputa sobre quién es el legítimo heredero. Por favor, no olvide que sir Raymond me pidió que convocara esta reunión en caso de que surgiera la necesidad, para que yo arbitrara en su nombre.

–Mi cliente –volvió a intervenir Birkenshaw– es el segundo hijo de los difuntos Gerald y Ethel Trentham y nieto de sir Raymond Hardcastle. Por lo tanto, después de la muerte de su hermano mayor, Guy Trentham, con seguridad tiene que ser él el legítimo heredero.

–Según el testamento, tengo que aceptar la reclamación de su cliente –convino Baverstock–. A no ser que se demuestre que a Guy Trentham le sobrevivieron uno o varios hijos. Ya sabemos que Guy era el padre de Daniel Trumper...

–Eso jamás ha sido demostrado a entera satisfacción de mi cliente –dijo Birkenshaw anotando diligentemente todo lo que decía Baverstock.

–Se demostró suficientemente a satisfacción de sir Raymond, tanto que nombra a Daniel en su testamento dándole la preferencia sobre su cliente. Dado el resultado de la entrevista entre la señora Trentham y su nieto, tenemos motivos para creer que a ella tampoco le cabía la menor duda de quién era el padre de Daniel. De otra forma, ¿por qué se molestó en llegar a un acuerdo general con él?

–Eso son simples conjeturas –dijo Birkenshaw–. Sólo hay un hecho cierto: el caballero del que hablamos ya no está con nosotros y por lo que todo el mundo sabe no dejó hijos propios.

Aún no miraba en dirección a Cathy, que escuchaba silenciosamente mientras la pelota iba y venía entre los dos profesionales.

–Con gusto aceptamos eso sin objeción –dijo Charlie interviniendo por primera vez–. Pero lo que no sabíamos hasta hace muy poco era que Guy Trentham tuvo un segundo hijo, una niña llamada Margaret Ethel.

–¿Qué prueba tiene usted para hacer esa indignante afirmación? –preguntó Birkenshaw irguiéndose de golpe.

–La prueba está en el extracto de cuenta que le envié a su casa el domingo por la mañana.

–Un extracto, podría añadir –dijo Birkenshaw–, que nadie salvo mi cliente tenía derecho a abrir.

Miró en dirección a Nigel Trentham, que estaba muy ocupado encendiendo un cigarrillo.

–De acuerdo –dijo Charlie–. Pero se me ocurrió que por una vez podría seguir el ejemplo de la señora Trentham.

Baverstock se estremeció y temió que su amigo estuviera a punto de perder la paciencia.

–Quienquiera que fuese la niña –prosiguió Charlie–, se las ingenió para que su nombre figurara en los archivos de la policía como única hija superviviente de Guy Trentham y para pintar un cuadro que durante más de veinte años estuvo colgado en la pared del comedor de un orfanato de Melbourne. He de añadir que ese cuadro no puede reproducirlo nadie salvo la persona que lo pintó. Es mejor que una huella dactilar, ¿no le parece? ¿O también se trata de una conjetura?

–El cuadro sólo prueba que la señorita Ross residió en un orfanato de Melbourne durante un período que va desde mil novecientos veintisiete a mil novecientos cuarenta y seis. Sin embargo, me han informado que ha sido incapaz de recordar un solo detalle de su vida en el orfanato o de su directora. ¿No es así, señorita Ross?

Birkenshaw se volvió y por primera vez miró a Cathy a la cara. Cathy asintió con la cabeza pero no habló.

–Menuda testigo –dijo Birkenshaw sin tratar de disimular el sarcasmo–. Ni siquiera puede apoyar el cuento que usted se ha inventado en su nombre. Se llama Cathy Ross, eso es todo lo que sabemos, y a pesar de sus pretendidas pruebas no hay nada que la vincule a sir Raymond Hardcastle.

–Pero hay varias personas que pueden apoyar su «cuento», como lo llama usted –se apresuró a replicar Charlie.

Baverstock levantó una ceja ya que ante él no había ninguna prueba que corroborara esa afirmación, aun cuando deseaba creer lo que decía sir Charles.

–Saber que residió en un orfanato de Melbourne no equivale a una corroboración –dijo Birkenshaw echándose hacia atrás un mechón que le había caído sobre la frente–. Repito, incluso si aceptáramos todas sus locas pretensiones de imaginados encuentros entre la señora Trentham y la señorita Benson, aun eso no probaría que la señorita Ross es de la misma sangre que Guy Trentham.

–¿Tal vez le gustaría comprobar su grupo sanguíneo? –preguntó Charlie.

Esta vez el señor Baverstock alzó las dos cejas: hasta ahora ninguna de las dos partes había hecho referencia a los grupos sanguíneos.

–Un grupo sanguíneo, podría añadir yo, sir Charles, que comparte la mitad de la población mundial.

Birkenshaw se estiró las solapas de la chaqueta.

–Ah, ¿así que ya lo ha comprobado? –dijo Charlie con expresión triunfal–. Entonces es que debe de haber alguna duda en su mente.

–No hay ninguna duda en mi mente respecto a quién es el heredero legítimo de la propiedad Hardcastle –dijo Birkenshaw y luego se volvió para mirar al señor Baverstock–. ¿Cuánto tiempo hemos de continuar con esta farsa?

A su pregunta le siguió un exasperado suspiro.

–Todo el tiempo que le lleve a alguien convencerme de quién es el heredero legítimo de las propiedades de sir Raymond –dijo Baverstock con voz fría y autoritaria.

–¿Qué más quiere? –preguntó Birkenshaw–. Mi cliente no tiene nada que ocultar, mientras que la señorita Ross al parecer no tiene nada que ofrecer.

–Entonces tal vez usted pueda explicar, Birkenshaw, a mi entera satisfacción –dijo Baverstock–, por qué la señora Ethel Trentham hizo pagos regulares durante varios años a la señorita Benson, directora del orfanato de St. Hilda de Melbourne, en el que, y supongo que en este punto todos estamos de acuerdo, la señorita Ross vivió entre mil novecientos veintisiete y mil novecientos cuarenta y seis.

–No tuve el privilegio de representar a la señora Trentham, ni en realidad a la señorita Benson, de modo que no estoy en situación de emitir una opinión. Tampoco, señor, lo está usted, si es por eso.

–Tal vez su actual cliente conozca el motivo de estos pagos y quiera darnos su opinión –intervino Charlie.

Ambos miraron a Nigel Trentham, que apagó impertérrito la colilla y continuó sin hablar.

–No hay ningún motivo para suponer que mi cliente deba contestar ninguna pregunta hipotética –sugirió Birkenshaw.

–Pero si su cliente se muestra tan reacio a defenderse –dijo Baverstock–, eso sólo me hace más difícil aceptar que no tiene nada que ocultar.

–Señor, semejante comentario es indigno de usted –dijo Birkenshaw–. Usted más que nadie sabe muy bien que cuando a un cliente lo representa un abogado, se sobreentiende que puede no querer hablar. De hecho, ni siquiera era obligatorio que el señor Trentham asistiera a esta reunión.

–Esto no es un tribunal de justicia –dijo Baverstock bruscamente–. En todo caso, sospecho que el abuelo del señor Trentham no habría aprobado esta táctica.

–¿Niega usted los derechos legales de mi cliente?

–Naturalmente que no. Sin embargo, si debido a esta renuencia a hablar me veo incapaz de llegar a una decisión, puede que tenga que recomendarles a ambas partes que esta cuestión se dirima ante un tribunal de justicia, como estipula claramente la cláusula veintisiete del testamento de sir Raymond.

«Otra cláusula de la que no sabía nada», pensó tristemente Charlie.

–Pero un caso así podría tardar años sólo en llegar a los tribunales –hizo notar Birkenshaw–. Además, podría acabar con grandes gastos por ambas partes. No puedo creer que ése haya sido el propósito de sir Raymond.

–Tal vez tenga razón –coincidió Baverstock–. De todos modos, garantiza que su cliente tiene la oportunidad de explicar ante un jurado los pagos trimestrales, si es que sabe algo de ellos.

Birkenshaw pareció dudar por primera vez y Trentham siguió sin abrir la boca. Permaneció sentado en su sillón y fumó otro cigarrillo.

–Un jurado también podría considerar que la señorita Ross no es otra cosa que una oportunista –sugirió Birkenshaw cambiando de política–. Una oportunista que, habiendo dado con un buen cuento, se las arregló para venir a Inglaterra y hacer calzar hábilmente los hechos con sus propias circunstancias.

–¡Y tan hábilmente! –dijo Charlie–. ¿No se las arregló perfectamente a la edad de tres años para inscribirse en un orfanato de Melbourne? Y exactamente en el mismo período en que Guy Trentham estaba en la cárcel local…

–Coincidencia –dijo Birkenshaw.

–... después de haber sido dejada allí por la señora Trentham, que luego gira un pago trimestral a la directora, pago que cesa misteriosamente cuando muere la señorita Benson. Parece que tenía un secreto que guardar.

–Circunstancial y, más aún, inadmisible –dijo Birkenshaw.

Nigel Trentham se inclinó hacia adelante y estaba a punto de hacer un comentario cuando su abogado le apoyó firmemente la mano en el brazo.

–No nos dejaremos engañar por esas tácticas de matones, sir Charles, que sospecho son más comunes en Whitechapel Road que en Lincoln's Inn.

Charlie saltó de su silla con el puño apretado y avanzó un paso en dirección a Birkenshaw.

–Cálmese, sir Charles –dijo Baverstock imperativamente.

Charlie se detuvo de mala gana muy cerca de Birkenshaw, que no se arredró. Luego de un momento de vacilación recordó las palabras de Daphne respecto a su mal genio y se volvió a su silla. El abogado de Trentham continuó mirándolo desafiante.

–Como iba diciendo –dijo Birkenshaw–, mi cliente no tiene nada que ocultar. Y ciertamente no le parecerá necesario recurrir a la violencia física para probar su caso.

Charlie abrió el puño pero no bajó la voz:

–Lo que sí espero es que su cliente quiera dignarse contestar al abogado cuando le pregunta por qué su madre continuó pagando grandes sumas de dinero a una mujer del otro lado del mundo a la que, según sus afirmaciones, jamás conoció. Y por qué el señor Walter Slade, chófer del Victoria Country Club, llevó a la señora Trentham a St. Hilda el veinte de abril de mil novecientos veintisiete acompañada de una niña de la edad de Cathy, que respondía al nombre de Margaret, y luego se marchó sin ella. Y apuesto a que si le pedimos al juez que investigue la cuenta bancaria de la señorita Benson, descubriremos que esos pagos se remontan al día en que la señorita Ross fue inscrita en St. Hilda. Ya sabemos que la orden de pago al banco fue cancelada la semana que murió la señorita Benson.

Una vez más Baverstock quedó horrorizado ante la implacable osadía de Charlie y levantó la mano con la esperanza de detenerlo.

Birkenshaw, por el contrario, no pudo resistir esbozar una sonrisa irónica.

–Sir Charles, en ausencia de un abogado que lo represente, creo que debería recordarle unas cuantas verdades. En principio, permítame dejar algo muy claro: mi cliente, hasta ayer, jamás había oído hablar de la señorita Benson. En todo caso, ningún juez inglés tiene jurisdicción para investigar una cuenta bancaria australiana a no ser que crean que se ha cometido un delito en ambos países. Más aún, sir Charles, dos de sus principales testigos están tristemente en sus tumbas, mientras que el tercero, el señor Walter Slade, no va a hacer ningún viaje a Inglaterra. Y más todavía, usted no podrá hacerlo comparecer.

»De modo que volvamos a su afirmación, sir Charles –continuó–, de que un jurado se sorprendería si mi cliente no apareciera en la barra de los testigos a contestar en nombre de su madre. Sospecho que se sentirían asombrados al enterarse de que la principal testigo en este caso, la demandante, tampoco estaba dispuesta a subir al estrado a contestar en su propio nombre porque no tiene recuerdos de lo que tuvo lugar realmente en la fecha de que hablamos. No creo que usted pueda encontrar un solo abogado en la tierra que esté dispuesto a hacer pasar esta terrible prueba a la señorita Ross, si las únicas palabras que es capaz de decir en respuesta a toda pregunta fueran "Lo siento, no recuerdo". ¿O tal vez es posible que sencillamente no tenga nada creíble que decir? Permítame asegurarle, sir Charles, aceptaríamos muy gustosos ir a los tribunales, porque con ello se reirían de usted.

Por la expresión de Baverstock, Charlie comprendió que estaba derrotado. Miró con tristeza a Cathy, cuyo semblante permanecía inmutable.

Baverstock se quitó lentamente las gafas y las limpió con gran aspaviento con un pañuelo que sacó del bolsillo superior. Finalmente habló:

–Sir Charles, debo reconocer que no hay motivos para pedir a los tribunales que se ocupen de este caso. Pretenderlo sería una irresponsabilidad por mi parte, a menos que la señorita Ross presentara una nueva prueba de su identidad, prueba que hasta ahora no hemos considerado o que, al menos, pueda corroborar las afirmaciones que usted ha hecho en su nombre. –Se volvió hacia Cathy–. Señorita Ross, ¿hay algo que quiera decir en este momento?

Los cuatro hombres concentraron su atención en Cathy, que estaba tranquilamente sentada y se frotaba el pulgar con el índice, justo debajo de la barbilla.

–Tenga la bondad de disculparme, señorita Ross –dijo Baverstock–, no me había dado cuenta de que trataba de captar mi atención.

–No, no, soy yo quien debe pedir disculpas, señor Baverstock –dijo Cathy–. Siempre hago esto cuando estoy nerviosa. Es que me recuerda la joyita que me regaló mi padre cuando era pequeña.

–¿La joyita que le regaló su padre? –preguntó Baverstock en voz baja, no muy seguro de haberla oído bien.

–Sí –respondió Cathy.

Se desabrochó el botón superior de la blusa y sacó una medalla en miniatura que colgaba de una cadena.

–¿Tu padre te regaló eso? –preguntó Charlie.

–Sí –dijo Cathy–. Es el único recuerdo tangible que tengo de mi padre.

–¿Puedo verla, por favor? –preguntó Baverstock.

–Por supuesto –dijo Cathy quitándose la delgada cadena de oro por encima de la cabeza y entregándole la medalla a Charlie, quien examinó la miniatura un momento y luego se la pasó al señor Baverstock.

–Aunque no soy experto en medallas, creo que es una MC en miniatura –dijo Charlie.

–¿No le dieron la MC a Guy Trentham? –preguntó Baverstock.

–Sí –dijo Birkenshaw–, y también estudió en Harrow, pero el simple hecho de usar la corbata de su antiguo colegio no prueba que mi cliente sea su hermano. De hecho no prueba nada y no se puede presentar como prueba. Después de todo deben de circular cientos de MC. En realidad, la señorita Ross podría haber comprado esa medalla en cualquier tienda de baratijas de Londres, una vez que planeó hacer coincidir los hechos relativos a Guy Trentham con sus antecedentes. No esperará realmente que nos dejemos engañar por ese viejo truco, sir Charles.

–Le puedo asegurar a usted, señor Birkenshaw, que esta medalla en particular me la dio mi padre –dijo Cathy mirando directamente al abogado–. Puede que él no haya tenido derecho a llevarla, pero jamás olvidaré el momento en que la colgó de mi cuello.

–Bajo ningún concepto puede ser la MC de mi hermano –dijo Nigel Trentham hablando por primera vez–. Más aún, puedo demostrarlo.

–¿Qué es lo que puede demostrar? –preguntó Baverstock.

–¿Está seguro...? –comenzó a decir Birkenshaw, pero esta vez fue Trentham quien apoyó la mano firmemente en el brazo del abogado.

–Le probaré a su satisfacción, señor Baverstock –continuó Trentham–, que la medalla que tiene delante no puede ser la MC que le concedieron a mi hermano.

–¿Y cómo se propone probar eso? –preguntó Baverstock.

–La medalla de Guy era única. Después que le otorgaron la MC, mi madre envió el original a Spinks e hizo que grabaran las iniciales de Guy en el borde de uno de los brazos. Esas iniciales sólo se pueden ver con una lupa. Lo sé, porque la medalla que le entregaron en el Marne aún está en la repisa de la chimenea de mi casa de Chester Square. Si alguna vez existió una miniatura, mi madre habría hecho grabar sus iniciales exactamente de la misma forma.

Nadie habló cuando Baverstock abrió un cajón de su escritorio y sacó una lupa con mango de marfil que habitualmente usaba para descifrar escrituras ilegibles. Acercó la medalla a la luz y examinó con atención, uno a uno, los bordes de los pequeños brazos de plata de la cruz militar.

–Está en lo cierto –reconoció Baverstock y miró a Trentham–. Su caso está probado.

Baverstock entregó la medalla y la lupa al señor Birkenshaw, que, a su vez, estudió detenidamente la MC antes de devolvérsela a Cathy con una ligera inclinación de cabeza. Se volvió hacia su cliente y preguntó:

–¿Las iniciales de su hermano son G. F. T.?

–Sí, exactamente, Guy Francis Trentham.

–Pues entonces lamento que no haya mantenido la boca cerrada.

BECKY

1964-1970

48

Esa noche, cuando Charlie irrumpió en el salón, fue la primera vez que creí de verdad que finalmente había muerto Guy Trentham.

Permanecí sentada en silencio mientras mi marido se paseaba por la habitación relatando entusiasmado hasta el último detalle de lo sucedido esta tarde en la oficina del señor Baverstock.

He amado a los cuatro hombres de mi vida con emociones que van de la adoración a la devoción, pero sólo Charlie las ha abarcado todas. Sin embargo, aun en el momento de su triunfo, yo sabía que me tocaría a mí quitarle lo que más amaba en su vida.

Dos semanas después de esta fatídica entrevista, Nigel Trentham accedió a vender sus acciones al precio del mercado. Ahora que los intereses habían subido al ocho por ciento, no era de extrañar que tuviera poco valor para proseguir la larga y amarga lucha por cualquier derecho que tuviera o no tuviera sobre las propiedades Hardcastle. En nombre del fideicomiso, el señor Baverstock compró todas sus acciones, por un valor de algo más de siete millones de libras. Entonces el anciano abogado aconsejó a Charlie que convocara una reunión especial del consejo, ya que era su deber informar a la Cámara de Empresas de lo ocurrido. También le advirtió que en el plazo de catorce días debía poner en conocimiento de los demás accionistas los detalles pertinentes de la transacción.

Hacía muchísimo tiempo que yo no esperaba con tanta ilusión una reunión del consejo.

Aunque fui de las primeras en ocupar mi puesto en torno a la mesa de juntas esa mañana, los demás directores se presentaron mucho antes de la hora programada para la reunión.

–¿Excusas por ausencia? –preguntó el presidente a las diez en punto.

–Nigel Trentham, Roger Gibbs y Hugh Folland –entonó Jessica con su voz más prosaica.

–Gracias. Acta de la última reunión –dijo Charlie–. ¿Es vuestro deseo que firme esas actas aprobándolas como relación verdadera y exacta de lo que tuvo lugar?

Observé a las personas sentadas alrededor de la mesa. Daphne, vestida con un llamativo y alegre conjunto amarillo, garabateaba distraídamente en las hojas de su copia del acta. Tim Newman asentía con su proverbial cortesía, mientras Simon tomaba agua de su vaso levantándolo como si brindara. Ned Denning susurraba algo inaudible al oído de Bob Makins, mientras Cathy hacía una marca en el punto número dos. Paul Merrick era el único que no parecía disfrutar de la reunión. Volví mi atención a Charlie.

Como por lo visto nadie tenía ninguna objeción que hacer, Jessica dio vuelta a las hojas del acta colocando la última delante de Charlie para que estampara su firma. Observé la sonrisa que aparecía en su rostro al releer la última instrucción que había recibido del consejo en la reunión pasada: «Que el presidente intente llegar a un acuerdo amistoso con el señor Nigel Trentham respecto a la formal adquisición de Trumper's».

–¿Algún asunto a tratar respecto al acta? –preguntó Charlie.

Todo el mundo continuó callado, de modo que una vez más Charlie miró el orden del día.

–Punto número cuatro, el futuro de... –comenzó, pero entonces todos intentamos hablar al mismo tiempo.

Cuando la reunión había vuelto a adquirir una apariencia de orden, Charlie sugirió que tal vez sería conveniente que el gerente nos pusiera al día sobre la situación actual. Yo me uní a los «Muy bien» y gestos de asentimiento que dieron la bienvenida a la sugerencia.

–Gracias, señor presidente –dijo Arthur Selwyn sacando algunos papeles del maletín que tenía junto a la silla. El resto del consejo esperó pacientemente–. El consejo deberá saber –comenzó, con el tono del funcionario del Estado que fuera en su tiempo– que a continuación del anuncio hecho por el señor Nigel Trentham de que ya no tenía intención de lanzar una oferta de adquisición de Trumper's, las acciones de la empresa han bajado de su precio máximo de dos libras con cuatro chelines al precio actual de una libra con diecinueve chelines.

–Todos podemos seguir las variaciones del mercado de valores –dijo Daphne metiendo su cuchara–. Lo que yo querría saber es qué pasó con el paquete de acciones de Trentham.

Yo no me uní al coro de aprobación que siguió a esta interrupción, porque sabía hasta los más mínimos detalles del acuerdo.

–Las acciones del señor Trentham –dijo el señor Selwyn, continuando como si no hubiera sido interrumpido–, según un acuerdo entre sus abogados y la señorita Ross, fueron adquiridas hace dos semanas por el señor Baverstock en nombre del fideicomiso Hardcastle al precio de dos libras con un chelín por acción.

–¿Y se hará partícipe al resto del consejo de las causas que llevaron a este cordial acuerdo? –preguntó Daphne.

–Recientemente se ha sabido que durante el año pasado el señor Nigel Trentham logró hacerse con una considerable participación de la empresa gracias a que pidió dinero prestado, lo que lo llevó a tener un abultado descubierto bancario... descubierto que, por lo que me han dicho, ya no puede sustentar –contestó Selwyn–. Por esta razón ha vendido sus valores de la empresa, que ascienden aproximadamente al veintiocho por ciento, al fideicomiso Hardcastle, de acuerdo con la cotización actual del mercado.

–¿Por fin se decidió? –preguntó Daphne.

–Sí –dijo Charlie–. Y puede que al consejo también le interese saber que la semana pasada recibí tres cartas de dimisión, del señor Trentham, del señor Folland y del señor Gibbs, las cuales me tomé la libertad de aceptar en vuestro nombre.

–¡Vaya libertad! –exclamó bruscamente Daphne.

–¿Le parece que no deberíamos haber aceptado sus dimisiones?

–Naturalmente me lo parece, presidente.

–¿Podemos conocer sus razones, lady Wiltshire?

–Son del todo egoístas, presidente. –Me pareció detectar una risita entre dientes. Todo el mundo la escuchaba expectante–. Verá, me hacía mucha ilusión proponer que esos tres fueran despedidos.

Muy pocos lograron mantenerse serios ante ese comentario.

–Que no conste en el acta –dijo Charlie a Jessica–. Gracias, señor Selwyn, por su admirable resumen de la situación. Ahora, como no creo que se gane nada removiendo esas ascuas, pasemos al punto número cinco, el servicio bancario.

Charlie se repantigó satisfecho, mientras Cathy nos informaba que el nuevo servicio estaba consiguiendo beneficios mensuales respetables y que no veía ningún motivo para que no continuaran mejorando las cifras en el futuro previsible.

–En realidad –dijo–, creo que ha llegado el momento de que Trumper's ofrezca a sus clientes regulares su propia tarjeta de crédito como...

Contemplé la MC en miniatura que colgaba de una cadena de oro del cuello de Cathy: el eslabón perdido en cuya existencia el señor Roberts siempre había insistido. Cathy aún era incapaz de recordar la mayor parte de lo ocurrido en su vida antes de llegar a Londres, pero yo compartía la opinión del doctor Atkins de que ya no debíamos indagar en el pasado sino dejar que se concentrara en el futuro.

Ninguno de nosotros dudaba de que, llegado el momento de elegir nuevo presidente, no tendríamos que mirar muy lejos para encontrarlo. El único problema que tenía que enfrentar yo ahora era convencer al actual presidente de que tal vez había llegado la hora de que dejara paso a alguien más joven.

–¿Tiene usted algún reparo respecto a los límites de crédito, presidente? –preguntó Cathy.

–No, no, todo me parece muy bien –dijo Charlie, en tono desacostumbradamente impreciso.

–No estoy muy segura de poder estar de acuerdo con usted, señor presidente –dijo Daphne.

–¿Y eso por qué, lady Wiltshire? –preguntó Charlie con sonrisa benévola.

–En parte porque alrededor de los diez últimos minutos usted no ha escuchado ni una palabra de lo que se ha dicho –declaró Daphne–. ¿Cómo puede entonces saber a qué está dando su conformidad?

–Culpable –dijo Charlie–. Confieso que mi mente estaba en el otro lado del mundo. Sin embargo –continuó–, he leído el informe de Cathy sobre el tema y considero que los límites de crédito tendrán que variar de cliente a cliente según las evaluaciones pertinentes, y tal vez en el futuro necesitemos personal nuevo, formado en la City. Incluso así, he de requerir un calendario detallado si vamos a considerar la introducción de un programa de esa envergadura. Debería estar preparado para la presentación de la próxima reunión del consejo. ¿Es eso posible, señorita Ross? –preguntó con firmeza, con la esperanza sin duda de que este otro ejemplo de su conocido «pensar con los pies en la tierra» lo libraba de las garras de Daphne.

–Tendré todo preparado para que los miembros de la junta lo consideren como mínimo una semana antes de la próxima reunión.

–Gracias –dijo Charlie–. Punto número seis, contabilidad.

Escuché con atención la presentación que hacía Selwyn de las últimas cifras, departamento por departamento. Nuevamente tomé conciencia de las preguntas y sondeos de Cathy en cuanto le parecía que las explicaciones sobre cualquier pérdida o innovación no eran lo suficientemente completas. Era algo así como una versión de Daphne mejor informada y más profesional.

–¿Cuáles son los cálculos de previsión de beneficios para el año mil novecientos sesenta y cinco? –preguntó.

–Aproximadamente novecientas veinte mil libras –repuso Selwyn pasando el dedo por una columna de cifras.

En ese momento fue cuando comprendí lo que había que lograr antes de convencer a Charlie de que anunciara su retiro.

–Gracias, señor Selwyn. ¿Pasamos ahora al punto número siete? El nombramiento de la señorita Cathy Ross como vicepresidenta. –Charlie se quitó las gafas y añadió–: No creo necesario que pronuncie un largo discurso sobre las razones.

–De acuerdo –interrumpió Daphne–. Por lo tanto me produce enorme placer proponer a la señorita Ross como vicepresidenta de Trumper's.

–Me agradaría secundar esa propuesta –intervino Arthur Selwyn.

Yo no pude menos que sonreír ante la visión de Charlie con la boca abierta de par en par, pero en todo caso se las arregló para decir:

–¿Los que están a favor?

Levanté la mano junto a los demás directores, salvo uno. Cathy se puso en pie y pronunció un corto discurso de aceptación, agradeciendo al consejo la confianza puesta en ella y asegurándoles su total compromiso con el futuro de la empresa.

–¿Otros asuntos? –preguntó Charlie comenzando a ordenar sus papeles.

–Sí –repuso Daphne–. Habiendo tenido el placer de proponer a la señorita Ross como vicepresidenta, creo llegada la hora de presentar mi dimisión.

–Pero ¿por qué? –preguntó Charlie espantado.

–Porque el próximo mes cumpliré sesenta y cinco años, presidente, y creo que ésa es una edad adecuada para dejar paso a sangre más joven.

–Entonces, sólo me resta decir... –comentó Charlie, y esta vez nadie intentó impedirle que nos dirigiera un largo y florido discurso.

Cuando terminó, todos golpeamos la mesa con las palmas.

Una vez restituido el orden, Daphne dijo simplemente:

–Gracias. Jamás habría esperado tales dividendos de una inversión de sesenta libras.

En las semanas siguientes a que Daphne dejara la empresa, siempre que se presentaba a discusión un tema delicado, Charlie me confesaba después de la reunión que echaba de menos el peculiar y exasperante sentido común de la marquesa.

–¿Y me vas a echar igualmente de menos a mí con mi criticona lengua cuando presente mi dimisión?

–¿De qué hablas?

–Dentro de un par de años cumpliré los sesenta y cinco y pienso seguir el ejemplo de Daphne.

–Pero...

–Nada de peros, Charlie –le dije–. El número uno camina solo... Es más que competente desde que le robé el joven Richard Cartwright a Christie's. En todo caso, a Richard se le debería ofrecer mi puesto en el consejo general. A fin de cuentas, carga con la mayor parte de la responsabilidad sin la satisfacción de llevarse el mérito.

–Bueno, pues te diré una cosa –replicó Charlie desafiante–. Yo no pienso dimitir ni cuando tenga setenta años.

En 1965 inauguramos tres departamentos nuevos: el de Adolescentes, especializado en ropa y discos y con cafetería propia; una agencia de viajes para hacer frente a la creciente demanda de vacaciones en el extranjero, y un departamento de regalos para «El hombre que lo tiene todo». Cathy planteó al consejo que, después de casi veinte años, el carretón necesitaba una cirugía plástica profunda. Charlie me comentó que ese cambio radical no lo convencía y me recordó la teoría de Ford según la cual no se debe invertir en algo que come o que hace falta volver a pintar. Solamente opuso una resistencia simbólica, porque Arthur Selwyn y los demás directores opinaban que la renovación debió hacerse mucho antes.

Mantuve mi promesa, o amenaza según Charlie, y dimití a los tres meses de cumplir sesenta y cinco años, dejando a Charlie como el único director que quedaba del primer consejo.

Por primera vez en su vida Charlie reconoció que comenzaba a sentir el peso de la edad. Me comentó que siempre que empezaba la reunión pidiendo la conformidad con el acta de la anterior, dirigía una mirada a la sala de reuniones y comprendía lo poco que tenía en común con la mayoría de los restantes directores. Las «brillantes nuevas chispas» como los llamaba Daphne, financieros, especialistas en «opas», relaciones públicas, en cierto modo todos parecían alejados del único elemento que siempre había importado a Charlie: el cliente.

Hablaban de financiación deficitaria, de proyectos opcionales de préstamos y de la necesidad de disponer de sistemas informáticos propios, muchas veces sin molestarse en pedir su opinión a Charlie.

–¿Qué diablos puedo hacer? –me preguntó Charlie después de una sesión del consejo en la que, reconoció, apenas había abierto la boca.

Frunció el ceño ante mi respuesta.

El mes siguiente Arthur Selwyn comunicó a la Asamblea General de Accionistas que los beneficios antes de impuestos de 1966 ascendían a 1.078.600 libras. Charlie me miró y asentí con firmeza desde la primera fila. Después de preguntar por «Otros asuntos», se puso en pie y comunicó a la empresa en pleno que había tomado la decisión de presentar su dimisión. «Otra persona debe empujar el carretón en los años setenta», propuso.

Todos los asistentes se escandalizaron. Hablaron del final de una era, sostuvieron que «no hay reemplazo posible» y dijeron que nada volvería a ser igual, pero nadie pidió a Charlie que reconsiderara su posición.

Veinte minutos más tarde Charlie clausuró la asamblea.

49

Fue Jessica Allen quien comunicó a la nueva presidenta que el señor Corcran, de la galería Lefevre, había telefoneado para decir que aceptaba su oferta de ciento diez mil libras.

Cathy sonrió.

–Sólo nos queda acordar la fecha y enviar las invitaciones. Jessica, ¿puedes ponerme con Becky?

La primera medida que Cathy propuso al consejo después de ser elegida por unanimidad tercera presidenta de Trumper's fue nombrar a Charlie presidente vitalicio y celebrar una cena en su honor en el hotel Grosvenor House. Asistieron todos los empleados de Trumper's, así como sus cónyuges y muchos de los amigos que Charlie y Becky hicieron durante casi siete décadas. Durante la velada Charlie ocupó el sitio de honor en la mesa principal y fue una de las mil setecientas setenta personas que ocuparon el gran salón de baile.

Sirvieron una cena de cinco platos, a la que ni siquiera Percy le encontró pegas. Con una copa de coñac en la mano y un gran cigarro Trumper's en la boca, Charlie se inclinó y murmuró al oído de Becky:

–Ojalá tu padre hubiera visto este banquete. Claro que no habría asistido... a menos que le hubiesen permitido suministrarlo todo, desde los panecillos hasta los merengues.

–Ojalá Daniel hubiera podido compartir esta velada con nosotros –respondió Becky en voz baja.

Poco después Cathy se puso en pie y pronunció un discurso que a nadie dejó dudas acerca de que habían elegido a la persona idónea para suceder a Charlie. Cathy concluyó su parlamento proponiendo que brindaran por el fundador de la empresa y primer presidente vitalicio.

Acabados los aplausos, Cathy se agachó y sacó algo de debajo de la silla.

–Charlie –dijo–, se trata de un modesto recuerdo de todos nosotros para agradecerte el sacrificio que en una ocasión hiciste a fin de mantener Trumper's a flote.

Cathy se dio la vuelta y entregó un óleo a Charlie. Éste sonrió hasta que vio de qué se trataba. Abrió la boca y el cigarro cayó sobre la mesa mientras contemplaba incrédulo el cuadro. Tardó un rato en soltar *Los comedores de patatas* y en ponerse de pie para responder a las peticiones de que hablase.

Charlie recordó a los presentes que todo empezó en el carretón de su abuelo en Whitechapel, carretón que ahora ocupaba el sitio de honor en el supermercado de Trumper's. Rindió homenaje al coronel, fallecido tiempo atrás; a los pioneros de la empresa, los señores Crowther y Hadlow, y tuvo palabras de elogio para dos miembros del equipo original, Bob Makins y Ned Denning, que se habían retirado pocas semanas antes que él. Cerró el discurso hablando de Daphne, la marquesa de Wiltshire, quien les prestó las primeras sesenta libras que permitieron levantar esa empresa descomunal.

–Cómo desearía volver a mis catorce años –exclamó con añoranza–. Yo, mi carretón y mis clientes regulares en Whitechapel Road. Aquéllos fueron los días más felices de mi vida. Porque en mi corazón, veréis, soy un simple frutero y verdulero.

Todos rieron, excepto Becky, que miró a su marido y recordó al niño de ocho años de pantalones cortos y gorra en la mano, de pie ante la panadería de su padre con la esperanza de obtener un bollo gratis.

–Me enorgullezco –continuó– de haber construido el carretón más grande del mundo y de encontrarme esta noche entre aquellos que me han ayudado a empujarlo desde el East End hasta Chelsea Terrace. Os echaré de menos a todos... y sólo me queda esperar que me permitan entrar en Trumper's de vez en cuando.

Charlie se sentó y todo el personal se puso de pie para aclamarlo. Se inclinó hacia Becky, le tomó la mano y dijo:

–Perdóname, olvidé decirles que fuiste tú quien lo fundaste.

Becky, que en su vida había asistido a un partido de fútbol, pasó horas oyendo hablar a Charlie sobre el Mundial de Fútbol y diciendo que tres jugadores del West Ham habían sido elegidos para formar parte de la selección inglesa.

Después de su retirada como presidente ejecutivo, las cuatro primeras semanas Charlie se dio por satisfecho con dejar que Stan lo llevara de Sheffield a Manchester y de Liverpool a Leeds para presenciar las eliminatorias.

Cuando Inglaterra se clasificó para las semifinales, Charlie removió cielo y tierra para conseguir dos entradas de tribuna y sus esfuerzos quedaron recompensados porque el equipo inglés logró el pase a la final.

Pese a todos los contactos, a que estaba dispuesto a pagar lo que le pidieran y a que escribió a Alf Ramsay, el director técnico del equipo inglés, Charlie ni siquiera pudo asistir de pie a la final. Comentó con Becky que había llegado a la penosa conclusión de que Stan y él tendrían que ver el desenlace por televisión.

La mañana del partido Charlie bajó a desayunar y encontró dos billetes de tribuna en el soporte de las tostadas. Estaba tan emocionado que no pudo probar los huevos con bacon.

–Señora Trumper, es usted un genio –afirmó varias veces sin dejar de añadir–: ¿Cómo las conseguiste?

–Tengo contactos –dijo Becky por toda respuesta, decidida a no contarle a Charlie que los nuevos sistemas informáticos habían permitido averiguar que la señora Ramsay tenía cuenta en Trumper's y que Cathy le propuso sumarse al grupo de clientes selectos que obtenían un diez por ciento de descuento.

La victoria por cuatro a dos contra la selección de la República Federal de Alemania, para no hablar de los tres goles marcados por Geoff Hurst, del West Ham, no sólo puso a Charlie al borde del delirio, sino que llevó a Becky a preguntarse si su marido se había olvidado de Trumper's y daría carta blanca a Cathy para actuar como presidenta.

Una semana después de su regreso del estadio de Wembley, Charlie parecía satisfecho con estar en casa sin hacer nada, pero durante la segunda semana Becky se percató de que debía hacer algo para no volverse loca... y de paso perder a la mayoría de los criados de Eaton Square. El lunes de la tercera semana fue a ver al director de la agencia de viajes de Trumper's y durante la cuarta semana lady Trumper recibió los billetes enviados por la oficina de Cunard, billetes para viajar a Nueva York en el *Queen Mary*, travesía a la que seguiría un largo viaje por Estados Unidos.

–Espero que Cathy pueda llevar el carretón sin mí –comentó Charlie mientras se dirigían a Southampton.

–Supongo que se las arreglará a la perfección –replicó Becky.

Su plan consistía en pasar fuera al menos tres meses, a fin de que Cathy tuviese carta blanca para continuar el programa de renovación que, según ambas sospechaban, Charlie habría intentado torpedear por todos los medios posibles.

Becky se convenció aún más de que así habría sucedido el día en que Charlie entró en Bloomingdale's y comenzó a refunfuñar por la falta de espacio dedicado a exhibir los productos. Lo llevó entonces a Macy's y allí se quejó de la falta de atención, y cuando llegaron a Chicago, Charlie le dijo a Joseph Field que ya no le gustaban los escaparates que en su tiempo fueran el sello distintivo de esos grandes almacenes.

–Demasiado chillones –le aseguró al propietario–. Incluso para Estados Unidos.

Becky le habría recordado las palabras «tacto» y «sutileza» si Joseph Field no hubiese estado en un ciento por ciento de acuerdo con las opiniones de su viejo amigo, al tiempo que atribuía toda la responsabilidad a un nuevo director que creía en «el poder de las flores», significara lo que significase.

En Dallas, San Francisco y Los Ángeles las cosas no fueron mejor. Tres meses más tarde, cuando Becky y Charlie embarcaron en el gran transatlántico en Nueva York, nuevamente reapareció el nombre de Trumper's en los labios de Charlie. Becky comenzó a temer lo que podría pasar en el momento en que pisaran suelo inglés.

Becky esperaba que cinco días de mar serena y de cálida brisa atlántica sirvieran para relajarse y permitieran que Charlie se olvidara momentáneamente de Trumper's. Dedicó casi toda la travesía a explicar sus nuevas ideas para revolucionar la empresa, ideas que en su opinión debían ponerse en práctica tan pronto llegaran a Londres. En ese momento Becky decidió tomar partido a favor de Cathy.

–Pero si ni siquiera eres miembro del consejo –le recordó Becky, que tomaba el sol tendida en la cubierta.

–Soy el presidente vitalicio –insistió después de exponerle una idea genial: colocar placas detectoras dentro de la ropa para evitar los robos.

–Sólo ocupas un cargo honorario.

–Tonterías. Tengo la intención de dar mi opinión siempre que...

–Charlie, eso no es justo con Cathy. Ella ya no es la joven directora de una empresa familiar, sino presidenta de una enorme sociedad anónima. ¿No crees que ha llegado la hora de que te mantengas alejado de Trumper's y de permitir que Cathy empuje el carretón?

–Pero ¿qué se supone que he de hacer entonces?

–No lo sé y no me importa. Pero sea lo que fuere, ya no lo vas a hacer en ningún lugar cercano a Chelsea Terrace. ¿Me he explicado claramente?

Charlie iba a contestar cuando se detuvo junto a ellos un oficial de cubierta.

–Siento interrumpirlo, señor.

–No ha interrumpido nada –dijo Charlie–. ¿Qué desea que haga? ¿Organizar un motín o un partido de tenis en cubierta?

–Ambas cosas son responsabilidad del comisario de a bordo, sir Charles –dijo el joven–. Pero el capitán desearía saber si puede tener la amabilidad de reunirse con él en el puente. Ha recibido un cablegrama de Londres para usted y cree que debe conocer inmediatamente su contenido.

–Espero que no sean malas noticias –dijo Becky incorporándose rápidamente y dejando a un lado la novela que intentaba leer–. Les dije que no se comunicaran con nosotros a menos que surgiera una emergencia.

–Tonterías –dijo Charlie–. Eres una pesimista. Para ti, una botella siempre está medio vacía.

Diciendo esto se levantó, se estiró y acompañó al joven oficial por la cubierta de popa hacia el puente, explicándole cómo haría él para organizar un motín. Becky los seguía a un metro de distancia sin hacer más comentarios.

Mientras el oficial los escoltaba por el puente, el capitán se volvió a saludarlos.

–Acaba de llegar un cablegrama desde Londres, sir Charles, y pensé que desearía verlo inmediatamente –dijo pasándole el mensaje.

–Maldita sea, me he dejado las gafas en cubierta –farfulló Charlie–. Becky, mejor será que me lo leas.

Le pasó el papel a su esposa. Becky abrió el cablegrama con dedos algo temblorosos y leyó el mensaje para sí misma mientras Charlie observaba su cara para hacerse una idea del contenido.

–¡Venga! ¿De qué se trata? ¿La botella está medio llena o medio vacía?

–Es una instancia del palacio de Buckingham –contestó ella.

–¿No te lo dije? Es que no los puedes dejar hacer nada solos. Primer día del mes, jabón de baño, ella prefiere lavanda; pasta dentífrica, él prefiere Colgate y papel higiénico... Le dije a Cathy...

–No, no creo que Su Majestad esté preocupada por el papel higiénico en esta ocasión –dijo Becky.

–Entonces, ¿cuál es el problema? –preguntó Charlie.

–Desean saber qué título vas a escoger.

–¿Título? –dijo Charlie.

–Sí –dijo Becky levantando el rostro para mirar a su marido–. Lord Trumper ¿de dónde?

Becky se sorprendió y Cathy se sintió algo aliviada al descubrir con cuánta rapidez lord Trumper de Whitechapel se acostumbró a los trabajos cotidianos de la Cámara Alta. Los temores de Becky de que estuviera continuamente interfiriendo en los asuntos rutinarios de la empresa se esfumaron tan pronto Charlie vistió el armiño rojo. A ella la rutina le trajo recuerdos de aquellos días de la Segunda Guerra Mundial en que Charlie trabajó bajo las órdenes de lord Woolton en el Ministerio de Alimentación y no sabía nunca a qué hora de la noche llegaría.

Seis meses después de haberle dicho Becky que no debía acercarse a Trumper's, Charlie le comunicó que había sido invitado a formar parte del Comité de Agricultura, donde pensaba que una vez más podría aportar sus conocimientos técnicos para beneficio de todos. Incluso volvió a su rutina de levantarse a las cuatro y media de la mañana, con el fin de ponerse al día con esos documentos parlamentarios que siempre había que leer antes de las reuniones importantes.

Cada día al volver a casa por la noche para cenar, llegaba con cantidad de noticias sobre alguna cláusula que había propuesto al comité o sobre el zoquete que le había ocupado el tiempo esa tarde en la Cámara con innumerables enmiendas al proyecto de ley sometido a debate.

En 1970, cuando Gran Bretaña solicitó la entrada al Mercado Común, Charlie le contó a su esposa que el oficial disciplinario jefe le había propuesto presidir un subcomité para la distribución de alimentos en Europa y que creía que era su deber aceptar. Desde ese día, siempre que Becky bajaba a desayunar encontraba papeles con el orden del día de las reuniones o ejemplares del diario *Hansard* de los lores desparramados por todo el camino desde el estudio de Charlie a la cocina, en donde había dejado la inevitable nota explicándole que había tenido que asistir a otra reunión temprana del subcomité, o a una reunión con algún partidario continental de la entrada de Gran Bretaña en el Mercado Común que se encontraba en Londres. Hasta entonces Becky no tenía ni idea de lo mucho que debían trabajar los miembros de la Cámara Alta.

Becky continuó en contacto con Trumper's visitando regularmente la tienda los lunes por la mañana. Siempre iba a una hora en que la tienda estuviera relativamente tranquila y, para su sorpresa, se convirtió en la principal fuente de información de Charlie respecto a lo que allí sucedía.

Siempre disfrutaba paseándose por los diferentes departamentos un par de horas, pero no podía dejar de notar lo rápido que cambiaban las modas o lo bien que se las arreglaba Cathy para llevar siempre la delantera a sus rivales sin dar jamás motivo de queja a los clientes regulares con cambios innecesarios.

Becky siempre destinaba la última visita a la sala de arte para ver los cuadros que estaban a punto de subastarse. Hacía ya tiempo que había pasado la responsabilidad a Richard Cartwright, el primer subastador jefe, pero él siempre estaba disponible para mostrarle las obras que ofrecerían en la siguiente subasta.

–Impresionistas de segundo orden en esta ocasión –le aseguró Richard.

–Ahora a precios de primer orden –comentó Becky examinando obras de Pissarro, Bonnard y Vuillard–; tendremos que procurar que Charlie no sepa nada sobre este lote.

–Ya lo sabe –le advirtió Richard–. Vino el jueves pasado camino de los lores, puso precio mínimo a tres lotes y hasta encontró tiempo para protestar por nuestros cálculos. Alegó que hace unos años le compró un gran óleo de Renoir, *L'homme à la pêche*, por el precio que ahora yo esperaba que pagara por un pequeño pastel de Pissarro que no era otra cosa que un estudio para un cuadro importante.

–Creo que tal vez tenga razón en eso –dijo Becky echando un vistazo al catálogo para comprobar las diferentes tasas–. Y los cielos se apiaden de su estado de cuentas si Charlie descubre que no ha logrado alcanzar el precio mínimo en cualquier cuadro que le interese a él. Cuando yo llevaba este departamento lo apodaban «nuestro jefe de pérdidas».

En ese momento entró otro dependiente y se les acercó, se inclinó educadamente ante lady Trumper y le pasó una nota a Richard. Éste leyó el mensaje y se volvió hacia Becky.

–La presidenta desea saber si será tan amable de pasar a verla antes de marcharse. Hay algo que necesita conversar con usted urgentemente.

Richard la acompañó hasta el ascensor de la planta baja y ella le agradeció nuevamente el mimar a una anciana.

Mientras el ascensor subía a regañadientes, otra cosa que Cathy quería cambiar como parte del nuevo plan de remodelación, Becky iba pensando sobre qué querría hablar la presidenta con ella, deseando que ojalá no tuviera que cancelar la cena de esa noche, ya que sus invitados eran Joseph y Barbara Field.

Hacía unos dieciocho meses que Cathy se había trasladado de Eaton Square a un espacioso apartamento en Chelsea Cloisters, pero continuaban cenando juntos al menos una vez al mes. Además, siempre que se encontraban en la ciudad los Field o los Bloomingdale, Cathy siempre estaba invitada a Eaton Square. Becky sabía que Joseph Field, que aún seguía en el consejo de la gran tienda de Chicago, se sentiría decepcionado si Cathy no podía cenar con ellos esa noche, sobre todo porque el matrimonio norteamericano tenía previsto emprender el regreso a su país al día siguiente.

Jessica la hizo pasar directamente al despacho de la presidenta, donde se encontró a Cathy hablando por teléfono, con el ceño fruncido, cosa no habitual en ella. Mientras esperaba que terminara la conversación, Becky miró por la ventana salediza hacia el banco de madera desocupado al otro lado de la calle y pensó en Charlie, que lo habría cambiado por los escaños de cuero rojo de la Cámara de los Lores. Cathy colgó el auricular y preguntó inmediatamente:

–¿Cómo está Charlie?

–Dímelo tú –dijo Becky–. Le veo ocasionalmente a la hora de la cena durante la semana e incluso en el desayuno algún domingo. Pero eso es todo. ¿Se le ha visto en Trumper's últimamente?

–No muy a menudo. Todavía me siento culpable por haberlo excluido de la tienda.

–No tienes ninguna necesidad de sentirte culpable –le dijo Becky–. Nunca lo había visto más feliz.

–Me tranquiliza saberlo –dijo Cathy–. Pero justo ahora necesito el asesoramiento de Charlie sobre un asunto muy importante.

–¿Cuál?

–Cigarros –explicó Cathy–. Me llamó por teléfono David Field esta mañana para decirme que su padre desearía doce cajas de su marca habitual y que no me moleste en enviárselas al Connaught, ya que él estará encantado de recogerlas esta noche cuando venga a cenar.

–Entonces ¿cuál es el problema?

–Que ni David Field ni en el departamento de tabacos tienen la menor idea de cuál es la marca habitual de su padre. Parece que Charles siempre se encargaba personalmente del envío.

–Podrías revisar viejas facturas.

–Fue lo primero que hice –repuso Cathy–. Pero no existe el más mínimo indicio de que alguna vez se realizara la transacción. Lo cual me sorprende porque, si no recuerdo mal, siempre que venía a Londres el anciano señor Field, regularmente le enviábamos una docena de cajas al Connaught. –Cathy frunció el ceño–. Eso era algo que siempre me pareció curioso. Al fin y al cabo, si lo piensas, él tiene que haber tenido un gran departamento de tabaquería en su tienda.

–Y claro que lo tenía –dijo Becky–, pero no tenía cigarros de La Habana.

–¿La Habana? No te entiendo.

–Allá por los años cincuenta la Aduana de Estados Unidos prohibió la importación de cigarros cubanos, y el padre de David, que venía fumando una especial marca de habanos desde mucho antes que nadie supiera nada de Fidel Castro, no vio motivo para que no le permitieran continuar dándose el gusto de lo que él consideraba no ser otra cosa que su «puñetero derecho».

–¿Cómo se las ingenió Charlie para solucionar el problema?

–Charlie solía bajar al departamento de tabaquería, cogía una docena de cajas de la marca preferida del anciano, volvía a su oficina, quitaba las vitolas de cada puro reemplazándolas por una inofensiva etiqueta alemana, y luego los colocaba en una caja Trumper's no identificable. También se aseguraba de tener siempre una provisión preparada para el señor Field en el caso de que se acabaran. Charlie consideraba que esto era lo mínimo que podía hacer para corresponder a la hospitalidad que nos han brindado los Field a lo largo de los años.

Cathy movió la cabeza en señal de asentimiento.

–Pero todavía necesito saber qué marca de cigarro cubano es ni más ni menos que el «puñetero derecho» del señor Field.

–No tengo ni idea –confesó Becky–. Como dices, Charlie nunca permitió que otra persona se encargara del envío.

–Entonces alguien va a tener que pedirle a Charlie, o bien que venga a hacer el despacho él mismo, o que nos diga a qué marca es adicto el señor Field. De modo que, ¿dónde puedo localizar al presidente vitalicio a las once y media de la mañana de un lunes?

–Yo apostaría que está oculto en alguna sala de comité en la Cámara de los Lores.

–No, no está –dijo Cathy–. Ya he llamado a los Lores y me han asegurado que no lo han visto esta mañana, y más aún, que no esperan volver a verlo esta semana.

–Pero no es posible –dijo Becky–. Si prácticamente vive allí.

–Eso es lo que yo pensaba –dijo Cathy–. Y por eso llamé al número 1 para pedirte ayuda.

–Esto lo resuelvo en un santiamén –aseguró Becky–. Si Jessica me pone con la Cámara de los Lores, sé exactamente con qué persona hablar.

Jessica volvió a su oficina, buscó el número y tan pronto obtuvo comunicación pasó la llamada al escritorio de la presidenta, donde Becky cogió el receptor.

–¿La Cámara de los Lores? –dijo Becky–. Sección de mensajes, por favor... ¿Se encuentra allí el señor Anson? No, bueno, de todas maneras quisiera dejar un mensaje urgente para lord Trumper... de Whitechapel... Sí, debe de estar en un subcomité de Agricultura esta mañana. ¿Está usted seguro?... No es posible... ¿Usted conoce a mi marido?... Bueno, eso es una tranquilidad... ¿Es que él...? Muy interesante... No, gracias... No, no dejaré ningún mensaje y por favor no moleste al señor Anson. Adiós.

Becky colgó el teléfono y levantó la vista, encontrándose con las miradas de Cathy y Jessica, con la expresión de dos niños a la hora de acostarse que desean escuchar el final de un cuento.

–Charlie no ha sido visto en los Lores esta mañana. No existe ningún subcomité de Agricultura. Ni siquiera está en un comité completo, y lo que es más, no lo han visto desde hace tres meses.

–Pero no comprendo –objetó Cathy–. ¿Cómo te has comunicado con él hasta ahora?

–Con un número especial que me dio Charlie que tengo junto al teléfono del vestíbulo en Eaton Square. Me comunica con un mensajero de los Lores llamado señor Anson, quien siempre parece saber exactamente dónde localizar a Charlie a cualquier hora del día y de la noche.

–¿Y existe el señor Anson? –preguntó Cathy.

–Ah, sí –dijo Becky–. Pero parece que trabaja en otra planta de los Lores y en esta ocasión me pusieron con información general.

–Así pues, ¿qué sucede cuando hablas con el señor Anson?

–Generalmente Charlie me llama antes de que pase una hora.

–De modo que no hay nada que te impida llamar al señor Anson ahora.

–Prefiero no hacerlo por el momento –dijo Becky–. Creo que preferiría descubrir qué ha estado tramando Charlie durante estos dos años. Porque una cosa es cierta, el señor Anson no me lo va a decir.

–Pero el señor Anson no puede ser la única persona que lo sabe –dijo Cathy–. Después de todo Charlie no vive en el vacío.

Las dos se volvieron a mirar a Jessica.

–No me miréis a mí –dijo Jessica–. Él no ha tenido contacto con esta oficina desde que le prohibisteis venir a Chelsea Terrace. Si Stan no viniera de vez en cuando a la cantina para almorzar, ni siquiera sabría si Charlie está vivo.

–¡Claro! –dijo Becky haciendo chasquear los dedos–. Stan es la única persona que debe saber lo que pasa. Continúa recogiendo a Charlie a primera hora de la mañana y lo trae de vuelta a casa a última hora de la noche. No podría hacer nada sin que su chófer estuviera enterado del secreto.

–Exacto, Jessica –dijo Cathy dando un vistazo a su agenda–. Comienza por cancelar mi almuerzo con el director gerente de Moss Bros., luego dile a mi secretaria que no aceptaré llamadas ni interrupciones hasta que descubramos en qué anda exactamente nuestro presidente vitalicio. Cuando hayas hecho esto, baja a la cantina a ver si está allí Stan, y si está, telefonéame inmediatamente.

Jessica salió casi corriendo de la habitación y Cathy volvió su atención a Becky.

–¿Crees que podría tener una amante? –dijo Becky en voz baja.

–¿Noche y día durante casi dos años a los setenta? Si la tiene, deberíamos presentarlo como el Semental del Año en la Real Exposición de Agricultura.

–Entonces, ¿en qué puede andar metido?

–Yo diría que debe de estar sacando su doctorado en la Universidad de Londres –dijo Cathy–. A Charlie siempre le molestan tus bromas por no haber completado adecuadamente sus estudios.

–Pero me habría encontrado los libros y apuntes por toda la casa.

–Los has encontrado, pero sólo los libros y apuntes que él quiere que veas. No olvidemos lo astuto que fue cuando sacó su licenciatura. Te tuvo engañada ocho años.

–A lo mejor se ha puesto a trabajar con la competencia.

–No es su estilo –dijo Cathy–. Es demasiado leal para eso. En todo caso, a los pocos días lo sabríamos, los directivos y el personal estarían encantados de refregárnoslo. No, tiene que ser algo más sencillo.

Sonó el teléfono en el escritorio de Cathy. Lo cogió y escuchó atentamente.

–Gracias, Jessica. Nos pondremos en camino. Vamos –dijo colgando el receptor y saltando de detrás de su escritorio–. Stan está terminando de almorzar.

Se dirigió a la puerta y Becky la siguió. Sin añadir otra palabra tomaron el ascensor a la planta baja, donde Joe, el portero más antiguo, se quedó con la boca abierta al ver a la presidenta y a lady Trumper llamando un taxi cuando las dos tenían sus respectivos chóferes esperándolas en sus coches.

A los pocos minutos apareció Stan por la misma puerta y se puso al volante del Rolls de Charlie; lo condujo a velocidad moderada hacia Hyde Park Corner, sin advertir en absoluto al taxi que lo seguía. El Rolls continuó por Piccadilly y atravesó Trafalgar Square antes de girar a la izquierda en dirección al Strand.

–Va hacia el King's College –dijo Cathy–. Sabía que estaba en lo cierto, tiene que ser su doctorado.

–Pero Stan no se detiene –dijo Becky, y en realidad el Rolls pasó de largo la entrada del colegio y continuó su camino por Fleet Street.

–No puedo creer que haya comprado un periódico –dijo Cathy.

–O aceptado un trabajo en la City –añadió Becky a la vez que el Rolls pasaba cerca de Mansion House.

–Ya lo tengo –exclamó Becky triunfalmente cuando el Rolls dejó atrás la City para entrar en el East End–. Ha estado trabajando en algún proyecto en su club juvenil de Whitechapel.

Stan continuó hacia el este hasta que finalmente se detuvo delante del Dan Salmon Center.

–Pero esto no tiene ningún sentido –dijo Cathy–. Si eso era todo lo que deseaba hacer con su tiempo libre, ¿por qué no te dijo la verdad desde el principio? ¿Para qué recurrir a una farsa tan rebuscada?

–Tampoco yo logro comprenderlo –dijo Becky–. La verdad, creo que me siento cada vez más desconcertada.

–Bueno, al menos entremos y averigüemos qué está haciendo.

–No. –Becky la retuvo y la cogió del brazo–. Antes de decidir lo que debo hacer, necesito reflexionar un momento. Si Charlie está planeando algo que no quiere que sepamos, me disgustaría mucho estropearle su diversión, sobre todo cuando fui yo quien le prohibió ir a Trumper's.

–De acuerdo –dijo Cathy–. Entonces volvamos a mi oficina y no digamos nada de nuestro pequeño descubrimiento. Siempre podemos telefonear al señor Anson de los Lores, y él, como sabemos, se encargará de que Charlie telefonee antes de una hora. Eso me da amplio margen de tiempo para solucionar el problema de los cigarros del señor Field.

Becky asintió e indicó al sorprendido taxista que volviera a Chelsea Terrace. Cuando el taxi giraba para reemprender el camino de vuelta al West End, Becky miró por la ventanilla de atrás hacia el Centro que llevaba el nombre de su padre.

–Pare –dijo sin previo aviso.

El taxista clavó los frenos y detuvo el taxi de golpe.

–¿Qué pasa? –preguntó Cathy.

Becky señaló por la ventana trasera; mantenía los ojos fijos en la figura que bajaba la escalera del Dan Salmon Center, vestido con un viejo y mugriento traje y una gorra.

–¡No me lo puedo creer! –murmuró Cathy.

Becky pagó rápidamente la carrera al taxista mientras Cathy saltaba del coche y seguía a Stan que avanzaba por Whitechapel Road.

–¿Adónde irá? –dijo Cathy sin perder de vista a Stan.

El chófer, vestido casi de harapos, continuaba su marcha por la acera, a un paso que a cualquier veterano que lo viera no le cabría la menor duda de cuál había sido su primera profesión, haciendo que las damas que lo seguían tuvieran que echar a correr de vez en cuando para no perderlo de vista.

–Debe de ir a la sastrería Cohen's –dijo Becky–. Dios sabe que parece necesitar un traje nuevo.

Pero Stan se detuvo algunos metros antes de llegar a la sastrería. Entonces ambas vieron en ese momento a otro hombre, también con un traje viejo y una gorra junto a un flamante carretón, que llevaba impresas las palabras: «Charlie Salmon, el comerciante honrado, a su servicio desde 1969».

–No se las ofrezco por dos libras, señoras –anunció una voz tan alta como la de cualquiera de los jóvenes de los puestos cercanos–. No se las ofrezco por una libra, ni siquiera por cincuenta peniques. No, se las regalo por veinte peniques.

Cathy y Becky observaron estupefactas cómo Stan Russell saludaba a Charlie tocándose la gorra y luego comenzaba a llenar la cesta de una señora para que su amo pudiera atender a la siguiente clienta.

–Así pues, ¿qué va a llevar hoy, señora Bates? Tengo unos preciosos plátanos recién llegados por avión desde las Antillas. Debería venderlos a noventa peniques el racimo, pero por ser usted, reina, se los dejo a cincuenta, pero no se lo vaya a contar a sus vecinas.

–¿Cómo están esas patatas, Charlie? –preguntó desconfiada una mujer de mediana edad muy maquillada, señalando una caja en la parte delantera del carretón.

–Como que yo estoy aquí, señora Bates, nuevas de Jersey. Y le digo lo que haré. Se las dejaré al mismo precio que esos supuestos rivales míos están vendiendo las viejas. ¿Puedo ser más justo, dígame usted?

–Llevaré dos kilos, señor Salmon.

–Gracias, señora Bates. Sirve a la señora, Stan, mientras yo atiendo a la siguiente clienta.

Charlie rodeó el carretón y se detuvo al otro lado.

–Me alegra verla esta preciosa tarde, señora Singh. Medio kilo de higos, nueces y pasas, si no me falla la memoria. ¿Y cómo está el doctor Singh?

–Con mucho trabajo, señor Salmon, con mucho trabajo.

–Entonces tenemos que procurar que esté bien alimentado, ¿verdad? –dijo Charlie–. Porque si el tiempo empeora tendré que consultarlo por mi sinusitis. ¿Y cómo está la pequeña Suzika?

–Acaba de sacar tres asignaturas de honor, señor Salmon, y va a ir a la Universidad de Londres en septiembre a estudiar ingeniería.

–Mal asunto ese –dijo Charlie eligiendo los higos–. ¿Ingeniería dice usted? ¿Qué les queda por inventar? Una vez conocí a una chica de por aquí, que se metió en la universidad, y menudo provecho le trajo. Se pasó el resto de la vida viviendo a costa de su marido. Mi querido abuelo solía decir…

Becky se echó a reír.

–¿Qué hacemos ahora? –preguntó.

–Volver a Eaton Square; allí puedes buscar el número del señor Anson en los Lores y llamarle. De esa forma, al menos podemos estar seguras de que Charlie te llamará antes de una hora.

Cathy asintió con la cabeza y las dos se quedaron paralizadas mientras observaban al más viejo pregonero del mercado ofreciendo sus mercancías.

–No se las ofrezco por dos libras –anunció y alzó una col con ambas manos–. No se las ofrezco por una libra, ni siquiera por cincuenta peniques.

–No, se las regalo por veinte peniques –susurró Becky a media voz.

–No, se las regalo por veinte peniques –pregonó Charlie con toda la fuerza de sus pulmones.

Cuando salieron sigilosamente del mercado, Becky comentó:

–¿Te das cuenta de que el abuelo de Charlie alcanzó la respetable edad de ochenta y tres años y de que murió a pocos metros del sitio en el que ahora está su Señoría?

–Desde entonces ha recorrido un largo camino –repuso Cathy, y alzó la mano para llamar un taxi.

–Yo no estaría tan segura –replicó Becky–. Diría que unos tres kilómetros... en línea recta.

ÍNDICE

Título de la edición original: *As the Crow Flies*
Traducción del inglés: Adolfo García,
cedida por Ediciones Grijalbo, S.A.
Diseño: Norbert Denkel

Círculo de Lectores, S.A.
Valencia, 344, 08009 Barcelona
1357919128642

Licencia editorial para Círculo de Lectores
por cortesía de Ediciones Grijalbo, S.A.

Depósito legal: B. 33820-1991
Fotocomposición: punt groc & associats, s.a., Barcelona
Impresión y encuadernación: Printer industria gráfica, s.a.
N. II, Cuatro caminos s/n, 08620 Sant Vicenç dels Horts
Barcelona, 1991. Printed in Spain.
ISBN 84-226-3825-8
N.° 39453